一书一世界。
愿你在这里舒展心怀，
畅快遨游古今未来！

辰东

网络文学
名作典藏丛书

神墓

精修典藏版

04

众生为棋

辰东 ◎作品

作家出版社

# 《网络文学名作典藏》丛书

**总策划**

何　弘　张亚丽

**主编**

肖惊鸿

**统筹**

袁艺方

# 主编的话

《网络文学名作典藏》丛书聚焦网络文学，遴选名家名作，工于精修校订，集于精品丛书，力图成为记载中国网络文学成长的历史见证，和致敬中国网络文学发展的一座里程碑。

网络文学名作的实体出版极为重要。这是扩大网络文学影响力、推动网络文学经典化的重要途径，也是展现网络文学成果、引领大众阅读和传播以及拉动文化产业发展的有力手段。

在中国作协的支持下，网络文学中心领导和作家出版社领导担纲总策划，落实主编责任制，确定经过时间验证和社会公认的名家名作，组织精修团队，在作家本人参与下，与责编共同负责精修工作。

回顾网络文学发展历程，这样的一套丛书是前所未有的。精修，意味着与作家的高度共识，意味着对作品的深度把握，完成去粗取精、去伪存真的过程，以实体出版的"固化"形式，朝着网络文学经典化、精品化的目标迈进。精修团队本着为作家负责、为读者负责的态度，重视作品的文学性、思想性，尊重读者的阅读体验，为新时代网络文学高质量发展贡献出集体智慧。

愿更多的读者阅读它、检验它。愿中国网络文学真正成为新时代文学的一座高峰。

肖惊鸿

2021 年 5 月 18 日

# 《神墓》精修成员

**总负责人**

肖惊鸿　袁艺方

**修订**

安迪斯·晨风　安　易　李　夏　王　烨

**校订**

程天翔　田偲堂　李伟元　李伶思　于　杨

# 目 录

# 第一章
# 开内天地

这七人从二十几岁到七十几岁不等，其中一男一女皆二十几岁的样子，男的英挺，女的秀丽。三个中年人三四十岁的样子，看起来很有些威势。两个老者须发皆白，七十几岁的样子。光明教会的执法者乃是神殿中的王牌力量，直接奉命于教皇和几个红衣大主教。这些人自小被神殿选中后，就开始地狱般的训练，说得直白一些，这些人乃是教会最忠实的打手，平叛异教徒，是他们最主要的职责。

几人看着辰南手中的射日箭，皆露出欣喜的神色，那名年轻女子对辰南道："那位朋友，你手中的射日神箭乃是我光明教会的圣物，还请你归还于我们。"

"哼，谁能证明这是你们教会的圣物？它被封印在这座神殿中已经不下千年，怎么不见你们来取？为何刚到我手中，你们就来索要？难道看我人单势孤好欺负吗？"辰南冷声回应道。

与年轻女子并排而立的青年男子冷哼道："神箭在我光明教会中已经流传几千年，千余年前才神秘失踪，大陆上绝大多数人都知道。你难道想将它据为己有吗？哼，我早就看出来了，你和那两个亡灵魔法师是一路的，看来今天要多清理一个异教徒了。"

"哼哼哼，你说神箭曾经在光明教会手中掌握了几千年，那我问你，在更为久远的年代，这件圣物是掌握在光明教会手中吗？神殿也不过是某一时间段的掌有者罢了，既然千年前丢失了它，射日箭便又成无主之物，现在被我所得，当然是我的了。"说到这里，辰南冷笑道，"至于你说的后半句话，我真感觉有些可笑。嘿嘿，居然把我定位为异教徒，还真会扣大帽子啊，想抢就直说嘛，何必说得那么冠冕堂皇。"

青年男子脸色骤变，道："你果然是个邪恶的异教徒，居然要染指神殿圣物，看来今天我们要替光明神执法了。"

"我早就说过了，想抢就来吧，废什么话，真是聒噪。"辰南一副满不在乎的样子。桑德眉头轻皱，低声对辰南道："那对青年男女很强大，我怀疑他们曾经被'圣降'。"辰南早已看出那对青年男女不一般，他们的实力似乎不能被具体地定位为几阶修炼者，在他们的身上涌动的似乎不是魔法元素波动，也不是斗气波动，倒像是一股圣洁的神灵气息。

"'圣降'是怎么回事？"

桑德道："天界的天使或其他神灵，不能随意来到凡间，不然会触犯天地法则而遭受惩罚。降世神灵为了躲避天罚，便降临到一些资质超凡的人类体内。他们待在人间的时候，定然会竭尽全力改造这个人的身体，以便能够承受他们庞大的神力。当神灵回归天界后，他们会将身体的主导权归还给原来的主人，这样被'圣降'过的人，着实可怕无比，根本不能够以他们的年龄来衡量他们的实力，毕竟他们的身体已经被神灵改造过。"辰南已然明白是怎么回事了，这跟东方的夺舍很相似，不过一个有借有还，一个彻底占为己有。

辰南问道："你是说眼前这两个人曾经被神灵占据过身体？"桑德点了点头道："是的，就是因为这对青年男女的存在，我和莱昂才不好和他们正面对抗，因为那两人的实力实在不好揣测，也许一般，也许非常恐怖！"这时，那个青年男子已经拔出了腰间的长剑，大步走了过来，高声喝道："我现在要替光明神清理异教徒。"

"你脑子进水了，现在都什么年代了，还说这样老土的话。"辰南一副无所谓的样子，道，"我来教你，你应该这样说，这片沙漠是我们光明老大罩着的地盘，你们这帮二五仔敢在我们堂口闹事，现在我带着兄弟们砍你们来了。"看到辰南有恃无恐的样子，执法者当中的那两个老人相互看了一眼，皆皱了皱眉头，其中一人道："还未请教阁下大名，请问你是……？"

"辰南。"

那名拔出长剑的青年男子气得刚要迈步上前，但当他听到辰南自报姓名后生生止住脚步，脸色一阵难看，冷汗自额头淌了下来。几名执法者当中传出几声惊呼。现在修炼界哪个人没有听说过辰南的名字，他号称绝世煞星，以二十余岁之龄在一日之内干掉八名绝世高手，这个消息像十二级大地震一般强烈撼动整个修炼界。现在这个绝世煞星就站在他们眼前，怎不让他们心惊，青年男子僵在那里，神色尴尬不已。

辰南也不想和光明教会的人闹翻，毕竟神殿的实力太强大了，一个人根本无法抗衡，他笑了笑道："你们也知道，号称东土皇族的杜家在找我的麻烦，这射日箭就先借给我两天吧，用完之后我会还给光明教会的。"几人面面相觑，他们实在不想和这个煞星对上，眼前这个主如果发起狠来，估计凡俗界没有几个人能够接得下来，会让所有修炼者心惊胆战。

"这……"七人颇为犹豫，这样借出去，那定然是有借无还啊！辰南道："你们这次来这里最主要的目的，不是寻找冥神加隆的神格吗？我可以告诉你们一个重要的消息，冥神的神格被这里的一个不死之王夺走。当然他也被射日箭重创了，你们现在应该尽快找到他，一旦他成功融合冥神加隆的神格，西土恐怕将有大变故发生。"这几人大惊失色，这几日来他们一直在附近的群山中追捕桑德和莱昂，曾经几次感应到一个邪恶而又强大的气息，现在听到辰南的话语后立刻相信了几分。

"这件事情一定要立刻禀告最高神殿的大主教们。"

"我们需要尽快将消息传回去。"

"希望还来得及。"

……

几名执法者心急如焚，快速退去了。光明教会对于桑德和莱昂二人并不是非杀不可，出动执法者的最主要目的就是冥神的神格。

沙漠再次恢复平静，辰南和桑德二人分别之时，询问了一些关于七彩魔狐的事情。从他们的口中了解到，那是一种非常有灵性的魔兽，是狐类的一种，只有一尺多长，通体雪白，高兴或愤怒时，体内的魔晶核会发出彩光。

一想到梦可儿的事情，辰南就感觉心中有些乱，不知道如何处理后面的事情。他在沙漠附近的群山中转悠了四五天，还真让他找到了七彩魔狐，他不知道自己是如何想的，只觉得应该捉一只魔狐回去。七彩魔狐通体雪白如玉，一双黑亮的眼睛充满了灵气，被辰南捉住后不断试图挣扎逃跑，在失败十几次后终于渐渐安静下来。这种小魔兽非常有灵性，知道逃不掉，便不再做无用功。辰南手中提着小魔狐，心中有些乱，他站在山峰上俯视着下方的小山村，最终迈大步向山下走去。

村内静悄悄，每家每户都大门紧闭，村内似乎充斥着一股血腥的味道。辰南心中一沉，感觉情况有些不妙，快速向老丹尼东家奔去。这里的血腥味更加浓烈一些，地面许多地方都成暗红色，一看便知是干涸不久的血污。辰南急忙推开老丹尼东家的大门，院中是大片大片猩红的血迹，触目惊心。

"吉丽丝——丹尼东大叔——可儿、梦可儿——"辰南快步冲进屋中，然而家中却一个人也没有，他不断大声呼唤这几个人的名字。正在这时，村内的一个老猎户慌慌张张地来到丹尼东家道："辰南你快逃走吧，不然大祸临头了……""到底怎么了，发生了什么事情？"辰南急声问道。

原来在辰南走后，村内的无赖奥利曼再次按捺不住色心，跑到老丹尼东家想调戏梦可儿。朴实的村民们尽管有些惧怕这个痞子，但感恩于辰南平日打猎时的照顾，闻讯之后赶来，皆狠狠地下了重手，将奥利曼打了个半死。这个流氓眼看是不能在村中混下去了，另外还担心辰南回来后把他给拆了，所以跑到镇上去。对于近来发生的种种，他怀恨在心，于是向小镇上的恶棍男爵禀报，村内有一个堪比天使的绝色女子，同时挑拨离间，说小村内的人经常大骂男爵。

平日，男爵便欺男霸女，是附近有名的恶霸，听到禀报后立刻派人去了解，果真发现了一个绝色女子。于是恶棍男爵带上几十人，浩浩荡荡来到小村，要强行掳走梦可儿。老丹尼东与吉丽丝极力阻止，结果老丹尼东被打成重伤，吉丽丝因为容貌秀丽，则被恶棍男爵抓了起来，声称要同梦可儿一起带走。最后，当恶霸男爵调戏梦可儿时，可怕的事情发生了，在梦可儿含愤掷出碟碗筷之类的器物时，这些普通的餐具居然如锋利的钢刀一般，当场将男爵刺穿，同时男爵的五六名仆人被刺死。

男爵带来的其他爪牙纷纷拔出刀剑，想要替他报仇。结果，所有人都步了男爵的后尘，受惊过度的梦可儿，在院中看到什么就丢什么，所有冲上来的人都被那些器物穿透而死。在那一刻，梦可儿就像一个孤苦无助的弱女子一般，忘记自己曾经是修炼界最顶尖的年轻高手。当把所有人都杀死时，梦可儿被刺激得精神失常，不断尖叫，同时一道道璀璨夺目的光芒自她的身体迸发而出。

村民赶到现场时，只见院子与街道上到处都是死尸，到处都是血迹，老丹尼东父女相互搀扶着坐在一旁哭泣。人们想要将精神失常的梦可儿安抚下来，但所有接近她的人都被一股无形的大力弹开。半个时辰之后，梦可儿突然安静下来，她的身体突然迸发出万千道霞光，如同九天神女一般风华绝代。

之后的事情，在村民看来简直如同神迹一般，一个光华闪闪的玉莲台突然出现在梦可儿的脚下，白衣飘飘的梦可儿散发着七彩光芒，缓缓飘浮到半空中。在那一刻，她是如此的圣洁与美丽，即便是天使降临凡尘都无法与她相比。只是，这幅至美的画面没有停留多久，梦可儿便发出了一声凄然的尖叫："啊！怎么会是这样子！？怎么会是这样子！？"随后，梦可儿冲天而起，消失在远空中。

在西方，杀死贵族是无可救的大罪，老丹尼东和女儿逃进大山中，许多村民怕受到迁怒也躲进深山，因此小村内十室九空。这几日，每天都有带甲的凶兵来小村搜索，现在已经抓走许多村民。辰南沉默良久，他没想到居然发生了这么多的事情，按照老猎户所说，梦可儿似乎恢复记忆了。短暂的十日夫妻，或许该画上句号了。梦可儿现在去了哪里？再次相见，二人将如何相处？

辰南已经离开了小山村，因为他和梦可儿的缘故，为小山村带来灾难，他要尽快赶到新兰帝国第二大城市费沙城，找奥利列公爵帮忙。现在，在凡俗界，辰南几乎没有对手，但他不能依仗武力将那些军队杀光，因为他要救人，不可能和国家机器抗衡。他一个人无所谓，即便杀进新兰皇宫也能够全身而退，但现在他是为了救一群手无寸铁的人。现实远比想象的黑暗，无论是在万年前，还是在现今这个时代，法规守则永远掌握在少数上位者手中。

辰南已经到了奥利列公爵的府上，说明了来意，希望他能够帮忙解救那些村民。奥利列身为西方的大贵族，消息灵通无比，尽管他不是修炼界的人士，但也早已听说辰南近来种种震撼性的传闻。一个在二十几岁就近乎无敌的青年高手，在奥利列看来有着无比广阔的前途，如果能够和这样的一个人保持友好的关系，那么几十年、上百年后，说不定他整个家族多了一个能够依赖的武神。奥利列非常痛快地答应辰南的要求，国家法律在他这等上位者眼中，有时不过是种装饰而已，需要的时候可以尽情践踏。

一等公爵的命令很快传到了那片村镇，恶棍男爵欺男霸女，视国家法律而不顾，现撤销该家族一切封号，没收一切财产。另，丹尼东救的两名青年男女，乃是出访新兰帝国的重要友人。为表彰老丹尼东之功，封他为男爵，接管原恶棍男爵的封地。现实就是如此，残酷也好，讽刺也罢，老公爵的一道指令令整个事件瞬间逆转，上位者一言就能够改变一切。奥利列为了拉拢辰南这个未来的武神，可谓卖了不小的人情。

小山村内老丹尼东父女，已经从传令官的口中了解到，局面之所以发生逆转是因为辰南请老公爵出面。善良的父女二人只能默默为辰南祈祷，希望他今后一切顺利。吉丽丝抚摸着怀中的七彩魔狐，道："这个小东西是辰南大哥为可儿姐姐捕捉的，不知道可儿姐姐何时能够回来看一看。"她不知道，在说这些话的时候，梦可儿已经站在窗外……

远在新兰都城的凯利，闻听辰南到费沙城后，立刻乘坐飞龙赶回来。耐不住这个家伙的纠缠，辰南简单地解释了一下失踪的原因。"什么？你们两人竟然同处一个屋檐下，这真是太……"凯利听说梦可儿和辰南皆失忆，同在一个屋檐下相处了一段时间后，吃惊地张大了嘴巴。当然有些事情辰南是不可能说出去的，如果被凯利得知他和梦可儿曾经结为夫妻，这个家伙肯定要惊得跳起来。

晚间，奥利列公爵在府上举办了一场规模不算小的酒会。宽广的大厅金碧辉煌，数百人赴宴毫不拥挤，水晶吊灯撒出的光芒将大厅烘衬得绚丽无比。众多贵族举着高脚酒杯，三五成群地聚在一起，频频碰杯，热络交谈。

辰南是一个东方人，不怎么喜欢这样的酒会，他和凯利坐在一个角落里轻声地交谈着。凯利道："辰南你可知道，在你失踪的这些日子以来，东土皇族杜家派出了他们家族最强大的青年高手杜昊。这个人的武学修为据说深不可测，在短短的一个月内，已经战败无数东土名宿。他已经放下话来，要单枪匹马打败十个修炼大派，而后将在东方设下'帝王擂'，遍邀东西方所有修炼者前去观看，他要在帝王擂上与你决一死战。"辰南冷哼道："该死的狗奴才，还真是横行霸道啊！"

凯利道："东土居然有这样一个强大的家族，真是让人不敢相信！辰兄你到底与这一家族有何恩怨呢？"辰南道："他们这一家族所修炼的功法，皆传自我辰家，不过现在背叛辰家，想要除掉我这个辰家最后的传人，这是一个忘恩负义的狼性家族。算了，我不想多说了，我发誓一定要亲手灭掉这一家族。"辰南每次一想到号称东土皇族的杜家，便无法抑制自己的怒火。

忽然，辰南在人群中发现一个熟悉的人影。这是一个金发女子，身材凹凸玲珑有致，让人遐思无限。她的容颜也许不及梦可儿、龙舞等人，但性感、妩媚、妖娆却远远过之，这是一个能够令男人产生最原始欲望的尤物。"露丝。"辰南低呼。这名女子对于他来说并不陌生，当初在神风学院之际，这个性感妖娆的西方女子曾经不止一次邀请他加入某一势力集团。而且两人之间还有过一次荒唐关系，辰南现在想来还感觉有些尴尬，那绝对是一次异常狼狈而又丢人的经历，因为从某种意义上来说两人都是受害者。

"咦，你认识她？那可是一位相当出色完美的交际花啊，该不会你们之间有过什么吧？"凯利似笑非笑地看着他。

"不要乱说。"

"嗯，我明白了，她不久前才从神风学院回来，而你以前也曾经在神风学院待过，如果她没找过你，打死我也不相信，她的职责就是为了她身后的那个大势力挖掘一切可用的人才。"凯利没有说出露丝身后的那个大势力，但可想而知在西方一定很有底子。辰南有些尴尬，道：

"你可不可以离开一会儿。"因为他发现露丝正向这里走来。

"哈哈，旧情难了啊，我是好人，当然要为你们创造机会，你们慢聊，我去为你们把风。"凯利笑得很灿烂，不过看在辰南眼中，显得有些可恶，擒龙手瞬时而出，轻轻地在凯利的屁股上拍了一记，将这个家伙立刻轰离这里。

露丝妩媚地笑着，扭摆着纤细的腰肢，莲步款款，走到近前。她在辰南身旁坐下，右手轻轻摇动着高脚杯中的红酒，道："好久不见。"

"是啊，好久不见，你还好吧？"辰南问候道。

"你说呢？"露丝笑了笑。辰南有些尴尬。"呵呵，不用这样，我们谁也不欠谁的。"露丝笑起来分外妩媚，红唇经过红酒浸润后娇艳无比，她笑了笑道："你应该明白我的身份，有些事情我不能自主，说起来我倒是要挟过你，给你添过一些麻烦。好了，你不要介意什么，如果可以，我们以后是朋友。"辰南从她话中听出几许惆怅。是啊，一个如花似玉的美丽女子，如果可以，谁愿意出卖自己的美色呢？

"我想帮你，真心实意地帮你，请你不要拒绝。"辰南认真地道。"你……"露丝有些诧异，没想到辰南会说出这样的话。辰南接着道："我想你早已厌倦这样的生活了吧，我想帮你摆脱现在的一切，重新开始另一段崭新的生活。"露丝是一个聪明的女人，是一个饱经世故的女人，看出辰南确实想帮她，她的情绪虽然很激动，但话语很平静，道："是的，我早已厌倦了现在的生活，我身后的那个势力答应我，如果我再为他们工作五年，我就能够获得自由了，可是一个年轻的女人能有几个五年呢？辰南你是一个好人，如果你能够帮助我，我一辈子都不会忘记你。"

"我会让奥利列公爵和凯利王子出面，你身后的那个势力应该会买账。"辰南觉得能够为露丝做一些事情，心中那种说不清的愧疚减少许多，他问道："你今后有什么打算呢？"

"说起来我还算幸运，我很喜欢一个人，那个人也喜欢我，而且这么多年来他一直在等我，如果我能够恢复自由，我想我会立刻嫁给他吧。"露丝平静地道。露丝已经走了很久，辰南还在盯着酒杯发呆。凯利拍了拍他的肩头，道："看你一副失魂落魄的样子，不要发呆了。"

"嗯，凯利，我想请你竭尽全力帮我做一件事……"凯利点头答应露丝的事情并担保没问题，辰南笑了笑道："把我留在你府上的魔晶核还有那几头兽王都转交给露丝吧，希望她以后能够有一个安逸的生活。"

当酒会接近尾声时，辰南的右臂处突然传出一个奶声奶气的声音："唔，好香啊，如此香醇的美酒，让人连觉都睡不着啊。""晕，你还真是个小酒鬼！"辰南感觉到右臂有些发痒，他知道小龙醒过来了。"唔，我好想出去，喝上一大杯啊，馋死我了。"小龙不满地嘟囔着。辰南朝左右望了望，还好没有人，忍不住笑道："你这个小东西，真是让人无语，那你就快快恢复过来吧。"

"辰南我感觉你身上有一件神器，那是什么？"

"是射日箭。"

"哦，光明大神棍在上，这是个什么东东？好奇怪哦，我听着怎么这样耳熟呢？把它放进你右臂的袖中吧，我感觉它似乎对我有所帮助。"龙宝宝感应片刻又道："大神棍在上，我感觉能够吸收它，辰南快离开这里，我想可能会发生一些特别的事情。"

辰南站起身来，匆匆向奥利列公爵告辞，而后飞快离开公爵府。刚刚走到大街上，他的右臂就闪烁出阵阵璀璨夺目的金光，光明教会的圣物射日箭竟然要融进他的手臂中，确切地说是要融进小龙的身体内。辰南不敢耽搁，脚踩天魔八步如飞一般向费沙城外奔去。路上的行人吃惊无比，他们只看到一道金光一闪而过，还以为流星冲到地面呢。

来到荒郊野外之后，辰南的上衣被右臂处的炽烈金光燃成灰烬，射日神箭融进他的皮肤，进入小龙的影像里。辰南不明所以，不知道为什么会这样，他开口问小龙道："小东西到底怎么回事，你不要紧吧？"

"好奇怪哦，我也不知道怎么回事。唔，不过我感觉力量在飞快恢复着，我好像马上就能够出来了。"小龙刚说到这里，辰南右臂处光芒便变得无比耀眼起来。"嗷吼——"一声巨大的龙吼响彻天地间，小龙自辰南的右臂处快速冲出。

"太好了，没想到神箭真的对你有帮助，你真的出来了。"辰南非常高兴。"大神棍在上！我终于可以喝到美酒了。"小龙高兴地叫嚷道，兴奋地在空中飞来飞去。

"龙宝宝，射日神箭哪里去了？"

"咦，对呀，它去了哪里？"龙宝宝眨动着一双大眼，露出一副不好意思的神态，用一对金黄色的小爪子在身上摸来摸去。"哦，大神棍在上！它在这里，它变成一片金鳞，天啊，居然是逆向的！真是太讨厌了，我的身上为何总是长这些奇怪的东东，先是多了一只角，现在又多了一片逆鳞。"小龙不满地抱怨着，在它的喉咙下，一片金光璀璨的龙鳞逆向生长着。

辰南若有所思，道："射日神箭乃是光明教会的圣物，应该是光明神传下来的东西。不久前你这个小东西吸收了一颗光明神的舍利子，现在又吸收了他的神箭。这样说来你和他真的很有缘。"他突然想到了某种可能，道："不会吧？如果将来的某一天，你将光明神遗留的所有东西都吸收进体内，那你、你这个小家伙岂不是成了新一代光明神？我的天啊！"

"大神棍在上！我才不想吸收一些乱七八糟的东西，我才不想变成一个小怪物呢！"小龙不满地嘟囔着。"龙本来就有逆鳞，没有才是怪物呢。我在猜想，射日箭是不是本来就和你有些关系呢？不然怎么会这样呢！"辰南看着小龙的眼神有些古怪，在他看来，这或许才是真正的神之传承！

杜昊连续大破逍遥宫、天罡派、武陵门等东土修炼界九个知名大派，刀锋所向，无人能敌，已经在东土修炼界引起轩然大波，聚集所有人的目光。他曾放言，要连续战败十派，最后设下帝王擂，恭候辰南从西方归来，在天下所有修炼者的面前来一场生死大决战。哪一派将成为第十派？许多古老的门派人人自危，生怕自己的门派不幸地成为第十块进阶石。就在这一日，杜昊扬言第十战要挑战东土十大修炼世家中的龙家，此言一出立时引起一场巨大的风波。

东土十大修炼世家，传承具有悠久的历史，每个家族都有过辉煌的过去，这些家族每一代都最少有一两个五阶高手，是东土最强大的修炼门派。杜家号称万年传承、东土主宰，当这一家族始一出世时，就已经被人们猜想到早晚要和十大世家发生激烈碰撞，毕竟他们需要证明到底谁才是真正的东土第一黄金家族！这一日终于要到来了，但没想到杜家仅仅派出一个后辈高手就扬言要挑下十大世家中的龙家，可谓嚣张霸道到极点。虽然这个青年近一个月来像龙卷风一般震撼了整个修炼界，但他一个人去挑战龙家，还是给人一种轻视十大世家的感觉。

龙家当代家主龙子风很平静，与杜家之战已经无可避免，龙家上下都在静静地等待那一时刻，这是关乎家族荣耀的一战。龙子风有四子一女，第四子潜龙曾经被老一辈知情者誉为年轻一代第一人，不幸天妒英才，潜龙深陷死亡绝地，就此一去不归。龙子风的前三个儿子修为也都不错，但远远没有潜龙那般天资超绝，如果潜龙还在，他或许能够替父一战吧。每当想到此处，龙子风便忍不住有一股心酸的感觉。近几十年来龙家有些没落，现在除了他自己，就只有龙老太爷的修为在五阶以上，余者无一人能够和杜昊一战。或许杜家就是看到龙家在十大世家中人才凋零才首先拿他们开刀吧？

龙子风有一种英雄迟暮的感觉，他知道杜家的崛起恐怕无人能挡了，东土十大修炼世家必然会被一一挑落，当杜昊不敌时，杜家的老一辈恐怕会震撼性登场。他不禁想到了自己的家人，他最疼爱怜惜的便是自己的女儿龙舞，只是这个孩子……潜龙在这个世上消失，对龙舞的打击很大。

从神风学院回来之后，龙舞从此寄情于书画，整日在家中书写作画，还常常去野外写生。表面看来，龙舞似乎又变回那个开朗乐观、整日挂着灿烂笑容的阳光女孩。但龙子风始终觉得，龙舞还没有解开心结，她越是这样，他越感觉担心。他觉得该去看看这个女儿，或许还是让这个孩子出去吧，现在这个家风雨飘摇，她这样的一个女孩不适合待在家中。

龙舞的院中种满了奇花异草，始一进入便闻到一股沁人心脾的清香。"父亲你来了。"龙舞正在院中作画，一头乌黑的短发仅仅盖过双耳，眼神清亮干净，宛若秋水，挺直的琼鼻，红润的双唇，组合在一起构成一幅至美画面。龙子风很是奇怪，以往龙舞每次都是画山水，这一次她居然画了一柄剑，一把杀气袭人、冷光四射的剑。

即便是外行人也能够看出龙舞的画功，这幅画太传神了，将剑之凌厉杀气体现得淋漓尽致。落在龙子风这等武人的眼中就更不一般了，这幅图竟然隐现出一种锋芒毕露的武境，让他不得不重新审视自己的这个女儿，她是从什么时候起有这等修为的？"舞儿，你这是……"

龙舞笑了起来，神采飞扬，风采自信，说不出的阳光灿烂。龙子风有一种感觉，自己的这个女儿似乎真的抹去了心中的阴影，恢复从前的潇洒飘逸之态。"女儿忘记了许多事情，寄情于书画，现在偶有小成，心境有所突破，武学也渐渐有了长进，现在已经踏足五阶领域。"

"这……"龙子风着实吃惊不小，他知道这个女儿天资卓越，奈何从不肯认真修武，致使修为始终停留在三阶境界，没想到寄情于书画后竟然有如此突破。龙舞道："可惜……如果我能够在一幅山水画中，透发出比利剑还要凌厉的杀气，那么我有信心和那个杜昊一战，现在的我还远非他的对手。"龙舞曾经服下半颗天使之心，现在整个人比以前更加充满灵气，如同不食人间烟火的仙子一般。

看到龙舞似乎真的摆脱了过去种种，龙子风颤声道："舞儿，你只要开心就好，不要多想什么，家族中还有父亲，还有爷爷，不会要你去战场的。""不，父亲，在家族危亡时刻，我怎么能够退缩呢，那样还配做龙家的子女吗？"龙舞轻轻一笑，当真如空谷幽兰一般，给人心神皆明净的感觉，她道："父亲不要担心，我想有一个人会及时赶来，帮我们解救眼前的危机。"

"谁？"

"一个……臭败类。"

龙子风愕然，有些不解地望着女儿，道："舞儿你说的是什么话啊，真的有人会来吗？"龙舞慢慢转过身躯，面向西方，平静地道："我想他会来吧。"龙子风依然不解。"如果他不来，算我看错了人。"龙舞说完，俯身唰唰唰快速作了一幅画，一个脚踏神龙的青年男子，隐现于云雾中，有几分像潜龙，但明显不是潜龙。

东土皇族杜家的强势崛起深深震撼了整个修炼界，是现今最热门的话题。杜昊将挑战龙家之事，第一时间传到西方，所有人都在议论。辰南闻听到这个消息后脸色骤变，在他的心间浮现出一道美丽的身影——龙舞。他想起了当初龙舞舍身相救时的场面，绝美的龙舞如一朵凋零的花儿一般，脸上毫无血色，鲜红的血水自她口中不断涌出，洁白的衣衫沾满血迹，似折翅的天使一般圣洁而又凄美……

他想起临别之际对龙舞玩笑似的话语："龙舞，回去后你好好静一静，忘记以前的不快。你决定嫁人的时候一定要通知我，我欠你一条命，这辈子只能以身相还了。如果有一天你解开了心结，只要在修炼界透一个口风，我即便是在万里之外，也会乘龙赶到晋国龙家。哎哟，别打我，我说的都是真话……"

神灵龙穿云破雾，越过重重大山，在路过神风学院时，辰南让龙宝宝降落下去，他有些事情要去找神风学院副院长。"嗷吼——"神灵龙飞临到罪恶之城的上空，引得万人惊呼，无数人顶礼膜拜。当它降落在神风学院的龙场时，所有巨龙、亚龙等都吓得匍匐在地，身体剧烈颤动不已。此外，城外的大山中，各种鸟兽也都惊惧不已，朝着罪恶之城的方向不断叩拜。神龙出世，世人膜拜，万兽慑服！

学院内无数学生赶到这里，其中绝大多数人都认识辰南，看着那个威震东西方修炼界的传奇高手，许多人皆想上前来打招呼，只不过在神灵龙的一声吼啸声中，所有人止住了脚步。辰南曾经在这里住过很长一段时间，在这里曾经惹出过无尽风波。大战东方凤凰，击杀神威小侯爷，勇闯死亡绝地，血战罪恶之城，围杀绝世高手凌子虚，人们对他的观感也一变再变。直至最近，他大战于西土，灭杀一个又一个绝世高手，他在神风学院众多学员的眼中，早已成为一座高不可攀的武道高峰，是一个令人难以超越的绝代青年强者。

副院长在第一时间赶到龙场，神龙的吼啸声震荡天地，早已惊动了他。由于时间紧迫，辰南向以前的熟人挥了挥手，而后跟着副院长快速穿过人群。当然，在离开时，辰南不忘向小龙使个眼色。龙宝宝会意，不理会众多学生惊异的目光，快速变小，而后朝着神风学院的药库方向冲去。辰南和副院长谈了很长时间，详细了解了东土形势，最后他将自己的顾虑说出。

"杜家青年高手再强，我也无所畏惧，只要是同辈中人，来一个我杀一个，来十个我杀十个！没有一个杜家子弟能够活着回归杜家，我只忌讳杜家的老一辈高手。"副院长笑了起来，道："前几日你收到我的书信了吧？我让你来这里一趟，要说的就是这件事。你只管放手去干，只要你有本事，尽可大开杀戒，杀光所有杜家青年高手，不必顾忌杜家的老怪物，有人会替你接招。"辰南怀疑地望着这个老狐狸，真的有些不相信他会说出这样的话。

副院长不满地道："你那是什么眼神，以为我信口开河吗？罪恶之城乃是一座圣城，无数高手都隐修在这里。某一夜你和梦可儿对战之际，一位六阶高手出面阻止你们，你还记得这件事情吗？还有，我曾经向你讨要过'神血'，你知道是谁在进行神人研究吗？是学院达到六阶境界的正牌院长。"辰南有些惊愕，随后恍然。

副院长道："哼哼哼，杜家实在太猖狂了，一些前辈高手已经做好了大战的准备，如果杜家老一辈的人物跳出来，保证会有人替你接下。""好！有你这些话，我定然要将杜家的青年一辈赶尽杀绝！"辰南和杜家早已是不死不休的局面，没有这个誓言他也一定会这样做。

"小子你最好不要太大意，据说杜家的青年高手并不是孤军奋战，他们将一个古老的修道门派捆绑在了他们的战车上。这个修道门当年曾经号称东土第一，不知道由于什么原因，已经有上千年未曾出世。这次你必然会在同辈当中遇到意想不到的强大敌手，小心别丢掉小命。"辰南现在终于意识到情况有些不妙，原来许多事情并非想象中的那么简单。

正在这时，有人急促地敲门，副院长快步走了出去。不多时他又回来了，道："杜家决定提前向龙家动手。"

"什么，在哪一天？"

"就在今日。"

辰南忍不住爆粗口，腾的一声站起，快速向外冲去。"杜家是铁了心想立威啊，但愿你还来得及！"直到辰南消失，副院长才叹道，"玄战时代终于再次来临了……""嗷吼——"一声巨大的龙啸传遍了茫茫群山，震荡得罪恶之城都仿佛晃动起来，神灵龙腾空而起，映射得天际充满了金色的霞光，快速朝着东土飞去。

不多时，神风学院传来副院长一声悲愤至极的惨嚎："天啊，走了一条痞子龙，又来了一条强盗神灵龙，神风学院药库千年的珍藏啊！天杀的辰小子，我……"学院的药库，防盗大铁门上是一个迷你小龙形状的洞，密室、暗室中的珍贵灵芝仙草被洗劫一空。在飞往东大陆的路上，小龙露出陶醉般的笑容。"唔，怀念啊……神风学院真是一个好地方！"

长达十七八丈的金色神龙划过东土大地，神话传说中的神兽竟然出现在世人的眼前，引得无数人顶礼膜拜，在这一日，东大陆沸腾了。神灵龙穿云破雾，腾跃万里，终于赶到了晋国，按照副院长告知的路线，辰南指点龙宝宝快速向龙家飞腾而去。此刻的龙家被杜昊等人团团包围，十头飞龙骑士围在空中，另有上百名高手围在龙府之外。

龙子风满脸怒意地盯着杜昊，道："这就是你说的单人挑战？""对！请你放心，只要你们龙家的人不尝试逃走，那些人绝不会动手，因为我一个人足够了。"杜昊很自信张狂！龙子风明白了，杜家真的要开杀戒，在这之前的九个门派，并没有听说被灭杀，但龙家不同，他们是东土十大修炼世家之一，杜家要拿他们开刀立威。

"你们杜家准备得很充分嘛，万年来不是一直隐忍未出吗，怎么连西方的飞龙都有了呢？"龙子风忍不住讥笑道。杜昊狂笑道："哈哈，这是五千年前我们缴获的战利品的后代，那一战当真精彩啊！好了，时间到，今天你们龙家注定要在东大陆被除名！"

"嗷吼——"就在这时，一声巨大的龙啸突然自远空传来，吓得十头飞龙战战兢兢，险些坠落下去，一条金色的神龙自远空快速飞腾而来。"嗷吼——"巨大的龙啸，上动九天，下震九幽，响彻天地！

"杜家的狗奴才没有一个能够活着离开这里！"滚滚音波如惊雷一般，自数里之外传来，在长空中浩浩荡荡。"你是谁？"杜昊惊怒，仰望着远空。"我辰南来清理门户了，杜家所有人都要给我去死！"随着滚滚音波传到，神灵龙已经载着他冲到了龙府上空。辰南脚踏神龙背，弯弓搭箭，大喝道："杀！"

一支寻常的箭羽，被他贯注强横无比的罡气之后，如天界的神罚一般化作一道闪电，撕裂虚空，瞬间插入一头飞龙的头颅中。"轰"一声巨响，飞龙的巨大头颅，在刹那间爆为粉碎，残骨碎肉在空中到处飞溅，巨大的龙尸向下坠落而去。"杀！"伴随着一声狂吼，辰南第二支箭羽射了出去，璀璨夺目的飞箭如划空而过的流星一般，拖着长长的尾光，瞬间没入第二头飞龙的头部。"轰"一声巨响，龙头爆碎，巨大的龙尸坠落而下。地面上，无论是龙家还是杜家的人都傻了眼，这还是人吗？普通的箭羽到他的手中，如同射鸟般竟然生生射下了七八丈长的飞龙，这简直不可思议！

辰南仰天狂啸，滚滚音波如同炸雷一般，在整片天空激荡，他双目赤红，长发根根倒立，集全身功力于箭羽之上，一箭一箭地射出。"杀！""杀！""杀！"……被灌注了强大力量的箭羽，散发出璀璨夺目的光芒，如同惊天长虹一般划破长空，带着长长的尾光，在"噗噗"声中，一一贯穿飞龙的头颅。"轰""轰""轰"……一声声巨响，十头飞龙的巨大头颅，被蕴含着超级恐怖力量的箭羽炸得粉碎，龙尸纷纷翻滚而下。这震撼的画面震撼了所有人，这是何等的修为啊！十支普通的箭羽竟然射下十头飞龙，当真如转世武神、盖世霸王一般！

神灵龙穿云破雾，腾跃万里，载着辰南从西方飞回东土。十七八丈长的神龙身，绽放出万千道金色霞光，映射得整片天际都充满璀璨的金色光辉。辰南脚踏神龙背，长发根根倒立，体外魔焰熊熊燃烧，他弯弓开箭，一连射下十头飞龙，在这一刻他真如一个盖世魔王一般。

小小的箭羽，竟然将那巨大的龙头射得爆碎，七八丈长的飞龙在辰南的箭羽之下竟然是如此的脆弱。庞大的龙尸翻滚着向地面坠落，十头飞龙接连砸落在地面，真如天摇地动一般，大地剧烈颤动不已。地面上所有人皆无比震惊地仰望着高空，在这一刻，在他们眼里，辰南真如一个盖世魔神一般，十箭射下十头庞大的飞龙，这超出了他们的想象空间，简直太不可思议了！所有人都惊得目瞪口呆！

神灵龙在空中盘旋飞腾，金色的霞光耀得人睁不开双眼，辰南立于其上，冷冷地俯视着下方的杜家子弟。

"天啊，传说中的神龙啊！"

"那个人……他居然乘神龙而来，他是来援救我们的。"

……

龙府中传出阵阵惊呼。与此相反，杜家众人面如死灰，传说中的人物赶到这里，竟然表现出如此强大的武力，盖世十箭让大部分人心胆俱寒，有些人已经忍不住开始战栗。

"这……恶魔真的复活了！"

"他……简直就是一个非人类！"

"传说中的这个人……真的不可战胜啊！"

"家族中的长老们不出，还有谁能够与之争锋？！"

杜家众人感觉到了莫大的压力，同时想起背叛辰家后可能触发的可怕诅咒，心中充满了恐惧。不过在这一刻，有一个人显得与众不同。杜昊异常沉着冷静，嘴角带着冷笑，仰头望着空中的辰南，清冷的眼神在刹那间闪过一道戾色，原本英俊的面孔显得有些狰狞，高大挺拔的身躯给人一种阴森可怕的感觉。

"哈……哈哈哈……"杜昊并未因辰南表现出的超绝实力而变色，反而仰天狂笑起来。这些杜家子弟听闻笑声后，似乎安稳许多，不再像刚才那般恐惧，众人望向杜昊的眼神充满了敬畏，此人似乎给这些杜家子弟极大信心。

杜昊，不过二十几岁，但其修为足以令杜家老一辈诸多高手汗颜，这是一个天才型青年高手，号称杜家有史以来最具才华的奇才之一。如今其修为却即将踏入六阶领域，或者说已经有一只脚踏进了东方武者的第六境——真武之境。他已经破入真武之境数次，虽然每一次驻留的时间都很短暂，但足以傲视青年一代的高手。

杜昊的不凡之处表现在多方面，他并未像家族中同龄人那样吃灵药，或者得蒙长老馈赠功力，他的神通都是自己一步一个脚印辛辛苦苦修炼出来的，从未仰仗过外物。他认同前人的说法，认为得自外界的力量并不纯粹，到修炼后期会阻碍自身修为的提升。杜昊在二十岁的时候就开始在辰家玄功中摸索出适合他自己修炼的功法，最为难得的是他不是机械似的照搬修炼，而是修创性的继承，在原有的法诀基础上改造创新，发展出许多威力强大的玄妙奇功。在所有杜家人眼中，杜昊定然会成为杜家未来的武神！必然会超越所有前人！

"辰南，没想到你的动作竟然如此迅速，居然不远万里赶到这里，你来这里是想阻止我吗？你认为能阻止得了我吗？"杜昊仰望着高空，话语中透发着强大的自信。"你觉得我阻止不了你吗？"辰南的话语很冰冷，隐隐透发出一丝轻蔑之态，不过更多的是高昂的战意。他站在神灵龙的背上，俯视着杜家子弟，道："想必你们都已知道我的来历，既然你们和杜昊一同而来，定然是早已忘记那遥远的誓言。哼，既然你们想杀我，那就不要怪我心狠手辣了，今日辰某要大开杀戒！杜昊，你给我听清楚，今日我不仅要阻止你，而且要杀光你带出来的所有杜家子弟！"

"嗷吼——"神灵龙一声龙啸，响彻云霄，直震得这片天地都仿佛晃动起来，将辰南方才的话语衬托得更加具有威势。杜家所有人皆忍不住一阵胆寒。杜昊微眯双眼，开合间透射出两道冷森的光芒。他对辰南并不惧怕，早想与之一战，他顾忌的是空中的神灵龙。不过他已经得到过密报，这条神灵龙的状态似乎很不稳定，对他这个一脚踏入六阶境界的强者难以造成生命威胁。

"嘿嘿……"杜昊冷笑道，"我看你如何阻止我？""杀！"辰南在高空之上一声大喝，而后驾驭神灵龙俯冲而下，十七八丈长的神灵龙洒下漫天金光，盘旋舞动而下，庞大的龙躯如巨大的闪电一般，冲进杜家子弟的阵营中。

"轰隆隆——"整片空间都在震荡，神灵龙十几丈长的龙躯不断舞动，巨大的金色龙身如那钢铁长城一般，从高空砸落下来，在一瞬间便将二十几名杜家子弟压砸得骨断筋折。神灵龙庞大的龙躯如巨山大岳，普通高手根本难以抵挡，仅仅一个盘旋俯冲，就让二十名杜家子弟魂飞魄散。

"嗷吼——"一声巨大的龙啸，直上云霄，响彻天地，方圆百里的飞禽走兽，无不吓得战战兢兢，匍匐在地。神灵龙在空中一摆尾，长硕的龙身如横扫千军一般，将三十几名杜家子弟抽飞击碎。地面上，惨嚎、惊恐的哀叫声不绝于耳。"嗷吼——"传说中的神兽，千百年难得一现世间的神灵龙，强绝的龙威，绝对的震撼，无人能够与之争锋！

"嗷吼——"声声龙啸，传遍了方圆百里的每一寸土地，所有杜家子弟皆面如死灰，他们惊恐地望着空中的神兽，快速地向着杜昊身后退去。龙府之外的包围圈立时瓦解，杜家的所有人都会合到杜昊的周围，这个强绝无匹的青年高手，成了众人依托的保护者。看到刚才短暂的碰撞结果，龙府传出阵阵欢呼声。

杜昊愤怒震惊，眼前的神灵龙果然强大到了让人心惊胆战的地步，如果不是知道这头神灵龙不能随便挥动龙力，他现在可能已经选择退走。辰南驾驭着神灵龙飞到高空，立威的效果达到了，他相信杜家子弟现在绝对处于心惊胆战中，定然不敢轻举妄动地进攻龙家。龙躯变大的龙宝宝神武无比，现在还没有露出疲态，吸收射日箭后，它的状态稳定了很多，能够进行一些规模较小的战斗。

"辰南……"杜昊的语气无比寒冷，他咬牙切齿道，"我的初衷不变，今天就是想灭掉龙家！状态不稳定的神灵龙对我无效！你尽早下来和我一战吧，看你如何阻止我？""哼，今天我就是为宰你而来的！"辰南冷声回应道。"嗷吼——"神灵龙一声吼啸，盘旋而下，惊得杜昊身后的那些杜家子弟心胆俱寒，有些人甚至颤抖起来。

待来到低空后，辰南自神灵龙背上一跃而下，立身在杜昊身前十丈处，他脚下的地面崩开一道道巨大的裂痕，裂痕向着前方蔓延而去。同时，一股磅礴的力量自他身体汹涌而出，这股强大的能量流似飓风一般，狂暴地向着对面涌动而去。杜昊纹丝未动，但他身后的杜家子弟，有数十人被这股强大的力量波动，击撞得吐血翻飞了出去。"嗷吼——"神灵龙一声吼啸，又有数十人被震得翻倒在地。

"杀……"龙府中冲出无数龙家子弟，反将杜家子弟团团包围。白发苍苍的龙老太爷，在龙子风的陪同下走出龙府，风华绝代的龙舞跟随在他的身边。杜昊仅仅回头冷冷地看了一眼，便又将目光定格在辰南的身上，他冷森森地道："我为你摆下的帝王擂还没用上呢，希望你今天能够不死！"辰南的到来打乱了杜昊的计划，杜昊已经看出辰南的修为也已达到五阶顶峰状态，在龙家三位五阶高手的环视下，他没有十足的把握取走辰南的性命。

"希望你不要让我失望啊！"杜昊残忍地笑了起来，右手斜指南天，"铿锵"一声金属颤音响彻天地间，龙家许多年轻的子弟被这道声音震得大口吐血不止，众人快速向后退去，十几人瘫倒在地。"什么?!"辰南双眼中射出两道神光,瞳孔一阵剧烈收缩。杜昊的右手中金光灿灿,一把光芒璀璨夺目的长剑正在慢慢凝形,逐渐实质化!

"这是……?"辰南面现凝重之色,心中着实震惊无比!这个杜昊果真非同凡响,他的手中竟然凝出一把金色的光剑。辰南感觉到这个对手的可怕之处,他在那把金剑之上感应到一股熟悉的气息,"逆天七魔刀"几个字在他脑中一闪而过。

"哈哈哈,很吃惊吧?"杜昊仰天狂笑,长发无风自动,高大挺拔的身躯透发出一股强横至极的气势,压迫得周围的人都快喘不过气,在这一刻他宛如一座高不可仰视的大山般矗立在场中央。"猜到了吗?"杜昊眼中的光芒冰冷无比,他冷森森地道,"逆天七魔刀堪称盖世魔功,但却有着致命的弊端,每施展一次,都要以自己的性命做赌注,没有人能够承受得起!这不是一般人所能够施展的邪功,在我杜家几乎没有人去修炼它。不过,本人却对它非常感兴趣,自踏入武道以来,我一直对它精研不辍,终于被我解析了它的秘密,现在你见到的是顺天七神剑。以前的弊端被我一一抹去,逆天者注定要死!逆天七魔刀已经演变为顺天七神剑,可任我随意施展,再不用担心被剥夺走生命之能!哼哼哼,你有死亡魔刀,我有顺天七神剑!今日我看你能奈我何?顺天七神剑注定要打败你的死亡魔刀,我注定要压你一头!"

辰南久久未语,好久之后才道:"你是个人才,不过,算不得天才,称不上奇才!""铿锵"一股浓重的死亡气息自辰南处浩荡而出,一条黑影出现在他的身后,一口死亡魔刀自黑影的手中出鞘,悬浮起来,高高立于辰南的头顶上方。与此同时,六七把影像非常模糊的黑色兵器出现在他的周围,围绕着他不断旋转,上下沉浮。在这一刻,辰南周围,像是破开一个巨大的时空之门一般,地狱的大门仿佛已经通过他而大开了。死亡的气息,浩浩荡荡,直上云霄!辰南的周围,隐隐约约,仿佛有魂魄在缭绕,一股无声但却胜似有声的森森诡异气息,逐渐弥漫开来。

"嘿嘿……"杜昊冷笑。"轰"的一声,他的身体仿佛着火了一般,金黄色的真气,在瞬间透体而出,璀璨夺目的光芒令人不敢正视。那汹涌澎湃的金色气芒,仿佛天界圣火一般,环绕着他的身体,令他看起来神圣而又高大无比。他手中的金色光剑，"哧"的一声激发出一道刺眼的光束，光剑由一米多长扩展到了一丈长，光华璀璨夺目，摄人心魄。杜昊在这一刻宛如天界的金甲战神降临凡尘一般，神武无比！

辰南的表现则与他截然相反，黑色的气芒透体而出，滚滚魔气缭绕在他的周围，如冥魔焰火一般在体外熊熊燃烧。再配上几名浩荡着浓重死亡气息的魔兵，他如闯出地狱的修罗魔王一般，显现出一股孤寂苍凉的霸道。

"终于见识到死亡魔刀的样子，最近我一直在想它有何不凡之处，现在相见，发觉也不过如此！"杜昊在金色的真气映衬下，真如武神一般，他的话语透发着强大的自信，眼睛一眨不眨地逼视着辰南。

"嘿，死亡魔刀卖相并不好看，不过却真是一口夺人性命的魔刀。你的顺天七神剑，看起来很精美，不过却像玩具，不知道能否挡下我几击，希望它和你的自负成正比，莫要让我失望啊！"辰南战意高昂，冷冷地敌视着眼前的强大敌手。龙家的人已经远远地向后退去，杜家子弟也快速离开这片即将成为战场的空地。至此，两人已经无话可说，现在唯有实力能够决定一切，两雄当立，一场大战在所难免！

"杀！""杀！"伴随着两声狂喝，一金一黑两道身影如两道电光一般向着对方冲去。杜昊右手擎着近一丈长的金色光剑，浑身上下金光耀眼。辰南右手做握刀动作，死亡魔刀紧紧贴在他的右掌前端，和握在他手里一般无二。半丈多长的死亡魔刀死气沉沉，虽然没有闪烁着夺目的光芒，但其特有的黑色光晕更是让人心惊，越看越是觉得可怕，似乎能够将人的心神吞噬。

"去死！""去死！"两人同时大喝，金光璀璨的神剑与死气沉沉的魔刀，撕裂了虚空，狠狠地碰撞在一起。"铿！"一声强烈的金属交击声响，直令方圆数十里的人都清晰地听闻，而附近的杜家子弟与龙家子弟，有不少人被震得大口吐血，仰天摔倒在尘埃中。这第一次交锋，两大绝顶青年者，可谓没有半分技巧，完全是野蛮冲撞，想要在力量上压倒对方，给敌手造成心理恐慌。"咔嚓"一声巨响，金色神剑崩碎，化作点点金光向着四面八方冲去。"轰"的一声爆响，死亡魔刀破碎，黑色的光芒冲向八方。金黑两色光芒爆发出浩瀚无匹的能量风暴。

"轰隆隆——"天空在动荡，大地在战栗，空间在扭曲……两股能量风暴疯狂肆虐，如天摇地动一般，这方天地仿佛要崩塌了。能量风暴中心地带的辰南与杜昊，随着塌陷的地层，一同向下陷落，他们所处的地带，方圆数十丈都崩碎了，磨盘大小的石块冲天而起，直上几十丈高空。两人附近的地带不断发出震天巨响，大地在沉陷。"轰隆隆——"巨石翻滚，无数巨大的石块逆空而上，乱石穿空，当真如末日来临一般。

辰南和杜昊两人一直下坠深入地面十五丈距离，方圆数十丈的巨坑出现在众多观战者眼前，而两大高手就处在深坑底部中心。这一击之威，当真惊天动地，许多杜家子弟与龙家子弟被那巨大的石块砸成肉酱。两家人马再次向远方退去，在三里地之外遥遥观望。在更远的地带，则是众多东土修炼者。杜昊要挑战龙家，早已传遍修炼界，东土众多高手都赶到晋国，想要观看这场意义重大无比的世家之战。

只是，杜昊曾经放出风声，要在几日后大战龙家，而今日却突然提前开战，令许多东土修炼者没能在第一时间赶到现场，直至此刻，才聚集来数千人而已。许多人都在庆幸，幸亏来得很晚，没有靠得太近，不然那漫天的巨大石块不知道要误伤多少修炼者性命。

杜昊冷冷地盯着辰南，道："无往不利的魔刀，今日恐怕无功了，你的死期到了！"之前几个杜家子弟的惨败声讯传回东土后，杜昊对辰南的死亡魔刀格外忌讳，眼下见抵挡住了魔刀，他变得无比自信。"哼，杀你足够了！"辰南冷声回应。毫无疑问，两人实力旗鼓相当，现在都想从对方的心灵上下手，有效地打击对方。

"杀！"杜昊一声爆喝，左右手中各出现一把光芒璀璨的神剑，他脚踩天魔八步腾空而起，金色霞光漫天飞洒，充斥在每一寸空间，让人睁不开双眼。辰南双手齐动，右手出死亡魔刀，左手则招来那面古朴的盾牌。刀、剑、盾狠狠地撞击在了一起，方圆数十丈，深十五丈的巨坑崩塌，乱石穿空，巨大的石块与土层混合一起，似火山喷发一般冲上数十丈高空。

在璀璨的金光与死气沉沉的魔气冲撞中，杜昊与辰南也冲出巨坑，两人各持神剑与魔刀不断对轰，由深坑到地面，再到高空，天魔八步施展至极限境界，两人宛如在飞腾一般，强横无比的气浪如海啸一般向着四面八方汹涌澎湃而去。大地在剧烈地颤抖着，地表彻底翻腾起来，泥土如同海浪一般，自交战中心地带开始，一直向外扩张，龙府首当其冲，在如同海浪般的土层翻动下，成片成片的房屋轰然坍塌，偌大的府宅变成废墟。数里外的观战者们惊得目瞪口呆，两名青年强者的实力太过惊人，似乎超脱普通修炼者所能够企及的境界。

远远望去，在金色的霞光与漫天的魔气中，两大高手如御空飞行一般，天魔八步发挥到极限境界后，令两人有大半的时间停留在空中，他们激烈地进行着空战。同样的冰冷眼神，同样的怒发飞扬，两个顶峰青年强者宛如神魔一般，各持神秘莫测的兵刃，疯狂地在空中大战。"今生今世，你注定将一人孤军奋战，我杜家好男儿成百上千，你如何与我斗？"杜昊乱发飞扬，嘴角溢出丝丝血迹，他一边挥动着无坚不摧的神剑，一边无情地打击着辰南。辰南擦了一把嘴角的鲜血，魔刀向天，苍凉地笑道："辰家即便只剩我一人又如何？你们所有的杜家子弟尽管来吧，我辰南一个人全都接下来！"

远处，龙舞一阵出神，此刻的情景，让她联想到当初辰南为了小晨曦，在晋国都城独抗千人军队，刀锋直指实力强他许多的超级强者陶然时的姿态……

"杀！""杀！"东土最强大的两名青年强者舍生忘死，在龙家废墟之上激烈地厮杀着，光芒璀璨的神剑与死气沉沉的魔刀不断轰撞，爆发出的可怕能量风暴浩荡十方。地表不断掀起土浪，即便数里外观战的人都有些站立不稳了，汹涌澎湃的力量已经波及观战者那里。

"辰南，你明知道斗不过我杜家，何必挣扎下去呢？快快自缚双手吧，我定然会饶你一命！"杜昊明知道辰南不会屈服，但还是在循循诱导，他在有意施加心理暗示，企图让辰南产生人单势孤的感觉。

"哼，不要白费心机了，什么样的战斗我没有经历过，你既然知道我是谁，就应该明白我经历过怎样的历练。心理暗示吗？这样的低级战斗技巧不要给我耍，对我丝毫不起作用，只会让我看不起你。是男人的话，用你的神剑光明正大地砍下我的头颅，如果承认不是我的敌手，趁早滚开，我饶你这狗奴才一命！"辰南不为所动，反而出言羞辱。

两人的动作快到极点，唰唰唰，同样的天魔八步身法，令二人的速度不相上下。二人在空中互相对攻上百招，到现在两人不仅动用了神剑、魔刀，其他绝学也一一施展出来。一道道困神指力在空中纵横交错，宛如光网一般，密布于每一寸空间。灭天掌力更是汹涌澎湃，巨大的光掌遮天蔽日，轰击得大地都在战栗，空间都在扭曲……

"嘿嘿……"杜昊冷笑道，"有些人真是愚蠢啊，明知不可为而为之。现在人人得知东土皇族的大旗将插遍东方修炼界，你一个早已衰败没落的家族的传人，能够翻得起什么风浪呢？看到你身后了吗，那上百名杜家高手，不过是我个人的随从而已，我带来的人马相对家族的力量来说，连冰山一角都算不上。杜家的强大，早已超出你的想象！"

"哼，多谢提醒，既然你提到这还算不上冰山一角的力量，那我也意思意思，让你看看我这辰家最后一人如何清理门户。"辰南大声冲高空中的神灵龙喊道，"龙宝宝，去把那些杜家子弟都给我灭掉，一个也不要留下！"

神灵龙一直在高空盘旋，如果不是辰南顾忌一直未露面的神秘"第一道门"，事先嘱咐它监视附近的情况，它早已盘旋而下了。"嗷吼——"一声龙啸响彻天地，神灵龙化作一道闪电，俯冲而下，它简直就像一条钢铁长城一般，一个狂猛的神龙大摆尾，"轰"的一声便抽飞数十名杜家子弟，被龙尾击中的这些人当场骨断筋折，化成肉泥。"嗷吼——"又一声龙啸，神灵龙张嘴喷出一道巨大的闪电，当场将二十几人烧得灰飞烟灭，紧接着它又张嘴喷出一大片炽烈的火焰，熊熊燃烧的真火，将剩余的杜家子弟烧得鬼哭狼嚎，在六阶神灵龙面前，这些所谓的高手简直不堪一击！

龙家众人、在远处观战的东土修炼者，看得目瞪口呆，这就是神龙之威吗？这简直不可战胜啊！实力当真恐怖到极点！"嗷吼——"震天的龙啸将许多实力稍弱的修炼者，震得翻倒在地，神灵龙在低空不断盘旋，闪电、火焰等强大的术法攻击过后，又来了几次神龙大摆尾，不过片刻，杜家子弟全部死于非命，而后它冲天而起，在高空发出阵阵龙啸，上下盘旋飞舞。所有观战者都怀着敬畏的心态仰望着空中的神灵龙，只在传说中才出现的神兽深深慑服了他们。

"你的随从被扫除了，何时让我见识见识你们家族的冰山一角啊？何时让我看看真正的冰山啊？哼，我说过定要彻底清理门户，雨馨的死需要你们全家族的血去偿还弥补！"辰南说到后来，情绪有些激动，几乎是狂吼出来的。杜昊同样无比郁闷，神灵龙就这样在他的眼前横扫了杜家子弟的阵营，灭杀了所有高手。看到辰南情绪波动剧烈，他手中的神剑立刻狂猛起来。

　　"轰轰轰——"神剑与魔刀激烈地碰撞着，刀剑碎裂后又马上凝形而成，两人都已经用上全力，直打得昏天暗地。此刻两大青年高手，皆披头散发，嘴角溢血，可谓势均力敌，一时间谁也难以奈何对方。不过，此时此刻，辰南的双眼渐渐布满血丝，想到雨馨的死，他心中无比悲痛，无尽的怒意与可怕的杀气交织在一起，他透发出无比高昂的战意，在这一刻他只想疯狂地杀戮！

　　技巧已经多余，两人的武学同出一脉，彼此的招数对对方来说没有秘密可言，现在两人都非常迫切地想杀死对方，无不在拼着体内的全部力量。两人完全是在硬拼实力，激烈的大碰撞，没有花哨的虚招，一方如果稍弱一分就可能会被另一方立刻轰杀！

　　"辰南你可以去死了！顺天七神剑，杀！"杜昊披头散发，口中涌动着血沫，神情无比狰狞，他高高举起手中的长剑，狠狠地向辰南劈去。"轰——"第一剑，辰南的魔盾与杜昊的光剑同时崩碎了。不过，杜昊用出了真正意义上的顺天七神剑，就像逆天七魔刀一般，要连发七记，一记要强过上一记。他迈出第二步，整片天地都随着动荡起来。"杀！"璀璨夺目的金色光剑立劈而下，和辰南手中的魔刀冲撞到一起，剑与刀同时碎裂，爆发出一阵刺目的光芒，庞大的能量风暴向着四面八方汹涌而去，地表掀起重重土浪。辰南喷出一大口鲜血，身体一阵剧烈摇晃。

　　杜昊同样不好受，脸色有些惨白，不过他坚定地迈出第三步，"轰"的一声，脚步落下时大地狠狠地动荡了一下，令远方观战的众多修炼者的身体一阵摇晃。"杀！"伴随着"杀"音落下之后，顺天七神剑的第三剑劈落了下来，灿然神光普照大地，令所有观战者都不敢正视，"轰"的一声爆响，死亡魔刀碎裂，而杜昊手中的实质化光剑不过折断而已，辰南大口吐血，被劈飞出去。远处，所有人都已经看出，杜昊一剑强过一剑，照这样下去，辰南必死无疑！

"辰南，你服还是不服？"杜昊向前迈出第四步，大地随着他的节奏狠狠地晃动了一下，如同一场大地震一般。杜昊举起光剑，第四剑即将劈落而下，他森冷残酷地道："我要用实力告诉你，谁才是天下第一！我注定要压你一头！你到底服还是不服？"远处，众多的观战者皆屏住了呼吸，人们知道战斗恐怕即将结束了。龙家众人将心提到了嗓子眼，龙舞有些焦急忧虑，她秀眉紧锁，不安地望着战场中那个口吐鲜血的孤寂身影。

"哈哈哈……"辰南的口中不断向外涌动鲜血，却大笑起来，笑声中有些苍凉、霸气，透着不屈服的战意。"杜昊，你杀不死我！我说过……要替雨馨报仇，不把你们这一家族灭掉……我是不会死去的！"辰南抹去嘴角的血沫，将魔刀横在胸前。

"辰南，这是你自己找死！"杜昊终于劈出第四剑。璀璨的金光成了天地间的唯一，彻底湮灭了魔刀的死亡气息，滚滚魔气烟消云散，辰南被轰飞出去三十丈距离。这一刻，他鲜血满衫，披头散发，身形摇摇欲倒。"轰！"杜昊迈出第五步，天地随着震颤，顺天七神剑第五剑即将劈出！

"嗷吼——"神灵龙一声咆哮，俯冲下来，向杜昊扑击而去。"龙宝宝你不要插手！"辰南大喝道，"这是我和他的战斗，如果连他都战不过，我如何和整个杜家战斗，还不如现在就死在他的手上！"神灵龙一阵犹豫，最终又冲上高空。

杜昊轻蔑地冷笑道："辰南，你拿什么和我斗？论家世，我杜家号称东土皇族，你们辰家却早已灰飞烟灭。论单人实力，你刚才已经看到，你不是我的对手，我注定压你一头。我要让你知道，天下第一人姓杜，不姓辰！"

"放屁！"辰南的眼神渐渐犀利起来，射出两道实质化的光芒，他手提魔刀一步一步向着杜昊走去，冷冷地道，"你们这个狼子野心的家族，该死！你真以为自己天下无敌了吗？顺天七神剑不过如此，雕虫小技尔！"他的嘴角虽然在溢血，但却透着一股可怕的战意，一股强横至极点的气势自他身上爆发开来。杜昊眼中闪过一丝惊色，随后恼怒地咆哮道："你说我开创的顺天七神剑是雕虫小技？那你为何接不下？我倒要看看你能否撑过这第五剑！"

辰南骂道："我呸！你和你的家族一样无耻！这明明是辰家的玄功，几时成了你杜家的！仅仅改动了一下逆天七魔刀，就敢自称开创？真是无耻至极！"杜昊脸色狰狞，道："逆天七魔刀有着致命的缺陷，这是不争的事实，现在被我彻底改良，成为一种可以随意施展的神功绝学，即便说是开创也不为过，我倒想看看你到底如何接下我的第五剑！"

"无知的井底之蛙！杜昊你睁大眼睛给我看清楚了，看我如何破你的第五剑！"辰南缓缓抬起了右臂，魔刀向天！"什么？你……要施展逆天七魔刀？"杜昊惊道。他有些心虚，没有人比他更清楚真正的逆天七魔刀的可怕之处，那是燃烧生命之能，劈出七记超越己身境界的可怕力量。辰南现在身处五阶境界，如果他不顾生死，劈出逆天七魔刀，那么他无疑将展现出第六阶的力量！他道："你黔驴技穷了吗？难道想靠这种以命搏命的方法赌上一把吗？辰南，你在变相向我认输？"

"蠢材，我的命比你的命值钱，我怎么可能会将自己的命赌在你身上呢？"辰南冷冷地回应道，"你，仅仅抓住逆天七魔刀的皮毛而已，不过是解析了这套盖世魔功的表面现象，根本没有了解它的真义！"

"你胡说，我自踏入武道以来，就一直在精研这套盖世魔功，怎么会不了解它的真义呢？"杜昊大吼道。在自己最熟悉的领域被人鄙视令他倍感羞辱。

辰南声音冰冷，无情地打击道："创此魔功的人，定然是一位惊才绝艳之辈，他怎么会不知道你口中的'弊端'呢？他既然能够创出此功法，就一定了解这套魔功的一切，如果还能够进一步完美，还轮得到你来改良吗？逆天七魔刀真正可怕之处，在于它一往无前的气势，连生命都可以舍弃，又有什么可以阻拦七魔刀之威呢？！魔功的真义便是，破釜沉舟，断绝后路，一往无前！而你却弃其精华，取其糟粕，根本没有领会逆天七魔刀的真正要义！"

杜昊的脸色一阵红一阵白，自从得知这套威力无匹的魔功之后，他一直都在精研不辍，他的确解析了逆天七魔刀的种种问题，但太过流于表面了，忽略了魔功所真正要表达的武境！逆天七魔刀，真正的精华在于一往无前的气势，置之死地而后生！连生命都可以舍去，还有什么能够阻挡逆天七魔刀之威呢？杜昊一直以来都知道，顺天七神剑和真正的逆天七魔刀之间的威力差距，他一直在苦苦思索，精研不辍，但问题的关键却在原点！他没有真正了解这套功法要表达的武境！

"你说我没有真正领悟这套魔功，但我改良的顺天七神剑却可任意施展，你如何施展逆天七魔刀？你敢在每次的交战中都将它施展出来吗？"杜昊无比愤怒，感觉到一股沉重的挫败感，从小就被家族中的所有人称为天才，到头来自己最为骄傲的研究成果却被敌手三言两语攻破了，他难以接受！

"我真的要感谢你啊！"辰南感叹道，"是你逼得我在最后关头想通了其中玄虚，逆天七魔刀当真堪称绝顶奇学，它是专为逆转玄功的人准备的！恐怕我的父亲都不会猜想到这种结果吧。"辰南大喝道："用逆天七魔刀心法，驾驭死亡魔刀，试问同级大战中，谁能够争锋？！"杜昊脸色惨变，瞬间煞白无比，喃喃道："神秘难测的死亡魔刀，代替了庞大的生命之能……可是死亡魔刀到底是何物？它是怎样形成的？"他大喝道："难道辰家玄功中禁忌篇的绝学，都是为逆转玄功后的人量身定制的武技？这怎么可能？！"杜昊感觉心中一片冰冷……

"如果玄功真的有下篇的话，那么逆转玄功就是下篇，这一切都尽归一个'变'字！玄功再变！"辰南无情地抛出这一重磅炸弹，这个推想将杜昊砸得摇摇欲坠！"噗！"杜昊张嘴喷出一大口鲜血，这个推想令他难以接受。万年来杜家没有一人能够成功逆转玄功，难道杜家之人真的与此神妙难测的玄功无缘吗？这一残酷的事实，严重打击了杜昊的强大自信。"我不相信！"杜昊咬牙切齿，脸色有些狰狞，如同受伤的野兽般狠狠地盯着辰南道："你证明给我看，你催动逆天七魔刀来杀我啊！"

辰南冷笑道："不用催我，我不会放过你！我让你看看真正的逆天七魔刀之威！""来吧，我看你如何杀我！"杜昊疯狂地大叫道。

"逆——天——七——魔——刀！"辰南话语低沉，一字一顿，"刀"字出口，他开始用七魔刀心法催动死亡魔刀。

"咔嚓""咔嚓"……空中爆发出一道道巨大的黑色闪电，无尽的暗黑魔气向着辰南手臂前段的死亡魔刀汹涌而去。在电闪雷鸣中，黑色的死亡魔刀，疯狂地吸纳着魔气，快速变长变阔，更加趋于实质化。最后，黑色的魔刀变幻到一丈长，刀柄处的龙头双眼不断开合，隐约间传出一声龙啸。缭绕在死亡魔刀周围的黑色闪电消失后，"铿锵"一声金属颤音响彻天地间，死亡魔刀第一次飞进辰南的手掌中，他第一次实实在在将魔刀握在手里！

在这一刻，辰南感觉是如此的自信！一刀在手，试问天下英雄，谁与争锋？杜昊感觉一阵晕眩，他张嘴连续喷出三大口鲜血，他的自信心受到严重的打击，自小被人称为天才，但此刻他却发觉自己倒像是个天生蠢材，精研逆天七魔刀却误入歧途！"噗——"鲜血顺着杜昊的咽颌不断涌动而出，血水染红他的衣衫，辰南还未出手，但杜昊已经五脏皆伤，他过不了自己那一关，急怒攻心之下，脏腑皆损！

"扑通！"杜昊直挺挺摔倒在尘埃当中。面对杜家之人，辰南无慈悲之心，死亡魔刀刀锋直指杜昊，猛力挥落下去。然而就在这时，一股奇异的能量波出现在魔刀之下，血色光华一闪而灭，地上的杜昊失去了踪影。威力浩大无匹，无坚不摧的死亡魔刀，狠狠地劈在了地上，伴随着一声轰然巨响，大地被劈开一道巨大的裂痕，这道巨大的缝隙黑洞，也不知道有多深，可怕无比。辰南恼怒无比，他知道劈空了，有人救走了杜昊，他并没有斩在对方的身上。同时，他无比震惊，来人竟然能够在他的逆天七魔刀之下救人，实力当真不可想象，简直到了骇人听闻的地步！

"唰！"红光一闪，高空之上出现一个白衣男子，他脚踏飞剑，肋下夹着杜昊。

"嗷吼——"神灵龙一声咆哮，自高空俯冲了下来，不过立时又被辰南阻止了。"龙宝宝不要冲动，你尽管待在一旁，不要插手！"辰南冷冷地凝视着来人。这是一个二十几岁的年轻男子，长相当真俊美无比，称得上少有的美男子，白衣飘飘，说不出的飘逸出尘，真个仿若神仙中人一般。

"可惜啊，就这样浪费了一个无比珍贵的空间魔法卷轴！"空中的白衣男子摇了摇头，有些惋惜地道。辰南恍然，这名修道者居然动用了非常罕见的空间魔法卷轴，难怪能够从死亡魔刀之下救走杜昊。在刚才，他真的吓了一大跳，还以为来了一个实力无法想象的老怪物呢！此刻，他回想起了副院长的话："小子你最好不要太大意，据说杜家的青年高手并不是孤军奋战，他们将一个古老的修道门派捆绑在他们的战车上。这个道门当年曾经号称东土第一，不知道由于什么原因，已经有上千年未曾出世。这次你必然会在同辈当中遇到意想不到的强大敌手，小心别丢掉小命。"

"当年号称东土第一的道门？"辰南提着死亡魔刀，望着空中的白衣男子。听到这句话，这个俊美的年轻人有些惊异："想不到千余年过去了，还有人知道我这个古老的世家，真是让人感慨啊！""这样说来，你们真的和杜家联手了？"辰南冷冷问道，"再次复出，想和杜家一样，搅得修炼界大乱，还是只想重现昔日的辉煌呢？"

"看来你知道很多事情啊！"白衣年轻男子脸上挂着淡淡的笑容，非常的恬淡与从容，真的有一股出尘之态。"有因必有果，第一道门复出，无人能阻，曾经的第一也是现在的第一！"说到这里，白衣男子的眼神逐渐凌厉起来。辰南从白衣男子的话语中察觉到敌意，便不再客气，开口讥讽道："好笑，修道之人居然如此看重名利，真不知道你们是怎样修行的。"白衣男子脚踏飞剑，向下望着辰南，反问道："不入世，怎能出世？"

"入世便要参与名利之争吗？哼，废话少说，你到底是什么态度，难道想和杜昊一样来杀我吗？"

"我在远空看到你们的比斗，你是一个强大无比的对手，我的确很希望和你一战！我有几位兄弟，已经赶往西大陆，去会战几个圣地传人了，想来他们都已找到不错的对手。只是，他们没有想到，最好的磨刀石在东土，我真的很兴奋，没想到能够这么快遇到你，我早已期待这一战了！"白衣男子的眼中闪烁着狂热的光芒。

晕！这是什么修道者，按照他的话判断，这个家族的人似乎都很好战！和他们表现出的出尘气质截然相反！空中的白衣男子似乎看出了辰南的疑惑，他笑起来，道："看来你对我们这一家族了解得并不是很多啊，知道我们这第一道门的名字吗？名曰：乱战！""乱战！嘿嘿，还真是一个奇怪的道门啊，不用想我也知道当初你们归隐的原因了。"辰南揶揄道。

"我叫李长风，家族年轻一代第三高手，现在正式向你挑战！"就在这时，远空一条人影在飞快接近，一个白衣少年脚踏飞剑而来，和李长风有几分相像，同样的飘逸出尘，不过他的眼神在落到辰南身上后，立时变得狂热起来，破坏了他出尘的气质。

"长鸣，你将杜昊带走，我来会会他。"

"大哥，这不太好吧，我虽然也非常想和他一战，但是杜家年轻一辈不是说了，辰南是他们的，由他们来解决吗？"

李长风冷笑道："杜家年轻一辈第一高手都已经败了，他们以后除了群殴或者耍阴招，还凭什么和辰南战，现在我出手对付辰南，谅他们也无话可说！"

"口气还真狂妄啊！你们将我当成什么了？"辰南怒道，"所谓的东土皇族不过是辰家当年的奴才，而你们所谓的第一道门，在我看来更像是一个笑话，居然敢如此轻视我，哼，杜家死的年轻高手还不够多吗，难道还需要拿第一道门再立'榜样'？"就在这时，昏死过去的杜昊醒转了过来，他张嘴咳出一大口鲜血，虚弱地道："辰南……少要得意，今日我如果能够闯过死关，下次相见你死定了！武道至高殿堂的大门已经向我敞开……"辰南并不说话，暗暗催动逆天七魔刀心法，突然祭起死亡魔刀，向着高空上的杜昊劈去，这的确是一个可怕的敌手，留着他早晚是一个祸害，他想一刀彻底解决麻烦。

不料李长风显然早有防备，提着杜昊驾驭着飞剑冲天而起，躲过那致命的一刀。"嘿嘿……"杜昊在高空上冷森森地笑着，"怕了吗？等我消化完死境中的所获，你就等着授首吧，辰南我可以告诉你，一个月之后你绝非我的对手，你的死期不远了！"

"就凭你？再练上一千年吧！你这辈子都不会是我的对手！我等着你来送命！"辰南手中擎着魔刀，冷冷地望着空中的几人。李长风催促道："长鸣，带走杜昊，接下来我要好好地大战一番，这一战我期待已久！"李长鸣带着杜昊渐渐远去了，不过杜昊的声音却遥遥传来："没落的辰家，早该消亡了，杜家的崛起，无人能阻，辰南你这辰家最后的血脉，是祭献杜家血旗的最好祭礼……五千年前的那件事算得了什么，这一世你喜欢的女人都会被杜家子弟抢走，哈哈……我要你眼睁睁地看着，却无力阻挡！"杜昊的声音很冷森，在空中不断激荡。

辰南没有乘坐神灵龙去追击，因为他发现远空中似乎还静立着一条人影，似乎是一个飘逸出尘的女子……龙宝宝龙啸震天，在空中上下盘旋飞腾，但辰南给它下了死命令，绝不能去追杀那二人。他不想龙宝宝发生意外，未来定然有许多强大的敌手在等着他，他希望龙宝宝能够尽快复原，以便在将来能够帮上他的大忙。远处的观战者议论纷纷，杜昊之强横让人无话可说，但最终却莫名其妙地败北，现在又来了号称东土第一道门的李家子弟，事情变得越来越复杂。

"好了，现在杜家的人都走了，终于轮到我上场，希望你不要让我失望啊！"李长风的眼中闪烁着狂热的光芒，这真的是一个疯狂的家族，他们的修道心法远远迥异于常法。修炼这门道法后，外表的气质虽然越来越飘逸出尘，但内心中反而越加好斗，实在让人感觉不可思议！"好，那你就来吧！"辰南魔刀向天，身后的黑影一动不动，六七把模糊兵器上下沉浮，围绕着他不断旋转。毫无疑问，在这一刻，他手中长近一丈的死亡魔刀最为突出，实质化的完美刀身冷森迫人，让人难以想象的是这并不是一把实体刀。死亡魔刀握在手中后，给辰南一种血肉相连般的感觉，令他觉得这并不是能量刀，这世间似乎真的有这样一把魔刀，他现在已经握住它的魂！

"斩！"李长风一声大喝，自袖口中抛出一面飞轮，向着辰南攻来。飞轮初时只有铜镜般大小，但随着飞旋，变得越来越大，直径竟然达到了一丈，飞轮上充满了齿状的利刃，散发着摄人心魄的光芒，飞快旋斩而下。这是道术中较为常见的术法，祭炼过的法宝，能够变换大小，传说中法力通天的人能够将山川河流收在袖中。飞轮越变越大，直径最后竟然达到三丈，巨大的齿状飞轮，直震得这片空间都跟着动荡起来。修道者在几个修炼体系当中最为神秘，平日人们可以见到武者、法师和为数不多的龙骑士，但真正的修道者非常少见，更不要说观看到他们的比斗。

　　远处的众多观战者大惊失色，许多人都是第一次见到强大的修道者出手。如此庞大的兵器，铺天盖地而下，即便没有蕴含着什么道法，就是被它砸一下恐怕也要化为肉泥，许多人纷纷惊呼。面对那寒光闪闪，直径足有三丈的巨大齿轮，辰南脚踩天魔八步，快速冲向一旁。"轰"一声巨响，大地在剧烈颤动，巨大而又锋利的齿轮冲进地下，在地表留下一道可怕的深沟。

　　辰南心中忽生警兆，他在原地留下一道残影，再次变换位置。"轰——"尘沙飞扬，乱石穿空，巨大的齿轮自地下冲出，将辰南刚才的立身之所冲击出一道可怕的沟壑。锋利的齿轮在李长风的控制下，竟然如影随形地对辰南紧追不舍，飞轮疯狂地旋转着，不断斩向辰南。"哈哈，我猜你第一次面对纯粹的修道者吧，不要让我失望啊！"李长风在空中大笑道。辰南左躲右闪之后，发觉竟然无法摆脱飞轮，他快速停下，运转逆天七魔刀心法，高高举起死亡魔刀。

　　"咔嚓""咔嚓"……一道道巨大的黑色闪电，出现在魔刀的周围，黑色的刀体闪现出诡异的光芒，格外的森然恐怖。"开！"辰南大吼了一声，魔刀狠狠向着旋转而来的飞轮劈去，黑色的刀影周围追逐着几道闪电，在空中发出阵阵雷鸣之响。"铿！"一阵刺耳的金属交击声响，直震得远方观战众人心惊胆战，许多修为稍弱的人竟然瘫倒在了地上。巨大的铁齿轮竟然被魔刀生生劈开了，分为两半的齿轮在空中晃动了几下，而后再次破碎，化作漫天的铁屑坠落在尘埃当中。

　　空中，李长风的脸色立时惨白了几分，修道者的法宝与主人的心神存在着某种微妙的联系，飞轮被毁，他受到了一些波及。辰南有些惊喜，他没想到用逆天七魔刀心法驾驭的死亡魔刀竟然如此强猛。他已经看出那巨大的齿轮乃是一个宝物，而且其上蕴含着磅礴的力量，在他想来，这种法宝极难毁去，没想到七魔刀一出，立刻将之斩得粉碎。辰南道："李长风，这就是你们修道者所仰仗的法宝吗，在我看来真的不怎么样啊，如果你技止于此，那么接下来的战斗将毫无悬念！"

　　"你太小看修道者了！那不过是投石问路的小玩意而已，不要忘记我们这一派的名字为乱战，是最为好战的修道者，是修道者中的战斗者！"李长风脚踏飞剑，白衣飘飘，但眼中却闪烁着狂热的光芒，给人一股矛盾的感觉，原本是出尘的气质，但却表现出好战的姿态。"啊——"他大吼了一声，双手捏剑诀，不断变幻，最后一道道巨大的闪电劈落在他的身旁，天地元气在剧烈地动荡着。远处的观战者阵阵心惊，许多人都已经看出，李长风在操控天地之力，闪电、天地元气竟然都能被他所用，尽管作用范围有限，但足以让人震惊了！

辰南也有些心惊，不过口上却揶揄道："当心啊，不要让雷电把自己给劈了。"李长风气得险些掉落飞剑，手中剑诀差点出错，一道巨大的闪电真的差点劈中自己。他道："少要逞口舌之利，受死吧！"一道道巨大的闪电向辰南劈落而去，"咔嚓"一声巨响，巨大的电弧劈在了他的身前，一个三丈深的巨坑出现在他的脚下，可怕的闪电攻击当真恐怖无比。辰南快速地移动着，躲避着那一道道狂暴的闪电，他发觉东方的修道者在操控天地之力方面的确有独到之处，这些闪电比之同级的法师施展的魔法要密集和强大许多。

"咔嚓""咔嚓"……高空之上银蛇乱舞，一道道闪电撕裂了虚空，不断轰击而下，狂暴的雷电令远处的观战者皆心惊胆战，修道者太可怕了，如此威力绝伦的术法，果真不是一般高手所能够抗衡的。辰南心中一动，尝试控制在他身旁环绕的古朴盾牌，魔盾快速飞到他左臂前，所有的闪电攻击都被引往那里。

"轰隆隆""轰隆隆"……巨大的闪电不断劈落而下，但那些强大的电弧却全都涌进古朴的盾牌之内，它像是一个无底洞一般在疯狂地吸纳着，无尽的闪电能量根本难以将它填满。没有盾牌，辰南也能够应付这样的闪电攻击，毕竟他经历过多场生死大战，战斗经验无比丰富，不过有神秘的盾牌在手，让他省了不少力。古朴的盾牌在疯狂吸纳掉一道道强大的闪电能量后变得清晰许多，隐约间可以看到上面布满许多古老的花纹。在这一刻，辰南有一丝奇异的感觉，古盾似乎要活过来一般，同死亡魔刀一样，这面盾牌似乎有自己的魂！

李长风又惊又怒，万万没有想到辰南仅仅用一面古怪的盾牌，就轻易化解了他狂暴的闪电攻击。他的双手不断变幻法印，天地元气如同海浪一般，开始汹涌澎湃起来，向着辰南浩荡而去，无形的压力令辰南如陷泥沼，很难动弹。这种操控天地元气将敌人牢牢困住的战斗方法的确可怕无比，束缚住敌人后便可任意宰割对方。李长风边控制天地元气围困辰南，边施展术法召唤来一道道巨大的闪电，他想画地为牢，在他所掌控的空间内直接将辰南轰杀！

远处的观战者无不变色，他们虽然看不到无形的天地元气，但却能够感觉到那可怕的波动，在看到辰南露出吃力的样子后，瞬时明白发生了什么。几乎所有观战者都感觉一阵胆寒，纯粹的修道者太诡异了，他们的战斗方法不能够以常理度之！

"咔嚓——"一道闪电轰击在辰南的肩头之上，他的上身衣衫瞬间灰飞烟灭，闪电在他那近乎实质化的护体罡气阻挡下，慢慢消散在空中。"咔嚓""咔嚓"……闪电连连轰击而来，辰南吃力地抬起左臂，终于在闪电将他的衣服轰碎之前将古盾举过了头顶。至此，闪电的威胁才告一段落。

"哼，不要以为有一件魔盾就能够挡住我的攻势。你无法挣脱我的元气束缚，失去了敏捷的行动能力，看你如何抵挡我的飞剑，杀！"李长风周身上下霞光万道，瑞彩千条，他站在一个类似飞盘的法宝之上，用法诀控制着飞剑朝辰南劈斩而来。一尺长的飞剑逐渐变大，最后迎风一展，竟然化作三丈巨剑，光芒璀璨夺目，以立劈华山之势，向下击落而来，耀眼的剑光摄人心魄，令人胆寒。李长风大喝道："辰南，你太让我失望了，你去死吧！"

"想杀我，没那么容易！"辰南大吼道，"啊——给我开！"他身体之外的护体罡气腾腾跳动了起来，如燃烧旺盛的黑色火焰一般，辰南的身体不断挣动，围困他的天地元气也跟着剧烈动荡起来。辰南和天地元气已经连接成了一个整体，他这一挣动，这片天地都跟着剧烈晃动了起来。

"啊——"辰南仰天大吼，体外劲气汹涌澎湃，黑色的罡气真的熊熊燃烧了起来，幽幽黑色焰火逆空向上，直欲燃上九重天！"给我开！"如同天塌地陷、翻江倒海一般，这片天地剧烈地摇颤动荡，而且传出阵阵巨大的爆炸声响。"轰——"天摇地动，一道道巨大的裂痕出现在辰南的脚下，向着远方蔓延而去，大地在崩裂，虚空在破碎。"轰隆隆——"最后，方圆百丈的土地彻底崩碎，大地在沉陷，一个巨大的深坑出现在原地。

辰南终于挣脱了天地元气的束缚，失控的天地元气向着四面八方汹涌而去，而此时劈落下来的飞剑正好和那庞大的元气流冲撞在一起，璀璨夺目的巨剑"轰"的一声被撞飞出去。辰南冲上了巨坑，松开手中的魔刀，右手做出刀动作，狠狠地向着在空中翻腾的飞剑劈去。"铿锵——"魔刀劈中了飞剑，火星乱冒，巨剑之上出现一个巨大的缺口。魔刀被辰南控制着，劈出第二记、第三记、第四记……此刻驾驭魔刀的法门，虽非逆天七魔刀心法，但接连承受十记无坚不摧的魔刀劈砍，飞剑最终折断。

空中的李长风脸色一阵惨白，张嘴吐出一大口鲜血，此飞剑乃是和他联系紧密的重要法宝之一，因此受了不轻的内伤。"你这……那把刀……"李长风气得说不出话来，他的飞剑乃是精金炼制而成，是家族中的重宝之一，第一道门世家的重宝岂能是凡物，那柄飞剑足以称得上神兵宝刃，他有些不相信眼前发生的事情。

"嗷吼——"一声轻微的龙啸自空中的魔刀发出，李长风惊疑不定，喃喃道："魂……有了灵魂的神兵……"魔刀快速飞回辰南的手中，他翻过来掉过去地看，怎么看都觉得这是一把真实的长刀，而并非是由能量构成的。

"辰南你让我动了真怒……"

"哼，"辰南抬起头来，冷哼道，"你的实力还不及杜昊，所以你根本不能够困住我，你的飞剑都已经被我毁去，现在还凭什么和我斗？"

"不可饶恕，你太小看我了！"李长风大喝道，"我要让你知道，乱战道门的人是万万不可招惹的，你去死吧！""呼"一声空破之响，高空之上砸下来一柄擂鼓瓮金锤，初时不过拳头大小，待到后来瓮金锤快速变大，到了最后足有三间房屋大小，简直如同一座小山一般。

"轰——"辰南快速避过第一击，巨大的金锤砸在地上，仿似发生大地震一般。即便在三里外观战的修炼者，都深切体味到巨锤的可怕之处，有不少人因为剧烈晃动的地面而被掀翻在地。"轰""轰"……

这样巨大的金锤不断轰砸而下，简直让人难以抵挡，辰南不得不快速地躲避着。然而，李长风的疯狂攻击远不止于此，他抖手扔下一面金丝网，金网见风即长，劈头盖脸向辰南罩去。最后，他又抖手扔下三十六把锋利的细小飞剑，在低空中交织成一片剑网，向辰南遮拢而去。巨大的金锤，遮天蔽日的金网，散发璀璨光芒的小飞剑，在低空不断冲击，彻底将辰南笼罩在里面。

"好！这就是你真正的实力吗？"辰南手握魔刀，将功力提升到极限境界，大喝道，"逆天七魔刀！"一道乌光冲天而起，十丈刀芒笼罩八方，令人胆寒的刀芒狠狠地劈开金网，砸飞巨大的金锤，斩断不少小飞剑。"噗！"李长风张嘴吐了一口鲜血，脸色惨白无比，法宝毁掉，他也跟着受到了牵连。不过他强咬牙关忍受着伤痛，双手不断变幻法印，残破的金网，巨大的金锤，剩余的飞剑，再次向辰南遮拢袭去。

"哼，黔驴技穷。"辰南冷笑，收起死亡魔刀，在巨锤砸落到地面时腾空而起，一把抓住了锤柄，他宛如天界的大力神一般，竟然生生舞动起三个房屋般大小的擂鼓瓮金锤，先是砸烂金网，而后砸碎剩余的飞剑，最后猛力将巨大的金锤向空中的李长风砸去。远处的观战者彻底傻了眼，那个家伙的表现比蛮兽还要像蛮兽，真如传言那般，简直就像一个非人类！

巨大的擂鼓瓮金锤如小山般沉重，但却以极快的速度冲上了高空，狠狠地向着李长风砸去，重伤的李长风眼看要躲避不及了。可是，就在这时，一道人影快如闪电一般，冲到了李长风的身前，一只纤纤玉手轻轻向前按去，在一瞬间就抵住巨大的擂鼓瓮金锤。巨大的金锤立刻停了下来，悬在空中一动也不能动，那只纤纤玉手止住擂鼓瓮金锤的去势，轻松地将它提了起来。

这是一个非常美丽的女子，和龙舞等人的容貌不相上下，弯弯的眉毛，充满灵气的双眼，挺翘的琼鼻，红润的双唇，此女二十岁左右的样子，但其表现实在太惊人了。婀娜的身影和那巨大的擂鼓瓮金锤根本不成比例，但她却轻松抓着锤柄，生生将之定在了空中。"长风你太不知深浅了，居然和那个变态如此硬拼，实在有辱家族年轻一辈第三高手的称号。"年轻女子的声音清脆悦耳，虽然是责备的语气，但却非常动听。

"是你，若兰，你不是跑到西方去了吗？"

"没去，因为我听到了一件秘闻，东大陆最北部的极寒之地，有一位非常可怕的青年高手出世了。据说，那个人在冰棺中沉睡万载，不久前才苏醒。我对他和地面上那个人一样感兴趣，想和他会一会！"李若兰轻松地回答道。下方的辰南听得清清楚楚，他不仅惊服于眼前这个女子的绝顶修为，更震惊于她方才的话语。东大陆最北部的极寒之地，万年前那里是破灭道总坛，盖世大魔王东方啸天便是来自那里，万年前令他毙命的死敌也是来自那里……

辰南望着空中淡然出尘、飘逸若仙的绝色女子，问道："你也是乱战道门的人？""不错，乱战道门新生代第一高手李若兰。"空中的绝色女子，樱唇轻启，悦耳的声音如珠落玉盘。晕！乱战道门年轻一代第一高手，竟然是一个女子，辰南感觉有些惊异，毫无疑问李若兰也如同这一家族其他人一般，外表飘逸若仙，内心无比好战。

李若兰接下来的话语证实了辰南的猜想，她眼中渐渐闪现出炽热的光芒，像是猎豹盯着猎物一般看着辰南，道："果然是一个难得的对手，希望你能够助我一举破入六阶领域，真想现在就和你狂战一番啊！""……女暴徒啊！"辰南嘀咕道，这样一个宛若仙子般的绝色美女，竟然对激战如此的感兴趣，显得反差极大。

"不过，现在还不是时候，我现在有杀死你的把握，但自己也难免重伤，这样将无法大战来自大陆最北部极寒之地的那个强大敌手。哼哼哼，再过一个月我就可以将乱战心法练到完美境界了，到时候你和那个人想逃也逃不掉！"宛如仙子般的李若兰有说不出的自信，虽然为一女子，但却有一股睥睨天下的绝世豪强之姿。

"大陆最北部的极寒之地？你说的那个人是谁？"辰南面现凝重之色，眼睛一眨不眨地望着空中的李若兰。李若兰手结法印，将巨大的播鼓瓮金锤快速变小，而后扔给李长风，转过身来面对辰南低声道："这乃是破灭道的最高机密，无意中被我知晓了。据说那是一个沉睡万载岁月的人，几个月前刚刚从冰棺中苏醒，如果消息传遍天下，足以惊世！那个人在了解大陆上的风云之后，几日前已经动身朝南而来。

之所以透露给你，因为那个人似乎是专为你而南下的，我不希望你被他杀死，因为你是我的磨刀石！"

"嘿嘿……"辰南大声冷笑道，"李若兰，你们这一家族的人，还真都是疯狂而又自负的人啊，谢谢你的好心提醒，不过你说我是你的磨刀石？哼哼哼，既然如此，今天就让我磨砺磨砺你吧！"说着，他将魔刀对向空中。

"我说今天不战就是不战，一个月后我定然会找上你，希望你能够活过一个月，因为想杀你的人太多了。杜家年轻一代无不想杀你而后快，还有我的兄弟姐妹们都想将你当作进军天道的磨刀石，再加上那个来自北方的强大敌手……哼哼哼，但愿你能够活下去，因为我希望你最终死在我的手里。"

白衣飘飘的李若兰，在说这些话时恬淡从容，根本看不出一丝杀意，不过辰南却知道这个女人比之李长风恐怕还要疯狂，不然也不会成为乱战道门年轻一代第一人。

李若兰和李长风渐渐远去了。神灵龙咆哮连连，因为李若兰最后一句话"好可爱的神灵龙啊"，让它感觉伤自尊。龙宝宝快速变小，嘟着嘴巴落在辰南肩头，不满地嚷嚷道："我幻化出本体的样子不是很神武吗？为什么那个女人还说我可爱，我就是怕露出童音才一直在大声吼啸，结果还是被人笑话，宝宝很生气，那个女人太可恶了！"听到它奶声奶气的话语后，辰南不禁笑了起来，原本沉重的心情也轻松起来。"可恶，等我身体彻底复原后，一定要将今天那几个敢于轻视我的家伙抓起来，把他们关在小黑屋中，天天让他们给我酿酒、烤鸡翅膀……"

近来如日中天的杜昊此次前来攻打龙家，终因辰南的到来而一败涂地，辰南在他的个人战绩上又添了浓重的一笔。不过前路并不光明，等待他的将是更加强大的对手，玄战时代将提前来临。大战已经过去三天了，风风雨雨传遍修炼界，辰南现在对于那些传闻早已麻木了，并没有关注。此刻，他身在龙家的一座庄园中。龙府在三天前被大战彻底毁去了，化为一片废墟。龙家财力之雄厚难以想象，一座府宅对于他们来说并不算什么，这座庄园的规模比之原来的龙府小不到哪里去。龙子风和龙老太爷对辰南说了许多感谢的话语。同时有意无意间，给他和龙舞许多单独相处的时间。

远处的小溪哗啦啦作响，岸边花香阵阵，辰南躺在柔软的草地上，即将进入梦乡。不远处，龙宝宝在几个龙家下人殷勤地伺候下，在河边的草地上正在大开吃戒。庄园周围的景色非常美丽，青山、绿水、芳草……久在各个城池奔波，来到这样一个回归自然之地，辰南感觉非常放松，近几个月以来他连场大战，实在太疲累，难得有这样的放松时光。

"辰南，谢谢你赶来援救龙家。"一名潇洒飘逸、儒雅清秀的年轻人走了过来。来人俊秀无比，可以说美到了极点，称得上绝世美男子，但细看之下绝对会让人大吃一惊，这个人竟然是一个身穿男装的女子。毫无疑问，这名女子就是龙舞。龙舞身材挺秀，一头乌黑的短发仅仅盖过双耳，眼神清亮干净，宛若秋水，挺直的琼鼻，红润的双唇，组合在一起构成了一幅至美图像。她没有穿着长裙，而是穿了一身时下流行的男服，看起来清爽干练，透露出一股中性美，散发着异样的蛊惑气息，令人耳目一新，难以抗拒。

辰南与她已经数月未见，发觉她越发得美丽出尘了。半颗天使之心似乎让她沾染上一股仙灵的气息。几个月来她完成了一次蜕变，渐渐摆脱忧伤的心境，那个阳光般开朗自信的女孩又渐渐回来了，她又变回那个神采飞扬、风采自信的龙舞。

"傻瓜，别看着哥哥发呆，喏，吃东西。"龙舞轻笑道，她托着一个果盘，上面摆放着各色水果。辰南刚才确实看得出神了，世上美女无数，但龙舞绝对是最独特的，她那特有的气质令她即便身处众多绝色美女当中也会成为人们注目的焦点。

"舞弟弟堪称风姿绝世，我是一个俗人，确实看得入迷。"

"喊，败类本性不改！"

……

两人仿佛回到了从前，如在神风学院那般，毫不遮拦地斗起嘴。不过，这并没有破坏气氛，反而让他们倍感亲切，昔日种种仿佛重现在眼前。

"唔，鸡翅真好吃，果酒真香甜！"龙宝宝吃得满嘴流油。龙家的下人们傻傻地、机械地向草地不断地送酒送肉，他们有些麻木，那个小怪物简直就像无底洞，到现在为止已经吃下两头牛、五只羊、三十只鹅，和不计其数的鸡翅。小龙仅仅好奇地看了不远处的龙舞和辰南一眼便再次埋头苦干。

　　龙舞回来之后，水笔画纸从不离身，现在她正坐在草地上作画，画的正是辰南大战杜昊时的一个场景。如今她的画功少有人及，笔落之后一幅浴血图便快速完成了。画中的辰南，长发倒立，衣衫染血，手中魔刀向天，将战场上那惨烈、激情的一瞬间体现得淋漓尽致。

　　"画得真不错，没想到我竟然这样豪勇啊，嘿嘿，值得收藏。"辰南笑道。"喊，这是哥哥画功好，故意将你美化，不然你这个样子，哪有一点高手的风范？"龙舞白了他一眼，无情打击道。

　　"嘿，你还真能挖苦我，我怎么没有高手风范了？虽然不敢比肩那睥睨天下的盖世高手，但怎么也当得上少有的高手吧？"辰南争辩道。"那好，我再画一幅给你看，画出你的本来面目。"龙舞笑得格外灿烂，手中之笔刷刷点点，不一会儿就完成了新的一幅画卷。

　　"我晕，竟然如此丑化我，怎么看那个人都不像我，拿笔来，我也要给你作一幅画。"

　　……

　　许久之后，两人之间的话题少了一些，龙舞犹豫了一下，道："辰南，你还是归隐吧，你一个人斗不过他们。杜家既然号称东土皇族，其实力绝非你能够揣度的，乱战道门曾经号称东土第一，实力同样高深莫测。这两个家族老一辈的人物如果跳出来，你无论如何也抗衡不过。"辰南苦笑道："这些我都知道，但天下之大没有我避身之处。乱战道门的人虽然都是疯子，不过倒也和我没什么深仇大怨。但杜家不同，他们与我水火不容，不可能允许我活在这个世上。有我便没有他们，有他们便没有我，早已是不死不休的格局，无论我躲到哪里，他们都会想方设法将我找出来的。"

　　"那你怎么办？"龙舞有些关切地问道。

　　辰南道："放心吧，天下间的强者并不仅仅局限于这两家人。有人向我承诺，只要我能够战败杜家和李家年轻一代的高手，到时候会有高手相助于我的，他们会出面对抗那些老一辈的人物。"龙舞忧心道："这个承诺根本没有什么保证力度，你一个人如何与众多的杜昊、李若兰级的高手战斗？"

"无须担心，我心里有底，这些人还杀不了我！"辰南充满信心地道，"如今我一脚已经跨入六阶领域，天下能够杀我的人已经不多了。哼，他们千万不要给我机会，只要让我彻底踏入六阶领域，我定要将这两个家族闹得天翻地覆！"

龙舞没有说话，再次开始作画。画中的辰南脚踏神灵龙，弯弓射箭，十道箭羽划过长空，似拖着长长尾光的流星一般，将十头飞龙的头部射得爆碎，巨大的龙尸翻滚而下。非凡的画笔，将那一刻的场景，真真切切地捕捉到了画卷上，非常地传神。龙舞小心地将画卷收起，而后将画笔递给辰南，道："你也来为我画一幅吧。"

辰南有些为难地道："我恐怕没有你那样的功力，只怕不能将你的绝代容颜描绘于纸上。"龙舞展颜一笑，既妩媚又灿烂，透发着无尽的魅力，她道："画画需要用心，只要你的心意到了，画中的人物自然传神。"

辰南一愣，默默地铺开画纸，提起笔来，开始认真地下笔。他的画功当然远远不能够和龙舞相比，为了尽求完美，他足足画了半个时辰。画中的女子当真美丽无双，笑容无比灿烂，眼神纯净无邪……只是，龙舞仅仅看了一眼，就道："形似神不似，这画中的人是我吗？"辰南愣住了，一道美丽的身影浮上他的心间，越来越清晰，她的笑容比阳光温暖，比海水轻柔，比冰雪纯洁，比鲜花芬芳……

"哼，为哥哥作画，居然走神，把我想成另外一个人，真是可恶！"龙舞笑着，使劲擂了他一拳。即便辰南一脚迈入六阶领域，也感觉到一阵剧痛。看到辰南现出尴尬的神色，龙舞帅气地甩了甩短发，笑道："想不到你居然会会脸红。喂，你这个家伙不是喜欢上我了吧？我可警告你不要多想哦！"辰南感觉现在说什么都不合适，龙舞的话意很模糊，似乎是在……只是他能吗？想着一个人，还喜欢另一个人……他无论如何也说不出口。

"呵呵，居然被哥哥说得再次脸红，你这个家伙有时候还真是可爱。"龙宝宝终于吃饱了，摇摇晃晃飞了过来，奶声奶气地道："龙舞你也很可爱，而且非常漂亮，我祝你心想事成。"龙舞笑得很灿烂，似乎非常喜欢小龙，将它抱在怀中，亲昵地摸着它的龙角，道："你这个小东西，还真是个小滑头！"

"哦，光明大神棍在上，我醉了……"

……

第四日，辰南离开龙家之际，龙舞对辰南道："玄战时代即将来临，在未来的大战中你要小心保重，如果你不死，归隐之时告诉我一声……"

"放心，没有人能够杀死我，你也要保重……"神灵龙载着辰南冲天而起，在龙家上空不断盘旋飞腾，璀璨的金光映射得天空一片金黄，而后它载着辰南向着昆仑山方向飞去。

莽莽昆仑，气势磅礴，银装与青翠共体。远远望去，昆仑山脉，山腰以下青葱翠绿，春意盎然，山腰以上则积雪漫山，白茫茫一片。如此瑰丽神奇的景象吸引众多修炼者隐居，东大陆有几个古老的门派便位于这群山之中。辰南不想招惹这几个门派，虽然在山林中看到人影，但他驾驭着神灵龙直接呼啸而过。传说，在那遥远的过去，巍巍昆仑山是神仙之乡，有许多仙人在如梦似幻的昆仑山中隐修。不过天地巨变之后，在天地法则的束缚之下，人间再难驻留仙神，昆仑山成了天下群妖的圣地。

在到昆仑山中，辰南命神灵龙放缓速度，贴着山林飞行。山中奇花异草，清香扑鼻，各种珍禽异兽在山间跳跃腾挪，随处可见，不愧洞天福地之名。一人一龙已经不是第一次来这里，当初辰南为了探寻雨馨的生死之谜已经来过一次，小晨曦便是在那一次被接出山的。越过诸多高峰山谷，一座海拔在七千米以上的高峰出现在辰南的眼前。这是寻找古仙遗迹百花谷的重要参照物，此峰名为插天，为昆仑山最高峰。插天峰如一把利剑一般直上云霄，山上银装素裹，一片冰雪的世界。流动的云雾在山峰上缭绕、涌动，宛若仙气一般，真如登上了极乐仙境。

神灵龙挥动双翼，冲向高空，迎着凛冽的寒流，飞到高峰绝顶，其上是皑皑白雪，冰冷刺骨。小龙自绝顶之上俯冲而下，峰下是一片低矮的山脉，当一人一龙达到地面后立刻感应到这里浓郁的天地灵气。前方几座青碧翠绿的山峰映入他眼帘，那便是辰南此行的目的地，传说中的古仙遗地百花谷就在那里。他再次进入昆仑山是为寻找雨馨和晨曦，理所当然寻到这个曾经令他黯然心伤的特殊之地。

已经许久没有两人的音讯，辰南着实有些担心，这一次为救援龙家，他不远万里自西方赶回了东土，路过昆仑山焉有不来探寻之理。昆仑多灵山，天地灵气浓郁，山内景色秀丽，花香阵阵，到处可闻鸟儿婉转的鸣叫。来到那几座山峰中间后，辰南大吃一惊，他发现百花谷竟然消失了，围着百花谷的那两道低矮的山峰也不见了，这真是无比怪异的一件事。辰南以为自己找错了地方，让小龙载着他不断在这片山脉盘旋，可是最后他终于确信这里发生了什么变故，古仙遗地确实消失了。他的心"怦怦"跳个不停，如果雨馨和晨曦发生什么意外，他真要遗憾终生了……

神灵龙降落在青山翠谷间，辰南在百花谷原地不断搜寻，希望能够发现什么线索，但最终一无所获。那里是一大片空地，没有花草，没有鸟兽，是非常空旷的一小片荒凉平原，百花谷似乎从来都没有在那里出现过一般。

"雨馨……晨曦……"辰南搜索多时后仍没有发现，小龙开始大声叫嚷起来，稚嫩的童音在大山内不断回荡着，引得远山中猿啼虎啸，像是在回应它一般。"晨曦你在哪里？"辰南也忍不住呼唤起来，注入无上玄功后，滚滚音波在茫茫昆仑山中不断激荡，震得远处的山峰都震颤起来，惊得各个山脉深处鸟鸣兽啸。只是，除了野兽的吼啸之外，根本没有人回应他。

最后，小龙化身成十七八丈的神灵龙，盘旋到了空中，上下翻腾，一声巨大的龙啸，令整片昆仑山都恢复了平静，所有飞禽走兽皆吓得匍匐在地，再也不敢出声。"雨馨、晨曦，你们在哪里？我和辰南看你们来了……"偌大的昆仑山，除了小龙的声音之外，再无其他声响，一时间变得静悄悄。辰南感觉有些不对劲，这实在太古怪了，百花谷为什么消失了呢，难道雨馨和晨曦真的发生了什么意外？还有，出了这么大的动静，上次见到的那几个妖怪为什么没有现身出来呢？

在接下来的五天里，辰南和小龙寻遍整座昆仑山，除了发现几个隐修在这里的修炼门派之外，根本什么也没有。直至第七日，辰南和小龙在原百花谷徘徊之时，事情才有了转机。辰南感觉到了一股奇异的精神波动，暗中似乎有人在窥视着他，他霍地站起身来，冲着北方喊道："什么人，给我出来！"小龙也发觉异常，从辰南的肩头上飞到了高空，兴奋地大叫道："猪头，原来是你，快给我出来，不然我把你电成烤乳猪。"

"呼噜呼噜——"伴随着呼噜之音，远处的林木一阵颤动，快速冲出来一只小猪崽。

"野猪精！"辰南一眼认出了它，上次他来这里时曾经遇到过四个小妖怪，一个野猪精，一个鹿精，一个白兔精，还有一个聒噪的八哥公主。眼前这头小野猪正是上次的那头野猪精。辰南急切道："小野猪快告诉我，这里发生了什么，百花谷怎么不见了？你看到晨曦了吗？"

"呼噜呼噜——"一尺多长的小野猪，皮毛黑亮，眼中闪烁着生动的光彩，听到辰南的问话，不慌不忙地"回答"起来。

辰南无言，这头野猪精虽然能够听懂他说什么，但他是不可能明白猪语的。好在小龙乃是神兽，能够用特殊的方法了解这个妖怪的意思，适时翻译道："猪头说，百花谷被几个大妖怪利用无上神通给藏起来了，它见过雨馨和晨曦，知道她们在哪里。"辰南悬着的一颗心放下了，昆仑妖族对小晨曦很爱护，料想两女应该没有发生什么意外。

正在这时，一个女童的声音在山林内响起："居然又是你，你怎么又跑来了？"远处，一个通体乌黑光亮的八哥快速飞来，正是那个八哥公主，它对辰南称呼她为乌鸦的事情念念不忘，到现在还在介怀。

"小鸟……"

"小乌鸦……"

这是小龙和辰南不同的声音。

"混蛋，我是八哥公主。"小八哥气愤地对着辰南大叫道，而后她有些疑惑地看着小龙，盯了好半天才突然惊道："你、你是那头蜥蜴龙。"小龙突然飞腾到半空中，身子快速变大，硕大的龙头探到八哥公主近前，道："唔，小鸟你想被我烤熟吃掉吗，要叫我大德大威宝宝天龙！""扑通！"八哥公主吓得一下子坠落了下去，砸在小猪崽的身上。

半个时辰之后，辰南终于了解这里发生了什么。雨馨和晨曦来到这里之后，在昆仑山几个老妖怪的帮助下，逆转古仙遗阵，再次进入百花谷。不过，这一次百花谷内发生了一些异常的事情，在两女进入之后，山谷内竟然冲腾起千丈光芒，直达云霄，光芒持续了一个时辰才消失。后来，一座座琼楼玉宇出现在百花谷内，流光溢彩，映射得附近的几座山峰都充满了氤氲仙气，雨馨和小晨曦走进那片殿宇之后，便再也没有出来。

不过根据几个老妖怪的推算，她们并没有发生什么意外，而是在那里有着莫大的机遇。这些琼楼玉宇出现得非常突兀，即便生活在这里数千年之久的几个老妖怪，在这之前都从来没有发现过这些殿宇的踪迹。由于这些古仙殿宇散发出的仙霞，令附近的群山都缭绕着道道仙气，几个老妖怪怕引来外界居心叵测的人觊觎，最后齐心协力，施展出莫大的神通，用移山填海之无上术法，将整座布有古阵的百花谷移走了。

辰南深深地被震撼了，不仅是因为雨馨和晨曦的奇遇，更是因为几个老妖怪表现出来的通天法力。恐怕这茫茫昆仑山内的几个妖祖，早已经有了破碎虚空的能力，只不过他们同西方的法神和斗神一样，情愿留在人间。辰南喃喃自语道："真不知道这几个老妖怪到底达到了何等的境界？"

八哥公主和野猪精有些惧怕变身的小龙，不过当龙宝宝变回胖嘟嘟的样子后，它们那种天生慑服于神龙威压的恐惧心理便消失了。"嘁，这都不知道，真是井底之蛙。几位妖祖在凡间无敌，没有人是他们的对手。"八哥公主的话语显得骄傲而又自豪。

"未必吧？"辰南有意激它，以便了解更多。"哼！"八哥公主不屑地哼了一声，道，"东土三大势力板块，我妖族实力排在第一，而几位妖祖当然是天下间最厉害的人。"

通过八哥公主的介绍，辰南知道了所谓的三大势力板块。第一势力板块，乃是东土各个知名门派，包括东土十大修炼世家，以及澹台古圣地、小林寺、破灭道、混天道等正邪圣地。第二势力板块，乃是传承无比久远，实力无比强大，但却很少显山露水的神秘门派，这些人多隐修在名山大川，或海外诸岛。如隐忍千年的赶尸派、乱战道门，万年来很少出世的东土皇族，以及很少参与东土纷争的海外散修等。第三势力板块，乃是由异类修炼者组成的，其中以妖族居多，昆仑山乃妖族圣地，有时候可以直接用昆仑妖族之名代替第三势力板块。

"不过，三大势力板块的划分，也不是非常准确，因为许多门派处在三大势力板块的交叉范围中。这个划分方法，还是很久以前被人提出的呢。其实，无论怎样变动，各个势力门派，都可以用入世、避世、出世三类来概括。"八哥公主进一步解释起来。入世者便是凡俗界的各个门派，这些门派的子弟身处红尘当中；避世者并不情愿身处世外，但他们有不得已的苦衷，不得不遁在红尘之外；出世者多为真正的高深修炼者，不愿被凡俗界的人打扰，出世古修，追求极道境界。

了解足够多后，辰南不再与聒噪的八哥公主纠缠，转头问野猪精道："小猪，你们的几个妖祖到底将百花谷移到何地？昆仑山中是不是有一个特殊的所在，为何我在这片山脉中寻找多日都没有发现？""呼噜呼噜——"野猪精比较实在，有问必有答。通过小龙的翻译，辰南知道了一个惊人的秘密，这个世界上竟然包含着诸多玄界！

修为达到极致境界的修炼者已经超脱心法招式的桎梏，许多惊才绝艳之辈开始尝试寻找天地间最本源的力量，不少人都开辟出自己的空间。不少法力通天之辈，开辟出许多出名的空间。有些人在进入仙神界前，将自己开辟的空间留在了人间界。而他们的后辈传人在此基础上继续祭炼那些遗留的空间，将之扩展扩容，经过无数代人的努力，直至将之改造成适合居住的人间净土。

凡俗界存在着不少这样的空间，极道修炼者们将这些空间称为玄界，最开始时这些玄界也许并不大，但经过无数代法力强绝之辈的努力，许多玄界都已经大到了让人一眼望不到边的境地。几乎每一个玄界都必须和现实世界相连接，因为这些被后天开辟出来的空间，需要现实世界的天地元气补给，需要源源不断地补充着它的所需。传说，只有太古神话传说中的一两个至尊人物，才能够真正开辟出不倚仗外界元气的隔绝空间，那样的空间或许已经称得上是一个新的世界。玄界总会有一个和现实世界相接的入口，这样的入口便叫做玄界在现实世界的坐标，若想毁去一个玄界，最省力的办法就是彻底封闭它们的坐标。

此外，有些不同玄界的人，由于他们之间联系紧密，在他们的玄界间连有通道，他们之间的距离比之留在现实世界的坐标不知道要近上多少倍。如昆仑妖族的玄界和天元大陆中部地带十万大山中的一个妖族小玄界，两者现实中的坐标距离数以万里，但如果走玄界的通道，不过多半天的路程。

这一切对辰南来说，既熟悉又陌生，他的父亲在万年前曾经隐讳地和他提过，只是当时他并未留意，现在听到其中的具体隐秘，他恍然大悟。他现在终于知道浩瀚东土的诸多极道强者一定匿身于各个玄界，当然也不排除有人就在现实世界当中。毫无疑问，有玄界的家族或门派，必然是传承久远、实力强大到难以想象的古老势力集团。这样的家族肯定少不了六阶高手坐镇。

玄界，相对于外界来说，算得上另一个世界，在玄界当中，凡俗界的五阶高手再不能称为绝世强者。辰南有些感慨，道："居然有这样的空间存在于世上……这样说来，百花谷被你们的几个妖祖移进了昆仑玄界？""呼噜呼噜——"野猪精肯定了他的猜测。辰南催促道："走，快带我去你们的玄界看看。"八哥公主拍打着翅膀，急切地阻止刚要转身的野猪精，道："不行，我们不能带他们去！"

辰南道："为什么？我是晨曦的哥哥，你又不是不了解，我对昆仑玄界肯定没有恶意，再说有你们的妖祖坐镇，还怕我去捣乱吗？"小龙睁着大眼，露出一副人畜无害的样子，天真地对着八哥公主道："对呀，小鸟你为什么不让我们去？"

八哥公主不禁打了一个寒战，她真是有些惧怕龙宝宝，越是看到它这个样子，她越觉得有危险，她道："几位妖祖已经封闭了与其他玄界相连的通道，令所有昆仑妖族不得进入红尘，修炼界将要发生大的战乱了，我们不想卷入其中，而你正是诱发战乱的因子，把你引进昆仑玄界，可能会发生许多无法预料的变故。"

辰南有些吃惊，几个老妖怪足不出山居然对外界情况了如指掌，现在居然想封闭昆仑玄界，这怎么行呢？他还没有见到雨馨和晨曦呢。然而就在这时，茫茫大山深处，传来一个异常苍老的声音，直震得巍巍群山都在颤动，"小八哥，把他领来吧。"

小龙似乎感觉到一股强大的压力，快速变身，身躯在一瞬间暴长到十八丈长，在空中不断盘旋飞腾，寻觅着暗中发话的人。龙宝宝毕竟是神兽，对于妖族的气息格外敏感，感觉到普通兽类的修为在它之上，它出于本能，或者说被刺激得戒备起来。苍老的声音再次传来，不过这一次很柔和，群山并未跟着震颤，"小神龙啊，不要发怒，你太好强了，我对你没有敌意。"

辰南也急忙安抚道："龙宝宝不要冲动，快下来。"龙宝宝一个盘旋飞落而下，嘟囔道："这片昆仑山还真隐藏着一些深不可测的老妖怪啊，居然比我强大得多，可恶！"野猪精在听到那个苍老的声音的指示后，原本小小的身体突然如充气一般，开始疯狂地变大，最后居然变得比巨象还要强壮许多，简直像一座小山一般高大。辰南和小龙腾跃上它的身体，野猪精一纵十数丈，快速在大山内穿行，八哥公主紧跟其后。

跑出去数十里地后，野猪精载着辰南攀上一座海拔足有六千米的高峰。半山腰以下郁郁葱葱，一片花香鸟语的世界。但到了山峰之上，一片银装素裹，到处都是皑皑白雪，气温寒冷刺骨。"昆仑玄界的坐标居然在雪山上，外界的人还真是不好找到这里，不过入口在哪里呢？"辰南打量着山峰上的景物，但却没有发现什么特别的地方，更不要说想象中的空间之门了。

"呼噜呼噜——"巨大的野猪精提醒辰南坐好，而后它做出了一个让辰南心惊肉跳的举动，它一跃而起，自高峰之上向着万丈绝壁跳下。"哦，光明大神棍在上，猪头你疯了！"小龙忍不住惊呼道。不过，并没有像想象的那样极速下坠。野猪精当然不可能疯狂地跳下万丈峭壁，它载着辰南和小龙跃下山巅之后，悬崖峭壁之外突然传出阵阵奇异的能量波动，一团淡淡的晕光出现在前方。"呼"的一声，野猪精庞大的躯体闯了进去。

晕光的后面，整片天地大变样，展现在眼前的景色，与刚才雪峰处的悬崖峭壁相差十万八千里。远处，峰峦叠嶂，郁郁葱葱。近一些，小湖如镜，点缀在蓝天之下，如一颗颗碧蓝的宝石一般美丽。近处，绿草如茵，鲜花芬芳，鸟儿婉转鸣叫，悦耳动听。远山青碧翠绿，近水明亮澄净。百花争奇斗艳，散发着阵阵清香，沁人心脾。在瑶草奇花之间，还点缀着许多不知名的奇异果树。果树的品种各不相同，不过都枝碧叶绿，如同绿玉雕琢出来的一般，闪耀着淡淡宝光。上面结满各色果实，阵阵果香诱人垂涎欲滴。

龙宝宝用力翕动几下鼻子，闭上大大的眼睛，露出一副陶醉之色，高兴地嘟囔道："看起来好好吃哦。"说罢，它"嗖"的一声飞了出去，身化一道金光，在各株奇异的果树之间来回盘旋围绕。

"喂喂喂，你怎么能够这样子呢？不能随便采摘这里的果子。"八哥公主有些不满地喊道。紧接着她立时惊叫起来，因为龙宝宝像一阵龙卷风一般，将点缀在花草中间的所有果树都扫荡了一遍。所过之处，留下一地的果核，每株树上的果子几乎被一扫而光。龙宝宝的速度实在太快了，眨眼间就完成一次完美的"收割"。

小龙摸了摸滚圆的小肚皮，满足地发出一声长叹道："唔，这里的果子好好吃！"它扑棱着一对金黄色的小翅膀，摇摇摆摆飞回，一对金黄色的小爪子，抓着两个又大又圆的红色果实，递给辰南，道："唔，太好吃了，辰南你也来尝尝。"八哥公主气得又叫又跳，但也没有办法。

辰南越看越是感觉这片昆仑玄界太过神异了，这里简直就是一个新的世界啊，山川、河流、平原、丘陵，应有尽有，这片茫茫天地也不知道到底有多广阔。不管何种地形，到处都是奇花异草，美丽的景色如梦似幻，是名副其实的世外净土。这方天地中的动物皆遇人不惊，当真是一个祥和的世界。野猪精极速奔行，前进了大约二十几里，一片亭台楼阁出现在前方的山山水水间，当真如同仙乡一般。

"这里可真是一个好地方啊，小鸟你们可真会享受，竟然藏在这里，怪不得这几天我们在大山中找不到你们呢。唔，我真想长期住在这里。"龙宝宝满意地嘟囔道。山青谷翠，殿宇楼台，小桥流水。辰南非常惊异，恐怕真正的仙境也不过如此。

正在这时，远山中突然传来一声长啸："嗷呜，沧海一声笑，滔滔两岸潮，浮沉随浪记今朝。苍天笑，纷纷世上潮，谁负谁胜出天知晓。江山笑，烟雨遥，涛浪淘尽红尘俗世知多少。清风笑，竟惹寂寥，豪情还剩了一襟晚照。苍生笑，不再寂寥，豪情仍在痴痴笑笑。嗷呜……"辰南立刻听出，这是痞子龙在啸唱。

"哦，光明大神棍在上，泥鳅它这是怎么了？"小龙奇道。八哥公主气愤得飞来飞去，叫道："天啊，那头龙又在胡闹了。这首意境高远的曲词本是我妖族天才黄霑为歌颂太上妖祖金蛹笑傲江湖一生而创作的，它怎么能够这样呢？这个天杀的坏龙！"

"好词啊！"辰南感叹道。不过被痞子龙唱出来，怎么都感觉有些别扭。

"这个家伙天天唱，简直是在糟蹋此曲。"八哥公主似乎非常不满，气道，"这个家伙来了以后，天天骚扰妖族子民，如果不是它和泥人妖祖有些交情，早就引起公愤了。"

"什么？紫金神龙和你们的一个妖祖有交情？"辰南真的有些惊异。

"是啊，谁知道这个家伙怎么攀上的那层关系，虽然它是一条神龙，但修为也太差了吧。如果不是泥人妖祖给它固本培元了一番，恐怕这里所有的妖族子民都能够打败它。"

看得出，痞子龙在这里没少祸害和骚扰这些妖族子民，不然八哥公主也不会这样不满。

"我晕啊，泥鳅这个家伙竟然还有如此人脉，真是没想到啊！"辰南自语道。不过随之他又释然了，痞子龙被古神封印数千年，当年的朋友如果还在这个世上的话，必然已经成为一方之主。"对了，还未请教你们的几位妖祖到底都是何方神圣啊？"辰南问道。

八哥公主道："自从太上妖祖金蛹、骨龙、黄蚁等人进入仙神界后，罗森、泥人、端木、魔蛙便成了我妖族的守护者。""哦，原来有四个实力高深莫测的老妖怪啊。"辰南自语道，而后惊道："端木？上次楚国皇宫出土神宝之际，一个昆仑妖族的人自称为端木，难道那个人便是你们的妖祖之一？"八哥公主骄傲地道："说对了一半，那个人是端木妖祖施展身外化身神通，分离出的一半精气临时化形而成的。"辰南感慨道："好强大啊！"

"嗷吼——"龙宝宝冲着远山大吼了一声。嚎叫立刻停了下来，昆仑玄界内立刻恢复平静。不过还没过三秒钟，一声长嚎响彻天地。"嗷呜，小豆丁，还有天杀的辰小子你们来了？嗷呜——"紫金神龙嚎叫连连。不多时，远空中一条紫金之影，如一道闪电般快速向着这里飞来。"哦，光明大神棍在上！泥鳅这个家伙在这里偷吃什么好东东了，居然这么粗壮。"小龙嘀咕道。辰南也有些吃惊，多日不见，紫金神龙竟然已经有十一二丈长了，舞动的龙躯如同一片紫云一般，声势吓人。

痞子龙经过昆仑玄界内老妖怪泥人的帮助，现在已经达到五阶顶峰状态，破入六阶境界指日可待。不过它成天待在这里早已无聊透顶，现在看到熟人，兴奋地吼叫连连。"嗷呜，见到你们真是太好了，天天对着这帮妖怪简直烦死了，这帮家伙太没有艺术细胞了，我成天给他们唱歌，居然没有几个人懂我，悲哀啊，知音难觅啊！幸亏你们来了，嗷呜——"听到这些话后，不仅八哥公主气得飞上飞下，就连野猪精也蹦上跳下地表示抗议。

"哈哈……"辰南大笑道，"本性难移啊，你这个家伙痞气十足，居然还装作悲凉的样子，嚎唱'沧海一声笑'，天天骚扰这里的妖族子民，你可真是……"

"我这是真情流露！遥想当年，我这无敌大帅龙，纵横修炼界千载，谈笑间，强虏灰飞烟灭，引得无数美女竞折腰，到头来却落得什么结果？那个王八蛋古神封印了我上千年，出来之后又被那个混账女人……"说到"混账女人"几个字，痞子龙下意识地缩了缩脖子，眼睛直瞄辰南的胸口，见没有什么反应才小声道："那个人，又整得我龙元尽失，直接将我打到了最低等阶。来到昆仑玄界之后，我见到了一个老朋友，原来大家都是同一层次的人，但人家现在已经成为一方之祖。据他所说，几个活下来的朋友，不是上天耍去了，就是在人间成为一方恶霸。嗷呜，咱不求上天耍去，让我成为一方恶霸也成啊，悲哀啊，嗷呜——"

八哥公主气道："什么上天去耍？人家是破碎虚空成为大神。什么成为一方恶霸？我家老祖乃是大德之人。我看你倒像是纯粹的恶霸，自从你来到这里之后，所有妖族子民深受迫害。"

龙宝宝好奇地打量着紫金神龙，鼻子用力翕动几下，眨巴着大眼，奶声奶气地惊呼道："哦，光明大神棍在上！泥鳅，我敢肯定，你在这里一定吃到了许多仙芝灵果，我闻到了熟悉的味道。神说，好东西是需要大家来共享的，你不能独自占有……"闻听此话，紫金神龙拼命地向小龙眨眼，龙宝宝似乎意识到了什么，立刻闭上嘴巴。

旁边的八哥公主和野猪精脸都绿了，最后齐声惨嚎。"天杀的坏龙，你又去仙果园偷吃了？呜呜，恶霸、坏蛋……"八哥公主一喊，惊动许多妖族子民，那些楼台殿宇中，许多窗子都被推开了，有的妖族子民看起来半人半兽的样子，有的妖族子民的外表则和人类一样。

紫金神龙对辰南道："风紧，我先扯呼！"它"嗖"的一声，朝远山飞去。龙宝宝无比兴奋，"唰"的一声，化作一道金光跟了上去。接着，许多妖族追了下去。辰南一阵头痛，这两个家伙难得一致对外，如果在这里住上几天的话，两个家伙凑到一起，那片仙果园一定保不住了。

"年轻人你来了。"一个苍老的声音在辰南背后响起。辰南回头观望，只见不远处的山水间一座亭台之上，站立着一个青蒙蒙的身影。青色身影缓缓飘浮而起，自矮山上向下飞落而来，衣袂飘动间带着三分邪气，五分妖气，两分人气，给人一股很特别的感觉。如果是在以前，辰南见到六阶以上能够御空飞行的高手，一定会觉得无比吃惊。但现在在昆仑玄界内，看到这样的高手他并不惊讶，毕竟这里是东土群妖的圣地。

朦胧的青色光晕中，是一个英挺的中年男子，清亮的眼神，浓浓的长眉，显得精干而又沉稳。虽然在没有进昆仑玄界时，辰南就已经听到过他的声音，但直到现在见面之后，才真正确认此人就是端木。当日楚国皇宫大战，端木曾经在昆仑山分出一半的精气，施展身外化身的神通，出现在楚国皇宫上空，和现在的样子几乎一样，最显著的特征便是那一头绿发。

"端木前辈？"

"不错，是我。"

端木看起来不过三四十岁的样子，分明是一个中年人，但声音却很苍老，给人一股怪异的感觉。不过，声音苍老也算正常，按照辰南的猜测，眼前这个老妖怪最起码也在两千岁以外，这可是天下间最厉害的大妖魔之一啊！"悠悠万载，沧海桑田，今夕何夕……"端木自语叹道。辰南神情一凝，这个大妖魔最多也就几千岁，决不可能是万年前的人物，但他为何发出这样的感慨，这……

"端木前辈，你知道我的身份？"他不确信，有些惊疑地望着这个大妖魔。

"曾经怀疑，现在确信……你是辰战之子。"

"噫噫噫"，辰南连续向后退了三大步，有些不可思议地看着眼前之人，而后胸口剧烈起伏，急切地问道："我父亲辰战他在何方？你知道他的事情？""不知道。"端木摇了摇头，道，"我只知道辰战乃是一代天骄，一身修为震古烁今，曾经震慑一个时代。"

辰南无比迫切地催问道："你到底是如何知晓的，既然知道他的事迹，想必也知道万年前到底发生了什么，快告诉我！"端木摇了摇头，道："我不知道万年前到底发生了什么，对于辰战其人其事，我也仅仅是听说的。至于在那遥远的过去是否真有这样一个人，我都不敢确信。"辰南有些不相信，道："你是听说的，听何人所说？能否告知我详情，我真的希望能够见那人一面。"

"我理解你的心情，但你不可能见到那个人了。"端木解释道，"那个人是我昆仑一脉的太上妖祖黄蚁，他在八千年前就已经破碎虚空进入仙神界，刚才那些消息都是世代相传的。"辰南有些不解，道："那位太上妖祖，怎么会无缘无故传下这些信息呢？"

"你不要急，听我慢慢道来……"通过端木的解说，辰南知道了一件惊人的事情。

在那遥远的过去，昆仑一脉太上妖祖黄蚁在破碎虚空进入仙神界前曾经传下一段残缺的玄功秘法，告知后辈，如果某一家族出世，因仰仗此玄功而名动天下，一定要密切关注，必要时可以采取一些非常手段。同时，黄蚁传下一幅画卷，告知昆仑众妖，如果画中之人，在某一时代出现在世间，且会那种玄功，更要紧密关注，必要时要给予一些小小的帮助。黄蚁没有说为什么，只说那人乃是一代天骄辰战之子，至此，留下无尽的疑问。

后来，昆仑妖族众人都快将这件事情遗忘了。但，五千年前东土大地上突然出现几个强大的武者，修为高深到了难以想象的境界。昆仑妖族众人无意间发现，几人所施展的功法竟然和黄蚁留下的残缺秘法很像，直到那时他们才再次想起太上妖祖黄蚁曾经交代的事情。

三千年前，昆仑妖族兴盛到了极点，出了不少天才，昆仑玄界被进一步祭炼而扩大。在这个时期，昆仑玄界率先开始和友好的玄界开通空间通道，在昆仑众妖打通空间通道的过程中，无意间破入一个神秘而又广阔的未知空间内。几个妖祖亲临现场，经过小心谨慎地观探，发现居住在这个玄界的人号称东土皇族，竟然是五千年前那几个强大武者的后人。经过细心地探查，昆仑玄界的几个妖祖渐渐了解到杜家的不甘与野心，后来也明白了黄蚁交代的画卷中人与这一家族的一些简单关系。大概了解情况后，几个妖祖果断地封闭了这一通道，将之列为最高机密。

几个妖祖原本以为，杜家等待的那个人——辰南，根本不会出现在这个世上，毕竟一个死去数千年、上万年的人，怎么可能会离奇地活过来呢？不过此后，他们还是有意无意地关注着杜家，直至不久前东土皇族杜家再次出世，在大陆上惹出无尽风波后，昆仑玄界内的几个大妖怪才意识到，传说中的那个人可能真的复活了。

辰南有些疑惑感慨，黄蚁之所以留话给妖族子民，似乎和辰战有很大的关联，难道说是辰战托付他这样办的？如果真是这样的话，辰南发现他父亲似乎安排了许多事情，有不少防范杜家背叛的措施，诅咒、托付太上妖祖黄蚁……也许还会有更厉害的后手。只是，为何只要求昆仑玄界的人在必要时，仅仅给予一些小小的帮助呢？辰南有些不理解。辰南理了理思绪，但最终还是没能理出头绪来，不过有一点可以肯定，辰战虽然布置了很多，但并不是算无遗策。也许辰战知道他能够复活过来，但是多半不会料想到是在万年之后，这个时间也许和辰战的预想相差颇为久远，可能让许多事情发生了改变，最起码雨馨的死绝对超出辰战的预料。

辰南在昆仑玄界住下，他想见雨馨和晨曦一面，但他失望了，整座百花谷被四大妖祖移到了昆仑玄界内的一片山脉中，现在的百花谷和以前大不一样了，外围仍有大阵困锁，里面则仙雾缭绕，只能模模糊糊地看到一些殿宇楼台。现在就连四大妖祖合力都不能破开百花谷的禁制了，再无人能够自由出入，这座古仙遗地外的大阵发生了变化，禁制之力变得强大无比。四大妖祖推算过，两女另有机缘，不会有危险，辰南在百花谷外默默站立良久才离去。

接下来，辰南找了一处山清水秀的地方，开始闭关悟武，他的敌人实在太强大了，他急需提升功力来应付未来的危机，每日都在思索种种武学问题。由"尊法"到"破法"并不容易，现在他还没有达到那种境界，他现在还需要有形的法诀，还不能忘记过去的种种武学。不过，修炼的道路千千万，沿着不同的道路走下去可能会达到同一极限境界，或许他不一定按照父亲提出的法理去修炼。

"为什么一定要忘记过去的所学呢？太过执着反落下乘。有形与无形之境，只存一线之隔，不一定能够分清孰高孰低。"辰南自语道，"由尊法到破法，也不一定非要完全忘法，而彻底推翻过去，关键在一个'变'字。我明白了，玄功再变就是在破法，我要走自己的修炼道路。"辰南信心十足，逆转玄功本为"一变"，召唤出死亡魔刀等魔兵，更是一"奇变"，用逆天七魔刀心法催动死亡魔刀，也属于"变"的范畴。

七魔刀本就是盖世魔功，如果能够被他随意施展，而又不像顺天七神剑那样威力减弱，辰南绝对可以以五阶大成之身，抗击六阶初级甚至中级的强者。因为逆天七魔刀实乃逆天功法，一往无前的气势、置之死地而后生的决心与勇气将力量提升到极限境界，正是以弱搏强、跨阶大战的不二法门。随着精研逆天七魔刀，辰南渐渐有了一丝明悟，他逆转玄功后所召来的死亡魔刀等魔兵，或许真的是某件神兵的"魂"。

逆天七魔刀心法，驾驭的就是施术者的生命之能，如今他竟然能够以死亡魔刀代替生命之能，本身足以说明某些问题了……只是，逆转玄功后，为何能够召出某些"魂"呢？难道说这套功法真的类似于某些古老的祭祀仪式，能够唤出某一世界某一角落的强大力量？他想不通，猜不透。逆天七魔刀，连劈七刀，将一刀强似一刀，每一刀劈下去，都会叠加一重力量，七重力量合在一起，那将是一股难以想象的毁灭之力。

辰南现在只能劈出四刀，因为第四刀施展之后，死亡魔刀就会彻底崩碎，很长一段时间都难以凝聚，如果要继续施展下去，那就要注入自己的生命之能。他知道如果想顺利施展这种逆天功法，除非有一天死亡魔刀的"魂"足够强大，能够承受七重力量反噬为止。

十几日的参研苦悟，辰南虽然没有破入六阶领域，但感觉自己的"底牌"沉重了许多。如果他肯拼命，将自己的生命之能化作第五魔刀、第六魔刀、第七魔刀的话，或许已经能够和六阶领域中的某些强者进行生死大战。

半山腰处，辰南立身于一座亭台中，望着远处的山山水水，觉得应该有所行动了。如果一辈子待在昆仑玄界内，毫无疑问他可以安度一生，但他天生是一个不安分的人，总喜欢冒险与挑战。他需要一场场高水准的大战来提升自己的修为，只有在生死间战斗才能够更进一步突破。他想混入杜家的玄界去看看，天魔左手还能用，他非常想在杜家的玄界中轰击一下。

这一疯狂想法令他无比兴奋，如果运气够好，用一记天魔左手干掉杜家所有老古董，那真是一件无比奇妙的事情。端木无声无息地出现在离辰南不远处的一块巨大山石上，他点了点头道："你如此年纪便有这等的修为，足以自傲了。"妖族天生受限于体质，光化成人形就不知道要花费多少岁月，远远没有人类修炼得快速，除非到达一定境界后，完全改变体质，才能够和同级别的人类修炼者同速前进。

"前辈，我正要找你，有事请教。按照你所说，东土应该有一定数量的玄界，我想请教如何开辟自己的空间？到底要怎样做？"

端木笑了笑，道："你还真是心急，你还没有破入六阶领域，现在为时尚早啊，难道你现在就要开始朝那个方向努力？"辰南答道："早准备比晚准备好。"端木点了点头，道："修为达到六阶境界，精气神合一后，有时能够步入到一种玄妙的状态，将己身能够融入在一方小天地中。在这种状态下，控制住周围的一小方天地，那么掌控者便化身成了那天地，成为绝对的主宰者！"辰南点了点头，在和西方第一圣龙骑士交战时，他曾经体会过那种奇妙的感觉，七步音杀圣龙，重伤罗曼德拉。

端木接着道："刚才所说的是，如何掌控'外天地'。人体最是奇妙，有无尽的宝藏等待着你来挖掘，每个人的体内都有一个'内天地'，和外天地相对应。如果你能够找到它，用自身元气去祭炼掌控，而后用天地精气去扩展，那么小小的内天地就会越变越大，逐渐演化成一个空间，而你则成为这个空间在现实世界的坐标。"辰南渐渐明了，开辟空间说来容易，但做起来恐怕非常难。接下来，端木的话证实了他的猜想。

"能否开辟出空间也要讲机缘，有的大神都不一定有自己的空间，能够开辟出自己内天地的修炼者非常罕见。而将开辟出的小小空间发展成为玄界更是艰难，除非有莫大的机缘，否则那需要无数代人的努力。这个世界上的玄界，远没有你想象的那么多。"辰南原本已经知道，开辟空间与玄界非常不易，现在发觉何止不易啊，简直可以说很难成功，甚至可以说一般人根本不可能成功。端木感叹道："如果能够修炼出一方天地，无论是从战斗还是从其他角度来说，好处都是莫大的，是难以想象的。"

辰南虚心请教了很久，可谓受益多多。原本，辰南还想请求端木将他送进杜家的玄界，但现在他暂时打消了那个主意，他要继续闭关一段时间，需要好好参悟一下开辟空间的问题。端木像是想起了什么，道："险些忘记一件事情，昆仑玄界内有你的画图，太上妖祖黄蚁飞升前曾经吩咐过，如果画中之人真的现世，定要将画卷转交给那人。一会儿我派人给你送来。"辰南有些惊异，觉得那幅画可能藏有玄机，不知道太上妖祖黄蚁或者是他父亲辰战，给他留下了什么。

"对了，端木前辈，我那两头龙呢？"辰南这些日子以来一直都在闭关悟武，远离妖族聚居地。不过，即便与外界隔绝，他也能够猜测出那两头龙近况的一二，因为他太了解那两头龙的个性了，所以在问端木的时候他着实有些心虚。端木为一灵根化形而成，不仅长发碧绿，就连皮肤都透着些淡淡绿意，一听到辰南提到那两头龙，这个老妖怪的脸更绿了。

在龙宝宝没来之前，痞子龙就已经是一个祸害，不仅经常出入仙果园偷盗灵果，还成天长嚎，骚扰所有妖族子民。小龙来了以后，两个家伙凑到一起，更加变本加厉，仙果园已经变得惨不忍睹。此外龙宝宝整日挂着口头禅"神说"，居然召集到一批小妖怪，以两头龙马首是瞻，由以前的蛮干，变成了有组织、有纪律的"活动"。这些天以来，痞子龙与龙宝宝简直成了昆仑玄界的公害，被所有妖族子民称呼为昆仑大害、小害。

当辰南找到两头龙时，两个闯祸精除了被几个小弟簇拥着，外围是更多愤怒的妖族子民，上百个妖怪将两公害围在中央。不过这两个家伙的表现实在是令人无语。痞子龙一副死猪不怕开水烫的样子，用破锣嗓音正在嚎唱："沧海一声笑，滔滔两岸潮，浮沉随浪记今朝……"

更过分的是，龙宝宝居然眨动着一双大眼，无辜地望着众多妖族子民，奶声奶气地唱着："好难过，这不是我要的那种结果……结果。不要再来伤害我，自由自在多快乐，不要再来伤害我，我会迷失了自我，耶……耶……耶……耶……畏畏缩缩，那不是我，不是我要故意闪躲，是你们太凶恶，又来责问我，我们没有错，不要再来伤害我……不要再来伤害我……"昏倒，辰南彻底晕了，那两个家伙真是太能搞了。

"太过分了，你们两个是强盗！"

"你们本是灵兽之长，怎么能够这样啊？那是拜祭妖祖的歌啊，但是你却天天嚎唱，来骚扰我们，还有你这个小家伙到处收小弟，蛊惑人心，实在太过分了！"

"我们苦心经营仙果园数千年，自己都很少去采摘，但是你们却……天天去漫步，不，是去会餐，偷盗各种仙果当饭吃，不可饶恕！"

"我弟弟都被你们带坏了，猪无能过来，不许再和他们在一起乱跑！"

"牛魔王你也给我回来！"

……

群妖激愤，将两头龙围在中央，不断地数落着，眼看就要上去群殴。

"好难过，这不是我要的那种结果……不要再来伤害我，自由自在多快乐，不要再来伤害我……"

"那头小龙你还在唱？你比那头紫龙还要可恶，我们发现好多事情都是你出的坏主意。小家伙，太可恶了！"

龙宝宝扑棱着一对金黄色的小翅膀，眨动着一双明亮的大眼，无辜而又委屈地道："我很善良，真的不关我的事啊！"

"还说，你比那头紫龙还能吃！"

"对，你更可恶，我这几天酿的酒都被你给偷喝了。以前那头紫龙也时常'光顾'，但好赖会给我留下一半啊！"

这些妖怪在先天上惧怕神龙一分，但两头龙实在是惹得群情激愤，妖怪们似乎不再有那丝惧怕心理了，眼看就要上去动手了。

辰南硬着头皮挤了进去，擒龙手一挥，一把将小龙捉进了怀里，而后跃到十一二丈长的紫金神龙的背上，对着下方的妖怪一作揖，道："各位实在对不住，泥人与端木妖祖要见这两个家伙，下次再让它们给你们道歉。"本来，痞子龙与龙宝宝就准备逃走了，今天它们玩得实在太过分。现在辰南来此，正好给了它们逃跑的借口。

"嗷吼——"一声龙啸，直震得远山都在晃动，紫金神龙一摆尾，冲天而起，快速向着辰南闭关的那片山脉飞去。不过它临走之际，不忘嚎唱两句："沧海一声笑，滔滔两岸潮，浮沉随浪记今朝……"

"闭嘴，死泥鳅你给我快飞！"

待降临到那片山脉中，辰南看着这两个家伙，气道："没想到啊，你们两个还真是有能耐，到处惹祸，居然将昆仑玄界闹得鸡犬不宁……"痞子龙老神在在，一副不屑的神态。龙宝宝扑棱着一对金色的龙翼，晃晃悠悠地浮在空中，使劲眨动着大眼，无辜地道："我很善良，不关我的事。""去，一边待着去！你这个小神棍，真不是个省油的灯！"随后，辰南又道，"我们客居此处，有许多地方需要仰仗他们，你们给我老实点好不好？"不过说着说着，他的口气就变了。

"嗯，下次你们再出去的时候，手脚麻利点。当然，最重要的是不要忘记……我那份啊！你们这两个家伙竟然吃独食，居然把我给忘了，不可饶恕！"

"喊！"两头龙同时嘘声。

至此之后，两头龙依然是昆仑玄界的公害，没什么改变。不过，龙宝宝从此学会了打包，每次都要带回一些赃物，分给某人。

辰南手捧着发黄的画卷，鼻子有些发酸，双眼渐渐模糊了，这幅画乃是出自他母亲的手笔。万年后独自醒来，亲人、朋友、家人……一切的一切都已经不在，他彷徨过，孤单过，伤心过，苦涩的滋味时常萦绕在他的心头。

"母亲……父亲……你们在哪里……"现在，看到至亲至近的人为他作的画，他心中酸涩无比，有一种想哭的感觉。如今这个乱世，他要独战杜家，单抗李家，无数强大的敌人，时时在威胁着他的生命，现如今他只能靠自己。就在这时，突然发生异变，古老的画卷突然绽放出道道金光，将辰南笼罩其中。空间剧烈扭曲，辰南感觉自己仿佛破入另一个世界。

在万千道霞光中，一个身影静静地站在那里，虽然没有外放出强大的气息，但却给人一种强烈的感觉，这个人就是天地万物的主宰者！辰南无比震惊，那人竟然是他的父亲。辰战的眼神智慧而又深邃，仿佛能够看透世间一切虚幻，他静静地看着辰南道："不要和我说话，我只是一段虚幻的精神烙印，唯有你的精神波动，才能够触发画卷中这段印记。你能够进来，证明你已经顺利复活，现在将属于你的东西还给你。"

一粒金色的种子，快速向辰南激射而来，不过却在他体外一尺处，悬停住了。辰战道："这是一粒世界的种子，你自己选择身体某一部位容纳它吧。"辰南心中一动，他伸开了右手，将中指探了过去。之所以选择这个中指，是因为他曾经在这根中指上下过苦功，曾经尝试贯通这根手指所有的细微脉络网。金色的种子一闪而没，融入他的中指，但他却什么感觉也没有。

辰战接着道："这是你的内天地，是一颗完美到极点的世界种子，当年你消沉四载，我不想它在你体内枯萎，将它生生抽离出来，封印在此画卷中。拥有它，你将来的成就会超越我，你要好生祭炼。"辰南无比惊异，这是潜藏在他身体中的内天地，是一颗世界的种子，而辰战竟然能够将它抽离出来，这实在太过匪夷所思了！

辰战道："当年，有个法力通天之人曾经以你的身体为战场和我斗了四载，只要你能够活下去，当年种种早晚会再次浮出水面，到时候一切自然揭晓。"辰南深深震惊了，这则消息超出了他的想象，难道那对于他来说，暗黑无光的四载，竟然是因为这个缘故？那个法力通天之人是谁？难道是……澹台璇？不可能，那时的她绝对没有资格做他父亲的对手！不过，辰南有一种感觉，这件事和澹台璇绝对有些关联，她在这件事中绝对起了不可忽视的作用！

"挫折并不是坏事，宝剑锋从磨砺出，要有越挫越勇的心态……你是我的儿子，相信你能够冲破最后的桎梏。"金光渐渐地暗淡了，辰战的身影慢慢消失了，最后所有光芒一闪而灭。辰南站在原地，他手中的画卷已经粉碎，化成细末飘落而下。

他呆呆发愣，他确信刚才发生的事情是真的！辰战将他的内天地还给了他，如今他的右手中指中，有一颗完美到极点的世界种子，开辟出属于他自己的空间，也许用不了多久了！只是，这一次短暂而又奇妙的经历，令辰南心中的谜又多了一些。辰战只字未提过去的事情，也没有告诉他安排过杜家、黄蚁等人……在那遥远的过去发生了什么？为何辰战不给他指明一个方向呢？在接下来的日子里，辰南再次闭关，精气神合一，遥感外天地，内感那粒世界种子。

在辰南身处昆仑玄界的这一个月间，东土修炼界沸沸扬扬，东土皇族杜家以及曾经的第一道门乱战门，纷纷遣出家族的年轻子弟，在东大陆到处挑战高手，点起无数烽烟战火，东土修炼界再难保持平静。同一时间，大陆最北部的极寒之地，一个强大的青年强者一路南下，诸多名宿皆败于其手，竟然无十招之敌，无一抗手。此人虽然单枪匹马，但所造成的风波，比之东土皇族与乱战门的年轻子弟们还要强烈，三方成了三足鼎立之势，简直如同三股强劲的风暴吹过东土大地。

时间又过去了半个多月，辰南整日参研武学，却怎么也无法感应到内天地，虽然知道那个世界种子在他的右手中指中，但他一时间却无法悟透关键所在。"每个人都有内天地，一般修为达到六阶境界后，有天赋的人就会有所感应。不过这并不是绝对的啊，而且现在我已经一脚踏入六阶领域，应该稍稍有所感觉才对，难道说我没这方面的天赋？"辰南修炼逆天魔刀，已经到了一个高原地带，迟迟不能劈出第五魔刀，便一心研究内天地，但现在竟然毫无进展，这令他有些焦虑。

　　端木的再次到来给他带来一线光明。这个老妖怪活了数千载，各家典籍都有涉猎，他给辰南点解道："在很久很久以前，有一个天纵奇才古修毕生，都未能够开辟出自己的空间，最后焦虑忧愁之下，头发都落光了，变成了一个秃子。不过这个秃头却在最后的刹那间开悟了，提出了一个著名的玄界理论。'一花一世界，一草一天堂，一叶一光头，一沙一极乐，一方一净土，一笑一尘缘，一念一清静'。"

　　"噗——"辰南刚喝到口中的茶水立刻喷了出去，他道："我怎么觉得这是一个和尚说的？"端木道："哦，原来是和尚啊，不过秃子与和尚也没什么区别。"真不知道这个老妖怪故意装糊涂，还是对和尚有成见，辰南彻底无语。

　　端木又道："嗯，你看过这部佛典最好不过，这是一种心境，心若无物，就可以一花一世界，一草一天堂。参透这些，便感应到了你的内天地。"辰南若有所悟，自语道："一花一草便是整个世界，而整个世界也便空如花草，那么内天地……"

　　端木道："总的来说，唯物是相对的，唯心也不是错误。你的内天地，是一个真实的天地，但却要你唯心而想，才能够感应到它的存在，心有天地，方能化形而生。"辰南问道："唯心？难道是说，先要自己假想一个小天地，而后再让它去和真实的内天地重合？"端木老妖怪点了点头，道："当年曾经有一个叱咤于天地间的阴阳人，这个大魔头曾经用几句话概括了这种重要的修炼心境。'你未看此花时，此花与汝同寂，你来看此花时，此花颜色一时明白起来。'"辰南又开始喷茶水了，这老妖怪还真是能够糟蹋人。

　　端木走了，辰南又开始参悟。这一坐就是十天，他一动也不动，灵识彻底沉浸在心海深处，感应自己的内天地。第十三日，辰南终于感应到了内天地，他心中假想的世界和那颗世界种子重合了，他看到了一点金光，他慢慢朝前飞去。一点金光越来越大，渐渐将他包容，呼的一声，他飞进了金色的世界。"我终于感应到你了……"他在这个内天地中大呼。

内天地实在太小了，方圆不过十丈，四周一片虚无，看不出什么，只有脚下的黄沙是实物，让人有一丝真实感。辰南知道，内天地需要不断地祭炼，才能够渐渐扩容扩展，现在这里好比混沌，而他在这里将是一个开天辟地的人。不管怎样说，他现在能够感应到内天地的存在，已经迈出了修炼者一生中最为关键的一步！

第十五日清晨，当第一缕阳光照射到脸上时，辰南一跃而起。望着霞光万道的旭日，他心中一片宁静，远处山峦起伏，云雾缭绕；近处奇花异草清香扑鼻，沁人心脾。不知名的鸟儿婉转啼鸣，遇人不惊，淡淡的雾气，缭绕于林间，缓缓流动。在这一片花香鸟语的世界里，处处显得那样的和谐自然。辰南静静地站在那里，身静心静，体内玄功自然地流转着，真气并不狂暴，如涓涓细流，似淡淡清风。

辰南仿佛亘古以来就存在这里，和这个世界早已融为一体，再也不分彼此。他有一种感觉：我就是那天，我就是那地，我就是那流动的云，我就是那浮动的风，天地万物，青山绿水，一草一木，尽在我心中……辰南终于感应到了内天地，虽然仅仅灵识能够探入进去，没有真正的开辟出空间，但足以让他感觉欣慰了。因为最为艰难、最关键的一步已经迈出，以后随着修为的提升，必然能够扩展内天地。现在外有逆天七魔刀，内有小天地，辰南感觉自己手中的筹码又重了几分，现在有信心去杜家玄界一探了。

当端木得知辰南真的感应到内天地时，这个大妖魔惊讶地张大了嘴巴，"我也只是随便说说而已，你……你真的照着那种方法感应到了内天地？""靠！"辰南忍不住说了个脏字，原来这个老东西竟然在瞎掰，亏他还当成至理名言，认真去领悟，努力去修炼，真是让人无语！

端木道："咳，开个玩笑，虽然我是随口说出来的，但那些都是至理名言啊，是太上妖祖骨龙大人所归纳出来的前人经验，算不上忽悠你。你看，认真参悟之下，你不是大有收获吗？要知道修炼者当中很少有人能够感应到内天地而开辟出自己的空间，你将来前途不可限量啊，你应该好好地感谢我。"辰南现在有些摸不清楚这个大妖魔的性格，不知道哪句话是真，哪句话是假，实在让人看不透。

"给我描述一下，你所感应到的那个内天地是什么样子。"

辰南如实讲了出来。端木再次动容，叹道："不容易啊，不容易啊，没想到你竟然有这样一个内天地，堪称罕有啊！简直就是梦寐以求的极品！"通过端木的述说，辰南渐渐有所了解。

修炼者第一次感应到自己的内天地时，会发觉里面如同混沌一般，根本没有任何实物，偶尔有一沙、有一石者，便可称为完美内天地，将来定然可以快速扩展为玄界。端木不会知道，辰南口中所说的"内天地中有些沙子"是指一片沙地，而不是几粒沙几块石。辰南也未注意到，端木所说的"有一沙、有一石"代表了怎样的一种层次。

如果能够开辟出自己的空间，平日便可代替己身聚集无尽的天地精气，这对于修炼者来说意味着什么显而易见！此外，自己开辟出的空间中，自己等同于一切法则的制定者，如果将敌人包容进来，在里面战斗，战斗结果可想而知。当然，最为关键的是，内天地可化空间，空间可化玄界，可以不断祭炼下去。

当辰南向端木提出请求把他送进杜家的玄界时，端木并没有像辰南想象中那样为难，只是略微思索了一下，便道："太上妖祖黄蚁大人曾经说过，可以给你一些小小的帮助，想来把你丢进杜家玄界也费不了什么力气。"

辰南："……"

端木又道："不过你要记住，出了什么事情可不要往昆仑玄界上推啊！这一次我们封闭了昆仑玄界的各个空间通道，不想卷入未来的玄战中去。"辰南对于玄战的事情了解不多，当下开始虚心向端木请教。

玄战乃是玄界中人爆发的大战，一旦爆发大战，无数玄界将会被牵扯其中，有时即便你如何避战，都有可能遭无妄之灾。千年前的玄界大战波及面之广前所未有，东土各界混战，西土高手后来加入，最后仙神界诸多仙神、天使都被波及，许多被世人膜拜的人物都降临人间。提到千年前的那一战，端木有些低沉，当年昆仑妖族死伤无数，最后还被封在昆仑，不准出世。当然，那一战没有赢家，不仅各个玄界死伤无数，天使、仙神也折落在人间不少。端木没有提那一战的原因，他只说玄战的爆发不可避免，想来有些暗黑内幕。

最后他叹道："天地有法则，各个界面都有自己的力量极限，太过强大的存在，不被允许驻留在人间界，必须破碎虚空进入仙神界，否则必然会引来天罚，遭五雷轰顶而亡。但世间一切法则都有漏洞，有些极个别的天才虽然强横到了极点，但却能够进行自我封印，安然驻留在人间界。同样，天上的仙神、天使也能够通过一些秘法，逆转虚空，通过雷池，降临到人间界，短暂地驻留一段时间……唉！"辰南不知道他要表达的意思，难道说玄战爆发的原因与此有关？

当辰南将情况和两头龙说完后，两个家伙都想去杜家玄界搅闹一番。紫金神龙就是一个老痞子，现在修为达到了五阶大成境界，本身又有玄武甲护体，即便遇到高手也难以伤它性命，所以它非常想去杜家玄界扫荡一番，因为它在昆仑玄界尝到了甜头。龙宝宝这个小东西让辰南有些看不透了，这小家伙有时候天真得像个孩童，有时候却又贼又鬼又滑，不过这个小家伙对他倒真是不错，很依赖他，每次出去扫荡，都不忘给他打包带回来一份战利品。

"嗷呜，我在这昆仑玄界待了数月，实在无聊透顶，竟然没有一个妖怪有艺术细胞，白白浪费了我的绝世才华。龙大爷决定和你这个混账小子去找找那个所谓东土皇族的麻烦。靠，龙大爷都不敢那么狂妄，这些小小杜杜们竟然敢号称修炼界的皇帝，真是反了他们了，嗷呜——"紫金神龙痞痞气气，向来都是这个样子，辰南对它放荡的言辞早已麻木。

"我也要去……"龙宝宝话不多，一双明亮的大眼对着辰南眨呀眨，如果是一般人真的无法拒绝。辰南犹豫再三，如果带着两头龙去，无疑将多了两个强大的帮手，但是细细考虑之后，他觉得不能带龙宝宝去，这个小家伙好不容易要彻底恢复到六阶状态，如果再出现意外，真不知道要多久才能够完全恢复过来。痞子龙就好说了，天生扛揍，有玄武甲在身，想杀死它非常不容易，再说了，这个老痞子比谁都滑头，根本不用担心它会发生什么意外。

"嗷呜，哇哈哈，俺这无敌大帅龙终于可以离开这个鸟地方了，小杜子们我来了，你们等着瞧，嘿嘿……"老痞子得意地笑，早就想离开这里了，不过它曾经的朋友泥人怕它发生意外，总是不答应。"为什么？我也要去……"龙宝宝伸出一只金黄色的小爪子拉着辰南衣角，大眼睛眨呀眨，胖嘟嘟的身子摇啊摇。这简直太有杀伤力了，看着它这副可爱的样子，辰南差一点就动摇了。

"这里灵果多多，你争取把它们都吃光，早点恢复过来，以后我还要仰仗你这个小东西帮忙呢。"

"小豆丁老实地待着吧，龙大爷到时候给你带回来点战利品。"

"神说，你缺乏运动。"龙宝宝"砰"的一拳将老痞子给轰飞了。

"嗷呜，小豆丁等着瞧。"

……

昆仑玄界与外面各个玄界连接的空间通道离辰南闭关之地不远，而那里也正是端木的行宫，他一直坐镇看守着这些通道。痞子龙随着辰南一起走进空旷的大殿，端木把他们领进了地下宫殿，"嗒嗒"的脚步声在空旷的地下大殿显得格外刺耳，加之大殿比较黑暗，显得有些阴森恐怖。端木的行宫实在无比宏伟，就连地下大殿都非常宽阔，走出去很远才渐渐接近目的地。阴暗的大殿前方，一排排巨大的洞穴，闪烁着蒙蒙青光，散发着鸿蒙气息，那里是一片混沌，给人一种非常特别的感觉。

"嗯，这就是那些与各个玄界连接的空间通道，不过都已经被我们关闭了。"

辰南走到那些空间通道近前，发觉每一条通道的岩壁上都刻着名称。十万大山、北极妖窟、东海冥岛……东土皇族……突然，辰南一惊，在东土皇族的旁边，赫然出现了一个令他不安的玄界之名，竟然是"赶尸派"三个字！这一派不是已经被灭了吗，他们怎么会有一个玄界呢？难道说还有更厉害的狠角色，一直都没有出世？辰南感觉脊背在冒凉气，归根结底，赶尸派的覆灭几乎可以说是他一手造成的，如果还有更厉害的狠角色没死，到时候要出来报复，无疑会找上他。

"前辈这是怎么回事？这是真的吗？赶尸派也有自己的玄界？"

"嗯，是真的，不过知道这件事情的人不多，似乎只有我们昆仑玄界知晓。赶尸派毕竟是以人驭尸为主，主要是靠上古奇尸作战。控尸者的实力虽然也都很强，但并无独到之处，很少有人能够凭借己身的修为跻身到绝顶高手之列。他们虽然祭炼出一些名震千古的无敌尸王，但那毕竟是无意识的死物，只有强绝的功力，没有灵敏的头脑，这样的奇尸即使再可怕，也不可能开辟出空间，更遑论祭炼出玄界了。所以赶尸派虽然传承七八千年了，算得上最为古老的门派了，但他们一直没有自己的玄界。"

"嗷呜——这里的通道是怎么回事？"紫金神龙忍不住插嘴道。它对赶尸派的无敌尸王可是亲身经历过，直到现在还感觉脊背在冒凉气，上次它差一点挂掉。

端木接着道："赶尸派传承七八千年，祭炼出的几个无敌尸王，的确可怕到了极点。尤其是开派时不久后，第一个祭炼成功的无敌尸王最为甚。据说那是赶尸派祖师机缘巧合之下挖到的一具远古神尸，祭炼成尸王后堪称无敌于世。更为可怕的是，这个尸王后来产生了灵智，有了新的灵魂思想，最后竟然摆脱了尸之桎梏，飞升到了仙神界。"辰南更加感觉有些不安，他也听说过赶尸派有个尸王变成了尸神，但没想到传言竟然是真的，他开口问道："那个尸神应该不会和赶尸派再有交集了吧，毕竟他们之间的关系很复杂，说不上赶尸派利用了他，还是创造了他。"

"嗯，你这样想就错了，那个尸神非常感恩赶尸派的祖师，在飞升前将第一代祖师的身体注入了无上尸神之气，在其体内形成了一个微妙的循环体系。为此，他三次下凡，想令第一代祖师的尸体直接成为新的尸神，两千年前他最后一次下界时，更是留下一个小小的玄界，将第一代祖师的尸体安置了进去，那个小玄界的坐标就在丰都山中某个隐秘的地方。"辰南倒吸了一口凉气，尸神那可是死而再生，而后成神的特殊存在啊！据说远远比一般的神灵强大，现在居然听到了这则消息，他一阵头大，怀疑地问道："那位第一代祖师，难道也有可能会变为尸神？"

"不是也有可能，是一定会成功的。他早在千年前就已经觉醒，而且在那个尸神的帮助下，他多少保存了些前世的记忆。虽然他的脑筋现在有些呆板不灵光，但成为尸神是早晚的事情。"

"俺靠！"痞子龙咒骂道，"这一派竟然这么邪乎，第一代祖师成为尸神，光想想就觉得可怕，这样的敌人怎么和他斗，还让不让龙活了？"辰南有些怀疑，问道："这么隐秘的事情您是怎么知道的呢？而且还有连接那个玄界的通道，这……"

"那个尸神三番两次下界不是什么秘密，许多人都知道。至于如何知晓那个秘密……嘿嘿，天下百禽万兽皆为妖族后代，我们如果想探知什么秘密，直接去问那里的鸟鱼虫兽……"

"太绝了！"辰南惊呼。"靠！"紫金神龙叫道，"小到蚂蚁、老鼠、鸟雀，大到野熊、巨象，这都是你们的耳目。唔，龙大爷也有这种号令百兽的本事，不过现在身体还有点问题。"

辰南现在感觉麻烦大了，一个鼎盛的东土皇族就已经让他无力了，现在又听说赶尸派第一代祖师有可能成为尸神，如果那个怪物知晓自己灭了他们那一派，非找上门来把他撕碎不可。"有了！"辰南突然握紧了拳头，发狠道，"我干脆把赶尸派那个快成为尸神的第一代祖师，引到杜家玄界去算了，给他来个遗祸江东！"

"嗷呜，太狠了！不过真是个好主意，哇哈哈……"

辰南将这一想法说出后，紫金神龙首先响应。不过具体事宜还要请端木帮忙，出乎意料的是端木也没有反对他冒险，这个老妖魔似乎从一开始到现在还没拒绝过他的请求，总是让人看不透其真实所想。"那我就帮忙帮到底吧。"端木道，"我把通往东土皇族和赶尸派的空间通道破开后，在前方将他们之间打通，而后再彻底封闭他们通往昆仑玄界的路口。"按照老妖魔所说，两个近乎平行的通道之间打通后，将变成"H"型，而后他封闭两通道，通往昆仑玄界的入口将变为"n"型。

"你将这个拿好。"端木递给辰南一只半指长的兽爪，光芒璀璨，看起来无比锋利，"这可是我昆仑玄界的重宝之一，一位穿山甲前辈修炼到极限境界后，未飞升至仙神界前蜕去本体时留下的最锋利的一只利爪。后来被众多前辈反复祭炼，成了一个开山掘地的无上法宝。你拿着它，你走之后我会封闭所有空间的通道，如果情况危急，你可以用它破开封印，回到昆仑玄界。"辰南有些感动，这个老妖魔对他还真是不错啊，不是说仅仅帮他一些小忙吗？真是让人看不透。

混沌之门大开，通道内散发着朦朦胧胧的光辉。端木率先走入通往杜家玄界的通道，辰南、紫金神龙紧跟其后。在现实世界中，两玄界坐标即便相隔万里，若通过空间通道行走，也不过半日的路程，两人一龙不过走了少半日就到达杜家玄界的出口处。端木小心地破开这一端的封印，一片蒙蒙亮光透了进来，他转头对辰南道："杜家玄界就在眼前，我要走了。回去之后，我会打通赶尸派与这里的连接，而后抹去昆仑玄界的痕迹。你们要小心。"老妖魔转身离去，辰南看着他的背影，只道了声："谢谢！"

透发着蒙蒙亮光的出口，是一个阴暗的古洞，走出去之后光线立刻明亮起来，这里是一个山谷，附近是茫茫群山。辰南爬上一座山峰眺望，发觉杜家玄界真的不是一般的广阔，一眼望不到尽头，山山水水无比秀丽，比昆仑玄界也并不逊色，当真是一方世外净土。

"嗷呜——龙大爷来了。"紫金神龙一声长嚎，立刻惊得群山内万兽战栗，百鸟慌乱。第一次踏上大仇家的老窝，辰南也有些激动，跃上紫金神龙的脊背道："这里是一片无人区，走，我们去前方看看。"向前飞去约有二十几里，一片平原出现在前方，依然是鲜花盛开、芳草铺地的美丽景色。

这时，渐渐有人影开始出现在视线中。辰南在远空遥望，只见一片片的房屋出现在远处，看规模居然是一个五六万人的城镇。天啊！一万年的发展，杜家的人口数量竟然已经如此庞大，辰南泛起一股无力感，如果这个家族人人修炼玄功，他现在真想掉头就走了！不过，他看到了樵夫、渔民等，他小心地试探了一下，发觉那些人根本不懂修炼，这让他多少安心一些。紫金神龙如今的修为达到五阶巅峰状态，以往的神通恢复了不少，现在也能够随意变幻身体大小了。这个家伙现在如一条毛毛虫般大小，爬在辰南的头顶上，一双贼眼四处打量。

杜家玄界内景色无比秀丽，即便五六万人的小城镇外也依然是鲜花盛开，异草铺地，白猿欢跳，仙鹤飞舞，真如极乐净土一般。辰南装作杜家玄界中人，混进小城镇。这里的人们生活很有质量，家家户户皆是殿宇楼台，宛如进入了神仙之境一般，不过却多了丝丝浓郁的生活气息。小城镇上人来人往，叫买叫卖声不绝于耳，除了建筑物与花花草草等景物外，这里和外界没什么区别，一副朴实的小镇生活写照。

辰南在小镇内转了一圈也未发现几个懂得修炼的人，最后为了尽快了解这里的情况，不得不出下策，在一个偏僻的角落，他用催眠术、控魂术加在一个人的身上，从他口中了解了这里的大概情况。这里，的确是杜家玄界没错。不过，绝大多数人都不懂得修炼之法。能否踏足修炼领域，自从婴儿起就已经被确定，这里的婴儿始一出生就要被检查有无修炼的天分，只有天资卓越者才会被登记，日后才能够进入杜家圣地去修炼。杜家的圣地与此相隔三十余里，据说那里不仅有无数的高手，而且还有些神仙般的人物，那片区域对于小城镇的人来说充满了神秘的色彩。

辰南与痞子龙小心谨慎地潜往那片圣地，一座座青山翠谷掩映在缥缈的仙雾间，一座座琼楼玉宇出现在那山山水水间，如梦似幻的场景，真让人怀疑是否无意间闯入了仙府之地。在距离那片圣地十里处，辰南便不再前进，他不了解这里的情况，不知道这里的老怪们强悍到何种程度，不敢太过冒险。毕竟，他从那个小镇居民的口中得知一件事，这里有宛如神仙般的人物，可以猜想，必有非常可怕的人物在这里隐修。

"要不要直接轰上一记天魔左手呢？"辰南真想不管三七二十一地狠狠轰上一记！一记下去，也许杜家所有高手都彻底解决掉了，永绝后患。只是，当他抬起手来时又犹豫了，他从雨馨的留言中得知，五千年前杜家曾经出过武神，虽然被雨馨给灭杀了，但天知道这五千年来，这个家族是否又出现了这样的人物呢？

那可是仙神级的力量啊，如果真有这样的存在，恐怕天魔左手难以将之灭杀，那么，等他将最大底牌扔出去了，如有武神出手，他必死无疑。辰南在杜家这片圣地外围徘徊良久，最终咬了咬牙，道："执行二号计划！"来这里最基本的目的是了解个大概情形，如果条件允许，他会执行一号计划，直接轰一记天魔左手，但凭着本能的直觉，他感觉有些不安，这里似乎隐藏着莫大的危险。现在唯有退走，将赶尸派第一代祖师引到这里来，让那个即将成为尸神的无敌尸王来大战杜家。

紫金神龙乃是神兽，天生有着敏锐的直觉，它也感觉前方的仙山有着莫大的危险，万万不能靠近，老老实实地跟着辰南退回空间通道处。一人一龙原路返回，空间通道内光华闪闪，各个地段有着不同的标记，辰南很快就发觉，这条通道和不久前不同了，老妖魔真的将赶尸派的玄界通道和杜家的玄界通道连接到了一起。

他和痞子龙没有盲目地闯到赶尸派的玄界那边，而是仔细寻找确认了昆仑玄界封闭的空间通道所在处。辰南将那件昆仑重宝拿了出来，用力挥去，光华阵阵，洞口的坐标终于被他找到，他轻易地破开了隐蔽的混沌门。当他出现在端木的行宫中时，老妖魔正坐在那些混沌门前打坐。

端木道："这么快就回来了，看来你还比较惜命。"

"前辈，我准备执行二号计划，待会儿我会把赶尸派第一代祖师引出他所在的玄界，烦请你在这里守候，等我返回这里后，立刻封闭混沌门，抹去所有痕迹。"

"小子你还真是够狠啊，要动真格？"

"是的。"

端木犹豫了一会儿，毕竟这招遗祸江东很阴狠，如果事情闹大了，说不定会牵扯上昆仑玄界，不过最终他还是点了点头，道："好吧，做事麻利一些，不要留下尾巴。"

这一次，辰南跳到紫金神龙的背上，让它快速沿着空间通道向赶尸派玄界冲去。"泥鳅，你现在的实力按照人类的标准来划分的话，已经达到了五阶巅峰状态，想必各种神通恢复不少了吧？待会儿不要求你多做什么，只要求你载着我飞速地逃。所谓龙腾万里转瞬即至，飞行应该是你的最强项，千万不要让那老鬼追上我们，否则你我将死无葬身之地。"就在这时，前方一片混沌挡住了去路，辰南知道到地方了，他用昆仑玄界的重宝穿山甲利爪，狠狠地向着封闭的混沌门挥去，通道内光芒不断闪烁，很快，混沌门就被破开了。

"呜呜——"一股阴风迎面扑来，就像打开了地狱的大门一般，森然恐怖的气息瞬时弥漫在空间通道内。辰南和痞子龙激灵地打了个寒战，他们相互看了一眼，小心地向着通道外走去。赶尸派的玄界和杜家玄界、昆仑玄界相差太大了，真的有地狱天堂之分。展现在辰南眼前的景象太恐怖了，这里天色阴惨惨，光线无比暗淡，满地都是白骨，森森骨骸堆积成许多大大小小的骨山，黑色的带状云雾在白骨山间缠绕飘动，阴风怒号，许多白骨被吹得不断颤动，发出"咯吱咯吱"的响声，令人毛骨悚然。

"咯嘣咯嘣——"这些骨骸也不知道堆积了多久的岁月，不小心踩在上面就会发出阵阵刺耳的碎裂的声响。辰南站在紫金神龙背上，让它在这片死亡之地上空不断盘旋，寻找着赶尸派第一代祖师的踪迹，按照端木的说法，这个老尸王现在处于沉睡之中，他所待的地方一定很特别。

在高空中向下望去，阴森森的赶尸派玄界，到处都是骸骨山，森然无比。"似乎是那里……"来到这里之后，紫金神龙不敢随意嚎叫了，低声示意辰南朝前方看。只见不远处，几座百丈白骨山并立在一起，一个完全是由白骨搭建而成的宫殿矗立在几座骨山中央，魔气缭绕，白骨殿显得阴森而又恐怖。

"不愧为赶尸派的第一代祖师，虽然他还在沉睡，但依然透发出一股无比邪恶而又强大的气息，当真恐怖啊！看来那个尸神没有白下功夫。"凭着直觉，辰南感觉这个第一代祖师，比在丰都山干掉的那两个尸王强大太多了，或许这个玄界中的尸王真的快接近尸神的境界。"这真是杜家的好对手啊，沉睡的老鬼你可千万不要让我失望啊！"辰南残酷地笑了起来，他似乎看到了杜家玄界内魔气滔天的景象。

这片玄界不是很大，方圆不过数里，一人一龙在这片玄界内费了很长时间，才在森森白骨中找到一块巨石。辰南暗想：希望这个尸王如端木所说的那样，脑筋还很僵硬不灵光。紫金神龙先一步进入了混沌门中，辰南手举千斤巨石，集全身功力于巨石之上，令其爆发出阵阵光芒，而后大吼了声："开！"狠狠地向着千米之外的白骨殿抛去。

"轰"的一声震天巨响，蕴含着辰南全身功力的巨石，狠狠地砸落在白骨殿之上，刹那间将骨殿震得粉碎，巨石上透发出的强横力量冲击得附近的一座座低矮骨山都"轰隆隆"崩塌了。

"吼——"一声厉鬼的吼啸在粉碎的白骨殿下方冲了出来，直震得整片玄界都剧烈动荡起来，一座座白骨山轰然崩塌，一股魔气冲天而上，整片天空都黑暗了，无数的白骨飘浮到半空中，死亡的气息在整片空间内浩荡。辰南感觉头皮一阵发麻，这真是恶鬼王啊！他顾不得"瞻仰"尸王的"尊容"，跑进空间通道跳到紫金神龙的背上，大喊道："快逃！"

"嗷呜，扯呼！"紫金神龙这个老痞子脊背都在冒凉气，凭着本能的直觉，它感应到了巨大的危险，那个尸王太可怕了，它不想多停留半秒钟。在这一刻，痞子龙的速度达到了极限境界，如一道闪电一般在空间通道内穿行。通道外面的死亡世界，黑暗笼罩了大地，无尽的魔气充斥在每一寸空间，无数的白骨飘浮到半空中。

"吼——"一个披头散发的恶鬼冲天而起，高大的身影散发着腐臭的味道，空洞的眼神令人心悸。他身上竟然覆盖着大片的骨鳞，森森白骨鳞片透发出阵阵阴寒的气息，没有覆盖着骨鳞的部位，则流着黄臭的尸水，恶心而又恐怖。尸王在这片狭小的死亡世界打量了一番，很快发现了不远处的空间通道，他在原地留下一道残影，眨眼间出现在通道内。

"吼——"一声凄厉的鬼啸，尸王散发着阵阵腐臭，身体化作一道白光，向着空间通道内冲去。当辰南接近昆仑玄界的混沌门时，已经听到了阵阵可怕的鬼啸，他感觉头皮阵阵发麻。紫金神龙吓得一声怪叫，亡命一般飞行，将速度提升到了极限境界，在空间通道内留下一道长长的残影。

紫金神龙冲进了端木的地下行宫内，老妖魔一直在密切注意着混沌门内的动静，这一人一龙刚一出现，他双手连连挥动，蒙蒙清辉漫洒而出，混沌门快速消失，被他抹去痕迹。紫金神龙嚎叫道："嗷呜，吓死龙了，太可怕了，这个老鬼实在是该被天打雷轰啊，根本不应该出现在世上！"辰南长出了一口气，总算平安而归。

端木叹道："想不到这个尸王的功力竟然如此高深莫测，杜家人恐怕有大麻烦了。"

辰南道："有麻烦才好，不然我岂不是白辛苦了。打吧，希望这个尸王不要让我失望，最后和杜家的老怪物们来个两败俱伤，鱼死网破！"紫金神龙道："嗷呜，我倒是希望那个恶鬼早点挂掉，这个家伙实在让龙胆寒，我简直一辈子都不愿意见到他。"

端木笑了笑，取出一面铜镜放在身前，道："你们可以一起来观看。"铜镜中是一片蒙蒙青光，不过随着老妖怪口中发出阵阵古怪的声音，铜镜突然光华大作，随后里面渐渐出现了一道可怖的鬼影。"啊，这不会就是那老鬼吧？"辰南惊道。端木道："不错，这个尸王的速度当真有些骇人听闻，现在他已经快要到达杜家玄界了。"铜镜里尸王披头散发，面目狰狞，身上覆盖着大片的骨鳞，其他部位流着黄色的尸水。

"俺靠，这个家伙实在够凶恶！幸好没和他撞上，不然有死无生啊！"紫金神龙心有余悸地道。辰南一边观看着铜镜中的尸王，一边问端木，道："这是什么法宝，为何能够捕捉到尸王的影迹？"端木答道："这是鹰隼之眼，神鹰前辈飞升前留下的。空间通道与杜家玄界内有我留下的空间坐标，能够被这件法器感应到周围的景物。"

过了一段时间，铜镜内光华一闪，尸王冲进杜家玄界，滔天的魔气瞬间就覆盖了大片的天空，原本如同仙境般的玄界变得阴森恐怖。尸王立身于高空之上吼啸连连，铜镜虽然只能看到影像，听不到声音，但辰南能够想象杜家玄界在颤动。赶尸派的这位第一代祖师周围涌动着滔天的魔气，他似乎觉察到所在地是一个无人区，快速向着小城镇的方向飞去。就在这时，铜镜如同平静的湖泊投入了一块巨石一般，剧烈波动起来，画面变得模模糊糊。端木叹道："杜家果然有些可怕之人啊，恐怕真的要有一场惨烈的大战了。"

杜家玄界内，尸王腾云驾雾，无尽的魔气在他周围翻涌着，他快速飞到小城镇的上空，凄厉地吼啸着，无边无际的魔气向下方遮拢而去，眼看就要袭到小城镇，仿佛末日来临一般。然而就在这时，远空快速冲来一道人影，一拳向下方的魔气轰击而去，一片璀璨夺目的金光照亮大地，将带有强烈腐蚀性的死气快速击散。下方的百姓已经吓傻了，如同仙境般的杜家玄界何曾出现过魔气滔天的恐怖景象，何曾出现过如同恶鬼般的尸王，下方传来众多哭喊声。

"何人敢来犯我东土皇族？"

尸王回答他的是一声凄厉的鬼啸，而后一拳向前轰击而去，腐臭的味道弥漫在空中，死气浩浩荡荡，如滚滚长江，似滔滔大河，向着来人冲击而去。"哼，找死！"浑身处在金色霞光中的那条身影，不避不躲，一拳轰去，璀璨光芒万千道，照亮了整片天空，与无尽的魔气相撞在一起后，大地在战栗，群山在晃动，天空在震荡……整片杜家玄界仿佛要崩碎一般。

通过铜镜，端木、辰南、痞子龙见识到尸王与杜家高手的可怕之处。此时，那一尸一人激烈地交锋着，已经飞临到一片群山上空，下方一座座山峰被空中两人大战的余波轰碎峰顶，无尽的死气在空中浩荡，渐渐遮盖住漫天的金光。眼看杜家高手渐渐不敌，然而就在这时，杜家圣地的方向又快速飞来一道金色身影，浑身上下绽放着万千道霞光。

只是，尸王毫不惧怕，鬼手一挥，无尽的魔气遮拢天地，在天地间浩浩荡荡，下方无数的山峰在崩塌，宛如世界末日来临一般。痞子龙边看边叫："嗷呜，那个恶鬼太厉害了，真是让龙心胆皆寒啊！"然而就在这时，铜镜内光华一闪，所有的影像都消失了。

"怎么回事？"辰南惊问。端木叹了一口气，道："大战实在太激烈了，许多山峰被轰塌了，我布下的空间坐标，都已经被毁干净了，鹰隼神镜不能感应到那里的景物了。"这是没办法的事，无论辰南多么想观看大战的结果，也不敢以身试险，在这个时候进入杜家玄界。不用想也知道现在那里正是大战最为惨烈的时刻，可以想象涌动着滔天魔气的尸王，与杜家高手生死搏战的激烈场景。

# 第二章
# 鹿死谁手

距离赶尸派第一代祖师闯入杜家玄界已经过去十余日，辰南几次想进入杜家玄界去一探究竟，但都被端木拦下，最后，端木更是收回能破开混沌门封印的重宝。用端木的话说，无论结果如何，这条空间通道都不能够再打开了，通道等同废了。辰南理解他的苦衷，不再坚持，毕竟如果事情曝光，东土皇族杜家可能会立刻和昆仑玄界开战。

其实，他也能够猜测出杜家玄界中大战结果的一二，赶尸派第一代祖师的确是个狠茬子，肯定将杜家玄界搅了个天翻地覆，一想到这儿他就想狂笑，至于老尸王到底有没有被杜家众人灭杀，他就猜不出来了。最后，辰南从端木口中大致了解了杜家玄界在这个世界的坐标位置，牢牢记在心中，眼前不能够灭掉杜家圣地中的人，不代表以后不能。辰南在昆仑玄界已经待了三个月了，他觉得是时候离开了……

现在的外界，风起云涌，一系列事件令东土修炼界动荡不安。东土皇族年轻一代、乱战门年轻一代，还有来自最北部极寒之地的强大青年武者，像三股狂暴的龙卷风一般袭过东土大地，许多高手被他们无情战败。正邪各个圣地的最杰出传人，在这一次的风波中遭受了重大打击。邪道六圣地当中的四道，情欲道、绝情道、混天道、轩辕道传人都已经步入修炼界很久。

在这一次东土动荡过程中，情欲道传人南宫仙儿、南宫吟二人在与乱战门的高手大战中，虽然将两个对手杀死，但他们也身受重伤。轩辕道传人轩辕风和绝情道传人齐腾，分别惨败于乱战门年轻一代第二高手之下，轩辕风当场战死，齐腾重伤遁走，至今生死不明。混天小魔王项天在西土破关而出，赶回东土后遭遇杜家第一高手杜昊，重伤不敌，被逼跳崖，至今生死不明。

杜昊三个月前曾经和辰南一战，被气得吐血重伤，险些丧掉性命，但那一战他的收获巨大无比，回归杜家玄界后，闭关两个月才复出。他将杜家武库中收录的一篇禁忌武学血魔大法融进顺天七神剑当中，修为与两个月前相比，进一步精炼提升，只差一点点就彻底成为六阶高手。杜昊了解血魔大法的奥义，这是一种需要在血杀中做出突破的魔功，因此他出关后如同乱战门的人一般，到处疯狂挑战对手，从未留过活口。

正道五圣地当中的四地，澹台圣地、小林寺、紫霄宫、无忧宫传人都已经步入修炼界很久。在这一次东土动荡过程中，紫霄宫传人王辉遭遇乱战门年轻一代第一高手李若兰后惨败，死于非命。无忧宫传人岳擎遭遇杜家年轻一代第一高手杜昊，被顺天七神剑三剑斩下头颅，横死！在正邪各个圣地传人当中，表现最突出的是玄奘和梦可儿两人。

玄奘和尚平时不显山不露水，但在这次大动荡中彻底暴露真实实力。在得知好友紫霄宫传人王辉惨死在乱战门第一高手李若兰之手后，平日一副得道高僧模样的玄奘彻底发狂，变成名副其实的血和尚。遇到乱战门年轻一代第三高手李长风时，玄奘一口气将之斩成一百零八段。李长风至死都有些不相信，那个超尘脱俗的和尚在击败他后会在他身上施行如此血腥的手段，而且动手时居然一直是笑眯眯的。李长风曾经和辰南大战过，本以为除却辰南之外再没有任何一个敌人能够战败他，不想刚一出来就被玄奘和尚给剁了。

之后，玄奘和尚见到乱战门的人就狂杀，随后，这一门年轻一代第八、第九、第十高手，都被玄奘和尚斩成一百零八段，让东土众多高手拍手称快。梦可儿的表现更为惊人，第一战便遭逢杜家第三高手杜飞，未曾动用道家至宝玉莲台，仅用飞剑就将杜飞劈为八段。原本，梦可儿没有这么重的杀气，但杜飞的言语彻底激怒了她，杜飞竟然扬言要在杜昊之前抢她回杜家做老婆。这触痛了梦可儿的心病，她在西大陆荒唐地和辰南做了几天的夫妻，心中正有一股羞怒到极点的火气无处宣泄，什么清净无为的心法都不管用，她现在只想砍人，杜飞的话注定了他惨死的结局。

之后，梦可儿和乱战门第一高手李若兰相遇。如果在以前，梦可儿定然不是李若兰的对手。但让她欲死欲狂的一场荒唐婚姻竟然将她体内的封印力量平缓地释放出许多，现在她的修为已经不下于东土任何一个年轻高手。李若兰和梦可儿并没有生死大战，而是点到即止。她们明白，如果非要分出高下，两人恐怕会同归于尽，在没有把握绝对战胜对方前，谁也不想死战。

在这之后，梦可儿和杜家年轻一代第一高手杜昊相遇，如果不是体内封印力量最近释放出许多，恐怕她将步当初那位祖师的后尘，被抢回杜家做新娘了。一番大战下来，两人都受了不轻的内伤，后来发觉最北部极寒之地的强大青年武者，正在接近他们大战的地方，两人各自退走。梦可儿深深感觉到对手的可怕。而杜昊则恼怒不已，他早已经发过誓，要娶澹台圣地的圣女为妻，没想到最近修为再做突破后，真正面对那个心中定下的妻子人选时，一时间竟然无法将之拿下，这令他感觉异常羞怒。

在东土一片动荡不安之际，辰南终于走出昆仑玄界，在那里他的修为已经难以有所进展，他现在需要激烈的大战，要在生死之间再做突破。龙宝宝被留在了昆仑玄界，代替紫金神龙成为昆仑一害。三个月的修炼终于结束。

巍巍昆仑山，连绵不绝的山脉，雄伟壮丽，青山翠谷，佳木葱茏，多洞天福地。只是，今日高空中一个破锣嗓音打破了莽莽昆仑的宁静。紫金神龙载着辰南一边极速飞行，一边嚎唱："大河向东流哇，天上的星星参北斗哇，说走咱就走哇，你有我有全都有哇，路见不平一声吼哇，该出手时就出手哇，风风火火闯九州哇，嘿呀呀，依儿呀，唉嘿唉嘿，依儿呀……路见不平一声吼哇，该出手时就出手哇，风风火火闯九州哇……"对于这个声称自己有绝世嗓音的紫金神龙，辰南感觉有些头大，为昆仑玄界中众妖默哀几分钟，居然忍受痞子龙长达半年之久。

进入晋国后，辰南有些不放心，生怕龙家会发生什么变故，他命紫金神龙朝龙家飞去。只是，他扑了个空，龙家人去屋空，据附近的人说，龙家在三个月前就搬走了。辰南微微安心，龙家毕竟是传承千年的世家，肯定留有许多退身之路，现在东土动荡不安，他们多半暂时淡出修炼界。正在辰南要转身离去时，一个可爱的小女孩突然蹦蹦跳跳地跑过来，高兴地叫道："大哥哥，我见过你，这是龙舞姐姐给你留下的信，给！"

辰南接过信，展开带着淡淡馨香的信纸，上面仅有七个字：不如相忘于江湖。辰南的心狠狠地悸动了一下，相濡以沫，不如相忘于江湖。这令他心中涌起一股难言的滋味。神采飞扬、风采信心的龙舞啊！这个绝色女子，是如此的与众不同，轻轻挥一挥衣袖，潇洒地转身离去，心中似乎毫无羁绊，无双的龙舞！

"不如相忘于江湖"，如此，才真真正正触动了辰南的心……他问道："告诉大哥哥，龙舞姐姐去了哪里？是和她的家人一起归隐了吗？""龙舞姐姐说她要去江湖……"稚嫩的话语回响在辰南的耳边。

辰南道："泥鳅，我们走！"紫金神龙从远处飞了过来，问道："去哪里？"

"去江湖！"

"神经，哪条江？哪个湖？说具体点。"

"想走吗？没那么容易！"白衣飘飘的梦可儿，驾驭着五彩玉莲台，自远处快速向这里飞来，她面上虽然平静，但辰南通过她起伏的胸腹，看出了她剧烈的情绪波动。

"嗷呜，原来是你这个小娘皮，现在龙大爷修为大成，已经不怕你了，嗷呜，一百……"痞子龙的嚎叫戛然而止，一只巨大的手掌死死地抓住它的嘴巴。"死泥鳅你快给我闭嘴，现在什么也不要说，不要给我添乱！"看到紫金神龙满脸疑惑之色，辰南急声道："你现在不要多问……"

可是梦可儿已经听到了痞子龙的话语，立时变色，发出了一声刺耳的尖叫，再也没有一丝圣女的形象。"无赖龙，我要杀了你！辰南，我要杀了你！"梦可儿驾驭着玉莲台快速冲了过来。她奉师命，准备进昆仑山联合妖族，没想到在这里碰到辰南。看到梦可儿羞怒到了极点，辰南当下什么也不说了，跳到紫金神龙的身上，大声喊道："泥鳅，快给我逃，算我求你了！"紫金神龙有些郁闷，好不容易修为大进，加之有玄武甲护体，正准备耀武扬威一番呢，但现在却要逃走。"嗷呜，小娘皮再见！"痞子龙是一根老油条，隐隐约约间感觉到了什么，没有再火上浇油"一百遍"。

"无赖龙你给我停下来，辰南，我要杀了你！"梦可儿驾驭玉莲台紧追不舍。但是，如今的紫金神龙与从前不可同日而语，神龙本就是翻云覆雨、腾跃万里的代名词，它的速度岂是梦可儿所能够追上的。"辰南，我要杀了你！"远远地传来梦可儿声嘶力竭的喊声。最终，紫金神龙与辰南甩开了梦可儿，一人一龙向着晋国北部飞去。

辰南已经得知，来自最北部极寒之地的强大青年武者，正在那个区域，他已经隐隐猜测到了那个自冰棺中复活的人是谁，万年前的战斗将延续到现在！


东方长明自己没有想到，万载岁月过去之后，他还能够活过来。当年，他乃是破灭道中人，在年轻一代中算得上数一数二的人物，只在十六岁时败过一次，不过曾经击败过他的辰南，最终还是死在了他的手里。虽然后来挑战一个修为半废的人不太光彩，但那时他为了给老祖报仇，根本不在乎。

在万年前，东方长明的家族与辰家结下了难以化解的仇怨。东方长明的干爷爷大魔头东方云飞，曾经祸乱修炼界，被一代天骄辰战生生击毙。为了给东方云飞报仇，破灭道众人请出盖世大魔王东方啸天。此人纵横天下，一生未有敌手，晚年时更是功达仙武之境，但却不愿破碎虚空而去，自封于冰窟中闭关。东方啸天为了给曾孙东方云飞报仇，走出冰窟，找上辰战，但最终还是败在辰战手下，最后，辰战为雨馨逆天夺命，怒将他当作鼎炉，使其灰飞烟灭。

这些仇恨对于东方长明来说刻骨铭心，为了给两位老祖报仇，他用计令那时无比消沉颓废的辰南答应他的约战。一个修为半废，无比颓废消沉的人，想借他人之手死去，一个心怀恨意，想为老祖报仇，结果是可以预想的。一掌震断辰南心脉之后，东方长明怕无敌强者辰战来杀他，躲进东方啸天晚年闭关的冰谷，在那里苦练了七年玄功才敢出关。只是，他刚刚走出冰窟，正逢天地大变，他看到空间在破碎，他看到仙神在空中陨落。当然，他也仅仅看到了这些而已，接着他便被埋在崩塌的冰谷中，他挣扎着爬进玄玉冰棺中，便从此失去知觉……

不想一觉醒来，世上已经过去万载岁月，他快速学习现今大陆的语言，了解现在的状况，更在无意间听到辰南的名字。了解到辰南所施展的家传玄功特征之后，他有一种预感，这个人跟万年前的人似乎……他迫不及待地南下！转瞬回思，东方长明感慨无限。就在这时，他突然有一种感觉，宿敌快到了，万年前的一战将延续到现在！

此刻，辰南正在十里之外大开杀戒。十几日的追查，辰南终于发觉了宿敌的行踪线索，正当他驾驭着紫金神龙向东方长明处飞行时，看到了浑身是血的玄奘和尚被杜家子弟与乱战门的子弟围在中央，命在旦夕。不用他命令，紫金神龙俯冲而下，一个神龙大摆尾便解了玄奘和尚的危机，将十几人扫飞出去。这些人中没有一人达到五阶境界，但之前玄奘和尚遭遇李若兰，重伤不敌，逃到这里，被两家子弟追上来后包围，才致使性命堪忧。

辰南手提魔刀，冲了过去，修为没有达到五阶境界的修炼者对他来说无丝毫威胁。他如嗜血的魔神一般，刀刀见血。"噗——"长刀劈开了一个杜家子弟的头颅，红的血、白的脑浆，到处迸溅。"咔嚓——"魔刀砍断七把兵器，七个人头跟着飞了出去，七具无头的尸体喷发出七道血浪。"噗""噗""噗"……血花飞溅，魔刀之上钉着五个人，被穿成了一串，皆自胸膛捅入，自后心透出，鲜血狂喷。

在这一刻，辰南化身修罗，手中魔刀化成屠刀，横劈竖斩，人头滚动，残臂断腿乱飞，尸块到处迸溅，惨叫之声不绝于耳，血水染红大地，不过片刻，几十名高手皆变成碎尸块。玄奘和尚有些发呆，"这才是杀人的艺术啊。"他感慨道。

"辰南，果然是你，哈哈哈，想不到万年之后复活，我会再次碰上你，天意啊，天意！你我两家以及你我的恩怨延续到了万年之后，现在就让我们进行一场最终的战斗吧！"东方长明赶到这里，他用万年前的大陆语，阴森森地吼道。

"好啊，你们都在这里，省的我一一去找了！"战斗狂人、绝色美女李若兰，脚踏飞剑快速破空而来。"嘿嘿……"杜昊森然笑着，他和李若兰一起追击玄奘和尚而来，没想到在这里碰上死敌辰南，他森然道："辰南啊，我魔功修成，苦于无法找到你，现在终于被我发现了，你的死期到了！"正在这时，远空中闪现出道道五彩光华，一道绝美的身影如九天玄女般飞临而来，梦可儿驾驭着玉莲台，眨眼间到了近前。

五大顶峰青年高手终于第一次齐聚在一起！东方长明，面如刀削，一脸冷色，似万年未化的寒冰一般，双眼透发着让人心悸的可怕光芒，一瞬不瞬地盯着辰南。绝色美女李若兰，在这一刻，飘逸出尘之态尽去，绝美的容颜上满是狂热之色，在东方长明和辰南的身上来回扫视，这个好战狂女心中涌起了无限战斗欲望。杜昊的脸上充满残酷的笑容，如欲噬人的猛兽一般，双眼绽放着狠戾的凶光，原本英俊的面容显得有些狰狞。梦可儿脚踩玉莲台，绝美的容颜无丝毫表情，在这一刻她寂静如那千年古湖，无法让人窥视她心中一丝波动，只是静静地悬浮在半空中。辰南感觉到了莫大的压力，除却李若兰将精力分散在他和东方长明两人身上之外，其余三人的精神力都牢牢地锁定他。

万年前的宿敌竟然如他一般复活了，辰南感慨无限，昔日的生死大敌，再次和他的命运碰撞到了一起，万年前的战斗延续到了现在，两人间的仇怨不可能化解，不是你死就是我亡，已是不死不休的局面！东方长明给他一股非常可怕的感觉，那种神态气质和万年前的大魔王东方啸天太像了，简直就像当初那个盖世魔王再生一般。辰南明白，东方长明所修炼的功法和大魔王一脉相承，修炼到极致境界，人间将难逢对手。现在东方长明的修为必然已经到了骇人听闻的地步，不然不可能透发出和盖世魔王相似的气势，摄人心魄！

李若兰这个战斗狂人，眼中的火热光芒，同样让辰南感觉非常不适，这无疑是一个强大到极点的对手，这个疯狂的女人恐怕将会是他最难缠的敌手，没有什么人比战斗疯子更为可怕。杜昊眼中如同野兽般凶戾的光芒，让辰南感觉非常不舒服，如果说这几人当中哪一人最先让辰南动了杀机，毫无疑问是眼前的杜昊，杜家人对于辰南来说，比之万年前的死敌东方长明还要可恨。

　　以上三人都透发着高昂的战意，涌向辰南的精神压力磅礴不可揣测，唯独空中的梦可儿似乎没有涌动出丝毫波动，她看起来如此的平静，仿佛置身于事外的吃瓜过客。不过，她仅仅是表面上平静而已，每每想起在西大陆发生的事情，这位澹台古圣地走出的圣洁仙子都欲抓狂。无言无声、不刻意透发的精神压力更为可怕，像锋利的神剑一般直指辰南心海，其他三人什么也没有感应到，但辰南却犹如芒刺在背一般。

　　紫金神龙也感觉到前方几大青年强者透发出的可怕精神压力，不过由于近来实力大进，加之有玄武甲这个护身符，它虽然满是戒备之色，但也做好随时冲过去大打一番的准备。玄奘和尚满身血污，盯着空中踩在飞剑上的李若兰，手中的戒刀在不断颤动。好友王辉之死令这位小林寺最杰出的弟子几欲发狂，近来他已经斩杀无数的李家子弟，不过真正的大仇人却是李若兰，但他现在有心无力，他清楚地意识到自己还不是那个战斗狂女的对手。

　　东方长明乱发飞扬，冷冷地逼视着辰南，用万年前的大陆语道："当年你修为半废，在那种情况下杀死你，对我来说是一种耻辱。现在好了，我可以重新用你的鲜血来洗刷我的双手了。你的修为突破到了一个不可思议的高度，现在这个样子才有资格作为我的对手。"

　　辰南虽然已经从李若兰的口中得知东方长明是自冰棺中复活过来的，了解了其万载不死的原因，但亲眼见到还是感觉有些难以置信。他也以万年前的大陆语开口道："想不到你也出现在这个世上，真是让我感觉非常意外。你我间的恩怨既然延续到万年之后，那么有的是时间来解决。东方长明，你可以告诉我万年前的事情吗？我想知道我父母的情况。"眼前之人虽然是他的生死大敌，但辰南还是忍不住提出这个要求，独自一人在万载之后复活过来，内心最深处的孤凉是可想而知的。难得有这样一个机会打探他父母的消息，虽然知道根本不可能改变什么，但他却迫切地想知道。

　　"我不知道！"东方长明暴躁地回答道，"少给我婆婆妈妈，今日不是你死就是我亡，彻底了结万年前的恩怨。"辰南很平静，依然重复着刚才的那句话："我想知道我父母的情况。""你死到临头了，还管那么多干什么？"东方长明越发显得不耐烦，乱发无风自动，面色显得有些狰狞。辰南依然很平静，道："看来你很脆弱，你现在的样子露出了心中的茫然与无助。你放不下万年前种种，你不愿别人触及你的隐痛，看来你还没有完全适应这一世的生活。"

"胡说八道，死就死了，活就活了，有什么大不了的，在过去称雄，到现在我还要称尊！"东方长明显得恼怒无比。

"那你告诉我万年前的事情，我父母后来的情况。"

"我不知道，我不知道，不要再问我万年前的事情了！你比我幸运多了……"东方长明仰天大吼道，"我在冰窟中闭关七年，亲人、朋友，还有青梅竹马的师妹都在等我，我终于等到破关之日，却遭逢天地巨变，我永远地失去了他们，亲人、朋友、青梅竹马的师妹，啊啊啊，我恨啊！"

辰南没有想到东方长明也有如此一面，远没有想象中那么冷血残酷。他久久未语，直到对方渐渐平静下来才道："遭逢天地巨变？到底发生了什么？"

"我看到那天在崩碎，我看到那地在沉陷，我看到那北洋的海水涌上了高天……我看到仙神在空中陨落……一副世界末日来临般的景象，我什么也不知道，根本没有搞清楚发生了什么就被埋在冰谷中。"东方长明的话语有些低沉，最后他抬起头来，狠狠地盯着辰南，道："你已经知道了我的事情，现在把你复活的种种隐秘给我讲出来！"

"恰巧有仙神在那里决战？那里成为了仙神的战场？或者是真的有什么天地大变发生？"辰南自语，感觉到东方长明那可怕的杀气向他逼来，才道："我是自神魔陵园复活的，我不知道自己为什么会出现在那里，不知道为什么会复活而出。"显然，两人都很在意万年前的事情，都希望能够揭开谜团。

"好了，现在你可以去死了，我若能够查到真相，会烧纸告诉你的！"东方长明面目狰狞道，"这个世上有我没你！"正当东方长明准备对辰南出手之际，敏锐地觉察到旁边那人嘴角露出的一丝嘲笑，当下立即止住了动作，霍地侧过身来。

杜昊知道那两人说的是古大陆语，却一句话也听不懂，他已经从李若兰那里知道，东方长明乃是自冰棺中复活出的高手，对此倒也不感到奇怪。看到东方长明突然转过身来面向他，杜昊心中一惊，方才他看到这个强大的青年高手即将对辰南动手，不自觉间露出笑意，他想借此机会看看死敌辰南这三个月来修为有无进步，不想竟然被东方长明察觉到他的笑意，现在对方正充满敌意地望着他。杜昊乃是狂傲无比的人，看到东方长明面色不善，他立刻责问道："你瞪我作甚？"

　　东方长明冷冷地逼视着他，用非常蹩脚的现在大陆通用语，森然道："你以为你很强吗？竟然敢用这种语气对我讲话，在我看来，你的实力仅能用不过如此来形容而已！"杜昊乃是十分自负之人，如今被那古怪的青年如此轻视，寒声道："强与不强，你来试试看？"修习血魔大法之后，杜昊变得无比嗜血，有时比之好战狂人李若兰更喜欢战斗，虽然知道这个自冰棺中复活的青年有些古怪，但他根本无丝毫惧意，非常想将之斩在剑下，成全自己的血魔大法魔功。

　　"哼！"东方长明冷哼一声，抬手就是一掌，一股紫色的罡气向前汹涌澎湃而去，有形有质的紫色罡气如同奔腾的浪涛一般声势骇人。所过之处，地上的残尸断刃皆被搅得粉碎，点滴未曾留下。杜昊冷笑，随手劈了一掌，金色的罡气汹涌浩荡而出，猛烈地撞向前方的紫气。

　　"轰——"一声巨响，两人周围的地面崩开一道道巨大的裂痕，向着四外蔓延而去，远处的李家子弟与杜家子弟惨叫连连，四十几人被大地生生抛向高空，而后在空中爆碎。这是东方长明和杜昊间碰撞的暗力，两大高手的可怕力量并没有崩碎大地，而是在地下传导，遇到相近的气机感应，立时冲撞而上，将那些身怀内力的杜家子弟与李家子弟生生击碎。

　　在此过程中，梦可儿与李若兰快速向高空飞升一段距离。辰南拉起玄奘和尚，跳上紫金神龙的脊背，也来到高空。更远处的杜家子弟与李家子弟，吓得面色惨白无比，所有人都快速向远方退去，再无人敢在附近观看。

　　杜昊轻松地将东方长明的掌力逼了回去，冷笑道："你有什么可狂妄的，说我'不过如此'，我看你更是稀松平常！"东方长明脸上闪现过一道残酷而又邪异的笑容，冷冷地道："井底之蛙！""找死！"杜昊大怒，一道金色的掌力再次向前拍去，真如惊涛骇浪一般，整片空间都仿佛动荡了起来。"哈哈——"东方长明狂笑，身前的紫气在他的推动之下，再次狂猛地向前冲击而去，不过比之第一次的攻击要强猛很多。

"轰——"又是一声震天巨响，杜昊的金色真气被震散了，而东方长明的紫色罡气如水波般倒卷而回，在他身前翻腾了一下，突然再次向杜昊奔腾而去，这次比之前两次更加猛烈，如滚滚长江、似滔滔大河一般汹涌而去。所有观战的人都感到那浩荡起伏的磅礴力量，大地已经跟着晃动起来，可见东方长明这一掌有多么可怕。

杜昊终于发现有些不对劲，对方的罡气竟然没有一次被震散，每次退去都快速聚集在一起，更加猛烈地冲击而来，一次比一次更加强大可怕。他不再犹豫，一声怒吼，灭天手直接轰出，璀璨夺目的巨大金色手掌，狠狠劈在了如同怒浪般奔涌而来的可怕掌力上。

"轰——"金色的手掌慢慢消散，紫气的罡气也被震散，大地在剧烈抖动，远处观战的两家子弟皆被猛力地抛向高空，这一次由于距离遥远，虽然没有被那可怕的冲击力量撞碎，但却有不少人被震得大口狂吐鲜血不止。只是，杜昊还未来得及露出笑容，那紫色的罡气再次慢慢凝聚起来，如海啸般狂奔而来。

"轰隆隆——"仿佛有一座大山在崩塌一般，天摇地动，无匹的劲气涌动时，爆发出震耳欲聋的响声，浩荡八方。"裂天十击！"辰南惊道，他眼中闪现出两道寒芒，这乃是盖世魔王东方啸天的绝学。他不会忘记雨馨代他受死的情景，老魔王正是用这无上魔功震断雨馨全身的筋脉与骨骼。裂天十击，一击强过一击，一浪高过一浪，十重掌力叠加在一起，当真如奔雷，似海啸，万难阻挡。当年东方啸天纵横天下，仰仗此盖世魔功打遍天下无敌手，就是那迈入仙道领域的人也不知道被他杀了多少，当真是所向无敌，无人能够与之争锋！

这时，杜昊想起传说中的魔功，惊道："失传已久的无上绝学裂天十击？"在这一刻，他再不敢有所保留，仰天一声大吼，手中立时出现一把金光璀璨的神剑，顺天七神剑第一剑狠狠向前劈去。"轰——"

金剑碎裂，紫色罡气崩散。

"不错，正是！"东方长明傲然道，同时也有些吃惊，因为看到熟悉的功法。他有些奇怪地看了看空中的辰南，道："想不到辰家的绝学竟然已经外传！"辰南压下自己的情绪波动，用古大陆语对东方长明道："他们这一家族乃是我父亲亲传的一脉，不过万载岁月能够改变一切，这一家族已经变为辰家最大的敌人。东方长明你想知道万年前的事情吗？如果有一天你有能力了，达到仙武之境时就杀上杜家吧，这一家族中的老古董们肯定知道一些隐秘！"

"哈哈……"东方长明狂笑道，"你在激我吗？想让我出手对付他们，嘿嘿，我想知道万年前的事情，也想杀死你，那我就来个通杀吧！"裂天十击第五击汹涌澎湃而去。与此同时，杜昊手中又出现一把神剑，顺天七神剑第二剑猛烈劈出。

就在这时，空中光华一闪，好战狂女李若兰飞到紫金神龙近前，她双眼绽放着狂热的光芒，盯着辰南，道："如今我已经将乱战心法练到完美境界，虽然看到一片崭新的修炼领域，但我实在等不及，迫切想和你一战！希望你不要让我失望啊！"

"哼，你把我当成了磨刀石？"辰南冷声道，"到头来我怕磨断你这根绣花针！"

"那你来试试看？"李若兰并不动怒，眼中的狂热之色更浓。

紫金神龙背上的玄奘和尚，非常想和她厮杀一番，但他知道两人间的差距，他开口道："李若兰你杀了我的好友王辉，和尚这辈子和你们李家没完没了，不要让我看到你们李家的年轻人，不然我一定冲上去将他们剁碎！"玄奘和尚已经将李家年轻一代第三、第八、第九、第十高手都给剁成一百零八段，着实狠辣无比，早已被李家列为第一号必杀之人，这次李若兰本就是为他而寻到这里的。"死和尚，等会儿我定要将你凌迟！"虽然死去的同门并不是李若兰的亲兄弟姐妹，但毕竟是同一家族的近亲，她怎能不恼怒。

"铿！"死亡长刀出现在了辰南的手中，三个月的悟武，他的修为有长足的进步，他很想检验一下自己的实力。不过就在这时，紫金神龙嗷嗷乱叫起来。"嗷呜，小妞，听说你很喜欢打架？让龙大爷陪你玩玩！"紫金神龙实力大长，以前窝囊好长时间，现在跃跃欲试。老痞子的话将李若兰气得俏脸通红，让这个好战狂女动了真怒，从小到大还没人敢和她用这种无赖语气说话呢。

"死龙，你给我听清楚，我李若兰一不敬神，二不尊天，我只相信我自己！所以，不管你是不是传说中的神兽，我都要将你撕碎，在我眼里，你不过是一个会飞的四脚蛇而已！"

"哇呀呀，竟敢叫龙大爷为四脚蛇，气死龙了，龙大爷捉住你之后，一定要把你嫁给玄奘那个光头不可！气死龙了！"听闻此话，辰南忍不住笑起来，玄奘和尚的脸一阵发绿。李若兰则脸色铁青，一句话不说，皓腕轻扬，袖口中飞出一道光华璀璨的飞剑，朝着紫金神龙头部劈去。"哇靠，小娘皮竟敢偷袭你龙大爷，俺不怕！"紫金神龙硕大的龙头一晃，用两根紫金龙角迎了上去，"砰"的一声将飞剑崩开。李若兰大怒，飞剑虽非凡品，但绝对难以斩动五爪神龙的角。她口中念动真言，巴掌大小的飞剑瞬间暴长到三丈长，向着紫金神龙劈斩而去。

"嗷呜，慢！"紫金神龙嚎叫道，"小姐，停下来，等龙大爷先把他们两个送到地上去再来和你大战三百回合。"紫金神龙避开飞剑之后，一个盘旋俯冲而下，将玄奘与辰南甩落到地面，而后又冲天而起。"嗷呜，日出东方，唯我不败，紫金大神，法力无边，神通广大，威震天下！嗷呜——"紫金神龙围绕着李若兰上下翻腾，吼叫连连。

"我呸，死龙！四脚蛇！少臭美，少自恋！待会儿捉住你后，一定要将你抽筋扒皮挫骨扬灰！"

"哇呀呀，小姐你好恶毒，气死你龙大爷了。"紫金神龙直立而起，尾端着地，跟人一般立在那里，大叫道："小姐，来吧，让你龙大爷看看，你到底会些什么花拳绣腿。"李若兰着实被气坏了，一连放出十三口飞剑，皆化成三丈多长，围绕着紫金神龙不断劈斩，空中寒光闪闪，冷气森森，到处都是剑影。

"乒乒乓乓""叮叮当当"……空中跟打铁一般，传出阵阵金属撞击的声响，十三口飞剑，没有一剑击空，全部斩在紫金神龙的身体之上。不过痞子龙着实气人，大呼小叫道："嗷呜，好舒服啊！太舒服了，小姐加把劲！"它有玄武甲护体，那些飞剑根本难以伤它，砍出无数串火花却伤不到它一丝一毫。

李若兰真是又羞又怒，在这一刻她真是恨透了痞子龙。同时，她已经注意到紫金神龙身上有一层甲胄，她口中念动真言，十三剑合一，组成一把十丈长的巨大铁剑，朝着痞子龙劈斩而去。这下，紫金神龙不敢硬扛了，利剑虽然无法斩伤它，但那巨大的神剑之上所蕴含的恐怖力量令它感觉有些吃不消，如果挨上一下，估计非得被劈震个晕头转向不可。

紫金神龙左躲右闪，同时不断放出一道道闪电反攻，偶尔还会来个神龙大摆尾，以横扫千军之势，席卷战场中的这小片天地，着实勇猛无比。现在它的确有自傲的本钱，不仅是天下间最抗揍的主，而且本身修为即将破入六阶领域，在五阶强者中仅仅有几人能够和它一战。李若兰杀招不断，恨不得立刻就除掉这头流氓龙，但发觉即便飞剑砍上那头恶龙，也难以伤其分毫。最后，李若兰将家族至宝取出。这是一朵洁白的玉莲花，玉茎有半尺多长，晶莹剔透，茎上有三片玉叶，流动着异彩，璀璨夺目的花朵有海碗大小，霞光阵阵，瑞彩千条，散发出万千道光芒。

远处观战的梦可儿眼中闪现出一道异彩，她看了看脚下的玉莲台，又看了看李若兰手中的玉莲花，瞬时明白那是何物。玉莲台与玉莲花出自同一块神玉，被一位法力通天的道家奇人祭炼成至宝，莲台主防，莲花主攻，合在一起当真是妙用无穷。如果能够找到传说中的另几样道家至宝，组合在一起，据说能够和后羿弓、玄武甲等远古瑰宝一争高下。

"嗷呜，小姐你是来卖花的吗？"紫金神龙痞痞气气，一副不知死活的样子。李若兰皓腕轻扬，用力一甩，重重叠叠的玉莲花瓣飞舞出成千上万片，如一片光雨般向紫金神龙笼罩而去。"你在变戏法吗？天女散花，还真是好看，哦不，说错了，应该说是小姐散花，还真有一番味道。"紫金神龙一副老流氓的模样，冲着下方的玄奘和尚喊道："光头，看看你媳妇，还真有一套！"玄奘和尚的脸一阵发绿，对这个老痞子，他是无可奈何。无论哪一个女子碰上痞子龙，都会被它的污言秽语气得发狂，前有梦可儿，现在有李若兰。

"变！"李若兰一声娇喝，上百片花瓣突然放大无数倍，遮天蔽日一般，笼罩在高空之上。"斩！"随着李若兰的轻喝，这些玉莲瓣从四面八方向着痞子龙旋斩而去，如刀雨、似剑网，彻底将它封闭在里面。"噢呜，哎哟，痛死龙了！"璀璨的莲瓣如阔刀一般，不断旋斩在紫金神龙的身上，虽然难以攻破玄武甲的防护，但那巨大的冲击力，像无数柄大锤在敲打它一般，将它冲击得如怒海中的一叶扁舟，抛到东，荡到西。

紫金神龙痛叫连连，最后大叫道："龙大爷不发威，你还真当我是病蛇了？"接着，它冲着下方的玄奘和尚喊道："光头，我现在可要搂你媳妇了，你可不要怪我啊！"一声巨大的龙啸直上九天，将远处观战的杜家子弟与李家子弟震翻一大片。痞子龙的身体爆发阵阵紫色光彩，而后快如闪电一般在那些莲瓣的缝隙中闪动，口中更是喷吐出无数火浪，最后将整片天空都变成了火海，天际一片通明，大火向着李若兰席卷而去。

紫金神龙全身上下散发着璀璨夺目的紫光，舞动着庞大的龙躯，快速冲出玉莲瓣的包围，它在火海中不断翻腾，浴火而行，好不威武。"小姐滋味如何？让你看看龙大爷的真龙之火，非将你的花花草草都烧个一干二净不可！"紫金神龙身处火海中，得意地大叫着。它继续催动火焰，紫金之火更加旺烈，将所有玉莲瓣都吞没，想要将之炼化。而且，数股紫金大火已经成功将李若兰包围。

李若兰毫不慌乱，莲茎上的三片玉叶飞离而去，迅速变大，如神扇一般将她身旁的紫火扇向远处。同时，她口中念动真言，处在熊熊大火中的那些玉莲瓣，快速冲出，再次向着紫金神龙飞斩而去。

"哎呀，小姐有两下子，居然无法炼化你的法宝，龙大爷就不信这个邪，再来！"就这样，紫金神龙翻涌着紫金大火，烧红了半边天，和李若兰争斗起来。远处的梦可儿暗暗皱眉，她是非常痛恨痞子龙的，没想到这个家伙竟然强悍到这等地步，她已经看出，那种紫金真火绝非凡火，寻常人沾染上一点恐怕早就被烧成灰烬了。

"噢呜——"紫金神龙边战边嚎唱了起来，令所有人都领略了它的"绝世嗓音"。"我是一条来自东方的龙，走在刀林箭雨中，凌厉的剑气划过，漫天的法宝掠过，我只有咬着冷冷的牙，报以两声长啸，嗷呜……嗷呜……不为别的，只为那传说中美丽的姑娘……嫁给光头！嗷呜……"辰南狂笑，玄奘和尚脸绿，李若兰的脸色由青到紫，最后发出刺耳的尖叫声："啊啊啊，无赖流氓龙，我要杀死你！"

上百片玉莲瓣重新组成刀剑之网，将痞子龙笼罩在里面，在火海中飞腾旋斩，寒光刺目。同时，三片玉叶迎风一展，化成三面铺天盖地的巨网向痞子龙兜拢而去，想要将它网罩在里面。而李若兰手中的玉茎在这时也发生变化，晶莹剔透的根茎快速变长变粗，化成十丈长的玉鞭，随着李若兰的抖动，在空中幻化出重重鞭影，发出"噼噼啪啪"的响声，向着紫金神龙抽去。

"嗷呜，小姐这样没用啊，莲瓣砍不着，巨网网不住，玉鞭更是无用，让你看看龙大爷的神龙大摆尾，再来一招亢龙有悔！"

"砰！"

"嗷呜，好痛，好痛，痛死龙了！"紫金神龙被狠狠地抽了几记，痛得在空中一阵翻滚。长鞭威力无匹，上面蕴含着恐怖的力量，巨大的冲击力如同大山一般，直将紫金神龙冲撞得来回翻滚。十丈长的玉鞭在空中幻化出一道道残影，直将紫金神龙劈抽得惨叫连连。痞子龙一声怒吼，庞大的龙躯一阵舞动，强悍的龙躯与玉鞭硬拼十几击后，又大呼小叫地向后退去。痞子龙尽管实力强悍且有玄武甲护身，但也有些招架不住了。李若兰手中的莲花法宝乃是东土道家最强大的法宝之一，经过无数代高手的祭炼，其上蕴含了无尽的道力。施术者只要心神与之相应便能够激发出潜在的巨大力量，是克敌制胜的无上法器。

现在李若兰逐渐平静下来，充分发挥这件道家至宝的威力，空中不仅出现一道道玉鞭残影，那些旋斩的莲瓣也渐渐有规律地飞舞了起来。每一片莲瓣都像一把锋利的神剑般寒光闪烁，在空中渐渐组合成一套奇异的剑阵，死死地将紫金神龙关闭在了里面。此外，那三片玉叶所化成的巨网越来越大，仿佛能够遮拢天地一般，包围在剑阵之外，即便紫金神龙冲出剑阵，也会落入巨网中。空中，只有那条玉鞭不断呼啸，自由地出入剑阵，直将紫金神龙抽得吼啸不断，老痞子这一次的确被揍惨了。

"俺靠，怒了！怒了！龙大爷怒了！嗷呜，痛死龙了……"紫金神龙一边痛叫连连，一边大叫道："小妞，让你也见识见识俺的法宝。"紫金神龙一个神龙大摆尾，在龇牙咧嘴中，将玉鞭无数片莲瓣撞飞出去后，猛力一甩头，大叫道："出来吧，俺的神棍！"地面的辰南都有些为紫金神龙感到脸红，法宝居然叫神棍！

空中紫雾氤氲，紫金神龙头顶的双角爆发出万千道光芒，比之天上的太阳还要耀眼，璀璨夺目的紫色霞光出现在高空之上。痞子龙的两只龙角竟然脱离龙头，在空中不断变幻，最后竟然化作近十丈长的双截棍出现在它的爪中。两根紫金棍棒，隐约间还能看出龙角的形状，此时闪烁着金属的光泽，散发着璀璨的神光，其间有紫金铁链相连，这个超级巨型双截棍一看就知是无上灵宝。

盛怒的李若兰与平静的梦可儿，眼中皆闪现出阵阵异彩，她们都懂得道法，深深明白神龙的龙角祭炼成的法宝的可贵之处，简直是稀世宝物啊，万万金也难求！"嗷呜，哼哼哼，小妞傻眼了？害怕了？恐惧了？这就是俺的神龙双截棍，简称神棍！"痞子龙如同人一般，直立着龙躯，单手拎着硕大的紫金双截棍，夸夸其谈道："天上地下第一灵宝，仙凡两界大仙小神，皆要顶礼膜拜，宇内称尊，世间无双，唯此神棍！"

"我怕你个头，死龙！四脚蛇！少自恋，少吹牛。我宣布，你的双截棍将归我所有！"这个好战狂女压下心中怒意，一瞬不瞬地盯着龙角幻化而成的双截棍。

"哇呀呀，别做梦了小妞！棍在龙在，棍折龙亡，我看你如何收去！"紫金神龙直立着龙躯，浑身上下噼噼啪啪闪烁着一道道紫电，看起来还真是超级神武，不过透发出的无赖痞子气更为突出。

"那我就先杀了你！"李若兰挥动手中的玉鞭，向着紫金神龙抽去，同时空中的上百片莲瓣组成的剑阵开始收缩，形成一片密不透风的剑网，向着痞子龙旋斩而去。

"哼哼哼，小妞，让你知道知道俺的厉害，现在让你看看超级无敌大神棍的无上力量。我打打打打打……"紫金神龙直立着龙躯，舞动着双截棍，横劈竖砸，不断和玉鞭对轰，同时，"乒乒乒乒""叮叮当当"，将无数旋斩而来的莲瓣击飞了出去。紫金神棍上下纷飞，爆发出阵阵紫光，其中蕴含的龙力，当真威力无穷，立时化解了痞子龙的危机，而且还令它由防转攻。

紫金神龙一边舞动紫金双截棍，一边得意地嚎唱起来："什么刀枪跟棍棒，我都耍得有模有样，什么兵器最喜欢？双截棍柔中带刚，哼哼哈兮，哼哼哈兮，习武之人切记，仁者无敌！哼哼哈兮，哼哼哈兮，为龙耿直不屈，一身正气，哼哼哈兮，我用龙爪防御，哼哼哈兮，漂亮的神龙摆尾，哼哼哈兮……仁者无敌！"

李若兰现在真快被紫金神龙气疯了。痞子龙这个家伙一边打斗，居然还一边胡乱嚎唱，还出言调侃她，直欲令她抓狂。紫金神龙将爪中的紫金神棍舞得上下翻腾。"玄奘光头，现在我剔除龙角，暂时可以算作你的师兄，为给你找媳妇我算得上尽心尽力啊！哼哼哈兮，仁者无敌！"玄奘："……"辰南现在有种哭笑不得的感觉，紫金神龙太能搞了。同时他暗暗惊异不已，痞子龙的进步实在太过神速，现在五阶高手绝对没有一人能够取它性命，恐怕也只有现场的几个年轻人有和它一战的能力。

李若兰怒到极点，手中玉鞭舞动如风。"轰——"长硕的玉鞭所激发出的罡风，甩抽到地面，劈出一道道巨大的深沟，声势无比吓人。现在所有的人目光都注视着空中，毕竟青年中的顶峰强者，和传说中的神龙对战，格外吸引眼球。东方长明和杜昊也已经停手，开始注视空中的对战。方才两人分别用裂天十击和顺天七神剑对轰了一番，不过他们适时收手。

他们皆已判断出对方的深浅，现下形势有些复杂，两人都不想再进一步死拼。他们最想杀死的敌人乃是辰南，两人都怀着同样的心思，有机会解决辰南后，再去争青年至尊之位！他们的目光皆被痞子龙的紫金双截棍吸引，这乃是紫金神龙祭炼数千年的灵宝，其上蕴含的强大灵力可想而知。"轰——"痞子龙一个盘旋，用紫金双截棍击砸玉莲瓣时，不小心狠狠地劈在地上，直接轰击出一个巨大的沟壑，大地跟着一阵剧烈颤动。庞大的龙躯在空中舞动，硕大的双截棍在翻飞，紫金神龙当真如一个盖世大妖魔一般，周围是无尽的紫气，显得强猛无比。

李若兰真是又惊又怒，万万没有想到紫金神龙的实力竟然如此强悍，她一时间竟然奈何不了它，照这样下去她将会越来越被动。"呀——"她仰天长啸了一声，这个绝色美女的啸声穿金裂石，将在远方观战的杜家子弟与李家子弟直接震翻一大片。李家子弟深深了解这位大小姐的功法，知道她将"乱战诀"中的"战意"激发了出来，即将变成狂战之女。所有李家子弟，都快速向远方退去，他们深深知道大小姐在那种状态下的可怕之处。

李若兰的啸声直穿云霄而上，她周身上下罡气汹涌激荡，实质化的护体罡气竟然厚达一米，满头乌黑秀丽的长发全部倒竖了起来，原本美丽无双的眸子充满煞气，在这一刻，李若兰如同一个女修罗一般。"乱战诀"中的"战意"被她彻底激发，现在的她才真正展现出傲世同辈的可怕修为。

地面的辰南倒吸一口凉气，刚才还在估算究竟需要一百招还是两百招能够打败这个女子呢，现在他彻底推翻刚才的估算，有些没底了。这个东土第一道门第一年轻高手给人一种无法揣度的感觉，尤其是那股熊熊燃烧的战意可怕到极点，那是无敌的自信！

"海到无边天作崖，山登绝顶我为峰！"冷冷的话语自李若兰口中发出，她就这样立身于高空之上，虽然为一女子，但衣袂飘动间，却透发出一股睥睨天下的绝世豪强之姿！"这个女子恐怕比杜昊要强大！"这是辰南心中对李若兰的评价。

痞子龙不再胡言乱语，它已经发觉对手变得非常可怕，提着紫金双截棍谨慎地盯着李若兰。"啪！"鞭响如雷鸣，玉鞭划过一道诡异的弧线，狠狠向紫金神龙抽去。痞子龙舞动双截棍，迎了上去。"乓""乓"……空中爆发出阵阵金属交击的巨大轰鸣声，滚滚声波直传出十几里。十丈长鞭与十丈双截棍，不断甩抽到地面，如锋利的刀刃切进豆腐中一般容易。每当玉鞭与双截棍从土层中飞出时，都会带起无数巨大的土石。土石块少则数千斤，重则上万斤，在飞离地面十几米后便爆碎，令这里漫天都是尘沙，整片大地被抽得支离破碎。

紫金神龙吼啸连连，再也不敢掉以轻心，舞动着庞大的龙躯，如一片紫云一般遮拢在高空之上，和李若兰激烈地交锋。无边的劲气汹涌澎湃，下方的大地早已被一人一龙毁得不成样子。此刻，不仅辰南变色，梦可儿、东方长明、杜昊也齐齐变色。紫金神龙这个仅传说中出现的神兽之强悍是毋庸置疑的，而李若兰的表现更是惊人，曾经的东土第一道门，果真有独到之处，乱战诀不愧为天功宝典中的顶级绝学。在这一刻，这个第一道门的第一传人，完全激发出"战"字诀中的"战意"，秀发飞扬，煞气凛然，风华绝代的天之娇女，现在更像一个魔女！

"呀——"李若兰仰天长啸，这个倾城倾国的绝色女子，在这一刻流露出一股睥睨天下的强者之姿。"变！"十丈长的玉鞭突然快速缩小，且绽放出万千道霞光，璀璨之光令人不可正视，玉鞭不断变幻，最后竟然幻化成一口一米多长的神剑，光芒耀眼，冷森迫人。这并不像一般修道者的飞剑，更像是武者近身搏战的无上利器。李若兰双手握剑，冷冷地逼视着紫金神龙，双眼射出两道银芒，而后突然冲天而起，如一道闪电一般来到痞子龙的头顶上空，而后双手抱剑，以立劈华山之势当空劈斩下来！

辰南、东方长明、杜昊皆愕然，这是一个修道的女子啊，怎么会如武人一般要近身搏击呢？梦可儿美目中闪现出一道异彩，她通过澹台派内的秘典了解到，乱战门与她的师门有着较深的渊源，今日见到李若兰用出武者的神通，并无过多吃惊之色。

"杀！"李若兰手中的神剑寒光四射，璀璨的剑气长达十丈，冷森迫人。"嗷吼——"紫金神龙长啸，庞大的龙躯快速下沉，同时紫金双截棍翻飞而上，向上迎去。"当！"刺耳的金属交击声响，直欲撕裂众人的耳膜耳鼓，神剑所激发出的实质化剑气和紫金双截棍狠狠地劈撞。

和紫金神龙那庞大的龙躯比起来，李若兰的身影无疑显得很弱小，不过在这一刻她却透发着一股可怕的战意，给人一个天下英雄尽在我脚下的感觉。李若兰秀发根根倒立，双眼中煞气越来越浓，她双手擎剑，居高临下，神剑透发出的十丈剑芒，竟然生生将紫金双截棍压下去，而后又将庞大的紫金神龙生生压向地面！"呀——"李若兰的啸声穿金裂石，手中神剑光芒更盛，将紫金神龙彻底轰到地面。

"轰——"庞大的龙躯狠狠地砸在地面，乱石穿孔，沙尘蔽天，紫金神龙怒吼连连，身躯一躬，如箭羽一般冲腾而起。不过，空中的李若兰动作更快，她双手握神剑，如一道匹练一般朝紫金神龙飞去，在这一刻她已身剑合一，展现的完全是武者的顶级绝学，根本不像是一个修道者。

杜昊叹道："乱战门果真有狂的本钱！名为道门，但修炼法诀中却吸纳武学精华，乱战！乱战！'战'字诀竟然缘于此！"梦可儿则一瞬不瞬地盯着身剑合一的李若兰，印证着己派绝学，回想着武道结合的要义。东方长明眼中闪过一抹讶色，用古大陆语自语道："奇怪，好熟悉的功法，怎么有点像万年前修炼界传说中的那个疯子创下的法诀呢？如果真是那个天纵疯才一脉的人，这一世还真是让人期待啊！"

李若兰身剑合一，在这一刻如惊天长虹一般横贯于高空之上，散发着令人不可逼视的光彩，冲天的剑气纵横激荡，将不可一世的紫金神龙彻底压制。

乱战门不愧为大陆第一疯狂的门派，他们的功法以"狂"闻名，每个人不动时都静若处子，散发着淡淡出尘的气质，不过一旦动起手来，每个人都会变成疯子。派内的年轻一代第一人李若兰，此刻已经化身成好战狂女，道家至宝玉莲花化成的神剑令她如虎添翼。

空中悬浮的莲瓣莲叶皆已飞到她的身边，慢慢贴上她的身体，化作玉甲覆在她的身上。在这一刻她是如此的耀眼，睥睨天下的一代英雌，让所有人皆忍不住心生敬畏！李若兰神剑合一，化作一道璀璨的虹芒，留下一道长长的尾光，将紫金神龙迫到地面，神剑不断挥动，硬是将它压制在地面，令它无法飞腾。

"嗷吼——"痞子龙吼啸连连，发狂的李若兰令它吃了闷亏，如果不是有玄武甲护体，恐怕已经受伤了，即便这样它也被轰击得险些吐血。处在狂暴状态的李若兰令它越来越觉得吃力，这个女子太疯狂了，它穷于招架，恼怒无比。"嗷吼，龙大爷也要变！"紫金神龙一声大吼，而后身体快速缩小，尾爪开始收缩，龙头也开始变得模糊起来，身体爆发出一团团紫光，生生将李若兰逼退了出去。

所有人皆惊，就连辰南也露出讶异之色，在一起这么长时间了，他始终不知道痞子龙当年的修为有多么强悍，现在随着它实力的逐渐恢复，终于慢慢看清它的潜力。难怪当年古神看中它，想收为坐骑。

"嗷吼——"紫金神龙一声震天吼啸，声传百里，此刻它的身体快速变小到一人多高，龙爪竟然变成人的手脚，龙躯也变成人的身体，一身紫衣罩在它的身上。不过，头部却紫气蒙蒙，始终难以显现出真容。

"嗷吼——"除却头部之外，紫金神龙已经完全化成人形，体形高大魁伟，很是不凡。它舞动着同样变小的紫金双截棍，冲天不断吼啸，只是头部的紫气却总是不肯散去，始终难以露出真容。"俺靠！嗷吼，竟然不能彻底化成人形，气死龙大爷了，不知道何时才能够恢复我昔日之神采？"紫金神龙头部的紫气散去了，但遗憾的是并不是人头，还是龙头，它未能彻底化形成人。不过，这足够惊人了，现在的人形龙头，更显不凡。

"死龙，我管你变成什么样子呢，今天我一定要杀了你！"李若兰秀发倒竖，怒目中绽放着煞芒，再次神剑合一，自高空向下俯冲而来。"小姐，龙大爷已经几千年没这么痛快过了！"人身龙头的紫金神龙，脚踩紫云腾空而起，向着空中冲去，手中双截棍神光闪烁，璀璨无比。

就在这时，一直在远空中静立不动的梦可儿突然间脚踏玉莲台快速冲了过来，莲台上九片莲瓣绽放出万千道霞光，快速冲天而起，放大到房屋大小，向着痞子龙旋斩而去。"嗷吼，梦小娘皮你也来了，好啊，龙大爷今天就打个痛快。"身体变小的紫金神龙，比之以前迅捷数倍，身形在空中留下一道道残影，快速躲过旋斩而来的莲瓣，同时手中的双截棍快速和李若兰对轰几击。

"梦师妹你要干吗？"地面的玄奘和尚看到梦可儿出手对付紫金神龙，露出不解之色。梦可儿并不作答，脚踏玉莲台冲进战场，不断控制玉莲瓣攻击紫金神龙。李若兰眼中寒光闪了又闪，但并没有多说什么，身与剑化为一体，横贯于高空之上，如长虹一般不断冲击紫金神龙。这两女乃是当今天下最巅峰的女性青年高手，在两人合攻下，痞子龙尽管化成人形，但再难抵挡，几次被从高空直接轰入地层中。

"嗷呜，气死你龙了，两个小娘皮你们给我记住了，等龙大爷彻底恢复实力，非要分出几个化身狠揍你们的屁股不可！"

"轰——"

"嗷呜——"紫金神龙再次被轰入土层中。

李若兰冷冷地凝视着梦可儿，道："你想和我抢那对龙角吗？哼，我不会让你得到的，这对龙角我要定了！"梦可儿平静地道："如今天下道家至宝中，就缺一对龙角炼化成的法器，你得我得都一样，不过，最后玉莲台、龙角等法宝，都会集中到一个人的手里，最终集成一套传说中的终极神甲！""哼！"李若兰重重哼了一声，道，"莲花、莲台早晚合一，但肯定是在我手上实现！"

"嗷吼——"紫金神龙一声咆哮，冲出地面。不过，迎接它的不是李若兰与梦可儿，东方长明和杜昊分别从远处快如闪电一般冲了过来，两道排山倒海般的掌力从两个方向攻向它。"轰——"无匹的劲气，将紫金神龙震飞出去上百丈远。

辰南双眼中射出两道冷电，抖手甩出身上的长袍，"轰"的一声在空中化为粉碎，"铿锵"一声，死亡魔刀出现在他的右手中。"玄奘你尽快离开这里，你身负重伤，在这里帮不上忙！"辰南擎着死亡魔刀大步向前走去，身后跟着一道道的黑影，七八把模糊的黑色兵器上下浮沉，其中一件古朴的盾牌很是清晰，和他手中的魔刀一般近乎实质化。玄奘和尚张了张嘴，想说什么，但最终没有出声，他知道接下来这里恐怕将有一场生死大战。以他的修为来说，即便他没有受伤也帮不上忙，辰南那些话只是为了顾及他的颜面而已。"李若兰你等着，我玄奘不修成大佛身，便修成那大魔身，定要替王辉报仇雪恨！"玄奘喊出这些话后快速向远方冲去，他不想成为辰南的拖累。

李若兰很想杀死玄奘和尚，毕竟血和尚杀死了李家很多人，早已被家族列为头号要除掉的人。但眼下她分身乏术，东方长明、杜昊、梦可儿竟然都想打龙角的主意，居然都想将那对瑰宝据为己有，她不想这对神龙角落入别人手里，神识全部锁定在痴子龙的身上了。神龙并不像其他神兽那样数量多，真正的神龙千百年难得一见，无论是天上还是地下，都非常难得寻到它们的踪迹。紫金神龙的双角明显是孕育了数千年的灵物，是打造终极兵器的最理想材料，无论是武者还是修道者无不视其为瑰宝。

"嗷吼，你们这两个小兔崽子也想掺合进来吗？"紫金神龙动了真怒，愤怒地扫视着东方长明和杜昊。杜昊冷冷地笑道："我的一位老祖宗即将过三百岁大寿，如果我送给他一对传说中的神龙角，他一定会很高兴。"

"哇呀呀，我呸，小兔崽子，你们家那帮老混蛋，恐怕早就被某只老鬼整死了，你还想给他祝寿，做梦吧！"说到这里，紫金神龙快速止住了话语。杜昊脸色大变，他已经听说一个近乎无敌的尸王，曾经闯进过杜家玄界，他不明白紫金神龙为何会知道这件事情。即便是他想破头也不会想到，那个无敌尸王乃是眼前的痞子龙和辰南引进杜家玄界的。

东方长明脸上挂着残酷的笑容，如同野兽一般盯着紫金神龙，用蹩脚的大陆通用语道："凡是和辰南有关系的人都要去死，即便你是神龙也不例外。况且，我的修为已经提升到了一个崭新的领域，或许一两个月内就可以修炼身外化身了，一对神龙角正好用来当作化身的武器！"此话一出，在场的几个顶峰青年高手皆变色，只有修为步入六阶境界的高手方可修炼身外化身，但即便踏足六阶领域也不一定能够修炼成功，这完全要靠个人天赋，由此足以说明东方长明的可怕，他可能是眼前几人当中最接近六阶境界的人，随时都有可能会直接破入六阶领域。

空中闪现出两道光芒，李若兰与梦可儿飞到低空，与东方长明、杜昊分四个方向将紫金神龙围在当中。"嗷吼……"紫金神龙大怒道："原来你们四个都想打龙大爷龙角的主意啊！不要做梦了，本龙说过，龙在棍在，龙亡棍折！"它用力将紫金双截棍舞动起来，绽放出无尽的紫色光华。

"轰""轰""轰"……大地在颤动，辰南一步一步走了过来，脚步声非常有韵律，死亡魔刀散发着幽森的光芒，一股浓重的死亡气息浩荡而至。大地在颤动的同时，一条条巨大的裂痕，自辰南的脚下向远方蔓延而去。辰南一直在场外观战，和杜家、李家子弟相距不太远，巨大的裂痕冲击到那些人的脚下之后，几十人同时被大地抛向高空，在空中爆碎，残碎的尸块四下激射，空中血雾弥漫，血腥之味格外刺鼻。幸存的人骇然失色，快速向远处退走，眼前的几个顶峰青年强者令他们恐惧不已，每一个人举手抬足间都能够置他们于死地，双方的实力差距实在太大。

"嗷吼，辰南你不要过来，今天龙大爷一条龙来会会这所谓的四大青年高手，我就不相信制不了他们。"紫金神龙拎着双截棍，吼啸连连，"遥想当年，龙大爷打遍天下无敌手，号称宇内第一，为求一败而不得。最后，远走西方，不仅遇到了小白龙，还闯下西方不败这个名号。"紫金神龙口水飞溅，夸夸其谈，道："当年为了给小白龙报仇，龙大爷我一条龙拎着双截棍，大战西方各路高手。在那暗黑大峡谷我一条龙干掉七个高阶天使，如果不是某一个卑鄙无耻的主神偷袭我，我差点打上西方神界。"辰南停下了脚步，而东方长明、杜昊、梦可儿、李若兰才不会相信痦子龙的话，四人分四个方向向它冲去。

"嗷呜……"紫金神龙惊得立刻冲天而起，想先躲避过杜昊和东方长明的攻击再说。只是，不仅会飞的梦可儿与李若兰追上了他，就连杜昊和东方长明也同样对他发动有效的攻击。杜昊用血魔大法催动的顺天七神剑已经不再是纯粹的金黄色，金色的剑身沾染着淡淡的血红色，虽非真正的铁剑，但这近乎实质化的光剑却更加可怕，光剑在杜昊的控制下冲天而起，快速冲击向高空。

紫金神龙被梦可儿和李若兰截在高空之上，沾染着血色的金剑快速追上了它，虽然攻击被它用紫金双截棍震碎了，但却令它如遭锤击一般，身躯一阵大震。于此同时，东方长明的裂天十击无上魔功攻至，紫色罡气化成一片紫云向它包裹而来。紫金神龙一声大吼，喷吐出一大片真龙之火，轰散紫色云雾，但也被那巨大的反震之力冲击出去十几丈。

李若兰秀发倒竖，双目绽放出两道银芒，身剑合一化为一道匹练，狠狠向着刚刚稳定下来的紫金神龙劈去。与此同时，梦可儿驾驭玉莲台，也快速向前冲去，四片玉莲瓣护身，五片房屋大小的玉莲瓣狠狠地旋斩向痦子龙。尽管紫金神龙将紫金双截棍舞动出阵阵紫光，但它终难抵挡两大高手的夹击，被生生轰击进土层中。

"嗷呜，辰南你这个混账小子，怎么这么老实啊？我……"说到这里老痦子声音放低，显得有些不好意思，道："我不过是和你客气客气而已，你还不快过来帮忙。"紫金神龙快速冲出地表。"死要面子活受罪。"辰南擎着死亡魔刀大步向前走去，无尽的死亡气息充斥在这片空间。他看着眼前的几大高手道："你们都认为自己是天下第一青年高手，这样围攻紫金神龙不觉得有些掉价吗？"

梦可儿看着辰南走到紫金神龙的近前，尽管她的面色很平静，不过辰南还是发觉她脚下的玉莲台在微微颤动，她在极力压制自己剧烈波动的情绪！李若兰秀发根根倒立，美目中充满煞气，这个好战狂女透发着高昂的战意，手中神剑直指辰南，道："这对龙角我要定了，我从来没有和任何人联合对付这条四脚蛇，不管谁和我争夺龙角，都将是我的敌人！"杜昊同样冷笑道："我也想要龙角，辰南你是否要阻止我呢？我不介意现在和你先大战一场，放心，不会有人插手你我之战的，我要整个东土修炼界的人明白，到底谁是年轻一代的至尊！"

东方长明扫视了李若兰、杜昊、梦可儿三人几眼，盯着辰南，用万年前的大陆语狂笑道："哈哈，有意思啊，想不到竟然有这么多强大的敌手，万年前在同辈中寻觅一个对手是件非常不容易的事情，万载之后的今日竟然一下子见到数名劲敌，真是让人兴奋啊！不过，他们似乎都对你有着莫大的敌意！"

辰南同样用万年前的古大陆语，道："哼，你和万年前相比，实在差劲了很多！刚才和杜昊居然只是试探性地过了几招而已，难道你怕输给他吗？如果是这样，你没资格向我挑战！因为杜昊是我的手下败将，不过侥幸从我的手中逃得一命而已。真想和我战，先把他打败再来吧！"

"哈哈，你在激我吗？想让我帮你抵住一个敌人？哼哼哼，不过这又算得了什么呢，杀死杜昊对我来说并不是费力的事情！"东方长明残忍地笑着，真的如同一个野兽一般。他转过头对着杜昊道："你曾经败于辰南之手？"闻听此言，杜昊恼羞成怒，他曾经发誓娶梦可儿为妻，如今在内定的妻子人选面前被揭起伤疤，令他感觉颜面尽失。

"哼，草木还有枯衰之期呢，有枯才有荣，有衰才有盛，没有经历过失败，不是一个合格的修炼者。只有挫折不断，将一个个强大的敌人终踩在脚下，才算是真正的胜利者。辰南他杀不死我，但今次我却是为将他踩在脚下而来，他的生命、鲜血，将是我进军无上武道的磨刀石！最终的胜利者将是我！"

"哈哈，说到底还不是败过，这一次你不过是为洗刷耻辱而来。不过你恐怕没有这个机会了，最后的王者之战，你不够格！你将是我的踏脚石，灭掉你之后，我将和辰南一战！"东方长明狂态毕露，一股睥睨天下的强者之态尽显无遗。辰南有一种错觉，万年前的盖世大魔王东方啸天仿佛复活了！

杜昊羞怒到极点，怒发飞扬，顺天七神剑"铿"的一声出现在右手，直指东方长明心间，喝道："这样也好，先杀死你再杀辰南，我要全天下的人明白，到底谁才是新一代的至尊！"东方长明回头看着辰南，冷笑道："如你所愿，我现在暂且帮你抵住了一个敌手，你不要让我失望啊，留着你的性命保住那对紫金龙角，等着我，我要和全盛时期的你决战！"

"啊——"东方长明乱发飞扬，狂霸的紫色真气汹涌澎湃而出，周围仿佛涌起滔天紫色大浪一般。"杜昊去死吧！"一拳向前轰去，奔腾的紫浪发出震耳欲聋的狂啸之音，铺天盖地一般向前冲击而去。

杜昊浑身上下金光璀璨，无匹的金色真气透体而出，他看起来仿佛一尊金甲战神一般。面对那咆哮而来的紫色真罡气浪，他猛力挥动手中的顺天七神剑，直抵而上！两个人都如同怒狮一般，狂猛地对撞着，整片天地在剧烈地震荡着。

"轰——"东方长明不用兵器，完全凭借一双铁拳和杜昊手中那无坚不摧的金剑对轰，竟然生猛地将那金色神剑一次次轰碎。杜昊大怒，金剑每一次碎裂，都意味着他将功力提升一层，顺天七神剑第二剑……顺天七神剑第五剑……不过东方长明身怀旷世魔功裂天十击，狂霸的攻击同样是一浪高过一浪，他如一个无敌魔王一般，势不可挡！

辰南怔怔地看着东方长明，随后他转身抬头，魔刀向天，道："李若兰，你们李家和杜家不都在找我吗，你我之间的一战不可避免！那么就将时间定在现在吧，让我看一看号称东土第一道门的第一青年高手到底强到何种程度。"他没有看向梦可儿，对于这个澹台古圣地的圣女，他现在不知道该如何面对。"嗷呜——"痞子龙乃是老油条，眼睫毛都是空的，它似乎察觉到了什么，飞到空中隐隐阻住梦可儿。

"哼哼哼，挡我者死！"李若兰的声音冰冷无比，在这一刻这个好战狂女透发高昂的战意，如同女战神转世一般，双手握剑，化作一道惊天长虹从高空向辰南冲来。梦可儿面对辰南虽然情绪剧烈波动不已，但被她强行压制，不过在这一刻她也动了起来，目标是紫金神龙手中的紫金双截棍。

一场惊世大战就此展开，东土最强大的五位顶峰青年高手，外加一头只在传说中出现的神龙，分别大战了起来！

"啊——"东方长明啸声震天，皮肤已经渐渐变成紫金之色，体外涌动着排山倒海般的紫色气浪，每一拳轰出都仿佛天雷降临一般，直欲将整片天地击碎。狂霸的气浪、猛烈的掌力令他真如一个魔王一般，盖世魔功裂天十击，撼天动地！

"轰——"东方长明一拳轰击在杜昊的顺天七神剑之上，不仅将金剑击碎，还生生将杜昊轰击得飞出十几丈。"上古魔功裂天十击果真名不虚传！"杜昊身上的金光暗淡了不少，他从地上慢慢爬起，抹了一把嘴角的鲜血，微微喘气道："不要以为你赢定了，我的顺天七神剑还有一剑未出呢！"东方长明冷哼，脸色冰冷无比，双眼如同野兽一般凶光毕露，森然道："万年前，我在同辈中称雄，万年后，我同样在同辈中称尊，所有人都是我迈向魔道极峰的踏脚石！"

"哈哈哈……"杜昊狂笑着站直了身体，护体罡气渐渐强盛了起来，金色的真气如同熊熊燃烧的烈焰一般在他体外跳动。"东方长明，你好大的口气，我发誓要你为自己的话而后悔，顺天七神剑第七剑！啊——"他仰天大吼了起来，手中的那把金剑光芒越来越盛，如一轮金色的太阳一般，炽烈的金芒漫天激射，"啊，看剑，受死！"杜昊脚踩天魔八步，身化一道金色的闪电冲了上去。

"来吧，裂天十击，撼天动地！"东方长明无丝毫惧色，眼中反而闪烁着狂热的光芒。依然是凭借着一双铁拳，狂霸地迎了上去。"轰——"紫色的气浪与汹涌澎湃的金色罡气，相撞后爆发出阵阵惊雷般的轰响。两大高手穿越过这些罡气，拳剑相撞，发出阵阵金属交击般的声响。东方长明一拳一拳地轰击着第七神剑，不过在盖世魔功裂天十击的劲道破坏下，金剑也未碎裂。

杜昊冷笑连连，大吼道："去死吧！"他举剑立劈，璀璨的金芒划破虚空，照亮整片大地，劈斩而下。"要死的人是你！"东方长明乱发飞扬，浑身上下紫气缭绕，紫金色的双手化拳为掌，两只大手牢牢地夹住金剑。

"你现在不过是把毫无用处的草剑变为铁剑而已，以为这样就能够杀死我吗？"东方长明一声大吼，接连十道力量如排山倒海一般自他双掌透发而出，向着金剑涌动而去。杜昊又惊又怒，前六剑在对方看来，竟然如同草剑一般无用，这令他倍感羞辱。现在对方催逼过来的裂天十击劲力，完全作用在金剑之上，他感觉自己有些无法掌控这第七剑了。

"啊——"东方长明一声大吼。金光漫天激射，不过最终都被紫气压了下去，东方长明竟然生生震断顺天七神剑的第七剑，杜昊被那狂暴的力道震飞出去足有五十丈。整片大地在剧烈地摇动，东方长明的脚下，出现一道道半米宽的巨大裂痕，一直蔓延到一里地之外。

杜昊张嘴连续吐出三大口鲜血，他感到了莫大的挫败感，一直以来他都是杜家的天才，被所有人誉为杜家的希望之星。但自从他走出杜家玄界后，先败在辰南手下，现在又败在东方长明手下，这对他的打击太大了，他难以承受这两场败绩。两个将他战败的人竟然都是万年前的人，同样的修为高绝，同样的迷雾重重。杜昊感觉苦涩无比，自尊自傲的他几欲疯狂。

"啊，破而后立，我要自废玄功，辰家的玄功不要也罢，我要练成血魔大法，让先祖自创的玄功再次重现天下！"杜昊完全疯狂了，他身上的金光慢慢暗淡了下去，最后全部敛于体内，他痛苦地在地上滚来滚去，五官无比狰狞，他在承受着莫大的痛苦。东方长明看也不看他一眼，扭脸望向另两处战场。

老痞子紫金神龙，无论什么时候都是一副欠扁的样子，幻化成人形龙头的它，在空中将紫金双截棍舞动如风，"叮叮当当""乒乒乓乓"，和梦可儿的玉莲瓣不断碰撞。同时，它口中不断胡喊乱叫："什么刀枪跟棍棒，我都耍得有模有样，什么兵器最喜欢？双截棍柔中带刚，哼哼哈今，哼哼哈今，习武之人切记，仁者无敌！"不过，梦可儿并不动怒，面色非常平静，白衣飘飘，风华绝代的她，带着淡淡出尘的气质，宛如那瑶池的仙子临尘一般。

"嗷呜，这是怎么回事？"痞子龙惊叫了起来。

梦可儿站在一片巨大莲瓣之上，原本浮在她脚下的玉莲台快速扩张变大，和其余八片莲瓣合在一起，将紫金神龙困在里面。随后，莲台和莲瓣竟然化成了一朵含苞待放的花蕾，彻底将痞子龙封在里面，最后慢慢缩小，成为拳头大小的花骨朵，出现在梦可儿的手中。梦可儿一直掌有这方玉莲台，直到最近修为大进，才渐渐展现出这方道家至宝的真正威力。

另一边，辰南与李若兰的大战最为激烈，李若兰当真错生女儿身，现在的她比之男子还要疯狂，柳眉倒竖，身剑合一，如一道神光一般，纵横于天上地下，不断地和辰南直接硬抗。两人的战场范围非常广大，方圆两里都在波及范围内，在这片巨大的战场上，辰南有时被俯冲下来的李若兰轰击得连退出去数十丈远，有时则挥动着死亡魔刀和李若兰对轰，前进上百米距离。两人所过之处，大地崩碎，乱石穿空，原本平整的地面早已变成巨大的谷壑之地，再也没有一丝未被破坏的平地。

"呀——"李若兰一声长啸，再次俯冲而下，手中神剑轰击到死亡魔刀上之后，并没有立刻分开，而是和魔刀紧紧粘在一起，她身在空中，居高临下，用神剑压着魔刀，不断催动功力，想将辰南震碎。"想杀我，没那么容易！"辰南双手擎着魔刀，抵制着李若兰的无穷劲力，他一声大吼："逆天七魔刀！杀！"

"轰——"李若兰被辰南一刀劈飞到半空，不过这个好战狂女不怒反喜，眼中露出无比狂热的神色，再次俯冲而下，娇喝道："君临天下，战意第一！杀！"这个疯狂的女人，一剑立劈而下，仿佛翻江倒海一般，无穷无尽的力量在空中浩荡而下，可怕的剑气将大地割裂出一道二十几丈长的巨大沟壑。辰南魔刀向天，将玄功运转至极限境界，抵挡着这个前所未见的强大敌手。浩荡下无匹的劲气被他的护体罡气推向两旁，直吹得满是巨大裂痕的地表隆隆作响。涌动而来的罡气，最后竟然"轰"的一声，如万钧巨锤落地一般，生生将方圆百十丈范围支离破碎的土地化成了沙漠。

与此同时，李若兰手持神剑已经俯冲下来，可怕的神剑狠狠劈落。辰南感觉仿佛泰山压顶一般，强大的压力直欲将他压碎，他全身上下的骨骼竟然在这种无形的力场中发出了"咯吱咯吱"的响声。这个女人实在太可怕了，比之和紫金神龙对战时，气势最起码又已经强上四分，这是一个越战越勇的狂女，身体内仿佛有着无穷无尽的潜力！

"啊——"辰南忍不住仰天长啸，逆天七魔刀第二刀逆空而上，狠狠地和李若兰的神剑相撞在一起。"轰——"璀璨的光芒如太阳一般耀眼，整片场地到处都是疯狂涌动的能量流。李若兰被轰上半空，辰南自己也被轰飞出去数十丈远，不过还未等他喘上一口气，好战狂女李若兰又已经身剑合一俯冲而下，这一击声势更加浩大，人未至，大地已经被涌动而来的劲气冲击得剧烈颤动起来。

当真是一个可怕到极点的女子，仅凭这些浩荡而下的劲气就足以杀死五阶以下的任何高手，非五阶高手在这股可怕的罡气扫荡下定然会尸骨无存。"呀——"李若兰如疯魔入体一般，再一次俯冲而下。

辰南感觉到了前所未有的压力，用逆天七魔刀心法催动死亡魔刀，本以为自己已经无敌于五阶同级高手，但今日看来远非他想象的那样！李若兰、东方长明、梦可儿这几人，无论是功法还是修为都不逊于他，他在同辈当中还算不得无敌。

"李若兰，看来你我非要分出生死不可，接下来最好拿出你全部的实力，不然会遗憾终生！"辰南仰天大喝，手中魔刀斜指李若兰。

"君临天下，唯我独尊！"李若兰仅仅冷声说出这八个字，就快如闪电一般冲了下来。

"啊——"辰南疯狂运转玄功，体外罡气汹涌澎湃，滚滚魔气如乌云一般聚在他的身旁，他所立身之处黑压压一大片。"逆天七魔刀——第三刀！"十丈乌黑的有些吓人的刀芒逆空而上，和李若兰的璀璨剑气冲撞在一起。"轰轰轰……"空中像是响起了无数炸雷一般，轰响声不断。

李若兰冲过无尽的罡气，如天外飞仙一般劈下寒光闪烁的一剑，和辰南手中的魔刀猛烈地撞击。

"铿锵咔嚓"一声刺耳的金属交击声过后，辰南手中的魔刀碎裂，李若兰则倒飞向高空。不过，这一次，辰南主动进攻，第四魔刀快速化形而成，同时在身旁不断悬浮的实质化古朴盾牌，快速冲到他的脚下，载着他冲腾而起，向李若兰追去。梦可儿与东方长明同时变色，他们没有想到辰南竟然凭借自己的力量飞起。这是辰南在昆仑悟武时，所尝试着修成的飞行术，目前还不能长时间、远距离飞行，不过在交战过程中却可以出其不意地飞起来，令对手防不胜防。

　　"斩！"辰南一声大喝，第四魔刀狠狠地向上劈去。李若兰是倒飞着冲向高空的，对于辰南的所有动作看得一清二楚，她不惊慌，无所畏惧地劈下一剑。"轰！"两大高手强猛地对轰一记，李若兰手中的神剑爆发出阵阵璀璨的光芒，幻化成玉莲花原形，她翻飞出去数十丈远才稳定住身形。

　　辰南手中的魔刀碎裂，他被冲击得快速向地面坠去，不过他脚下的古盾迅速稳定下来，令他再次冲上高空。只是，此时此刻，他手中已经无魔刀，用逆天魔刀心法控制死亡魔刀，只能连续劈出四刀，之后死亡魔刀在一段时间内很难凝聚起来。

　　不过，他依然向着李若兰冲飞而去，一道淡淡的乌光自他指尖透发而出，渐渐凝成一把长刀的形状。这乃是他的本命元气所化，当初第一次施展逆天七魔刀时，他就是这样连劈出七刀，斩杀了实力超他许多的准绝世高手陶然。眼下，李若兰和他实力相若，他相信小心地控制本命元气，应该可以在两刀内结束战斗！不过小心防范魔刀反噬是个关键！

　　"斩！"冲到李若兰近前后，辰南一刀劈下，李若兰举起玉莲花相抗。"轰！"李若兰被狠狠地劈飞出去上百丈距离，"噗"的一声，张嘴吐了一口鲜血，根根倒竖的秀发渐渐松散下来，披散在了肩头，美目中的煞气也渐渐消失。"很好……很好……"李若兰轻声自语道，"战字诀终于彻底通透了，现在我终于进入了乱字诀领域。乱战！乱战！君临天下，唯我独尊！"李若兰手托玉莲花，慢慢闭上了美目，静静地立身于高空之上，在这一刻，完全安静下来的好战狂女，是如此的飘逸出尘，宛如仙子一般，和方才的表现判若两人。一道道霞光自她的体内透发而出，氤氲仙气弥漫在她的四周，将她映衬得愈发超尘脱俗。

辰南本想再飞冲过去补上一刀的，但现在看到她如此古怪的样子，感觉有些不妥，他冲飞而起，指尖透发出阵阵乌光，凝聚成一口长刀的形状。不过，他并不是向李若兰而去，他脚踏古朴的盾牌，快如闪电一般冲向了梦可儿，十几丈长的乌黑刀芒狠狠地劈斩而去。

梦可儿的眼中光芒一闪，透发出一股可怕的杀气，脚踏一片莲瓣，舞动手中的花蕾迎击了上去。即便在地面的东方长明都感觉到梦可儿的可怕杀意。

"轰"的一声巨响，魔刀撞上晶莹璀璨的花蕾，辰南手中长刀碎裂，梦可儿手中花蕾被震荡得险些脱手飞离而去。"嗷呜，是辰南吗？给我用力轰击，龙大爷快要脱困而出了！"封闭在花蕾中的紫金神龙感应到外面的情况，开始长嚎起来。

逆天七魔刀霸道无比，掌握这门功法的人非性命攸关时刻绝不会施展。辰南另辟蹊径，用七魔刀心法，驾驭类似于"魂能"的死亡魔刀，避免性命之忧。不过，刚才他不得已动用本身的生命元气，现在感觉有些收不住手了，逆天七魔刀之邪异，令他有些难以驾驭。

辰南强行压制着体内翻涌的元气，平静地对梦可儿道："放开紫金神龙。"他对梦可儿有些愧疚，有些敌意，是一种很复杂的情绪。自西大陆回来之后，他非常不愿直接和梦可儿发生冲突，但现在紫金神龙被她收去，而他只能短暂地控制住邪异的逆天七魔刀，所以很直截了当地和她长刀相向。

梦可儿的情绪波动非常剧烈，她用晶莹剔透的花蕾点指着辰南，道："做梦！我要杀了你！""那得罪了！"辰南快速向前冲去，手中化形而成的元气魔刀，狠狠地向前劈斩而去，十丈刀芒撕裂了虚空，黑色的长刀附近出现一道道巨大的闪电，声势非常恐怖。

"当——轰——"

"嗷呜，百战不死的龙大爷重见天日了，嗷呜……"从某种意义上来说，这一刀已经算得上逆天七魔刀的第七刀，虽然辰南没有办法完全驾驭，不敢尽全力，但这一刀之威足以开山裂地，生生将道家至宝幻化成的花蕾劈开。八片莲瓣与莲台分开后，紫金神龙快速变大冲了出来，这一次他变回了神龙样子，十几丈长的龙躯在高空之上上下翻腾，吼啸连连。

梦可儿身躯一阵颤动，体内绽放出一道道璀璨夺目的光芒，封印的力量受到震动后，自行释放出来，帮助她抵挡来自外界的冲击力。辰南张嘴吐出一大口鲜血，现在他感觉身体有些虚弱，而且竟然无法控制自己，生命元气正在源源不断地自指尖涌出，逆天七魔刀心法竟然在自动抽离他的生命之能，为下一击做准备！

这果真是一套无比邪异的魔功，现在超出他的掌控。按理说他用七魔刀心法驾驭死亡魔刀的"魂能"连续劈了四刀，而后用自己的生命之能为引劈出三刀，七刀已满，应该结束才对。但现在情况有变，第八刀所需要的生命之能竟然已经被集结完毕，只等他劈出！

辰南感觉有些心惊，自语道："难道说，驾驭死亡魔刀与驾驭自己的生命之能，根本就是两回事？难道我还要再劈四刀，耗尽自己的生命之能，才能停下来吗？"他想就此收手，但根本由不得自己，他已经感觉到凝形而成的第八刀，如果不尽快劈出去，将会反噬！"怎么会是这样子？"辰南又惊又怒。

紫金神龙发现他的异常，疑道："小子你怎么了，不要紧吧？"这时，梦可儿体内的封印力量退回，她已经稳定下来，不过这位澹台圣地的仙子面对辰南后根本难以保持往日的沉静了，她控制着玉莲瓣快速向辰南冲去。辰南看了一眼梦可儿，将右手中的黑色长刀高高举起，不过在最后关头却没有迎向她，他驾驭着古朴的盾牌，快速向着闭目悬浮在空中的李若兰冲去。

"李若兰看刀！"一声大喝，他快速冲到她的近前，举刀便劈。李若兰陷入了一种奇妙的修炼领域当中，不过，她虽然闭着双目，但神识却能够感应到外面的一切。她不避不闪，左手持玉莲花，右手不断变幻法印，莲花会同法印同时迎了上去，同时口中轻轻喝道："乱字诀——乱神印！"

"轰"的一声震天巨响，李若兰被轰飞出去上百丈距离，口中溢出丝丝血迹，滴在洁白的衣衫上，显得格外触目惊心。不过，她依然闭着双目，还是没有睁开双眼，而且脸上竟然漾起淡淡的笑容，她将玉莲花插在了发间，两只玉手开始同时动作，幻化出一个个复杂难名的法印。

传说，功力卓绝之辈，通过结印，可施展出某些威力绝伦的禁法。传说，一些玄功在运转之时，如果施法者完全契合玄功要义，也会不自觉地结出各种法印，这种情况下结出的印法称为玄功的"外相"。很显然，李若兰目前在运转道家玄功，已经陷入某种空灵之境，身心和功法完全契合，此刻相由法生，印由身成，这是陷入妙境后的自然反应。

辰南倒吸了一口凉气，暗叹这个好战狂女果真天纵奇才，在这种最危险的境地，通过险恶的战斗来印证着其修炼的功法，竟然在这种情况下将要做出突破！辰南现在很想杀死李若兰，除去这个大敌，但他相信李若兰肯定有保命逃走的术法，她现在之所以不走，完全是想在这种状态下悟透玄功。他不想成全这个可怕的敌手，不过第九魔刀已经化形而成，他需要找一个人发泄出去。他回头望了望宛若仙子般的梦可儿，最终没向她冲去，他驾驭着古盾，快速向地面的东方长明冲杀而去。

东方长明也已经发现辰南的异常，万年前他虽然没有见辰南施展过逆天七魔刀，但却有过耳闻，知道这套功法的特征与可怕之处，这第九魔刀肯定要远远强盛于前八刀！当下，他全身的功力疯狂运转起来，一拳向天轰去，盖世魔功裂天十击发挥到极限境界。"轰——"紫色魔焰对上黑色魔气，天摇地动。东方长明被这第九魔刀狠狠地劈飞出去七八十丈的距离，他口鼻溢血，胸腹剧烈起伏不已。

"逆天七魔刀名不虚传！"东方长明擦净了嘴角的鲜血，双眼如同野兽般闪烁着凶光，一瞬不瞬地盯着辰南，尽管他已经被这第九魔刀劈成重伤，但不屈的魔性令他涌起无限的战意。这时，一直闭着双目的李若兰快速冲了过来，她为了印证玄功，竟然想主动接下辰南的第十魔刀。与此同时，梦可儿也驾驭着玉莲台俯冲而下，与东方长明、李若兰同向辰南逼去。

"小子你到底怎么了？不行的话，我们撤吧，天大地大，我们想走，绝对没有人能够拦得住！"紫金神龙发觉辰南越来越不对劲，开始劝他离开这里。辰南摇了摇头，他知道凝形而成的第十刀根本难以收回，必须劈出去不可。看到三大高手竟然站成一条线，他心中涌起无限战意，一人对抗天下最强大的三位青年强者，令他那好战的血液渐渐沸腾。

"生死由命吧，逆天七魔刀第十刀！"一声大喝过后，辰南以横扫千军之势，横劈出第十刀，十几丈长的刀芒如一道巨大的黑色闪电般扫向三大高手。真正的逆天七魔刀，一刀强盛于一刀，现在辰南的状态有些不对劲，虽然不能够发挥出原有的威力，但这十刀的力量，已经不下于六阶之威！"轰——"无边的真罡气浪，如怒海狂涛在咆哮一般，瞬间将三大高手淹没了，东方长明、李若兰、梦可儿三人皆被轰飞出去上百丈距离，三大顶峰强者被击得同时大口吐血。远处，观战的杜家子弟与李家子弟，惊得目瞪口呆，辰南一个人竟然将当今天下实力最强大的三位青年高手击伤，这实在可怕到极点！

不过，辰南同样在大口吐血，他愈发感觉魔刀不受控制。此刻的他无比虚弱，生命之能被抽去大部分，如果再劈出第十一刀，生命之能将被完全抽离出体外，到那时是否还能如上次那般幸运地保住性命就不得而知了。眼看，他右手间再次涌动出阵阵乌光，辰南原本浮躁的心慢慢平静下来。他渐渐知道魔刀难以驾驭的症结所在了，逆天七魔刀真正可怕之处，在于一往无前的气势！魔功的真义便是，破釜沉舟，断绝后路，一往无前，置之死地而后生！

今日他顾虑太多，背离逆天七魔刀的要义，才致使现在收不住手。现在他想通其中关键，但为时已晚，第十一魔刀在他右手中形成了。辰南苦笑道："上次用逆天七魔刀的要义教训过杜昊，没想到我这次也犯了同样的错误，难道说我竟然要死在自己的手中？"远处的三大高手，深深感到辰南的可怕，他们知道辰南现在的状态绝对不正常，万不是一个人所能够对付的，三人都将功力提升到极限，准备迎接辰南的下一记魔刀。

然而就在这时，辰南感觉右手中指一阵发热，他心中一跳，那里不正是他的内天地吗？得而复失的一粒空间种子就在那里。辰南心中一动，集中全部精力，努力将神识探向那片内天地。场景忽地一变，他的灵识顺利进入自己的内天地当中，这里除了一地的细沙之外，剩下就是朦胧的混沌地带。

不过，此刻这小片天地出现了阵阵异常的波动，整片空间如水波一般，竟然荡起阵阵涟漪似的波动。辰南用心去感应，发觉竟然有一股奇异的力量涌入了小世界当中！他有些难以置信，不解地寻找着波动之源，却没有找到，但感觉到了熟悉的气息，那些波动的力量竟然是他的生命之能。是他已经劈出去的生命之能，还是逆天七魔刀的第十一刀所蕴含的能量，正在被他的内天地所吸纳呢？不管是前者还是后者，有一点是可以肯定的，他的内天地似乎将要和外界相通了，不再是一个封闭的小世界了！

辰南无比兴奋和激动，内天地做出突破，这乃是他以后最大的本钱！场景"唰"的一闪，他的神识退了出来，他用心去感应，发现他的内天地所吸纳的生命之能不仅包裹先前抽离出体外的那部分，还包裹正在凝聚的第十一魔刀的那部分。辰南忧虑尽去，内天地和外界相通之后，需要吸纳无尽的天地元气扩展，当然，如果修炼者提供己身的元气供给，那么它的成长速度会更快。

现在他的生命之能竟然流进自己的内天地，他不用担心将要衰竭而亡的问题了，他可以从内天地中收回那部分命能。辰南的内天地和外界相通后，威胁他生命的逆天七魔刀第十一刀，慢慢地暗淡下去，所有的生命之能都被内天地吸纳，同时又返还他身体部分。

辰南无比虚弱，毕竟绝大部分生命之能都涌进那片小天地当中，体内已经所剩无几。现在的他对那个小世界的掌控还不是很得心应手，一时间难以将那些生命之能收回到体内。他现在需要一个安静的地方，研究一下自己以及小世界的状态。

辰南无力地冲着紫金神龙招了招手，痞子龙立时明白他的意思，快速冲到他的近前，辰南一跃而上，一人一龙冲天而起。"哪里走！"李若兰早已睁开双眼，看到一人一龙想要离去，她脚踏飞剑，快如闪电一般追击而去。梦可儿驾驭着玉莲台，如凌波仙子一般，一言不发，同样追去。不过，两女速度再快，也不可能追得上神龙的飞行速度。

紫金神龙道："嗷呜，两个小娘皮，不要相送了，送龙千里，终须一别的。"辰南站在紫金神龙的背上，远远地听到李若兰用无上音功传来的声音："东土修炼界青年一代帝王之战，一个月之后将在晋国都城之外举行，辰南你敢来否？"紫金神龙渐渐远去了，辰南没有回答李若兰的话语，现在体内一片空虚，他昏昏欲睡。

东方长明望着远空，一阵沉默，而后转身大步离去。战场中一个巨大的沟壑内，杜昊慢慢爬上来，他低吼道："我愿化身为血魔，在帝王擂上洗刷尽我所受的所有耻辱！"

紫金神龙穿云破雾，在高空之上极速飞行。半刻钟后，一只巨大的孔雀快速自前方相向飞来，一个绝色的少女站立在上面，一身紫衣随着罡风不断飘舞。少女一眼望到紫金神龙，脸色立时一变，冲着辰南高呼道："对面可是辰南？"此刻，辰南有些萎靡不振，他并不认识紫衣少女，但依旧如实回答道："不错，正是我，你是谁？"

"果真是你！"少女脸色大变，眼中充满仇恨，她冷声道，"我是杜昊的妹妹杜灵！我哥哥在哪里？"辰南没有想到眼前这个少女竟然是杜昊的妹妹，他还未说什么，紫金神龙已经开口了："杜昊被我们杀了，撕成了十六段，杀得好爽啊！嗷呜……"

"什么？我不信！没有人能够杀得了我哥哥，让我这个杜家年轻一代第二高手试试你们的斤两！"杜家年轻一代有八杰，位列第四、第五、第六、第七、第八的杜玄、杜天、杜洪、杜荒、杜宇，被辰南在西方一口气杀了个干净。位列第三的杜飞在不久前，因为打梦可儿的主意被修为大进的梦可儿斩杀，如今杜家年轻一代的八杰只剩下杜昊、杜灵这对亲兄妹。杜家的老一代无比震怒，不过也并不担心，毕竟这一古老的家族实力强盛无比，即便某一代人被彻底灭掉，也难以撼动他们的根基。

紫金神龙道："想和我们过招，你还不够资格，你那死鬼哥哥都不是我们的对手，更遑论你！"杜灵羞怒交加，不断催动巨型孔雀上前，但出于对神兽的畏惧，巨型孔雀战战兢兢，怎么也不肯上前。紫金神龙得意地大笑道："哈哈，本龙乃是万灵之长，你让它来冒犯我，这不是开玩笑吗？"痞子龙怕辰南出现意外，不再多做纠缠，一边嚎唱一边快速冲离这里。

杜灵乃是杜昊的亲妹妹，在杜家同样是一个天才人物，虽然才十九岁，但其修为仅仅以毫厘之差落于杜昊，如果不是因为年龄小上杜昊几岁，说不定杜家年轻一代第一人的称号就被她得到。自从杜家得知并确认传说中的人物复活之后，便开始着手准备破除家族诅咒。杜家老一辈千算万算，都没有想到辰南在最短的时间内会冲上五阶大成境界，致使年轻一代的五杰惨死在西方。

后来，杜昊再次惨败于辰南之手，更是让杜家上下震动，这是他们杜家的天才青年高手，是杜家的希望之星，没想到竟然还不是辰家传人的对手。就在杜家老一辈准备采取一些非常手段之时，杜家年轻一代天才高手杜灵，偷偷离开杜家玄界。她不放心亲哥哥杜昊，同时这个天资卓越的少女很是心高气傲，想和李家的天才高手李若兰一争高下，想和家族的死敌辰南大战一番。

当杜灵赶到大战过后的场地时惊呆了，那残破的战场表明这里的大战是何其惨烈，支离破碎的大地比之杜家老一辈的高手出招后所造成的恐怖破坏还要让人惊心。"哥哥你怎么会这样子？"杜灵惊叫道。她有些不相信眼前的事实，杜昊此时的样子有些吓人，全身的皮肤鲜艳欲滴，其双眼血红无比，似可欲噬人的野兽一般，就连那原本黑亮的长发，现在也变成暗红色。

守在杜昊附近的杜家子弟战战兢兢，没有一个人敢上前，因为杜昊的脚下鲜血淋淋，一地的碎尸块格外的触目惊心。就在刚才，杜昊发疯了一般，生生撕碎五个杜家子弟，疯狂地吸纳他们的鲜血，造成眼前的惨状。

"妹妹你来了……"杜昊惨笑道，"看到哥哥这个样子，是不是很吃惊失望？哥哥很无能，再也不是无敌的天才，上次被辰南打败，这一次又被东方长明轻松地击败，我是一个废物！""不，哥哥在我心中永远是最强的！"杜灵急声道，快速冲到杜昊的身边，将他从血淋淋的尸块中扶起。

"哈哈……"杜昊凄怆地大笑着，过了好久才道，"妹妹，我真的输给他们了，现在的我真的比不上他们啊！天才？天生蠢材啊！""哥哥你不要妄自菲薄，那两人毕竟是怪物啊，他们本应是万年前的精英人物，算不得这个时代的人，败给这样两个身怀奇功的人并不算丢人，哥哥你一定要振作起来啊！"杜灵看到杜昊的样子有些焦急。

"放心吧妹妹，我死不了，也不会因此而一蹶不振，我要重新再来！"说到这里，杜昊的眼中绽放出两道血光，神色显得格外狰狞。杜灵激灵地打了个冷战，她颤声道："哥哥，你修习了血魔真经？"

"不错，我要自废辰家玄功，修炼杜家自己的魔功！"

"不，哥哥你千万不能修习血魔真经啊，你会踏上一条不归路的！"

杜昊摇了摇头道："没有办法，修炼辰家的玄功，我无法逆转，无法修炼下篇，这样我心里总是有些障碍。魔障难以消除，心境总有一丝破绽，面对修为相若的敌手，我总是没有必胜的信心，修为明明不差于对手但却无法战胜对方。辰家的玄功法诀，现在已经成了我的魔障，我只能修习我们自己的禁忌魔功！"

杜灵明白了，她的兄长自幼被人誉为天才，乃是一个追求完美的人，现在发觉根本无法逆转玄功，难以修炼辰家玄功的下篇法诀，心里产生了一丝魔障，归根到底并不是他的修为不如别人，而是他自己未战先败。当然，说到底，那魔障的根源便是——辰南。因为辰南成功逆转玄功，而且修出种种神通，向他证明玄功有下篇。

杜灵满脸忧色，焦急地道："哥哥你千万不要干傻事，血魔真经虽然威力奇大、玄奥无比，但太过凶险了，练到最后有可能会化身为魔，迷失本性。当年创此功法的老祖，练到最后不是也化为一摊脓血而亡了吗？你千万不要冲动啊！"杜昊笑了起来，道："来不及了，我已经将辰家的至尊黄金真气，转化成了血魔真气。你是知道的，一入血魔之境，终身难脱血海束缚。"

"啊，怎么会这样子，我早就发觉不对了，前段时间你查看血魔大法时，我就觉得不对劲了，你说只是参考，但到头来你却真的要修炼更深一层的血魔真经，都怪我没有早一步阻止你。"杜灵急得哭了出来。

"不怪你小妹，这件事怎么能够怪你呢。我实在没有办法，为了成为全天下的最强者，我只能走这一步了。不过你放心，我绝不会如当年那位老祖一般化为脓血的。血魔真经乃是无上魔功，只有最后一层心法有些问题，修为不接近七阶级境界，我是不会触及那片雷区的，不过我相信我最终能够将它彻底完善。我和那位老祖是同一类人，我们都是追求完美的人，都想创出真正属于杜家自己的功法，他未完成的事情，我将接手，而且一定会成功的！"杜灵和杜昊感情极深，她知道不能够挽回什么了，因为地上的碎尸块已经说明，杜昊已经开始吸纳习武之人的血精，一入血魔之境，终身难脱血海束缚！她无声地垂泪……

杜昊仰天大吼道："总有一天，我要让整片东土修炼界在我的脚下战栗！"随后，他渐渐平静下来，拍了拍杜灵的肩头，道："哥哥要送给你一件珍贵的礼物。哥哥体内还保留有三分之一的至尊黄金真气，我要将这三分之一的功力转赠给你。你现在已经不弱于全盛时期的我多少，如果再加上这部分功力，相信同辈当中即便不能真正无敌，但也不会输给任何人！""不，那是哥哥辛辛苦苦才修炼得来的，我不要哥哥的功力。"杜灵坚决地拒绝道。

"傻丫头，这三分之一的功力，哥哥实在没有办法将它们转化为血魔真气，留在哥哥体内只能是个祸害，现在将它们转赠给你再好不过了。而且，你不要担心，我们是亲兄妹，质体最为接近，修炼的功法又完全相同，你得到这部分功力之后，不会产生丝毫排斥，不会桎梏你今后的进境。"

"哥哥，你现在的修为……"杜灵眼中泛着泪花。

"不要担心，血魔真经是这个世界上修炼进程最快的功法，只要有修武之人的血精供我吸纳，我要不了多长时间就会超越全盛时期的状态。不要哭了，送我回家族，传功给你之后我立刻闭关。"杜昊有阴狠毒辣的一面，但面对自己的亲妹妹时，却也有很人性的一面……


辰南生命之能耗费过巨，体内无比空虚，他在紫金神龙背上渐渐支撑不住了，慢慢伏在宽阔的龙背上。当他再次醒来之时，闻到了一股淡淡的馨香。他慢慢睁开双眼，发觉自己正躺在一张竹床上。

这是一个干净整洁的小舍，木几、藤椅纤尘不染，书桌上摆放着一排排书籍，看得出主人是一个喜欢看书的人，这可能是主人的书房。

这时，一股药草的味道传入鼻中，辰南转过身来向窗外望去，映入眼帘的景色很美丽，远处有竹林、小溪，近处是芬芳的花草地。

突然，辰南一下子呆住了，他竟然看到一个熟人。清秀的面容还是从前那般，带着淡淡出尘的气质，与世无争的恬淡从容之色，一点也没有改变，清丽的身影有些单薄柔弱，她正在院内的灶台前细心地熬药，药草味正是从那里飘来。这个人竟然是一年多未曾有音讯的纳兰若水！

往事一幕幕浮上辰南的心头，楚国皇宫演武场大战龙骑士、弯弓射巨龙、司马府内大闹婚礼、刀锋直指楚皇……这些都与院中的那个女子有关。在人生的轨迹当中，有些人之间虽然有着精彩的碰撞，但之后便可能会如同两根交叉线一般，越行越远，再无任何交集。辰南原本以为，此生再难见到纳兰若水了，以为彼此注定会成为对方生命中的匆匆过客，随着岁月的流逝，彼此终将会在对方的心中渐渐淡去，了无痕迹。

他万万没有想到，竟然会再次与她重逢，只是回想起往昔的一切，他感觉有些无言以对，有些话不知道该如何说出口。辰南静静地看着院中那个忙碌的身影，最后推开屋门走了出去。

这是一片风景秀丽的小山谷，远处是成片的山茶花与绿竹林，各色野花夹杂在其间，一条如玉带般的青碧小河蜿蜒而过，穿过花树林，向着谷外流淌而去。纳兰若水的竹舍就是在这样的美景中，用竹木栅栏围成的小院内，栽满各色药草，也有些美丽罕见的奇花，草香花香芬芳馥郁，沁人心脾。

正在熬药的纳兰若水看到辰南从屋中走出，脸上带着淡淡的笑容，非常平静地道："你醒了，你的身体状况不是很好。""嗯，醒了。"辰南回答道。再次重逢，再次相见，两人都很平静，表面看来，甚至有些疏远了。不过，辰南能够感觉到纳兰若水对他身体状况的担忧，纳兰若水也能够感觉到辰南见到她的欣喜。

过去发生了太多的事情，两人都经历了很多，原有的重逢喜悦似乎尽在不言中，一切都不用过多言表。纳兰若水依然如从前那般恬淡，与世无争，清秀的面容总是那样的平静，整个人带着淡淡出尘的气质，这是天生的性格使然。不似修习有道术的梦可儿那样不食人间烟火，也不似平静下来的李若兰那般飘逸若仙，纳兰若水这种淡淡的出尘气质，是平和的，让人忍不住亲近。

"若水，我真的没有想到在这里会遇到你。"辰南有些感慨。

"是啊，我也没有想到你会乘着一头怪龙来到这里。"

当日婚礼惊变后，纳兰若水便离开了楚国皇城，她在东大陆各个名山大川间游历，采药炼丹，度过了一段平静的岁月。直到不久前，她来到晋国这片有名的灵山中，发现这处景色秀丽的小山谷，渐渐有了隐居的念头，便在这里安定下来。两人简要地介绍了一下分开后彼此的情况，辰南的经历处处充满惊险，纳兰若水静静地听完之后，道："你我真像两个世界的人。"辰南一阵沉默，不知说什么好。纳兰若水道："你的身体状况非常糟糕，我给你熬了一些药，你赶紧喝掉吧。"

辰南在小山谷住了下来，他之所以虚弱许多是因为本命元气被内天地吸纳了大半，现在他需要好好调理一番。住在这样一个美丽的小山谷中，辰南感觉格外宁静。长时间以来他一直在四处奔波，经历过无数场生死大战，偶然过段这样平静的生活，对他来说是最大的享受。他感觉真的很疲倦，如果能够在这个小山谷这样过一辈子，也是一种不错的选择。

痞子龙把他送到这里后就消失了，一连几天没有见到踪影。几日来，辰南白天和纳兰若水一起去采药，晚间慢慢探索自己的内天地，虽然一时间还没有找到办法将本命元气自那个小世界中收回，但他却一点也不着急，很享受这种平淡的生活。闲看庭前花开花落，漫随天外云卷云舒。纳兰若水每日都要去采药，辰南跟随在她身边，对于她来说这样的生活很自然与平和。她没有问辰南何时离去，现在的她似乎将一切都看得很淡，平日多研究药理，将厚厚的一本医圣手札反复考量，不断调配、检验、改良药方。

重逢之后，真的没有任何波澜，两人生活在这个小山谷中，非常的平静与和谐，似乎所有一切尽在不言中。

在辰南隐居的这些日子里，东土修炼界一片沸腾。辰南、东方长明、李若兰、梦可儿、杜昊五大高手，当日大战的消息已经传遍修炼界，经过有幸见识这场大战的人的描述，修炼界一片震惊，五大青年高手的修为可谓高深莫测！前段时间，杜昊曾经放出风声，要在东土摆下帝王擂，但最后不了了之。这一次，李若兰郑重向修炼界宣告，青年一代帝王之战一个月之后将在晋国都城外举行，欢迎全天下的修炼者来观战，欢迎所有青年强者来参与。

这一宣告在修炼界引起轩然大波。帝王之战的影响力极大，不消多日已经传遍天下，不仅是修炼界众人皆知，而且各国王公权贵，甚至众多百姓都听到这个传闻。东西方许多国家的王公贵族皆已经动身，准备来观看这场百年难遇的帝王之战，想看一看到底谁才是东土青年一代的帝王，谁才是真正的最强者。随着这场大战的影响力越来越大，李若兰与家族商量后决定推迟帝王大战。一是因为西土修炼界众人距离晋国太过遥远，有些人不能在开战之日赶到现场观战。二是杜家人和李家通过气，杜昊闭关还未出来，需要等上一段时间。

杜昊先败于辰南，再败于东方长明，不仅令他自己感觉无比羞辱，也令号称东土皇族的杜家感觉颜面无光。在杜家老一辈不能走出杜家玄界之际，他们只能靠青年一辈向世人展示他们的强大实力，证明杜家无愧"东土皇族"这个称号。最后时间推迟了一个月，定于两月之后在晋国都城之外举行这场帝王之战。整片修炼界风风雨雨，所有人都在谈论这场将要开始的帝王之战。

毫无疑问，现今的东土修炼界无比强盛，接连出现五位即将破入六阶领域的青年高手，实在有些让人难以相信，现在局势动荡不安，所有人都已经预感到传说中的玄战似乎已经悄然爆发了。在修炼界众人的热议中，帝王之战还未开始，就已经先行评出五帝。

好战狂女李若兰这两个月来在东土修炼界到处疯狂挑战高手，可谓所向无敌，这个狂女现在已经被人称为战帝。澹台古圣地走出的仙子梦可儿，在东土有着极高的声誉，其高绝的修为以及不食人间烟火的气质，为她博得仙帝之号。神秘的魔道高手东方长明，这是一个谜一样的绝世青年强者，身怀失传已久的盖世魔功裂天十击，如彗星划过长空一般照亮东土大地。他在这两个月间迅速崛起，自东土最北部的极寒之地一直打到南方，难逢一抗手，大战杜家天才高手杜昊而完胜，令他声威大震到极点，被人称为魔帝。

杜昊出自东土皇族，这个强大家族的神秘与可怕令东土所有门派感觉强烈不安，从修炼史中的点滴传说可以看出，这是一个可以让整片东土大地战栗的强大家族，这样一个家族的天才高手，其强大是可想而知的。杜昊先后曾经和辰南、梦可儿、东方长明三位顶峰青年强者大战过，虽然一平两败，但他的强大是毋庸置疑的。更因为有传说，这个心高气傲的天才强者，自废原有的功法，转修可怕的血魔真经，从而被人称为血帝。

辰南，谜一样的绝代青年强者，无人知其师承，出道以来惹出无尽风浪，斩杀过多名五阶强者，号称绝世煞星。近来他更是和强大的东土皇族杜家发生了激烈碰撞，以绝世之威灭杀杜家一个又一个高手，是当今大陆第一风云人物。对于他的称号，修炼界众人发生了分歧，曾有人建议应将东方长明的魔帝之号给予辰南，因为无论是他本人，还是他所施展的玄功，都更具魔性。也有人建议，应将他称为血帝，在晋国都城他独抗千人军队，将上百人分尸，在罪恶之城十万大山中他役使巨人，灭掉数百高手，他所斩杀的修炼者比其他四帝要多得多，比杜昊更适合称为血帝。还有人觉得他应该称为战帝，许多人都觉得辰南发起狂来比李若兰还要可怕，他曾经在西土修炼界大发狂威，一日之内斩杀八位绝世高手，令整个修炼界为之震动。

最后，倾向于大多数人的意见，人们称其为东土一帝。在西方人看来，辰南来自东方，曾经在西方大发狂威，将其视为东土青年一代的帝王毫不为过，即东帝。而在东方人看来，辰南不管真正实力能否排在第一，但其惹出的风浪绝对远在另外四人之上，称之为东土青年一代第一帝毫不为过，即一帝。最后，辰南被称为东土一帝。

平静地过了七八日，消失不见的紫金神龙终于出现，不过辰南见到它的样子着实吓了一跳。几日未见，痞子龙狼狈无比，原本紫金闪烁的龙甲一片焦黑，像是被雷劈过一般，龙目处也是乌黑一片，像大熊猫的黑眼圈一般。"嗷呜，痛死我了，气死龙了。"

"怎么了？"辰南有些惊异，问道，"居然被人给揍成这副样子，你到底遇到了什么厉害人物？""嗷呜，真是痛死龙大爷了。"紫金神龙快速变小，化为一丈多长，而后冲着闻声走出屋的纳兰若水，道："纳兰小姐快给我抹点药膏吧，我可是为了你才去冒险的，知道你喜欢摆弄药草，准备送你一片药圃，结果弄成这个样子。"

几日前紫金神龙载着昏迷不醒的辰南飞到这片灵山附近，突然感觉无比熟悉，仔细回想，它恍然大悟，这里竟然是它当年的老巢，它曾经在这里居住过很长一段时间。当下，它立刻俯冲了下去。在这片山脉盘旋时，它无意间看到纳兰若水居住的小谷，发现有人影晃动，便立时冲了过去。毕竟，它是一条龙，照料辰南令它很头疼，老痞子准备强行绑架小谷中的人来看护辰南。

当紫金神龙冲进小山谷时，着实将纳兰若水吓了一大跳，当她看到龙背上的辰南时，忍不住失声惊呼道："辰南！那头怪龙你快放了他。"至此，痞子龙已经明白，眼前的女子与辰南是旧识，这对它来说再好不过，免去强行绑架的麻烦。当下，它简要介绍了一下和辰南的关系，便把辰南交给纳兰若水。

紫金神龙在这里待了半天，发现纳兰若水对于药理非常精通，也了解到她在此隐居就是为了研究医药。随后，它又从纳兰若水口中得知辰南元气大伤，如果有些灵草做药引，她可以让辰南早日复原。当下，痞子龙没说什么，一个神龙大摆尾就飞走了。它想起了自己的老巢，那里可称得上一个宝库，它当年的一些家当都藏在那里。而且，老痞子当年曾经种下一片灵芝仙草药圃，现在已经过去数千年，如果那些仙草还在……一想到这里，痞子龙就流起口水。

不过，令它倍感头疼的是，当年它离开时以无上法力布下了一座迷幻雷电大阵，现在它的神通还没有完全恢复，没有把握能够破除那些阵法。但灵芝仙草的诱惑力是巨大的，紫金神龙下定决心要找到老巢闯进去。数千年来，这片山脉虽然由于地壳运动发生了一些改变，但痞子龙还是很快找到被封闭的那个山谷。当年痞子龙在东土妖族中，也是一个响当当的角色，实力深不可测，它当年所布下的阵法可想而知，寻常人别说难以发觉这处秘地，就是真的无意间闯到这里也万难破解阵法进入山谷。

紫金神龙来到当年的老巢外后，先是试探了半天，发觉靠吸纳天地精气来运转的大阵并没有失效，他又是自得又是头疼。尽管它熟悉阵法，但破阵有时需要强横的功力来拆除某些阵门。它才闯入到第一道阵门，就被大阵所聚集而来的雷电之力劈了个通体焦黑。不过，痞子龙根本不想放弃，现在它乃是天底下最抗揍的家伙，有玄武甲护体，只要不是致命的攻击它都能挺过去。

就这样，紫金神龙开始强行冒险破阵，一边嗷呼乱叫，一边忍受着雷电劈击，花了三天的时间，它连闯十五道阵门，不过闯到这里时它有些害怕了，它被大阵所蕴含的雷电之力烤得都快熟了。当它犹豫甚至想退缩时，痛苦地想起一件事，大阵吸纳天地精气，能够自我调节维护，破去的阵门差不多已经复原，痞子龙气得真想一头撞死在地上。一边哀嚎过去为什么将大阵布置得这么变态，一边大骂封印它的古神与吸收它龙元的玉如意中的女子。

这七八天以来，对于紫金神龙来说真如同身处炼狱一般，每天最少要被闪电轰击上百次，也就是这个命比蟑螂还要强的家伙才能够挺住。当紫金神龙最终闯进去，破掉大阵的中心阵门时，放开喉咙使劲大骂起来，发泄着心中愤懑，不过骂着骂着它便没力气了，怎么说这个阵也是它布下的，要骂也是骂它自己。

看着紫金神龙的衰样，辰南不停地哈哈大笑，这令痞子龙郁闷无比。当辰南与纳兰若水被紫金神龙载着来到这座龙谷后，皆感觉有些吃惊。这座小山谷比之纳兰若水的居处还要秀美，整片小谷散发着一股灵气，这里的花花草草竟然都是孕育多年的灵芝、仙草。纳兰若水激动无比，这些药草对她来说实在太珍贵了。不过痞子龙却哀叹连连，因为灵芝、仙草虽多，但每株生长的年限都没有超过百年，没有一株能入它的法眼。

"嗷呜，气死龙了，失误啊，天大的失误啊，该死的破阵，我当年为什么布下这该死的阵法呢，气死我了！"通过痞子龙的讲解，辰南和纳兰若水才了解到它痛心疾首的原因，紫金神龙当年布下的大阵，完全是靠自主吸纳天地精气来运转的，而且是那种非常霸道，不考虑大阵附近环境，强行掠夺周围天地精气的邪异阵法。

大阵内栽培的仙芝灵草，皆是吸纳天地精气的灵物，生长的年限越长，所需要的天地精气也越多，结果到后来出现了一种情况。大阵与山谷内的仙草同时争夺天地精气，结果是可想而知的，这些仙草怎么能够争得过大阵呢？当天地精气不能满足那些上百年的灵草时，它们只能慢慢衰亡。而生长年份有限，所需灵气密度不大的仙草，则影响不大，可以继续生长下去，直到有一日天地精气不能够满足它们的需要时，才会慢慢枯萎。日复一日，年复一年，虽然过去了上千年，但这座小山谷内，始终没有出现一株百年以上的灵草，更不要说上千年的极品仙草了。

"嗷呜，龙大爷真想撞墙啊！"紫金神龙真是悔不当初。"喊，得了吧。如果没有这座大阵守护，那些采药人恐怕早就将这里搬运一空了，况且就算出了极品仙草又如何？这片灵山多珍禽异兽，某些灵兽一定会寻到这里，哪还能等到你来采摘啊？"辰南说道。"这倒也是。"紫金神龙有些泄气。

纳兰若水无比欣喜，脸上漾满笑容，在山谷内不断查看，她没有想到紫金神龙会送给她这样一份大礼，这对她来说简直就是一座巨大的宝藏。看到纳兰若水如此激动的样子，辰南也有些为她高兴，夸赞紫金神龙难得做出一件善举。看到纳兰若水走进药草丛深处，辰南对紫金神龙道："嗯，泥鳅，这可是你的老巢啊，不会只有这些花花草草吧，难道你就没有一点家当？"

"嗷呜，小子你一开口我就知道你要打什么主意，龙大爷不是吝啬之人，走，让你去看看俺的宝藏。"紫金神龙在前面带路，走过清香阵阵的药圃，越过如绿玉带般的小溪，再穿过浓香扑鼻的果林，它将辰南带到一个古洞前。痞子龙猛力一甩尾，"砰"的一声，将堵在洞口的万斤巨石抽飞了，一片灿灿金光顿时映入辰南的眼帘，他立时傻眼。

"小子，傻眼了吧？嘿嘿，流口水了吧？"紫金神龙得意洋洋。"流你个头！"辰南用力在它硕大的龙头上敲了一记，道，"这就是你的宝藏？你也太俗气了吧，怎么都是金币、金条啊？怎么说你也是一条神龙啊，我还以为有些神兵宝刃之类的东西呢。传说，西方的龙有收集财宝的嗜好，你该不会和它们一样喜欢闪闪发光的东西吧，你不会连玻璃、镜子等物品都收集到这儿来了吧？"

痞子龙难得露出不好意思的神态，不过这个家伙的紫脸充血时，不会变红，只会变黑，它黑着脸，有些尴尬地道："嗯，说实话，我自己还没细细清点过这堆东西呢。当年我在西方混时，听说西方的每头神龙都有一个宝藏，结果我偷偷地光顾了两家，外加洗劫了一家，大包小包都被我运到了这里。所以严格说来，不是我亲自收集的东西。"

辰南真是彻底无语，这个痞子龙过去还真是个人物，偷了两头神龙的宝藏，外加洗劫了一个，实在让人无话可说。"你太有才了……"辰南只能如此感叹。紫金神龙有些尴尬地道："小子你不要笑我，如果你知道当年龙大爷到底光顾了哪头龙的家，你就笑不出来了。"

"说来听听。"

"我光顾的第一个神龙宝藏，是属于西方的一头五彩神龙的，这个家伙长得花花绿绿，虽然说怪模怪样，但据说是当时西方龙族的十大高手之一，在龙族中的名气非常大。第二个被我光顾的神龙宝藏，是西方的一头黄金神龙的老巢，是一个长着三个头的家伙，能够同时释放三种禁咒龙语魔法，号称西方龙族的不败天才。被我洗劫的那头银色神龙来头更大，是当时西方龙族第一高手坤德上古神龙的小女儿。"

昏倒！辰南彻底傻眼，这个家伙还真是胆大妄为，惹的居然都是这种来头极大的家伙，还真不是一般的惹祸精！他暗暗擦了把冷汗，自语道："上次幸亏没有把你带到西方去，如果让那些变态龙知道消息，恐怕我非得死上一万次不可。"闻听此话，紫金神龙像泄了气的皮球一般，顿时蔫了。它无精打采地叹道："唉，当年艺高龙胆大，而且当时我的速度是天下第一，所以没怎么在乎。现在撞上任何一个，我非被扒皮不可。但愿它们都已经升入了天界，不然早晚会撞上它们，真是让龙头疼啊！"

辰南对于紫金神龙这段光辉历史真是哭笑不得，可以想象，当年这个老痞子必然荒唐无比。他走进古洞，满眼金光灿灿，这堆财宝还真是够多，古洞很幽深，这么多的黄金真不知道价值几何，不过有一点是可以肯定的，绝对不会比一个国家的国库少。紫金神龙变小后飞了进来，他从金币堆中拽出一把金剑，道："喏，这里不是有武器吗？"辰南接了过去，用手指轻轻一弹，金剑便折断了，他笑着摇了摇头道：

"装饰物而已。"其实，修为到他这般境界，根本不需要兵刃了，辰南之所以进来，主要是抱着试试看的想法，看看能否淘到一些类似于射日箭类的仙宝，毕竟这是神龙的宝藏。

"怀念啊，当年是何等的逍遥自在，天上地下任我遨游。现在好不容易脱困而出，居然修为大损！"紫金神龙不满地感叹着，指着辰南身前的那一大片宝藏，道："唔，这堆宝物是从那个来头甚大的银龙那里抢来的，那头银龙幻化成人的样子，还真是美丽啊，当真令天上的日月都黯然失色，可惜本体形象差了一些，算是西方神龙的通病，身体过于臃肿，和大蜥蜴太像了。"

"说人家臃肿，说不定人家还说你瘦得像根棍子呢，还没准叫你四脚蛇呢。"

"呃，你怎么知道？"

辰南笑了起来，而后有些怀疑地道："该不会你真的和那头银龙发生过什么吧？"

"哪能啊！"紫金神龙难得露出一丝不好意思的神态，道："它老子乃是上古神龙坤德，在西方即便是法神和斗神都不敢惹的主，那个老混蛋是一个无比顽固的家伙，不可能让它女儿嫁给其他种族的。再说，我是一个如此专情的龙，怎么可能会和那头西方银龙发生什么呢，我只喜欢当年的小白龙。"

"有古怪，你说的话很没有条理，算了，不逼你了。"辰南开始运转玄功，在这巨大的宝藏堆中搜索，无数的金币、金条、古董都飘浮起来，洞内光闪闪一片。突然，辰南敏锐地捕捉到一丝奇异的波动，他猛地一挥擒龙手，穿过重重金物，巨大的金色手掌一把抓过来数把兵器，有锋利的长刀，有寒光闪闪的利剑，一看就知是神兵宝刃，不过辰南发觉那丝波动并不是这些兵器透发出来的，他知道这里可能真的藏有他所需要的宝物。

痞子龙飞了过来，大叫道："还说没宝物，这些神兵利器，比你以前用的方天画戟差不到哪里去，这几把刀剑绝对是人间宝刃。"几把神兵利器绝对都是出自兵器大师的杰作，不过现在辰南根本用不上，当初在西方他被梦可儿暗算中毒，坠落悬崖，方天画戟掉落在河水中，他恢复记忆后根本没有去找。现在，同档次的兵器摆在眼前，对他来说根本没有什么诱惑力。

辰南挥动擒龙手，将前方的财宝都推向两旁，他朝古洞深处走去，擒龙手幻化而成的巨大金色手掌，不断在这些财宝中穿插。"哗啦啦——"在古洞的最深处，巨大的手掌缝隙中落下无数金物，最后只余下一块巴掌大小的片状物，留在巨大的手掌中。此物通体呈暗青色，似金非金，似木非木，残破不堪，上面满是裂痕，仿佛随时都会破碎一般，且透发出一股古朴苍凉的气息，一看就知道是一个超级老古董。

辰南将它托在掌中，仔细地打量着，他感觉很奇怪，在那么远的距离都感应到这个片状物的波动，现在拿在手中却什么也感应不到了。这个片状物不知道是何种材料制成的，上面原本雕刻着一些古老的花纹，不过由于后来不知道遭受了怎样的损毁，出现一道道裂痕，快要将那些花纹淹没了，已经无法看清其纹理了。

"嗷呜，笑死龙了，小子你不会看上这块破烂了吧？这是我在那头银龙的宝藏堆里发现的，没想到上古神龙坤德的女儿这样小气，连这种破木板都舍不得扔掉，被我发现后就丢到了这山洞的最深处。""你确认这是一块破木板？"辰南问道。

紫金神龙抓过去，掂量了一下，道："好像不是。嗯，应该不是，已经过去上千年了，如果是破木板，早就该烂掉了。咦，还真是有些古怪啊，到底是什么材质的呢？"辰南将这个片状物重新接了过去，翻过来掉过去地看，越发觉得眼熟，他问痞子龙，道："你说那头银龙是上古神龙坤德的女儿？"

"是啊，怎么了？"

辰南道："我感觉这块片状物具有非常悠久的历史，我想是不是坤德送给它女儿的什么特殊宝物呢？""嗷呜，哈哈，笑死龙了，这个破烂也是宝物？龙大爷吹口气，都能够将它吹碎，你看看上面纵横交错，少说也有上百道裂痕，随时都可能会碎掉。"紫金神龙嘲笑道。

"是吗，你来吹吹看。"辰南用两指夹着这块片状物的一角，道："也可以用你自认为无坚不摧的神龙爪来试试。""你没开玩笑吧？"紫金神龙虽然这样说，但毫不客气地伸开爪子，用力在片状物上敲了一下。"当"的一声，这非金非木的片状物发出一声清脆的响声，在强大的龙力冲击下一阵颤动，没有似紫金神龙预料那般化为飞灰。

"咦，还真是邪门！我再来试试看。"紫金神龙从辰南手里接过片状物，用力握在了爪中，只是它一连用力握了三次依旧没有将之弄碎。"还真有些古怪啊！"紫金神龙感觉面子有些挂不住，开始集中全部龙力，一道道紫金之光涌向龙爪，快速向着片状物冲击而去。古洞内紫金之光大盛，只是那块看起来满是裂痕的片状物，依然还是那副样子，没有丝毫变化。痞子龙老脸发黑，尴尬地道："这件东西真是古怪到极点，凭我的神龙之力竟然无法弄碎它，这实在太邪异了！"

辰南道："一拿到手中时我就已经试过了，这个片状物看似残破不堪，但比之刚才的那些神兵宝刃要坚固无数倍，根本不能损坏其分毫。"

"怪不得那头银龙将它当作宝贝收藏，还真不是凡品啊！唔，我想起来了，这块东西似乎是从那头银龙身上搜出来的，是它贴身携带的物品，我真是太粗心了，居然把它当作破烂扔进了这座古洞的最深处。"辰南道："从这块片状物上的古老花纹来看，应该是上古时期，甚至更为久远的物品，所以刚才我在想是不是上古神龙坤德送给它女儿的特殊礼物呢？"

"很有可能。"紫金神龙肯定地道，"这个老蜥蜴最宠溺它这个小女儿，有好东西肯定会给它。""坤德实力如何？有什么特殊宝物没有？"辰南问道。

"你算问对龙了，凡俗界的人早已将那头老蜥蜴列为神话传说中的存在了，除了我这等超然的存在外，肯定不会有多少人知晓它过多的隐秘。"紫金神龙介绍道，"那头老龙早应该飞升到天界去了，但不知道什么原因那个老家伙就是赖在地面不肯走，在西方几乎没有任何势力敢招惹它。据说，当年有一个斗神曾经和它大战过，那老龙硬是将那个斗神撕成肉末。嗯，话说，它还真有一件宝物，据说是连天界主神都无法击破的盾牌，和那个斗神大战时，他之所以赢得那样轻松，那面神秘古盾起了莫大的作用。"

"盾牌？盾牌！"辰南脑中灵光一现，将片状物抓到手中仔细打量，失声道："这一定是那面古盾！"

"你疯了，这个片状物哪里像盾牌了。"辰南肯定地道："这是一面古盾的残片，坤德那面号称主神都无法击碎的盾牌，应该就是这个碎片。""这太夸张了吧？一面古盾的碎片就可以挡住主神的攻击？"紫金神龙满脸不相信的神色。辰南没有理它，开始疯狂运转玄功，身体涌动出无尽的魔气，一条黑影在他身后慢慢凝形而成，黑影的右手中是实质化的死亡魔刀，另外在他的周围有七八把上下沉浮的黑色兵器，除却一面盾牌之外，其余皆模模糊糊，看不清晰。

辰南一抬左臂，那面近乎实质化的盾牌飞到了他的身前，黑色的盾牌之上镌刻着古老的花纹。"天啊！"紫金神龙惊呼道，"这面盾牌上的花纹和那个片状物上的花纹一模一样！"辰南将暗青色的片状物放到黑色盾牌近前，激动地道："除了颜色不一样之外，这个片状物和这面黑盾的一角完全一模一样啊！"紫金神龙惊得张大了嘴巴，道："这真的是一面残碎的古盾啊！难道这就是坤德那件号称主神都无法击碎的神秘古盾？天啊，太不可思议了！"

辰南无比震惊，这个世界上竟然真的有一面和他的黑色魔盾一样的盾牌，他有一种强烈的感觉，暗青色的破碎古盾残片还原之后，是他那面黑色魔盾在现实世界的原形！此刻，辰南的心中涌起滔天骇浪，魔盾竟然在现实世界中找到了对应物！难道说在他周围上下沉浮的几把魔兵，都在现实世界中有原形？

"嗷呜，丢龙啊！龙大爷居然将一件至宝当成破烂，险些扔掉，真是让龙惭愧啊！"辰南收敛强大的气息，黑色的身影与几件沉浮的魔兵，都消失不见了。他一脸凝重之色，打量着满是裂痕的古盾残片，主神都无法击坏的残片，上面布满了裂痕，到底是谁留下的呢？而当初那件完好的古盾，又是怎样破碎的呢，那到底需要怎样的大神通才能够将之击碎啊！

神不是这世间最强大的存在吗？难道还有远远超越神的存在？神秘古盾向辰南展示了一个难以仰望的领域，他思绪万千。最后，由几件魔兵，他联想到了玄功运转时出现在他身后的黑影，难道说在现实世界中，也真的有这样一个人？难道此人如同神秘古盾一般，在这个世间留下了残碎的尸块？他能将这些魔兵以及黑影聚集到身边的真正意义何在？

谜，一切都是谜！从他自远古神墓复活以来所经历的每件事情都迷雾重重，冥冥之中仿佛有一双无形的大手在牵引着他向着一个既定的方向前进。他不知道到最后展现在眼前的究竟是怎样的一片领域，不知道真相大白那天他能否承受。纵贯古今，横贯东西方，上达仙神界，下至幽冥地府，一切的一切都与他纠缠叠绕！他无比愤怒，他有一种感觉，有人在操控着一切，他活在别人设定好的局中……他唯一能做的便是变强，变强，再变强！有朝一日，强行突破这盘局。

纳兰若水非常喜欢紫金神龙的这座龙谷，在辰南和痞子龙的帮助下，很快将居所搬到这里，这片小天地对于她来说当真是一方净土，是一片藏着无尽宝藏的圣地。神秘的古盾残片，大大刺激了辰南，他开始极力探索自己的内天地，希望早日彻底恢复元气，他现在需要强大的力量来慢慢改变自己的人生轨迹！这里是一处极佳的修炼场所，迷幻雷电大阵破除之后，这里仙气氤氲，灵草仙芝所蕴含的灵气弥漫在整座龙谷中，身处在这片净土中，即便毫无修为的人也会神清气爽，通体舒泰，更不要说辰南这样的修武之人了。

辰南盘腿坐在地上，周围是一片龙草，散发出的阵阵灵气，通过皮肤进入身体，不过这并不是他主动吸收的，而是他的内天地在运转，在吸纳外界的灵气。辰南就像一个旁观者一般，将神识沉入小世界中，寻找着内外两界交换力量的通道口。这是一个无比枯燥的过程，外界一分钟在这方小天地中，仿佛有一天那么长久，辰南感觉自己在这个小世界中，都快变成一尊不能移动的化石了。

就这样，时间在慢慢地推移着，辰南已经在龙谷的中心地带一动不动地盘坐三天。又是一个阳光明媚的早晨，龙谷内灵气流动，百鸟鸣叫，一派和谐迷人的景象。纳兰若水推开竹舍的房门，发现辰南姿势不变，还坐在那里，她有些担心，不过她也是一个修炼者，知道在这种情况下万不能上前去打扰，只能静静地等待参修者自行收功。痞子龙醉醺醺地飞了回来，看到辰南还没有醒转，一头扎进它的宝洞睡大觉去了，这个家伙自己都不记得这几天晚间到底洗劫外界几家酒楼了。

太阳渐渐高升，纳兰若水静静地坐在竹舍前的藤椅上观察着辰南。再次相见已经过去了一年，他还是那副样子，不过气质上有一些变化，多了些凌厉的杀气，少了一份单纯。纳兰若水想起了过去的事情，一阵失神，想到辰南一刀在手，刀锋直指楚皇，将她救出婚礼时的样子，她感觉心跳一阵加速。只是，一年的时间，发生了太多的事情，她偶尔悸动，不过更多的时间都在平静地研究药理，她觉得此生就这样一个人度过，也算是一种幸福。但是，她没有想到，竟然和辰南重逢，她在辰南面前虽然很平静，但内心深处却有些迷茫彷徨，因为她知道辰南必将在不久后离去，他有太多的事情要去做，他们似乎属于两个世界的人……

正午时刻，龙谷内的浓郁灵气，突然疯狂涌动，从四面八方向辰南处汇集。氤氲灵气，形成了一股小旋风，围绕着辰南不断旋转，透过他的皮肤，快速涌进他的体内。纳兰若水有些心惊，不过没有惊呼，相信辰南定会安然无恙，不知道从何时起，她渐渐相信，辰南做什么都应该能够成功。此刻的辰南，神识依然沉浸在自己的小世界当中，不过现在这片内天地发生了惊人的变化，无尽的灵气不断涌进来，令这片空间的混沌地带不断破碎，整片空间在慢慢扩展放大。

漫漫黄沙地竟然渐渐变成了土壤，虽然依然是混沌当空，没有蓝天，但小世界的"大地"已经成形。到最后，一个方圆十丈大小的空间慢慢稳定了下来，"大地"也已经稳固。这对于一个修炼内天地的人来说，意义重大无比，"开天辟地"已经顺利进行了大半，根基已经打下，就看修炼者以后如何发展了。辰南的神识幻化成的身影立于自己修出的这片内天地中，他无比地激动，看着这个小世界在壮大，就如同看着自己的孩子在慢慢成长一般，那种喜悦之情难以言表。他终于发现了这片内天地和外界连接的通道，原本的混沌裂缝，现在已经被冲击成一个出口。辰南尝试着用神识触碰那个通道口，"轰隆"一声混沌破碎，快速将出口堵上了。他心中一惊，尝试着去疏通，费了很大力气，才渐渐将封闭的出口连通。通过这个出口，辰南看到了外面的景物，他看到了龙谷中的花花草草。

远处，纳兰若水大惊失色，她看到自辰南的中指处，空间在慢慢破碎，一个空间之洞出现在辰南的身边，洞口在慢慢变大，最后竟然将辰南的身体包裹了进去。"啊……不！"纳兰若水失声惊叫，快速向那里冲去。在古洞中沉睡的痞子龙也被惊醒，飞快冲出来。当一人一龙冲到空间洞口近前时，那巨大的空间之洞竟然突然关闭了，辰南跟着凭空消失了，在原地什么也没有留下。

纳兰若水险些昏过去，紫金神龙围绕着这片空间不断飞舞，安慰道："纳兰你不要急，我感觉到这片空间有古怪，辰南应该没有问题，他已经成功进入了自己的内天地，一会儿之后会破开空间之门，会出来的。"

这一刻辰南的确进入了自己的内天地中，神识回归身体，在这方圆十丈的空间内，辰南伸展开双臂，冲着头顶上方的无尽混沌大喊道："我一定要让这方天地浩瀚无边！"当他的身体进来的刹那，他的生命之能便回归体内，现在他元气尽复，感觉强大到了极点，在这一刻他真想和东方长明、李若兰这样的劲敌大战一番。辰南知道自己已经有一只脚迈入六阶领域，另一只脚跨进指日可待，现在他的修为介于五阶顶峰与六阶初级之间，这是一个模糊的修炼领域，这是由五阶高手真正蜕变为六阶高手的缓冲地带。

"我要变强，变强，再变强！"辰南立身于内天地当中，看着这十丈空间，有种整片天地尽在掌中的感觉。他的神识就在这方小天地当中，熟悉这里的每一个角落，现在已经能够熟练地打开或关闭这个小世界。辰南决定敞开这方小天地，让天地精气源源不断地涌进，来祭炼这个小世界，使之无限扩容。当辰南的内天地与外界的通道再次打开时，在他刻意地控制下，小天地开始疯狂吸纳外面的天地精气，无尽的灵气向里面冲涌而来。

龙谷中的纳兰若水和痞子龙着实吓了一大跳，高空之上一个空间之洞大开，无尽的天地精气快速向那里凝聚而去，形成了一股灵气风暴。紫金神龙大叫一声"不好"，冲着高空大喝道："混账小子，你想把龙谷变成荒漠吗？"辰南隐约间听到紫金神龙的喝喊，顿时明白怎么回事了，现在内天地在他的控制下，比自主吸纳灵气时不知道要猛上多少倍。不仅天地间的精气被源源不断吸入，就连草木精华也被疯狂掠夺。他控制着自己的内天地，慢慢飘进这片山脉的深处，远远离开了龙谷。尽管这样，紫金神龙依然快速在龙谷四周布下了几座小阵，防止龙谷灵气"外泄"。

辰南感慨万千，内天地实在无比奇妙，以他现在的修为来说，还不能够御空飞行，但修炼出自己的小世界后，就完全不一样了，现在驾驭内天地移动，就像在飞行一般。能否在空中飞行，对于一个武者来说，意义重大无比，现在的辰南信心百倍，感觉无惧于任何同级修炼者了。此刻，辰南已经距离龙谷上百里路程了，他开始放开心神，全力控制内天地吸纳天地精气。

这片大山立时出现了一场奇异的景观，无尽的天地精气、草木精华，汇聚成一股灵气风暴，疯狂地向高空涌动而去，大山内各种草木青碧的枝叶在慢慢失去光泽，有些柔弱的花草甚至已经开始枯萎。辰南立身于内天地中，心中无我无物，在这一刻他的心神仿佛与内天地融合在了一起，没有时间更替的感觉，仿佛已经定格在那永恒的一瞬间，化身成了天地。随着时间的流逝，涌入内天地的精气越来越多，那无尽的混沌地带又开始崩碎，空间在慢慢扩展开放。辰南的心神完全沉浸在自己的小天地中，直到突然间他感觉背部一阵剧痛时，才醒转过来。

他无比愕然，感觉疼痛的部位竟然是封印后羿弓的所在，他的整个身体在透发着阵阵青碧的光芒。突然"轰隆隆"一声巨响，内天地仿佛要破碎了一般，一团翠碧色的神光自辰南背部升腾而起，而后光芒快速扩展放大。一棵一人多高、如碧玉雕琢出来的神树，出现在小世界的半空中，绽放着璀璨夺目的神光。

神树虽然不高，但却透发着一股无比沧桑的古意，老干虬枝，古拙苍劲，盘根错节，宛如苍龙，翠碧的枝叶神光闪闪，青翠欲滴。"轰——"神树自半空中飞落而下，所有根茎皆在一瞬间没入土层中，整片内天地为之一阵剧烈颤动。光芒璀璨、青碧欲滴的神树，透发出无尽的灵气，辰南的这个小世界因为它的出现，开始变得生机勃勃起来，方圆十几丈光秃秃的"大地"，竟然出现了一层淡淡的绿色。

辰南满是不相信的神色，他喃喃道："传说，后羿弓的本体乃是开天辟地时，产生的一株灵根，现在它竟然扎根在我的内天地中了，难道说它将成为我这个小世界的定地神树？"神光闪烁的枝叶轻轻摇动起来，散发出阵阵绿光，这些光芒照射到地上后，无数草芽慢慢钻出土层，不一会儿工夫方圆几十丈的黄土地已经变成一片芳草地，草香与泥土的味道混合在一起，飘散在空中，证实着这片草坪是真实存在的。

"这……"辰南无比欣喜，短暂的片刻，光秃秃的小世界已经变得生机盎然。

"哗啦啦——"神树再次摇动了起来，不过这一次并不是向外洒射神光，而是开始疯狂吸纳天地精气，自外界不断涌进来的灵气，全部向它汇聚而去。翠碧的神树虽然不是很高大，但它仿佛一个无底洞一般，外界涌来的天地精气，都源源不断地被它吸收了。也不知道过了多久，神树与小世界似乎达到了某一平衡状态，外界涌进来的天地精气，不单为神树所吸纳，而是在这方小天地当中均匀地分布。

辰南不经意间，来到内天地与外界的通道处，向外一望，顿时吓了一大跳。原本青翠的山脉，现在竟然一片金黄，仿佛深秋来临了一般，连绵不绝的群山，再也没有半点绿色。"这真是罪过啊！"辰南当然知道是什么原因，内天地竟然将这里的草木精华，吸收了个干干净净，这令他心中有些惴惴不安，急忙赶往龙谷，还好行了十几里后，绿色的景物渐渐多了起来，几十里外的龙谷并没有遭难。

当辰南出现在龙谷后，纳兰若水慌乱地跑了过来，平日恬淡、平静的美女神医，脸色有些憔悴，看到辰南平安回来，她又惊又喜，急声道："辰南，这半个月以来你还好吧？"

"让你担心了，我没事。"

纳兰若水似乎发觉自己失态，急忙调整自己的情绪，快速平静下来。

"你说我离开这里半个月了？"辰南有些不解。"是啊，你已经消失半个多月了，说起来你已经快二十天没有吃喝了。"纳兰若水有些担忧地道。

辰南感觉在内天地中，明明只过去了少半天的工夫，听闻纳兰若水的话后他感觉惊异不已。难道说自己的心神与内天地合一时，没有感觉到时间的流逝？怪不得无数山峰上的草木都枯萎了，内天地竟然在那片区域整整吸纳了半个月！在纳兰若水的要求下，辰南把她带进了内天地中，纳兰若水无比惊异，每个人的体内竟然都有一片内天地，只是需要去开辟祭炼，仅有极个别修炼者才能做到而已，她感觉有些无法想象。

"辰南，可以把这片内天地栽上些药草吗？"辰南感觉纳兰若水意有所指，和当初龙舞要求他作画时说的那些话有着异曲同工之妙，女孩子有时候真的很聪慧，她们可以巧妙地通过一句话，表达出某些特定的含义。

"若水，现在还不能在这片内天地中栽种药草，我需要用它去战斗，这里面的一切，包括我，都有可能不保。不过你放心，只要我活着，我会将这片内天地祭炼到无限大，在这个世界中，我会为你开辟出一方净土的。"紫金神龙醉醺醺地自空间洞口飞了进来，老痞子眯缝着眼睛，含混不清地道："你们两个打什么哑谜呢？"

两人没有出声，都无比惊异地看着紫金神龙。"死泥鳅你到底是神龙，还是乌龟精啊？""你个混账王八蛋，小子你竟敢骂我？"紫金神龙醉眼蒙眬。"你看看你身上是什么，哪里找来的巨大龟壳啊？"辰南狐疑地望着紫金神龙。他感觉老痞子怪模怪样，除了头尾以及四条龙臂露在外面，中间那段龙躯皆处在一个巨大的龟壳中。看到纳兰若水也古怪地望着它，紫金神龙狐疑地低头看了看，随之，立时传出一声惨嚎："鬼啊……闹鬼了！"它使劲地扳、砸龟壳，想将自己的龙躯释放出来，结果强横的龙力难以损伤龟壳分毫，它又施展神通，将身体缩小，结果龟壳也跟着缩小，如影随形般跟着它。

"嗷呜，活见鬼啊！我的龙妈啊，你别吓唬我啊……"紫金神龙惊得大呼小叫，"混账小子你这个内天地有鬼，龙大爷不能在这里待下去了。"它慌慌张张飞了出去。

辰南若有所思，纳兰若水则很平静，她已经习惯这头龙发癫了。"嗷呜，混账小子，气死你龙大爷了，你竟敢戏弄本龙！"紫金神龙气呼呼地探进硕大的龙头，道："在外面什么事情也没有，一定是你在搞鬼！"痞子龙再次飞了进来，道，"龙大爷知道是你变的戏法，这下不怕了。"辰南和纳兰若水古怪地望着它，无声地指了指它的躯体。

"嗷呜，吓死龙了，龟壳怎么又上身了，这次我盯着那个混账小子的，没发现他有所动作啊，我的龙妈啊，你别吓唬我啊！"硕大的龟壳套在紫金神龙身上，令它看起来无比的滑稽。看到紫金神龙又要飞出去，辰南大笑道："泥鳅，你现在还不明白吗，我来告诉你吧。"

"果然是你，怎么回事？"紫金神龙恶声恶相地问道。"你肯定知道自远古流传至现在的瑰宝后羿弓吧，但你可知道后羿弓乃是天地间的一株灵根祭炼而成？"辰南问道。

"似乎听说过。"

"你看看那是什么。"辰南用手一指内天地中的神树。

"你该不会要告诉我，那是后羿弓的本体吧？它不是被封印在你的背上了吗？"紫金神龙有些狐疑。辰南叹道："我也说不清楚，可能这是我的内天地，不用遵循外界的法则吧，也许那些封印的力量在我的小世界中不起作用。"他笑着对紫金神龙道，"现在你明白龟壳是怎么回事了吧？"

"俺靠！传说中的玄武甲，竟然由龟壳炼制而成的，修炼界自远古流传至今的这些瑰宝，到底都是些什么乱七八糟的东西啊？"紫金神龙感觉很没面子，身上大名鼎鼎的玄武甲，竟然是一副龟壳，它气得嗷嗷乱叫。"不只龟壳这么简单，我感觉到了一个生命正附在你的身上。"辰南仔细打量着巨大的龟壳，道，"只有在这样一个特殊的地方，封印的玄武甲才会露出它的本体，不过现在还不是它的真身。"

"俺靠，小子你不要吓唬我。"紫金神龙一阵发毛，狠劲地击砸着硕大的龟壳，想要摆脱它。"让我来吧。"辰南一抬手，远处的神树突然拔地而起，整片天地都随着一阵动荡，神树快速化成了一把黝黑的神弓。辰南的指尖激射出一道能量光束，准备将它当作箭羽使用。"小子你疯了，快停下来，别把那把凶弓对着我。"紫金神龙一阵心惊胆战，它可深深知道后羿弓的可怕。"放心，我只准备射玄武甲而已。"辰南笑着说。

辰南还没有拉动弓弦，只是话音一落，紫金神龙身上的巨大龟壳，便立刻爆发出一片青绿色的光芒，"轰隆"一声，青绿色的龟壳飞离了痞子龙的身体，"砰"的一声撞在远处的混沌地带。紫金神龙目瞪口呆，而后惨嚎道："嗷呜，我一直在背着一个大乌龟，气死龙了！"纳兰若水也目瞪口呆，有些不可思议地望着混沌处。远处，一个如小山般高大的乌龟静静地趴在那里，大得有些吓人。

"我就知道会是这样。"辰南笑着揶揄道。"嗷呜，这就是玄武甲的本体？嗷呜，气死龙了，龙大爷背着一头大乌龟，沾沾自喜了数千年，我……"

辰南道："话不能这么说，乌龟怎么了？祭炼成的玄武甲天上地下防护力最强。你如果不要的话送给我，我这里已经有了定地神树，让它给我当作定海神龟吧。"如同小山般的玄武龟，似乎听懂了辰南的话，慢慢移动起来，向着混沌冲撞而去。"轰隆隆——"天摇地动，整个小世界在剧烈颤动，混沌地带不断碎裂，玄武龟竟然真的开辟出一片空间。

"俺靠，这老龟还真是听话啊！难道还真想弄出一片海来？"紫金神龙想了想，道，"等我实力彻底复原后，再把这老龟送给你吧，现在还不行，免得哪一天遇到西方那几头变态神龙，丢掉我的老命。"

"轰隆隆——"玄武龟费力地开垦了一番，便趴在地上一动不动了，加上新拓展出的这十几丈空间，辰南的内天地已经将近百丈。辰南将后羿弓向空中扔去，璀璨的神光不断闪烁，后羿弓再次化成神树，而后在隆隆声中扎根进土层里。神树轻轻摇动起来，青碧欲滴的枝叶透发出一道道绿光，玄武龟开垦出来的一小片空间，黄沙地快速变成了土壤，而后又化为了青青芳草地。

"当真是一棵定地神树啊！"紫金神龙惊异地道。纳兰若水同样感觉无比吃惊。辰南像是突然想起了什么，道："泥鳅，你去把那块破碎的古盾残片拿来。"紫金神龙惊异地问道："你是说那块神秘的残碎盾牌也是……嗷呜，太让龙兴奋了，我倒要看看它是什么东西。"痞子龙快速冲了出去，不消片刻它就返回了，只是刚冲进辰南的内天地，就直直坠落了下去。"嗷呜——我在抓着一座山吗？"坠落到地面后，紫金神龙发现爪中的古盾残片，竟然在快速变重变大。

"轰隆隆——"半壁石山出现在这片内天地当中，由于石山太过高大，一下子挤进了混沌当中，只留下一角在外面，残碎的大山上面纵横交错，是一道道巨大的裂痕，仿佛随时都会崩塌一般，不过残碎的半壁石山，却透发着一股冲天的神光。

纳兰若水失声惊呼，今日的所见所闻对她冲击不小，这些对她来说完全像是一个陌生的世界。辰南与痞子龙也同样无比吃惊，他们没有想到那片残破的古盾碎块，竟然真是一件能够和后羿弓、玄武甲相提并论的瑰宝，它的本体竟然是一座神山，现在显现在这里的不过是神山的一部分而已。直到出离辰南的内天地，纳兰若水的神情还有些恍惚，她感觉和辰南是两个世界的人。

痞子龙和辰南同样有些心神不宁，一些可怕的事实摆在眼前，自远古至今一直流传着几件神秘的瑰宝，不管有没有确切被人得到过的记载，但始终有传说表明它们确实存在。然而，残碎的古盾却从来没有在传说当中出现过，但现在看来它却是和后羿弓、玄武甲同级的瑰宝，只不过在那遥远的过去被人击碎了。在那更为遥远的年代，它应该是一件被人熟知的圣物！在那不为人知的年代，真不知道发生了什么可怕事情，这是主神都无法击破的残破古盾碎片，它在完整无缺时实在让人难以想象，要怎样才能够将之毁掉，那将是怎样的一种力量啊？！

辰南在龙谷休养已经将近一个月了，现在内天地被打开，他进入了一个崭新的修炼领域，玄武龟帮他将内天地拓展到了方圆百丈大小，而后羿神树则帮他将这片"大地"变得生机勃勃。利用两件圣物开辟内天地，所取得的成果是巨大的，如果被身处这一领域的其他修炼者得知，定然会无比震惊加极度艳羡。可以说，如果没有这两件圣物，辰南绝不能在这么短的时间内，将自己的小世界祭炼成这等规模。

纳兰若水知道辰南早晚会离开这里，但她没有想到这一天来得这样快，短短的一个月相处，她感觉心境变化了许多，在离别之际，她有着一种说不出的苦涩。不过美女神医极力维持着自己的平静之色，无言地冲着高空中的一人一龙挥了挥手臂。

"若水，将来如果我还活着，一定会来看你的，我会在内天地中为你开辟出一方净土。"一声巨大的龙啸响彻在群山间，紫金神龙载着辰南渐渐远去。纳兰若水默默地注视着远空，良久之后才轻声叹道："我是不是该学习一些长生之术呢……"

辰南有些烦闷，他知道纳兰若水的心意，但他不能忘怀万年前的雨馨，因此不能明确地给予她希冀的回应。尤其是随着小晨曦的出现，雨馨产生灵智的尸体的出现，他总觉得真正的雨馨应该还没有在这个世界彻底消失，他相信总有一天那令他魂牵梦绕的女子会再次出现在他面前。纳兰若水独守空谷，龙舞相忘于江湖……辰南想到这些，心中无比烦乱。"如果……雨馨是不会原谅我的……"辰南仰天大吼道，"雨馨你快回来吧！"

辰南现在心情有些烦躁，只想砍人，但离帝王之战还有一个月的时间，现在一时间却找不到对手。他想起了赶尸派的祖尸王，不知道他到底有没有冲出杜家玄界，是否还活在这个世上，他很想了解一下当日杜家玄界中大战的结果。"泥鳅，走，我们去丰都山。"紫金神龙激灵地打了个冷战，一下子猜到了辰南的想法，摇着硕大的龙头，道："不去，那个该天打雷轰的老鬼没那么容易死去，我可不想跟他照面！"

"一定要去，我要了解具体情况，看他是否还活着，如果活着的话，看看他受了多么严重的伤，从而推断杜家玄界内老怪物们的实力。"看到辰南如此坚持，紫金神龙用一只龙爪子摸了摸身上颜色和它鳞甲相同的玄武甲，长嚎道："老龟你可千万要罩住我啊！"

丰都山位于楚国西南部，距离晋国有数千里之遥，不过在紫金神龙的变态速度下，这么远的路程也算不了什么。当年仙幻大陆和魔幻大陆相连在一起时，东西方曾经爆发过无数次大战。征战千年有余，有千余万战死的军兵被埋葬在丰都山中，致使那里成为全大陆阴气最盛的一处鬼地。

面对下方那片黑雾缭绕、阴气森森的鬼山，紫金神龙感觉浑身都在冒凉气，实在不情愿闯下去。辰南道："端木跟我说过，赶尸派的玄界坐标在丰都群山当中的第七座高峰上，泥鳅快来找找看。"即便紫金神龙平日狂妄自大，现在也变得小心翼翼，龙躯缩小到三丈多长，载着辰南在丰都山内穿行，寻找第七高峰。

这片地区极其广大，紫金神龙虽然神速，但穿行了少半个时辰，才转了个遍。"应该就是那座高峰！"辰南指着前方那座缭绕着带状阴云的山峰道。"传说中的第七鬼峰，嗷呜，看着就恐怖森森，真是让龙心惊胆战啊！"紫金神龙载着辰南谨慎地潜行过去。

辰南安慰道："放心，如果真的遇到那个老鬼，我就打开内天地，你我躲进去后彻底封闭，让他寻不到半点踪迹。""喊！少自大了。你的修为有限，功力高你许多的修炼者能够敏锐地捕捉到你的内天地所在位置，且这些可怕的家伙皆有打碎虚空的能力。"

"无妨，你也看到过，那个老鬼反应迟钝，现在还没有完全觉醒，灵识没有那么敏锐。就是退一步说，他真的能够感到内天地的存在又如何？这里面有两件半的圣物啊，我就不相信他能够在圣物的防御下破入进来。"

在第七鬼峰之上，到处都是森森的骸骨，峰顶正中央是一座白骨搭建而成的宫殿，漆黑的入口处暗淡无光，里面传出阵阵鬼啸。辰南推测道："这一定是赶尸派内天地的坐标，那个黑洞洞的入口，估计就是祖尸王的老巢。"紫金神龙道："嗷呜，这个该天打雷轰的老鬼住的地方还真是让龙发毛啊！"

一人一龙进入了白骨殿，通过一段阴森森的通道后，混沌之光乍现，这里果然是玄界的入口。当辰南和紫金神龙小心翼翼地进入赶尸派的玄界后顿时一惊，这里面漆黑一片，伸手不见五指，腐臭的气味让人无法忍受。他们停在玄界出口处，没敢轻举妄动，屏住呼吸，收敛外放的全部气息，静静地捕捉祖尸王的踪迹。

突然，如墨般的黑色云雾如潮水般退走，玄界内渐渐明朗起来。不过辰南和紫金神龙却倒吸一口凉气，远处的一座白骨峰如一个大漏斗一般吸纳了刚才的无尽黑气。让这一人一龙震惊的还在后面，待到所有黑色云雾消失，白骨峰上露出一个高大的魔影。

一个披头散发的恶鬼静静地矗立在那里，让人无法忍受的腐臭味道正是自那里扩散而出的，空洞的眼神令人心悸。他身上覆盖着大片的骨鳞，森森白骨鳞片透发出阵阵阴寒的气息，没有覆盖着骨鳞的部位流着黄臭的尸水，恶心而又恐怖。

"呼——"祖尸王张开阔口，无尽的黑色云雾涌动而出，整片玄界再次被黑暗所覆盖。辰南和紫金神龙恶心得差点吐出来，黑色云雾竟然都是尸气，这里之所以忽明忽暗，竟然是因为祖尸王在吐纳调息的缘故。当尸气再次被祖尸王吸收后，一人一龙清晰地看到，祖尸王的胸腹间被洞穿了几个恐怖的大洞，森森白骨与无比恶臭的脏腑清晰可见，分外恐怖。很显然这是在杜家玄界落下的重伤，足以证明杜家高手的可怕，同时也可以看出老尸王之强横，竟然生生破开杜家玄界逃了回来，并封闭了上次的玄界通道。

当尸气再次笼罩在玄界内时，辰南和痦子龙悄悄退了出去。一离开白骨殿，这一人一龙狂吐口水。紫金神龙边吐边道："嗷呜，恶心死龙大爷了，居然被尸气浸泡这么长时间，俺靠！""不好，快走！"辰南神色骤变。

一阵令人心悸的波动自白骨殿内荡出。紫金神龙也感应到了祖尸王的气息，它载着辰南冲天而起，辰南则快速打开内天地，一人一龙凭空消失。与此同时，浑身散发着恶臭的祖尸王，快如闪电一般冲出，披头散发的高大魔影，显得分外狰狞恐怖。"吼吼——"祖尸王披头散发，仰天怒吼，附近的群山都被震得颤动起来。

"轰——"祖尸王伸出一只幽幽鬼爪对着相邻的一座山峰劈了过去，直打得乱石穿空，尘沙蔽天，在"轰隆隆"巨大响声中，那座峰顶生生坍塌了。随后，他冲天而起，空洞的双眼射出两道血红之光，不断扫视着四周。正如辰南所说那样，祖尸王功力盖世，无论是在凡俗界还是在各个玄界都难逢敌手，但他现在的反应还很迟钝，灵识还未完全觉醒，难以感应到辰南的内天地。

上一次在杜家玄界身负重伤逃出，祖尸王心中一直压着一股怒火，方才又感应到了窥探者，现在却无法将之找出来，他气得吼啸连连，开始疯狂地挥动掌力。无尽的尸气汹涌澎湃而出，整片丰都山在战栗，十几座峰顶在刹那间被轰了个粉碎，群山间烟尘滚滚，"隆隆"巨响不断。祖尸王恨不得将整片丰都山翻过来，他在群山内疯狂地冲腾着，接连打碎二十几座峰顶才收手，发出一声不甘的鬼啸，返回赶尸派的玄界。

　　辰南和紫金神龙躲在内天地中，直至过了两个多时辰才小心地打开小世界，当他们看到下方一座座失去峰顶的山峰后，倒吸一口凉气，这个老鬼的修为实在太恐怖了。紫金神龙载着辰南飞出去百余里才敢大声长嚎："该死的，终于逃出来了，我看在人间界还真没有几个人能够治得了这个死老鬼。嗷呜，简直臭死了，我们还是赶快找条河洗尽尸气吧。"

　　楚国西境紧邻天元大陆中部地带的十万大山，紫金神龙当年有一段时间经常在这里出没，当年也是在这里被古神抓走，封在地下的。十万大山中有一条大河滔滔而过，紫金神龙载着辰南快速飞到这里，痞子龙在高空盘旋之际，辰南突然发觉远方有异，提醒道："西边似乎有人飞了过来，居然是数个人在一起飞行，这简直不可思议！这等修为的人竟然一下子出现四个！泥鳅，快降落下去。"

　　紫金神龙也察觉到了，当年它在西方没少惹祸，生怕遇到当年的对头，一个神龙大摆尾快速冲了下去。只是，远方的四道人影也早已看到了他们，四人如四道电光一般冲过来。面对这等高手，辰南本想直接打开内天地暂避，但突然间他又改变了主意，静静等待几人飞临。

　　四个人皆是金发碧眼的西方人，两男两女，都不过二十几岁的样子，男的高大英挺，女的娇美艳丽。虽然是年轻人，但辰南却从他们的目光中感觉到一股沧桑，这似乎像是经历过悠久岁月的表现。他心中一沉，因为他想起了当日在楚国皇宫大战时，出现的三位附身天使，现在他仿佛又有了那种熟悉的感觉。紫金神龙的感应比他更强烈，它的龙躯微微弓起，已经做好了战斗或逃跑的准备。

　　"竟然是一头东方的神龙，即便是在天界也是百年难得一遇的神兽啊！"当中的一个男子感叹道。"嗯，听说东方的神龙浑身上下都是宝啊，可以练成极品神药。"一名女子轻轻地笑道。"那还等什么，我在这一人一龙的身上感觉到了一股邪恶的尸气，拿下他们也不为过。""对，捉住这头东方神龙，的确有大用处。"另两名男女纷纷开口道。

　　辰南眼看这四人将他们当成砧板之肉，顿时又惊又气，这四个古怪的年轻人，明明是想将紫金神龙抓去炼药，却给自己找了这么多冠冕堂皇的理由。他开口喝道："你们四个到底是什么人？"其中一个女子轻蔑地看了他一眼，道："卑微的人类，你竟然如此对一个神灵说话，太放肆了！"

"哈哈……"辰南大笑了起来，道，"果真是你们这帮不通人情世故的鸟人！你们有什么可值得我尊敬的，当初我还差点射杀过一个鸟人呢！"说到这里，辰南将隐藏的强大气息外放。那名女子有些吃惊，道："你如此年轻，竟然已经逼临六阶，更加不能饶过你了。"辰南道："西方的天使不能私自下界闯入东土，你们不怕受到东土的惩罚吗？"这些都是辰南当日在楚国皇宫听到大魔和端木说的。

不过这些话真的非常有效果，四个圣降的天使皆变了脸色，同时喝道："你懂得还不少，这样更不能放过你们了。"这时，一直未言声的紫金神龙长嚎起来，它早已憋了一肚子的气，四个圣降的天使居然想打它的主意，直让它肝火大动。"嗷呜，你们四个鸟人，不过六阶境界而已，介于中阶天使和下阶天使之间，竟然如此猖狂，不过是些毛神罢了。当初龙大爷在西方混时，你们四个估计还躲在你们的主神大妈怀里吃奶呢。"辰南狂笑。

四个圣降的天使大怒，在普通人的眼里他们乃是神灵，现在竟然被痞子龙如此羞辱，生性高傲的四人倍感屈辱。"你竟敢辱骂神灵，亵渎我们的主神大人，实在该死！"说着，四位圣降天使快速将一人一龙包围起来。

辰南快速打开了内天地，与紫金神龙瞬间便消失在空中。四位圣降天使又惊又怒，他们怎么也没有想到，即便是神人都不一定修炼出来的内天地会被一个五阶修炼者祭炼成功。四人愤怒过后快速静了下来，开始用心去感应隐藏在虚空中的小世界。

在内天地当中，辰南正在与痞子龙交谈，他非常想引诱进来一个天使到小世界，看看小世界的威力。"这里有定地神树，玄武神龟，还有那半壁神山，这么多的圣物镇在这里，一个中阶天使绝对无法击碎这个小世界。""嗯，如果放进来一个天使，他真的没有能力破碎内天地，那么就可以用后羿弓来射杀那鸟人。"紫金神龙有些兴奋，道："真希望爆出一颗天使之心啊！嗷呜，哇哈哈……"

当四位圣降天使用灵识不断在附近的空间搜索时，高空之上的虚空突然破碎了，辰南的小世界大门敞开，一人一龙不断冲着下方招手。四位圣降天使大怒，快如闪电一般向上冲去，其中那个长发女子离得最近，最先冲了上来，而且未受阻挡，直接冲进辰南的内天地。

辰南快速封闭出口，整个小世界再次消失在虚空当中。后来赶到的三位圣降天使愤怒到极点。他们有些为同伴担心，按理来说，实力差于他们的修炼者即便能够修炼出内天地，也难以逃脱他们的法眼，但面对辰南时他们感觉异常古怪，竟然无法有效地捕捉到对方踪迹。

"轰隆隆——"随着混沌通道闭合，进入辰南内天地的圣降天使莉丝雅感觉情况有些不妙，她在这个小世界中感觉到一种难言的压抑感。"哼，愚蠢的人类，你以为一个五阶修炼者的小天地，能够困住一个神灵吗？"莉丝雅虽然感觉情况不太对劲，但高傲的本性还是让她露出一副极其蔑视的姿态。

莉丝雅没有急着破碎小世界，而是想立刻杀死眼前的一人一龙，她右手一挥，一道璀璨夺目、长达十几丈的圣光出现在手臂前端，狠狠地向辰南劈来。出乎她的意料，辰南并没有躲闪，而是扬起左手，用一个残破不堪、满是裂痕的片状物迎向她发出的无坚不摧的圣光。"真是个愚蠢的人类！"莉丝雅露出一丝不屑的神色。只是，这个表情很快僵住了，璀璨的神光竟然被那个看起来随时都会破裂的片状物挡住了！"这怎么可能？"她满脸不相信的神色，立刻飞起，高声喝道："光明照耀大地，黑暗从此不再，日耀人间……"

莉丝雅发觉情况不对头，急忙开始念动咒语，一个威力强绝的禁咒魔法即将施出，明亮的光芒充斥在整片小天地中。不过，她看到了一些反常现象，紫金神龙身上硕大的龟壳，竟然将其附近的圣光全部拒之在外。而辰南立身在一棵神光璀璨的绿树之下，普照到那里的圣光竟然被那株无比神异的碧树全部吸收。这两件圣物在辰南的小天地当中，等同于没有被封印，显现出了原有的种种神能。

在莉丝雅完成禁咒魔法的瞬间，辰南将左手中的片状物掷向空中，"轰隆隆"一声巨响，一座越变越大、散发着万丈光芒的神山冲撞向禁咒魔法，不仅击溃魔法能量，还向莉丝雅撞击而去。圣降天使莉丝雅大惊失色，快速飞腾而起，闪向一边，庞大的神山在隆隆巨响声中，坠落在混沌地带，整片内天地剧烈震荡。

"好了，有神山镇着，现在可以将后羿弓解放了，泥鳅看我射小鸟！"辰南一挥手，定地神树冲天而起，爆发出阵阵霞光，幻化成一把黝黑的神弓出现在他手中。莉丝雅瞳孔一阵收缩，感觉大事不妙，眼前这一人一龙的修为明明不及她，却显得如此从容，而且竟然有着几件让她无论如何也看不透的奇异法宝，现在后羿弓对上她，莉丝雅更是一阵慌乱，不知道为何升起一股莫名的恐惧感。"呀——"她发出一声清亮的啸音，金黄色的长发不断舞动，婀娜挺拔的身躯跟着颤动了起来。

"嗷呜，快射，她想脱离被圣降的女子的束缚，露出天使本体。"紫金神龙嚎叫道。辰南早已做好准备，撕下一条衣袖，在真气的灌注下撑得笔直，他将之搭在弓弦上当作箭羽使用。弓弦被慢慢拉开，小世界内荡起一股可怕的波动，边缘地带的混沌区域，透发出一道道夺目的神光，如潮水一般向着辰南与后羿弓涌动而去。

"布条箭羽"被神光浸染，变得金光灿灿，散发出一股神圣无比的气息，一股强横无匹的劲气自辰南与后羿弓处透发而出，小世界为之颤动。"杀！"辰南轻轻松开弓弦，神箭划破虚空，如一道惊天长虹一般冲空而起，向着想要摆脱人体束缚的莉丝雅射去。

"不！"莉丝雅惊呼，她一边努力挣脱被圣降者躯体的束缚，一边快如闪电一般在小世界中移动。只见高空之上，一道金色的闪电不断追击化成光影的莉丝雅。"啊——"一声惨呼，神箭自莉丝雅胸前穿入，自后背射出，天使的血液与众不同，散发着炽烈的红色光芒，血雨飞溅，洒落而下，整片天空仿佛都被染红了，莉丝雅在空中翻滚着，连连惨呼。

辰南现在的修为等同于六阶，他利用后羿弓射出的神箭，比之以前那几次威力不知道强上了多少倍。可以说，如果后羿弓在外面的大世界中能够被辰南任意使用，那么他足以傲视修炼界，即便玄界中的老怪物们出手，他也不会落得下风。

"呀——"莉丝雅一声长啸，终于挣脱束缚，被圣降者的尸体从高空坠落而下，空中出现一个四翼天使，洁白羽翼闪烁着圣洁的光辉，美到极点的容颜堪称闭月羞花，倾城倾国，美，是天使最显著的特征。不过，她胸前那个血淋淋的大洞看起来分外刺目。败局已定，莉丝雅根本不能挽回什么，面对恐怖的后羿弓，只剩下半条命的她根本无力反攻。她集结全身的力量于右掌，一道十几丈的圣光激射而出，她以立劈华山之势猛地向小世界的混沌处劈去，想要破碎这片内天地冲出去。

不过，光芒一闪，破碎的神秘古盾所化成的半壁神山，在辰南神念的控制下突然动了起来，挡住了莉丝雅的圣光，让这强力一记徒然无功。在这一刻辰南的心很冷，根本没有收手之意，第二箭终于搭在了弓弦上。后羿弓与他宛如血肉相连一般，化为一个整体，爆发出万丈光芒。金色的箭羽散发着神圣之光，浩瀚的能量波动如惊涛骇浪一般向四面八方汹涌而去，不远处混沌地带不断崩塌，声势无比吓人。

此刻，辰南如同一轮耀眼的太阳一般，浑身上下金光缭绕，体外仿佛有熊熊烈焰在燃烧。"杀！"神箭如虹，一道冷森、金色的光芒，直冲而上，爆发出阵阵风雷之响，在莉丝雅看来等同于死神的微笑。

"啊——"一声死亡之音响起，金色的神箭在刹那间洞穿了莉丝雅的头颅，一声凄厉的惨叫震得整片小天地都动荡了起来。

"嗷呜，死定了！"紫金神龙长嚎。就在这时，后羿弓突然挣脱辰南的手掌，自主飞向高空，在这个过程中它快速幻化成了一株神树。青碧欲滴、枝繁叶茂的定地神树，闪烁出阵阵霞光，快速冲到莉丝雅的头顶上方，如虬龙般曲扭的根茎快速将她包裹在里面，一道道圣光顺着莉丝雅向着定地神树涌动而去。

"这……"辰南目瞪口呆。紫金神龙也嗷嗷乱叫道："俺靠，邪门啊！"圣洁光辉很快就从莉丝雅的身上流尽了，全部被定地神树的根茎吸收了。"砰！"莉丝雅被定地神树松开后直直坠落在地，和地面上那个被圣降的女子尸体，叠落在一起。定地神树自高空飞下，"轰"的一声扎根进土壤中，苍劲的枝干和青碧的叶子更加神光夺目，而且整体高大了许多，现在能有四五米高。

"嗷呜，天啊，那是什么？天使之心啊！哦，我的最爱，我来了！"

紫金神龙快速冲了过去。在定地神树的一条细枝上，闪烁着明亮的光辉，一颗晶莹剔透、璀璨明亮的心形物，竟然和枝条相连在一起，就像一颗成熟的果实结在上面一般。鸽卵大小的心形物晶莹剔透，里面有一个四翼天使，外貌和莉丝雅一般无二，美到极点，丝丝能量波动从里面透发而出。

紫金神龙刚要摘取，结果定地神树猛烈晃动起来，在"哗啦啦"声中，紫金神龙被一道夺目的绿光抽飞。"嗷呜，气死龙大爷了！"痞子龙快速冲腾而回，不过当它再次靠近定地神树时，遭到同样的教训。"俺靠！这树还真成精了啊，嗷呜，我的最爱啊，可恨！"紫金神龙气得嗷嗷乱叫，但也没有办法。辰南若有所思，定地神树还真是不一般啊！

当辰南和痞子龙再次露面时，其余的三个天使正在满天乱飞，他们有一种不祥的感觉，同伴可能遭遇不测了，不然不可能这么长时间不露面。"嗷呜，三只傻鸟，龙大爷在这儿呢。"紫金神龙在小世界的出口探出一个硕大的龙头。

"你这卑微的爬虫，到底将莉丝雅怎样了，快点将她放出来。"一名男性天使大叫道。"俺靠，龙大爷最恼恨人叫我爬虫，三个傻鸟你们给我听清楚了，当年不论是东方自以为是的毛神毛仙，还是西方不通人情世故的鸟人，都对我礼敬三分。特别是在西方，从来没人敢对俺这个西方不败不敬，我发誓一定要将你们爆掉。"

这时，小世界内光芒闪烁，圣降者的尸体与四翼天使莉丝雅被同时抛向空中的三个天使，三个天使大惊失色。那个女性天使快速冲了过去，将坠落而下的莉丝雅的尸体抱在怀中，任那名被圣降者的尸体向地面坠去。

内天地中的辰南冷笑道："这就是所谓的高高在上、仁慈的神灵吗？那个被圣降者生前肯定是你们的狂热信徒，到头来她的尸体却被你们弃如敝履，任其摔成残碎尸泥，你们这帮自认为高人一等的鸟人，果真是高尚啊！"

"卑微的人类，我要杀了你！"那名女性天使刚要向辰南冲去，却被两个男性天使拦住了。"雷丽冷静，不能上他的当，他想把你激怒，诱骗进他的内天地，想像杀死莉丝雅那样除掉你。"

"哈哈，你们这三个鸟人，还真是胆小如鼠，面对我这个五阶修炼者竟然吓成这副样子，哈哈……"

"嗷呜，三个傻鸟，龙大爷就在这里，你们来杀我啊。"

看到一人一龙如此嚣张地挑衅，三个中阶天使都快气疯了，在他们看来，人间界的凡人都应该敬奉他们，现在却被如此羞辱，这简直不可想象，令他们直欲抓狂。三名天使互相使了个眼色，而后手拉手突然向小世界冲去。辰南急忙虚晃几下，在空中留下几道空间之门的残影甩开他们，而后将内天地关闭了。他有信心在小世界中单挑四翼天使，但如果三人同时闯进来，他怕被爆掉内天地。半个时辰之后，辰南打开内天地与外界的通道，三个天使立刻手拉手，从远空冲来。不得已辰南再次关闭通道口。

"嗷呜，这样也不是办法，三人肯定同进同退，而且像狗皮膏药一样黏上我们了。"

"唔，确实有些麻烦，大仇已结，他们不可能会放过我们，只有彻底将他们诛灭才能够保证我们以后的安全。"

"不好办啊，毕竟这三个家伙的小名叫神灵，三个鸟人联合在一起，我们是没有办法的。"

"嗯，也不是没有办法，我们自己打不过，可以找免费打手啊。上次帮我大闹杜家玄界的老鬼可是现成的外援啊。反正那三个天使也说我们身上有邪恶的气息，他们不是想消灭邪恶的修炼者吗？那我就送给他们一个大礼！"

"嗷呜，好主意！哇哈哈……"紫金神龙载着辰南突然在远空出现，三个天使发现之后立刻快如闪电一般冲去。出乎他们的意料，这一次一人一龙并没有躲进内天地，痞子龙像一道紫电一般，朝着东南方向飞去。三个天使大喜，在后紧追不舍。他们当然不知道那个方向乃是丰都山。痞子龙现在修为几近六阶，飞行速度快如闪电，现在这个世间还真鲜有人能够同它比快。

愁云惨淡的丰都山阴森无比，充斥着一股冲天的阴气，三个天使追到这里之后立刻感到一阵不安，他们对这种邪恶的气息最为敏感厌恶。"这个卑微的人类果然是邪恶修炼者，真是该死！"女性天使气道。"嗷呜，你们三个鸟人是跟屁虫吗，为什么总是在我屁股后面吃土？"痞子龙有意激怒三个高傲的天使。果真，三人又惊又气，速度再次提升了一截，朝前追去。

很快便来到第七鬼峰，紫金神龙虽然有些发毛，但还是硬着头皮载着辰南，冲进白骨殿，闯进赶尸派玄界，三个天使虽然感觉有些不太对劲，但还是跟着冲了进去。"嗷呜，死老鬼，龙大爷又来了……"进来之后，紫金神龙就是一声长嚎。祖尸王虽然头脑还有些僵化，但也早已经有人类的情绪，此刻他正在行宫中生闷气。现在突然听闻骨殿外面吵吵嚷嚷，似乎不久前的那个挑衅者又来了，这令老鬼王肺都快气炸了，一声愤怒的咆哮之后，他快速自白骨堆中冲出。

赶尸派玄界内荡起无尽的尸气，恶臭扑鼻，辰南和紫金神龙在第一时间躲进内天地。祖尸王正好看到三个天使飞进来，他发出一阵刺耳的啸音，快如闪电一般冲去。三个天使虽然感觉到一股邪恶而又强大的气息，但到现在都还没有真正了解到敌人强大到何种地步，因此根本没有逃跑的打算，三人并排在一起，或施展威力强绝的魔法，或劈出一道道的圣光剑，向着尸王攻去。

祖尸王猛力劈出一掌，滔天的尸气瞬间便击溃天使们的圣洁力量，而后阴森森地大笑着："嘎嘎……"他断断续续地道，"没有、一个、能够、活着离开！"他快速冲到出口处，阻挡住天使们的回路。直到此时，三位天使才感觉到事态的严重，在这一刻他们都有些心惊胆战，眼前那披头散发、满身骨鳞、流淌尸水、散发着恶臭的鬼王，实在有些恐怖，其实力竟然令他们无法揣度。

他们快速脱离被圣降者身体的束缚，露出了本体，三个圣洁的天使出现在这处阴森之地，显得格外的诡异。"嗷吼——"祖尸王一声大吼，挥动鬼爪，猛地向离他最近的那个天使扑去。这简直是一场血淋淋的单方面屠杀，有望破入尸神领域的祖尸王在人间界是近乎无敌的存在。交手还未到三分钟，老鬼王便狠狠地揪住了一名男性天使的羽翼，而后猛地用力一扭，"咔嚓"一声刺耳的脆响，鲜血迸溅，那名男性天使的两对羽翼被生生撕扯下。

"啊——"男性天使痛得险些昏死过去，疯狂地大叫了起来，他背后是两道触目惊心的血槽，肋骨都受牵连断了几根，突出在血肉之外。"嗷吼——"祖尸王一声大吼，森森鬼爪"噗"的一声，捅进他的胸膛，而后在里面猛力搅动几下，将男性天使折磨得发狂喊叫："啊啊——"

边上的两个天使则竭尽全力对老尸王攻击，想将同伴解救下来，但赶尸派的尸王最强横的本领便是抗击打，他们的身体近乎金刚不坏之境，极少有人能够击伤他们。两个天使虽然攻击猛烈，但终究难以有效地杀伤无敌尸王，眼睁睁地看着同伴眼神渐渐涣散。祖尸王自男性天使的胸膛中抽回鬼爪，而后猛地一甩，将他抛出足有百余丈距离，开始向另两个天使逼去。

远处的虚空破碎了，辰南的小世界之门大开，快速将即将断气的天使收了进去。垂死的天使刚被吸纳进来，定地神树便突然拔地而起，盘曲的根茎快速将天使包裹。一道道圣洁的光辉，自天使的体内流出，涌进了定地神树的根茎内。如此持续了片刻，直到天使身上的圣洁气息完全消失，定地神树才松开他，而后"轰"的一声飞落了下去，扎根进土壤之中。

紫金神龙兴奋地嗷嗷乱叫，因为他发现定地神树的枝条上又多了一颗晶莹剔透的天使之心，不过它虽然无比兴奋，却也不敢贸然上前。当辰南再次打开内天地时，外面的战斗已经快终结了，祖尸王一脚踢碎男性天使的胸骨，而后两手抓住他的双脚用力将他劈开了，两腿间的恐怖裂口一直延伸到胸腹间，鲜血迸溅，体内的肝脏等器官流了一地。

当祖尸王将那个天使抛开时，辰南快速张开了空间之门，将他收进内天地，这一次他没有继续停留，坐在紫金神龙的背上，快速冲出赶尸派的玄界。祖尸王发出惊天动地的咆哮声，舍弃白骨地上那个奄奄一息的女性天使追去。不过，当他追出来时，辰南早已躲进内天地，祖尸王现在灵识还没有完全觉醒，根本无法感应到，只气得咆哮连连。

白骨地上那奄奄一息的女性天使挣扎着站起，快速向玄界外冲去，不过她运气实在够背，正迎上满腔怒火的回殿的尸王。祖尸王一把抓住她，而后张开血盆大口猛力撕咬。"啊啊——"女性天使挣扎着，哀号着。这是一副血淋淋的场面，圣洁的天使被祖尸王生生吞食全身血肉，只留下一副金色的骷髅骨在原地。

"嗷吼——"老鬼王扫视着群山，最后仰天发出一声不甘的长啸，转身进入赶尸派的玄界。辰南和紫金神龙在内天地中足足忍了三个时辰才敢打开小世界的大门，抛出那名天使的尸体，两个家伙光速逃离这里。这个祖尸王实在太可怕了，简直就像是地狱的恶魔之王啊！

辰南与紫金神龙远离丰都山之后，在楚国西南部的一片绵延山脉中隐居。辰南急需祭炼小世界，定地神树吸收了三个天使的圣洁力量，整株已经由一人高蹿拔到三丈多高，青碧欲滴的枝叶闪烁着阵阵神光，苍劲的枝干更显古意，挂在枝条上的三颗天使之心晶莹剔透，散发着阵阵宝光。

小天地悬浮在绵延的群山上空，不断吸纳着附近的天地精气、草木精华，这一次定地神树成功吸收三个天使的力量，小世界内的空间直接扩展到了方圆三百多丈。小世界内的"大地"上一片绿意，各种野花夹杂在芳草中，里面充满了沁人心脾的馨香味道。

辰南盘腿坐在定地神树之下，进入物我两忘的境地，以往都是他不断给予内天地精气，现在却是内天地通过定地神树给予他灵气。他与内天地本就是一个整体，两者是互补的，以前是他强大，所以内天地需要他补给，现在内天地发生了巨大的变化，终于能反过来给予他了。定地神树宝光闪烁，翠绿的枝叶哗哗作响，一道道柔和的绿芒慢慢涌进辰南的体内。

这一次，内天地并没有疯狂吸纳群山中的草木精华，而是温和地采集着天地精气，没有造成附近植被全部枯萎的景象。总的来说，辰南的小天地已经到了一定的规模，里面的灵气已经充足，如果不强行扩展空间，已经不需要庞大的灵气供给。

辰南这一坐就是一个月，痞子龙每隔三两天回来一次，直到第三十三日，辰南才醒转过来。当他站起的一刹那，痞子龙不由自主向后倒飞出去几十米，现在的辰南虽然看起来很沉静，没有外放出强大的气息，但紫金神龙却有一股错觉，在这一刻，辰南仿佛就是天地万物的主宰者！现在沉静的他比之以往发狂的他还要可怕，令紫金神龙不由自主打了个冷战。直到辰南露出微笑，紫金神龙方才那种不适的感觉才消失，它嗷嗷乱叫道："混账小子你迈入了六阶领域？"

"是啊，真没有想到啊！"辰南有些感慨，他原以为最起码要经历一场生死大战，才有可能会做出突破。然而没有想到，这次丰都山之行，他的收获竟然如此之大。现在，他终于明白，内天地对于一个修炼者意味着什么了，那是进军无上天道的动力之源啊！

"泥鳅，我静坐了多长时间？"

"三十三天了。"

"啊，这样说来东土帝王之战已经开始三天了？现在不会都已经结束了吧？"

"嗷呜，不急，似乎还没有结束。这些日子以来，我在各家酒楼的厨房听到一些消息。这一次不仅无数修炼者蜂拥而去，还有许多东西大陆的王公贵族都赶到那里去观战了。这场帝王之战，规模之大，空前绝后，不可能这么快就结束的。再说了，本龙也想去参战啊，怎么着也要得个龙皇或者龙帝的称号吧，嗷呜……"紫金神龙载着辰南，化作一道紫电，划破东土长空，向着晋国飞去。

当一人一龙赶到晋国都城之外时，发觉那片决斗的战场人山人海，一眼望不到尽头。紫金神龙快速缩小成毛毛虫大小，趴在辰南的头顶。面对人山人海，辰南真是无比惊讶，正如紫金神龙所说，这一次东土年轻一代的帝王之战，规模当真空前绝后。辰南没有挤进人群之中，一个人独自站在后方。就在这时，一声惊呼在不远处响起，一个光头和尚快速跑来。

"辰南你可来了……"

"玄奘……"

玄奘和尚永远是那样的特别，虽然他对敌时手段很血腥，但平日间却如一个得道高僧一般，透发着一股超尘脱俗之态。"玄奘，现在战斗如何了？李若兰、梦可儿、东方长明、杜昊这四人谁胜谁负了？"辰南问道。玄奘道："杜昊得了天下第一帝，号称血帝。"

"什么！这个王八蛋竟然变得这么厉害了，东方长明、李若兰他们竟然败了？"辰南有些震惊。玄奘答道："他们没败，因为三天来，他们一直没有出手，听说如果你不来参战，李若兰与东方长明是不会下场的。"

辰南道："原来是这个样子啊，他们还真是看得起我！我就说嘛，杜昊应该无法战胜那个好战狂女还有修为深不可测的东方长明才对。"玄奘和尚叹道："你恐怕还不了解情况，如今的杜昊已经不是两个月前的杜昊，现在的他变得可怕无比，即使他们大战，究竟谁胜谁负还很难说。这个家伙自废原功法，重新修炼一门名为血魔真经的魔功，现在的修为有一股深不可测的感觉。看着他似乎还停留在五阶巅峰境界，但他却施展出身外化身神通，他竟然修炼出一道血魔真身，当真有一股无敌的意味。和尚我这次闭关修炼出了一些大佛神通，原本也想参战的，但看到他后我自知不敌。"

"杜家之人果然有两下子啊，不愧被誉为杜家的天才青年高手！"辰南感叹道，"现在还是他在场内守擂吗？我倒要看看他能不能杀死我！"玄奘道："哦，忘记和你说了，杜昊他败了。说来杜昊还真是一个悲情人物，这样一个天才高手，每次修为提升后，都会遇到一个更强大的敌手，接连惨败，想来他备受打击。"

"俺靠，和尚你不要说话大喘气好不好？"趴在辰南头顶的紫金神龙不满地抱怨道，"你不是说李若兰那小妞没下场，杜昊已经获得了天下第一血帝之号吗？"

"前两天杜昊斩杀了无数上前挑战的高手，李若兰等人又不肯下场与他对战，主持这次大会的一些前辈名宿，便宣布杜昊为第一帝王了。可是刚刚宣布完，他便被某头龙给打败了。现在那头龙获得天下第一龙帝之号，现在这么多的人都在观看它的风采呢。"

"啊……"紫金神龙吃惊地跳起，在辰南头顶上方来回飞舞，叫道，"你说是一头龙？俺靠，我不记得我有什么亲戚啊，俺靠，乱了……"辰南的心"腾腾"剧烈跳动两下，而后有些不确信地道："你该不会要告诉我，那头龙是我的那个龙宝宝吧？"玄奘笑了起来，道："就是那个小家伙，这个小东西太厉害了，来了之后不由分说，上去挥着小拳头就把杜昊的那个身外化身给捶散了，而后更是将杜昊捶得大口吐血，直接轰飞。如果不是旁人相劝相阻，它可能会用那对金黄色的小拳头把杜昊给拆了。"

昏倒！辰南彻底无语，这个小东西还真是能搞，竟然跑出昆仑来到这里争夺了个天下第一，号称龙帝。"嗷呜，丢龙啊，这是我们龙族的耻辱啊，这个小豆丁难道没学过龙族的武技吗，怎么说也不能够挥动拳头啊！"紫金神龙以一副长辈数落晚辈的语气道："这个小豆丁实在太不像话了……"辰南有些迟疑地道："那个小家伙不会成了擂主之后一直在守擂吧？"

玄奘和尚一下子笑了起来，道："这头小神龙太有意思了，它现在正在里面大吃大喝呢。场外这些人不是在观战，而是在观看神龙进食。"昏倒！辰南感觉这个小东西还真是有个性，他快速分开人群向场内寻去。

当辰南、玄奘和尚一起挤进人群向场内走去时，场外观战的人立刻响起震耳欲聋的欢呼声，人们以为终于有人敢向那个可爱的小神龙挑战了。不过，场中央那个埋头大吃的小家伙却没什么反应，一尺长的龙躯肥嘟嘟，浑身上下闪烁着金色的光辉，在它的面前摆放了三头蒸牛，五只烤全羊，还有一大堆它的最爱——烤鸡翅膀。小家伙吃得满嘴流油，不时还要拎起旁边的酒坛，美美喝上几口。

"龙宝宝！"走到近前后，辰南叫道。小龙"唰"地抬起了头，一双明亮的大眼露出欣喜的神色，奶声奶气地叫道："哦，光明大神棍在上，辰南，终于见到你了。哦，还有泥鳅，我也非常想念你，一直想找你做热身运动。"紫金神龙道："小豆丁，你可真给我们龙族丢脸，和人交战居然只会挥动小拳头，我们龙族没有那样的流氓武技！"小龙扯过餐盘旁边的毛巾，擦干净了嘴巴和一对金黄色的小爪子，才晃晃悠悠飞到辰南的肩头上。

辰南有些怀疑地问道："龙宝宝你怎么从昆仑跑出来了，我不是说过等你彻底复原再出来找我吗？"小龙一双明亮的大眼眨啊眨，无辜地望着辰南，道："我的身体恢复得差不多了，你不知道吗？我将小杜子揍得大口吐血。还有，我不是想你们了吗，所以就跑出来了。"

辰南有些狐疑，待看到小东西使劲眨动着一双天真无邪的大眼后，一下子恍然，这个小东西一定惹祸了，只有这种情况它才会是这副乖宝宝的样子。"说吧，你到底在昆仑闯下什么大祸了？"

小龙无辜地摇着头，道："我没有啊，我真是有些想念你和泥鳅了。"辰南笑了起来，道："快说吧，我又不会怪你。"紫金神龙也颇为期待地看着小龙，真想知道它在那里又取得了怎样的"辉煌战绩"。

"我烤了他们的一个鸟蛋，结果昆仑大乱，我就跑了出来。"小龙一副乖宝宝做错事的样子，明亮的大眼使劲地眨动着。"我晕！"辰南感觉有些不妙，迟疑地问道，"什么鸟蛋啊，竟然会使昆仑妖族玄界大乱？"

"开始我不知道，后来听他们说是凤凰蛋。"小龙小声嘀咕道。昏倒！神鸟凤凰蛋，居然让这个馋嘴的小家伙给烤了！这太让人无语了，在东方，神鸟凤凰和神龙一样只在传说中出现，和神龙并称为东方的两大圣灵。

"哦，这个世界太疯狂了。"紫金神龙嚎叫道，"那可是和我们龙族一样，处在各种族最顶端的圣灵啊！凤凰在这个世界消失千百年了，我知道昆仑有一只神鸟蛋，听说如果孵化出来会立刻被封为昆仑妖族之主的，你，居然给烤着吃了，天啊！"小龙委屈地眨动着大眼，对辰南道："我以为是一只普通的鸟蛋呢，开始时不知道它是凤凰蛋呀。"辰南真是无语，这个小家伙太让人头痛了，比起紫金神龙来，这个小东西才是真正的惹祸精啊！一时馋嘴居然让整个昆仑妖族玄界大乱。

"你吃下去了？"紫金神龙问道，"到底什么滋味啊？"辰南一拳将这个不良老痞子捶一边去了。小龙舔着嘴，略微有些遗憾地道："真可惜啊，刚刚烤完就来人了。""咚！"辰南狠狠地在它的头上敲了一记，道："你这个小东西，真是死不悔改啊，现在居然还在可惜……"接着他又长叹道，"真不知道以后该如何面对昆仑妖族，未来的妖主居然让你给烤了，真是让人无语啊！"

"啊，你还没吃啊，可惜啊。"紫金神龙看到辰南又想捶它，急忙道，"事情没有想象的那么严重，神鸟凤凰也可以称为火神鸟，它们能够浴火重生，我估计小豆丁根本不可能将那只蛋烤熟。""是这样吗？"小龙的一双大眼又格外明亮起来，结果又被敲了一下，辰南道："你这个小东西，该不会还在打坏主意吧？"没有……"小龙委屈地小声嘀咕道，不过喉咙间却发出吞咽口水的声音。辰南彻底无语。

就在这时，场外骚乱起来，无数修炼者已经认出了辰南。许多人都知道小龙和他的关系，也知道李若兰、东方长明迟迟不肯下场的原因。现在看到辰南赶到了现场，认识他的人立刻大呼起来，他们意识到可爱的小龙将要退场了，接下来定然是辰南和李若兰等人的生死大战。场外无数人在狂呼，场面实在浩大，震耳欲聋的喊声铺天盖地，响彻云霄。

玄奘和尚道："辰兄你要做好准备，李若兰或东方长明说不定马上就会找你决战。"辰南道："龙宝宝已经取得了天下第一龙帝的称号，我有些不想下场了，想赶往昆仑妖族玄界去看看。"他真是有些不放心那只神鸟蛋，听小龙说妖族玄界一片大乱，他如果不去打个照面似乎说不过去。

然而就在这时，远空中一道人影快速向这里飞来，梦可儿脚踏玉莲台，浑身上下七彩霞光缭绕，白衣飘飘，宛如九天降下红尘的仙子一般快速飞到场中央。"辰南我要和你决战！"梦可儿面容非常平静地道。

"梦师妹这样不好吧，我们应该和辰南联手对付李若兰他们才对。"玄奘和尚急忙劝解道。"玄奘师兄，今天不关门派之争，我只想争夺那天下第一。请你快快离开这里，你是知道的，我决定的事情是绝不会更改的。"梦可儿的声音透发着强势决心。"玄奘你离开这里吧，我和她需要有一番了结。"辰南也开口这样说道。玄奘和尚无奈地看了看两人，最后只得无声退走。

看着空中清丽出尘、飘逸若仙的梦可儿，辰南心中涌起一股复杂的情绪，到头来两人终究要刀兵相向，难道说两人之间必须要一人倒在对方的脚下吗？这真的有些残酷！他看着梦可儿此时的姿态，不禁陷入了两人成婚时的回忆当中。

"哦，好久不见，梦可儿你好啊？"小龙的声音将辰南拉回现实，小龙并未因中毒事件而在脸上表现出不满的神色，反而与她打招呼。梦可儿脸色很平静，声音动听平缓，道："很好。"辰南还没有说什么，小龙趴在他的肩头，小声对他嘀咕道："你真要和她生死大战吗？神说，男人和女人结婚后会产生爱情结晶的，万一她有了小辰辰怎么办？"辰南差点晕过去，真想狠狠地敲这个小东西一顿，这个小家伙还真会添乱，在这种当口来这么一句，实在是……

"啊，结婚？结晶？"紫金神龙嗷嗷乱叫道，"这个世界太疯狂了！"老痞子终于猜到了辰南一直避而不谈的西方之旅所发生的一些事情。辰南真是恨不得痛揍两头龙一顿，现在痞子龙又复述一遍，等于是在火上浇油啊！

果然，梦可儿的绝美容颜在刹那间变得通红，一双充满灵气的眸子都快喷出火来了，她再难保持从容之色，脚踏玉莲台，双手持剑，快如闪电一般冲了下来。场外观战众人齐齐惊呼，绝美的梦可儿简直如天外飞仙一般，即便杀机毕露依然显得如此出尘。人剑合一，势若长虹，绚烂的剑芒，成了天地间的唯一，只余那一道神光照耀大地。至此，再也没有人怀疑梦可儿的修为，这位澹台古圣地的圣女，展现出了超凡脱俗的力量，这惊世一剑似乎不属于尘世。

面对这惊世一剑，辰南静静地站在原地。场外众人无不变色，他们觉得辰南似乎太过托大，这巅峰一剑岂能硬接？面对强敌最为凌厉的一击，应该暂避其锋芒才是明智的选择。梦可儿终于冲到辰南近前，璀璨夺目的神剑直指辰南胸口，势若神罚一般冲刺而去，剑芒距离他的胸膛已经不足半米。

在场外无数观战者的惊呼声中辰南终于动了，他的双脚依然站在原地，仅仅抬起右臂，右掌前方绽放出一片晶莹的光芒，冲击而来的凌厉剑气在第一时间溃散了，而那无匹的神剑则在他掌前三寸处被定住，再难前进分毫。

梦可儿一双美目满是不相信的神色，她几乎不敢相信自己的眼睛，这怎么可能呢？她全力催动神剑，向着三寸前的手掌刺击，只是一股无形的力量生生禁锢了她手中的长剑，她再难推进分毫。

"铿锵！"辰南在剑锋上轻轻弹了一指，一声金属颤音响彻全场，梦可儿身形一震，内心无比震惊，她知道自己似乎和辰南已经不属于同一境界，一股绵柔的力量向她涌动而去，梦可儿被推拒得生生倒飞到半空。"哗……"场外的观战者沸腾了。辰南表现出的实力实在太惊人了，竟然未移动半步，一掌化了势若长虹般的剑气，一指将梦可儿震飞到了半空中，这未免太过恐怖了！其实，辰南并不像众人观看到的那般轻松，他为了震慑对方，已经动用突破后的真正力量，不过外人难以察觉到罢了。

他虽然步入了六阶领域，但梦可儿毕竟已处于五阶巅峰境界，甚至一脚已经迈入六阶领域，如果想灭掉这样的一个敌手，不费上一点心力也是不好做到的。当然，他并没有起杀心，因为心里很矛盾，毕竟他和梦可儿在西大陆有一段难以忘怀的插曲。

"哦，光明大神棍在上！我敢说这是六阶的力量……"龙宝宝依然舒服地待在辰南的肩头，小声嘀咕道。痞子龙则早已飞到了半空中，一双龙眼转个不停，在辰南与梦可儿的身上扫来扫去。"不可能！"梦可儿美目中射出两道神光，她收起神剑，而脚下玉莲台上的九片莲瓣如春花般绽放，飞舞起来，闪烁着炫目的光芒。最后九片莲瓣齐出，向着辰南旋斩而去，在空中划出九道优美的弧线。过去辰南面对这绝杀九斩吃过不小的亏，但现在他的修为不可同日而语，再不似先前那般狼狈。

他狠狠拍了一掌，原本平静的空间剧烈动荡起来，雄浑无匹的掌力真个如滚滚长江、似滔滔大河般逆空而上，撕扯得整片空间直欲碎裂开来。九片莲瓣原本是按剑阵的方式冲击而来的，但在一瞬间就被辰南击出的掌力生生震散，紧接着，无匹的劲气如一片汪洋大海般将它们吞没。

梦可儿心神一阵动荡，莲瓣与她心神相连，但此刻她却和它们失去了联系，这让她大惊失色，在这一刻她终于明白眼前的辰南今非昔比，已经和她不属于同一境界了。场外众人更是感觉惊异无比，因为他们看到梦可儿的九片莲瓣竟然在围绕着辰南上下飞舞，那九片神物仿佛是他的护法圣器一般。

"我不相信！"梦可儿的脸色一片潮红，她已经拼尽全力却依然无法收回法器。这是不可想象的，玉莲瓣和她的联系无比密切，但现在却被人生生切断了。"还要打吗？"辰南望着空中的梦可儿，他现在绝对有击杀对方的实力，如果不是在西方发生过那段插曲，现在他绝对不会手下留情。梦可儿用她手中的神剑回答辰南，身剑合一向下冲来。

"哦，光明大神棍在上。冲动是魔鬼啊！"小龙似模似样地在辰南的肩头摇头叹息，不过那稚嫩的童音只会让人感觉好笑。"哼！"辰南一声冷哼，双手交叉在胸前，周身上下爆发出一团炽烈的黑色罡焰，真如地狱魔火在熊熊燃烧一般。同时，一股排山倒海般的力量向着高空涌去，生生将自高空冲击而来的梦可儿震得翻飞了出去。

"噗……"一口鲜血自梦可儿的口中喷出，鲜红的血水染红了她洁白的衣襟，显得格外刺目。不过梦可儿并没有就此放弃，因为怒火已经烧尽了她的理智，她再次冲击而下。辰南知道，往昔心机深沉的梦可儿，今日之所以如此的不计后果，如此的不理智，皆因那荒唐的"夫妻因由"。念及这里，攻击出去的刚猛劲气化成柔和的力量，将再次冲击而下的梦可儿包裹在里面。

梦可儿一阵惊恐，这是她出道以来最为惶恐的一次了，她发觉自己竟然动不了了，竟然生生被人禁锢在空中，距离下方的辰南不过五米远。"这怎么可能？！"直至此时，梦可儿完全惊醒，她暗暗责怪自己太过莽撞，居然被情绪左右了理智的判断，居然如此不理智地攻击这个已经不能揣测的昔日大敌。

"梦可儿，我不想杀你，你我之间的恩怨，现在很难说清。不过，我放了你以后，希望你暂时不要和我纠缠……"梦可儿真是又羞又怒，每次想到两人之间发生的事情，她都有一股抓狂的感觉。现在，居然又被那个可恶的人如此轻松地擒住，世上没有比这更令她羞恼的事情了。

但她毕竟不是寻常的女子，即便如此她还是快速冷静下来，现在人为刀俎，她为鱼肉，如果真的激怒辰南，她毫不怀疑，对方会杀死她。她是一个聪慧的女子，尽管要抓狂了，但依然做出了理智的决定，她沉默地闭上眼睛。如梦可儿猜想那般，辰南没有摆出胜利者的姿态，一看她闭上一双美眸，便撤去了那股磅礴的力量，令她在第一时间恢复自由身，同时九片玉莲瓣飞舞而上，冲到她的身边。梦可儿羞恼地看了辰南一眼，最后冲天而起，停留在远空，遥遥望着这里。

"哗……"场外沸腾了，众人虽然无法真切感受到辰南那恐怖的实力，但所有人已经看出他轻松击败了澹台古圣地的圣女。这实在太惊人了！梦可儿、东方长明、杜昊、李若兰、辰南，这五人并称东方最顶尖的青年五帝高手，一直以来所有人都认为他们的实力不相上下，但眼下……十数万人的声音喧杂无比，所有人都在议论纷纷，人们不得不重新思索五人的排名。

辰南的双目则在绽放着冷森的光芒，在人群中不断扫视，搜索着东方长明、李若兰，以及被龙宝宝击败的杜昊，既然已经站在这里，那么就应该大战一番，一战消灭几个劲敌！

在观战者当中，一名貌若天仙般的女孩怀中抱着一只浑身洁白如雪的小猫咪，一双灵动的大眼眨了又眨，自言自语道："咦，好奇怪哦，可儿姐姐不是修为大进了吗，怎么会败给那个臭败类呢？唔，那个胖嘟嘟的小龙还挺可爱啊，好想抢过来呀。"这个宛若精灵般的绝色美少女，正是楚国小恶魔公主楚钰，前段时间她被皇宫内的老妖怪强行留在宫内，每天强行给她灌输各种武理，更将自古书库中整理出来的完整版旷世神功化天融地大法教给了她。

小公主平日精灵古怪，虽然具有极高的天赋，却从来不肯认真修武，这番强迫式的修炼，倒也让她的修为长了一大截。这一次大战的消息当然会传到楚国皇宫，原本就爱热闹，唯恐天下不乱的小恶魔公主怎么能错过这样的机会呢？开战前夕她连夜偷跑出楚国皇宫来到了这里。

"小玉，我们过去看看，好久没见到那个可恶的坏蛋了，过去奚落奚落他。""呼"的一声，原本如小瓷猫般的小玉快速变大，伸展开一对洁白的虎翼，载着小公主冲天而起，快速向着场内飞去。现在的虎王小玉身长已经达到了三丈，借助楚国皇宫药库内的灵芝仙草之药力，它基本上已经恢复到原先的三阶状态。一身雪白如玉的虎王载着紫衣飘飘的小公主，格外引人注目。毫无疑问，小公主有着恶魔的种种特性，但其外表绝对清纯到了极点，如精灵、似仙子般的模样有着难以想象的杀伤力，让观战的众多不良分子口水流了一地。

"喂，臭败类，好久不见。"小公主挥着手冲下方的辰南打招呼。高空劲风吹得小公主的紫色衣裙飘娜摆舞，她如同一个小仙子临尘一般。辰南看到小公主感觉有些意外，不过随即释然，这个唯恐天下不乱的小恶魔怎么可能会错过这样的大会呢？

"嘿嘿……"辰南笑了起来，道，"的确好久不见，难道你想通了，想做我的侍女了？"小公主一听到辰南的笑声，立刻命令小玉飞高一些，而后气汹汹地道："死败类，臭败类，你做梦吧！我来这里是想和你商量下……"说到这里，小公主难得不好意思起来，道，"可不可以把那头小龙让给我？我愿意花任何代价。"

"哦，光明大神棍在上，那头小老虎似乎有些古怪啊，可能很好吃哦，可能是大补啊！"龙宝宝没注意小公主的话，反而将一双大眼瞄向了空中的小玉，虎王激灵地打个冷战，来到这里感应到神龙的气息后，它早已躁动不安了。辰南笑了笑，道："只要这个小东西自己愿意跟你去，我没什么意见。"

"真的吗？"小公主露出不相信的神色，而后变戏法似的掏出一支灵参，冲着小龙晃动道："千年的白金参……"还没等她说完，龙宝宝就化成一道电光冲了过去。与此同时，不远处的紫金神龙吞了一口口水，化成一道紫电也冲了过去。小公主身下的小玉一阵颤抖，不过在小公主的命令下，还是行动起来，向着远空中的梦可儿那里冲去。

辰南笑了，他知道小恶魔在打小算盘，想将龙宝宝引离他的身边而后再打主意。不过辰南知道她注定要竹篮子打水一场空。龙宝宝是谁？这个小东西精明得很，哪里像小公主想象的那般好骗啊。

这时，几个年老的修炼者走进场内，同时运用音功大声喊道："这一场辰南获胜！"辰南一愣，随即明白了怎么回事，原来这次帝王之战，还请来了一些名宿作为裁判。正在这时，一声长啸自西北角传来，啸音绵厚阴沉，甚至有些森然的意味，辰南眼中精光闪动，他已经听出发出啸音的人是谁，竟然是杜昊！

"这个家伙不是被龙宝宝击成重伤了吗？但听啸音似乎不像受伤的样子啊！"很快西北角一阵大乱，众多观战者闪开了一条通路，一个浑身泛着血红之光的身影如一道红色的闪电一般，眨眼间就冲到辰南近前。

辰南道："杜昊果真是你！"眼前的杜昊有些吓人，浑身上下缭绕透发着血红之光，一股阴森寒冷的煞气弥漫在整片空间，同时隐隐有一股血腥的气味在飘动。"嘿嘿……"杜昊冷森森地笑着，皮肤呈现出一种诡异的艳红色，同时面色有些狰狞。

"嘿，你已经败在龙宝宝手里，现在居然还敢露头，难道真的想来送死吗？"闻听此话，杜昊勃然变色，冷森森地道："哼，我承认败给了那头龙，不过五阶修炼者败给一头六阶神龙也不算丢人。哼，但我的重伤仅仅一天就完全复原了，你应该已经明白现在的我绝非先前的我。你们辰家的玄功已经被我彻底舍废，现在我修习的是血魔真经，真正属于杜家自己的玄功！败一次，修为便精进一层，受伤一次，便会在最短的时间冲击修炼桎梏，完成一次突破！从某种意义上来说，我是杀不死的，将会越战越强！"说到最后，杜昊显得有些疯狂。

辰南冷冷地打量着他，道："哼，不过是一套自残的心法而已，短期内或许有些惊人的功效，但到了后期你必将为此付出难以想象的代价。""嘿嘿，是吗？不过在此之前，还是让你先付出一些代价吧。"杜昊森然地笑着。

辰南忽然静了下来，心中似乎很难升腾起怒火，他知道这是绝对强者对弱者的俯视。他已经不再将杜昊视为对手，灭杀他绝不是一件费力的事情，今后他的大敌将是杜家玄界内的那些老怪物，或许这次大会之后，他将要去征杀杜家玄界内的真正敌手了。"杜昊，把你最得意的本领都施展出来吧，不然你一点机会也没有，实话告诉你，今天你死定了！"看着辰南如此笃定的神态，似乎还带着些蔑视，杜昊脸色骤变，他吼道："不要以为战胜过我一次就真的以为自己无敌了，去死吧！"

"轰——"血雾弥漫，杜昊的身体四周充斥着一片茫茫红光，一道血影在其间正在慢慢凝聚而成，红色的身影与杜昊一般高大，甚至那模糊的五官都与他一般无二。"看到了吧，身外化身，血魔真经令我即将跨入六阶领域之时便修出武者梦寐以求的神通，你如何胜我？杀！"杜昊大吼一声，血色的身外化身如浮光掠影一般"唰"的一声自原地消失了，而后凭空出现在辰南身前，一双森森的血爪快速向他的胸膛掏去。不过杜昊注定要失望了，身外化身这门玄奇的神通，虽然有着鬼神莫测之能，但他毕竟还没有迈入六阶领域，他或许能在五阶中无敌，但对上如今的辰南，注定了他是一个悲情人物，还将继续惨败！

面对杜昊，辰南当然不会手下留情，一掌狠狠地拍去，雄霸的掌力如一头黑色的怒龙一般，狂猛地冲击而出。狂霸无匹的劲气狠狠地撞击在那个身外化身之上，血红色的身影立刻被轰飞。远处的杜昊"哇"的一声吐出一大口鲜血。身外化身乃是东方武者的一门玄秘神通，威力称得上奇大无比，却也有着致命的缺陷，一般情况下化身与本体联系异常紧密，化身受损，本体同样遭创。

杜昊短暂的呆滞后，紧接着又喷出三大口鲜血，而后如同受伤的野兽般，发出一声凄厉的长嚎："这怎么可能？！"

"到现在了你还不明白吗？"辰南仅冷冷地说了这样一句。

"你真的先我一步迈入六阶领域？"杜昊在震惊中带着不敢相信的神色，喃喃道，"为什么？为什么我总是失败？"

就在这时，远空中一个女子秀发飞扬，脚踏飞剑，如女战神一般快速冲来。同时，一声长啸，一个高大的青年武者，如奔雷、似闪电一般，冲进场中，眨眼间来到近前。

"哈哈，东方长明、李若兰，你们终于露面了，我还以为你们不敢出现呢！"辰南大笑了起来，为了引诱这两人露面，他一直未敢做得过分，怕他们悄然退走，现在他终于可以表现出六阶武者的真正实力了，他要一战彻底灭杀几名强敌！在场外无数人的惊呼声中，辰南自地上慢慢升腾而起，飞临到半空！辰南凭借自己的修为升腾到高空之上，震惊了所有人，一个东方武者能够御空飞行，这意味着什么？显而易见，这是俗世无敌的象征！他已经步入了六阶领域，一个让无数武人苦苦追寻一生的境界！"来吧，虽说是帝王之战，但也没有规定说只能一对一，现在你们三人一同上吧！"此刻的辰南长发无风自动，一股睥睨天下的绝代狂霸之态透发而出。

远空中一名脚踏飞剑，停身于高空之上的老者，暗叫一声不好，快如闪电一般向着场内飞去。而此时十数万观战者早已沸腾，狂呼呐喊之声直上云霄！

# 第三章
# 乱局初现

在见到辰南飞临到半空展现出六阶境界的实力后，杜昊、东方长明、李若兰三人表情不一，做出的反应也各不相同。浑身上下闪烁着血光的杜昊，一语不发，快速召回身外化身，而后扭头就想向场外冲去。东方长明一脸凝重之色，静静地立于场中，根本未做出逃走的打算。好战狂女李若兰最为大胆，非但没有丝毫惶恐之色，反而流露出一股兴奋之情，双手持神剑，即将要对辰南展开疯狂的攻击。

辰南将这一切看在眼里，嘴角露出一丝冷笑，自高空之上俯冲而下，快速冲到杜昊的前方拦住他的去路，冷笑道："你曾经不是要证明给我看，你是最强的吗，现在为何要逃？哼，你们杜家和我的仇恨无从化解，你和我也不可能和解，今天是该做个了结的时候了！"

杜昊面色大变，知道今天可能难以活着离开了。他早该想到辰南已经步入六阶领域，不然绝不可能那样轻松战胜梦可儿，他暗暗责怪自己实在太过孟浪了！血红之光冲腾而起，杜昊的身外化身再次浮现出，他知道是生是死即将要见分晓，现在只能拼尽全力来保命了。一般说来，东方武者的修为需要达到六阶境界才有可能修炼出身外化身，杜昊以五阶之身修出分身，实属罕见。血色化身疾若闪电，在场内留下一道道残影，飞腾而起，向辰南袭去。与此同时，空中的李若兰也发动了凌厉的攻击，身剑合一俯冲而下，剑气如虹，人未至，剑气已经割裂大地，整个比武场内都颤动起来。

辰南丝毫不惧，左臂高抬，一掌向空中轰击而去。雄浑的掌力逆天而上，冲撞上李若兰的无匹剑气，在刹那间粉碎剑芒，而且浩大的掌力继续向上涌动，拍向李若兰而去。与此同时，辰南右臂前伸，灭天手适时而出，自虚空向着血色分身抓去。巨大的黑色手掌铺天盖地，瞬间便将血色化身抓在手中。

"呀！"空中的李若兰一声大叫，身子倒飞出去，她和辰南的刚猛掌力冲撞在一起，根本无法对抗那奔腾咆哮的劲力。她口吐鲜血，脸色一阵发白。李若兰倒飞出去几十丈后，终于稳住了身形，她微微调息一下，美目中泛出一阵异彩，自语道："六阶境界相对于俗世高手来说果真无敌啊，真的不可战胜！我明明已经一脚踏入六阶领域了，为何难以真正发挥出六阶的实力呢，我若能够真个置身于这一领域，这天下间同辈高手还有哪一个是我的对手呢？"这个疯狂的女子眼中那狂热的光芒越来越盛，她再次立起神剑，准备对辰南发动攻击，她坚信只要能够闯过这一关，必能够真正踏入六阶领域。

"啊——"杜昊惨叫了一声，血色化身被抓住，他如同身受，感觉全身的骨骼都要碎裂了一般，痛得面目狰狞，浑身肌肉都在颤抖，骨骼发出"嘎吱嘎吱"的响声，最后狂喷出数口鲜血。他忍受着巨大的痛苦，竟然生生切断化身与本体的联系，本体化成一道血影，快速向场外冲去。

"想走！没那么容易，今天必须有个了断！"辰南喝道，灭天手再次加力，巨大的黑色手掌，狠狠地箍扎化身，血色的身影渐渐变形而后"轰"的一声爆碎，在空中爆发出一片刺目的血红之光，腥臭的血腥味道弥漫在这片空间。远处正在奔跑的杜昊，感觉灵魂仿佛被割裂了一般，身体剧烈晃动，险些栽倒在地，他艰难地咽下喉咙中涌上来的鲜血，再次向前奔去。此时，辰南解决完身外化身，已经御空向他追来。

"休伤我家少主！"场外一阵大乱，一群杜家子弟疯狂地向这里奔来，想要援救杜昊。

李若兰也如同疯神附体一般，双手持剑再次向着辰南劈去。辰南冷笑，这几个昔日的大敌再也难以对他造成威胁。他相信杜昊难以逃出他的手掌心，他转过身来迎向自后方冲来的李若兰，道："李若兰，你也在劫难逃，今天彻底来个了断吧。"辰南右手高高举起，一道璀璨的剑气激发而出。

"不可，若兰不要硬接啊！"最开始时，在远空中观战发现情况不对劲的老人终于驾御飞剑冲到近处，不过他终究还是慢了一步，眼睁睁地看着辰南对上了李若兰。

"祖爷爷你不要担心，我知道该怎样做！"李若兰眼中的光芒越来越火热，边说边向前冲去，道，"李家的人战意为先，如果就此退缩，我的修为将倒退三载。我已经看到六阶的大门在向我敞开，必须要闯过这一关！"

辰南皱了皱眉头，李家竟然来了一个老不死的！他感受到强大的压力，这是一个劲敌啊！不过他无丝毫惧意，大喝道："疯女人你去死吧！"长达十几丈的实质化璀璨剑气爆发而出，向着李若兰狠狠地劈去。

"铿锵！"实质化的剑芒击散李若兰的剑气，凶狠地劈在她手中的神剑之上。长剑脱离狂女的双手，爆发出明亮的光芒，如同流星一般激射向远空，而李若兰则被震得翻飞了出去，如一朵凋零的花儿一般向地面坠去。"啊，若兰！"脚踏飞剑而来的老人，鹤发童颜，青衣飘飘，不过由于太过激动，原本那出尘的气质已经荡然无存。他终于冲到场内，快速接住自高空跌落而下、口吐鲜血的李若兰。

辰南没有再继续追击，他知道眼前的老人非常不好对付，他转过身来向着杜昊飞腾而去。不过，他的神识却依然锁定着身后的李若兰和地面的东方长明，修为到了他这般天地，灵识的敏锐度是难以想象的，他不担心两人能够逃走。此时杜家的子弟已经冲来，足足有上百人将杜昊包围在当中，护着重伤的他向外冲去。辰南御空飞行，如战神一般自高空缓缓降落而下，截住杜昊等人的去路。

"杜昊，是个男人你就给我滚出来，不然只能连累你的家奴。"辰南喝道。

"杀了他！"

"我们一起上，保护少主冲出去！"

……

杜家这些子弟都是精挑出来的死士，对杜昊忠心耿耿，在生死关头皆护在他的前方。

"那对不起了，我只好大开杀戒了！"说罢，辰南大步向前走去，浑然没将这上百人看在眼里。尽管这些人忠心可嘉、悍不畏死，但其所为终究属于蚍蜉撼树之举。辰南体外缭绕着腾腾魔焰，左右双手中激发出两把实质化神剑，如同收割庄稼一般，所过之处，人头滚动，鲜血狂涌，死尸接二连三摔倒在地。这些人与他根本不是一个级别的，对他难以造成丝毫威胁，即便无数道剑气向他劈来，但在碰到他的护体罡气后皆在一瞬间化为乌有。

"噗——"光剑自一个杜家子弟左肩头处劈入，右下腹处劈出，斜肩斩下半边身子，五脏六腑流了一地。"咔！"劈开头颅时，最硬的头盖骨被切开时的声响，格外刺耳，白色的脑浆到处迸溅。"哧哧……"剑气一连洞穿十几人，血红的大洞出现在这些人的胸膛，前后透亮，分外刺目。这是一场单方面的大屠杀，血腥的画面直令场外观战的十数万人冷汗直流，倒吸一口凉气。

此刻，辰南的心很冷，他有过动摇，想放走这些本领低微的杜家子弟，只取杜昊性命。但最终他想清楚了，即便这些人难以对他构成威胁，也终究是敌人。他现在需要这种冷血的战斗经验，因为未来的大战肯定无比残酷，他需要将自己的心锻炼得狠、冷！

"若兰，若兰，你醒醒，你醒醒！"李渊一边催动真元向李若兰体内灌输，一边轻轻在她耳旁呼唤。李若兰断断续续地道："祖爷爷，我没事，这一次我真真切切看到，六阶的大门向我敞开了，我终于可以迈入那梦幻般的领域了！"

李渊气道："你这疯丫头真是嗜武成痴，怎么能够如此疯狂呢，如果命都没有了，你即便看到了那道门又如何？"李若兰露出了满足的笑容道："我下次会注意的。"李渊道："没有下次！"

远空中，一个身穿蓝衣，模样无比秀丽的少女，乘着一只巨大的孔雀快速向这里冲来，她已经看到场内的一切，大喊道："休要伤害我哥哥！"但她终究来晚了一步，上百个杜家子弟也难以抵挡踏入六阶领域的辰南，辰南如同切菜一般，眼睛一眨也不眨，转眼间将这些人屠戮个干净。

刚刚失去身外化身的杜昊，元气大伤，方才他稍一驻留便再也不想动弹了，或者说是难以动弹了，面对自己一心想杀死、一心想超越的最大敌手，杜昊心中充满了苦涩。自小被誉为家族的杰出天才，二十几岁就即将破入六阶领域，走出家族玄界后却屡屡大败，他心中无比悲凉。"噗——"辰南一剑斩下杜昊的左臂，鲜血狂喷。"噗——"右臂落下。

"啊，不要伤害我哥哥！"杜灵撕心裂肺地喊着，"我发誓如果你敢伤害我哥哥性命，将来我要将你碎尸万段！"杜昊双臂已断，整张脸疼痛得已经扭曲，但他依然阴冷地笑着道："嘿嘿，这辈子如果没有奇迹发生，我似乎赢不了你了，但下辈子我一定要灭掉你！我承认我确实打不过你，不过你这辰家最后一人最终也要死在我杜家手里。不管你的资质有多么的好，但你终究要死在杜家玄界的封魔坡上，这就是你那可怜的命运！你活过来不过是为了饲魔而已！"

"噗——"辰南挥动手中光剑，斩断杜昊的双腿。杜昊终于忍不住了，到底还是大叫起来："要杀就杀吧，二十年后我的血魔真身会再次来到这个世上，我一定要灭掉你！"杜昊疼得陷入了疯狂之境。辰南没有任何言语，挥动手中的光剑，"噗"的一声斩下杜昊的头颅，狰狞的血色头颅翻腾着飞了出去。

"不！啊——"杜灵发出一声凄厉的尖叫，巨型孔雀载着她刚刚降临到地面，但她接住的却是杜昊的头颅。"小妹，我是不会死的，不要怕……"杜昊的头颅传出一道微弱的精神波动，最后才慢慢闭上血红的双眼。

"哥哥你已经败给那头龙，你已经答应我返回家族，为什么自己偷偷跑回来？哥哥……"杜灵将杜昊的头颅抱在怀中，凄厉地哭喊着。慢慢地，她站了起来，双目中射出骇人的光芒，冷冷地盯着辰南，狠声道："我早晚要将你碎尸万段，为我哥哥报仇！"

"你认为你还有这样的机会吗？你认为我会放过你吗？"辰南平静地道。

"哧——"一道璀璨夺目的剑气自高空之上劈了下来，在辰南和杜灵之间切开一道深不见底的恐怖沟壑，李家名宿李渊冷冷地笑道："辰南你未免太过张狂了！"辰南嘲讽道："即便我再张狂也比不上你们李家啊，号称东土第一道门，这次始一复出就和所谓的东土皇族联手，准备君临东土大地，我是万万不及你们一二啊。"

"辰南，即便你已经迈入六阶领域，但你依然还没有狂妄的资本！"李渊冷冷地道，眼中泛出两道寒芒，透发出无尽杀意。"哼，你吓唬我啊？今天我就是要杀她们两个，你能奈我何？"辰南用手分别指点李若兰和杜灵。李渊冷笑道："没想到你真的出乎所有人的预料，在青年一辈中竟然第一个步入六阶领域。我就是为你而出山，看来这一次的防范措施是对的。可惜了，你不仅不能够杀她们，自己反倒要死定了。"

"喊！"辰南嗤笑，道，"老东西少要吹大气，要打就打，少要唧唧歪歪，啰啰唆唆，本人又不是吓大的。"至此，李渊已经无话可说，一剑向辰南劈去，十几丈长的剑芒破空而下，冷森幽碧，令人胆寒。本次大赛的几位评委面面相觑，事情已经发展到这般境地，他们根本无可奈何。众多观战者则无比兴奋，六阶大战比之青年一代的帝王战更加具有吸引力。要知道能够御空飞行的武者，一直以来都是传说中的存在，玄界中的强者一般都不会出现在世人的眼前。

面对同阶劲敌，辰南不敢有丝毫大意，死亡魔刀出现在手掌中，他一刀向上空劈去，暗黑魔气伴随着炽烈的刀芒逆空而上，和那冷森的剑芒冲撞在一起，爆发出一片夺目的光芒。紧接着，辰南腾空而起，飞临到空中，和李渊遥遥相对。两人之间有一股无形的力量在激荡，外人虽然无从看到什么，但都感觉到一股难言的压抑。

李若兰已经飞到杜灵的巨型孔雀上，两个女子远远地撤离战场。而地面的东方长明却并没有利用这个机会逃走，他只是慢慢退到战场的边缘地带，和地面上的众多观战者一起注视着高空的两大强者。十数万人鸦雀无声，所有人皆紧张地注视着高空，期待一场百年难得一见的旷世大战。

空中对峙的两大高手在原地留下两道残影，两人如同两道闪电一般在空中唰唰唰不断闪现，眨眼间已经变换数十个位置。最后，辰南突兀地出现在李渊身前，魔刀狠狠劈下，魔刀前方的身躯在刹那间碎裂。不过辰南不喜反惊，知道那并不是对方的真身，不过是一道残影而已。他急忙反转魔刀，向后劈去，炽烈的黑色刀芒浩荡而去，在空中发出阵阵啸音。

"当！"魔刀狠狠撞击在李渊的飞剑之上，散发着冷森光芒的神剑倒飞出去，回到远空中的李渊身旁。辰南心中一惊，对方是一个早已步入六阶境界的高手，实战经验果真无比丰富，险些让他这个刚刚能够进行空战的新手吃一个小亏。

"杀！"辰南再次向前冲去，魔刀绽放出千万道光芒，杀气凛然。

李渊长袖飘飘，飞剑在他的控制之下宛如蛟龙，在空中大开大合，不断和辰南手中的死亡魔刀碰撞。他毕竟已步入六阶境界多年，明显比刚刚踏入六阶初级境界的辰南强盛一些。不过他却非常忌讳辰南手中的死亡魔刀，那邪异的黑色怪刀仿佛无坚不摧，即便他将那柄纵横飞舞的神剑加持了他毕生的功力，依然感觉难以真正压制那柄魔刀。

两人在高空之上不断变换方位，十几丈长的剑气与刀芒纵横激荡，贯穿于整片空间，到处都是可怕的能量波动。好在两人是在高空激战，如果战场位于地面，恐怕不仅整片场地将被毁，就是众多观战的高手都要遭池鱼之灾。

大战已经过去半刻钟，辰南已然明白李渊的修为要强上他一筹。他想要动用逆天七魔刀，又感觉有些不妥，这门功法实在有些邪异，很难真正控制。就在辰南准备打开内天地将李渊收进去时，远空中一道金色的影子如闪电一般破空而至，眨眼间就冲到李渊的近前。辰南心中大喜，竟然是龙宝宝，这个小东西跑过来助阵了。

小龙之极速令李渊大惊失色，这是他所见过的最快速度。令他感觉诧异的是，冲过来的迷你小龙一副人畜无害的样子，没有锋利的爪子，也没有寒光闪闪的利齿，胖嘟嘟的样子分外可爱。不过就在他稍稍放松之际，小东西笑眯眯地扬起小拳头，而后利索地朝他胸口击去。仓促间，李渊举掌相迎。"砰""砰"小龙金黄色的小拳头先后结结实实地击在李渊的双掌之上。李渊被一股强猛的力量冲击得倒飞出去，他感觉自己的双掌仿佛要碎裂一般，万万没有想到那个小东西竟然如此可怕。

就在这时，辰南已经从他背后袭了上来，死亡魔刀立劈而下，暗黑魔气遮天蔽日，浩荡八方，仿佛要将这片空间撕扯开来一般。好在飘浮在不远处的飞剑一直遥指着辰南，这时飞剑随着李渊的意念快速向着魔刀冲击而去。"轰——"炽烈的罡气在高空之上到处肆虐，刀剑相击爆发出阵阵雷鸣之音，李渊被一人一龙默契的配合击飞，一丝血迹顺着他的嘴角流淌了出来。

"很好！很好！没想到这个小东西真是一头六阶神龙……"李渊已经将飞剑握在手中，遥对远处的一人一龙。"干得好，龙宝宝！"辰南开口赞扬道，这个小东西看来真的恢复得差不多了，现在终于可以帮上大忙了。小龙冲着辰南眨了眨大眼，而后又冲着李渊挥了挥小拳头，一本正经地嘟囔道："神说，光明永存世间，邪恶无所遁形，我大德大威宝宝天龙，要代表神惩罚你这个罪人。"小东西虽然是一本正经的样子，不过奶声奶气的声音却越发让人感觉好笑。下方许多观战的年轻女子都不自禁地露出笑意，都有一股想将小龙抱在怀中的冲动。尤其是远方的小公主，一双大眼泛出无数颗小星星，一眨不眨地盯着小家伙。

说罢，小龙快速冲去，一对金黄色的小拳头在空中留下一道道残影，围绕着李渊敲打个不停。李渊手忙脚乱，他深深知道小东西的可怕之处，虽然小龙看起来很好笑可爱，但那恐怖的速度与那绝对的力量，绝不是一般人能够承受的。李渊仅仅和小龙对轰几拳就感觉有些吃不消了，他渐渐相信那些传说是真的了。传说神龙的体魄无比强悍，同级的修炼者如果与之大战，没有特殊的本领，很难给予有效的杀伤。只是，眼前的小东西体型虽小，却透发出如山如海般的力量，实在让李渊感觉有些郁闷。他实在不愿意和这个如同精钢打造的小东西硬抗，开始运用飞剑对小龙劈斩。

这时紫金神龙也已经飞到了近前，停在辰南的身旁嘀咕道："我们龙族到了我这里应该是单传了啊，这个小家伙到底是哪个混蛋的后代呢？怎么一点龙族的绝学都不会，完全是一派流氓打法啊！"

"看招！打！"小龙一边挥动着小拳头，快如闪电一般移动着，一边发出稚嫩的童音，仿佛在为自己打气。李渊的面子有些挂不住，如果和一头身长十几丈的神龙战斗倒也没什么，眼下和一头一尺来长的小神龙纠缠不清，竟然无法快速将之拿下，实在让他感觉脸红。

"泥鳅你去下方把东方长明给我缠住，等我收拾掉这个老家伙后会去接手。"辰南对紫金神龙道。"好，早就想教训教训那个猖狂的家伙了，上次竟然敢抢我的神棍，嗷呜——"紫金神龙一声长嚎，如千年老妖出世一般令观战众人一阵心惊胆战，它快速向着下方广场边缘地带的东方长明冲去。

辰南御空飞行，荡起阵阵魔云，再次提魔刀向李渊杀去，炽烈的刀芒长达近二十丈。与此同时，小龙稚嫩的声音在高空之上响起："大德大威——宝宝天龙拳！"小家伙的两个拳头合在一起，猛力朝前轰击而去，炽烈的金色光芒无比璀璨，将小东西映射得神圣无比。两个六阶高手同时攻击李渊，顿时令他陷入险境，他的飞剑上下翻飞，划出一道道冷森的剑气，阻挡着两大高手的攻击。

辰南飞到龙宝宝的近前，道："再轰击一记天龙拳，最好散发出炽烈的光芒，让下方的人都看不清这里发生了什么。"龙宝宝一阵狐疑，一双明亮大眼使劲眨了眨，小声嘀咕道："好的。"按照辰南的指示，它快速轰击出一记天龙拳，这一次的金光更盛，整片空间到处都是刺眼的光芒，如一轮太阳当空悬挂一般。辰南利用这难得的机会，快速打开内天地，呼的一声将小龙和李渊遮拢进去。当空中所有光芒消失之际，两人一龙彻底失去踪影，地面上众人一片喧哗。

"天啊！破碎虚空！"

"他们不会真的飞升了吧？！"

……地面人声鼎沸，一阵大乱。

当李渊一进入辰南的内天地时就知道坏了，他是六阶修炼者，对于内天地这种特殊的空间并不陌生，可谓知之甚详。他有些吃惊，能够修炼出内天地的修炼者非常罕见，没想到他的敌手竟然幸运地修炼出来了，而且将他困在里面。"啊——"李渊大叫了一声，控制飞剑，竭尽全力，轰击内天地的混沌地带，希望能够破碎这片空间冲出去，不然在对方所掌控的这片世界中，他注定将成为砧板之肉。

"不要枉费力气了，你我修为相差不多，在我掌控的这片小世界，你想要破碎这片天地，谈何容易。"辰南静静站在定地神树之下，翠碧的神树轻轻摇曳，荡起阵阵绿色的神光。小龙如一个好奇宝宝一般，奇怪地打量着这片陌生的空间，最后将目光集中到定地神树上面的天使之心上，惊呼道："天啊，水晶果子，一定很好吃……"馋得它口水都快流出来了。它不断地围绕着定地神树飞来飞去，不过每次想冲上前去都被一股奇异的力量给推拒出去。

这时，辰南利用那片残碎的神秘古盾展开攻击，碎盾的本体在这片空间乃是半壁大山，自混沌中快速冲出，狠狠地向着李渊轰砸而去。李渊心胆俱寒，辰南用那座残缺的黝黑石山轰击他，实在让他惊骇莫名，他从未想到过这种场景。

由于辰南的内天地还不是很大，神秘古盾残片化成的石山，还不能够变幻到真实本体那般大小，现在不过三十几丈高的样子，但即使这样，如果轰击在李渊身上也保准令他难以承受。因为这毕竟是神盾所化，这毕竟是在辰南的内天地当中。"轰！"李渊左躲右闪，在狭小的空间不断冲腾，飞剑载着它不断在空中画弧线。

"哦，太不可思议了，这就是内天地吗？真是好玩！"小龙显得很欢快，扑扇着一对小翅膀，在空中晃晃悠悠地叫道。

李渊虽然身形快如闪电，但此处的空间毕竟不是很广阔，一个不小心便被黑山撞上，直将他撞击得大口喷血，身子在高空之上摇摇欲坠。半壁神山在辰南的控制之下又开始在高空之上追击李渊，现在辰南的修为与往昔不可同日而语，上次身处五阶境界时，仰仗后羿弓与这座神山便将六阶境界的天使击杀。现在他的修为提升到六阶领域，在自己的这片内天地当中，面对和自己修为差不多的修炼者，当真可谓无敌！

"砰""砰"……神山一次次撞击在李渊身上，将他那超凡脱俗的根骨生生撞碎了几十根，令他不断口吐鲜血，眼看是支撑不住了。面对敌人辰南没有丝毫怜悯之心，在这种情况下存在妇人之仁便等于自掘坟墓。在神山将李渊彻底撞落后，定地神树的翠碧枝叶"哗啦啦"摇动起来，透发出一道道神秘的绿色光华，而后它拔地而起，冲腾到高空，一条条如虬龙般的粗大根茎，将李渊紧紧地缠裹在了里面，一股股生命之能快速顺着它的根茎涌进树体内。"哦，光明大神棍在上！"小龙吃惊地大叫起来。

片刻钟后，定地神树松开李渊，此时的一代高手已经化成一具干尸，再无一丝生命波动。定地神树冲腾而起，而后快速向这片世界的中央地带落去，粗大的根茎再次扎进泥土中，整株神树更加碧翠，神光闪烁。

"哦，快看，它又结了一枚人参果！"小龙惊叫道。辰南闪目观看，只见那轻轻摇曳的青碧枝叶间，一枚晶莹剔透、光芒闪闪的人形果正在随风摆动。"这……"他心中一愣，不过随即恍然道，"不会是李渊的元婴吧？一定是的。"

天使在生命消逝的最后刹那间，他们一定会想方设法毁掉自己的力量源泉——天使之心，绝不会留给敌人。但定地神树曾经先后几次，掠夺来完整的天使之心，现在它又成功掠夺来修道者的力量源泉——元婴，这令辰南感到意外之喜。元婴乃是修道者的本命元气所化，是生命与能量实质化的交融体，修道者的思感能够沉浸于此，元婴相当于修道者的另一具身体，可以载着修道者的心神出离本体，畅游于天地间。

不过，一般只有修为强大的修炼者才敢随意让元婴出体，一般人是不敢如此冒险的，因为只有接近飞仙境界的修道者的元婴才具有强大的攻击力，才有足够的自保能力。只有修为达到五阶境界的修道者，才能够修炼出元婴，达到六阶境界的修炼者的元婴就已经非常强大了。今日李渊遇到了可怕的对手，他知道无法逃离这里，在临死前想碎掉元婴都未能如意，被定地神树生生炼化。

小龙可怜兮兮地望着辰南，小声嘟囔道："我真的想吃一颗水晶果子。"它试了几次都不能够接近定地神树，只好求助辰南。辰南笑了笑，摸了摸小龙的可爱龙角，道："等彻底结束这次战斗，满足你这个小馋猫的愿望。""哦，太好了。"龙宝宝高兴地叫了起来，不过随后它又不满地嘟囔道："是神龙！"

当李渊的尸体突然自高空坠落下去时，地面上数万人哗然，众人怎么也想不到才不过半刻钟，近乎无敌的六阶强者竟然已经变成一具冰冷的尸体。所有人皆急忙仰头向空中观望，只见辰南和小龙皆毫发无损地立于虚空当中，最终的胜利者与失败者一目了然，至此任谁都已经知道了战斗的最终结果。只是所有人都不明白，刚才两人一龙为何消失了呢？现在又突兀地凭空出现，这到底是怎么回事呢？

远处重伤的李若兰陷入疯狂之境，这个好战狂女见到自己至亲至近的祖爷爷尸横当场，如同疯了一般自巨型孔雀背上冲天而起，手持神剑向着辰南冲击而去。然而就在这时，一道灰影化作一道电光，快速冲到她的身前，拦住她的去路。灰衣人爆发出一团白蒙蒙的光辉，向着李若兰笼罩而去。

辰南双眼瞳孔一阵收缩，因为他看到了一个熟悉的身影，灰衣人的肋下竟然夹着龙舞，现在她又将李若兰生擒了。辰南感觉有些乱，不过他想也不想，立刻向着灰衣人冲去。多日不见的龙舞，此刻处于昏迷状态，她竟然被人挟持，怎么能够不令辰南着急呢？

李若兰本是重伤之身，所以轻易就被能够御空飞行的灰衣人擒住了，现在这个狂女只能干瞪眼。辰南快速冲到了灰衣人的眼前，立刻感应到了一股熟悉的强大气息，和定地神树上的天使之心所透发出的圣洁气息几乎完全一样，再看灰衣人是一个三十岁左右的西方女子，他心中立时恍然，道："私自下界的天使？"由于龙舞掌握在对方的手中，辰南没敢出言不逊。

灰衣人惊疑不定，她没有回答辰南的问题，道："此女是你的仇人，我擒住她与你无关。"辰南不想让这个灰衣天使知道自己和龙舞相识，他冷哼了一声，道："你身为西方神灵，为何私闯我东方，劫掠我东土女子？"

"这……"灰衣天使一时间张口结舌，有些说不出话来。然而就在这时，远方五彩霞光闪烁，一片彩云载着一道丽影快速冲来，她口中娇喝道："这次看你往哪里逃？"灰衣天使脸色大变，想立刻逃离此地。只是辰南岂能如她所愿，快速挡住她的去路，与此同时小龙也用强大的神龙气息锁定了她。脚踏五彩祥云的白衣丽影眨眼间冲到近前，喝道："你为何要劫走我的徒儿龙舞？而且，你本为西方的中阶天使，为何私闯东土，难道你们忘了当年的约定了吗？"

这是一个年约三十几岁的妇人，雍容华贵无比，美艳不可方物。辰南有些吃惊，不知道龙舞为何成了眼前这个高深莫测的妇人的徒弟。在辰南打量华贵妇人的同时，对方也在打量着他，辰南还未开口，美艳的妇人便先开口了，道："你就是辰南？"辰南道："正是，前辈是？"妇人答道："我是潜龙的师父，现在又成了舞儿的师父。"

辰南真的有些吃惊，当初的潜龙在年轻一代隐隐有东土第一人的势头，这个人竟然是他的师父，而且现在又成了龙舞的师父。"可怜的龙儿啊，他没有你幸运，竟然失落在死亡绝地。"风华绝代的妇人在提到潜龙时明显很伤心。

"这个天使为什么要劫走龙舞？"眼下，辰南最关心的还是龙舞，忍不住开口问道。"我本想带舞儿回归仙山，教习她修炼法门的，但她听说你要在这里和人进行帝王之战，放心不下，央求我来这里见上你一面再走，谁知我一个疏忽，这个'圣降天使'便将龙舞掠走了。究竟为何，现在我还不明白。"辰南有些感动，龙舞央求她师父来这里恐怕是怕自己有闪失，想要这位实力高绝的奇人在关键时刻相救于他。

看着眼前的灰衣天使，辰南大怒，实在不明白她为何要劫走龙舞，而现在又要劫走李若兰，简直有些莫名其妙。小龙对龙舞相当有好感，忍不住奶声奶气地道："竟敢欺负龙舞妹妹，实在可恶透顶！"两大高手外加一条神龙将灰衣天使逼在中央，强大的气息令灰衣天使胆寒，最后逼迫得她不得不低头道："冒犯之处还请见谅，我对你们口中所说的龙舞并没有恶意，既然你们已经看出我的身份，我也不再隐瞒了，我确实为西方天界的一名中阶天使。之所以抢掠这两名女子，是因为她们可能是我西方的圣战天使转世。"

看她的样子不像说谎话，辰南有些吃惊，道："什么是圣战天使？你们凭什么这样猜测到她们两人身上的？"龙舞的师父皱眉，道："圣战天使是传说中炽天使之上的存在，是处在天使金字塔顶端的强者，甚至能够和主神相媲美，当然，数量相当稀少。"辰南心中一惊，同时感觉怪怪的，龙舞不会是一个圣战天使吧？他心中直犯嘀咕。不过随即又释然，这怎么可能呢？怎么看李若兰那个疯女人都更像圣战天使转世。

"你怎么能够确认她们是圣战天使转世呢？"辰南问道。灰衣天使道："千余年前的玄战曾经席卷无数强者，其中一位圣战天使陨落在东土。智慧女神预测到，这位圣战天使在东土不断轮回，在这一世定然要觉醒。经过智慧女神的精心推测，这位女圣战天使在二十岁左右，必然有着超绝的天赋，随着她逐渐觉醒，肯定将成为东土最具实力与潜力的年轻女子。所以……"

"所以你们立刻有了目标？"龙舞的师父面色有些寒冷，虽然对方为一个神灵，但修为到了她那般天地，早已经不敬神礼仙，更相信自己的实力。她质问道："你们确定了几个目标？"灰衣天使答道："经过以前还有近几日的详细了解，最终确定了九个目标。"辰南问道："都有谁？"灰衣天使道："梦可儿、李若兰、龙舞、东方凤凰、杜灵……"

辰南一惊，灰衣天使所说的九个人选中，竟然有半数都是他所认识的，他冷声道："这些女子都是东土的风云人物，你们如果将她们全部掠走，就不怕挑起东西方纷争吗？""没有想象中那么严重。"灰衣天使解释道，"仅仅需要一天，我们便能够辨别出到底谁才是真正的圣战天使转世，我们会在第一时间放走其他八人的。"

龙舞的师父冷冷地道："你们违反千年前所签订的协议了，不管怎样说天使都不能够随意闯入东土，这是在挑衅东土强者们的尊严。要知道，东土有些存在，即便是天界诸神都不愿意随意招惹，你们这些天使，嘿嘿……"

灰衣天使急忙解释道："这实在是没有办法的事情，西方天界有变故发生。魔神们最强大的斗士血天使卡里斯从魔神祭台复活了，正义与邪恶的实力天平即将失衡。所以正义的主神们迫切需要他们最强大的战士回归。但几位圣战天使早已陨落数千年，如今只有在东土轮回的圣战天使即将觉醒，所以我们不得不越界前来寻找。"

辰南心中一凛，西方天界即将发生动荡，而眼前的这个天使似乎多少有所了解，他现在不光想将龙舞立时救下来，还想将灰衣天使捉住好好拷问一番，毕竟他心中有许多未解之谜，迫切想找个人破解。然而就在这时，远处巨型孔雀上的杜灵突然发出一声惊叫，一道青影挟持着她飞入青冥，眨眼间就要消失了。

与此同时，被围住的灰衣天使趁辰南与美艳妇人失神之际，快速冲天而起。不过她刚刚冲上去十几丈，就被快如闪电的龙宝宝给截住了。辰南与美艳妇人皆大怒，快速冲了上去。灰衣天使大叫不好，她感觉到下方两人的强烈杀意，当下将龙舞与李若兰纷纷抛开，想分散两人一龙的注意力逃走。但是，她显然失算了，如今龙舞不在她手中，辰南再无顾忌。

他内天地初成，方圆足有三百丈，如果开一个缺口和现实世界相连，毫无疑问最大可以放大到方圆三百丈。辰南接住龙舞之后，内天地之门随即大开，灰衣天使还以为可侥幸逃脱，谁知一头扎进辰南的小世界当中，龙宝宝也在第一时间跟了进去。后方的高贵妇人倒吸一口凉气，叹道："这可怕的后辈啊！"空间之门关闭，辰南、龙舞、灰衣天使、龙宝宝皆被封闭在这片空间当中。李若兰被灰衣天使抛得很远，并未在此缺口的笼罩范围内，恢复自由身的狂女已经冷静下来，她扭头深深望了一眼，而后再也不回头朝着远空飞去。

下方观战的众人沸腾了，他们在短短半个时辰之内竟然连续看到几个会飞的修炼者，这对他们来说实在冲击不小。最后竟然又看到空间破碎，三人一龙闯了进去，至此，有些老一辈的修炼者已然隐隐明白了什么，渐渐猜想到李渊是在何地战死的了。

在西方的神界，低阶的天使为主神创造出的战斗工具，群体数量庞大，身体为光质物，为纯粹的能量体，修为并不是多么的惊人，和人类中的五阶绝世高手不相上下，为纯粹的战斗工具，如果想进阶为有血有肉的中阶天使，所要花费的时间难以想象。

中阶天使实力较之低阶天使上了一个大台阶，他们的修为如果按人间界的修炼等级来划分的话，一般都在六阶以上，不少都已接近六阶大成状态，其中的许多强者即便没有初临仙级高手境界，也相差不远了。最为重要的是中阶天使，已经有血有肉，算得上完整的生命体，从此以后的修炼速度比之低阶天使不知要快上多少倍。

毫无疑问，辰南不久前灭掉的三个天使，修为仅仅达到六阶初级而已，都属于中阶天使当中的弱者。而今天他所困住的这个灰衣天使同样在此之列，上位天使遣下一些实力稍弱的中阶天使，而他们的实力也正好能够对付目标人物。

在辰南的内天地当中，中阶天使的命运可想而知，辰南很快便用那面残碎的古盾所化成的神山将她镇压了。而后开始拷问天界诸事，以及他心中迫切想知道的种种谜题，不过他失望了，中阶天使所知实在有限，根本不了解在那遥远的过去到底发生了什么。最后，定地神树之上再添一枚天使之心。击杀天使之后，辰南感觉自己有些残忍，不过随即又放开胸怀，在这弱肉强食的乱世当中，不杀人便被人杀，如果他放走天使，那么等待他的将是一番疯狂的报复，与其如此还不如先狠心趁早消除这个危险因素。将天使与她圣降的那具女尸抛出内天地之后，辰南将龙舞救醒过来。

龙舞永远是那样的洒脱，晶莹如玉的容颜上无丝毫慌乱之色，显得非常从容，她抓住小龙使劲揉了揉，直将小东西弄得哼哼唧唧才停手，露出一脸灿烂的笑容，道："看来是你们救了我，可爱的小龙龙谢谢你，还有辰南，谢谢你，真没想到在这么狼狈的情况下和你再次相见。"

潜龙的师父在百年前曾经欠过龙家很大一份人情，故此她对龙家很是照顾，听闻潜龙遇难，她很是伤心，最后无意间遇到龙舞，惊叹于她的天资，了解她是龙家之人后，立刻将她收为徒弟。龙舞当然不会错过这样的机会，她早早就已经知道哥哥潜龙的师父乃是一位奇人。

通过龙舞的述说，辰南大吃一惊，她现在的这个师父，竟然是缥缈峰的人。要知道缥缈峰在万年前就是一个无比神秘的所在，传说那是仙神界专门设立在人间界的仙地，是连接仙神界与人间界的一个特殊秘地，平时跟凡俗界并无任何交集，仅有一些极道强者偶遇过缥缈峰的人。不过辰南却相信这缥缈峰真实存在于世间，因为他的父亲辰战在横扫世间无敌手后，曾经找到并闯上缥缈峰而后从容离开。没想到万年后他们的传承尚在，这怎不让他震惊？

辰南打开内天地，自定地神树之上摘下一颗天使之心送给龙舞。临别依依，龙舞终究随着她的师父远去了，不过辰南的耳畔还在回响着她的话语："缥缈峰在东海之上……"西方神界到底派遣了几个天使到东方寻找圣战天使呢？辰南无从得知，不过看到远空依然安然无恙的梦可儿，可以肯定来犯天使人手似乎并不多。而且他有一种感觉，上次干掉的那几个实力并不算强大的天使和今天出现的两名天使似乎并不是同路人。辰南抛开思绪，御空飞行，向下方冲去，现在帝王之战的主角只剩下他和东方长明了，是时候结束战斗了，因为等待他的是更加强大的敌人——杜家玄界众敌。

尽管刚才高空之上有六阶高手在大战，但东方长明的奇异功法还是吸引了不少观战者注目。此刻的紫金神龙显得有些狼狈，它万万没有想到对手是如此的厉害，即便从高空俯冲下来的辰南也被东方长明的功法吸引住了。东方长明今日不仅展现了绝学裂天十击的无上威力，还施展出一种奇异的功法，在他周身百十丈范围内雪花纷飞，天地间白茫茫一片，宛如严冬来临了一般，地上已经积了厚厚一层白雪。

"嗷呜——又是这一招，我……"紫金神龙的咒骂声戛然而止，东方长明十重掌力如海浪一般朝它涌动而去，无尽的冰雪席卷在劲气当中，生生将紫金神龙包裹，当十重气浪消失后，现场留下一个巨大的冰块，痦子龙竟然被冰封其中。东方长明长发如雪，除却黑色的眉毛之外，浑身上下洁白如玉，仿佛冰雕一般，闪烁着阵阵冰冷的光芒。东方长明竟然有这样一门绝学，这令辰南感觉有些惊异。

"砰！"巨大的冰块四分五裂，紫金神龙从中挣脱出来，叫道："冻死你龙大爷了，混账小子你能不能换种攻击方法，这样又杀不了龙大爷，只是冻得让龙受不了而已，气死龙了，该死的功法！"东方长明这套功法杀伤力之巨大难以想象，这也就是紫金神龙具有超凡脱俗的体质，如果换成人类当中的修炼者早已被冻得四分五裂。方圆百丈范围内早已是一地的碎冰，可以想象紫金神龙已经被冰封多次，不然老痦子也不会不顾颜面地破口大骂。

辰南自高空降临到地面，对东方长明道："万年前延续到现在的战斗是结束的时候了！"东方长明巍然不动，附近空中雪花飞舞，他平静地道："没想到你先我一步迈入六阶领域，我知道今天难逃一死。但你不该让那头无聊的痦子龙来缠我，因为我根本不会逃走。"说到这里，他显得有些悲怆，长叹道："生无可欢，这个世界没什么值得我留恋的，还不如死在同时代的人手中。"

辰南一阵沉默，想到上次大战时东方长明抵住杜昊为他分担部分压力，只是为了能够与他公平一战。虽然这个人是他过去的生死大敌，但是辰南在东方长明身上发现了某些和他相似的特质，而且这个人同他一样是万年前的人，因为某种特殊的原因而复活，从某种意义上来说他们是"同一类人"。

不过现在看起来他似乎很消沉，也许只有战斗才能够让东方长明忘怀过去，这是他活着的唯一动力，但看到远远被辰南甩在后面，他已经知道恐怕无望赶超敌手。"东方长明我给你一个机会，如果你能够接下我一掌而不死，我在六阶、七阶领域等你。"辰南飞临到高空，右掌慢慢向下压去，道，"如果你不死的话，希望你能够查出万年前所谓的'天变'真相！"

"轰——"辰南一掌向下印去，而后头也不回冲天而起，紫金神龙与龙宝宝紧紧相随，也快速向远空冲去。现场十数万观战者无比震惊，一个方圆三十丈的黝黑地窟出现在地面，仔细观看可以发现其形状竟然是一个大手印！东方长明不知道是被击成尘灰，还是被印向地窟中，已经自所有观战者眼前消失，数十万人鸦雀无声，这就是六阶无敌的力量啊！

梦可儿看到辰南从她上方横空而过，她脸上的神色复杂无比，稍作犹豫最终还是忍不住出手。她站在一把飞剑之上，脚下的莲台和九片玉莲瓣逆空而上，向着辰南遮拢而去。放大千百倍的莲台与莲瓣将一人两龙拢在里面，而后慢慢收缩，快速变小，化成拳头大小的花蕾，将辰南彻底封在其中。

梦可儿之所以敢冒险出手，是因为在来参加帝王战之前，澹台圣地当中几位修为高深莫测的长老联手施法，在道家至宝玉莲台上留下他们强绝的力量。现在，见莲台果真将疏忽大意的辰南成功封印，梦可儿脸上漾出一抹久违的笑意。旁边的小公主更是吃惊地叫了起来："啊，可儿姐姐你真是太厉害了，竟然将辰南活擒了，太好了！我们要用神铁锁链将他捆绑起来，用皮鞭狠狠抽他上百下，灌他辣椒水，在他身上滴蜡油，还要在他身上滴蜂蜜，放小兔去舔他，要好好折磨他！"邪恶的小公主欢快地叫着，真像个头生双角、背生蝠翼的小恶魔一般。

"砰"的一声轰响，拳头大小的花蕾快速放大，最后竟然绽放，莲瓣朝着四面八方飞射出去，辰南竟然生生轰开道家至宝的禁锢，冲了出来。"啊！"小公主一声惊叫，而后快速闭住嘴巴。梦可儿则无比震惊，没想到辰南竟然突破几位长老联手布下的强绝劲法。辰南一句话也没说，快速打开内天地，"呼"的一声将两女擒了进去，当然，虎王小玉也未能够幸免。

"哇咔咔"，紫金神龙如同一个老妖怪一般大笑着，冲着内天地中的两女嚎叫道："刚才你们说的话我们都听到了，我邪恶地联想到……嗷呜，妙不可言啊！"辰南快速封闭内天地，跳上紫金神龙的脊背道："我们去昆仑山妖族圣地！"旁边的龙宝宝一听，偷偷咽了一口口水，嘟囔道："虽然刚刚离开那里几天，不过真的好怀念哦！"

远处观战众人当中只有极少数修为高深的修炼者看到了这里的情况。绝大多数人还在对着地面那个巨大的手印发呆，过了好久那里才爆发出震天般的喊声。帝王之战落下帷幕，毫无疑问，辰南成为东土年轻一代第一高手，成功摘去帝王之冠！

一人两龙快速向着昆仑山飞去。莽莽昆仑，气势磅礴，银装与青翠共体。远远望去，昆仑山脉，山腰以下青葱翠绿，春意盎然，山腰以上则积雪漫山，白茫茫一片。山中奇花异草，清香扑鼻，各种珍禽异兽在山间跳跃腾挪，随处可见，不愧为洞天福地。

一人两龙已经不是第一次来这里，很快便找到了妖族圣地在这个世界的坐标，冲上那座大雪峰，在寒风呼啸声中，紫金神龙载着辰南冲向悬崖下。"呼"的一声，天地变幻，完全不同于外面的冰雪世界，眼前山清水秀，花香鸟语，如同世外桃源般怡人，似仙境般美丽。

小龙显得有些不自在，老老实实地攀在辰南的肩头。辰南知道这个小东西因为惹祸才逃离了这里，所以现在表现出这副样子。

紫金神龙一声长嚎："龙大爷又回来了……"不过回应它的却是一片谩骂："啊，混蛋龙又回来了，快把好酒藏起来！"

"该死的无赖龙怎么又来了，晦气啊！"

"可恶的坏龙又来祸害我们了！"

……

紫金神龙既尴尬又郁闷，没想到自己成了这么不受欢迎的龙，不过这只能怪它太没有觉悟，早应料想到才对。看到痞子龙如过街老鼠般人人喊打，龙宝宝眨动着大眼笑了起来，感觉自己的处境应该不太尴尬，它也奶声奶气地喊了一句："我大德大威的宝宝天龙又回来了……"

　　"什么？在哪里？一定要捉住那个混账无比的小家伙！"

　　"快来人啊，快来抓偷盗圣物的坏龙啊！"

　　……

　　小龙吓得缩了缩脖子。紫金神龙狂笑道："还是我的龙品比较好！"

　　"呼啦——"一大群妖怪围了上来，共同声讨两头龙，唾沫星子乱溅，就差扑上去拼命了。好在这些妖怪对神龙天生有着一股敬畏之情，没有造成流血场面。当然最重要的是，端木派人来传话要见辰南，才解救了两头龙的尴尬处境。

　　山青谷翠，殿宇楼台，小桥流水。在那山水间一座亭台之上，站立着一个青蒙蒙的身影，正是多日不见的大妖魔端木。青色身影缓缓飘浮而起，自矮山上向下飞落而来，道："年轻人你真是让人吃惊啊，才短短几个月未见，你竟然已经突破到六阶境界，实在让人不敢相信！"

　　辰南连称侥幸，谦虚客气了一番。接着他开始向端木道歉，称由于管教不严，差点让小龙毁掉昆仑未来的妖主，请他原谅。端木笑道："呵呵，你的来意我早已猜测出来了，既然神鸟凤凰蛋安然无恙，我也就不追究什么了。不过这一次你们不来的话，我还真要派人到外界去找你们，因为有件事情需要你们帮忙。"龙宝宝险些犯下大错，多少有些内疚，闻言问道："有什么事情需要我们帮忙呢？"端木哈哈大笑道："确切地说是需要你这个小神龙帮忙。"龙宝宝人小鬼大，感觉有些不妙，警惕地望着端木，一双大眼眨了又眨，嘟囔道："我没有什么本事，还是找泥鳅帮忙吧，它常说它无所不能。"

　　端木道："事情这样子的，呃，需要神龙将神鸟凤凰蛋孵化出来。""嗖""嗖"……两头神龙眨眼没了踪影，逃之夭夭。"可恶的老头！"这是龙宝宝的稚嫩声音。"该死的老妖魔！"这是痞子龙的声音。两个家伙虽然是在远空抱怨，不过他们的声音却被端木和辰南捕捉到了。

辰南感觉老妖魔实在让人无语，竟然要让神龙孵化凤凰蛋，这不是开玩笑吗？凤凰是神鸟，龙是神兽，两者风马牛不相及啊！再者说，想让龙宝宝或者痞子龙安心孵蛋，那简直是在开天大的玩笑！"咳咳。"辰南只能借助咳嗽来掩饰自己的尴尬，好半天才把那股笑意憋了回去，道："前辈你没搞错吧？那两个家伙虽然说是神兽，但和神鸟凤凰连远亲都算不上，你即便是期盼小凤凰早日出世也该找只孔雀或者天鹅之类的妖兽啊，怎么找到那两个家伙身上了。"

老妖魔端木也不自禁笑了起来，道："都怪我没有说清楚，一下子把它们两个吓跑了。是这样子的，在远古时期，神鸟凤凰乃是昆仑圣地的妖主，后来产下一枚神鸟蛋便消失了，致使这枚鸟蛋没有孵化出小凤凰。历代大妖想尽无数办法都无法使小凤凰出世。前不久那个顽皮的小神龙用它的黄金真火烘烤神鸟蛋，让整个妖族圣地陷入惶恐之境。不过事后我们几个老妖意外发觉神鸟蛋竟然传出丝丝生命波动，这明显是小凤凰要出世的征兆。"

辰南听得目瞪口呆，馋嘴小龙竟然让神鸟蛋有了生命波动，这实在让人无语。他已经隐隐猜到怎么回事了，接口道："这是好事啊！""对，这确实是好事！我们终于明白要怎样才能令小凤凰出世了。凤凰乃是火神，能够浴火重生，它的后代需要神火才能够孵化而出。而天地间唯有龙族中的皇者以及麒麟中的王者才天生具有神火，在神鸟凤凰消失后，只有它们才能够令小凤凰出世。"

"哈哈……"辰南一想到龙宝宝和紫金神龙要当奶妈了就忍不住想狂笑。端木接着道："你那两头龙一个是五爪黄金神龙，一个是五爪紫金神龙，都是龙族中的皇者，用它们的神火来孵化神鸟蛋最合适不过。""没问题，一会儿我就去把那两个家伙找回来。"辰南忍着笑意替两个家伙答应下来。偷偷潜进仙果园的两头神龙，还在美滋滋地享受着，却不知道它们已经被辰南卖给老妖魔了。

老妖魔端木很关心辰南的修为进境以及他最近在外界的遭遇，而辰南也很想向他请教，两人谈了很长时间。在提到天使来到东土之时，端木皱了皱眉头道："西方天界将有动乱发生，肯定会祸及人间界，所谓的圣战天使真的很强啊，千年前我曾经亲眼见识过……"老妖魔没有细说，辰南也不好意思深问。当听到辰南斩杀乱战门的李渊时，端木动容，有些担忧地道："记住，无论你的修为强到了何种境界，千万不要闯入乱战门，如今你已经和他们结了血仇，我担心将来有不好的事情发生在你身上。"辰南有些不解道："乱战门有什么可怕的，我现在已经达到六阶境界，再也不惧他们了。"

老妖魔严肃地摇了摇头，道："现在你已经迈入六阶领域，知道了这世间有玄界这样特殊的空间所在。回想过去，俗世的高手恐怕已经难入你眼，因为此后你接触到的都将是玄界中人，他们的修为可想而知。然而，在浩瀚东土，真正无敌于世间及各个玄界的，甚至让天界仙神都有些忌讳的修炼者，能有几人呢？其中便有李家的疯魔！""什么？！"辰南无比惊讶，李家竟然有一个无敌疯魔，这实在大大出乎他的意料。

端木道："乱战门的功法很特别，这一派的人几乎都是疯子，总是到处不断找人挑战，这样的一个门派很容易得罪修炼界众人引起公愤，招来灭派之灾。然而他们却是修炼界最为古老的门派，从远古流传至今，从未真正被灭派，你知道这是什么原因吗？"辰南摇了摇头。

老妖魔道："只因为疯魔沉睡在李家玄界之内，据说这是一个法力通天的无上存在，早已应该破碎虚空进入仙神界了，却一直沉睡在人间界，传说这是一个远古级的人物。"辰南心中一动，因为他想到了一个传说中的人物，在万年前那个时代，曾经有一个疯子横扫修炼界，难逢一敌手，可谓无敌于世！在那个疯子归隐三百年后，一代天骄辰战才出世，因此辰战无缘和那个疯子一战。

不过这个疯子的后人也都是了不得的人物，在辰战的那个时代，疯子的后辈传人乃是一个即将破空飞仙的人物。而澹台古圣地的开派祖师澹台璇，据说弃武修道时，便是拜在那人门下。想一想东方长明曾经说过，李若兰的功法很像万年前那个疯子的一脉，再想一想梦可儿与李若兰的奇怪对话，以及她们功法当中的某些相似之处，辰南终于明白了，乱战门真的是万年前那个疯子的一脉！只是，他没有想到这个疯子居然还活着，一直在李家玄界沉睡！一个远古时期的无敌强者，竟然活到了现在！难怪端木说那个疯魔是天下间真正的无敌者，这样的人物即便打上天界，恐怕也没有几个角色惹得起！

端木道："想一想狂妄的东土皇族为何会和乱战门结盟？他们真正看重的是李家沉睡的远古疯魔。"疯魔这个名字深深烙印进辰南的脑海，因为这是一个真正可以称为无敌的人物！他问道："疯魔有多久没出世了，我真的想请教他万年前的事情啊！"

"没用的。"端木道，"李家众人都不知道疯魔沉睡在他们的玄界中。八千年前众多修炼者杀进李家玄界，在李家面临灭派时，疯魔出世，惊天一击，溃败众多入侵者，经此一役，所有人才第一次知道这位传说中的人物一直驻留在人间界。五千年前大批修炼者再次杀进李家玄界，在李家生死存亡之际疯魔再次出世，挥手间灭掉所有玄界强者。这一次人们终于知道，疯魔始终沉睡在李家玄界，从此以后人们如果和李家发生战斗，只敢在玄界外征杀，再也不敢闯进他们的玄界一步！所以，即便李家在外面的所有高手都死亡殆尽，他们的玄界传承也不会断绝，经过上百年、上千年的修养，还会现于世人眼前。"辰南听得暗暗咂舌。

至此，辰南打算继续在昆仑玄界修炼。因为端木告诉他，现在他的修为配合内天地，在高手面前"自保"已经没有问题，但如果想真正纵横于天下，那么最好达到六阶中级或大成境界。人间界允许动用的巅峰力量为六阶巅峰，如果辰南能够达到六阶大成境界，有神异的内天地相辅，在不碰到可以随意自我封印、解封的仙神人物的情况下，便可真的在人间界无敌了。

移到妖族圣地的百花谷被古阵紧锁，不过却仙气氤氲，然而仍然没有雨馨和晨曦半点消息，辰南在那里徘徊良久，不得不沉默退走。当辰南找到两条龙，告诉它们需要去"孵蛋"时，痞子龙差点造反，龙宝宝则选择再次远遁。好在辰南急忙将真实情况说出，紫金神龙才停止张牙舞爪，龙宝宝也悄悄飞回。

"说话大喘气，龙大爷还真以为要我去孵凤凰蛋呢！如果真是那样，我宁可一头撞死！"龙宝宝扑扇一对金色的龙翼，道："神说，要博爱，我们一定会好好烧烤凤凰神蛋的……哦不！是帮助小凤凰早早出世！"小东西暗暗吞了一口口水，显然馋嘴的毛病又犯了。辰南对这两头龙还真是不放心，天知道这两个家伙会不会"一不小心"偷吃！

凤凰神蛋不过人头大小，五颜六色的花纹布满蛋壳，整体散发着七彩的光芒，透发出一股神圣的气息。因为怕两头龙吃掉昆仑妖族的未来之主，辰南将神鸟蛋带到他的修炼之所，他要一边修炼一边监视两头龙吐神龙真火孵化神蛋。

"原来凤凰神蛋就是这个样子啊！"紫金神龙两眼放光，"噗"的一声喷出一道紫金火焰。"我很怀疑最后会不会把它烤熟了。"龙宝宝吐出一道黄金神火。至此，一人两龙在妖族圣地安顿下来，辰南每天都在悟武，而两头龙除孵蛋，又开始为祸昆仑。

直到第十天辰南才想起一件事情，急急忙忙打开内天地，因为那里还关押着两个重要俘虏呢！还好，两女皆不是寻常人，辰南进来之时梦可儿和小公主正在打坐调息，并没有发生什么饿晕事件。

虎王小玉这个大胃王一见辰南进来，"嗷"的一声就扑了上去，十天未吃未喝，它饿得病恹恹，早已没有精神，看到罪魁祸首怎么会不急眼呢？辰南擒龙手一挥，直接将变大的虎王压制成小猫般大小，而后将它揪起，道："色虎，好久不见，就这样和我打招呼吗？我知道你这个家伙身上隐藏着许多秘密，这次一定要好好地把你那些秘密给压榨出来。"

正在这时，小公主和梦可儿都被惊醒。"啊，臭败类，我恨死你了！快放我们出去，我快饿死了！"美若天仙的小公主，张牙舞爪地冲了过来。白衣胜雪的梦可儿更是直接，九片莲瓣飞舞而出，向辰南旋斩而去。不过以辰南此时的修为，她们根本难以奈何，小公主被禁锢在辰南身前三丈处，像是陷入了泥潭一般艰难地挣扎着，而梦可儿的莲瓣更是被辰南直接定在空中。

"唔，看来你们的精力还非常充沛啊，那我就不打扰了，你们继续修炼吧。"说罢，辰南揪着虎王小玉向后退去。"不行，败类给我回来，我快饿死了，快放我出去吧。我认输，我求饶，真的，以后再也不敢找你麻烦了。"小公主真被饿怕了，见辰南要走，不得不服软。辰南本想帮小公主树立正确的"人生观"，不过一触及旁边梦可儿的目光，他立刻打退堂鼓，把两女抓来完全是因为当时受攻击后一时气愤，现在感觉还真不好处理这件事。他离开了自己的内天地，再次进来时带进许多吃食，最后揪着虎王小玉离开。

"色虎，现在暂时恢复你的自由身，自己填肚子去，有时间再好好地审问你。"辰南直接将虎王放了，料想它无法逃离昆仑玄界。如小瓷猫般的虎王，对着辰南张牙舞爪了一番，而后"嗖"的一声飞走了。

修炼的日子很平淡清苦，辰南有时候一坐就是十天半月，每次醒转时都带着大量的食物送进内天地。被关了一个月，小公主真的有些害怕了，生怕辰南真的就此囚禁她一辈子，小恶魔彻底服软。而梦可儿还是老样子，对辰南不理不睬，将这次囚禁生涯当作试炼，在辰南的内天地中修炼不辍。

三个月的时间说长不长说短不短，不过这段时间对于昆仑妖族来说是充满希望的，凤凰神蛋内传出的生命波动越来越强烈，所有妖族都知道小凤凰要出世了。痞子龙和龙宝宝因此成了昆仑的大恩人，现在两个家伙经常明目张胆地进入仙果园享受，众妖虽然暗暗咬牙，但皆睁一只眼闭一只眼，当作没看见。

当黄金神火与紫金神火"烘烤"神鸟蛋将近一百天时，散发着七彩光芒的鸟蛋内传出了"咚咚"的声响，仿佛有一个小生命在用力撞击着蛋壳。至此，昆仑山四大妖魔端木、泥人、罗森、魔蛙都出现在辰南的修炼之所，亲自看守神鸟蛋，生怕即将出世的小凤凰出现意外。

辰南还是第一次见到昆仑山的另外三个大妖魔。泥人虽然名震修炼界千年之久，却如一个纯真的少年一般清秀，很难让人联想到眼前这个身体有些单薄的年轻男子，乃是这天下间最厉害的大妖魔之一。辰南可不敢"以貌取人"，要知道正是眼前这个清秀的"少年"，曾经在修炼界血杀八百里，一举灭掉五个玄界，在玄界人士眼中乃是一等一的杀戮狂人。大妖魔罗森化身万千，当然这是一种夸张的传说，这个大妖魔的本体很少离开昆仑玄界，但其有多个化身，数个时代的顶峰人物都是他所化，每一个化身都是震惊修炼界的超级存在。魔蛙这个老古董级的妖魔，实力可用深不可测来形容，据说千年前闯入西方祸乱时，差点被封印在光明教会的十八层地狱中，但硬是被他生生闯了出来，杀戮无数高手，手段异常残忍，是公认的邪恶大魔王。

面对这天下间最强大的四个老妖魔，痞子龙无所畏惧，依然疯言疯语，当然它也有这样的资历，要知道老痞子如果不是意外失去龙元，实力绝不下于眼前几人，不然也不可能和泥人是老友的关系。龙宝宝则对四个老妖魔充满好奇，一双大眼在四人身上扫来扫去，让老妖魔罗森受不了的是，龙宝宝居然毫无顾忌地道："魔蛙肯定是蛤蟆精，泥人不用想也知道人如其名，端木是老树精，罗森是什么精怪呢？"敢于这样在四个老妖怪面前如此无礼，恐怕也只有龙宝宝，不过小龙的声音如此稚嫩，分明还是一个孩童，四大妖魔也不好发作。

神火烘烤神鸟蛋一百天，彩光闪烁的鸟蛋终于发出"咔嚓咔嚓"的声响，随着蛋壳裂开一道缝隙，一道七彩光芒直冲霄汉，氤氲彩雾弥漫在整片空间，四大妖魔身形同时一震，而整片昆仑玄界则发出一片震天的欢呼声。"咔嚓咔嚓"，蛋壳继续破裂，七彩神光更加强盛，神圣的气息浩荡在整片昆仑玄界。痞子龙撇了撇嘴道："声势还挺惊人的嘛，不过比起当年的我还是差了点。"龙宝宝神情有些恍惚，小声嘟囔道："我怎么没印象我是怎么出生的？印象怎么这么模糊，奇怪呀。"

"咔嚓咔嚓——"七彩神鸟蛋彻底龟裂，就在这时突然爆发出一个无比强猛的气息，一道巨大的七彩光柱贯通天地，昆仑玄界内仿佛矗立着一个擎天柱一般。一个磅礴的力量汹涌澎湃而出，将四大妖魔、两头龙，还有辰南皆轰飞。璀璨的光芒渐渐收敛，一地的破碎蛋壳闪烁着灿灿光芒，一个巴掌大小、全身上下布满金黄色绒毛的小东西正在探头探脑地四处打量。"这就是神鸟凤凰？笑死龙了，怎么和只小鸡差不多啊？"痞子龙嘿嘿笑着。

刚刚出生的小家伙，迷糊地看着眼前这些奇怪的人，最后一双美丽的凤眼，盯住浑身上下金光闪闪的龙宝宝，眼中闪现出一道彩光，口齿不清地叫道："妈妈，妈妈……"而后摇摇摆摆，抖动着金色的绒毛，向小龙蹒跚而去。所有人都傻眼，没想到这个小家伙刚出生就能够口吐人言，但更为让人感觉奇异的是，它居然叫龙宝宝为妈妈。

痞子龙狂笑，龙宝宝难得露出不好意思的样子，一双大眼使劲眨了又眨，不满地嘀咕道："我长得很像一只鸟吗？"小凤凰蹒跚到龙宝宝近前，用两只毛茸茸的小翅膀亲昵地去抱小龙，同时不断地轻轻啄它，嫩生嫩气地道："妈妈，妈妈……"

"哦，天啊，光明大神棍在上，我、我真的不知道该怎么办了。"小龙奶声奶气地叫道，它自己本就是一个小家伙，现在一个更小的小东西居然赖上它，还管它叫妈妈！四大妖魔也是相顾无语，辰南想笑又笑不出来，使劲地憋着，只有痞子龙肆无忌惮地狂笑不已。

"神说，我真的不是你妈妈。"

"是妈妈，金色的，我也是，翅膀我也有。"

鬼精灵似的小龙现在还真是被难住了，越是解释小凤凰越是跟它纠缠。端木走了过来，对小龙道："不要担心，不久之后小凤凰会蜕变成七彩凤凰的，到那时它会渐渐搞清情况。""哦，那真是太好了！"小龙高兴地叫了起来，急忙运用龙力将小凤凰包裹着送到端木那里。

端木刚要接手，小凤凰突然大哭了起来，口中不断大叫着："妈妈……"泥人叹道："这真是一个让人头疼的小家伙！"四个老妖魔相互看了看，最后一致决定，小凤凰暂时由龙宝宝照顾，等它稍稍长大后另行安排。辰南顿时傻眼，龙宝宝这个小东西被别人照料还差不多，虽然它很机灵，但更加顽劣，哪能照顾好小凤凰啊。"前辈，你们是不是有些欠考虑啊……"辰南不得不出面，免得小龙一不小心做出某些"意外举动"而不小心伤害到小凤凰。端木像是看出了他的顾虑，道："没关系，神鸟凤凰具有不死之身，不会发生什么意外的。"

就这样，小凤凰像个小尾巴一样，跟在小龙身后，害得龙宝宝一天当中有大半时间在外面游荡。小龙不愿回到辰南的修炼之所，这就令辰南异常辛苦了，小凤凰简直可以用精力过盛来形容，经常在辰南的修炼之地上飞下跳，片刻都不得安宁，逼得辰南险些将它关进内天地。

四大妖魔对小凤凰格外上心，每天派人送来一滴地乳，喂服给小凤凰。要知道所谓的"地乳"可是万万金也难求一滴啊！这是大地灵根所产生的仙液，有生死人肉白骨之功效。即便是法力通天的大妖魔也很难发现一处大地灵根，即便发现一处灵根，也不过只能收集到十几滴而已。为了能够让龙宝宝尽心尽力地带小凤凰，四大妖魔忍痛做出决定，每半个月送小龙一滴地乳。这令紫金神龙羡慕得直欲抓狂，长嚎道："我也想做奶妈啊！"

地乳的诱惑果然巨大，馋嘴龙宝宝终于不再逃避，每天出去祸害时也要载着巴掌大小的小凤凰。肥嘟嘟的龙宝宝只有一尺长，背上还有一个巴掌大小的凤凰，这样的组合到处祸害，格外引人注目。妖族子民纷纷哀叹，这样下去小凤凰非被小龙带坏不可，到时候未来的妖主极有可能是昆仑第三害！

在昆仑玄界内小凤凰出世时，耀出贯通天地的七彩光柱之际，罪恶之城神风学院发生了一件异事，一道七彩光柱同样直冲霄汉。引得隐居在罪恶之城的众多强者冲进神风学院，但七彩光芒很快就消失了，所有人无功而返。

这件事的主角人物乃是东方凤凰，她的身体在那一瞬间莫名其妙燥热起来，而后爆发出一片神火，烧毁整座房舍，紧接着她的头顶冲腾起一股七彩光华，将整片天际映射得无比瑰丽。东方凤凰的爷爷在第一时间赶到现场，等待彩光消失后立刻将昏迷的东方凤凰抱起，冲进神风学院的秘地，将她藏起。随后副院长等几位高层人物赶到学院秘地。

"想不到神鸟凤凰来到了这个世上。"

"是啊，我也感觉很吃惊，凤凰这个孩子身上的凤凰血脉被激活了。"

东方家族具有凤凰血脉，能够代代单传，仅仅有少数人知晓，这算得上一个秘密。除非神鸟凤凰临世，具有唯一性的凤凰血脉才可能觉醒。东方凤凰正是这一代的凤凰血脉传人，随着昆仑玄界内小凤凰的出世，她的神脉觉醒了。这对神风学院来说毫无疑问是一个大好消息，这意味着即将有一个实力难以想象的超级高手出世了，具有不死神鸟血脉的人，潜力是难以想象的！

辰南进入昆仑玄界已经四个月，修为有了长足的进步，虽然还未能够迈入六阶中级领域，但也指日可待！他将紫金神龙和龙宝宝召唤到修炼场所，他觉得该为两条龙提升一下实力了。小凤凰也晃晃悠悠地跟了过来，现在小家伙金色绒毛尽褪，已经长出了漂亮的七彩羽毛，虽然还是巴掌大小，不过如果加上那长长的翎羽，已经有一尺多长了。随着灵智渐长，小凤凰已经渐渐知道小龙和它并没有血缘传承的关系。

只是小凤凰还是特别的黏人，依然喜欢跟在龙宝宝身后。内天地大开，辰南与两头龙飞了进去，小凤凰也跟了进去。

梦可儿正在定地神树之下打坐，她真的将这里当成修炼圣地，已经渐渐忘却自己是一个俘虏，小公主虽然不情愿，每天也只能以修炼来打发时间。

现在见到辰南进来，梦可儿毫无反应，依然闭目调息，小公主则反应激烈，可用咬牙切齿、张牙舞爪来形容。"辰南快把我放出去，不然我跟你拼了。我实在待不下去了，我快疯了！"显然小公主这些举动是徒劳的，现在在昆仑玄界中，辰南不可能将她放出去。

"咦，这是凤凰！天啊，臭败类你是怎么做到的，不仅找到两条龙，现在居然找到了一只小凤凰，我嫉妒你！"小公主发现小凤凰后，吃惊地张大嘴巴，快速跑过去一把将迷迷糊糊的小凤凰抱在怀中。

辰南径直走到定地神树之下，而后腾空立在十几米高空，向着挂在树梢上的天使之心摘去。"真是让龙激动啊！"紫金神龙兴奋地嗷嗷乱叫道，"终于可以吃到完整的天使之心了，不过小子你真是可恶，直到现在才想到本龙。但是龙大爷还是很高兴，哇哈哈，恢复到六阶状态正在倒计时中，嗷呜……"

紫金神龙当然激动了，没有人比它更清楚天使之心的价值，上一次楚国皇宫大战时，被大魔杀死的天使爆出的天使之心不过承载了那个天使力量的十之二三，但即便那样的天使之心被它和龙舞平分之后，依然一下子提升了它一大截实力。定地神树具有莫大的神能，所吸纳而来的天使之心集聚了天使全部的力量，如何不让老痞子兴奋地想大叫呢？

"一定很好吃。"龙宝宝也扑棱一对金色的小翅膀，紧紧地攥着小拳头，眼中满是小星星。小凤凰迷糊地眨动着丹凤眼，待在小公主柔软的怀中，看着在高空中采摘天使之心的辰南。小公主则很气愤，她在这片小世界已经待了几个月了，想尽一切办法都无法靠近那株神树，眼看着树上的仙果却没有丝毫办法。后来从梦可儿那里才知道，这片天地可能是辰南创造出来的，她吃惊得瞪大了眼睛，简直不敢相信。看到辰南摘下两枚天使之心和一枚元婴果，小公主皱着秀眉嘀咕道：

"可恶！"

"嗖""嗖"……紫金神龙和龙宝宝如电光一般冲了过去，就连小凤凰也挣脱小公主，晃晃悠悠飞到了辰南的近前。辰南将手摆了摆，道："泥鳅、宝宝你们两个听好，吃下天使之心后，我会给你们一个任务……"辰南给两条龙的任务很简单，要他们将元婴果送到纳兰若水那里。随着他离仙武之境越来越近，他不得不开始考虑一些问题，岁月无情，当他迈入永生之列时，说不定纳兰已经抵挡不住岁月的侵蚀，或许已经……

元婴果凝聚了一个六阶高手毕生的力量与生命之能，纳兰若水乃是医术圣手，肯定知道怎样汲取其精华，如果能够完全将之吸收，她即便迈入不了六阶境界，延长几十年生命也是可以的。辰南现在不能给纳兰若水任何承诺，不好出面，故此将此任务委托给两头龙。听完辰南的话后，两头龙眼巴巴地望着天使之心，连称没问题。小公主恨恨地跺了跺脚，不满地嘀咕道："臭败类竟然真的拐走了若水姐姐。"梦可儿原本平静的脸上闪现出一丝情绪波动，不过很快又消失了，又变成了那个如同不食人间烟火般的仙子。

紫金神龙一口就吞掉天使之心，而后一声长啸，震得整片天地剧烈颤动不已，紧接着它快速冲进混沌地带。它原本的修为早已超越六阶，因意外失去龙元才变得相对弱小，但其境界始终未变，它所欠缺的便是元气，现在吸收掉一个天使的全部生命之能与力量，很快就会重返六阶领域，当然在这个过程中它少不得要折腾一番，所以冲进了混沌地带。

龙宝宝并没有一口吞下，小东西慢慢地品尝着，一双大眼半眯缝着，充满陶醉之态。就在这时，旁边的小凤凰不满了，委屈地叫道："我也要……"龙宝宝略微犹豫了一下，最终伸出金黄色的小爪子，将爪中剩下的少半颗天使之心向它递去。

"不……"谁知小凤凰摇了摇头，拒绝了小龙的好意，眼巴巴地望着辰南。对于这个小不点，辰南还算喜欢，不过有一帮老妖魔经常给小凤凰提供地乳，辰南觉得它已经进补得够多了，不打算分给它灵果，道："小不点乖，下次给你一颗大大的天使之心。"

"我也要……"小凤凰重复着那句话，摇摇晃晃飞到辰南眼前，可怜兮兮地望着他，一双凤眼中竟然噙满泪水，真跟个小可怜儿一般。当辰南还在思考如何劝说这个小不点时，原本慢吞吞的小凤凰突然快如闪电一般，"嗖"的一声在他身边荡起一股轻风，而后冲天而起。"啊，你这个小坏蛋给我回来！"辰南急忙腾空而起，追了上去。因为，可怜兮兮的小不点竟然趁他不注意，叼走了元婴果。任辰南怎样威胁，小凤凰丝毫没有减速的意思，在高空之上如一道闪电一般，冲到东飞到西，而且竟然快速将元婴果给吸收了。

"天啊！"辰南真是无语问苍天，万万没有想到被这个小不点给骗了，居然还以为它可怜兮兮呢，其实却是如此的狡猾。小凤凰吸收掉元婴果后，终于晃晃悠悠飞了下来，不过它似乎知道犯了错，直接躲在龙宝宝的背后。辰南真是气啊，居然被这个小不点给蒙混了过去，随即他将目光注视到小龙身上，道："是不是你这个小东西教它的，怎么看都像你的手法，扮猪吃老虎。"这的确像小龙的手法，这个小家伙平时经常施展这种手段，不过龙宝宝感觉受到了莫大的委屈，使劲地摇头，道："神说，谎言容易让人迷失自我，我没有教过它这些。"

看情形真的不像这个小神棍教的，不过龙宝宝接下来的话，让辰南明白怎么回事了。"可能是受了我的一些影响吧。"说到这里，龙宝宝难得露出不好意思的神态，因为小凤凰的作为完全是有样学样，平时小龙到处祸害昆仑妖族，小凤凰跟在它的身边，当然学得十足像。辰南这个气啊，潜移默化的力量还真是强大！才出生不久的小凤凰竟然被小龙带成了这副样子，以后肯定会是另一个"问题宝宝"。

"它怎么突然快如闪电一般啊！这个小东西不是刚刚学会飞行吗？"辰南有些不解。"它？早就会飞了！加上天天喝地乳，想不强健都不行！"小龙多少有些羡慕地嘀咕道。小凤凰探头探脑地在小龙背后望着辰南，有些胆怯地小声嘟囔道："对不起，我平时看到妈妈就是那样做的，刚才完全是条件反射，一时没有忍住！"辰南彻底无语，真不知道这个小不点是真迷糊，还是狡猾得过了头，这才是一个刚刚出生不久的小凤凰啊！

"轰隆隆——"混沌地带传出阵阵震天巨响，紫金神龙即将破阶，开始折腾起来。龙宝宝也大叫一声，突然幻化出近二十丈长的神龙身，快速冲向另一个方向的混沌地带，天使之心在它体内也开始起作用了。还没等辰南移开目光，小凤凰周身上下突然涌动出一片滔天大火，它发出一声清脆的凤鸣，也快速冲向另一片混沌地带。

辰南摇头苦笑，没想到元婴果竟然便宜了小不点，这个小家伙从出生开始，就天天饮地乳、食灵果，现在更是吞服下六阶修炼者的元婴，天知道它以后会取得怎样的成就。他叹道："若水的那份以后再说吧，反正还有许多机会。"

现在内天地清净了，三个家伙都有收获，忙着去炼化灵力。辰南在小公主向他追来之前先一步离开了内天地，而后快速将之关闭。接下来几天辰南依然参悟玄学，尝试忘法、悟法、创法。直到老妖魔端木带着虎王小玉找上门来，他才悠悠醒转过来。

"色虎你终于送上门来了。"来到昆仑玄界不久，辰南就将虎王小玉放出内天地，然而此后再想找它，却如同大海捞针一般，怎么也无法寻到，小玉仿佛凭空消失了。害得他还以为虎王被某些妖怪捉住吃掉了呢。现在居然见到小玉大摇大摆地跟在端木的身后来到了他这里，真是感觉有些吃惊。不过让他更惊讶的还在后面，小瓷猫般大小的虎王，居然冲着他翻白眼，口吐人言，发出童音，道："可恶的坏蛋，现在还想欺负我，没门儿！端木爷爷快帮我教训他！"

辰南吃惊得下巴差点掉下来，这个色虎居然能够口吐人言了，这太不可思议了！即便这片玄界是妖族圣地，但虎王才来到这里几天啊，怎么可能这么快就修炼成妖怪了呢？"色虎你、你……"辰南真是有些说不出话来。

端木笑了起来，道："我想你们之间可能有些误会，现在看在我的面子上一笔揭过吧，过去的事情就不要再提了。""这到底是怎么回事？这只小猫怎么会口吐人言了？"辰南实在不解，忍不住问道。小玉过去被辰南压迫了数次，现在有大靠山在身旁，胆子立时大了起来，听闻辰南称呼它最讨厌的名字"色虎""小猫"，气得不断哼哼，最后忍不住跳了起来，蹿到辰南身上，想来个"蹬鼻子上脸"，却被辰南一把攥住了，小玉如同一个负气的孩童一般，一对毛茸茸的小虎爪使劲地挠辰南的手臂，口中气呼呼地叫着："我抓抓抓……"

"我靠，色虎你还没完没了了。"尽管小玉难以伤到辰南，不过也令他有些狼狈。但无论怎么看，这个虎王都似乎和端木有些关系，辰南不好真个伤它。端木微微扬手，用无上妖力，将小玉拖了回去，他道："小虎其实早已修炼到五阶妖境了……"

天元大陆中部地带的十万大山中，多山精异怪，虎王小玉便是那里的一只通灵虎王，修为已经达到了五阶境界，而且它乃是端木的一位老友的后代。毕竟是名妖之后，它修炼不过千年就已经快能够化成人形。但非常不幸的是，虎王小玉在十万大山中无意间闯进镇压紫金神龙的那座神殿，被里面那个如同干尸般的家伙生生吸去了真元，结果由五阶直接跌到了一阶境界。

虎王小玉虽然气得要抓狂，但也没有办法，想找它爷爷老虎王为它报仇，但老虎王成年在外游历，十数年难得回十万大山一次。小玉没有办法，只得怀恨，在大山中苦修，以期早日恢复元气。结果不想，苦修几十年，好不容易恢复到三阶境界，就碰到辰南，差一点就被击杀，更为悲惨的是，它的修为再次跌到一阶境界，险些将虎王小玉郁闷死。后来发生了一系列事件，辰南逼着它再次前往古神殿，这直让它抓狂，再次见到那个如同干尸般的大仇人，它虽然暗恨，但却没有丝毫办法。

总算小公主对得起小玉，在回到楚国皇宫后找来各种灵丹妙药帮它恢复元气，使它再次恢复到三阶境界。这一次小玉被辰南放入昆仑玄界，不久便遇到端木，对于爷爷的这位友人，它记得清清楚楚，它简直就像没妈的孩子遇见了亲人一般，"嗷"的一声就扑了过去。端木从虎王小玉的口中了解了它一系列的悲惨遭遇，最后不仅赐给它几滴地乳，还不惜耗费功力帮助它恢复元气，令它的修为跨入四阶境界。虽然没有恢复到全盛时期的境界，但它毕竟是名妖之后，所以在四阶境界就已经能够开口吐人语。

辰南恍然大悟，一下子想明白许多事情，怪不得虎王身上古怪多多，怪不得它在一阶境界时就能够随意变幻身体大小，怪不得古神殿中那个干尸认得它，现在这些事情都可以理顺了。显然，端木也早已猜测出，那个如同干尸般的老人，就是所谓的古神。虽然早已明了其中一些情况，但辰南心中还是有着许多不解之处。古神殿中那个老家伙可是一个异常危险的人物啊！虽然有重伤在身，但想必要杀死他的话，也不会费多少力气。那个古神为什么没有像对待小玉那般，吸收掉他的元气呢？为什么向他透露封印的蛮兽，以及玄武甲的信息呢？这令辰南百思不得其解，恐怕只有再次见到他才能够了解其中的隐秘。

"年轻人还是放掉那两个女孩吧，毕竟其中一人乃是小虎的朋友，而另一人的师门则与昆仑妖族一脉有着一些来往。"端木脸上充满了异样的笑意。辰南感觉一阵脸红，被这个老妖魔这样一说，他仿佛成了一个十足的奸邪之徒。既然老妖怪这样说了，辰南不得不打开内天地，将两女从里面放了出来。"呼"的一声，两女出来的刹那，老妖魔端木飞了进去，辰南为避免和两女纠缠，也直接飞进内天地。

老妖魔一进入辰南的内天地，立刻被那株将近二十米高的定地神树吸引住了。他忍不住赞叹道："好一棵神树啊，有这样一件圣物，即便封闭空间出口，不汲取天地中的灵气，这片空间也成一方小天地，能够自给自足啊！"就在这时，混沌地带传出阵阵龙吟凤鸣，显然三个得到莫大好处的家伙被惊醒了，现在出关在即。

龙宝宝最先冲了出来，黄金神龙躯金光闪闪，长足有三十丈，巨大的神龙翼荡起一股猛烈的狂风。紧接着紫金神龙飞了出来，紫光闪闪的鳞甲光芒璀璨，同样长达三十丈的龙躯，在空中舞动如云。"哇哈哈，龙大爷终于再次踏足六阶领域了，嗷呜……"紫金神龙一边狂笑，一边发出震天的长嚎之音。最后出场的是小凤凰，它晃晃悠悠地飞了出来，身体大小未曾改变，不过任谁也能够看出，小不点和以前大不一样了，一双美丽的凤目中充满灵气，不再像先前那般迷迷糊糊，身上的七彩羽毛更加光亮，阵阵流光溢彩在上面不断闪现。

当听到小凤凰曾经吞食过一枚元婴果后，端木哈哈大笑道："原来如此，怪不得小家伙进步如此神速，这真的是天大的福缘啊！"对此，辰南只能翻白眼，什么福缘啊，还不是小不点有样学样，沾染上龙宝宝的习气。

终于到了离开昆仑的日子，如今两条龙的修为都已经在六阶以上，辰南信心百倍，现在终于可以有番作为了。小公主真是恶魔的姐妹，和昆仑玄界内的诸多妖怪打得一片火热，竟然赖在这里不想走了。梦可儿没有办法，只得由她去，大不了回去通知她姐姐一声就是了。

小凤凰竟然对龙宝宝和辰南产生了感情，在离别之际大哭大闹说什么也不答应，最后四大妖魔做出了一个令辰南目瞪口呆的决定，他们允许小凤凰和他们一起去外面闯荡一番。他们之所以如此放心，理由很简单，小凤凰乃是不死神鸟，从某种意义上来说，比之神龙的生命力更加强盛。

小不点终于满足了，再也不哭不闹了。辰南也很满足，有小凤凰这个未来的昆仑之主夹在他和昆仑众妖之间，他便等同于和昆仑建立一种密切的联系，等同于多了一个强大的后盾。"我是一只小小小小鸟，想要飞呀飞却飞也飞不高，我寻寻觅觅寻寻觅觅，一个温暖的怀抱，这样的要求算不算太高？"离开昆仑玄界后，小不点一边鸣唱，一边可怜兮兮地望着两头龙与辰南。

痞子龙肯定是不会伺候这样一个小家伙的。龙宝宝也不可能载着它飞行了，原因是小不点有足够的速度能够跟上他们。最后，还是辰南心软，见不得小凤凰那水汪汪的丹凤眼，将它放到肩头。"辰南爸爸好，小龙哥哥坏！"听着小不点亲热的话语，辰南险些自高空中栽落，这个小凤凰亲热得未免过分了吧，怎么转眼间就成爸爸了？不过想到未来的种种可能，他还真有可能会成为小凤凰的奶爸，想到要照料这个小不点，他就头疼。

痞子龙流氓习性不改，对着同他们一起离开昆仑玄界的梦可儿高声叫道："嗨，美女我带你一程！"梦可儿还没有发作，小凤凰便开始有样学样地喊起来："嗨，美女我带你一程。"

"去，大人说话，小孩少插嘴！"痞子龙斥道。小凤凰道："偏不！我就学！嗨，美女我带你一程。"辰南一阵头大，四大妖魔让这个小不点跟着他们，真是一个重大的错误决定啊，瞧瞧它都学到了些什么，有"好榜样"在前，可想而知长大后的小凤凰会是什么样子。梦可儿本想直接给痞子龙一剑的，但看到小凤凰如此样子，不禁被逗得漾起一抹笑意。

临别前，端木反复暗示辰南，希望他不要对梦可儿不利，他现在当然不想去招惹她。然而，在昆仑玄界内，未曾对辰南说过一句话的梦可儿，现在突然对辰南开口，道："好，我就让你们送我一程。"辰南有些惊讶，紫金神龙更是张大了嘴巴，龙宝宝则小声嘀咕了一句："最难猜莫过女人心。"

"最难猜莫过女人心，最难猜莫过女人心。"小凤凰又开始学舌。"怎么，不愿意？你害怕吗？"原本脸色平静的梦可儿，微微露出一丝挑衅的神色，令这个宛如仙子般的圣女看起来别有一番韵味。

"怕？我怕什么！"辰南御空飞行，来到她的近前，伸手便要去拉她。梦可儿驾驭玉莲台快速闪向一旁，而后荡起阵阵光华，飞到紫金神龙背上，道："走吧。"辰南大笑，同样飞到了痞子龙的背上，老痞子翻了翻白眼，快速向前冲去。

"哦，光明大神棍在上！神说，当一个女人长久地恨一个男人时，她自己也要失陷了。"龙宝宝调皮地冲着小凤凰眨了眨大眼。果然，小不点又开始有样学样："神说，当一个女人长久地恨一个男人时，她自己也要失陷了。"闻听此话，梦可儿差点拔剑，不过最终她叹息了一声，道："辰南，我现在想向你借一样东西。"

"嘿，不会是我的命吧？"

"不，是你的内天地当中的那棵定地神树，我想借它去镇压澹台古圣地的恶魔。"

"这个暂时恐怕不能，因为我现在需要用它去战斗！"辰南不得不回绝，他即将要征战杜家玄界，决不可能将这件圣物借出去。"哼，我只是暂时借一段时间，先将恶魔的煞气镇压下去，当寻到其他神物后定然会立刻还你。"梦可儿有些气恼，修炼界中众多年轻子弟向来对她敬如天人，如果她提出什么请求，可以说没什么人会拒绝。即便定地神树乃是稀世宝物，但两人毕竟曾经发生过一些事情，这个家伙竟然不想借助这个机会缓和一下敌对情绪，居然一口回绝，简直不可饶恕。当然，这些都是梦可儿在刹那间产生的情绪，不过瞬间她便平静了下来，暗暗斥责自己竟然生嗔。

"澹台古圣地到底封印了一个什么样的恶魔？"辰南始终存在着疑惑，现在终于可以借此机会询问了。

"不知道，没有详细记载。"

"是哪个时期封印的呢？为何不彻底把它消灭呢？"

"大概在万年前就被封印了吧。想把他彻底灭掉？哼，恐怕天下间还没有一人有如此神通，要知道万年前澹台祖师联合诸多仙神高手，仅仅能将此人封印，却不能够彻底将之灭杀。"

辰南倒吸了一口凉气，这到底是怎样的人物啊？想必天界的澹台璇现在已经成了一方仙主，如果当年那个连她都无法压制的恶魔冲出来，会有着怎样的神通呢？这绝对又是一个传说中的无敌人物，应该和疯魔在同一个等阶吧！他道："好吧，等我办完一些重要的事情，会登门拜访澹台古圣地的，到时候……"辰南没有说下去，因为他不能肯定，到底是去澹台古圣地封魔，还是去营救那个恶魔，不知道为何他有一种感觉，似乎被封印的人和他多少有些关联。也许，探寻万年前的秘密，这是一个绝好的突破口，不过却需要他有强大的实力做后盾，不然有可能会死在那个恶魔的手中。

梦可儿慢慢平静了下来，平淡地道："如果你肯借定地神树给澹台古圣地，我派所有人都对你感激不尽。好吧，如果你有这个想法，可以随时去楚国皇城，寻找我楚月师妹。"说罢，梦可儿冲天而起，驾驭着玉莲台飞离紫金神龙。

"好的，我知道了。"辰南挥了挥手。小凤凰似乎也知道轻重，在谈正事时并没有捣乱，只在最后学着辰南的样子，挥了挥亮丽的羽翼，叫道："好的，我知道了。"


数月前，辰南一战功成，在东土年轻一辈号称第一帝王，再无敌手，传遍东西方，所有人都牢牢记住了这个名字。现在，他的目光早已不局限在凡俗界，他将要第一次正面与杜家玄界众人相对。按照在昆仑玄界中所获得的信息，辰南指点紫金神龙穿云破雾，向着东大陆北部的拜月国飞去。

拜月国民风彪悍，和楚国、安平国并称为东大陆三大霸主国家，国土面积广大，多高山地带，而杜家玄界在现实世界的坐标，便位于拜月国西部赫赫有名的太行山区域。太行山脉绵绵不绝，一道道崇山峻岭，宛如一头头凶龙一般趴伏在地上。虽然知道杜家玄界的坐标位于太行山脉内的第二十七高峰之上，但要在这片茫茫群山中搜索起来谈何容易。毕竟有的支脉一直绵延上千里有余，还有许多高峰看起来高矮相近，很难辨别孰高孰低。

好在如今的辰南能够飞行，还有龙宝宝和紫金神龙相助。一人两龙分三个方向，开始在茫茫太行山寻找第二十七高峰。这种工作非常枯燥，绵绵千里的一座座高峰，需要逐一扫描，直到五日后两人一龙会合在一起，才最终确定下来十几座候选山峰。

由于这些高峰散落在各地，而且高矮相近，他们又不得不采用逐一排除法，不过在飞临到第十一个目标山峰时，辰南终于感觉到有些不寻常，他感觉四面八方的天地灵气，似乎都在向着这座山峰汇聚。"不用找了，这座山峰一定就是所谓的第二十七峰，也就是杜家玄界在这个世界的坐标。"辰南肯定地道。"你怎么这么肯定？"紫金神龙问道。

"用心去感应，可以察觉这里的灵气波动有异。每一个玄界都要与现实世界相通，需要庞大的灵气补充所需。像杜家这样强大的家族，一定会在玄界内设置一些阵法，加快灵气流通。根据以上这些，可以判断杜家玄界就在此地。"第二十七高峰直插云霄，如一尊超级远古巨兽矗立在那里，气势磅礴。辰南率先冲上峰顶，两头龙紧随其后，只是刚刚来到顶峰上，原本的山石、林木突然都不见了，开始出现一组组幻象，令人感觉昏昏沉沉，直想就此长睡不起。"有古怪，似乎是迷魂阵。"辰南轻声提醒道。

紫金神龙刚要大笑，辰南急忙制止它，不过老痞子龙依然得意非凡，放低声音嚣张地笑道："我虽然不敢说是'阵通'，但我还是要说，这种阵法对于我来说小菜一碟，要知道当年我曾经沉浸此道足有十年之久。"说罢痞子龙快速动作起来，拔掉一些高大的古树，抛掉一些巨大的山石，很快就破去了迷魂阵。不过痞子龙并没有就此停下，略微思考一下又开始做类似的事情。直到半个时辰之后，它才停下来，道："杜家的人还真是小心，除却迷魂阵外，还有三个绝杀阵，好在我精研此道，不然今天我们说不定还没开打就吃了个小亏。"

一道直径足有十丈的巨大空间之门出现在高峰之上，光芒点点，显得格外奇异。"这就是小杜子的家吗？"龙宝宝好奇地打量着空间之门，道："看样子里面一定很开阔，说不定也如昆仑玄界一般，有仙果园之类的好地方。"小龙露出一副憧憬的神色，道："我们一定要大干一场，如果有那样的地方，放心交给我好了，我一定会将它彻底毁灭的。"

"喊，就知道吃，肥得都快成小皮球了。"辰南轻轻敲了它一记。

"喊，就知道吃，肥得都快成小皮球了。"小凤凰也附和道，不过紧接着又小声道，"其实我也想吃……"

辰南看了看跃跃欲试的两头龙，道："我们这次找上门来，并不是要和杜家决一生死，我有自知之明，目前我这样的修为，如果深入杜家玄界被发觉后，保证有死无生，就是加上你们两个也远远不够。种种蛛丝马迹表明，杜家玄界的老一辈高手似乎不能出离这片玄界，我们只要守在空间之门外就可以，杜家年轻一辈出来一人就灭一人，看看老一辈是否能强行突破出来。""这个主意不错，我最喜欢堵在别人家门口打架，嘿嘿……"邪恶的痞子龙想起一些往事，傻笑起来。

龙宝宝一直在对着空间之门发呆，这时突然道："我怎么感应到一个强大到难以想象的存在呢，这里不会有一个超级远古巨魔吧？"小凤凰也似模似样地点头道："我也感觉到好像有一个大凶魔在里面。"其实，辰南也有这种感觉，不过一直无法确认，现在听小龙如此说，他眉头渐渐皱了起来，如果这是杜家的人，情况实在不妙啊！

"没关系，不管他有多强，都不可能闯出来。嗯，我还有另外一个对付他们的方法呢。真正的反击从现在开始！"辰南并没有闯进杜家玄界，他不想冒险，只是举起一块千斤巨石用力投了进去，而后让痞子龙和龙宝宝开始吼啸。龙啸震天，整片太行山都在战栗，巨大的吼啸之音直对杜家玄界入口处，里面的人不可能听不到这么大的动静。

果然未及片刻，杜家玄界内快速冲出一队人马，能有三十人上下，这些人都很年轻，显然都是杜家的新生代。那个领队高声冲着辰南喝道："你是何人，竟敢来此大闹，你可知道这是什么地方吗？""这里不就是杜家玄界吗，难道很特殊吗？"辰南懒洋洋地道，看起来非常散漫。

"哼，既然知道这是东土皇族圣地，还敢前来搅闹，我看你是活腻了！"那名领队真是非常恼怒，从来没有发生过这种情况，今天居然有人打上门来了。"嗬，还皇族呢，黄狗倒差不多！"一丈长的紫金神龙，快速放大身子，探着一颗硕大的龙头，向前凑去。

"啊，龙、神龙！"领队大惊失色，同时像是明白了什么，失声惊叫道，"难道你是辰南？""答对了。"辰南已经看出这三十人修为有限，甚至有些人还没有达到阶级位境界，不过是寻常的看门人而已，他不想为难他们，大声喝道："快去里面通知，就说要命的祖宗来了，要杜家老一辈高手把脖子洗干净，准备挨刀！"

三十人噤若寒蝉，现在杜家玄界哪个人会不知道辰南的大名，他已经先后斩杀杜家多位高手，年轻一代八杰中，已经折在他手中六位，包括第一高手杜昊也被他斩下头颅。这些人快速向后退去，眨眼间便消失在空间之门内。

杜家玄界无比广阔，即便这些人去报信也要相当长的一段时间。如此过了一个时辰，空间之门传出阵阵波动，一干杀气腾腾的杜家子弟快速冲出。这些年轻人绝大多数都是男子，身体各个无比强健，手中都擎着寒光闪闪的利刃，所有人都外放着强者的气息，显然这是一队死士，是经过鲜血洗礼和死亡考验、淡漠生死的人。

辰南摇了摇头，道："杜家的老乌龟是让你们来送死的吗？说句难听的话，你们在我眼里如同蝼蚁一般弱小。"所有人皆动怒，就要向前冲去。"退下！"就在这时空间之门内传出一个清脆的声音，一个体态婀娜的女子从里面走了出来，她眉目如画，堪称绝色，却透发着一股冰冷的寒意，浓重的杀气弥漫当场。

"咦！"辰南微微一惊，这个女子竟然是被天使掠走的杜灵，没想到她竟然安然返回了杜家。"辰南你好狂妄，竟然打到我家门口来了，我们没有去找你麻烦，你应该躲起来才对，现在竟然上门送死，可恶，该杀！"杜灵冷冷地道。辰南忽然感觉有些不对劲，这个杜灵给他一股奇怪的感觉，具体怎样说不上来，他开始仔细观察。上次，杜昊被杀死时，杜灵咬牙切齿，但这次见面她竟然如此平静，实在有些古怪。同时辰南注意到她的气息有些不对，仿佛很混乱又很强大，在剧烈地波动着，让人捉摸不透。

辰南让小凤凰飞到空中，他大步向前走去。他实在难以想象杜灵有什么本领，想要与他这个六阶高手一战。杜灵腾空而起，动作优美到极点，翩翩如飞凤，不过下手却特别的狠辣，十道困神指力如十道金色的神光一般穿插而下，向着辰南袭来，"嗤嗤！"破空之声不绝于耳。诚然，杜灵的修为已经达到五阶顶峰，隐隐有盖过全盛时期的杜昊的风头，但如果仅仅凭这种实力，辰南实在看不出对方怎样来击杀他。

辰南仅仅简单地向前推出一掌，不过这毕竟是六阶高手的掌力，远非五阶高手所能够抗衡的。尽管困神之力神鬼莫测，但杜灵毕竟还处在五阶境界，根本不能够与辰南抗衡。十道金色的指力全部融进了辰南的浩瀚掌力中，但即便如此，杜灵也根本不躲避那汹涌澎湃的劲气，她竟然在空中施展天魔八步继续向前冲去，同时打出一记灭天手，轰向那即将临体的掌力。

可以预想，五阶境界的杜灵，如果真的被那道掌力劈中，即便不死也要重伤。然而事情出人意料，杜灵的身体竟然爆发出一道道血红色的光芒，而且拍出的灭天手竟然也变成了血色，她竟然生生冲过辰南的狂猛掌力，且右手中快速化形出一把实质化的血剑，向着辰南狠狠劈去。想冲破六阶高手的狂猛劲气，那么必然需要六阶以上的力量才能做到。这个变故非常突然，辰南怎么也没有想到杜灵竟然已经是一个六阶高手。可是，直到现在他还不明白，对方到底是怎样隐藏真实实力的。事先辰南早已仔仔细细探查了她的气息，根本不可能是一个六阶高手！

但现在根本容不得他多想，眼下召唤出死亡魔刀已有些来不及，他急忙猛力向前推了一掌，不过这毕竟是仓促间打出的一掌，澎湃的掌力和血色长剑撞击在一起后，立刻被击溃了，辰南"噔噔"向后退出去几大步，脸色一阵发白，不过好在没有受伤。"杜昊？"辰南冷冷地盯着杜灵，就在方才他感觉到了杜昊的气息，不过有些散乱，并不完全像，这实在邪异到极点，杜昊明明已经被他亲手斩下了头颅啊！

杜灵缓缓自空中降落在地，身体爆发出一片金色与血色相交的光辉，一股强大的力量波动浩荡而出，显然这是六阶的力量，杜灵道："你可以叫我杜昊，当然也可以叫我杜灵！"

　　辰南不惊，反倒大笑起来："人妖？哈哈哈……"杜灵的脸色铁青无比，无比愤恨地望着辰南，绝美的容颜更显妖异。此刻她双眼瞳孔变为金色，而原本的眼白部位则变成血色，看起来有些吓人，透发出两道可怕的光芒。"辰南，我现在已经达到六阶境界，修为不差于你，今日定然要报仇雪恨！"杜灵本为一女子，可是这个时候却发出男子的声音，竟然和死去的杜昊的声音一般无二。

　　"你竟然霸占了你妹妹的身体，还真是够狠辣啊！"辰南冷冷地道。"胡说，哥哥怎么会那样做呢，是我自己愿意和哥哥共享一个身体，这样以后我们就可以真正的同生共死。"那具躯体再次发出杜灵的清脆声音。"两个人共同占据一具身体，这……"辰南感觉有些惊讶。

　　杜昊的声音响起："杜家的血魔大法，乃是天下一等一的魔功，绝不差于你辰家玄功。可惜我未能够练到六阶境界就急于参加那该死的帝王擂，不然如果我的修为达到了六阶境界，就是被毁去身体又如何？我照样可以再生，但现在却只能和有血亲关系的同胞妹妹共用一个身体，我恨啊！"他仰天大吼。任谁遇到这种情况，恐怕也要发狂，本是一个堂堂七尺男儿，被人誉为天才，前途不可限量，但现在却成了女子之身，这简直不可想象，男人最大的痛苦莫过于此，比之死亡还要令人难以接受！

　　杜灵道："哥哥，我愿意这样，你不必内疚，如此，我们便可以天天在一起了。"听到杜灵的话，辰南激灵地打了个冷战，恋兄，还是……"我早就感觉你有些不对劲了，却没有想到如此荒唐。"辰南冷冷地道。眼前的绝色丽人令他浑身上下都感觉不舒服，比面对一个真正的阴阳人还要让人感觉不自在。"我一定要杀死你！"杜昊阴冷地低吼道。

　　辰南问道："等一等，我想问一下，方才我明明探查到，你还在五阶境界呢，为何突然间蹿升到了六阶？"杜灵冷哼道："不仅哥哥的灵识进入了我的身体，他毕生所修的力量也都转入我的体内，我们的力量可以自由分合，只要合在一起就可以破入六阶领域，这么强大的力量用来杀你正好！"

"一加一远远大于二，竟然还有如此提升力量的方法，不过这代价实在太大了！"辰南轻轻叹道。"杀！"杜昊早已急不可耐，手持血剑向前冲来。辰南快如闪电一般腾空而起，迅速躲避过杜昊的血剑，在高空之上冷冷地俯视着他，道："你虽然初步六阶境界，但还远远不是我的对手。"

"少废话，今日我一定要杀死你，快快受死！"杜昊冲腾而起，向辰南追击而来。"我说过，你还不够格，现在你还没资格向我挑战。"辰南如同一阵烟雾一般，自杜昊眼前消失，杜昊的血剑只击碎一片残影，当他再次搜寻辰南的下落时，却发现对方已经堵在杜家玄界入口处，彻底断绝他回去的道路。

"杜昊，上次让你侥幸逃命，今天我看你还如何活命。"辰南的声音无比冰冷，冲着紫金神龙和龙宝宝道："你们两个实在缺乏战斗经验，这个人就交给你们了。""好呀！"龙宝宝挥舞着金黄色的小拳头跃跃欲试。但紫金神龙却撇了撇嘴，道："它没资格和你战斗，难道就有资格和我一战了？哦，说到战斗经验，这天下间恐怕还没有几人比得上我。遥想当年，龙大爷可是这片大陆最最顶端的风云人物。"

辰南懒得和他废话，直接道："谁先干掉杜昊，下次如果得到天使之心或者缴获元婴果，把它当作奖品……""嗖""嗖"……他还未说完，两头龙就冲了上去。龙宝宝只展现出一尺多长的化身，动作可谓快如闪电，只见杜灵的周围，一道黄光在不停旋转，那是小龙在上下翻飞，仅仅一瞬间小东西已经挥出一百多拳，杜昊的血剑早已被它击碎多次。紫金神龙毫不示弱，为了天使之心这个家伙也分外卖力，化成龙头人身的样子，拎着一对紫金双截棍，横劈竖砸，恨不得立刻就将杜昊砸成肉酱。

在天使之心的刺激下，两头龙简直猛到了极点，可怜的杜家兄妹，刚刚品尝到六阶的滋味，就迎来一场狂风暴雨。为避免高山崩塌，两龙一人一直在高空激战，即使这样，巨大的能量波动也令附近的几座山峰颤动了起来，声势无比惊人。

"千变万化，身外化身！"杜昊一声大喝，原本明朗的天空，忽然昏暗起来，无尽的血色染红了天空，几道血影在漫天的血光中若隐若现，准备偷袭龙宝宝与紫金神龙。

只是偷袭还未展开，龙宝宝就喷吐出一道黄金圣火，快速将血雾驱散，露出了四道血影。血影竟然是四个身外化身，比之上次被辰南击溃的化身清晰多了，眉目和现在的杜灵非常相像。两头龙互相对视一眼，齐道："一人两个化身！"说完他们分别向几道血色化身冲去。直到这时，杜昊才能够喘上一口气，方才他险些被两头龙直接轰杀，他现在终于知道即便是同在六阶初级，不同修炼者之间的差距也是巨大的。

"杜昊，想逃走吗？我看你如何逃回杜家玄界！"辰南守在玄界入口处冷冷地看着他，已经截断了他的回路。杜昊未答，神情凝重地看着血色化身与两头龙的战斗，他知道落败是早晚的事情，但他不想就此败走，想看看两头龙的弱点，以便下次交锋时有所斩获。

"砰——"紫金神龙的双截棍，狠狠砸在一个血色化身的胸膛上，立刻将之轰得四分五裂，高空之上血水飞溅，腥臭无比。小龙看到痞子龙干掉一个化身，嘟哝道："真不禁揍，不陪你们玩了！"龙宝宝挥着金色的小拳头，两拳直接把两个化身轰碎，空中血水飞溅，而后小龙直接向空中的杜灵扑去。

杜昊连连吐血，身体大损，不过血魔真经实乃一种奇特的魔功，所修出的血身和本体的联系并不是太紧密，并不是那种严格意义上的身外化身，因此他并没有去掉半条命。即便如此杜昊也大惊失色，他已经看出小龙的修为，竟然已经接近六阶中级境界，方才小家伙居然一直没有动真格的，现在才开始发威。

一声苍老且急切的声音自杜家玄界中传出："灵儿，你们两个还不快回来，不可逞强！"辰南心中一震，毫无疑问那是一个修为在六阶以上的老家伙，杜家老一辈的高手！他站在玄界入口处，冲里面喊道："哈哈，你们真以为杜灵能够活着回去吗？想要她活命，除非你们敢冒生命之险出来救她！"此时，四条血色化身都已被两头龙干掉，它们正在追逐杜灵。可是突然间，杜灵的身体爆发出一道道血光，而后直接自高空俯冲而下，向着辰南冲击而来。

"想要过我这一关？是不可能的！"辰南大喝，手握魔刀向高空劈去。然而，杜灵看似是向他扑来，但最终却失准，竟然"轰"的一声一头扎进地里。空中的两头龙狂笑，辰南也愕然呆愣当场，这未免太搞笑了吧！一个绝色美女，居然呆头呆脑地撞在了地上，扎进了土层中。不过，就在那一瞬间辰南蓦然醒悟，扭转魔刀狠狠地向脚下的地面劈去，炽烈刀芒割裂了大地，"噗"的一声，巨大的裂痕处喷出一团血花。

"可恶！"辰南狠狠地朝着杜家玄界的入口劈了一刀，发泄着心中的不满，他知道让杜昊逃回去了。"辰南，让你失望了，忘了告诉你，一旦将血魔真经练到高深境界，就可以使出'血遁千里'大法了，你白费心机阻挡我了。"杜昊的声音自杜家玄界内传出。

"啊呸，什么血遁千里，不过是最下等的土遁而已。"紫金神龙在空中叫道，同样发泄着心中的不满，眼看着"天使之心"逃走，它当然不高兴了。现在杜灵虽然逃回去了，但跟她一起出来的几十名死士，却依然站在杜家玄界的外面。这些人毫不畏死，虽然知道双方的实力差距，但所有人竟然都在眼冒凶光，狠狠地盯着辰南。没能斩杀杜昊，已经令辰南恼火不已，现在见到这帮死士居然凶相毕露，他对空中的两头龙喊道："将这些人给我全部杀死！"

"喊！""喊！"两头龙同时发出嘘声，显然它们看不上这些人，不愿意和他们动手。紫金神龙嘿嘿笑了起来，道："这件小事，应该交给小不点。"此刻小凤凰正晃晃悠悠在不远处悬浮着，听闻紫金神龙的话后，小脑袋急忙摇起来。老痞子开始做起思想工作，道："小不点，你如果要跟着我们，少不得要见到许多打打杀杀的事情，所以我得提前锻炼你。"

"怎么锻炼我？"小凤凰怯怯问道。老痞子不怀好意地笑道："杀人放火机会难得，现在需要你去表现表现。"小不点摇了摇头，小声道："可是，我不会啊！""没关系，慢慢的你就会了。"老痞子说完，运用龙力包裹住小凤凰，而后将它丢到那些死士的包围圈中。

杜家子弟都认得这乃是神鸟凤凰，尽管它还很幼小，但所有人都不敢大意，剑气掌力同时向它袭去。小凤凰吓得战战兢兢，大叫道："救命啊，救命啊……"它边喊边在空中乱飞，就在这时可怕的事情发生了，受到惊吓的小凤凰，周身上下冒出一片灿烈的神光，一股滔天大火出现在四面八方，将所有杜家子弟笼罩其中。地面上惨叫声不绝于耳，片刻间杜家玄界出口处再也没有一条生命留下，所有的杜家子弟被烧了个灰飞烟灭，连点滴残渣都没有剩下，只余大地一片焦灼。

两头龙和辰南看得目瞪口呆，这个小不点的神火也太厉害了，连地面上的石块都被烧成了灰屑，它现在才出生多长时间啊，长大以后到底要厉害到何种程度呀？

"咦，人呢？人都到哪里去了？他们怎么都跑光了？"小凤凰刚才害怕时闭上了眼睛，现在一睁开，却发现所有的人都消失了，便好奇地询问起来。两龙一人彻底无语。

这时，杜家玄界内传出一声叹息，一个苍老的声音透过时空之门传了出来："辰南，既然你已经找到了这里，何不进来一谈，难道你不想知道万年前你父母的事情吗？""当然想知道，但是你真的知道吗？少给我故弄玄虚，不就是想把我引诱进去吗，不过伎俩实在太差劲了。长时间的封闭让你们这些老古董都待傻了！"辰南毫不客气地顶了回去。

"呵呵。"那个老人并不动怒，笑道，"你既然不进来，光在外面怎么报仇呢？要知道我们杜家已经快要找到脱困的方法了，一旦我们这些老东西解脱，你必死无疑。"老人淡淡地笑着，不过辰南却听出了深深杀意！

"不要做梦了，传说破解杜家之困的关键不就是我吗，只要我不进去，你们能够脱困吗？指望你们的后辈吗？嘿嘿，说句不客气的话，现在的他们在我面前比蝼蚁还要弱小，出来一个我碾死一个！想指望联合别派高手？那你更是做梦了，他们如果知道只有我进去才能够化解你们的危局，恐怕会彻底绝了你们的念头，谁愿意一个强大而又野心勃勃的家族出世呢？"

里面一阵沉默，辰南知道自己击中了他们的要害。以前被他斩杀的杜宇，曾经无意中说过需要他的鲜血去解除杜家的诅咒，现在看来竟然是真的，杜家如想脱困而出，竟然真的需要他这个人。见杜家玄界内沉静下来，辰南大笑道："不要以为我不进去就不能够对付你们。现在我要切断你们的灵气之源，没有灵气补给，到时候你们的玄界必然难以支撑，我看你们如何在里面待下去。"说罢，辰南快速打开自己的内天地，飞身而进，盘腿坐在定地神树下。

紫金神龙曾经亲眼看到过辰南利用内天地吸引八方精气的景象，有定地神树这件圣物存在，吸纳灵气的速度简直可以用恐怖来形容，它叫道："俺靠！这个小子还真是够混账，在这里祭炼内天地，相当于在抢杜家玄界的命啊！"

辰南在内天地中叫道："泥鳅进来，把你的玄武龟放进来，我要让它开拓混沌地带，难得有这样的机会，我要在这个灵气如此充裕的地方好好祭炼内天地！""俺靠，小子你实在太狠了，太奸诈了。这简直是我辈典范啊！哇哈哈，我喜欢！"紫金神龙飞进内天地，艰难地将身上的巨大龟壳给弄了下来，老龟在辰南的指挥下开始破碎混沌。

小凤凰飞进来后落在辰南的肩头，好奇地打量着玄武龟。龙宝宝则似模似样地盘踞在辰南身旁，小东西知道现在灵气浓郁，居然开始跟着修炼起来。紫金神龙在内天地中飞腾一圈，最后无聊地到太行群山中折腾去了。

定地神树"哗啦啦"作响，闪烁出阵阵绿光，四面八方的天地灵气飞快地向着辰南的内天地聚集。这是赤裸裸的抢劫啊！简直是在为杜家玄界放血，疯狂地将"养分"补充到辰南的内天地当中。对于杜家人来说，辰南如此超级无耻的招术实在太狠了！杜家玄界内方才同辰南说话的那个老人发出一声愤怒的吼啸，直震得太行群山一阵乱颤，但是他却没有丝毫办法，纵使他有天大的神通也无法出来施展。

玄武龟辛勤地破碎着混沌地带，辰南也挥动死亡魔刀不断劈砍，定地神树不断摇动聚集天地灵气。可以说，小天地是在以"疯狂""恐怖"的速度掠夺着外界灵气。仅仅三天的时间，外面的几座大山就枯黄一片，但辰南丝毫没有收手的意思，继续拓展着内天地，用灵气不断充实、扩充这片小空间。"神说，这太不可思议了！"龙宝宝还是头一次见到这番情景，不断惊呼。小凤凰也好奇眨动着一双丹凤眼，注视着一切。

半个月过去了，这方小天地除了在慢慢扩展外，每时每刻还有些细小的变化，草地上渐渐多了些虫鸣，随后花朵上蜂飞蝶舞。

这片小天地的生命迹象越来越明显，辰南无比欣喜，最后忍不住跑到外面抓了几只野兔放养在里面。顽劣的龙宝宝眨了眨大眼，"嗖"的一声飞了出去，最后竟然抓来几只灵狐，准备看"狐兔赛跑"。空间还太小，为避免野兔消失，辰南不得不请出了几只灵狐。小凤凰很有功劳，阵阵婉转的鸣叫，便引来一群鸟雀，可惜后来被龙宝宝流口水的样子给惊跑了。

第二十天时，附近二十几里的群山都变得枯黄一片，但辰南还没有收手的意思。此时此刻，杜家的人实在沉不住气，玄界内的灵气长时间供给严重不足，已经造成一定影响，里面的山脉平原已经微微泛出黄意。在这些天杜家众多高手心中都憋了一口恶气，辰南的做法简直太可恶了，逼得他们快要抓狂了，众多老一辈高手空有一身傲世的修为但却无用武之地。

"辰南，可否一谈？"杜家的那个长老再次来到玄界出口处，大声呼唤着辰南。"没什么可谈的，我要抓紧时间祭炼我的内天地，难得有这样一处灵气充裕的宝地啊！"辰南直接回绝道，"你们要明白我们双方是不死不休的局面，多说无益，不必废话！"杜家长老默然，这是不争的事实，他们早已背叛辰家，双方已经彻底对立，而且他们曾经不只一次想置辰南于死地，想将他的尸体带回杜家玄界。现在想谈判根本不合时宜！

沉默良久，杜家长老终于想到了什么，喝道："辰南，你这是在惹祸上身！我想你应该感应到了，我们的玄界内存在着一股异常可怕的气息，如果你破坏了我们杜家玄界的平衡，你恐怕要为此付出生命的代价！"辰南一惊，自从来到这里，不仅是他，龙宝宝、痞子龙、小凤凰都感应到一个强大到难以想象的可怕存在。如果不用心去感应，或许难以察觉，但越是用心去感应，就越令人忍不住战栗，那种压抑的感觉令人非常的难受，心中像是压了一座大山一般沉重。

"哼，真没想到你们杜家还真出了一个人物，竟然有那样可怕的修为，现在他还在沉睡吧？你们不妨把他叫醒，让他冲出来杀我。以他那样的修为来说，我想无论是诅咒还是禁制，恐怕都难以奈何他。"辰南多少有些不安，还真怕对方照做，不过他有一种感觉，那个沉睡的强大存在似乎不是杜家的人，因为他们的气息完全不一样。

"哼！"杜家的长老重重哼了一声，从中可以听出一股怨恨之情，他恨恨地道，"你可能已经猜测到那个沉睡的强者不是我们杜家人。既然如此，我就挑明吧，他就是你那可恨的父亲辰战布下的重要后手之一！他就是成为制约我们走出这片玄界的关键一关。"

"他是我父亲制约你们的关键棋子？他到底是一个什么样的人物？"杜家老一辈高手，难以走出杜家玄界的谜底之一即将揭开，辰南立时感觉一阵紧张，毕竟这一切都是他父亲布下的。

"这个人当然大大的有名了，别说在人间界，就是仙神界也是一个无敌的存在！"从杜家长老的语气中可以听出他的敬畏之心，他有些无奈地道，"要知道，我杜家已经传承万载，在这漫漫时间长河中肯定会出现一些惊才绝艳之辈，修为直达仙神境界的人不止一两个，但还是远远无法和那个人相比啊！"这下辰南真的深深震惊了，父亲竟然找来一个牛气直冲九重天的人物来镇压杜家，这实在太惊人了，不过他有些怀疑，父亲有这样大的能力吗？！

"到底是谁？"辰南忍不住催问道。"天魔！"杜家长老仅仅吐出两个字，却令辰南两耳嗡嗡作响。这对他来说未免太不可思议了！这个人竟然是传说中的天魔，这可是在远古时期，就已经响彻三界六道的无敌存在啊！号称天下第一魔！"疯了，不可能！"辰南直接否定，他父亲本领再强大，也没大到可以奴役天魔的地步啊。再者说，像天魔这样的人物，怎么会被人奴役呢？即便不敌，宁可战死也不会忍辱偷生的。不过，辰南马上想到了一种可能，道："现在天魔已经是一种封号，真正的第一代天魔消失后，后面已经出现了好几代天魔了，你们玄界中的那个人，到底是哪一代天魔呢？"

"第一代，真正的世间第一魔！"杜家长老的一句话又令辰南变得目瞪口呆。"这怎么可能呢？！我父亲他怎么能够役使天魔呢，你们，这个谎言也太大了。"

"你父亲有多么可怕是你无法想象的，因为你过早地离开那个时代，没有真正见到过他那种鬼神莫测、威慑天下的大神通。再者，我们玄界中的天魔并不是一个完整的人，他只是一个处在半封印状态下的天魔头颅。而你父亲也并没有役使天魔，只是和这个头颅达成了某些协议。"

"什么？！天魔的头颅竟然在这里！"辰南实在是无比震惊。传说在那遥远的过去，天魔曾经和西方的光明神等人联手大战一个强大到无法想象的存在，光明神粉身碎骨而亡，而东方的天魔则在那一战消失。而后又有传言，天魔的身体四分五裂，被分封在三界。辰南对于这些传说并不怀疑，因为他得到了被封印的天魔左手，他万万没有想到天魔的头颅在这里，仅仅一颗头颅就震慑整个杜家玄界的高手！

这个远古无敌的魔王是多么的可怕啊！纵然被人分尸，残破的碎尸块万年也难以朽腐，强大的灵识历经万险也难以寂灭，需要封印在各界不同的方向才能够被镇住，不愧为世间第一魔啊！辰南想起玉如意中神秘女子曾经说过的一些话。天魔的头颅突破封印后会飞升到仙神界慢慢重聚天魔身，到时候天魔会再生！现在看来天魔还不愿重组天魔身，在人间界恐怕还有所图谋，不知道和他父亲达成怎样的协议。

杜家长老道："现在你终于明白了吧，玄界内并非仅仅我杜家中人，你如果继续掠夺天地精气，让我们的玄界失衡，可能会惊动天魔。当他从沉睡中醒来，发现是你搅扰他的休眠，必然会对你进行可怕的报复，要知道他虽然只是一颗头颅，但放眼人间界也找不出敌手！"辰南道："将天魔惊扰出来更好，我正想问一问他万年前的事情，反正无法从你们杜家口中得知有用的消息。"

"哼，你太天真了，天魔头颅和你父亲的协议不过是互相利用而已，至于你是否为辰战之子，都不会得到丝毫优待，惹到他的人只有一个下场——死！"

"那好，我就试试看。"

杜家长老有些恼怒，道："那好，我再告诉你一个消息吧，你是天魔最好的补品，如果被他察觉到，你必然惨死在玄界内的封魔坡。话已至此，如果你要继续，我不会再来阻拦，你惨死天魔之手后，我们大不了永世不出这片玄界。"辰南还真被他给镇住了，因为他心中确实有一个不好的感觉，始终觉得杜家玄界内那个恐怖的存在可能会给他强烈威胁。

在接下来的十几日辰南关闭了内天地，给予杜家玄界一段休养生息的时间，避免里面所有的植被都凋零。但十天一过他便再次开始掠夺精气，令杜家玄界众人无比郁闷。辰南感觉多少出了一口恶气，杜家之人强大又如何，即便发展了万年又如何，这些日子以来还不是被他堵在老巢里面，他狠狠地、痛快地抢夺他们玄界的灵气，令他们郁闷得抓狂也没有办法。

这真可谓风水轮流转，前不久杜家还在不断派人围剿辰南呢，现在偌大的一个家族居然被他一人逼在老巢里，被整得毫无还手之力，即便里面有盖世高手也起不到半点作用。就这样，辰南在杜家玄界外驻留三个月之久，分成数个时间段，"养"杜家玄界一段时间，而后再"杀"一段时间，将杜家的人搞得肝火大动却没有丝毫办法。

现在的杜家玄界再也不似三个月前如同仙境那般，里面植被大多都已经枯萎，宛如深秋来临一般。这称得上修炼界的一大奇事，一个修为算不上无敌的年轻人，竟然差点拖垮一个玄界，实属一大奇闻。当然，这主要归功于辰南拥有定地神树等圣物，能够帮助他疯狂掠夺杜家的灵气，加之杜家真正的高手不能够出来阻止他。

这一次辰南的收获是巨大的，他的内天地拓展到方圆六百丈，里面不仅有花草，还有了蜂蝶等小生命，越来越像一个真实的世界了。同时，得益于内天地的扩展，他的修为也有长足的进步，和六阶中级之境只有一线之隔。不过，他不得不退走了，因为杜家玄界内沉睡着天魔，虽然仅仅为一颗头颅，但却有着无敌的力量，如果将这个天下第一魔招惹醒，他怕陷入万劫不复之地。

杜家人终于像送瘟神一样把辰南送走了，这次经历令他们无比尴尬恼怒，家族中老一辈虽然高手众多，但却难以奈何对方。新策略被提上日程，现在他们最迫切的希望便是将辰南抓进来，打开老一辈高手的枷锁。同时，杜灵的状态令老一辈高手深思。兄妹两人的力量分开时处在五阶状态，可以安全出入玄界。但在玄界外，兄妹两人的力量却可以合在一起，成为六阶高手。这是杜家能够派遣的最大王牌，如果不是这样做"代价"实在太大，杜家老一辈恨不得多弄出几个这样的人，或者他们自己直接上阵。

就这样离开杜家玄界虽然有些遗憾，但辰南也不得不如此，再待下去也杀不掉杜家老一辈的人，因为天魔的头颅是最大的隐患。他暗暗做了决定，在没有足够的实力前暂不踏足这里。又游历一个多月，辰南带着两头龙在各个名山大川间出没，因为这样人迹罕至的地方，灵气较多，最适合修炼。

辰南计划再次前往西大陆，他要探寻五千年前雨馨所留下的足迹，要寻找失落在西方的大龙刀。传说中的大龙刀号称瑰宝中的瑰宝，唯有这把神兵器才能够带给他巨大的力量，他决定一定要尽快寻到。就这样，辰南边修炼边慢慢向西行，不知不觉间便来到天元大陆中部地带的十万大山，这里已经离罪恶之城不远，他决定前往神风学院看一看。

刚刚临近罪恶之城，辰南就看到神风学院方向的上空有数条人影在激战。"嗷呜，让龙兴奋啊，这些日子以来太平淡了，终于有架可以打了。"痞子龙第一个向前冲去。辰南和小龙、小凤凰在后相随。飞行至神风学院上空，辰南大吃一惊，因为他看到一个熟人，竟然是消失多日的大魔，那个在楚国皇宫大战中，近乎无敌的霸者！

当日，大魔展现出了莫大的神通，竟然能够自我封印、解印，借助天罚攻击强敌，近乎无敌的风姿，到现在还令他深感震撼。后来，在玉如意、太极神魔图加入混战后，战场便转移，大魔就此消失。即便参加此战的端木也不知道最后的结果，因为他只出动了一个化身，没能坚持到最后就撤离了。现在骤然见到大魔怎不令他惊讶！显然，痞子龙也看到了大魔，天不怕地不怕的老痞子生生顿住身形，再也不肯前进一步。

空中的大战无比激烈，大魔以一敌二，却丝毫不落下风。这么长时间未见，大魔的风采还如往昔，一派强势风范，尽显无敌之态，不动如泰山，动则迅如奔雷，整片天地都仿佛在他的掌控中。不过，这次大魔的两个对手也非同寻常。一个黑发长髯、衣袖飘飘的中年人，看起来宛若神仙中人一般，浑身上下都显现着一股出尘的气质。大魔的另一个对手更是让人心惊，居然是一个六翼天使，生着三对洁白的羽翼，很明显这是一个高阶天使，是一个实力达到七阶境界的西方神灵！

"这到底是怎么回事，高阶天使出现在人间界，实在不可思议！"辰南叹道。他注意到那个和大魔激战的黑发长髯的东方人，竟然和六翼天使的实力不相上下，显然他也具有仙神级的实力，难道这是东方下界的神灵？

六翼天使快如闪电，在空中不断瞬移，留下一道道残影，他完全是在瞬发魔法，根本不用吟唱咒语，手中时不时劈出一道道圣光，真是可怕无比。整片天空到处都是他的影迹，对大魔展开狂猛迅捷的攻击。炽烈的大火烧红天际，那明显是一个火系禁咒魔法，但大魔却宛如烈火金刚一般，浑然不惧，一道掌力就拍散身旁熊熊燃烧的大火。

黑色长髯的中年人，攻击同样凌厉无比，一道道掌心雷仿佛将这片天空炸裂一般，不断轰击，同时控制着一口飞剑不断劈砍大魔，招式狠辣无比，荡起的天地元气鼓荡得这片天空剧烈颤动。

"哦，光明大神棍在上，这三个人太强大了！"龙宝宝惊叹道。"走，我们去学院内打听打听，到底怎么回事。"辰南率先向下飞去。下方神风学院内无数人在仰头观望，皆聚精会神地观看着这场大战。当辰南带着两头龙和一只小凤凰划空而过时，惊叫声一片，许多人都认出他，毕竟他曾经在这里待过很长一段时间。

辰南直接降临在副院长的办公地点，发现奸诈的老头子站在院中也在观战，见他突然降落下来似乎吃了一惊。

"臭小子居然会飞了，多半年未见，竟然蹿升到六阶境界，当真让人有些无法相信。"

"嘿嘿，运气！"

"你的事情我都知道，干得不错，杜家和李家的年轻一代彻底被你灭了威风，现在你的敌手已经变成老一辈人物，你真正踏入了玄界高手领域，可喜可贺啊！"副院长感叹道，"不过以后你要面对的压力也更大了，毕竟敌人更加强大。"

"嗯，我知道。"辰南问道，"空中那场大战是怎么回事，发生了什么事情？"

"唔，最近神风学院发生一系列大事件，没想到竟然引来了一些超级大人物……"副院长慢慢解释道。

神风学院一直在进行着一项神秘的研究，那便是"造神计划"，为此副院长还曾经从辰南那里提取过一些鲜血。这项重大而神秘的研究终于在不久前取得重大突破，结果不幸的是几个"实验品"先后引来了天罚，导致异象发生，仿佛有数个修炼者要同时飞升一般。更为糟糕的是，此后连续几天都有"实验品"引来天罚，造成极大的风波，使许多人误以为罪恶之城这些日子以来连续有人飞仙。要知道天界和人间界有着千丝万缕的联系，这件不同寻常的事情，竟然引起东西方天界的关注，结果纷纷秘密派下仙神来调查。

听到这里，辰南当真震惊无比，忍不住开口道："你们居然想批量生产仙神，搞不好就是仙凡大战啊！"副院长道："唔，我们只是搞研究而已。如果天界过分相逼，说不定我们真来个批量仙神生产，当然，到时候需要你贡献一些血液。"

辰南真的被眼前这个奸诈老头子的话语镇住了，神风学院的实验未免太过疯狂了！现在竟然引得仙人与高阶天使同现人间，恐怕人间真的要有一场大动荡发生了，如今真的已经进入玄战时代！他道："死老头子少打我主意，鬼才知道你们到底要干什么呢。"辰南可不想再为神风学院奉献鲜血。

这一次，除去"造神"事件之外，还因为圣战天使风波。西方偷偷潜进中土的天使，劫掠了数名女子，但最终确认那些人并不是转世天使。西方天界某些人不死心，继续关注东方的杰出女子，其中有几人成为重点关注对象，其中包括一直没有被劫掠到手的东方凤凰。

两个中阶天使曾经先后三次来到神风学院，不过刚一靠近就有神秘高手出击，致使他们无功而返。前不久，东方凤凰体内的凤凰血脉觉醒所造成的天地异象被天使察知，让他们坚信她一定是圣战天使转世。六翼天使就是西方天界秘密遣下的高级人选，除了探查造神事件的始末外，还肩负着引领圣战天使回归的重任！黑发长髯的中年人是东方天界秘密遣下的一个仙人，前来调查罪恶之城近来的种种异常事件。

结果，天界的人低估罪恶之城的力量，他们不知道这里是大陆的一处圣地，许多高手都归隐此地，人间界的高手未必不如仙神，这句话在这里得到最好的诠释。天界派遣来的人几次被神秘人物阻击，闹得罪恶之城近来满城风雨。而且就在今日，神秘的神魔突然现身罪恶之城，快速将隐匿在这里的仙人与天使找出。大魔的话语很简单："仙凡互不干预，这是当初定下的规则，违者杀无赦！"就这样，大魔与两个天界人物大战起来。

　　副院长道："肯定是有神秘人物将大魔引到这里，究竟是谁我们也不清楚，不过应该是对大魔有所了解的高人，知道他的底细。""大魔的底细？大魔有什么底细？"辰南不解地问道。

　　副院长双眼中绽放着两道奇光，道："千万不要小觑我们人间界。人间界隐居着不少高手，一点也不比天界的仙神弱。传说，我们人间界每一个时代都有一个修为堪称盖世的守护者，还有一个无敌的执法者，这是代代相传的。我怀疑大魔已经成为人间界的守护者，或者变成这个时代的执法者！"

　　辰南还是第一次听闻这样的事情，感觉人间界还真是复杂啊，凡俗界外有玄界，许多修为强绝的人物不肯升入天界，始终驻留在人间。

　　而且他隐隐觉得，副院长似乎始终在强调"我们人间界"的"我们"二字，难道人间界和天界还有冲突不成？究竟是哪些人选出来的守护者与执法者的呢？这是怎样的一种传承？辰南忽然联想到李家玄界的"疯魔"，这绝对是一个在天界都难逢敌手的存在，但他却不肯破碎虚空进入仙神界，难道说守护者与执法者是像他这样的一群古董级人物钦点的？如果是这样的话，人间界看似一盘散沙，但实质上背后却有着一批实力无比恐怖的强者在支撑啊！

　　正在这时，空中的激战进入了尾声，大魔果真功力盖世，竟然召唤出一把巨大的血剑，生生将那个仙人劈为两半，同时解开封印招来天罚，令巨大的闪电不断轰击而下，追逐着六翼天使，他自己则快速冲出重围，重新进行自我封印。辰南腾空而起，如一股狂风一般席卷过天空，快速张开内天地，将仙人尸体收进去，而后关闭空间之门，俯冲而下。痞子龙无比兴奋，龙宝宝眼中则满是小星星，两个家伙都知道这意味着什么，只有小凤凰迷迷糊糊，不解地望着辰南。

　　"小子，下手还挺快嘛。"副院长道，"人人都知道仙人身上有好东西，但没有一个人有你脸皮厚，居然这么着急去抢。嗯，比你脸皮厚的肯定不会飞。"辰南道："喊，死老头，我对那些飞剑法宝之类的不感兴趣，待会儿直接扔给你好了。"副院长道："不必，只要将他的尸体给我就行，我将他用于我们伟大的研究事业上。"

　　"啊——"高空中传来一阵凄厉惨叫，六翼天使被天罚神雷劈中，同时大魔的血剑也荡起阵阵血浪般的罡气劈斩在他的身上，血雨狂洒。当六翼天使的尸体即将要坠落到地面时，辰南再次行动起来，冲空而起、开内天地、接收尸体、关闭内天地、返回，一气呵成。天界两个神灵纷纷被杀，地面上众多观战者立时沸腾起来，喧嚣之声直上云霄。

　　无敌的大魔自高空中缓缓降落而下，此刻他的身上依然透发着无尽的杀意，令人望而生畏。"嗷呜，那个家伙似乎朝我们这里来了。"紫金神龙感觉有些心惊。辰南感觉到一股凛冽的杀气，大魔竟然用神识锁定他，这令他心中狂震，不过他不可能退缩，体内玄功疯狂运转起来，死亡魔刀"铿锵"一声飞到他的右手中，发出一声嘹亮的龙吟。同时，一面实质化的黑色古盾套在他的左臂上，发出一阵山岳狂颤般的隆隆响声。

　　七把黑色的兵器围绕着辰南上下沉浮，不过都不是很清晰，一条黑影无声无息地矗立在他的身后。黑影左手中那件神秘的兵器，这次终于露出真容，竟然是一个身缚锁链的人像，长能有一米，不过人像很模糊，难以看清体貌，但其上面所缚的锁链却很清晰，捆锁得非常结实，如果是兵器的话，当真有些奇怪。

　　大魔直直降落在辰南不远处，一步一步向前走来，辰南感觉到一股莫大的压力，准备好挥刀猛劈。两头龙也做好了战斗准备。然而就在这时，大魔所透发出的杀气忽然在刹那间消失，他慢慢走到辰南近前，点了点头道："很好，如此年纪有这样的修为，你足以自傲。不要紧张，我没有恶意，只是想走到近前看看当初将我唤醒的人有何等修为。"

　　辰南已经猜到大魔所说的唤醒是什么意思，他第一次随老妖怪进入皇宫下的古墓时，在老妖怪的要求下曾经向大魔体内输送力量探寻虚实。不想经过那一次，大魔渐渐苏醒。辰南表面虽然平静，但心中着实有些紧张，他曾经见识过大魔的手段，如果大魔想杀死一个人，恐怕这天下间没有几人能够逃脱。

"咦，你的这柄刀，很熟悉，我似乎见到过。"大魔右手按在头部，露出一副痛苦的神色。辰南一惊，道："你怎么了？"过了好一会儿，大魔才恢复常态，道："没什么，你多少应该知道一些，妖道的魂魄融合到我的体内，他的灵识差点与我合一，经过这么长时间压制，我终于还是将他炼化，不过记忆却有些受损，每次努力去回忆过去，头部都会很痛。"辰南真是越来越佩服这个大魔，竟然将快要融合进来的魂魄给炼化了，这需要多少强的意志啊，毕竟那个时候妖道也等于是他身体的主宰。

"我想起来了，我见过这把刀，名曰：大龙！"

"什么？！"辰南惊叫了起来，"这就是大龙刀？它真的是大龙刀？"虽然他心中早已经隐隐猜测到，但真个被证实还是非常震惊。大龙刀号称神兵之中的瑰宝，是远古时期以前就一直在流传的圣器，是最为神秘的武器，从来没听说有人得到过。"前辈你看到过大龙刀？"辰南有些吃惊地问道，他知道自己这把刀并不是真正意义上的龙刀，这更像是龙刀的魂！

"记忆有些模糊，似乎是在西方，好像是永恒的森林。我见到的大龙刀仿佛已经折断了，呃……"大魔露出痛苦的神色，摇了摇头，道，"实在想不起来了，依稀记得即便是一把折断的刀，似乎有人或兽守护，那个地方好像很不一般。"

大龙刀竟然已经折断了，辰南有些难以置信，究竟是什么人有这么大的神通，能够将这第一件圣器击断呢？"永恒的森林，那个区域的最外围是不是有精灵活动？"辰南之所以这样问，是因为早先亡灵魔法师大贤者桑德曾经告诉过他，大龙刀失落在古精灵们所出没的那片原始森林的最深处的无人区。

"似乎有吧，仿佛怪兽更多一些，我真的想不起来了。"大魔感觉有些头疼了。在辰南和大魔对话过程中，痞子龙、龙宝宝、小凤凰皆保持沉默，三个家伙似乎感应到大魔的可怕气息，不敢造次。副院长也难得保持沉默，事实上他现在也插不上嘴。大魔用力甩了甩头，突然腾空而起，冲着辰南喊道："有机会再见！"刹那间，大魔消失在远空。

辰南在神风学院稍作休整，期间他想去看一看副院长口中的"伟大研究"，可惜未能如愿，造神计划极其保密，根本难以从他们口中撬出丝毫有用的信息。这一次，内天地当中的定地神树从仙人的遗体中吸纳出一枚金色的元婴，成为果实挂在树梢之上。不过由于仙人临死前元婴被大魔击碎了，所以这一次浪费了许多灵力，被汲取出的元婴果很小，不足原来的三分之一大，但品质肯定要更胜从前。天使之心也被六翼天使自己给爆了，定地神树只吸纳到少部分力量，但品质大胜从前，小小的天使之心更加晶莹璀璨，绽放出万千道霞光。

辰南告别了神风学院，便开始了新的征程，目的地——永恒的森林。以他现在的修为来说，自保应该没有大问题了。他迫切想赶到永恒的森林，直觉告诉他那里有许多的秘密，五千年前雨馨远走西方，在她的留言中曾经提到过大龙刀。料想她非常有可能去过永恒的森林，辰南期望能够在那里找到和雨馨相关的信息。

十万大山林莽苍苍，在紫金神龙与龙宝宝的全力飞行下，被远远地甩在了后面，辰南站在紫金神龙背上，再一次来到西方。到了西土，痞子龙多少有点心虚，当年它曾经在西方待过很长一段时间，从它的只字片言中得知，他曾经端过两个神龙的老窝，还明目张胆地抢过上古神龙坤德的小女儿的宝藏，可谓罪行累累，估计这还只是它荒唐生活的一部分，天知道这个老痞子当年有多么混账，到底结了多少大仇家。

西大陆也如同东大陆一般，主要分为几个大国，此外还有近百个在夹缝中间生存的小国。四大霸主国家为：新兰、曼罗、拉脱维亚、埃克斯。南部的曼罗帝国与西部的埃克斯帝国之间是无尽的大山，那里保留着最为原始的风貌，西大陆面积最大的一片原始森林就位于那里，面积差不多有曼罗帝国的领土一半大小。一个古精灵部落就在那片原始森林中，据说那里曾经发生过许多奇异的事情，此外那里还隐居着不少神秘的绝顶强者，不仅仅限于精灵一族。

辰南乘坐神龙，穿越过新兰帝国上空，毫不停留地向着曼罗帝国与埃克斯帝国之间的绵绵群山飞去，他的第一站便是那里的古精灵部落，他希望能够在他们那里了解到足够的信息，而后进入原始森林最深处的无人地带——永恒的森林。路上很顺利，辰南和两头龙以及小凤凰顺利来到这片原始森林，连绵山脉，参天古木，人迹罕至，保留着最原始的风貌。

　　"哦，光明大神棍在上。这里山连山，岭连岭，一望无际的林海，这么大的一片区域，到哪里去找一个小小的精灵部落啊。"龙宝宝有些无奈地嘟囔道。"没关系，我们有的是时间，可以慢慢找。"辰南先向原始森林中走去，山林内猿啼虎啸，时不时还冒出凶蛮的魔兽，如果不是这队组合强得变态，恐怕在这片原始地带寸步难行。

　　由于地面满是高大的林木，如果再继续在空中飞行，很难发现山林内是否有生命活动迹象，所以接下来的五六天他们始终在山林内穿行。如此行进了八九天，辰南一行终于发现生命活动迹象，确切地说是精灵活动的痕迹。他们继续前行，直到第十三天，山林内弓弦响动的声音惊动了辰南，紧接着一支白羽箭穿过重重林叶插在辰南他们前行的路上，拦住去路。

　　一个绝美的女精灵走出，微微昂着头，神情显得有些高傲，道："你是什么人？"可是当她的目光由辰南移到龙宝宝，而后又到紫金神龙，再到小凤凰身上时，神情立刻变了，高傲之态尽失，失声道："高傲的神灵龙，不死神鸟凤凰，天啊，我马上去禀报长老大人。"美丽的女精灵快速朝前跑去。辰南嘿嘿笑了起来，精灵这个高傲的种族，看来也分对象啊，见到神灵龙与不死神鸟，就立刻改变态度。

　　他们继续前行，不多时前方出现一片如同仙境般的胜景，在林中一个个蘑菇包似的小木屋出现，周围都有藤萝缠绕，鲜花绽放。走到近前，辰南才发觉小木屋并不是砍伐树木建造而成的，竟然是借助古老的空心树木天然加工而成，有的小木屋居然还生长着叶子，充满自然的风情，从某一方面也确实说明精灵是崇尚自然的，是大自然的宠儿。

　　这时，许多精灵围了上来，对于陌生人的造访他们显得很好奇，当然看到辰南是人类时，表情多少有些轻蔑，当看到龙宝宝和小凤凰后，他们的眼光立刻变了，他们向来是尊敬传说中的神兽的。这时，古精灵部落的几位长老走出小村落，向辰南迎来。

"尊贵的客人，欢迎你们到访，我们已经得到自然女神的神谕，你们身负重大使命而来，会给我们古精灵部落带来希望，能够帮助我们找到失踪的圣女。"几位古精灵部落的长老热情地迎了上来。精灵长老们都非常的"年轻"，至少从容貌上来看是如此，不过辰南知道这几个看起来或英俊、或美貌的高傲精灵们最起码也有几百岁了，如果以人类的标准来看，称得上名副其实的老妖怪、老怪物。

"远方的客人，欢迎你们来到古精灵部落！"精灵大长老瑞斯雅脸上挂着真挚的笑意，令不远处围观的年轻精灵们有些奇怪，这等礼遇给予他身旁的神灵龙和不死神鸟凤凰才对。这是精灵们的天性使然，与生俱来的高傲始终让他们有一种优越感。不过，精灵一族真的可谓大自然的宠儿，每个人都是天生的魔法师与神射手，加之悠长的生命，在修炼领域所取得的成就远非一般人类所能比拟，故此，他们有足够自傲的资本。外加上每一个精灵都有着绝美的容貌，更令他们对长相平凡的人类存在一种潜在的轻视。

"这里真是一片神奇的乐土，没有想到在这茫茫大山中能够看到如此瑰丽的一处宝地，可见伟大的精灵一族多么的不凡啊，当真是无所不能的神的宠儿啊，赞美自然女神，赞美伟大的精灵部落。"辰南极其肉麻地称赞着，连他自己都感觉有些虚伪，不过看到对面几个长老眼中透出一些世故的光芒外，其他围观的年轻精灵们一派得意、理所当然的样子，他深深明白精灵一族还真是自恋啊！不过，为了能够了解到"永恒的森林"的消息，他不遗余力地称赞着。古精灵部落的几个长老有求于他，希望他能找到所谓的"精灵圣女"，故此双方交谈起来非常"融洽"。

痞子龙、龙宝宝、小凤凰，理所当然地受到精灵们的热情礼遇，神龙和凤凰乃是天地间各种族中的上位者，即便精灵很高傲，但对待神龙却也充满敬畏之心。老痞子放荡不羁，龙宝宝龙小鬼大无比油滑，小凤凰天真可爱，一点也没有传说中的神兽威严，这令年轻的精灵们的眼神迅速热络起来，他们将三个家伙团团包围，火热地打量起来。

当然，这三个家伙明显的自来熟，很快就和这些精灵们熟悉了，精灵们送来了这里的特产水果，着实满足了三个家伙的口欲。

精灵生育率极其低下，发展到现在，这个古老部落的精灵已经不足两千。辰南和几个精灵长老走进村落中，在村中央是一棵参天古树，青碧翠绿的枝叶遮天蔽日，也不知道这棵古树生长了多少年月，粗大的主干数十人都合抱不过来，虬枝苍劲，繁茂的树冠绵绵数里。

辰南心中一动，发觉自这株古树透发出无尽灵气，在这里充盈着一股巨大的生命能量。当他有些惊讶地仔细打量时顿时大吃一惊，这棵古老的树木竟然和他内天地当中的定地神树属于同一树种，皆神异非凡，与众不同。虽然不像定地神树那般神光闪烁，但明显可以看到眼前这株古树的枝叶间也有淡淡的光彩在流动，不过稍稍逊色些罢了。这绝对是一棵神树，古精灵部落之所以如同仙境一般，恐怕和这株古树有着莫大关联，它在源源不断地制造着生命灵气。

"这是……"辰南惊疑地问道。大长老瑞斯雅解释道："这是我精灵一族的守护神树，乃是自然女神亲手栽种的，是天地间最古老的一株生命之树，一直护佑着我族不被凡尘喧扰。""这就是生命之树？"辰南有些动容。自然女神又称生命女神，相传眼前的这种神树，乃是她的生命力演化而生的，天地间不过有限的几棵而已。而眼前的这株古树竟然是天地间最大的一株生命之树，可见生命女神对这个古精灵部落多么的照顾。

"不错，这就是生命之树。"精灵族的一个长老肯定地回答道，"这是生命女神对我族的最大恩赐。"辰南有些不解，难道后羿弓化形而成的定地神树，和生命女神有关？这怎么可能呢！定地神树乃是自远古流传下来的宝物，相传是天地初始之时便存在的一株灵根，不可能是生命女神所演化。他决定弄个明白，空间慢慢碎裂，他将内天地打开，一个巨大的空间之门出现。几个精灵部落的长老吃惊地张大嘴巴，尽管他们已经看出辰南踏入六阶领域，但却没有想到他已经祭炼出内天地，在他们看来，一个二十几岁的年轻人能够取得这样的成绩简直不可想象。

"哗啦啦！"内天地当中定地神树一阵摇曳，青碧翠绿的枝叶透发出阵阵神光。

"啊，这是生命之树！"

"透发出的生命之能实在太强大了，居然比我们古精灵部落的神树的生命之能还要磅礴许多！"

不理会精灵长老们的惊叹，辰南直接问道："请问尊敬的几位长老，我内天地当中的这株神树也是生命之树吗？"

"是，当然是！"

"绝对是！"

几位精灵长老虽然震惊，但还是做出肯定回答。其中一位长老充满狐疑之色，道："毫无疑问，这是一棵纯正的生命之树，但我有些不明白，为何它透发出的生命之能竟然是如此的磅礴呢？居然比天下间最古老、最繁茂的第一生命之树还要强盛，实在让人费解。"

另一名精灵长老同样不解地问道："年轻人你到底是从哪里得到的这株生命之树呢？它虽然不过二十米高，但为何却透发出一股古老沧桑的气息呢？似乎比我们古精灵部落的神树年代还要久远。据我所知，我们古精灵部落的这棵神树，乃是生命女神最强大的护法圣器，由于某种极其特殊的原因，才被栽种在这里，天下间不可能会有另一株生命之树能够与它相比。"

"这也是我不解的地方，按照你们所说，生命之树只能由生命女神栽种，是她的生命力演化而生，可是我的这株神树却是远古流传下来的一件瑰宝，不可能是生命女神留下的。"听到辰南的这句话，几个精灵长老无比惊骇，而后不顾形象地冲进他的内天地当中，围绕着定地神树不断细细打量。

"这真的是传说中的那株灵根？"

"天啊，一定是了，不然怎么可能透发出如此强大的生命气息呢！"

"没想到我竟然有幸见到传说中的这株灵根！"几个精灵长老近乎失态，要知道精灵这一高傲的种族是最讲究仪态的，如此失态，足可以说明他们现在的激动震惊之情。辰南若有所思，渐渐猜出个大概，接下来精灵大长老瑞斯雅的话证实了他的猜想。

"传说，生命女神在机缘巧合之下，折下天地间一株神树的枝杈，而后将其炼化，成为她最强大的护身法器，从此她便有了高于其他神灵许多的生命之力。而且，经过她细心地祭炼，当她需要时，花费一定的生命之力便能够栽种出一小株生命之树。天地间那株最原始的神树消失了，所以生命女神便成了这天地间唯一掌有这种神树的神灵。"果然，如辰南猜想那般，定地神树是那最原始的母体，生命女神不过是巧合下获得演化生命之树的能力。待到几个精灵长老慢慢平静下来，辰南才问道："既然天地间不过几株生命之树而已，为何生命女神将最为强大的一株赐给你们精灵一族了呢？"

"呃，这……"几名精灵长老有些犹豫，似乎有难言之隐，大长老瑞斯雅有些为难地道："这是我精灵一族的秘密，由于涉及神灵的隐秘，不可相告，请你原谅。""呵呵，这好像有些不公平吧，我都已经将我的秘密展示在你们的眼前，相比生命之树的原始母体的秘密的价值，我想你们……"辰南沉吟着，微笑地看着几个精灵长老，道："我只是好奇而已，没有别的意思，如果你们真的不能说出，仅仅给我透露个隐约的答案就可以了。"

瑞斯雅虽然有些犹豫，但还是决定多少透露一些，道："我想你应该听说过吧，即便一个彻底死去的人，如果放在生命之树雕琢而成的木棺中，也可以保证其万载不朽。要知道，生命之树具有庞大的生命之能，能够生死人肉白骨，可谓天地间最佳疗伤圣物。几千年前，生命女神耗费无尽神力，栽下这株最大的生命之树，就是为了……咳咳，好了，就只能说到这里。"精灵大长老瑞斯雅的话语就此打住了，一些隐秘她是万万不能再透露的。

不过，辰南的反应超出了她的预料，辰南脸上充满激动之色，一把抓住她的肩头，用力摇晃道："这件事情是不是发生在五千年前？""呃，你怎么知道？"瑞斯雅完全是下意识的回应，身为精灵一族的大长老身份尊贵无比，现在被人如此无礼地摇晃着双肩还是头一遭，眼下她有些惊愕。不过瑞斯雅快速释放一道安神静心的精神魔法，令辰南快速平静下来。

放开精灵大长老的双肩，辰南喃喃自语道："我就知道会是这样，果真被我猜对了。"慢慢恢复平静的他首先向几个精灵长老道歉，道：

"对不起，我太激动了，因为这件事于我来说至关重要。"一位精灵长老向他问道："你怎么知道五千年前这个时间段？"

"这件事说出来你们也不会相信，现在我只想问五千年前……"辰南的声音有些颤抖，双眼微微湿润了，道，"五千年前生命女神救助的那个人，是不是一个名叫雨馨的女孩？她最后结果如何？"尽管看到赶尸派中那个"雨馨"，已经知道一些结果，但是他还是希望有奇迹发生，他的心情在这一刻无比的焦躁和紧张。

"你、你……"几个精灵长老张口结舌，面面相觑，他们实在无法理解，为何眼前这个年轻人会知道那么多。"求求你们，请你们告诉我，她到底怎样了？"辰南颤抖着恳求道，在这一刻根本没有一个高手应有的风范，他的心绪完全乱了。

"我不知道你从哪里了解到这些隐秘，既然如此，我不妨透露给你一些吧，但涉及神灵秘密的事我还是不会说的。"精灵大长老瑞斯雅道，"这个女孩受创颇重，要知道伤她的人可不是一般的修炼者，修为绝对在神级，她不光是肉体脉络寸断，而且魂魄也严重受损，好在她也早已达到仙神境界，总算在消逝前得到生命女神的亲自救助。生命之树便是那时栽下的，那个仙子一般的女孩就此沉睡在生命之树的主干中。"

"什么？！她得救了，她现在还沉睡在生命之树中？"辰南再次抓住瑞斯雅的双肩用力摇动起来，对于眼前这个冒失的青年，精灵大长老只能苦笑道："她在生命之树的主干中沉睡了无尽岁月，最终苏醒过来，重伤之身痊愈。"

"她去了哪里，后来经历了怎样的事情？"辰南急切地问道。大长老道："对不起，这涉及神灵的隐秘，我实在无可奉告，有一点是可以确信的，她还活着。"

"什么，她现在还活着？！"辰南无比震惊，重复地问道，"你是说她现在还活着？"大长老道："是的！"辰南心中涌起滔天骇浪，他感觉无比混乱，这到底是怎么回事？这五千年来到底发生了什么？雨馨她竟然还活着！那赶尸派中为何出现了雨馨的尸体？

"你在骗我，我在东土赶尸派中，亲眼看到雨馨的尸体，你不要告诉我，'她还活着'是指赶尸派中的那个'雨馨'，是指尸体产生灵智后的'雨馨'。"精灵大长老露出迷惑不解的神色，道："我不知道你所说的那个雨馨是怎么回事，据我所知那个自生命之树主干中苏醒过来的女孩还活着，没有经历过什么'尸体事件'。对不起，我只能说到这里，生命女神曾经警示过，这件事万不可泄露出去。"

辰南慢慢冷静下来，知道精灵这一种族不仅傲慢而且固执，无论相求或者相迫，一时间恐怕也难以问出什么，他道："对不起，我想静一静，你们可以先离开我的内天地吗？"

几位精灵长老离开后，辰南陷入了沉思，这到底是怎么一回事呢？雨馨明明已经身殒了，他可是亲眼看到赶尸派的一切，亲手将雨馨解救出来的啊，那绝对是雨馨的尸体啊！可是，在这里他竟然听说雨馨没有死，还一直活着！

"难道说，那个被生命女神救助的女子根本不是雨馨，是另外一个人？"想到这里，辰南双眼中射出两道寒芒，煞气充斥在整片内天地。难道当中有什么变故发生不成？辰南想到了很多，一阵怒火汹涌，一阵黯然神伤，不过他已经在心中发着誓愿，一定要搞清雨馨生死之谜！凭着感觉，他知道机缘一定就在西方，不搞清真相，他绝不会离开这里。思索良久，辰南不能确定，生命女神救助的那个女子是不是真正的雨馨。如果要追查下去，雨馨留在光明教会十八层地狱第一层当中的那张纸，似乎揭示了一些隐秘，提到了生命女神，也提到了大龙刀。

不过，那张纸上杂乱的记载，最后一个关键词是"大龙刀"，这是不是意味着关键线索在那片"永恒的森林"呢？辰南打开内天地，从空中缓缓降落在柔软的草地上，站在古老的生命之树下，望着前方的几个精灵长老。在这一刻，他甚至想偷袭几个老精灵，逼迫他们说出秘密，但最终他克制住了。眼前的几个精灵别看相貌或英俊、或姣美，但他们都已经是数百年的老怪物了，修为高深莫测，如果用强，恐怕他难以讨得半点好处。

几位精灵长老似乎感觉到辰南隐隐的敌意，大长老瑞斯雅道："年轻人，我似乎感应到了你的痛苦心情，刚才我和几位长老已经讨论过，决定给予你一定的帮助。尽管碍于生命女神的告诫，不能说出当年的隐秘，但我们可以给你指点一条路径。当然，这也是有代价的，你需要将我们的精灵圣女找回来，她是我们全族的希望，我们需要她平安归来。"

"哦？"辰南有些意外，道，"敬请指点。"大长老道："如果你有足够的实力，也许能够在'永恒的森林'找到一些线索。""果真是这个地方！"辰南心中暗叹，这原本就是他将去的目的地，现在被精灵长老告知，一点也不觉得意外。"你们不怕我知道这个消息后，不去帮你们寻找精灵圣女，直接去永恒的森林吗？"辰南有些疑惑地问道。

大长老道："不怕，因为我们相信你是一个正直的青年，相信你的为人。"辰南感觉有些惭愧，现在还有什么事情，比探寻雨馨的生死之谜更重要呢？他真的不想因为精灵圣女的事情而耽误时间。不过，精灵大长老瑞斯雅接下来的话，立刻让他的愧疚感消失了。"呃，其实我们怀疑凯瑟琳可能进入了永恒的森林，和你查找线索的目的地相同……"

辰南终于明白了那句俗语：人老成精！从神风学院副院长，到楚国皇宫中的那个老妖怪，再到几个数百岁之龄的精灵，这些人似乎都很奸诈，都将如意算盘打得"啪啪"响。"怪不得你们改变了主意……"辰南脸色不善，道，"现在我开始怀疑，你们是不是在顺口捏造谎言，我怀疑永恒的森林根本没有我需要查找的线索，你们不过是想利用我去寻找你们的圣女而已。"

精灵大长老急忙道："我可以对生命女神发誓，绝没有半点谎言。"原本辰南就要去永恒的森林，即便大长老的话语是假的，他的下一站也将会是那里。"我去永恒的森林，如果发现你们的圣女，会将她带回来的。"辰南承诺道。毕竟，这一望无际的森林，是精灵们的地盘，还有许多地方需要借助他们，他需要详细了解那块葬神之地。

"年轻人，你真的打算去永恒的森林？你不再考虑一下吗？可否明白那是怎样的一个地方？"辰南坚定地道："不需要考虑，我想尽快就动身。"几位精灵长老相互看了看，其中一位长老道："看得出你迫切需要到那里寻找线索，虽然你修为不凡，但我们依然有些担心，其实你大可在这里修炼一番，等到你的修为有了新的突破，再去探索那片神秘的地域也不晚。"

"修为再做突破谈何容易，天知道还需要多长时间。如果去晚了，你们不怕你们的圣女发生意外吗？你们应该催促我赶快动身才对呀。"精灵大长老摇了摇头，道："年轻人，我们是为你好，圣女已经消失两年了，如果真的有意外发生也来不及阻止了。我们这纯粹是为你的安危着想，要知道那里是一片禁忌之地啊！法神、斗神一级的修炼者，走进那里后，从来都没能够再次走出。尽管许多人类修炼者认为那里是修炼者的最终圣地，不过我们精灵一族却始终认为，那里是一处葬神之地，是一处大凶之地！"

# 第四章
## 禁忌之地

辰南已经不是第一次听人说起那片永恒的森林。每年都有不少西方修炼者前去探险，想探寻那里隐藏的秘密。西方修炼界许多人都相信，在那片原始森林的最深处隐居着西大陆最强大的修炼者，因为有人曾经看到过会飞的武者在那里出没过。传言在那遥远的过去，曾经有数个不同时代的法神与斗神，分别在晚年走进那片原始森林中，一去不复返，那片原始森林的最深地带成了西大陆修炼界的圣地。要知道，法神和斗神是堪比神灵的极道修炼者，他们能够进入天界，却不想进入天界，他们等同于流浪在人间的神灵。在修炼史上能够达到这一境界的修炼者，简直如凤毛麟角一般稀少。种种传说令那片原始之地越来越富有神秘色彩。

辰南自从听过关于那里的传闻后，他完全持相反的结论，他认为那里绝对是一个大凶大恶之地，是一片殒神的魔地！他认为西方修炼史上，曾经出现过的那些法神与斗神，走进那里后，恐怕已经凶多吉少了。现在，辰南见古精灵部落的长老们所持的意见和他一致，也认为那里是不祥之地，这更加坚定了他的看法。

"我知道那里绝非善地，但我不得不走上一遭，那里可能有于我来说至关重要的线索。"辰南早已决定要去那里探查一番，当然并非要强行闯进那片禁区，如果实在不行，他会选择退走。"我很奇怪，几位长老的修为高深莫测，恐怕已经到了令人难以想象的境界，为何要假手我这个外人去寻找你们的圣女呢？你们自己为何不去探查呢？"

几位精灵长老有些尴尬，大长老瑞斯雅道："并不是我们贪生怕死，只因在那遥远的过去，生命女神曾经告诫她最忠实的子民，任何人都不得闯入那片禁地。所以，我们虽然推测出有些叛逆的圣女进入了那片区域，但我们却不敢违抗女神的神谕，无法直接去探寻。"

"我可是听说过，寻找精灵圣女凯瑟琳的任务，已经被人类佣兵公会炒到百万金币的天价，和寻找天元大陆中部地带的神兽麒麟的任务同列为'最高佣兵行动计划'。不知我如果真的帮你们把圣女找回来，你们能否将我想知道的那些秘密全部告诉我呢？"大长老道："如果圣女真的能够安然而返，我们可以破例告诉你想知道的一切。"

接下来，辰南开始详细向几位精灵长老询问那片禁地的情况。不过很可惜，精灵一族碍于女神的告诫，不敢涉足那一区域，对那里的了解实在有限，只知道那片地域的周围生活着不少强大的魔怪，其他就一无所知了。

在古精灵部落只短暂的逗留了一天，辰南便踏上了征程，这让两头龙与小凤凰多少有些遗憾，那些精灵们对它们这类神兽实在太热情了，各种珍贵的奇果任它们享用，根本不会像在昆仑玄界那般一切都需要"偷偷进行"。


这片原始森林实在广阔无比，辰南一行按照精灵大长老指点的方向已经走了数天，为了观察路线而飞临到某一区域上空后，辰南明显感觉到一股难言的压抑感，三个神兽也躁动不安。

一眼望去，禁忌森林阴沉沉一片，虽然是在正午的阳光下，但他们却感到森森寒意，那里仿佛有重重魔影在缭绕，而且越是仔细观察，越是发觉什么也看不清。静寂的山林没有一丝声响，虽然林木长势旺盛，却没有任何野兽吼啸，更没有鸟雀飞腾，这里绝对的安静，死沉沉的憋闷。

偌大的山林只有辰南脚踩落叶的声响，以他如今的修为早可以做到御空飞行，但他却偏偏要以这种脚踏实地的方法，一步步前进，他用最直接、最原始的办法，去感受这片大凶之地的恐惧气氛。终于，走进了阴暗的森林中，明明能够看到上空那浑圆的太阳，但林内却是阴暗无光，冷气森森。

小凤凰躲在辰南的怀中，一双乌溜溜的大眼转来转去，小心地打量着周围的环境。龙宝宝晃晃悠悠落到辰南肩头，不愿单独行动，小声嘟囔道："真的有些可怕，比当初的那个死亡绝地，还让人感觉恐惧。"痞子龙已经化成龙头人身状，拎着紫金双截棍，小心戒备着，一脸凝重之色。

向前走了十几里，突然一阵如同惊雷般的声响，在辰南与三头神兽耳畔响起，令他们心胆皆寒。这实在太突然了！前方一条大河奔腾咆哮，浪花翻滚，激流势不可挡。那惊雷般的响声，竟然是河水咆哮的声音。不过这一切都是那么的邪异，在这之前竟然未曾听闻河水奔腾的一丝声音，直到临近到一定距离，轰隆隆的响声才突然传入到耳中。

"难道前方是一片奇异的空间，类似于玄界？"辰南发出疑问，"不过怎么看都不像，如果真的是一片奇异的空间，怎么会有如此开阔的玄界入口呢，完全是一副接连天地的样子啊！"当辰南与三头神兽接近那条奔腾咆哮的河水时，感觉一阵阵眼晕，河水泛黄，透发着一股邪恶的气息，让人不由自主心生厌恶。

一块石碑立于黄色的河水岸堤上，巨大的石碑上两个古老沧桑的字体格外醒目：黄泉！石碑上隐约间可以看到一些古老的花纹，看上面镌刻满了岁月的风霜，可想而知定然经历了无尽岁月。只是，这是西方的土地啊，然而那醒目的两个大字竟然是远古时期东方的古老字体，这实在不得不让辰南惊讶。当然，最让他震惊的还是"黄泉"两字的含义，作为一个东方的青年，他当然明白其中的意思。滚滚奔腾，咆哮而过的黄色河水透发着无尽死气，让他感觉"黄泉"二字似乎真的名副其实。还好，他四下打量，并没有发现奈何桥。

这时，刺耳的振翅之音在旁边的树林响起，一大群鸟雀铺天盖地般向这里涌来。不过这种鸟雀实在让人心惊，虽然不过巴掌大小，但长相无比奇特，竟然狼头雀身，真不知道该将它归为鸟类还是归为兽类。

面对那密密麻麻、无边无际的狼头怪鸟，辰南大声道："你们三个小心，这些小怪物看起来无比凶残，你们虽然是神兽，但它们似乎并不买账。"狼头怪鸟，皆双目血红，獠牙毕露，泛着森森寒光，最为可怕的是临近这里时，每一只怪鸟皆开始喷吐出一道道冰刺，这些家伙竟然是变异的魔兽！不过，辰南有一种奇怪的感觉，他并没有在这些狼头怪鸟身上感觉到丝毫生命波动，这些怪鸟宛如死物一般，他内心暗暗道："不可想象，难道真的闯进了幽冥地府？"

"嗷吼——"紫金神龙一声震天咆哮，如今它已经达到六阶境界，实力可谓强绝无比，滚滚音波顿时将一大片飞来的怪鸟震爆，血雾在空中弥漫，碎肉不断坠落。龙宝宝叫道："小不点快放火烧它们，你的神火是这些冷血怪物的克星。""可是，我不会呀，我不知道怎么放火。"小凤凰眨了眨大眼，望着密密麻麻的狼头怪鸟，感觉有些害怕。

龙宝宝飞到了它的身旁，指挥道："向它们吐口水，那样神火就出来了。""吐口水？哦，好的，我吐，我吐，我使劲地吐……"小凤凰夸张地开始吐口水，顿时高空之上热浪灼天，无尽的大火将半空烧得一片通红，成千上万的狼头怪鸟在空中直接被燃成灰烬。仅仅持续了五分钟，所有的怪鸟便被彻底消灭。

"哦哦哦，我会吐火咯，我会放火咯。"小凤凰显得有些兴奋。"喊，火凤凰如果不会玩火，干脆去当麻雀好了。"老痞子龙无情打击道。小凤凰被痞子龙"荼毒"这么多天，早已皮得不得了了，闻听老痞子的话语后立刻不满地反击道："臭泥鳅，死泥鳅，笨泥鳅，坏泥鳅，赖泥鳅，蠢泥鳅，傻不拉几色泥鳅……"毫不重复的话语令痞子龙直翻白眼。

辰南方才用擒龙手生擒了两只狼头怪鸟，将它们控制在掌心中仔细观察，发觉它们确实没有半丝生命波动，眼神呆滞无神，动作机械呆板，像极了传说中的僵尸。由此，他不得不再次打量那块高大阴森的石碑，现在他觉得那"黄泉"二字更为刺眼了。

奔腾咆哮的黄泉震耳欲聋，拦住了辰南他们的去路，一人三兽腾空而起，想要直接飞腾过去。可是就在这时，冲在最前面的痞子龙突然大叫了一声："嗷呜，痛死你龙大爷了！"它直接倒飞回来，像是遇到一股极大的阻力，它气得不断揉动一张龙脸，显然吃了个闷亏，一张紫色的脸仿佛撞到了什么坚硬的东西一般，现在已经乌青发黑了。"该死的！这河水上方有禁制。"紫金神龙提着双截棍再次冲去，用尽全力砸向了虚空。

"当！"一声刺耳的金属颤音，震得人耳鼓嗡嗡作响。紫金神龙直接被轰飞了回来，一股无形的劲气让它刚猛的一击彻底无功。"不要鲁莽。"辰南制止了险些发狂的紫金神龙，发出一道柔和的劲气，感应到一股巨大的力场，河水上方仿佛有一堵无形的铁壁一般，挡住了他们的去路。

辰南道："果真有禁制啊，好大的法力啊！我们沿着河水走走看，试试其他地方能不能通过。"就这样，一人三神兽沿着黄泉岸堤向着上游方向走去，越是向前走去，黄色的河水透发出的死气越浓烈，有一股让人欲呕的感觉。同时，天上的太阳仿佛失去活力，虽然依旧明亮，却令人再也感觉不到一丝热量，黄泉岸堤附近冷森刺骨，明明是炎炎夏日，却如严冬般寒冷。

"快看，前方有一座桥，这下我们能够过河了。"小凤凰兴奋地叫着。辰南头皮一阵发麻，没想到最终还是看到了一座桥。蒙蒙黄雾笼罩在前方，一座白得刺眼的长桥横贯在河水之上，影影绰绰间似乎有一道道人形的影子，在白色的长桥上飘荡着。辰南的神情有些复杂，究竟是否还要前进？永恒的森林实在太邪异了，充满变数，让人难以预料。如果再前进的话，他真的可能一步步走进死域，可是如果现在就退走，有些不甘心。

难道这是现实世界和死亡世界的交界地带？辰南稍作犹豫，最终再次大步向前。没有出乎他意料，雪白刺目的长桥，桥头立着一块高大的石碑，上书三个大字：奈何桥！血色字体格外刺目，向人传播着死亡之音。现在离得近了，终于可以看清，白灿灿的长桥竟然是由雪白的骸骨堆砌而成的，而桥面上的确飘荡着几条极其凶恶的魔影。前进？还是后退？似乎已经没有选择，既然来到近前，唯有前行了！

"哦，光明大神棍在上，我们似乎没有回路了。"龙宝宝惊呼道。似乎是为了应答龙宝宝的话语，奈何桥上几条魔影发出阵阵凄厉的嚎叫，令人头皮发麻，这真的是地府的死亡之音！如同尸水般黄浊的河水，发出阵阵咆哮之音。辰南顺着龙宝宝那只金黄色的小爪子指点的方向望去，只见远处迷蒙蒙一片，长河竟然消失了，不远处是一片悬崖，河水变成了一道巨大的瀑布，直下三千尺。"这怎么可能？幻觉吗?"辰南有些不确信,因为凭着本能的直觉,他感应到那悬崖飞瀑竟然是真实存在的!

这令辰南感觉有些吃惊,地貌竟然大变样,现在想退回恐怕也会转入到一片新的场景内。眼下似乎没有退路了,难道说只能前进?他暗叹这里果真是一片邪异之地!小凤凰有些胆战心惊,虽然为不死神鸟,但毕竟刚刚出生不久,年龄还太过幼小,心理承受能力稍弱一些。"该死的!"痞子龙拎着双截棍盯着奈何桥上的几道魔影,表情严肃地戒备着。

白骨堆砌而成的长桥,雪白刺眼,平整的桥面上可以看到完整的头盖骨、残碎的胸骨、粗大的肱骨、细小的手骨……可谓触目惊心!"那位卖汤的阿婆在哪里,怎么还没出现呀?"小龙一双明亮大眼四处打量。"你这个馋嘴的小家伙,连孟婆汤都想喝?"辰南毫不客气地在它头上敲了一记,小龙不满地小声嘟囔道:"又没尝过……"

显然,这里和传说中的幽冥地府还是有区别的,孟婆并没有出现,这时,奈何桥上几道魔影张牙舞爪地向着辰南他们扑去。这是一种介于有形和无形之间的灵体,在东方可以称之为修炼有成的鬼魄,在西方可以称之为强大的亡灵。紫金神龙拎着双截棍迎了上去,被祭炼数千年之久的龙角乃是罕见的灵器,对付这些鬼物最合适不过,可谓天生克制。几道鬼魄嚎叫着,挣扎着,但最终在紫金双截棍的击砸下彻底烟消云散,归于虚无。

"这里即便不是传说中的幽冥地府,也一定是一处阴气极重之地。"紫金神龙脸色有些不好看,它感觉事情有些棘手,尤其是现在似乎已经无退路了。辰南与紫金神龙并排走在前面,龙宝宝晃晃悠悠地跟在后面,他们小心而又谨慎地朝前走去,桥的另一端黄雾弥漫,根本看不清景象,不过那沉闷压抑的气息,让他们明白对岸绝对有难以想象的凶险。

奈何桥已经走过一半,就在这时黄浊的河水突然卷起一道大浪,弥漫着浓烈死亡气息的河水,"呼"的一声向着一人三神兽汹涌而来。辰南一掌向前拍去,大浪顿时被击溃,化作黄色的水花落在桥下。不过,就在这时,一股阴森森的气息自桥下的河水中冲天而起,一声凄厉的长啸划破长空，震得整座奈何桥剧烈颤动了起来。

一条高大的魔影自水中冲天而起，这是一个赤裸着身躯的男子，灰色的长发披散在肩头，血红的双眼冷冷扫视着下方，健壮的身体肌肉似一条条虬龙般盘绕，最让人感觉不可思议的是他竟然长着三个头，除了正中的那个人头外，他的左右双肩上还分别长有一个牛头和一个羊头，而且他长着一条如同蛇一般的尾巴。

"这是什么怪物？"小龙小声嘀咕道。老痞子将双截棍护在身前，道："邪门啊，实在邪门！光看这个家伙的样子，像极了天界传说中的一个大魔王，不过那个家伙即使混得再落魄，也不可能到这里当守桥人啊！"龙宝宝好奇地问道："到底像哪个传说中的大魔王？"

"好像叫什么阿斯摩德，还是什么玩意啊，我记不太清了，只知道是西方神话中的七十二大魔王之一。"一个大魔王在紫金神龙口中居然成了"什么玩意"，可想而知老痞子多么的狂妄。"那就叫阿德好了。"龙宝宝冲着空中的三头男子喊道："阿德，你为什么要阻挡我们的去路，难道你想和我们开战吗？"

凭着感觉，辰南觉得眼前的人不是一个死物，不过似乎很难沟通，因为对方看着他们的眼神，除了冰冷的杀气外，再无其他任何感情，仿佛只是一具杀戮机器。这让他有些不解，紫金神龙毕竟活了几千年了，应该不会看错，这个人为什么和天界的那个魔王长得很像呢？

三头男子一声厉啸，在空中留下一道残影，向着他们扑来，一股阴森森的冷风汹涌而至。辰南未动，紫金神龙腾空而起，舞动着双截棍迎去。"我打打打，管你是不是什么七十二魔王，遇上龙大爷，都要给我变成出气筒！"来到这片禁忌之地后，紫金神龙感觉到一股难言的压抑感，显得格外暴躁，现在看到有对手拦路，立时狂猛攻击起来。

化成人形的紫金神龙与三头魔王在空中留下一道道残影，两人激烈地纠缠着。令人吃惊的是，三头人的双臂似精铁浇铸而成的一般，与痞子龙的紫金双截棍不断交击，无丝毫伤损，反而发出阵阵巨大的铿锵之声。

"这是什么怪物？居然刀枪不入，和六阶的神龙战平，实在有些恐怖。"辰南感叹着，现在还没有深入到禁地内，在外围就已经碰到这等强势敌手，天知道最里面还会有怎样变态的怪物。"怒了，龙大爷怒了！"紫金神龙大吼着，一对紫金双截棍像是燃烧起熊熊紫金大火一般，紫气罡焰跳动，一股刚猛绝伦的气息爆发而出，老痞子如疯魔入体一般战意高昂到顶点。

"砰——"一道紫影划空而过，双截棍狠狠抽在三头魔王左肩的牛头上，怪物被打得发出一声凄厉的惨叫，一股猩红色的血水喷吐而出。紫金神龙得势不饶人，如狂风暴雨一般猛攻。渐渐地，紫金神龙占据上风，一道道犀利的攻击破掉了三头怪物的防御，将他轰击得吼啸连连。最后，老痞子更是一棍砸碎怪物的羊头，红色血水与白色脑浆迸溅而出，这轮战斗也随之结束。三头魔王发出一声无比惨厉的嚎叫，突围而去，最后一头扎进死气弥漫的黄色河水中。桥下的河水中似乎还有一些魔怪，他们在浪花中时不时露出一个头颅，不过似乎知道一人三神兽的厉害，再也没有一个怪物冲上来。

这一次，辰南他们平静地走过奈何桥，终于登陆到对岸。黄雾渐渐散去，前方的景象展露在眼前。眼前的景象只能用邪异来形容，一片花的海洋，血红色一片，所有的花朵仿佛要滴出鲜血来一般，不过眼前的气氛有些压抑，明明是花开满地，但是这里却死气沉沉，根本没有一丝生气，这些花朵仿佛只为死亡而绽放。辰南倒吸一口凉气，因为他想到一种传说中的亡魂之花——彼岸花。

彼岸花又称接引之花，花香有魔力，能唤起死者生前的记忆。花开时看不到叶子，有叶子时看不到花，花叶两不相见，生生相错。花开于黄泉，是黄泉路上唯一的风景，远远看上去就像是鲜血所铺成的地毯。走向死亡国度的人，就是跟着这花的指引通向幽冥之狱。彼岸花开开彼岸，奈何桥前可奈何？虽然，此地的彼岸花已经有些远离黄泉与奈何桥，与传说有些不符，但是它们却更接近最深处的幽冥之地！如传说那般，血红色的花朵下无半片叶子，每株的茎上唯有血色的花丝在叠绕，像一只只血爪般在舞动。遍地红花的确很美，但却美得邪异，美得恐惧，美得死寂！透发出无尽的死亡气息，让人不由得胆寒。

世上有两大邪花，一种名为死亡之花，另一种名为彼岸花。这两种花辰南都已经见识过，前者他曾经在天元大陆中部地带的十万大山中的死亡绝地见过，这种花专食亡灵之气，吸死人魂魄，真的是邪恶无比，不过如果你不接近，根本不会有危险。而彼岸花则不同，它同样吸纳亡灵气息，但只要你看到它，就意味着你走进死亡国度，生命将走到终点，所以人们最最不愿见到的事物非彼岸花莫属。

"难道说这真的是传说中的彼岸花？"辰南感觉脊背在冒凉气。尘世间也有一种叫彼岸花的美丽花朵，不过显然仅仅是同名而已，虽然开花时叶子脱落，但根本不可能会有一丝死亡的气息。眼前这片血红的花海透发着浓烈的死亡气息，预示着这正是接引之花！是真正开在死亡国度的邪恶之花！显然，龙宝宝也知道这种传说中的邪花，小声嘟囔道："哦，神说，这种花开一千年，落一千年，花叶生生世世永不相见，是昭示生死的魔花。"

"嗯，看来我们真的闯进了一处邪异的阴地，你们要小心戒备，我们现在已经没有回路了，只能前进！"辰南的话没有错，现在回头观望，奈何桥竟然消失，唯有一条奔腾咆哮的黄色河水，滚滚奔流，而河水的上空又有禁制，阻挡着他们横过。小凤凰有些胆怯地道："前方还会出现什么，我们还要走多远？""没事，你老实待在我身边就好了。"辰南安抚了一番小不点，而后继续前进。

血红的彼岸花无比妖艳，远远望去，仿佛有一层淡淡的血雾弥漫在花间。辰南走在这些邪花之间，危险的预感慢慢弥漫在他心间。他提醒三个神兽道："你们要小心，我感觉有些不对劲……"话还未说完，突然，他们脚下的所有邪花如同疯了一般，狂乱舞动起来，一下子缠上他的双脚。

彼岸花开始疯长，所有花株由半米多高快速蹿升到两米，将一人三神兽淹没其中。辰南感觉缠绕在身上的花蔓仿佛一条条触手一般，牢牢地勒紧他的身体，同时这些花蔓如海绵吸水一般，竟然开始疯狂吸纳他的生命之能，简直比吸血鬼还要可怕。他无比震怒，催动全身功力想要挣脱束缚，不过令他吃惊的是，以他六阶的修为竟然一时间难以震断那些花蔓，这实在有些不可思议，这片死亡之地果真不能够以常理度之。

"呼——"一股魔火自他体内涌动而出，腾腾缭绕在他的体外，这是修炼者达到一定境界后自然而然修成的真火。无休止疯长的彼岸花快速被燃成灰烬，辰南终于解脱，并不是说魔火威力多么强大，而是它恰好克制生长在极阴之地的邪花。

与此同时，紫金神龙和龙宝宝吼啸连连，紫金神火与黄金神火涌动，它们也先后冲了出来。至于小凤凰，它比辰南还要先一步脱困，此刻正在空中放火。"我吐，我吐，我使劲地吐……"小不点分外卖力，辰南他们脚下的彼岸花被它放火烧了个干干净净。

龙宝宝攥着一对金黄色的小拳头，气哼哼地道："实在可恶透顶，害我流失不少力量！""唔，我也流失了一些力量，不过没关系，欠我们的让它们加倍偿还回来。"辰南打开了内天地，将空间之门对准了这一望无际的彼岸花地，道，"虽然这种邪花死气沉沉，但还是能够感觉到它们有生命，那么现在我就将它们仅有的一点生命剥夺了吧，彻底让它们变成死物。"

内天地当中定地神树轻轻摇曳，枝叶"哗啦啦"作响，半壁神山光芒璀璨，巍峨耸立。一股旋风席卷而出，涌动向这片无尽的接引之花。点点光华，从地表汇聚到空中，一道道灵气慢慢开始凝聚。不过这一切都显得是那么的诡异，毕竟这里像极了黄泉地府，到处都是死气，突然聚集的灵气与这个世界显得格格不入。空中微弱的光团，仿佛跳动的灵魂之火，照亮了这片死地。

天地灵气开始向内天地汇集，站在内天地入口处的一人三神兽，开始默默吸纳这些精气，补充着方才损失的力量。惨红如血的邪花在快速枯萎着，茫茫无尽的花海正在快速消失，血色正在从眼前的土地上消退，渐渐只余下一片片枯萎的残花。"靠，小子你够狠，传说中的彼岸花海竟然被你给毁了，不知道这个鬼地方是不是真的地府，如果是的话你可真是干了一件大事啊！"老痞子显得有些兴奋。

内天地关闭了，辰南他们继续前进。穿越过这片区域，前方同样是一片血红色，无比静寂，竟然是一片血海，无边无际，一眼望不到头，只是海面很平静，没有丝毫波动。小凤凰飞上辰南肩头，叫道：

"快看快看，那里有一块石碑。"辰南走到近前，巨大的石碑上两个古朴苍劲的大字映入眼帘：苦海。这两个字已经说明了眼前的血海为何地，古意盎然的两个大字似乎透发出一股悲天悯人的气息，似乎在劝解着人们苦海回头，莫要执迷不悟。

"哈哈，我们竟然到了苦海，这里真是一个难以想象的鬼地方！"辰南有些自嘲地大笑着，最后叹了一口气，道，"传说，遇苦海，即回头，不然苦难无边，唯有魔，不听教诲，争渡向前。靠！我们倒是想回头，但后路已经不在，唯有前进方有生存空间，难道天生就被定性为魔了?!"

"难道真会跑出个鸟和尚来，俺靠，龙大爷就不信这个邪，我们就渡一渡这苦海。"紫金神龙满脸不在乎之色。龙宝宝晃晃悠悠飞到苦海岸边，道："这里的上空似乎没有禁制，我们可以御空飞行。"小凤凰老老实实地待在辰南的肩头，似乎有些害怕。

"好，我们现在就渡这苦海！"辰南说完，腾空而起，率先飞去，紫金神龙与龙宝宝跟在他的身边。当他们一进入苦海上空，原本平静的苦海突然翻腾起巨大浪花，一道道血浪直冲起二十几米高，巨浪滔天，仿佛要席卷整片天地，空中是刺鼻的血腥味。

不得已他们再次提升了一段高度，免得被滔天大浪冲击到。这时，隐约间可以看到血海深处矗立着一面巨大的石碑，似乎离这里很远又很近，给人一股怪异的感觉，让人辨不清那个缥缈的石碑距离这里到底有多远。不过模模糊糊间可以看清石碑上的几个大字：苦海无边，回头是岸！只是，辰南他们再回头时，只看到血蒙蒙一片，苦海的岸堤已经消失了。

"俺靠，回头？回个和尚头！岸都消失了。"紫金神龙咒骂道。"似乎跟佛家有关啊，佛不是喜欢度魔吧，今天让他们来度我试试看。"辰南不再犹豫，御空而行，快速向着血海深处冲去。浪涛翻滚，血红的海水似乎沸腾了一般，海面汹涌澎湃，大浪一重接着一重，在那血色的浪花中，是一副让人头皮发麻的景象，无数双沾染着血水的骨爪在舞动，时而露出海面，时而隐匿到血海之下。

突然间，在这茫茫血海中响起了清晰的佛唱："几回生，几回死，亘古亘今长如此，神头鬼面有多般，返本还元没些子。习显教，修密宗，方便门异归元同，自从踏遍涅槃路，了知生死本来空……行也空，坐也空，语默动静无不空，纵将白刃临头颅，犹如利剑斩春风。顿觉了，妙心源，无明壳裂总一般，梦里明明有六趣，觉后空空无圣凡……"悠悠佛唱，依然在血海中回荡，只是始终无法寻觅到声源。

"死和尚给我闭嘴，滚出来！"辰南一声大喝，如惊雷一般，响彻在血海上空，直震得下方的海水奔腾咆哮不已，一具具沾染着鲜血的骷髅骨被抛出海面。

佛唱有很大的杀伤力，不仅让紫金神龙焦躁不安，也让辰南感觉心神阵阵烦躁，故此他不得不以无上音功强行破坏这极富韵律的吟唱。事实上，辰南的判断很正确，佛唱一重重叠加，到最后，平淡的吟唱宛如一道道轰雷一般在血海中狂劈，这是一种纯粹的精神威压，比之实质化的闪电还要可怕。

幸好，辰南大喝及时，龙宝宝和痞子龙纷纷仰天吼啸，小凤凰也发出阵阵清脆的鸣啸，一时间龙吟凤鸣响彻天地，直穿云霄，彻底盖过佛唱，血海中惊涛千重，巨浪滔天，白骨沉浮。直至半刻钟后，佛唱、龙啸、凤鸣皆消失了，血海慢慢恢复了平静，只余无尽的鬼爪在海面不断舞动。

下方血海一阵翻腾，无尽的骸骨沉沉浮浮，在无数双血爪的撕扯下，一副洁白如玉的骨架，慢慢浮出了海面，挣脱了那些白骨的束缚。白骨通体洁白晶莹，他双手合十，盘腿趺坐，正是一副佛教弟子礼佛的姿态，骨质晶莹如玉的颜色说明了他生前定然是一个修为达到仙神境界的高手。白玉骨架慢慢升腾到半空中，正面与辰南相对，令人惊异的是白骨架并非空空无物，胸腔中竟然有亮光闪现，头颅中也有灿灿光芒自眼窝中射出。

"苦海无边，回头是岸。"骷髅骨架虽然没有皮肉，但却真真切切地发出苍老低沉的声音，这令辰南他们颇为费解。"回头？在我身后，是茫茫血海，早已不见堤岸，如何回头？"辰南冷声问道，不知道这个和尚是什么来历，他想先观察一番。

骷髅和尚道："这么说来，施主一行人都是魔啊，唯有魔难以回头，那么老衲就帮各位超度吧，让你们早脱苦海……佛曰，我不入地狱谁入地狱，老衲正是要与众生平等，才舍去一副臭皮囊，沉浸在这无尽血海中，面对那千万挣扎的骸骨魂魄，老衲以慈悲之心来度化。"

辰南在旁边观察了一会儿，发现这个骷髅和尚的确有些奇异，他胸膛中那神圣光芒竟然是几个舍利子，而头骨中透发出的灿灿光芒竟然是一团无比纯净而又强大的灵魂之火。要知道，只有得道高僧才会产生舍利子，而眼前这个和尚的舍利子，泛着神圣的金光，乃是高等级的涅槃之物，足以说明他生前法力之深厚。而且他那纯净而又强大的灵魂之火，也说明他实力的强大，极有可能是肉身毁去了，但灵识不散，不愿转世而去，以前世舍利之力支撑，以魂火掌控。

龙宝宝望着骷髅僧人胸膛中的灿灿舍利子，咕噜一声吞了一口口水，站在辰南肩头，小声嘀咕道："这个骨头架子很强，非常强，我们可能对付不了。"小凤凰站在他另一边的肩头，也怯生生地道："他很强，我很害怕。""我知道他很强，但是我们没有退路啊。"辰南心情有些沉重。

紫金神龙和辰南并排站立，小声道："这个死和尚说的也许是真的吧，我听说佛祖成佛时有十二颗舍利子，后来升入极乐世界后，不知道为何只剩下了九颗。有一种说法是，为了降伏几大神魔毁去了，还有一种说法是，那另外三颗舍利子被他滞留在人间界前身骸骨中，代他除魔度魔。你们看他胸膛中悬浮的三个舍利子都有拳头大小，皆散发着炽烈的神圣之光，很明显是大佛一级的极品舍利子，所以我想他可能真的是那个传说中死光头前世。"

辰南一阵头大，他没想到竟然遇上这等人物，这可能是天界一方教祖的前身啊，虽然是一副骷髅架子，但那舍利子却是真真实实的，与之相斗，恐怕很难取胜，他道："死和尚你到底要怎样？"

"阿弥陀佛，看来你魔种深种，唯有用我佛高深佛法才能度化，就让我来度魔成佛吧。"骷髅僧人依然盘腿跌坐，但一只手臂已经抬起，如玉的手骨透发出一道金色神光，向着辰南笼罩而来。辰南想也不想，将死亡魔刀握在手中，而后狠狠朝佛光劈去。

"砰——"金色的佛光，仿佛有形有质的精金一般，被无坚不摧的魔刀劈中之后，不仅无损，而且生生将魔刀崩了出去，发出一阵刺耳的交击之音。与此同时，痞子龙紫金双截棍也狠狠地劈在佛光之上，不过双截棍同样被崩飞了，直震得老痞子龇牙咧嘴，险些丢掉双截棍。龙宝宝一声吼啸，张嘴喷吐出一道巨大的闪电，向前轰击而去，小凤凰则张嘴喷吐不灭神火，口中不断地叫着："我吐，我吐，我使劲地吐……"巨大的闪电和熊熊燃烧的神火，皆袭到神光之处，不过却依然无功，两个小家伙同样被自己的力量震飞了出去。

一人三神兽在血海上空被震飞出去几十丈远才停下来，辰南心中大骇，这个骷髅骨架强悍得简直不可想象。现在他终于明白，先前的斗神与法神为何无法从这片世界中生还了。这里的凶险不可想象，光是眼前的骷髅僧人就高深莫测，更不要说前方未知的凶险了。

辰南擎着死亡魔刀，脚踏魔云，向前冲去，口中喝道："你们都退后一些，再让我来试试看。"璀璨的刀芒撕裂虚空，长达近二十丈实质化刀罡狠狠地劈向佛光。

"当——"一声震天大响，刀罡碎裂，佛光依旧向前激射而来。辰南身形巨震，脸色一阵发白，他感觉自己仿佛被一座大山猛烈地撞击了一下。不过，他没有就此停住，再次挥动魔刀，口中大喝着："逆天七魔刀！"惨烈的黑色刀气爆发而出，辰南以一往无前的气势，擎着魔刀再次向前劈去。

"当——"金属交击的震天声响，上穿云霄，下达血海。高空之上，风起云涌，惊雷阵阵。血海之中，波涛汹涌，骇浪滔天，血水中无数骸骨被震得粉碎。辰南再次被震飞，不过他并不气馁，快速稳住身形，持魔刀再次向前，猛力挥动。

逆天七魔刀一刀强过一刀，辰南连劈四刀，才堪堪将佛光击散，无往不利的魔刀在佛光面前竟然失去往昔无敌的威力，这令辰南惊骇不已。他知道光靠逆天七魔刀根本无法对抗骷髅和尚，对方的法力实在太高深了，不愧为佛祖的前身，即便是只剩下一副骨头架子，依然有着高深莫测的大法力。

"阿弥陀佛，果然魔种深种啊！"骷髅和尚口诵佛号，这一次右手高抬，一道金色的光影若隐若现，最后，一根金光灿灿的降魔杵在他手中凝形而成。辰南面现凝重之色，暗道这个和尚不可力敌，方才那一道佛光就已经难以抵挡了，现在对方握住佛家法器，恐怕更加难以对付。

看到紫金神龙和龙宝宝想要冲上前去，辰南急忙喝住它们，他快速打开内天地，将三头神兽呼唤进来。他站在自己这方小世界的出口处，冷冷打量着骷髅和尚，随时准备关闭这方内天地。

"阿弥陀佛，想不到你竟然有了自己的魔域，更不能让你走脱。佛法无边，神通降魔！"骷髅僧挥动降魔杵，猛力向前砸去。一道炽烈的神光，快如闪电一般向着辰南的内天地劈来。辰南急忙关闭内天地，快速自血海上空消失。不过，内天地当中并不平静，一人三神兽感觉这方小天地剧烈颤动起来，仿佛有一个巨人在摇晃着这片天地。

紫金神龙道："不好，这个死和尚法力实在高我们许多，他能够感应到内天地在虚空的确切坐标，正在用降魔杵轰击这片天地，照这样下去他早晚要破碎这方小世界。"辰南知道问题的严重性，如果小世界破碎，他会立刻爆体而亡。他没有想到这个和尚强悍到如此境地，竟然能够准确无误地捕捉到小世界在虚空中的坐标。现在，即便他有定地神树与那半壁神山护佑恐怕也撑不住，毕竟这是被动防御，骷髅僧的力量并不是作用在两件圣物之上，而是在直接冲击他的内天地。

龙宝宝道："如果将那个骨头架子引进来，不知道这片天地能够承受住他几下轰击，若是在破碎前能够用后羿弓射杀他，最好不过。"辰南也在考虑这个问题，只是实在有些担心，这样做算不算引狼入室？对方进来后对他们的威胁太大了，他不知道能不能用后羿弓杀死对方。"就拼上一拼吧！"辰南快速打开内天地，喝道，"魔僧，你进来一战。"紫金神龙更是不客气地大叫道："秃驴，过来一战，龙大爷要撕碎了你！"

"阿弥陀佛，老衲进去又何妨？"骷髅僧人手持降魔杵，盘腿趺坐向这里飞来。辰南不得不做好战斗的准备，向着定地神树挥去一道掌力，"哗啦啦！"神树轻轻摇曳，绽放出万千道霞光，最后拔地而起，冲飞到了高空，幻化成一把黝黑的神弓，落在他的手中。

"咦，你这里竟然有圣物。"骷髅和尚一半身体处在内天地当中，一半身体处在外面，他有些惊异地道："居然不止一件！"

辰南知道对方感应到圣物的气息，当下他不再迟疑，扯下一道布条，将之贯注内力，令它笔直如箭，而后搭在弓弦上，对准骷髅僧。只是，骷髅僧就是不肯进来，似乎意识到有些危险。"秃驴，你害怕了吗，怎么不敢进来？快快进来，让龙大爷帮你抽筋扒骨。靠，忘记了，你都没有筋了，嗷呜……"紫金神龙嚎叫道。

骷髅僧并不动怒，依然很平静，手中降魔杵轻轻一震，向着内天地中掷去，他本人则还是处在入口处。金色的光芒照亮了辰南的内天地，降魔杵以无上神威，向着一人三神兽劈砸而去。辰南没有办法，只得提前开弓。内天地中无尽的灵气涌向神弓，灿灿神光将这方小世界照得一片通明，剧烈的元气波动令入口处的骷髅僧低低念了声佛号，显然他已经动容。神箭如虹，留下一道道长长的尾光，快速撞击到降魔杵上，"轰——"内天地当中一声巨响，金色的降魔杵爆碎，神箭也随之消失。"俺靠，还是后羿弓好用，死和尚的全力一击就这样被轻松化解了。不过这个秃驴也实在够可怕，一记降魔杵，竟然能够和神箭抗击一番。"紫金神龙有些吃惊。

"阿弥陀佛，果然有大魔的潜质，尽管你有圣物在手，不过还不能真正驾驭，现在看我来如何超度你！"显然骷髅僧已经动了杀意。又一记降魔杵向着辰南他们击砸而去，辰南不得不再次弯弓。不过骷髅僧并未止于此，他的胸膛中飞出一颗拳头大小的舍利子，快如闪电一般飞进了辰南的内天地，向着混沌地带撞去，显然他想轰碎这片天地。辰南大叫一声不好，一边松开弓弦，一边控制处在混沌地带的半壁神山，向舍利子撞击而去。

内天地剧烈震动不已，降魔杵再次被后羿弓射出的神箭击碎了，而那颗舍利子也与半壁神山撞在一起，竟然生生将神山撞飞。不过拳头大小的舍利子也同样被击砸得倒飞出去，回归到骷髅和尚身前。辰南心中惊骇，这个自称佛祖前世的骷髅再一次让他感觉到恐怖，一颗舍利子竟然能够与圣物神山硬扛，而且毫无损伤，太强悍了！

这样的舍利子在骷髅僧强大法力的控制下等同于圣物啊！要知道对方还有两颗舍利子没出呢！如果齐出，他将怎么应付？就在这时，骷髅和尚胸膛中光华闪烁，另外两颗光灿灿的舍利子也飞了出来，三颗舍利子围绕着他不停地旋转。虽然是一个骷髅，却给人一股神圣祥和的感觉，真如贤圣一般，让人有一股顶礼膜拜的冲动。

辰南大呼不妙，感觉凶多吉少。同时，痦子龙、龙宝宝、小凤凰，也感觉大事不妙，它们或啸或鸣，一时间内天地中动荡不安。不过，就在这危急关头，辰南的身体一阵剧烈颤动，爆发出一道道骇人的光芒，金、黑两色光芒透体而出，将三个神兽笼罩在内。随后，一金一黑两个光球，自他的丹田部位快速冲了出来，相互纠缠旋转着，化成一幅太极神魔图，如闪电一般向骷髅和尚冲去。

骷髅僧自从现身以来，就一直盘腿趺坐，显得无比稳重。然而在这一刻，他再也难以保持平静！发现太极神魔图后，他快速起身，而后竟然头也不回地冲向血海，急急如丧家之犬一般！可见太极神魔图的出现，让这位佛祖前身感觉到了多么大的恐惧！

紫金神龙、龙宝宝、小凤凰目瞪口呆，无论如何也想不到那个大敌会惊吓过度，逃之天天。他们虽然感觉到太极神魔图的恐怖气息，但没有想到竟然能够威慑到法力无边的佛祖前身。辰南和三头神兽皆飞出内天地，在血海上空跟着前方的太极神魔图追了下去。只见太极神魔图如风似电，在血海上空飞行，追逐着前方的骷髅僧，由于速度过快，在空中留下一道道残影。骷髅和尚惶惶不可终日，像是看到最为可怕的事情，亡命飞逃，再无一丝高僧韵味，而三个舍利子的光芒暗淡无比，在他的胸膛中微微颤动着。

"和尚，你这样跑下去，不觉得丢佛祖的脸吗？"辰南用无上音功传声道，"你不是说自己乃是佛祖的前身吗？体内有佛祖的三颗舍利子，难道还怕区区一幅太极图？"骷髅和尚惶恐不已，面对太极神魔图的追赶，他陷入极度的恐惧当中，口中大叫着："天啊，这怎么可能？它怎么会出现在这里，天啊，我怎么会看到了它！"他声音颤抖、慌乱无比，他心中的惊骇可想而知，能让佛祖的前身如此恐惧，足以说明太极神魔图的可怕。在后面追赶的辰南不禁陷入沉思当中，毫无疑问，体内的两色光球有着天大的来头，不然决不可能让佛祖的前身惶惶不可终日。

"扑通！"骷髅和尚一头扎进血海中，荡起一阵巨大的波浪，太极神魔图紧随其后，也跟着冲进了血海。一时间，茫茫无际的血海如同沸腾了一般，海水激烈地汹涌澎湃起来，无数的骸骨被抛出海面而后爆碎，化成骨粉飘落。"扑！"骷髅僧冲出海面，再次冲上高空，不愧为佛祖的前身，直到现在还没有被太极神魔图真正缠上，不过眼看两者距离越来越近，他被太极神魔图吞噬是早晚的事。

"哈哈，真是让龙兴奋啊，太过瘾了。"紫金神龙兴奋地大叫着，"死和尚，这次一定要追得你上天无路，入地无门！"辰南和三头神兽紧随其后，目睹一切，感觉大大地解气，总算扳回一局。"哧""哧"两声破空之响传出，两道暗淡的金芒，分两个方向激射而去。原来骷髅僧人竟然将胸膛中的两个舍利子射出，想用丢车保帅的方法来保全自己。

太极神魔图毫不犹豫地快速冲向一颗舍利子，眨眼间就追了上去，而后快速将之吞噬了。不过它没有再追另一个方向的舍利子，而是继续追逐骷髅僧。佛祖的一颗舍利子就这样被吞噬了，令辰南和三头神兽看得目瞪口呆，不过辰南快速清醒过来，急忙将内天地完全展开，快速将另一颗舍利子纳入。

"哗啦啦！"定地神树一阵摇曳，爆发出阵阵神光，而后拔地而起，快速向着内天地当中那颗舍利子冲去，如同虬龙般的根茎一下子将舍利子包裹，一道道金光沿着树根向着主干流动而去，定地神树宝光闪烁。

在前方飞行的骷髅僧显然感应到了两个舍利子的情况，整副骨架一阵剧烈摇晃，险些坠落下去。一颗舍利子被吞噬，另一颗舍利子被束缚，他遭受重创。他的灵魂之火一阵跳动，动用无上大法力，想要将辰南内天地当中的舍利子收回，不过眼看着太极神魔图又追来，他几番尝试，最后徒然放弃，灵魂之火一下子萎顿不少。

方才在骷髅僧尝试收回舍利子时，辰南的内天地一阵动荡，那颗舍利子不断挣动，险些挣脱定地神树的束缚，足以说明舍利子蕴含的力量有多么的恐怖。不过，在舍利子和骷髅僧完全失去联系后，它最终被定地神树彻底吸收。定地神树粗大的根茎再次扎进泥土当中，青碧翠绿的枝叶更显神异，透发出一道道璀璨的神光。这一次，定地神树之上出现了一枚奇异的果子，一颗金灿灿的舍利子果实，它通体虽然闪烁着金光，不过却也有些晶莹之态，隐约间可以看到其内部有一个打坐的佛。

"俺靠，真的可能是秃头领袖的舍利子，里面那个小佛似乎和佛祖雕像很像。"紫金神龙惊呼道。"是吗？"龙宝宝晃晃悠悠围绕着舍利子果实飞来飞去，不断咽着口水。事已至此，辰南已经相信，那个骷髅僧真的是佛祖的前身，但不知道他为何会出现在血海中。一人三神兽快速离开内天地，再次追逐着太极神魔图与佛祖前身的行踪。不过，这个时候，血海已经发生惊人的变化。

这时的血海，骇浪滔天，原本矗立在血海深处的那面巨大的石碑，正在快速地向这个方向移动而来，其上雕刻的那八个大字"苦海无边，回头是岸"越来越清晰，越来越刺眼。这茫茫血海不知道深有几万丈，却立有一面巨大的石碑，而且它竟然还能够快速移动，这一切只能用邪异来形容。巨大的石碑越来越近，仿佛蕴含着无尽魔力，让人越看越移不开目光，仿佛能够将人的心神吸引进去，直至吞噬。佛祖的前身快速向着石碑冲去，临到近前时一头扎进血海中，与此同时太极神魔图冲到石碑近前。

在这一刻，天地忽然变色，血海之上自石碑处涌动出一股巨大的能量波动，整片汪洋随着动荡起来，而后无尽的大浪涌起，天空中闪现出一道道黑色的闪电，而后下起血雨，一股大风暴自石碑处爆发而出，天地间一片血红，景物渐渐模糊。辰南他们进内天地，伴随着巨大的能量波动，他们又不得不关闭入口。当他再次打开内天地时，血海已经风平浪静，又恢复成最开始见到时的那般样子，死一般的沉寂，无风无波，无一丝波动，血海深处矗立的那面巨大的石碑消失了，提示人们"苦海无边，回头是岸"的八个大字自然已不在。

远空中，一道灿灿神光越来越近，太极神魔图从血海深处飞回，它快速冲进辰南丹田中。三头神兽围绕着他不断打量，想要弄明白太极图到底是怎么回事。不过，显然辰南无法和它们解释清楚，直到现在他自己都不明白这一金一黑亮色光球到底为何物。辰南不知道海中那块巨大的石碑到底哪里去了，也不知道佛祖的前身是否成功逃走。他心中有一种不好的感觉，这个世界似乎有一个强大的主宰者，方才巨大的石碑之所以显得如此诡异，很有可能是某个人在暗中控制。

想到两色光球的神奇，小凤凰如天真宝宝一般，好奇地问道："它们，它们是你的孩子吗？""去，小家伙整天在胡思乱想些什么啊！"辰南赏给小不点一个爆栗。一人三神兽在此略微平静一会儿，而后再次上路，向着茫茫血海深处飞去，只有渡过这一望无际的血海才能够进一步找出隐藏的秘密。

四个家伙速度可谓快如闪电，就这样飞行半日，也不知道飞了几千里，死寂的血海深处终于出现一点景物，随着距离越来越近，景物渐渐清晰，最后终于可以彻底看清。辰南与三头神兽同时倒吸一口凉气，在那死沉沉的血海中，一座白骨山巍峨耸立，周围魔气缭绕，在骨山最顶部是一座雄伟的白骨大殿。血海浮骨山，如此场景，实在无比邪异与可怕，白森森的骸骨堆积成山，显得格外刺目！

"嗷吼——"一声巨大的咆哮，自白骨殿中响起，打破血海的沉寂，巨大的啸音止住后，一个震耳欲聋的声音在海面上空回荡着："居然有人闯到我这里，真是让人难以置信啊！"白骨山一阵颤动，白骨大殿中传来一阵沉重的脚步声响。一个高大的身影闪现在白骨殿门口，浑身上下金光闪闪，散发着炽烈的神光。

辰南大吃一惊，这一次出现的人物有血有肉，不再是骨架，然而这个有血有肉的身体却并不完整，少了一个重要的部位——头颅。这是一个天使，仅有一对羽翼，不过既不是洁白色的，也不是堕落天使那种墨色的，无头天使的羽翼金灿灿，透发着神光，令他看起来别有一股神圣的味道。虽然仅仅有一对羽翼，但凭着直觉，辰南觉得眼前这个家伙比之所谓的高阶天使可能还要可怕。只是，不知道为何他失去头颅竟然能够安然无恙，仿佛并没有丝毫影响。不过见识了佛祖前身的骨头架子，现在即便看到无头的天使具有生命力，辰南也见怪不怪了。

"你是这里的主人？"辰南问道。"嗯，算是吧，最起码这片海域都归我管。"沉闷的声音自无头天使腹内响起。"这片海域都归你管？也就是说每个地方都有不同的主人，你们这里有着严格的等级？"辰南循循诱问道。无头天使笑道："哼哼哼，小家伙你在套我话吗？要知道，在我这等老怪物眼中，你不过是个小屁孩而已，不要和我玩什么心眼。"

辰南心中一阵大骂，不过表面上却没有表露出来，毕竟眼前这个家伙高深莫测，要是一下子把对方得罪了也不好。"前辈，你真的不能透露一些秘密吗？这里到底是怎样的所在啊？"辰南不死心，继续问道。无头天使的声音无比浩大，说话声音在血海上空不断震荡："你不知道这里是怎样的一个地方就闯进来了？"辰南道："我只想探寻一下永恒的森林的秘密，没想到进来之后发现这里仿佛另成一界，一切都那么不可思议，实在不明所以。"

"永恒的森林？哈哈……"无头天使大笑起来，道，"还真有那种韵味，这个失落的世界还真适合这个名字，亘古如一，永不改变。"辰南听出了一些味道，再一次追问："一个失落的世界？前辈你又是谁呢？为什么会待在这里？"无头天使道："关于这里的事情，我不会透露给你任何消息，我说出来你也不相信。"辰南道："我相信，我想听一听。""哈哈，如果我告诉你，我是西方天界的战神，你会相信吗？"无头天使大笑着，不过却透发出一股凄凉悲怆的味道。"我相信你是天界的战神。"辰南认真地点了点头。

之所以这样说，一方面是因为早先都已经见到佛祖的前世了，再次见到西方天界的战神又有什么奇怪的呢？另外辰南也想借此机会博得无头天使的好感，向他进一步打探关于这里的信息。

无头天使道："哦，你相信？你相信我是天界的一个主神？"辰南道："我相信，不过感觉很奇怪，我不明白一个天界的主神，为什么会失去了头颅，待在这样一个地方呢？难道是重伤后被放逐？还是……"无头天使嘲弄道："小家伙不要诱导我了。"不过，紧接着他又叹了一口气道，"天地不过一棋局，无论修炼者自认为多么强大，也不过是博弈者的一枚棋子而已，从芸芸众生中脱颖而出，能被定位为棋子，真不知道是荣幸还是悲哀。"

辰南心有戚戚焉，他本是自远古神墓中复活而出的，从种种迹象来看，这幕后似乎始终有一双手在牵引着他，他像极了一枚棋子。他的神情一阵恍惚，感觉有些不对劲，但却无法摆脱那种情绪，深深陷入到复活的种种迷雾当中。"坏了，着道了！"辰南大惊失色，感觉难以控制自己的身体了，心神仿佛被人控制了。不经意间，他看到了痞子龙、龙宝宝、小凤凰，也是一副痴痴呆呆的样子。"可恶！"辰南知道被眼前这个无头天使给算计了，不知不觉间受到精神方面的攻击，心智受了影响。

"轰隆隆——"虚空碎裂，辰南竭尽全力终于打开内天地，携带着三头神兽飞了进去，无头天使心灵的操控顿时失效。"嗷呜，俺靠！该死的鸟人，竟敢暗算你龙大爷。"痞子龙一恢复过来，就开始破口大骂。内天地的入口并没有封闭，紫金神龙的口水顺着空间之门喷出，都快将无头天使淹没了，可见它有多么的气愤。龙宝宝和小凤凰也开始声讨，一时间内天地中无比热闹。辰南暗暗调息了一下，发觉身体无碍，他暗暗侥幸，幸亏醒悟及时，且还能够控制内天地，要不然真个凶多吉少。

紫金神龙站在内天地入口处大骂道："靠，你个鸟人，还敢冒充战神？我想起来了，你是神话传说中的那个海魔嘉利斯，本身修为并不强大，不过却会一种精神媚惑之术，在人们没有防备的情况下，能够勾走对方的灵魂。该死的鸟人，听说你以前也是天界的一个小神，后来不知道什么原因，被战神斩下了头颅才去做海魔的，我说的对不对？"

海魔嘉利斯道："哈哈，没想到你居然听说过我的名字，看来人们还没有忘记我啊。"紫金神龙骂道："我呸，你不过是在大海上臭名远扬而已，有什么可值得自豪的。你这个该死的鸟人，不过是一个毛神而已，龙大爷要撕碎你。""好啊，你来杀我啊！"海魔嘉利斯有恃无恐，站在白骨大殿前，仰望着虚空中的一人三神兽。紫金神龙虽然骂得凶，但也没敢轻举妄动。辰南着实恼怒无比，他已经从紫金神龙口中得知对方是怎样一个人物，当下控制内天地向海魔笼罩而去。

"哈哈！"海魔嘉利斯大笑，并不躲闪，直至被辰南收进内天地才冷声道："你们以为我真的没什么真本事吗？哼，这下让你们见识见识，看我如何撕碎你的内天地。"紫金神龙凑到辰南近前小声嘀咕道："小子你太鲁莽了，我虽然骂他无用，但那都是气话啊。这个家伙虽然比不上主神，但恐怕也不是我们能够对付的。"辰南真想大骂，不过又立刻冷静下来，不动声色地将后羿弓控制在手，道："海魔，你以为我不知道你的实力吗？我想你应该认识一个骷髅和尚吧，据说是佛祖的前身。就在刚才，那个骨头架子被我给拆碎，灵魂之火也已被我击散，你觉得你会强于他吗？"

"什么？！"海魔大吃一惊，有些不敢相信，最后冷笑道："哼，就凭你们能够干掉那个光头？少吹大气了。"辰南故作无所谓地大笑起来，道："想来很好笑，当一金一黑两色光球出现组成太极图时，那个所谓的佛祖前身被吓得屁滚尿流而逃，但最终还是被太极图吞噬了。"仅仅提到一金一黑，以及太极图几个字，海魔嘉利斯就立刻变了脸色，可以预想太极神魔图必然是他印象深刻的东西，而且让他感觉无比恐惧。

海魔嘉利斯问道："你说什么，两个光球，还有太极图？"辰南道："不错，你想看看吗？它们就在我身上，你可以感应一下它们的气息。"海魔将信将疑，探出一缕神识，小心地朝辰南试探而去，不过才刚刚接近，他就吓得惶恐无比，大叫一声转身就跑。

不过此刻内天地的空间之门已经封闭，海魔无比焦急，开始运转全部力量，准备轰碎这个世界逃出。辰南等的就是这个机会，趁海魔焦急、惶恐不安之际，他弯弓搭箭，连续开弓，片刻钟接连射五箭，同时那半壁神山，也自混沌地带冲出，狂猛地向着海魔劈砸。太极图在海魔的脑海中似乎是一个挥之不去的噩梦，他完全丧失斗志，根本没有想到反过来击杀辰南，只是不停地轰击内天地，想要尽快逃离这里。

后羿弓射出的神箭不沾染目标鲜血绝不会停下来，五道神光不断追逐着他的身影，最终皆插入他的体内。海魔发出一声撕心裂肺的嚎叫，五箭贯穿了他的五脏，最后爆裂开来，鲜血迸溅，如泉涌一般，汩汩不止。紧接着，半壁神山击砸而下，将垂死的海魔劈得直接没入地下，又被砸到混沌地带。结果是可以预想的，定地神树之上多了一颗金光灿灿的天使之心，海魔的尸体被抛出内天地。

随着海魔的死去，血海中那座白骨山崩塌了，白骨大殿随之倾覆，无尽的骸骨滚落进血海中，激荡起阵阵浪花。

痞子龙擦了一把冷汗，道："想不到这个魔王，竟然被我们干掉了，我真的有一种不真实的感觉。"老痞子一阵后怕，别看它开始时将海魔贬得一文不值，那完全都是气话，是恶意的谩骂，要知道海魔的头颅是战神砍下的，如果是简简单单的小角色，也不会惊动战神出手。不过，最后总算有惊无险地将海魔搞定了。

"连射五箭啊，外加那半壁神山不断轰击，才彻底解决掉他，这还是在他急于逃命，没有反击的情况下，这个家伙的实力还真不是一般的强悍！"辰南感叹道，深感有些幸运。佛祖的前身以及海魔这样大有来头的人为何会出现在这方天地中？他们定然知道太极神魔图的秘密，不然绝不能一副见了鬼的样子，惶惶不可终日，其中到底隐藏着怎样的秘密呢？辰南陷入了沉思当中。

茫茫血海一望无际，辰南和三头神兽连续飞了两日也未见到尽头，他们怀疑可能迷失在这片血海中。好在有辰南的内天地可供休息，不然这样飞下去，他们非要力竭而亡不可。此后的几天，血海内很平静，再也没有见到妖魔神怪之类，浩大的血海无一丝声响，一片死寂。

直到第五日，在血海上空飞行的小凤凰突然兴奋地叫了起来："快看快看，陆地，我见到陆地了。"远处，出现一道灰蒙蒙的影迹，陆地影像忽然出现在血海的尽头。一人三神兽精神皆大振，加快速度朝着陆地飞去。总算见到海岸了，这几日天天见到一样的场景，仿佛永远没有尽头一般，如果再继续在血海中飞下去，几个家伙一定会崩溃。飞到血海岸边，辰南目瞪口呆，一方巨大的石碑，正矗立在岸边，上书八个大字：苦海无边，回头是岸。

这绝对是他们几日前在血海深处看到的那面石碑，没想到它竟然移动到了这里，怎能不让人惊愕？此情此景只能用邪异来形容。"去你娘的苦海无边，龙大爷都已经渡过来了，还回什么头，佛都让我们度成魔了。"痞子龙显现出了神龙身，猛力一甩尾巴，向着巨大的石碑抽去，几日以来痞子龙憋了一肚子气，来到这里正好发泄。

"砰——""哎哟，这是什么破石碑啊，痛死你龙大爷了，嗷呜——"

痞子龙痛得嗷嗷乱叫，感觉尾巴火烧火燎，像燃烧起来了一般。硕大的龙尾已经肿胀起来，而那面石碑却纹丝不动，根本没有损坏分毫。

辰南感觉有些不对劲，这面高达二十几米的石碑，他看着有些眼熟，急忙跑到近前，发觉上面雕刻着一道道古老而又神秘的花纹，竟然与他收集到的那面破碎的古盾残片上的纹路一模一样。再细细打量，怎么看都觉得这是一面巨大的残碎盾片，而上面那八个大字"苦海无边，回头是岸"像是后来被人刻画上去的。辰南心中惊骇无比，难道说这真的是残碎古盾的一部分？如果是的话，又是什么人以无上大法力，刻下几个字，将它当成了石碑来利用呢？当下，辰南让三头神兽闪开，他展开了内天地，而后尝试着将巨大的石碑包拢进去。

"轰隆隆——"内天地当中传出阵阵隆隆之响，被收进去的巨大石碑，掉落在混沌地带后，立刻化成半壁神山，同原有的那半壁神山同色同质，一看就是同源之体。"竟然真的是神秘的古盾残片！"辰南惊呼。虽然已经大概猜到，但经确定后，他还是感觉有些吃惊。他尝试控制这座新的神山，绽放着光辉的半壁山峰慢慢变矮，最后竟然化成了半丈大小，真真切切变成了古盾的一部分。和在外面以石碑的样子出现时相比，形状一般无二，不过现在小得多，更加显现出它乃是一面盾牌残片。

"看来它也被封印了，只有在我的内天地中不遵循外面的法则，才能够随意变幻大小。"三只神兽也飞了进来，见到此情景，龙宝宝惊道："外面的石碑，竟然幻化成古盾残片，如果我没有记错的话，最早先看到的'黄泉石碑''苦海石碑'，好像都是这种材质，难道说它们都是古盾残片？"

经龙宝宝一提醒，辰南顿时恍然，那几块石碑的确都是同种材质，上面隐约间好像有些古老的花纹，只是当时他没有细看，更没有深想而已。"粗心大意啊，要不然收齐几块古盾残片，说不定能够组合成一面完整的古盾呢！"辰南摇了摇头，他知道即便现在想回头去寻找，也不一定寻得到了，因为这里的景物仿佛随时随地在变化。他道："走，我们继续前进。"

这片陆地灰蒙蒙，到处都是石山绝壁，没有一丝植被覆盖，同样显得死气沉沉。奇峰突兀，怪石嶙峋，辰南一行翻过石岭谷壑，忽见前方乌云压顶，魔气缭绕，黑压压一大片。前方所有的石山绝岭都处在黑漆漆的云雾中，那片天地黑压压一大片，仿佛没有尽头一般。一声声凄厉的鬼啸自魔云中传来，无数的鬼影飘浮在那片黑色区域的边缘地带，那里仿佛有千万恶灵在攒动，在咆哮。刺耳的鬼音让人感觉通体冰凉，寒气阵阵，这完全是一处真实的鬼域啊！

终于踏进了黑色区域的边缘地带，已经能够看清里面的景象，无尽的骸骨堆满谷壑、山岭，漫山遍野雪白一片，无数的怨灵在空中飘荡，许多骷髅骨架发出"咯吱咯吱"的响声，在这片死亡世界中来回走动，这是一片亡灵的国度。几个骷髅骨架，眼窝中闪烁着鬼火，向着辰南他们扑来，另外空中飘浮的几道怨灵也张牙舞爪而下。

"噗——"小凤凰有些紧张，急忙吐出一大片神火，结果将这些死物烧了个干干净净。但这也等同于向其他鬼物宣战。无数的白骨大军发着令人头皮发麻的鬼啸，向着边缘地带冲来，空中更是有无数的怨灵挤在一起，争先恐后地扑击而下。辰南和三头神兽急忙退出黑云地带，死亡大军止于边缘地带，不断发出凄厉的嚎叫，但始终没有冲出阴影地带，似乎不敢逾越雷池半步。这时，魔云地带的死亡大军突然一阵大乱，不过很快又平静下来，齐齐嚎叫，死亡之音直上云霄。

"哦，光明大神棍在上，它们好像在朝拜它们的君王，快看那里。"辰南顺着龙宝宝指的方向，发现在那影影绰绰的鬼影中，一个高大的身影飞临到黑雾地区的边缘地带，站在一座石峰之上，冷冷地扫视着这里。

"不死帝王！"辰南惊呼。之所以一眼认出，因为当初他和西方第一圣龙骑士，一起闯入一座古神殿中，和类似的一个不死之王争夺过冥神的神格。这两者非常相像，都是出现在死域，都能够驱使骷髅骨架。不过，眼前的怪物似乎要更加强悍，因为它还能够驾驭怨灵、魂魄这样的邪物，这似乎才是真正的不死帝王。

怪物的样子非常可怕，浑身上下皆覆盖着白色的骨鳞，似人非人、似兽非兽，高足有五米，人形的身躯，不过却长有一条蛇尾，手脚皆如野兽一般，爪子长而锋利，头上生有五只寒光闪闪的犄角，如锋利的匕首一般。此外，怪物的背后还生有两对骨翼，看其样子似乎是天使的骸骨进阶而成。光凭这一点，这个骷髅帝王，就要比以前看到过的那个不死之王强悍，毕竟起点高出了一大截。此刻它的双眼中射出两道幽冥鬼火，正在冷冷凝视着辰南他们这里。

"应该没有丰都山那个尸王强大，我去会会它。"紫金神龙说着，化成了人形，拎着双截棍冲了上去。"嗷吼——"骷髅帝王一声咆哮，显现出了它的愤怒之情，居然有人敢挑战它的威严，这令它感觉受到了侮辱。"嚎你个头，吃俺一棍！"紫金神龙飞进这片死域，自高空中俯冲而下，对着骷髅帝王就击砸了下去。

"轰——"那座高大的石峰，在刹那间就被老痞子冲击得崩塌了，乱石迸溅，将附近无数的白骨大军淹没在下面。不过骷髅帝王丝毫无损，它的动作快到了极点，在空中留下一道道残影，躲过了紫金神龙一重重攻击。"无知、卑微的爬虫，竟敢来到我的领地撒野，我要让你后悔来到这个世上。"骷髅帝王愤怒地咆哮着，徒手和紫金神龙战在了一起。

空中传来阵阵"乒乒乓乓""叮叮当当"的响声，如打铁一般，好不热闹，骷髅帝王的四肢、骨尾都是无坚不摧的武器，和紫金神龙的双截棍撞在一起后，发出的皆是金属般的铿锵之音。死域内魔气涌动，千万死灵大军不断嚎叫，声势浩大无比，骷髅帝王和紫金神龙，由空中打到地面，再撞到山峰。

"隆隆——"巨响不断，许多石山崩碎，无数的白骨军团被埋在下面，这是一场势均力敌的大战。老痞子打出了真火，而骷髅帝王更是吼啸连连，半刻钟后两者都已经挂彩，痞子龙被击得吐了一口龙血，而骷髅帝王则被紫金神龙的龙爪手，抓下一大片骨鳞。辰南怕老痞子受到伤害，刚要上前，肥胖的龙宝宝晃晃悠悠阻止了他的去路，道："还是让我来吧。我这里好像有一件东西恰好能够克制它。"

"哦？"辰南的眼睛亮了起来，道，"你是说光明教会的那件圣器？""对，就是那支射日箭。"龙宝宝使劲地在颈下摸索着，费了很大一番工夫，才摘下一片金鳞，而后迎风一展，化作一支金光闪闪的神箭。

它小声嘀咕道："直到最近我才能够自由控制它，不知道威力如何。"就这样，龙宝宝贴着地面，悄悄地飞进死域，而后躲在一座石山背后，静静等待空中的两个家伙打到这里来。当骷髅帝王和紫金神龙从高空俯冲而下，打到这片区域时石山被轰塌了，就在这时龙宝宝冲天而起，一道金光没入骷髅帝王的头颅内。

"嗷吼——"骷髅帝王发出一声不甘而又愤怒的咆哮，附近几座山峰都被震塌了。即便它有多么的不甘，即便它有多么的愤怒，也已经于事无补。射日箭上蕴含的光明圣力严重损毁了它的灵魂之火，在一瞬间就破除了它大部分的力量。

紫金神龙抓住这难得的机会，抡起双截棍对着它的头颅就砸了下去，龙宝宝也快速展开攻击，结果已经没有悬念，骷髅帝王在两条神龙狂风暴雨的攻击下，浑身坚逾精钢的骨骼被击了个粉碎，灵魂之火被射日箭彻底炼化。石山崩碎，骨山崩塌，这片暗黑地带一阵大乱，有灵魂之火的骷髅四处逃散，无灵魂之火的骨架瞬间倒在了地上，空中的怨灵更是如潮水一般快速退去。

"今天我又学了一招——偷袭！"小凤凰一双美丽的大眼使劲地眨了眨。辰南哭笑不得，这个原本天真烂漫、不谙世事的小不点都学了些什么啊！真不知道在两条龙的影响下，会变成什么样子。不过这样也好，它将来肯定不会吃亏。

一人三神兽继续前进，就在他们以为这片死域不过如此时，前方再次出现波动，接下来他们先后遇到了黑武士皇帝、尸巫妖王等一系列暗黑系顶级不死帝王。不过在龙宝宝和紫金神龙的默契配合下，或者说卑鄙偷袭下，再加上辰南助阵，他们所向披靡，顺利闯出这片暗黑区域。当然，他们并不轻松，毕竟每一个不死帝王都实力非凡，如果有一个跑到凡尘界去都是不得了的大人物。

几日间连番征战令他们疲累不堪，闯出这片幽冥鬼地之后，前方是一片无边无际的山林，在这里他们终于见到了久违的绿色植被。一路走来，能够看到鲜活的动植物很不易，他们决定在这里休整一番，需要调理一下身体。畅饮清泉，烧烤野味，再次体验这种久违的生活，让几个家伙有一种恍若隔世般的感觉，毕竟这片奇异的世界到处都如同鬼域一般，很难有这样放松的一刻。

山林内猿啼虎啸，虽然并不动听，甚至有些喧吵，但听在辰南耳中，却如同优美的乐章一般，毕竟这是一片幽冥地域，能够真真切切感受到生命的吟唱便是最好的恩赐。三天过后，他们再次上路，在这一望无际的山林上空，飞出去能有千里之远后，远方突然有一个黑点快速朝他们冲来。

"那是什么，好大一只怪鸟啊！"小凤凰感叹着。辰南立时感觉不妙，一股强大龙气自远方浩荡而来，显然那是一头强大的西方神龙。黑点越来越大，渐渐清晰起来，果真是一头长达十几丈的西方神龙，黑亮的龙甲有些森寒，狰狞的龙头令它看起来显得异常凶恶，一对巨大的黑色龙翼如同恶魔的翅膀一般。总的来说，这头黑色神龙透发着一股邪恶的气息，让人不由自主产生一股厌恶之情。

"卑微的爬虫们，你们竟然敢闯入高贵的神龙的领地，我要惩罚你们！"巨大的咆哮之音，在空中浩浩荡荡，将下方的山林震落下无尽的树叶。紫金神龙有些惊愕，而后叹道："这是传说中的暗黑一系的神龙啊，它们当年在西大陆上作恶多端，不仅被人类中的顶级修炼者追杀，也遭到其他神龙族系的集体鄙弃，如过街老鼠一般人人喊打。"

"这样说，暗黑神龙原本是外面那个世界的生物？"辰南问道。紫金神龙道："不错，这一系的神龙非常强大，在西方龙界很有名气，不过在那遥远的过去，遭遇惨烈围剿之后，它们便自大陆上消失了，有八千年未曾出现在世人眼前了，没想到它们竟然逃到了这里。"

显然，那头暗黑神龙听到人形龙头的紫金神龙所说的话语，它外放出强大的龙气，嘲弄道："小爬虫你了解得很多嘛，猜猜看我将怎么惩罚你？""嘿嘿，"老痞子阴笑了起来，道，"孤陋寡闻的大蜥蜴，你这个混账家伙居然想惩罚我？真是太好笑了。"紫金神龙不怀好意地慢慢向前飞去。

暗黑神龙高傲地吼道："小爬虫竟敢对我不敬，你可知道你面对的是怎样的一种存在？我乃最为伟大的万灵之长暗黑神龙是也！"这时，龙宝宝也晃晃悠悠朝着暗黑神龙飞了过去，隐约间与紫金神龙成掎角之势对上了暗黑神龙。辰南知道有好戏看了，带着小凤凰后退了一段距离，面带笑容静等好戏上演。

暗黑神龙忽然发觉有些不对劲，因为它透发出的强大神龙气息，竟然没有让迷你型龙宝宝与龙首人身的紫金神龙感觉恐惧。同时，他发现眼前的两个家伙的头颅似乎像极了传说中的东方神龙。不过，他依然大声斥责道："你们这两个小爬虫……"

"嗷吼——""嗷吼——"两声巨大的龙啸突然响起，直穿云霄，附近的几座大山跟着一阵颤动，龙宝宝和紫金神龙同时变身，身体在刹那间暴长开来，金黄色的光芒与紫金之光映射的天际一片灿烂。两条三十丈的神龙出现在虚空当中，长硕的龙躯散发着神圣威严的龙气，光灿灿的龙甲分外耀眼，一金一紫两条神龙所透发出的恐怖气势，让暗黑神龙一哆嗦，它知道大事不妙，这次踢到铁板了。

"嘿嘿，"老痞子阴笑着，舞动着庞大的龙躯，围绕着暗黑神龙打量着，道，"小蜥蜴胆子不小嘛，竟敢称呼我为爬虫，我看你倒像一个微不足道的小臭虫。"龙宝宝也舞动着金黄色的龙躯，不满地嘟囔道："竟敢称呼我是爬虫，我决定要把你打得像个爬虫一般，让你失去作为上位神兽的资格。"

暗黑神龙冷汗直流，不敢轻举妄动，生怕彻底激怒眼前的两头神龙。它万万没有想到会遇到这样两个狠茬子。一头竟然是东方的五爪紫金神龙，而另一头更加奇特，居然是传说中的神灵龙。无论哪一头，实力都不下于它，现在两头神龙将它围困在中央，意味着它没有半分获胜的机会。

"小臭虫怎么不说话了？"紫金神龙挑衅道。暗黑神龙已经明白事情的严重性，龙族最注重尊严，是它挑衅、侮辱在先，眼前的两头神龙决不可能会放过它，它眼中凶芒一闪决定强行突围，先逃过这一劫再说。"爬虫闪开！"它大吼了一声，身体一沉，想从下方突破而去。不过老痞子早有准备，一个神龙大摆尾甩抽而去。一个加速向下突围，一个料敌先机，加速向上甩抽，结果可想而知，紫金神龙的尾巴结结实实地抽在暗黑神龙的龙头之上。

"嗷吼——"暗黑神龙咆哮连连，感觉受到了莫大的羞辱，令它直想发狂。不过它刚吼叫出声，上空便传来了破空之声，龙宝宝挥舞着一对龙拳，狠狠砸在了它的头上，直接又将它捶了下来，硕大的龙头上鼓起两个大包，令它双眼直冒金星。

"嗷吼——"暗黑神龙痛得大叫，有一股想骂娘的冲动，这两头神龙太卑鄙无耻了，居然这样偷袭它。看到紫金神龙不怀好意地在下方笑着，又已经将龙尾抬起，暗黑神龙强行扭转身躯，改变方向，侧飞了出去。不过老痞子与龙宝宝岂会让它逃掉，快速追上去，将它困在了中央，一时间高空之上轰击声不绝于耳。

这一天，对于暗黑神龙来说，实在无比黑暗，遇上两个不按常理出牌的一点也没有神龙风范的家伙，还以非常手段一起围殴它。时间不长，暗黑神龙原本寒光闪烁的双眼就已经堪比大熊猫的黑眼眶。它怒道："你们这两个卑鄙无耻的混账家伙，有本事跟我单挑，嗷呜，卑鄙啊！痛死了，我暗黑神龙里拉奇要向你们挑战，嗷呜，无耻！又偷袭，你们、你们真的是神龙吗？为什么这么无耻？这么流氓的手段也使得出？作为上位神兽，应该有上位者的尊严，怎么能够群殴，兼且使用混账的招式呢？嗷呜，可恶！"

在暗黑神龙里拉奇的叫骂声中，两头龙不断出手，各种手段层出不穷。在这一点上两个家伙的观点相当一致，哪里管什么神龙尊严，只要能够有效地杀伤对手，就是最高尚的绝招。不远处，小凤凰兴奋地叫着："我又学会了几式绝招，抠眼睛、掰龙角、猴子偷桃……"辰南看着小凤凰手舞足蹈的样子，开始为昆仑众妖祈祷，这个小家伙以后如果回去做妖族之主，肯定会有它们好看。

看到两头龙的招式实在太过卑鄙无耻，辰南都替它们脸红，真的是没有一点神兽风范啊！他对小凤凰道："那些流氓招式就不要学了，你要学的是它们的战术，这两个家伙之所以这样做主要是为了激怒对方。当然，最重要一点要学得像它们一样脸皮厚，放得下神兽尊严……"有两头神龙榜样在前，又有一个无良人士循循诱导"教育"，小凤凰想不"领悟"都不行。最后，暗黑神龙里拉奇的两个巨大的龙角，被两头问题龙生生击断，他忍痛突围而去。

"该死的，你们这两头流氓龙等着瞧，我还会回来的。"里拉奇一边愤怒地吼啸，一边亡命似的逃去，在空中留下片片碎鳞与串串血花。辰南有些奇怪道："你们为什么放走了它呢？"龙宝宝已经恢复迷你型，晃晃悠悠落在他的肩头，无比兴奋地嘟囔道："听说西方的神龙都有自己的宝藏，我们现在跟下去肯定能够大有所获。"这两个问题龙还真是打得如意算盘，辰南感觉这两个家伙的确是狠茬子，居然在打这样的坏主意。不过他并不反对，因为他还想擒拿住那头龙拷问一番，想从这头暗黑神龙口中打探到一些有用的消息。

一人三神兽尾随着暗黑神龙追了下去。这片区域山连山、岭连岭，是一望无际的山林。辰南他们不敢追得太紧，紧贴着山林在后面隐藏踪迹，在后面追赶。而前方的暗黑神龙似乎无所顾忌，一直在高空飞行，似乎根本不怕后面有人追赶。就这样飞了少半个时辰，它才突然向下方扎去，转眼间消失在前方的一座山谷内。辰南他们追到这里时，也落了下来，而后徒步向山谷内走去。

就在这时，敏感的小凤凰突然叫道："似乎，似乎有好几股强大的气息。"龙宝宝嘀咕道："我们，可能上当了！"辰南也感觉到了不妙，此处似乎居住着不止一头暗黑神龙。"卑微的爬虫，你们果然追来了。"失去龙角的暗黑神龙里拉奇，在谷中愤怒地咆哮着："无耻的混账家伙，刚才你们围攻我，现在我要让你们付出惨痛的代价！"

"嗷吼——""嗷吼——"……这座山谷四周，传来阵阵巨大的龙吼。只见，共有六头暗黑神龙出现在山谷四周，团团将辰南他们包围。"俺靠！总共有六头暗黑神龙，它们居然群居，没天理啊！"紫金神龙脸色大变，它刚刚和龙宝宝狂殴过人家，现在又反被包围，报应还真是来得快。

"族长，就是他们击断了你的龙角？"一个看起来似乎很年轻的暗黑神龙问道。里拉奇咬牙切齿道："不错，你们要当心，那两头龙都是东方神龙，千万不要被它们的外表所迷惑，它们的实力都很强，而且流氓手段层出不穷！"

老痞子暗暗叫苦，狂殴的居然是它们的族长，这样看来麻烦大了，但愿就这六头暗黑神龙，那样还不算太糟糕，如果再来一两头，恐怕它们会彻底沦陷在这里。辰南并没有感受到威胁，毕竟眼前的几头暗黑神龙都在六阶境界，和他处在同一等阶，远远没有佛祖前身和海魔的那般修为，因此他不觉得会栽在这里。

"哼，你们这两头流氓龙付出代价的时刻到了。"里拉奇招呼其他五头神龙，逐渐缩小包围圈，向前逼去，大战一触即发。辰南不想和它们肉搏死拼，快速打开了内天地，准备将它们收进去，彻底击杀。显然这出乎了六头暗黑神龙的预料，然而就在这时，山谷深处传来一个苍老的声音："且慢，不要动手。"一股强大的威压自远方传来，明显要比现场的几头暗黑神龙强大许多，一头老龙快速飞来，在它身后还跟着三头年轻的暗黑神龙。这令辰南暗暗惊异不已，在凡俗界很难发现神龙的影迹，然而就在今天，此地连续出现十头暗黑神龙，实在有些不可想象！

"老族长……"里拉奇迎了上去。"唔，你们的事情我已经知道了。不过我不希望你和它们争斗下去，我想和它们谈谈。"老龙挥动着巨大的龙翼，在谷内荡起阵阵狂风。

"可是它们方才羞辱了我，身为暗黑神龙一系的族长，我怎么能够忍得下这口气呢？"里拉奇没想到老族长会这样说，明显很不服气。老龙道："忍不下也要忍，你要知道那个年轻人修炼出了内天地，即便打不过你们也可以躲进自己的小世界中避难，可谓立于不败之地。当然这并不是主要原因，我之所以要阻止你们，是因为我觉得他们可能是来自外面的世界，我们一族已经被困在这里数千年，难得遇到外面的人，我迫切需要和他们谈一谈。"

辰南清晰地听到了老龙的话语，他也不想同时对上这么多可怕的敌手，闻言立刻道："这位龙族的前辈，我的确是来自外面的世界，也迫切想和您交谈一番，方才都是误会，还请里拉奇族长见谅。"尽管里拉奇怒火汹涌，但似乎非常惧怕这个老族长，最后无奈地飞进龙谷。老龙降落在地面，幻化成一个高大的黑衣老人，走到辰南近前道："年轻人你是不是很吃惊，一下子看到这么多的暗黑神龙？"

辰南道："是的，简直有些不敢想象。""唉，其实不多啊，整个世界就剩下我们最后十头暗黑神龙了。"老龙利缪斯叹道，"我也很奇怪，你是如何闯到这里来的呢？"

"穿过重重险阻才到达这里，这里的一切都那么邪异，让人无法想象……"辰南对这头老龙没有隐瞒，既然想和对方交流，就需要拿出诚意，他将这一路上的经过全部说出。"果真如此，果真如此啊！这个世界中到处都充满了危险，我们暗黑神龙一系被死死困在这片大山中，难以找到归途。"通过老龙的述说，辰南渐渐了解到暗黑神龙一族已经被困在这里数千年，它们也曾经想出去，但从来没有成功过，这个到处充满了危险的世界，即便强如暗黑神龙也无法应对。

　　至于它们怎样来到了这个世界，用老龙的话说，它们自己都不知道怎么回事，无缘无故，仿佛生生被人以大法力拘禁到这里，在它看来它们像是被人圈养的动物一般。这些消息对辰南来说无比震撼，将暗黑神龙当作动物圈养未免太过骇人听闻。另外，辰南从老龙那里得到了证实，这似乎是一个"动态"的世界，每一块区域都仿佛能够漂移一般，地貌经常会发生变化。老龙利缪斯从辰南口中了解外界的一些事情后有些感慨，但也无可奈何。最后，在它的干预下，暗黑神龙的族长里拉奇并没有再找他们麻烦，任他们离去。

　　离开龙谷后辰南想了很多，从老龙的话语中他恍惚间猜测到，这个世界似乎……从某种意义上来说，是一个人的内天地，这里似乎有一个万能的主宰者！顺着这个思路，他猜测到许多令他害怕的事情，令他几乎都不敢继续深究。


　　一日后，他们终于飞出了这片原始森林，前方是一片茫茫大草原。大草原的边缘地带是蒙蒙白雾，像仙气又像死气，给人一种荒谬绝伦的感觉，生的气息与死的气息交错并存，这里仿佛是一个生死平衡的缓冲地带。茫茫白雾笼罩在前方，让人看不清那里到底有着怎样的景物。辰南一步步向前走去，三头神兽紧紧相随，他们都有一些紧张。在迷雾中前行百里距离，一股无形的力量阻挡住他们的去路。生与死的气息在这里冲击得更加剧烈，一会儿让人置身于天堂般，如沐春风，一会儿又让人感觉深陷地狱，阴森吓人。

　　一人三神兽在这片特殊的地域努力地搜索着，三个时辰之后终于发现了生死气息剧烈波动的根源，一道空间之门矗立在迷雾中。那里明灭不定，每当有光亮闪现时就会有生的气息涌动而出，而每当那里陷入黑暗时，就会有无尽的死亡气息浩荡而出。辰南无比惊异，三头神兽也感觉有些不可思议，实在不明白这里是怎样的一个所在，不过他们心中都有一股不安的感觉。在那明灭不定的洞口中，他们看到一块一人多高的石碑，当有光亮闪现时石碑光亮如镜，当黑暗笼罩时它仿佛能够吸收一切光线，黑得让人心悸。当光与暗交替时，隐约间石碑上浮现出两个大字：轮回。

"轮回？到底是什么意思？难道说这道空间之门，是所谓的轮回之门？进入里面，便要开始坠入轮回？"辰南有些猜不透。此地似乎已经是这片世界的尽头，再无路可走，似乎只有进入轮回门才能够发现新的道路。只是在这样一个邪异的世界中，那道空间之门有如此之名，试问谁敢轻易尝试？辰南和三头神兽在这片生死气息共存的世界不断地搜索着，希望有新发现，然而他们失望了，除了这道轮回门之外，其他各处白蒙蒙一片，无丝毫线索。

经过几日的考虑，辰南决定冒险一试，不过在此之前他反复叮嘱三头神兽在外面等他的消息，不可贸然闯进。随后他打开内天地，提着魔刀大步向前走去。明灭不定的轮回门生死气息交替，当辰南走进这里时立时感觉到前方仿佛沉睡着一个超级巨无霸，有一股力量如汪洋大海一般浩大，难以揣测。

这时，轮回门内那面挡在中央的石碑，随着辰南的到来发生了变化，上面的"轮回"二字渐渐隐去，当明暗交替时里面竟然闪现出"前生镜"三字，而后石碑如同一面镜子一般，变得无比明亮，快速闪现出一幕幕影迹。不过那些画面实在太快了，辰南一时间还没有反应过来，画面已经翻到最后一页，一个如神似魔般的高大身影逆空而上，向着那浩瀚无垠的虚空冲去，画面止于此，而后便消失了。

"这是怎么回事？前生镜，难道方才那些画面是我的前世？可是，我根本就没有看清啊！"辰南有些恼怒，由于步入这里后，他一直在小心戒备着，注意力未能够全部放在前生镜上，故此错失。他想重新再看一遍，可惜前生镜再无丝毫波动。明暗交替，这里生死气息互换，像是什么也没有发生一般。紫金神龙、龙宝宝、小凤凰看到辰南在那里呆呆发愣且自言自语，以为他陷入什么可怕的幻境当中，急忙大声呼唤他。

"我没事，你们不要担心，这里没有危险。"

"那我们也过去吧。"三个家伙未待辰南回答，便先后飞入了轮回门内。

"小子你在发什么呆？"紫金神龙问道。辰南道："我刚才看到了我的前世，但只能看到最后一幅画面，没有看清前面发生了什么。""什么，看到了自己的前世？小子你在说梦话吧？"不过，紫金神龙刚说完这些话，紧接着就闭上了嘴巴，因为龙宝宝悬浮在石碑前时，石碑突然变得光亮无比，闪现出三个大字：前生镜。

一幕幕画面在飞快地闪现着，看得他们眼花缭乱，当画面结束时，不过才仅仅过去片刻钟而已。一个人的一生中所有重要画面，仅仅片刻间全部展示完毕，可想而知画面闪现得有多么快速。即便辰南他们都是超级高手，也不过捕捉到了有限的几幅画面而已。

紫金神龙目瞪口呆地望着龙宝宝，张口结舌道："这个小豆丁的前世竟然是……一条天龙！是一条生有西方龙翼的特殊天龙！俺靠，天龙可是凌驾于神龙之上的超然存在啊！"龙宝宝似乎很恍惚，过了好一会儿才嘟囔道："我没看清呀，我只看到了许多好吃的。"说着，咕噜咽了一口口水。辰南彻底无语，这个小家伙在这个时候居然还在捕捉那些画面，还真是个活宝。不过，他却捕捉到几幅重要的画面，随后结合紫金神龙与小凤凰所看到的情景，大概知道了一些它前生所经历的事件。

画面中，龙宝宝经过一场惨烈的大战后重伤垂危，庞大的天龙真身近乎破碎，不过它并未能成功舍弃肉体从而转世重生。因为有人对它实施封印，将它的灵识封在残破不堪的龙体内。最后它结合凤凰一族的涅槃重生大法总算活了下来，不过却由最高等阶的天龙变成最低等阶的地龙。辰南没有想到这个小家伙的来头这么大。据痞子龙讲，龙族历史上能够进阶到天龙境界的神龙，屈指可数，不过它却不知道曾经有龙宝宝这样一个存在。

可以想象，龙宝宝有多么悲惨，竟然由最顶级的天龙直接降级到最低等的地龙，而且记忆全失。随后完全凭着本能的直觉，不断涅槃、不断进化，经过悠久漫长的岁月才慢慢进阶到五阶圣龙，这可真称得上一部血泪史。看到眼前龙宝宝如此可爱的样子，再想一想它曾经乃是叱咤风云的一代天龙，辰南感觉有些心酸，龙宝宝的经历太坎坷了。想必它化身为地龙时，定然经历过无数的磨难，即便后来成为圣龙，还是成了别人的坐骑，直到遇到他才真正慢慢好转起来。"小豆丁还真是命苦啊，不过总算恢复到神龙境界了。"老痞子有些感慨。

"我好漂亮呀……"小凤凰来到了前生镜前，一幅幅画面快速闪现而过。最后，集合一人、三神兽各自捕捉到的画面，辰南对小凤凰的前世推理出了一二。小凤凰的前世依然是一个凤凰，不过似乎异常强大，统领群妖到处征战，可谓所向披靡。不过最后不知道由于什么原因，重伤垂危。而且在涅槃时发生了意外，退化为一枚凤凰蛋。老妖魔端木曾经说过，小凤凰乃是万年前昆仑妖主的后代，但现在看来根本不是那么一回事，从方才的画面来看，它似乎就是那个真正的昆仑妖主！辰南古怪地望着它，暗暗思量这个小不点如果恢复前世的记忆以及功力，那可真是一个能够闹翻天的狠茬子啊！

随后，痞子龙站在"前生镜"前，镜面光雾氤氲，一幅幅画面快速闪现而过。老痞子的前世竟然是一个人类，而且似乎来头甚大，只是由于画面闪现太快，没能清晰捕捉到它的具体身份。不过它前世的秉性和现在差不多，同样无比混账，整个就是一个老流氓。真可谓江山易改本性难移，虽然换了一具身体，但性格却一点也没有改变。"嗷呜，太让龙失望了，我还以为我是太古禁忌大神独孤败天转世呢，谁知竟然和他无半点关系。唉，无奈的龙生啊，我的生活从此失去光彩。"老痞子摇头晃脑，一副欠揍的样子。

在这空旷的通道内生死气息交替出现，同时有一股磅礴的力量在不断波动，辰南以现在六阶的修为都对前方的力量之源产生一种恐惧感。半个时辰之后，一片炽烈的红光挡住前路，一面石碑上书几行触目惊心的血字：轮回池前，退一步海阔天空，错一步魂飞魄散，灰飞烟灭。"俺靠，我……哪里还有退路啊？"紫金神龙咒骂着，因为在他们的身后，只有蒙蒙雾气笼罩，且有一股力量封住回头路，通道已经消失。

辰南打开了内天地，从里面草地中捉出一只野兔，将它抛进前方炽烈的红光内。可怕的事情发生了，野兔一遇到红光就如同冰雪遇到阳光一般快速地消融了，只余一缕魂魄飘进轮回池内。"哦，光明大神棍在上，难道这就是所谓的轮回，太可怕了！"龙宝宝惊道。然而就在这时，辰南丹田内的金黑两色光球突然颤动起来，而后冲出体外，化作太极神魔图向轮回池冲去。

炽烈的红光却并未将之消融，两色光球冲进轮回池后爆发出阵阵强盛的光芒，致使里面的景物隐约可见。轮回池内是一片无比开阔的虚空，一轮巨大的太极图悬浮在那里，方圆不下数百丈，它无声无息地旋转着，透发出一股磅礴的力量波动，兼且有一股苍凉的气息，仿佛亘古就已经存在。直至此时，辰南终于知道，早先所感应到的那股如汪洋大海般的力量，原来正是源于这个神秘的太极图，而生死气息，则是源于两个巨大阴阳眼。轮回池内竟然有一面神秘的太极图，它到底隐藏了怎样的秘密呢？

辰南体内冲出的小太极图进入到这片空间后就悬停在超大太极图的对面，它静静旋转着，隐约间和超大太极图建立了某种微妙的联系。突然间，小太极图爆发出一团刺目的光芒，金黑两色光球在刹那间分开了，小太极图不复存在，两色光球急如闪电一般，分别向着大太极图的阴阳眼冲去。

"轰""轰"……生与死的气息浩浩荡荡如汪洋大海一般，汹涌而出，两色光球分别消失在阴阳眼中。轮回池外炽烈的红光消失了，未等辰南和三头神兽明白怎么回事，这方天地如同倾塌了一般，他们被一股磅礴的力量牵引着，分别向两个巨大的阴阳眼中冲去。

斗转星移，风云变幻。辰南感觉自己进入了一片奇异的空间中，一幅幅璀璨的星辰图闪现在他的眼前，他如流星一般从它们当中穿过，极速向前冲去。时间似乎在飞快流逝，辰南感觉仿佛经历了亿万万年，这种奇特的感觉让他非常不适，觉得自己仿佛化成了宇宙间的一粒微尘，正在时间的长河中随波逐流。刹那永恒，明明是短暂的一刹那，辰南却仿佛经历了千万年。

随着他眼前闪现出一片夺目的光芒，这种感觉消失了，他又有了确切的时间概念。随着那股强光的消失，他恢复了正常的视觉，周围环境大变样，轮回池等景物彻底消失。紫金神龙、龙宝宝、小凤凰一闪而现，出现在身旁。

　　这是一片新天地，天空湛蓝无比，如绝世蓝玉一般晶莹剔透。附近鲜花芬芳，绿草如茵，扑鼻的香气沁人心脾。鸟鸣婉转动听，如优美的乐章，远处小溪流动得叮叮咚咚，也像欢快跳动的音符。这个花香鸟语的世界，如同仙境一般美丽。想想在这之前所经历的黄泉、血海、死域……辰南和三头神兽，有一股自地狱升入天堂般的感觉。辰南和三头神兽近乎呆滞，这巨大的反差一时间让他们有些不适，他们实在想不明白为何突然来到这片仙境中。

　　龙宝宝嘟囔道："光明大神棍在上，难道因为轮回池的缘故，我们转世重生了？"被它这样一说，辰南也吓了一大跳，不过一看到自己和三头神兽还是老样子，又释然了，肯定没有坠入轮回。最有可能是那两色光球闯入太极图的阴阳眼后，引发某种变故，致使他们莫名其妙地来到这里。想到那两色光球，辰南心中一动，用心去感应它们的气息，结果让他有些讶异，两色光球不知道什么时候已经回到他的丹田之中。他真的不明白，这两色光球到底是什么来头，它们所蕴藏的秘密实在太多了。

　　不远处白猿欢跳，仙鹤飞舞，如此祥和的美景，让一人三神兽感觉心怀颇为舒畅，总算摆脱了先前所经历的那些如同地狱般的场景。痞子龙道："嗷呜，真是一个好地方啊，既来之则安之，我们要好好休整一番，这些天以来龙大爷都快被折磨死了。"小凤凰早已飞向远处，和几只仙鹤一起翩翩飞舞起来。龙宝宝则对着仙鹤流口水，不过看到小凤凰飞了过去，它不得不恋恋不舍地转移了目光，而后"嗖"的一声，光速飞向不远处的果林。痞子龙一声长嚎，化身成神龙，向着前方的一个湖泊飞去。

　　看着三头神兽渐渐远去，辰南也放松下来，他伸展开身体，舒服地躺在柔软的草地上，闻着沁人心脾的花香，慢慢进入梦乡。不过，好梦总是容易被人打扰，辰南才熟睡不过半个时辰，远处惊天动地的一声长嚎就将他惊醒了。只见痦子龙快速自远空向这里飞来，嚎叫道："嗷呜……"辰南坐了起来，有些恼怒地望着它，待到它落下来后斥责道："死泥鳅，你就不能安静会儿吗？"

紫金神龙魂不守舍地道："俺靠，小子你知道我发现了什么，我居然在前方见到一个人！"辰南气道："就是见到一个人也不至于这样大呼小叫吧，这片天地如此广大且风景秀美，有人出现很正常，如果见到鬼怪才不正常呢。"紫金神龙吞吞吐吐地道："不是，那个人，非常让人意想不到啊，你看看去就知道了。"辰南看到痦子龙那副古怪样子，不禁有些狐疑，道："好，我跟去看看。"痦子龙在前面带路，辰南腾空而起，紧紧相随，闻声而来的龙宝宝和小凤凰也跟了下去。

飞出去能有三十余里，一个如同蓝宝石般的小湖出现在大地上，碧蓝的湖水折射着灿灿的光芒。小湖的周围鲜花盛开，瑶草铺地，如童话世界一般，美得让人不敢相信。紫金神龙立身于虚空中，冲下方指点道："你看那里……"辰南顺着他指点的方向望去，只见一个女子坐在湖边的一块青石上，托着下颌，望着湖水，怔怔出神。

虽然只是一个侧影，但却已经将女子完美的身材恰到好处地展现，优美的曲线真是美到极点。一身白衣胜雪令她看起来带着淡淡出尘的气质。托着下颌的小臂雪白晶莹，裸露在衣外，引人遐思无限。一头绿色的长发披散在肩头，在白色衣裙的衬托下，她的侧影显得别有韵味。

辰南异常震撼，他感觉到了一丝熟悉的气息，他快速改变一个方向，终于看到女子的容貌。少女仙姿绝世，不沾染一丝尘世气息，她宛若九天玄女转世临尘一般，动人心魄的仙颜让人遐思万千，但却生不出一丝亵渎之意。辰南脑中"轰"的一声响起一道炸雷，他险些自高空中栽落下去。那个少女除了头发的颜色外，无论是容貌还是身材，竟然和雨馨一模一样。这怎么可能？但这确实是真的！

辰南简直不敢相信自己的眼睛，在这片未名的世界，他竟然见到了和雨馨长相一样的女子，他差一点大呼出声。曾经的山盟海誓犹萦于耳，过去的音容笑貌仍现眼前，往昔的心有灵犀至今未散。心中一阵刺痛过后，一股温暖的感觉涌上了他的心间。难道她真的是雨馨？这是真的吗？他生怕这是幻觉。

显然，湖边的少女也已经发现了空中的一人三神兽，有些惊讶地看着他们，最后忍不住开口道："你们是……"少女的声音清脆悦耳，这更加让辰南呼吸一室，这是他最最熟悉的那个声音。虽然他心中很激动，但片刻间就平静下来，近一年的时间他经历的事情太多了，早已不是先前那个冲动、鲁莽的少年。

辰南和三头神兽一起降落在湖边，他平静回答道："我们是外来客，不知道什么原因，莫名其妙地来到了这个奇异的世界，不知道这里是怎样的一个所在，请问你是这里的人吗？""啊，你们也是外面那个世界的人？我也是！"少女显得很高兴，从青石上站起，翩翩然飞了过来，一看就知道修为已经在六阶以上。

龙宝宝晃晃悠悠飞到了少女的近前，小东西一点也不见生，直接好奇地问道："你怎么和雨馨长得一模一样，你是雨馨吗？""好可爱的小龙哦。"少女脸上漾满了笑意，一把将空中的小龙抱在了怀中，道，"我不是雨馨，你认错人了，我叫凯瑟琳。"

"啊！"辰南惊呼，他像是明白了什么，脸色变了又变，开口问道："你是古精灵部落的圣女凯瑟琳？""咦，你怎么知道？"凯瑟琳如同万年前的雨馨般，样子看起来分外的纯真。辰南苦笑，当日精灵族大长老告诉他，他所要寻找的那个女子已经自生命之树中复活而出，可能已经前往永恒的森林，随后又让他帮忙寻找失踪的精灵圣女。

辰南并没有将这两个人联系到一起，而精灵一族的长老们似乎也有意隐瞒，不想告诉他这两人是同一人。虽然现在少女名为凯瑟琳，但那出尘的姿容仿佛还和从前一般，那如娇艳的花朵一般秀丽的容颜还如万年前一样清秀绝伦、美绝寰宇。黛眉弯弯，琼鼻挺秀，双唇红润，贝齿如玉，娇俏的嘴角微微上扬，透露着几分天真，透露着几分俏皮。辰南不想隐瞒什么，慢慢细说出因由，将在精灵部落的经过也说出，而后他静静看着凯瑟琳的反应。

精灵圣女凯瑟琳，吃惊地睁大眼睛，道："你是说我和你要找的那个雨馨长得一模一样？你要找的雨馨就是我？"辰南道："我想应该是这样。""啊，怎么会是这样呢？"精灵圣女满是震惊之色，而后自言自语道："我的确是生命古树孕育出来的，但我从来没有想到过会是这个原因，难道说我真的是那个雨馨？可是我一点印象也没有啊！"很显然，凯瑟琳有些难以接受这个事实。

辰南的心很难平静下来，在这一刻他想了很多很多，晨曦、曾经化身为尸王的雨馨、精灵圣女凯瑟琳，这几人的影像在他脑中不断闪现，最后他长长叹了一口气，道："我想我可能全都明白了。""你全都明白了，什么意思？"凯瑟琳惊疑地问道。同时，痞子龙和龙宝宝也知道雨馨的一些事，现在心中同样充满了疑问，也忍不住催问。辰南对凯瑟琳道："如果有一天，我是说如果，当你发现你要和另外的人融合在一起，你愿意吗？""我当然不愿意！"精灵圣女凯瑟琳直接否定。

"嗯，我明白了。"辰南轻声自语道，"毕竟产生了自己独立的人格，谁会愿意呢……"今日见到凯瑟琳后，再次联想到小晨曦也长得和雨馨异常相像，辰南已经猜测到雨馨的生死之谜，三人三位一体！是同一个人！

传说法力通天的无上存在能够从自己的体内分离出灵魂的种子，能够再造出一个同样的自己。这是远远比身外化身高明千百倍的法门，同样其风险也要高上千百倍。身外化身，从某种意义上来说是一种人形战斗工具，它需要由本体控制，一旦本体死亡，化身便也随着灰飞烟灭。但传说中法力通天之辈，用分离的灵魂种子再造出的个体不会有此弊端，他们算得上是独立存在的生命，当本体遭受到毁灭性打击时，可以尝试和个体融合，来恢复真身。辰南已经猜测到，小晨曦和凯瑟琳可能都是由雨馨的灵魂种子成长起来的，她们一个被"种"在了神玉内，一个被"种"在了生命之树中。

只是可惜，雨馨未能够等到"种子成熟"。至此辰南终于猜测出了其中的一些因果，当年重伤的雨馨只是在古精灵部落留下了灵魂的种子，但本身并没有留下，就连精灵部落的长老们恐怕也不知道真相。当然他不相信雨馨真的彻底消逝了，因为当日他曾经在神风学院内，看到虚空破碎出现一个巨大的雨馨影像，正是由于那个影像的暗示他才想到来西方寻找种种真相。

虽然凯瑟琳以及痞子龙希望辰南说出自己所猜想到的事情，但是他无论如何都不能够说出口，他认为那样是对凯瑟琳的一种伤害。最后会怎样发展，辰南不想干预，想顺其自然。他喜欢的是万年前的那个雨馨，而不是仅仅有着雨馨外表，思感却不同的人。不过辰南有一种感觉，早晚有一天他会见到真正的雨馨，他们必将会重逢，只是不知道将来凯瑟琳会置身于何地，难道真的需要三位一体合一吗？

凯瑟琳虽然是雨馨灵魂的种子，但她毕竟是在精灵一族中的生命之树中孕育而出的，多少有着一些精灵的特征，如绿色的长发，微微有些尖的耳朵，不过这样让她看起来有一番别样的美。她算得上精灵一族中的另类，多少有些叛逆，明明知道永恒的森林无比危险，而且族规不允许任何生灵踏入这一地域，但她还是偷偷闯了进来。凯瑟琳修为之强大是毋庸置疑的，毕竟是天下第一生命之树孕育而出的，与生而来的强大灵力让人无法想象。

不过，进入永恒的森林后，她并未有丝毫机会展现她的实力，因为她并未像辰南他们那般一路打来。凯瑟琳进入永恒的森林时，似乎听到了一声叹息，而后便被人不知鬼不觉地移到这片如同仙境般的世界。这一年来她不断在这片仙境中寻找出路但始终未能如愿，被生生困在这里。

听着凯瑟琳的这些话，辰南不禁想起了那些暗黑神龙，它们同样是被人以大法力拘禁在某个地域的，看来这片天地似乎真的有一个主宰者。"你被困在这里一年多，都没有找到任何出路？"辰南不禁皱了皱眉，如果真是这样的话，事情恐怕很麻烦。

"是的，这片天地似乎无边无际，没有尽头。"凯瑟琳摇了摇头道。"是这样啊，这里有没有什么特殊地域呢？"辰南问道。凯瑟琳道："有，就在前方不远，有一个大峡谷，只是那里有着一股强大的封印力量，以我六阶的修为也无法撼动，无法得知里面是怎样的一个所在。"听到凯瑟琳说有这样一个地方，辰南肯定地道："问题一定出在那里，我想那个大峡谷肯定是一个关键所在，我们能否脱离这里，恐怕要从那里下手。"

能够在这里遇到凯瑟琳真的是一个意外，现在辰南他们的队伍中再加一人，在凯瑟琳的带领下，他们向着神秘的大峡谷方向飞去。凯瑟琳非常喜欢龙宝宝和小凤凰，当然面对这两个小家伙，几乎所有女子都没有免疫力。一路畅行无阻，在这片仙境中，没有什么危险，当然大峡谷刨除在外。

"到了，就是这里。"凯瑟琳首先停落下来。远远望去，前方那个大峡谷深锁在云雾中，朦朦胧胧，看不清里面的景象。不知道为何，来到这里之后，辰南的心突然剧烈跳动了几下，他有一种感觉，在这里似乎会有不寻常的事情发生。

"哦，光明大神棍在上，原来这里有结界啊。"龙宝宝晃晃悠悠飞在最前面，伸出一只金黄色的小爪子，用力地推拒着。大峡谷入口处的一层淡淡的光辉，像是一层光笼罩着这里。"看我的！"小东西跃跃欲试，用金黄色的小爪子摸了摸额头的那只角，嘀咕道："光明大神棍，现在看你的了。"龙宝宝误吞光明神的一颗舍利子，头上长出第三只角，在光明教会神殿之下的十八层地狱中，发现这只角竟然能够穿透结界的力量。小龙扭了扭肥胖的龙躯，而后头朝前顶去。如水的波动在大峡谷入口处荡漾开来，结界传出阵阵波动，小龙真的挤进去了。"啊，这头可爱的小龙本领真是不一般。"凯瑟琳忍不住惊呼。

龙宝宝消失在结界内才不过半秒钟，而后突然"嗖"的一声从里面窜了出来，比进去时不知道快了多少倍。小家伙一副惊吓过度的样子，道："天啊，里面太吓人了，我感觉到了一股难言的恐惧，我、我很害怕。"看到它这副样子，辰南有些吃惊，这个小东西向来胆大无匹，现在竟然是这副表情，足以说明里面绝非善地。辰南立刻要求龙宝宝将他带进去，想看看里面到底是怎样一副样子。小龙虽然受到了一番小小的惊吓，但还是将辰南顺利送进结界内。

眼前的大峡谷和外面如同仙境般的美景真有天地之差，这里一派荒凉恐怖，乱石与稀疏杂草丛间，竟然有几具骸骨，而这些骸骨并不是普通的人骨，它们或散发着淡淡的金光，或散发着柔和的圣洁之光，很显然这些都是神灵的骸骨。而且这里有一股冲天的煞气，即便强如辰南也不禁感觉有些心惊胆战。根据初步的观察，他认为这里是一处大凶之地！很快，凯瑟琳、痞子龙、小凤凰也先后被龙宝宝带了进来。

紫金神龙嚎叫道："嗷呜，我、我的感觉没有错误吧？我似乎感应到了龙皇的气息！怪不得小豆丁会感觉害怕，那是龙皇的威压在威慑我们的龙魄。"辰南恍然道："看来大龙刀果真在这里！"经过两人三神兽在大峡谷入口处观察一番之后，一致认为峡谷外的结界最主要的目的并不是为了阻止人进来，而是为了阻止这里冲天的煞气外泄，想来布下结界的人怕这里的煞气会破坏外面仙境的祥和。

"我有些害怕。"小凤凰怯怯地道，这个小不点才出生没多久，就和辰南他们共同探险，已经算得上很"顽强"了。凯瑟琳非常喜欢它，将它抱在怀中，道："不要怕，跟在我身边。"面对大峡谷内出现的神灵骸骨，他们都感觉有些紧张，两人三神兽开始小心翼翼地向大峡谷深处走去。

这座神秘的大峡谷无比广阔，他们行走了半日竟然还远远望不到尽头，在这个过程中他们已经发现数十具神灵的骸骨，这多少让他们心中一阵打鼓。如此行进近半个时辰，龙宝宝与痞子龙忽然变得焦躁不安，两头神龙心中皆涌起一股惊惧感。当他们把这种感觉说出来时，辰南不惊反喜，知道已经靠近大龙刀的位置了，恐怕要不了多少时间，就能够看到这件武器瑰宝中的瑰宝了。"你们看，前方有一座城池。"小凤凰在凯瑟琳的怀中叫了起来。在地平线上出现一座规模不算大的古城。这一发现不得不让他们再次感叹，这座大峡谷实在太大了！

古城异常地沉静，甚至说死寂。辰南他们在远处观察了很长一段时间，发现这里真的是一座死城，根本没有任何生灵进出。走近之后，从那斑驳的古城墙可以看出这座古城早已不知道经历了多么悠久的岁月。因为那城墙是号称永远不会腐朽的金刚岩砌成的，然而这种比金属还要坚固的城墙却已经渐渐风化了，尽显岁月沧桑。走进城内，里面的建筑风格无比古老，根本分辨不出它们属于哪一个时代。而到了城里，紫金神龙和龙宝宝愈加感觉惊惧，一致确定这座城内有龙皇的气息。

辰南他们一条一条街道慢慢地向前搜索着，在这没有一个居民的古城内，死寂一片，一切都显得那么邪异。直至到了古城的中心广场，紫金神龙和龙宝宝同时有些惊恐地道："就在这里……"广场不同于其他处，这里虽然没有活人，但却横七竖八地散落着上百具神灵的骸骨，在这小小的弹丸之地，比他们之前看到的总和还要多。"难道大龙刀就在这里？"辰南有些激动，在这片区域开始仔细搜索起来，而两头神龙却说什么也不肯踏入这片广场半步，在远远的地方战战兢兢地观望着。

凯瑟琳、小凤凰与辰南一起在这片区域搜索，寻找了大半个时辰也没有丝毫发现。辰南无奈叹道："该不会是藏在地下某个角落吧，难道我们要把这里深深挖掘一番？如果是那样的话，恐怕要花上一番大工夫。"说着，他有些沮丧地将脚下的一块青石踢飞了出去，人头大小的石块划出一道抛物线坠落在不远处，发出"铿锵"一声金属颤音。

辰南有些傻眼，暗暗猜想不会如此幸运吧？他急忙跑过去观看，不过来到石块的着地处，他感觉无比泄气，那里有半截都快锈成渣的烂刀。一进入广场时他就发现了，那把锈刀不仅断了半截，而铁锈斑斑的刀面，都已经快成渔网了，铁锈腐蚀出无数个小洞，前后透亮。"如果这就是大龙刀，恐怕我随便吐口唾沫都是神器了。"辰南无奈地叹气，同时顺脚踢了一下地面的锈刀。居然没有踢动，辰南"咦"了一声，感觉有些奇怪，又踢了一脚，锈刀还是纹丝不动。

"不会吧，真的有古怪？"辰南有些不确信，弯下腰伸手向锈刀抓去，"啊，这……"他简直有些不敢相信眼前的事实，他居然没能够将那把锈刀抓上来，锈得快成渔网般的破刀竟然如磐石一般，难以撼动分毫。辰南知道自己走眼了，这把锈迹斑斑的烂刀极有可能便是那绝世凶器大龙刀！

显然，凯瑟琳和小凤凰发觉到辰南这边的情况，当她们注意到以辰南的六阶力量也难以捡起地上的一把锈刀时，立刻明白他找到了传说中的大龙刀。不过，这把名震千古、传说中的瑰宝，卖相也太差劲了吧？居然都快烂成渣了！凯瑟琳和小凤凰都分别试探了一番，也难以撼动锈刀分毫，如果不是知道这把刀可能是传说中的大龙刀，他们真想找棵歪脖树去上吊算了，一个六阶高手居然无法挪动半截锈刀，说出去实在丢人！最后，在辰南与凯瑟琳两大六阶高手合力的情况下，才堪堪将锈刀提升起半尺高。

"这不对劲啊！"当再次无奈地将锈刀丢在地面后，凯瑟琳迟疑道，"按理说，如果这把神刀连我们都无法撼动的话，最起码它的重量单位也要以十万斤来计。而它只有巴掌大小，其密度无法想象，这块地面肯定无法承受得住，它应该早已陷入了地下才对啊。"辰南略微思索后，叹道："我明白了，龙刀有魂，因为开始时我轻视了它，没有想到它就是传说中的大龙刀，它现在就给我们颜色看看。当真是武器瑰宝中的瑰宝啊，即便是被人封印了，兼且折损半截，它似乎依然能够调用自己一部分的力量。"

"那怎么办呀？"小凤凰问道。辰南苦笑，最后不得不在这把锈刀面前认真"检讨"了一番，最后又强行将瘩子龙和龙宝宝押了过来，让它们"游说"这个龙族的老祖宗。不过，最后还是在凯瑟琳、紫金神龙、龙宝宝的配合下，动用蛮力将锈刀抬起。只是四大高手这样抬着锈刀继续接下来的探险，实在不伦不类。没有办法，辰南敞开内天地，他们共同用力，将锈刀搬进内天地当中。

半截锈刀在进入这片内天地的刹那爆发出一道璀璨夺目的光芒，紧接着一声巨大的龙啸如狂雷一般炸响。辰南、凯瑟琳、紫金神龙、龙宝宝均被震得吐出一口鲜血，只有内天地之外的小凤凰安然无恙。这传说中的龙皇未免太小心眼了吧？辰南刚要破口大骂，可是当他看到龙刀本体的样子后，立刻闭住嘴巴。

锈刀已经化成了龙体，一条有千米长的青龙冲进了混沌地带，确切地说应该是半条，因为这条青龙被拦腰斩断了，只有上半截，没有下半截，而且龙躯浑身上下都是鲜血，许多巨大的伤口触目惊心，无数的血洞贯穿了它的身体，致使前后透亮，可以说惨不忍睹！这条青龙半截龙躯就有千米长，染血的粗大龙躯如一条连绵的山峰一般。此刻巨大的青龙躯体正在那片混沌地带不断翻滚，也不知道破碎了多少混沌地域。

"这是谁干的，俺靠！居然把龙皇大人伤成这副样子。"紫金神龙一副义愤填膺的样子。青龙在混沌地带不断翻滚着，发出阵阵沉闷的龙啸，似乎在压抑着自己的痛苦。辰南急忙飞腾而起，将定地神树之上的所有元婴果、舍利子、天使之心都摘了下来，而后将它们揉碎，用力挥撒向青龙身上那些巨大的伤口。而这时，定地神树居然自行摇动起来，在"哗啦啦"声响中，一道道夺目的绿光向着青龙快速涌动而去，疗治着它的身体。

也不知道过了多长时间，定地神树已经停止了绿色神光的输送，混沌地带庞大的青龙慢慢平静了下来，血淋淋的龙身慢慢石化，最后半截血肉之躯，竟然化成青石，混沌地带多了一条青色山脉。精灵圣女凯瑟琳有些不解道："咦，这是……"痞子龙道："这似乎是石化术吧，等同于自我封印，来减少自己的痛苦。""哦，这样也不是办法啊。"凯瑟琳道。

辰南道："我想只有找到另外半截大龙刀为它接续上，才能够彻底解决它的痛苦。反正它已经痛苦无数年了，现在将自己封印继续忍耐一段时间，也应该无大碍。我想，今天它感应到我们的到来才故意激发出龙皇气息，让龙宝宝和泥鳅能够感应到它的存在。它可能已经有所感应，将来我们能够帮助它重组真龙之身。"凯瑟琳点了点头，道："嗯，应该是这样。"

随后，他们退出了内天地，将整座广场和古城搜索一遍，没有发现龙刀另半截的丝毫气息，很显然它并非在此地。

当这一切结束时，辰南感觉自己的胸口一阵发热，隐藏的玉如意已经很久没有波动了，不想今日得到半截龙刀，它终于有了反应。辰南原以为玉如意中的女子，会向他索要那半截大龙刀。但是，他没有想到玉如意中只传出一声深深的叹息，而后便再也没有波动。两人三神兽最后离开了这座古城，向着前方继续前进。自从龙刀被收进辰南的内天地后，龙宝宝和紫金神龙那种惊惧的感觉便消失了，这证明在这片神秘大峡谷内，仅有半截大龙刀而已，另半截已不知流落何处。

沿途依然很荒凉，乱石与稀疏的杂草是主要的景物，偶尔会出现一两具神灵的骸骨。辰南他们又行进大约百里路，远处一座建筑物映入眼帘，直到走到近前才发觉竟然是一座神殿。金刚岩砌成的神殿规模不是很大，只有一间大殿和两间偏殿而已。里面没有什么特殊的器物，古老的神殿显得无比空旷，似乎这里没有值得驻足的地方。不过，当辰南留意神殿中供奉的几个神位时，一种奇怪的感觉涌上心头。所有神位之上没有任何神像，各个供奉的位置皆仅仅书写着一个大字：人。这意味着什么，难道是不敬神，不礼魔，只尊人自己？或许真的是这个意思，辰南如此猜想。如果真是这样的话，他觉得自己似乎找到了一个推测方向。

接下来的路途，神秘大峡谷内的景物渐渐鲜活起来，绿意渐浓，植被越来越多，不过始终没有看到任何动物。当辰南他们继续前行三百余里后，所处地域已经如同仙境一般，瑶花盛开，芳草铺地，清泉潺潺而流，一派怡人的风光。这不得不让他们怀疑是否已经走出神秘的大峡谷，来到了外面的仙境当中。虽然美景无数，但强烈煞气却并没有减少，仍然让人心惊胆战。从而也让辰南他们明白，依然身处神秘大峡谷中，并没有出离这片结界所笼罩的地带。

前方一阵沁人心脾的花香传来，当辰南寻找到香源时，脸上的表情一室，心中突突直跳。他看到了一种印象极为深刻的稀有植物——雪枫树。高大的雪枫树枝茂叶翠，枝叶间点缀着无数雪白的花瓣，如朵朵雪花绽放在这炎炎夏季。辰南实在不明白此处为何会有雪枫树，因为他只在外界一个特殊的地方见到过这种植物，那便是——神魔陵园。高大的雪枫树为神魔陵园特有，相传为已逝神魔灵气所化。这里怎么会出现呢？难道是因为这里死的神灵过多，才产生了这种特殊的植物？辰南心中充满疑惑。

"好漂亮的花啊！"凯瑟琳感叹着。辰南暗暗嘀咕，如果她知道雪枫花的来历，不知道还会不会有如此感叹。如此前行两三里地，路上尽是高大的雪枫树。直至最后，他看到那一排排、一列列高大的墓碑矗立在前方。

# 第五章
## 众生为棋

　　成片成片的坟墓是如此的刺目！最重要的是，这不是普普通通的坟墓。此刻，圣洁的光辉洒遍陵园的每一寸土地，那里有八翼天使在起舞，那里有手持黄金圣剑的主神在游荡。毫无疑问，这些都是古老的西方神魔幻象，是由古神魔那不灭的强大神念幻化成的虚影。

　　"为什么？为什么这里也有一座神魔陵园？"辰南喃喃道，眼前的场景深深震撼了他，他隐约中抓到了一条重要线索，苦苦思索着。"哦，光明大神棍不会早就来这里喝茶了吧？"龙宝宝一双大眼满是惊讶，它小心谨慎地戒备着，细细打量着神魔陵园。

　　"哎呀，这里怎么这么多的坟墓啊，它们、它们都是鬼魂吗？要不要我放火烧掉它们呢？"小凤凰惊叫连连。辰南急忙将小不点揪住了，如果让它跑上前去乱放一通神火，天知道会惹出什么乱子。紫金神龙目瞪口呆，望着那成片的神魔墓，硕大的龙头都快摇成拨浪鼓了，它喃喃自语道："这怎么可能，这里怎么会有这么多的神魔墓呢？"

　　凯瑟琳也无比震惊，道："我曾经听人说过，东方有一座神魔陵园，那里不仅埋葬着远古时期的东方仙神，而且还埋葬着同时期的西方神魔。为何这里也有一座神魔陵园呢，看其规模似乎不比传说中的东方神魔陵园小。这，实在太不可思议了，一个浩大的神魔墓群竟然隐藏在这里。"

　　辰南比他们有着更多的疑惑，因为他本身就是自神魔陵园复活的，一直在努力探索着其中的秘密，现在又发现一处这样的地方，心中早已是骇浪滔天。冷静，现在需要冷静，他这样提醒着自己。同时他郑重告诫凯瑟琳和疙子龙他们，暂时不要太过靠近那片墓群，先在远处观察一番。两人三神兽静静看着那些神祇幻象，皆有一股不真实的感觉，怎么也没有想到追查到这里，竟然会看到如此震撼性的一幕。半个时辰之后，辰南他们才慢慢向前走去，靠近神魔墓区细细打量。

那些高大的金刚岩墓碑早已风化，绝大多数都已经残破不堪，更有少数坟墓仅仅遗有少半截石碑立在场中。号称一万年不朽的金刚岩都已经破败到这个样子，真不知道这片神魔陵园到底存在多久了。临近墓群后，辰南感觉自己的心跳又加速了，那些保存得完好的墓碑上，竟然刻画着古老的东方字体。但即便他这个万年前的人，都不能够通晓上面的那些刻字，那似乎是更为久远的年代的文字！他的震惊之情可想而知，在那遥远的过去，竟然有一个东土人在这里为死去的西方神魔，建下这片神魔陵园。这可是比他出生的那个时代还要久远的事情啊！那个时候的东西大陆还远远没有合并在一起呢！

为什么有人要建造神魔陵园，他究竟有何目的？东西方的两座神墓陵园有必要的联系吗？辰南一直认为，东方的神魔陵园，乃是一个或者是几个法力通天之人布下的局。如果真是这样的话，未免太可怕了。因为在更为久远的年代，这里已经有人更早地布下了一个局。建造神魔陵园能够给布局的人带来什么呢？

辰南联想到了自己的身上，他除了自神魔陵园复活之外，体内还多了两个蕴含着神魔之力的光球，这两色光球曾经让无名神魔都感到害怕，曾经轻易吞噬掉西方的冥神……他还清楚地记得冥神临死前喊出的那句话：神魔陵园，众神齐聚，徒作嫁衣。那究竟要成全给谁呢？很显然是布局的人！

辰南感觉有些害怕，他怀疑有人利用他的身体，在圈养两色光球，到最后，蕴含着神魔之力的双色光球早晚会被人收回去，而到那时他难保不会惨遭毒手。想到两色光球每次出现时，都会相互缠绕旋转，形成太极图，辰南不禁联想到了在轮回池中出现的那个巨大的太极图。那个巨大的太极图是不是也是如此形成的呢？看一看眼前这片更为久远的神魔陵园，辰南认为非常有可能。

大小两个太极图，当时曾经在对峙，似乎取得了某种微妙的联系，这更不由得让他将东西方神魔陵园联系到一起。只是这里的主宰者似乎更强大一些，黄泉、奈何桥、血海、死域、轮回门……已经被发现的就有这么多的大手笔，未被发现的呢？凯瑟琳与三头神兽皆在观察那些幻象，他们正在结合古老的传说来推测那些虚影到底是哪些神祇。

辰南慢慢离开了这里，他需要一个人静一静，好好思索一番。不知不觉间，他步入一片雪枫林的最深处，不经意抬头间，他突然发现前方有三间茅屋，这令他的血液一阵加速流动。感应到茅屋内无丝毫生命波动，辰南慢慢向前走去，来到茅屋近前，轻轻推开房门。里面的摆设很简单，仅仅一床一桌一椅一石台，再无其他物品。看得出，主人离开已经有段时间了，因为桌上已经有一层灰尘。茅屋绝非像金刚岩建成的古城、神殿那般坚固，它不可能久立不朽，想来茅屋的主人近几年还曾经在这里居住过。

此地紧邻神魔陵园，至于主人的身份，很容易让人猜想到布局人一系，也许是他本人，也许是他派来的守墓人，因为一般人是无法轻易进入这个奇异的世界的，更不要说来到这里居住。想到守墓人，辰南一下子联想到了他在东方神魔陵园复活时见到的那个守墓老人，当初他还未曾多想，现在想来也许那个老人不是一个简单的人物。只是，无论如何，在他实力没有提升到足够强时，他不想去求证，不能去冒险。

忽然，辰南发现屋中的那个石台上有两行划刻，不禁细细打量起来。这个石台形状有些怪异，像极了拜将台，在它的两侧刻着两句触目惊心的话：亿万生灵为兵，百万神魔为将！辰南暗暗惊异，难道这个石台有什么古怪不成？他轻轻触碰了一下，石台竟然剧烈颤动起来，而后开始快速变大，辰南还未做出反应时，发觉不知道为何自己已经站在了石台之上。

"轰——"茅屋被生生挤爆了，石台在刹那间暴长起来，台面瞬间化为方圆百丈大小，石台载着辰南快速冲腾到高空中，小小的石台现在真的化成拜将台。一股磅礴到难以揣测的力量突然爆发，在整片天地间浩浩荡荡。下方的神魔陵园开始剧烈动荡起来，一座座坟墓开始慢慢龟裂，一双双手掌伸出地面……

与此同时，天元大陆各地皆发生了一些奇异的事件。西方，光明教会总部神殿之下的十八层地狱剧烈震颤起来，魔啸震天。一名神职人员惊慌失措，直接闯入教皇的大殿中，高呼道："教皇大人不好了，十八层地狱大乱，史上那些被封印的恶魔可能要冲出来了。"

　　教皇闭着眼睛，沉声道："这件事情我阻止不了，如果它们真的冲出来，也许是天意……"随后他无言地挥了挥手，将那名欲言又止的神职人员挥退。大殿内教皇叹了一口气，自语道："天使频频下界，图谋不轨，天界诸神，竟然有多数人忌讳老光明神复活，这一切不知要在将来造成多大杀孽。现在永恒的森林也难以保持沉寂了，大乱恐怕不远了。"

　　西方发生异乱时，遥远的东方同样不平静。杜家玄界内，天魔头颅发出声声凄厉长嚎。李家玄界内，疯魔发出一声声不甘的震天咆哮。澹台古圣地，被封印的恶魔开始不断冲击封印，啸音震耳欲聋。东方神魔陵园，动荡不安。在所有坟墓即将爆裂的刹那，神秘的守墓老人一脚踏入了陵园中，陵园在刹那间又恢复平静。老人望着西方，自语道："拜将台啊……"


　　辰南脚踏拜将台，立身于万丈高空之上，滚滚魔气浩荡四野，整片天地为之震颤。拜将台已经扩展到方圆百丈大小，磅礴无匹的能量汹涌而出，莫大的压力宛如天穹压地，整片世界仿佛要随之毁灭了。天际一片昏暗，无边无际的黑色魔气渐渐笼罩了晴朗的高空，光明即将消逝，魔主仿佛要君临大地。这个世界似乎变成了死界，生气在渐渐消失，死亡的气息在蔓延浩荡，即将充斥每一寸空间。

　　不过，当这片空间彻底陷入无尽的黑暗，当死气席卷整片大地时，一道七彩光华突然在无尽的黑暗中亮起。高空之上，拜将台射出一道道璀璨夺目的光华，在陷入极尽死境后，死亡的气息渐渐自拜将台转弱，它慢慢发出缕缕"生之气息"。死之极尽便是生！灿灿光华，宛如闪电，渐渐破开黑暗的虚空，百丈拜将台与立于其上的辰南爆发出万千道霞光，照亮整片大地。死气还在浩荡，但生之气息也滚滚而出，汹涌澎湃。生死平衡！死之极尽便是生，生之极尽便是死，生死轮回，微妙平衡！

拜将台散发着瑞彩霞光，但同时其外围也笼罩着重重魔气，辰南静静立身于高台之上，一动不动，仿佛一尊金刚岩雕琢而成的石像一般，仿佛亘古以来就在这里。在这一刻他自己也不明白，为何心境是如此的平静，方才的种种震惊、猜疑等心绪皆消除了，他现在很平和，觉得自己本就应该出现在这里，仿佛亿万年前他就已经矗立在这里。

突然，拜将台动了！它载着辰南在空中飘移到神魔陵园的上空，正对着下方无尽的神魔墓群。与此同时，神魔墓群也已大乱了起来。方才，成片的神魔墓都已经龟裂，各个坟墓中或伸出了惨白的手臂，或伸出了白森森的骨爪，不过一切都在静静地发生，没有丝毫声响。然而就在这一刻，拜将台载着辰南飞临到神魔陵园上空，逐渐降落下来时，整片神魔墓群沸腾了。一声声巨大的咆哮，自古老的墓地中传出，可怕的神吼、魔啸之音，仿佛要贯通天地，直达三界六道。

成排的神魔墓碑在倒下，每一座坟墓都在剧烈颤动，关在地狱的恶鬼仿佛要冲出牢笼一般。大地在隆隆作响，在不断震颤，所有死去的神魔，所有埋在地下的魂魄，似乎即将冲出，整片神魔陵园喧嚣震天！生死气息，神魔之气，无穷无尽，浩浩荡荡，快速冲腾而起，扩散到这片天地的每一个角落。

精灵圣女凯瑟琳呆住了，绝美的容颜有些发白，一双灵动的大眼紧张地注视着这片神魔陵园，同时震惊地不断打量高空中的辰南，她实在不解，眼前所发生的如此恐怖的景象，是她所没有预料到的，死去万载的神魔们，怎么会发生动乱了呢？难道它们要复活过来？这岂不是要天下大乱！！！

龙宝宝一双大眼使劲地眨啊眨，小东西以为自己眼花了，用一双金黄色的小爪子狠狠揉了揉自己的大眼，而后如同梦呓一般喃喃道："光明大神棍在上！阿弥陀佛在上！到底怎么了，这个世界实在太疯狂了。这些死去的老怪物难道要复活？我不相信啊，你们难道想带着无尽的怨念冲出来吗？我以大德大威宝宝天龙的至尊身份，要求你们这些老鬼们快快安静下来……"

原本喜欢疯言疯语的痞子龙，此刻出奇地安静，它一脸凝重之色，化身为人身龙首，一边打量高空中的辰南，一边沉着地观看着一片片龟裂的神魔墓群。小凤凰吓得不轻，落在紫金神龙的头上，声音有些发颤道："阿弥陀佛，我害怕……"

神魔墓群中无尽的手爪在舞动，有的血肉模糊，有的白骨森森，宛如层层波浪在动荡，但却没有一具神魔的尸体冲出来，看得出，每一具神魔的尸体都在挣扎，仿佛有一股巨大到难以想象的力量在禁锢着它们，使它们难以逃离各自的坟墓。

"轰隆——"一座高大的神魔墓碑终于崩塌了，它下面的坟墓也终于崩碎了，一声响彻天地的吼啸震得人耳鼓欲碎，一个高大的身影快速冲出神墓。这是一个十二翼神灵，有着六对洁白羽翼的远古大神，高大的身影如山似岳，透发出一股宛如汪洋大海的强横气息。

一头金黄色的长发，在阳光的照射下光灿灿，不过长发掩盖下的脸颊却是如此的骇人，半张脸血肉模糊，露着森森颧骨与白惨惨的牙齿，另半张脸虽然皮肉还在，但却灰白无比，透发着阵阵死气，一双眼睛同样是灰白的，空洞无比，毫无生气可言。在它的胸口是五个指洞，五个指洞穿透前胸，透过后背，致使前后透亮。通过指洞可以看到一颗破碎的心脏静静悬挂在胸腔中，早已停止跳动。

这个远古的神竟然是这样死去的，它竟然是被人这样毙掉的！一击致命，可以想象凶手必然法力无边，绝对是通天之辈！这个高大的远古神灵透发着无尽的威势，它仰望着高空中的拜将台，略显犹豫，想要跪拜下去，但是却又仿佛非常不甘，最后冲着上方恶狠狠地咆哮一声，而后冲天而起，向着高空之上的辰南扑去。

这时，拜将台上那两行触目惊心的血红色大字，突然倒映到天空中。"亿万生灵为兵，百万神魔为将！"这两句话倒映在天空之上，最后竟然交叉成十字形，透发出无尽的血光。自古老的神墓中第一个冲出来的远古神灵被这两道血红大字交叉着印了下去。"轰——"一声巨响，远古大神灰飞烟灭，在两道血红的大字下，竟然点滴都未曾留下。

凯瑟琳发出一声惊呼，她无论如何也难以想象，一个十二翼远古大神竟然在刹那间被那座神秘的高台生生击碎，一瞬间灰飞烟灭，这超出她的想象。她绝美的容颜满是惊骇之色，一双灵动的大眼，一眨不眨地注视着高空。

"无量那个佛佛佛……"痞子龙有些语无伦次，一双紫目都快突出来了，眼睛瞪得大大的，盯着拜将台，结结巴巴道："这是什么鬼东西？该死的，太吓龙了！"小凤凰吓得战战兢兢，已经快速飞进凯瑟琳的怀中，小声道："好恐怖呀，好害怕啊！"龙宝宝目瞪口呆，一双大眼紧紧地盯着拜将台，而后略显迷茫疑惑地嘀咕道："好可怕，好熟悉的气息，我好像在哪里见过，好奇怪哦……"

高空之上，那两道血红的大字依然呈交叉状，倒映在空中。"亿万生灵为兵，百万神魔为将！"两行血字是如此的刺目，如此的慑人心魄。

辰南再难保持平静，原本平和的心绪刹那间波动起来。"不可思议，这到底是怎么回事？所谓的拜将台到底是怎样的一种器物？它居然将一个十二翼远古神灵生生击得灰飞烟灭，它为何有如此强横恐怖的力量？"辰南心中充满疑问，看着下方的神魔陵园，一座座坟墓中舞动着的手臂、骨爪，他震惊到极点，自语道："因为死去的神魔尸体都出现了异动？它们都早已失去生命，难道它们还能够活过来吗？明明没有一丝生命波动，为何能够挣扎着要爬出各自的坟墓？难道有什么在召唤它们吗？"

"吼——"神魔陵园内，各个坟墓中埋葬的远古神魔，似乎感应到了那个十二翼远古神灵的陨落，皆发出震天的咆哮之声。成片的坟墓颤动得更加剧烈，似乎所有远古神魔的尸体都即将破土而出！高空之上，那两道血红鲜艳的大字，在空中越来越亮，最后交叉着，竟然慢慢向神魔陵园压拢而去。它透发出一股磅礴到难以想象的大力，如汪洋、似大岳，汹涌而下。

凯瑟琳与龙宝宝他们犹如那狂风中的几片落叶一般，被冲击得快速飞离神魔陵园，澎湃的力量席卷着他们不断翻腾，直到冲飞出去十几里，他们才跌落在地面，远离方才的地域，只能飞腾到高空远远望着神魔陵园。

死去的远古神魔不知为何出现异动，当许多神魔将要再次冲出坟墓时，那交叉着的血红大字已经彻底降临到陵园之上，无尽的血光直冲霄汉，彻底遮拢这片远古的神魔陵园。那一座座裂开的坟墓皆在剧烈颤动，一双双神手、骨爪在舞动，咆哮之声更加震耳，然而却再也没有一具神魔的尸体能够冲出地表，一股汪洋般的力量禁锢着神魔陵园，阻止着众多死去的神魔的所有异动。

"这到底是怎么回事？"看着下方如此奇异的景象，辰南彻底迷惑了，今日种种震撼性的场面似乎在向他揭示着什么，似乎万载以来的种种惊天大秘密即将浮出水面，但他现在却感觉难以捕捉到！死去的神魔在吼啸，神秘的拜将台绽放着万丈光芒，这一切的一切都交织在神魔陵园内。由神墓中复活而出，又来到神秘的远古神魔陵园，由起点到终点，还是又回到了起点？

刹那永恒！在这一瞬间，辰南不知道为何突然有了一种奇异的感觉，岁月长河仿佛在他身边正在飞快流逝，他仿佛突破了时间与空间的限制，感觉自己似乎穿越到了太古洪荒时代，仿佛回归到了混沌当中……这片古老的神魔陵园，传出浩瀚无比的奇异波动，众神的怒吼，众魔的咆哮，神灵们临死前的种种绝望的心绪波动，仿佛自数万年前浩浩荡荡穿越时空而来，紧接着，远古神魔的情绪波动冲出了这片神秘的世界，向着天元大陆的各个角落冲击而去。在这一刻，天元大陆诸多玄界所在，众多实力超绝之辈，似乎都感应到了一股巨大的伤悲之情，似乎所有人都被这股情绪感染了，所有强者心中都充满了绝望之情。

辰南的心口，那久无动静的玉如意，突然发热起来，而后传出一声悠悠叹息，仿佛从亘古传来。"神死了，魔灭了……"与此同时，天元大陆的东方，神魔陵园的守墓老人，遥遥望着西方，自语道："天碎了，地崩了……"

天元大陆动荡不安，感受最深的莫过于西方光明神殿的众多神职人员。十八层地狱已经有所动乱，尤其是第十层地狱更加混乱不堪，那里封印着一个东土大妖，当年由于被错估实力，致使它被封印在较上一层，现在它终于开始作乱。

"呱"，一声巨大的蛙鸣穿透了地表，第十层地狱中一座巨大的肉山猛烈颤动起来，开始狂猛地攻击着这一层地狱的神圣封印。这座肉山高足有二十丈，血肉模糊一片，这是一只巨大的青蛙，不过似乎被人撕裂了，因为它仅有少半片身体，即便是头部也如此，上面仅有少半颗头颅，仅仅余一只眼睛。那半片身体上的巨大伤口血淋淋的，仿佛刚刚被破开不久一般。事实上，这已经是千年的伤口了。巨大可怕的青蛙分外恐怖吓人，它怀着仇恨的光芒嘶吼道："我终要重见天日了，呱，呱……"一道道巨大的黑色闪电不断从它口中喷射而出，轰击着这一层地狱的神圣封印。与此同时，东方昆仑山妖族圣地，玄界内四大妖魔之一的魔蛙，猛地睁开双眼，射出两道吓人的金光，它自静室内推门而出，道："还我金尊！我等待这一天已经很久了！"

"魔蛙你莫要冲动！"昆仑玄界内四大妖魔之一的端木突然出现在不远处，喝道："我知道你想要冲向西方的十八层地狱，但你万万不可鲁莽，十八层地狱没有你想象的那么简单，不要忘记千年前你舍去半片身子才逃回来的。""不能再等了，我一定要重组肉身！"魔蛙现在看起来是一个老人的样子，不过却透发出一股滔天的妖气。

端木道："你已经修复了破碎的身体，要那半边身体有何用？""修复的身体终究没有我的本体舒服，难以发挥出我的三转魔蛙功。"魔蛙大声喝道，"未来必有大乱，我必须要在这之前夺回那部分肉体，使自己再上一个巅峰！"端木喝道："千年前的玄战时代你大闹西土，连续虐杀数名神龙骑士与多名天使，被封印在第十层地狱，是我和泥人联手抵挡住众多强绝之辈，才助你捡回来半条命的，那里绝非善地，你难道忘了当年的教训还想去祸乱西土吗？"

"哼哼哼，千年前我虽然斩杀无数对手，但终究吃了大亏，这一次我一定要给那些敢于在人间出头的老混蛋们血的教训，那半片本体我一定要夺回来。"在这一刻，魔王煞气冲天，双眼血红无比，似乎想到了千年前的种种惨事。"你即便夺回又如何？"端木尝试劝阻，道："你的那半片身体已经产生自己的灵智，现在已经算得上一个个体，而且邪恶无比，代表了你恶的一面，是邪恶的化身，在第十层地狱中自号半只青蛙，绝不会与你再融合的。"

"不管怎样，我一定要先助它脱困而后收服，如若它敢违抗我的意愿，我便将它炼为身外化身。况且现在那些老不死的没有几个愿意露面，正是我出手的好机会。"魔王腾空而起，荡起阵阵遮天蔽日的魔云，快速向玄界出口处飞去。端木看着魔蛙远去的背影，叹道："难道大乱将从我妖族开始吗？已经下令封闭与各个玄界相连的通道，已经和外界彻底断绝联系，难道即便是这样，这一次战乱还不能幸免？难道我妖族将是战乱的导火索？"

魔蛙冲出妖族圣地，昆仑山上空立时乌云压顶，一股磅礴的妖气笼罩八方，一个若隐若现、无比庞大的青蛙之身如同一座山一般伏在魔云中，荡起一股狂风向着西方而去。"半只青蛙，我的孩子，我来了……"乌云蔽日，魔蛙向西土飞行时，所外放出的滔天妖气是难以想象的，可谓气势汹汹，它根本不想遮掩自己的行踪。

在这一日，众多东土修炼者都感应到一股难言的压抑，许多人都看到一片黑压压的乌云向着西方快速席卷而去。当魔蛙进入西大陆与东大陆的交界地带时，十万大山中的许多灵兽或鸣或啸，喧嚣无比，它们同样感应到那股磅礴的妖气，一些小妖恐慌无比。

魔蛙贴着大山峰顶飞行，对下面的一切了如指掌，看到自己的盖世魔威震慑得万兽慌乱，心中好不痛快。它本就是一个法力通天的绝代妖魔，隐修上千年，早已憋闷坏了，哪有这样威荡八方来得痛快。魔蛙此刻显现的是本体，魔云中是一个高足有五十丈的巨大青蛙，真个如同一座碧绿的大山一般，一双金目光芒闪烁，阔腮鼓动，不断鸣啸。然而就在这时，前方的那座高峰突然爆发出一股滔天大火，那炽烈的火焰直冲霄汉，天地间矗立起一根巨大的火柱，生生阻挡了魔蛙的去路。

"呱、呱，什么人，竟敢拦挡老祖去路？"魔蛙大怒，千年的静修并没有磨去它桀骜的野性，在天地间它从来没有向任何人低过头，也从来没有人敢轻易招惹它。只是对面那座高峰并没有回答它，那直冲霄汉的炽烈光芒更加璀璨耀眼。看得出那是一股滔天的神火，是气化的神焰，一股让人恐惧的浩瀚波动正如怒海狂涛一般扩散而来。

这是绝对的强者！即便是魔蛙这等天下数得着的盖世大妖魔也不禁神色骤变，它感受到了一股莫大的压力，觉察到了前方山顶定然有一个无比可怕的对手。魔王驾驭魔云，慢慢临近眼前的高峰，越来越近，它终于看清了炽烈火焰中到底是何方神圣。只见一个身长十丈的神兽昂然立于高峰绝顶之上，那股睥睨天下的气势，让它也不禁心折。

从其外部形状上看，麋身，牛尾，马蹄，鱼鳞皮，硕大的头颅上生有一只金光灿灿的神角。它就这样静静地站在高峰之上，周身被烈火包围，整座峰顶的岩石都被烧红了，神圣不可侵犯的气息浩浩荡荡传播开来。魔蛙双目中金光闪烁，它是天下实力最强的大妖魔之一，它不敬天、不拜地，敢上天杀仙，但看到眼前这个高深莫测的麒麟后，它心中也不禁腾腾跳动了几下，因为它实在没有把握战胜对方。

对于眼前这个传说的神兽，魔蛙还是有所耳闻的，传说这头麒麟神兽乃是自天界逃下来的，也有人说它是一直隐修在世间的妖族盖世强者，还有人说它乃是一个重伤的老麒麟，独自静静地躲在深山养伤。魔蛙更相信最后一点，据它得到的可靠消息，这只麒麟的修为忽高忽低，高时曾经击杀过敢于冒犯它的顶级妖魔，低时曾经被有些人类修炼者不断侵扰。

所以，知根知底的高手几乎没几个敢惹隐藏在十万大山中的这只麒麟神兽。魔蛙也从未想过与它为敌，它乃是修炼了数千年的老妖魔，更加懂得趋吉避凶，它甚至曾经怀疑过这只麒麟有可能是参加过上古大战而幸存下来的妖族强者之一。今日得见这只隐修在十万大山中的麒麟，魔蛙心中跳了跳，道："方才是我太过孟浪了，并不是有意侵扰，还请见谅。"能够让魔蛙这样客气地说话，天底下还没有几人，足可见眼前这只麒麟实力非凡，引得魔蛙重视。

"无妨，我以为有盖世大妖魔打上门来了呢。"麒麟神兽的话语很平和，那滔天的神火也渐渐收敛了下来。魔蛙道："今日得见传说中的高手，实在令老青蛙我三生有幸。"麒麟道："你太过客气了，魔蛙之名威慑天下，谁人不知，哪个不晓，今日能够相见，实属幸事。"

魔蛙见传说中的麒麟并不倨傲，一副很好相处的样子，令它心里很快慰，它实在不愿意和这等强人过招。"早就想与麒麟兄结识，但始终无缘觅得神踪，今日打扰了你的清修，改日再来赔罪，到时要好好与你把酒言欢。"魔蛙打算就此离去，它实在不放心正在冲关破印的半只青蛙。

麒麟平和地问道："蛙兄要去哪里呢？"魔蛙道："实不相瞒，我要赶往西土。"麒麟道："我近来静极思动，也正好要到西土走上一遭，这次和你结伴而去吧。"魔蛙心中一惊，它知道这只传说中的麒麟神兽隐居在这十万大山中数千年了，还从未听说它离开过这片地方呢，即便曾经的玄界大战它都从未露过面，今日为何要离开这里呢？难道它想打自己那半片本体的主意？魔蛙心中有些沉重，一个盖世大妖魔的本体，对于顶级妖魔来说那是最上等的补药，将之炼化吞噬，不知道要增添多少功力呢！

　　神兽麒麟似乎看出了他心中的忧虑，淡然一笑道："蛙兄不必多想，我并没有恶意，只是近来思感颇多，有些不妙的预感，不知道还能否长存于世，现在想去见见一些老朋友，免得留下什么遗憾。"魔蛙有些惊讶，它知道麒麟这种神兽向来通灵，它们的预感想来不会错的，以往的玄界大战它都不在乎，为何现在乱局刚现它就已经坐不住了呢，看来这一次的风暴真的强到无法想象啊！

　　"好，那你我就结伴前往西土吧。"魔蛙道。麒麟闻言，脚踏神火，腾空而起，炽烈的神焰照亮半空，熊熊烈焰环绕在它的周围，令它看起来当真神武无比。两个妖族绝世强者结伴而行，所浩荡出的恐怖气息一路上也不知道惊动了多少妖禽魔兽。

　　"麒麟兄到底要去见哪个老朋友呢？"

　　"老龙坤德。"

　　"什么？！老暴君坤德？"魔蛙心中立时剧烈跳动几下，它熟知上古神龙坤德之威名，只要这个老暴君现世，必是天大的乱世局面。知道麒麟是要去拜访上古神龙坤德后，大妖魔魔蛙心中真是无比惊异，坤德的实力在西方是数得上号的，这是一个近乎无敌的象征，它早该破碎虚空进入天界了，但就是不肯离开人间界。

　　这个老暴君平日非常低调，如果没有人招惹它，是绝不会显露神踪的。但一旦招惹到它，那么也就意味着将死神召唤到了这个世界，它会上穷碧落下黄泉地将敌手揪出来，而后将之关联的所有人等斩尽杀绝，每一次都是血染千里，它绝对是人间界最难惹的超级暴君之一。魔蛙知道，离老龙前一次发威已经过去数千年了，据说它的小女儿似乎被一个胆大包天的狂徒掳去数天，而且丢失一件至宝，这是一件令老龙抓狂的事情，它险些将整片西土掀翻过来。

不过令老龙异常郁闷的是那个狂徒竟然消失了，数千年来毫无音讯，这是唯一一个招惹它，而后又从它手下逃得活命的人。不过老龙已经发誓，早晚会将那个令它咬牙切齿的混蛋找出来抽筋扒皮。想到这些，魔蛙不禁看了一眼神兽麒麟，能够和老暴君有交情，恐怕也是那个时代的人物，说不好这个神秘的麒麟真可能是参加过上古大战而幸存的妖族强者之一。

当神兽麒麟和魔蛙飞过罪恶之城上空时，下方立时透发出几道强绝的能量波动，几道神念直达高空，小心翼翼地探寻着空中的两大妖魔。不过，魔蛙二妖对此反应并未过激，它们深深知道罪恶之城藏龙卧虎，隐居着一些传说中的极道高手，二妖从容飞过。当魔云自罪恶之城上空消失后，自城内几个不同的角落分别发出了几声叹息，其中蕴含的意义各不相同，有忧虑的、有兴奋的……

汹涌澎湃的魔气遮天蔽日，两大妖族强者飞跃过重重大山，不多时就到达西土上空。神兽麒麟知道魔蛙要去闯十八层地狱，它并没有立刻和魔蛙分开，明言自己要去看看魔蛙能否成功破除封印，救出那半片本体。

相交深浅不在岁月，魔蛙虽然刚刚认识神兽麒麟不足一个时辰，但已经看出这只传说中的神兽绝非心怀叵测的小人，故此它心中那原本的忧虑已经消除。两大超级妖族强者没有丝毫掩饰自己行踪的意思，故此一路上它们外放的滔天妖气惊动了无数西土强者。有些人看着高空之上那如山似岳般的巨大青蛙，和那庞大神武无比的麒麟本体，皆露出骇然之色，他们已经隐隐猜测到两大妖魔的身份。

要知道魔蛙这个修炼数千年的老妖魔在修炼界可是赫赫有名的绝顶人物，尤其是千年前它大闹西土之时不知道斩杀了多少极道高手，它的威名是用绝顶强者的尸骨堆积起来的。最后如果不是它强攻光明教会圣地，想要探究十八层地狱最下面几层到底封印了何等的人物，也不会引得天界下凡的神灵与西土人间的顶峰高手来重点压制它。归根结底如果不是那个时候它太过狂嚣，一意孤行，定然不会有被撕裂去少半边身子的噩运了。

飞越过大沙漠，两大妖族强者终于飞临到光明教会总部所在的圣城，魔蛙不断鸣啸，高空之上魔音滚滚，如同惊雷一般，再加上压顶的乌云，当真有魔主降临大地的气势。麒麟平和地提醒道："蛙兄还是小心一点吧，这乃是光明教会的圣城，一般天界的神灵下凡时都不愿在这里太过招摇，传说在这里是一片极其神异的所在，似乎有些震慑仙神的奇异力量。"

魔蛙道："我知道，不过无妨，我不过是要解救出我的本体而已，并不想掀翻这座圣城，更不会触及十八层地狱最下面几层。"魔蛙已经降临到光明教会的中心神殿上空，在这片宏伟的神殿地下便是传说中的十八层地狱。庞大的妖身浩荡下一股莫大的压力，整片神殿跟着战栗起来，许多神职人员皆露出骇然之色，从来没有哪个大妖魔敢这样临近神殿附近，这是对他们权威的赤裸裸挑衅！

教皇所在的中心神殿中，聚集了不少神职人员，他们焦急而又惶恐，议论纷纷。光明教会现任教皇一副风烛残年的样子，显得老态龙钟，不过当他从闭目状态睁开双眼时，整座神殿像是打了两道闪电一般，犀利的眼神一扫而过，大殿内顿时鸦雀无声，一股磅礴的强者气息自教皇体内爆发而出，他冷冷地道："如果能够确保十八层地狱平静，即便放走那半只青蛙又如何？来一只魔蛙并不可怕，可怕的是惹来一些邪神；第十层地狱的封印破开并不可怕，可怕的是最下面几层地狱同时破开。"

这时，魔蛙已经距光明神殿不足百丈距离，高达五十丈的庞大妖体投下大片的阴影，劲风激荡，下方的金砖碧瓦都已经颤动起来，眼看就要被那涌动而下的妖气席卷走了。

"哼！"神殿内的教皇冷冷一哼，依然端坐在宝座之上，但一股浩瀚无匹的气息已经将整片神殿彻底笼罩。同时，一片璀璨夺目的光华出现在神殿上空，一道金色的身影快速凝聚而成，赫然是一个和教皇一模一样的金身！教皇金身毫无神殿内教皇的老态龙钟之态，他看起来是如此的从容镇定，隐约间透发出一股睥睨天下、唯我独尊的狂霸本色，这绝对是一个令神灵都不敢小觑的人间极道强者！"魔蛙你难道真的以为凭借一己之力就能够横扫光明教会吗？"教皇金身当空而立，璀璨的光芒照亮了整片天空。

魔蛙已经止住下降趋势，庞大的妖躯横在空中，一双金光四射的魔眼打量着教皇，道："我当然知道你们教会当中有些老而不死的怪物，但是我相信他们不会在眼下就跳出来，他们不敢出来和我争锋！你我都知道现在正处于一个微妙平衡的状态，哪一方敢提前有大举动，就意味着会成为众矢之的。哼哼哼，正源于此，我才来收回我的本体，希望你们不要过分，如敢阻止我，你应该能够想到后果。"神兽麒麟静立在远空，观望着一触即发的大战，似乎没有出手的意思。

教皇金身冷冷地道："每个人都要为自己的所作所为负责任，做错事就要付出相应的代价。千年前你祸乱西土，杀戮无数，理应落个形神俱灭的下场，最后不过是封印了你半片本体，你还不知足，居然敢打上门来……"魔蛙冷笑道："哼哼哼，谅你们也不敢毁去我的那半片本体。当然，如果你们光明教会想彻底和我们东土妖族决裂，算我白说。其实你我都明白，这一次我杀到西土志在必得，你我之间不过是走个过场而已。你担心的不是第十层地狱被破开，你所忧虑的是最下方被封印的人物。"

教皇金身喝道："那就走个过场吧，如果你连过场都无法通过，那就不是半片本体被封印的结果了。"一杆金色长枪突然凭空出现在教皇金身手中，璀璨夺目的长枪透发着炽烈的光芒，周围是熊熊燃烧的烈焰，教皇持枪而立，真如金甲天神一般。

魔蛙大怒，它乃是天下间有数的大妖魔之一，居然被如此小觑，真是让它怒火汹涌。"小辈竟敢如此轻视我，本尊出道时你还不知道在哪儿转世呢，受死！"魔蛙舞动着庞大的本体，向下扑击而去，黑色的魔气将下方整片神殿都笼罩其中。不过，教皇金身毫无惧色，手中神枪一摆，猛地向上刺去，锋利的枪头连连抖动，将虚空撕裂出数道口子，那破碎的虚空宛如一个漏斗一般，将涌动而来的魔气全部吸纳。而后教皇腾空而起，宛如一道金色闪电一般，快速向着魔蛙冲去，锋利的金枪直指魔蛙那硕大的头颅。

"好，果然有几分本事。"魔蛙呱呱叫了几声，那巨大的前爪铺天盖地般向着冲击上来的教皇拍去，丝毫不顾忌那锋利的金枪。"铿锵——"巨大的金属撞击声音，响彻整片圣城，魔蛙那巨大的右爪和金枪黏在一起，远远望去一个如山一般高大的妖魔，和一个小小的金色身影在高空中相持不下，这实在显得有些夸张。而且，金色的身影双手持着金枪，竟然一寸寸、慢慢地将那庞大的妖躯挑向更高的空中。

"轰——"一团金光爆发而出，教皇金身突然抽枪，而后那杆金枪突然放大千百倍，足有百丈长短，被教皇抡动着狠狠抽在魔蛙的妖躯之上，"砰"的一声将它抽飞出去上千米。"呱、呱——"魔蛙怒吼，愤怒到了极点，吼啸道："原来是你这个老不死的，我就说哪一个小辈能有这么高绝的功力呢，想不到你还没有死，居然修成了不灭身，换了一副身体。""哼！"教皇只是冷冷哼了一声。

"该死的……"魔蛙气急败坏，已经认出眼前的教皇不过是千年前那个老教皇换了个躯体而已，其魂魄未变，它感觉到了熟悉的气息！当年它就在老教皇手下吃了大亏，被亲手送进了第十层地狱。"呱，呱——"魔蛙大嘴一张，能够毁灭仙神的毒雨铺天盖地而下。

不过，这对于精通空间魔法的教皇来说，难以造成有效的杀伤力。"时空大逆转！"随着教皇话语落毕，高空之上荡漾起如水的光华，所有毒雨都被笼罩，号称世间最强五毒之一的蛙毒全部被化解，也不知道被传送到哪里。"该死的！"魔蛙咬牙切齿，千年前它的实力原本和教皇不分上下，但最终就是败在了对方的时间魔法与空间魔法上，让它防不胜防。

教皇，西方的绝代强者，是光明教会的掌控者，是数千年来凡界唯一修成时空魔法的极道人物。随着时间主神与空间主神的彻底陨落，时间魔法与空间魔法失传数千年，流传在世的不过是皮毛而已，而教皇是天地间少数精研出其中精髓的人物之一。

"三转魔蛙功！呱、呱——"随着魔蛙的吼啸，庞大的魔蛙本体上空，突然升起日、月、星三个璀璨的光球，金阳、银月、蓝星三个巨大的光球，在空中不断旋转，分别涌动出金、银、蓝三色光芒，将附近空间的一切都笼罩。教皇一惊，他身处这片区域内，感觉自己的绝大部分魔力都仿佛被禁锢了一般，竟然难以挥动分毫，他惊讶地道：

"居然是禁魔领域，怪不得你敢独自前来攻打十八层地狱。"

"哼，禁魔领域算得了什么，在我这片三转空间内，所有的妖法、仙法、魔法全部无效，只能靠肉搏！"魔蛙冷酷地笑着，而后晃动着庞大的妖体冲了下来。教皇第一次变了脸色，空间魔法与时间魔法是他的杀手锏，眼下竟然难以发动，没有什么比这更坏的消息了。不过，他很快又平静下来，因为他不仅精通魔法，在武技方面也是巅峰高手，不然怎么会修炼出类似于东土的不灭金身奇功呢？！

金色的身影如划破长空的闪电一般，挥动着神枪逆空而上，向着魔蛙迎击而去。魔蛙体积庞大，冲撞之力异常可怕，教皇被它生生压在下风，不过也因为本体太大，致使它的动作不够快捷，有时显得太过笨拙。金辉漫洒，妖气激荡，两大绝顶高手的大战激烈无比。到最后魔蛙的本体化成人形，以一个老者的身份和教皇大战在一起。魔蛙的肉体冲撞之力也因此小了许多，不过速度立时提了上来，和教皇一般迅如闪电，两人在高空之上不断交击，留下一道道残影。

此刻在永恒的森林，远古神魔陵园所在的那片奇异的空间，拜将台缓缓降落，距离下方的神魔墓群已经不足十丈，它所浩荡而出的莫大威压竟然生生令混乱的神魔陵园渐渐安静。神吼、魔啸之音依然存在，不过已不像开始那般喧嚣，舞动的神魔骨爪也少了许多，有许多的神魔尸体渐渐平静下来。

辰南站在拜将台之上，他不知道将会发生什么，现在他把自己当成了一个置身事外的旁观者，冷静地看着这一切变化。不过他不动，有人却动了。久无变化的玉如意在他胸口变得滚烫无比，一道圣洁的光辉突然自胸间透发而出，而后如水一般慢慢将他包围，最后托着他离开拜将台缓缓升腾而起。辰南心中虽然有些不安，但实力到了他这般境界，已经渐渐了解到玉如意中的女子修为深不可测，远远不是现在的他所能够比拟的，即便反抗也是无用，他依然冷静地注视着这一切。

玉如意中透发出的光华越来越盛，最后辰南宛如一轮耀眼的小太阳一般悬在空中。突然，所有的圣洁光辉都快速向着下方的拜将台冲去，一道银色的光柱径直击在拜将台的中心位置。"轰——"一声惊天动地的巨响，拜将台剧烈颤动起来，原本渐渐平静下来的神魔陵园再次沸腾，所有神魔的尸体又都剧烈挣扎起来，神吼、魔啸之音声震天地。

　　与此同时，拜将台宛如一个远古恶兽一般竟然发出一声摄人心魄的吼啸之音，这一声宛若自太古洪荒传来的异啸所造成的后果是当下所有人都难以想象的。魔音还未终止时，天元大陆中部地带的十万大山中出现一声直上九霄的死亡之音与其遥相呼应。消失的死亡绝地突然凭空出现了，死亡之音就是源于这里，浩荡而出的死音传遍了天元大陆，在这一刻所有人皆感觉头皮一阵发麻。啸音停止后，许多人都感觉做了一场噩梦一般，普通人以为这是一场错觉，很快就遗忘了，但各个玄界中的极道强者，却都已经大惊失色，因为就在刚才，他们感觉到一股难言的恐怖气息。

　　魔蛙在第一时间感应到死亡绝地突然再现，它有一股胆战心惊的感觉，它不会忘记妖族的几大前辈高手，在六千年前联手去闯绝地而一去不复返的惨剧，险些令昆仑玄界从此一蹶不振。教皇也终于变了脸色，快速和魔蛙分开来，停止战斗，长叹一声道："邪恶之祖的沉寂之地，这是天地间祸乱的根源之一啊！这一次它为何逆乱时空出现了呢，还没有到达轮回出现的时期啊！难道、难道是永恒的森林出现了问题，造成了某些可怕的影响？"

　　正在这时，光明教会的整片神殿突然剧烈晃动了起来，一股滔天的魔气自神殿的地下涌动而出，冲天的煞气直令空中的魔蛙与教皇都变了脸色。

　　"不好！"教皇飞快向着下方的中心光明神殿冲去。与此同时，各个神殿中也突然飞出几个苍老的神职人员，这些人皆打出一道道光明圣力，联手向中心神殿开始施加封印。四面八方，道道璀璨夺目的光华，将下方的那座神殿笼罩在了里面。尽管光明教会隐修的极道强者齐出，但中心神殿依然剧烈颤动不已，眼看就要崩塌了，他们所施加的封印竟然丝毫不能化解那冲天的煞气。

　　魔蛙立于高空之上，面露不解之色，疑惑道："这恐怖变态的煞气是怎么回事？难道说这是十八层地狱封印的某位强者即将要破印而出？这未免太过可怕了吧！"老妖魔泛起一股无力感，它从未服过谁，但面对那从地下浩荡而出的可怕魔气竟然有种心惊胆战的感觉。这时神兽麒麟已经飞到它身旁，语气有些凝重地道："并不是某个强者将破封而出，是一块镇魔石！"

"什么？"魔蛙一惊，它似乎想起一些传说。极道强者都知道光明教会总部之下有十八层地狱，但很少有人知道两者之间的对应关系。没有人知道十八层地狱是谁创出的多层奇异空间，只知道它是关押天地间大凶大恶之辈的一处绝域。仅有少数人知道，十八层地狱先于光明教会出现，一万年前光明神殿总部之所以设在这里，乃是为了镇守十八层地狱。魔蛙虽然知道这些，但并没有听过"镇魔石"一说。

神兽麒麟叹了一口气，道："一万年前关押在十八层地狱中的某些大人物的实力，不是你我所能够揣度的，如果没有法力通天的人物镇守，恐怕很难真正禁制住它们。光明教会初建之时，天外忽然飞来一块高达三丈的魔石，落在十八层地狱之上，魔石一着地，便令十八层地狱安静下来，彻底镇住关押在下方的人物。而神殿便依此石为地基开建，因为它显现出了威慑群魔的超凡神迹，后来此石便被人称作镇魔石。"

一块天外魔石便镇住了万年前法力通天的大人物们，任谁都会感到无比惊骇。悠悠万载岁月过去了，镇魔石竟然突然出现异常现象，似乎要破开地基飞天而去，着实令光明教会上下大乱。魔蛙有些不确定地道："该不会万年前封印的人物，一直在十八层地狱中吧？"提到这个问题，老妖魔心中惴惴不安。神兽麒麟摇了摇头，道："谁知道啊，也许早就放出去了，也许早就封死在了里面……"

就在这时，光明教会的中心神殿突然"轰"的一声爆响，大殿彻底崩塌了，一截黑森森的巨石浮现出一截。传说中的这块镇魔石似乎能够吸收光线一般，周围一下子暗淡了下来，森森黑石像是一个无底洞，凡是盯着它的人都有一股丢魂失魄的感觉，黑漆漆的石头似乎能够将人的心神吞噬进去。"轰——"大地一阵颤抖，镇魔石拔地而起，这是一面高达三丈的石碑，黑森森、死气沉沉，上面竟然沾染着丝丝血迹，看起来分外邪异。"呼——"镇魔石冲天而起，消失在虚空中。

十八层地狱立时大乱，长啸之音直上云霄，里面众多被封印者似乎已经知道破印有望。"快，将教会中所有圣物都取来，给我重新奠基中心神殿！"教皇大喝道。不过，光明教会的几件圣物似乎并没有大作用，而此时魔蛙也已经扑下来，它想趁此机会破开第十层地狱的封印。

　　"慢！魔蛙你不要趁火打劫，我答应还你那半片本体。今日因为你我之战提前触发了镇魔石封印，我们都可能已经被列为罪人。你如果再乱来，真的可能会令十八层地狱翻天，难道你真的想当那千古罪人吗？"魔蛙想了想，道："好，只要你还我那半尊金身就可！"

　　此时此刻，镇魔石已经飞入永恒的森林，穿越过一片片奇异的空间，浩荡起漫天死气，坠入远古神魔陵园内。"噗——"森森镇魔石，直插神魔陵园中心地带，它宛如一面巨大的墓碑。

　　此刻光明教会所有神殿都在剧烈晃动，声声魔啸是如此的凄厉，十八层地狱仿佛要天翻地覆一般，一派末日来临般的景象。魔蛙与神兽麒麟站在远空，冷冷地注视着这一切，魔蛙相信教皇既然已经答应还它半片本体就不会反悔。原本它想大闹一场，看看最下方几层地狱到底封印了何等的强者，但在刚才见识过镇魔石之后它动摇了。魔蛙有自知之明，知道不同时代的强者，有着难以逾越的实力差距，如果真有万年前的可怕人物在最下面几层地狱中，那么它肯定难以与之争锋。

　　光明教皇的金身已经融入本体当中，他不断地指挥着众多神职人员，将教会内几件威力奇大的圣物统统丢进破开的地基之下，但是效果不佳，根本难以抵制十八层地狱的动乱，似乎镇魔石一出群魔便无所顾忌了。"可惜啊，光明神箭遗落在外，不然也许会有些作用。传说那是一条天龙的精华，是它的逆鳞炼化成的绝世圣物啊！"教皇感叹着，但却也没有什么办法，只能眼睁睁地看着地狱之门大开，似乎已经看到邪神齐出，祸乱天下的惨景。

　　这时一个年轻的神职人员慌乱地跑到教皇身前施礼道："教皇陛下，闭关的大长老要我传话，如今有一样东西也许能够震慑十八层地狱动乱的魔神。"教皇此刻已经失去了一贯的冷静之色，有些焦急地催促道："哦，到底是何等圣物？"对方道："大长老请教皇陛下亲自前去迎启。"教皇一句话也不说，立刻腾空而起。在这座圣城之外有一座低矮的山峰被称作光明圣山，光明教会历代隐修的神职人员晚年都住在那里。

低矮的圣山不过千米之高，却透发出一股沉重的压迫感，比之万丈高岳还要有气势。圣山之上并没有美景，漫山怪石嶙峋，古木参天，倒像是一个未开化之地。教皇飞落在半山腰一个黑漆漆的石洞前还未说话，里面就传出一声苍老的叹息，紧接着退隐多年的大长老向他秘密传声道："不必多问，听我说。当年，老光明神曾经联合东土的天魔，大战一个强大到难以想象的可怕存在。他知道此去凶多吉少，临行前曾经将一件禁忌圣物保存在我们教会中，叮嘱当时的大长老世代相传下去，秘密守护，万万不可让天界得知。为了保守住秘密，即便历来的教皇也无从知晓。现在十八层地狱大乱，恐怕只有启出这件禁忌圣物去镇压，或许还能起到作用。此物就在这座圣山的中心位置，我已经让所有在圣山隐修的人员撤退，你可以利用时空魔法将之取出，我在这里面助你一臂之力。"

"好！"教皇没有多问，他知道大长老如此郑重地要他亲自动手，肯定不是轻而易举的事情。"时空裂变！"教皇一声大喝，他周围的空间仿佛扭曲了一般，如水的圣洁光波快速向着山洞内涌动而去。"轰""轰"……天摇地动，圣山内传来阵阵爆炸的声响，整座圣山都裂开了，仿佛随时会崩塌。

一件古朴的石盒出现在教皇手中，他快速打开，只见里面仅有一截指骨，也不知道存放多少年了，似乎要风化了一般，上面已经有许多细小的风洞了，整截指骨很轻很轻，相信就是普通人稍微用力一捏，也会将之化为碎末。教皇有些发呆，他实在没有想到，老光明神秘密传承下来的禁忌圣物，是这样一截看起来微不足道的指骨。

"轰——"圣山崩塌了，大长老在乱石迸溅中冲了出来，他的下肢已经失去了，剩下的半截身体看起来血肉模糊一片，很显然他在助教皇获取圣物时遭受了大难。大长老口念咒语，稍微为自己治疗了一下，便大声喊道："还不快去！"教皇略微犹豫，而后冲天而起，当他飞临到光明神殿时，十八层地狱所浩荡而上的魔气遮天蔽日，整片圣城都已经陷入一片黑暗中，一副末日来临般的景象。城内的居民哭喊着，纷乱不堪，拖儿带女，老老少少皆向城外逃去。而此刻的远空，有些隐秘的眼线在注视着这一切，光明神殿的异动，引得其他地域的极道高手不安，有些人已经来到了这里。

教皇有些怀疑这件圣物，认为真品可能早已遗落，但时至此刻，他虽然不怎么看好这截指骨，也没有办法，只能将死马当活马医。他口中念动咒语，空间魔法错乱时空发出，指骨在如水波般的圣洁光辉包裹下，被送进中心神殿的地基之下。然而所造成的效果超出教皇的想象！

就在刹那间，声声魔啸突然消失！就像一群在大声吼啸的人突然间被人割断了喉咙一般，天地间在一瞬间安静下来。刹那死寂！滔天的魔气渐渐消失了，圣城内逃难的人们停了下来，光明再次笼罩整座城市，所有人都有一种劫后余生的感觉。

魔蛙、神兽麒麟以及教皇这些人，都明显感觉到了一股无形的威压，一股可怕的威严气息自神殿地基处向着地下浩荡而去。十八层地狱彻底安静了下来，前十层地狱某些魔甚至在战栗，发出声声惊恐的嚎叫。静寂的局面被打破了，圣城的人们在欢呼，十八层地狱传出微弱的嘶吼。教皇的冷汗浸透脊背，一截被老光明神珍重保存并传承下来的指骨，竟然化解了这天大的灾难，他呆住了。

这一次风波眼下看来，对于整个人间界、天界，似乎算不上什么惊天动地的变天事件，但其长远意义以及其所造成的微妙后果是巨大无比的，如果有人详尽书写这段历史，魔蛙、神兽麒麟、教皇、半只青蛙等几个人物注定要被提上一笔。小小的一截指骨镇住了十八层地域，人间界似乎又平静了下来，不过任谁也没有听到神殿地基之下，轻轻飘荡出一句微弱的话语："由魔而死，由魔而生。"

此刻，永恒的森林所处的那片奇异空间正在发生着一些外界难以想象的事情。黑色的镇魔石直插神魔陵园的中心位置，它看起来比众多的神魔墓碑要高大得多，比众多的神魔墓碑更像墓碑，丝丝鲜红的血迹沾染在上面，令它看起来是如此的邪异，它看起来更像一个碑王！整片神魔陵园因为它的到来一下子安静了，自镇魔石上浩荡出的死气之浓烈，似乎还要胜过这片神魔陵园，曾经伸出的骨爪与僵硬的手臂，都在慢慢向着坟墓内退去。仅仅片刻工夫，所有爬出坟墓的神魔尸体又都退回地下，裂开的神魔墓都在一瞬间合拢了，倒下的墓碑也都在一股未明的力量下重新立起。

神魔陵园变得静悄悄，好像什么也没有发生过一般，不过，如此不平常的死寂实在让人心悸。此刻，远处的精灵圣女凯瑟琳、龙宝宝、痒子龙与小凤凰皆感觉到了一股难言的压抑，他们呼吸困难，一种恐惧之感在心中升腾而起，令他们不由自主一退再退，不断远离神魔陵园。

辰南被玉如意所扩散而出的圣洁光辉包裹着，没有那么明显的压抑感觉，但他依然感觉到了不平常的死亡波动，一股危险的气息弥漫在他的心间。他静立在拜将台上空，与之相隔百丈远，默默地看着下方的一切。他发觉自天外飞来的镇魔石与拜将台似乎在对峙，似乎有暗流在涌动，两者之间似乎是对立的！一股不好的感觉涌上心头，辰南尝试控制身体，想要远离这片区域。圣洁的光辉虽然包裹着他，但他感觉依然能够控制身体，他快速向着远空飞去。

就在辰南飞离的刹那，拜将台突然动了，它在低空围绕着镇魔石，开始不断旋转。而镇魔石也不再静寂，在其碑体上的那些鲜红的血迹，更加的刺眼艳丽，透发出阵阵邪异的光芒。而后一道道血迹开始自高大的碑体上流淌而下，猩红的血水将少半边黑石碑都染红了。

辰南停在远空大吃一惊，拜将台旋转得越来越快，到最后竟然化作一道巨大的黑影缠绕在镇魔石的周围，沉闷压抑的气息弥漫在整片空间。而镇魔石所流淌出的邪异血迹已经慢慢滴落到地面，不多时原本黑森森的碑体，现在已经变得通体血红，宛如一面血碑。不知道是不是错觉，隐约间辰南听到一声吼啸自拜将台内传出，而后巨大的石台猛地向着镇魔石击砸而去。

一道血浪冲天而起！镇魔石竟然突然浩荡出一股滔天的血浪，逆空向上，迎击向拜将台。这有些难以让人置信，这里明明是一座远古的神魔陵园，再无其他景物，而镇魔石竟然能够突然喷发出一片遮天蔽日的血浪，实在邪异无比。此刻，三丈镇魔石以下依然是死气沉沉的坟墓，而三丈高空以上则是无边的血海，再上则是拜将台，中间那道宛如隔离界般的血海出现得实在太过突兀了！

拜将台并没有冲进血海当中，它停在血海上方，不断飞旋，想要破开这段血海隔离带冲进去。不过最后它定身于高空中，先前瞬间击杀十二翼远古大神的那两道血红大字再次浮现。"亿万生灵为兵，百万神魔为将！"这两句话倒映在天空之上，最后交叉成十字形，透发出无尽的血光，交叉着向着下方的血浪与镇魔石印了下去。

"轰"，滔天的血浪仿佛一下子被轰散蒸发了，鲜艳的红色渐渐退去，露出下方如碑王般的镇魔石。不过此刻的镇魔石也出现了极其异常的变化，血红的碑体四面方位，分别映射出四个森森血红的大字：绝、灭、杀、封！"绝、灭、杀、封"从四个方向映射到空中，先后向着那交叉而来的两行血字冲撞而去。

"当""当"……这些血字相撞后竟然发出震耳欲聋的铿锵之音，毫无疑问这是清晰的死亡之声！辰南看得目瞪口呆，拜将台和镇魔石竟然都能够映射出绝杀死光，这说明它们有着本质上的相同之处。本应为死物的拜将台与镇魔石，它们现在居然在斗法！这根本不像是两件死物在争斗，倒像是两个人在较量！难道说有人在遥控着这一切？辰南心中一阵剧烈跳动，如果真是这样，它们背后的人物岂不是太可怕了！一个能够瞬间毁灭远古大神的尸体，一个一出现立刻镇住神魔陵园喧嚣的神魔，这有些不可思议！如果它们背后真有人遥控，这未免太过恐怖了！

就在这时，辰南胸前的玉如意变得滚烫无比，一声轻喝透发而出："哼，到底还是沉不住气了，我也来搅上一搅！"辰南顿时感觉大事不妙，玉如意中的女子声音一响，他的身体便不受控制了，一股浩瀚的圣洁力量充斥他的体内，主导着他的身体，快速向着拜将台与镇魔石冲去。

辰南恨不得立刻开口大骂，玉如意中的女子太让他气恼了，居然就这样操控着他的身体想要和那能够灭神、镇魔的两大凶器去较量，这令他直抓狂，可惜他连一丝声音都发不出来，只能如一个看客一般，旁观自己的所作所为。辰南无奈地看着自己的双手不断动作，左手为拳，破碎虚空，牵引着两大凶器快速冲来，右手为掌，不断画圆，激荡出一道道浩瀚的力量。

这一切都发生在一瞬间，两大凶器竟然被辰南生生轰进破碎的空间，仿佛进入了另一片天地，破碎的虚空很快就将那两大凶器吞噬了。然而就在刹那间，原本平静的虚空再次碎裂了，消失不见的拜将台和镇魔石又都冲了出来，呼啸着向他撞击而来。

"该死的！"辰南只能在心中大骂，他万万没有想到会和两大凶器这样较量起来。辰南不断舒展着身体，打出一道道令他自己万难相信的掌力，和拜将台、镇魔石周旋着。就在这时，他胸前的玉如意突然明灭不定，最后一个漏斗似的漩涡出现在他的胸前，漩涡越来越大，快速旋转着，两大凶器竟然如受招引一般，被生生吸纳过来，即将要被吞噬进去。辰南大吃一惊，他实在没有想到玉如意中的女子强悍到这等地步，竟然想吞噬拜将台与镇魔石，这实在太过惊人了！

"哼！"一声冷哼突然在这片奇异的空间内响起，这突兀的声音令辰南的灵魂一阵战栗，一团蒙蒙黄雾突然出现在神魔陵园上空，距离他不足百丈远，在那片黄雾中有两点青光，是如此的邪异与可怕，冷冷地注视着他。凭着感觉，辰南觉察出，那竟然是一双眼睛！不管是人妖神兽，那绝对是一双有着强大生命波动的生物的眼睛。在这片神魔陵园内，除了他与凯瑟琳、龙宝宝、痦子龙、小凤凰外，终于再次出现了一个生物！这到底是谁？

就在辰南吃惊的同时，拜将台突然突围而去，快速飞旋到了那片黄雾之下，蒙蒙黄雾中那双眼睛的主人似乎站在了拜将台之上，两点青光摄人心魄！随着神秘人物的出现，拜将台被收走，玉如意也不再单独吞噬镇魔石，也任它突围而去，停在远空中。

"你到底沉不住气了！"玉如意中女子轻声叹道。这悠悠之音宛如炸雷一般，响在辰南耳畔！难道来人是拜将台真正的主人，是这片奇异空间的创建者？神魔陵园与他有关？辰南心中剧烈波动起来，他觉得这绝对是一个超级大人物，极有可能是神魔陵园万载大局的参与者之一！

"哼！"蒙蒙黄雾中，那两点青光的主人，依然只是冷哼一声，不过尽管如此，这小小的颤音险些将辰南震得昏死过去。"轰——"一阵震天巨响，黄雾弥漫，两点青光消失了，他所处的空间破碎了，辰南一头扎了进去。一片浩瀚虚无的空间出现在他的眼前，万点星辰点缀在无垠的虚空中，一个巨大的太极图悬挂正空，在缓缓转动。

辰南有些发愣，不知道这到底是怎样的一个世界，不明白那个神秘人为何将他困在这里。就在这时，他感觉风声大作，在玉如意所透发出的圣洁光辉包裹下，他在快速下降，耳畔是呼呼的风声。下方的大地无比的广阔，大地的尽头是无垠的汪洋，一片碧蓝，下降速度非常快，大地上山川大河越来越清晰。随着他身形一顿，在玉如意的主导下，他已经立身在大地之上，默默打量着四处的景象。

这里简直就是一片未开化之地，山连山、岭连岭，巨大的山崖怪石嶙峋，陡峭的绝壁高有万丈，无尽的参天古树覆盖在陡峭的山岭上，凄厉的兽吼震耳欲聋，巨大的怪鸟不断划空而过。这是一个奇异的世界，一切都显得那么陌生。抬头仰望，无尽的璀璨的星辰映在空中，一个巨大的太极图悬挂正当空，没有太阳，但在众多星辰映射下，依然有如白昼一般。辰南有些发蒙，这里绝非永恒的森林，也绝非他原先所在的人间界，更不可能是仙界。他一时迷茫起来，传说中有六道之说，难道他莫名其妙来到了传说中的六道之一的世界？他暗暗思量着，心中充满了迷惑。

"难道你以为这样就能困住我吗？"就在这时，玉如意中的女子再次发出声音，声音虽然有些冷，却如天籁般优美动听。不过，这偌大的空间里并没有人回答她，拜将台以及神秘人似乎消失了，而那森然恐怖的镇魔石只在冲进来时闪现了几次，随后也不知道落到了哪里。

辰南用神识探向胸口，他想和玉如意中的女子交流，因为此刻他迫切想了解这一切。似乎知道了他的想法，玉如意中的女子发出了一声叹息，道："有些事情，无知为福！但有些人却不明白，苦苦追其一生，到最后也难免沉寂在神魔陵园！有些事情一旦开始就不能结束，有资格玩游戏的人其实是在玩自己的生命，中场不可退出，直到游戏结束。"这莫名其妙的话语令辰南一愣，不过他到底还是得到了一些消息，他现在似乎还没有资格知道真相，恐怕整片天地间有资格知道的人不多。

像是自言自语，玉如意中的女子，又说出了一些令辰南万分震惊的话语："人生如棋，天地不过一场大局，众生皆是盘中棋子。我不幸中途惨淡退场，但我终究是最具实力的博弈者之一，我又回来了……"说到最后，玉如意中女子的声音越来越大，最后竟然如九天神雷一般，在这片空间滚滚激荡。"我又回来了——"这巨大的声音不断回震，高亢激昂，似乎要传遍三界六道。听到这里，辰南如果再不知道玉如意中的女子乃是天地间至尊级的人物，那他就是笨蛋。很显然她是天地间最强者之一，但在那遥远的过去，曾经险些魂飞魄散，灵识寂灭，但她终究再次回到了这个世上。"这天地间果然有操控者，果真有能够主宰众生命运的人上人！"辰南暗叹。

就在这时，远空魔气涌动，消失的拜将台出现了，快速向这里飞来，它的上面依然笼罩着蒙蒙黄雾，两点刺眼的青光正在冷冷注视着这里。刹那间飞到了距离辰南不足百丈距离处，而后悬浮不动了。辰南用神识向玉如意中的女子问道："他是天地大局中的博弈者之一吗？"她道："不错，而且这里就是他的内天地！"听到肯定回答，辰南怒火汹涌，他看到了正当空那巨大的、不断旋转着的太极图，这和他体内金黑两色光球形成的太极神魔图是如此的相像，很难不让人联想到两者之间的联系。

玉如意中的女子似乎感应到了他的愤怒，这时候将身体控制权还给他，不过却没有收回留在他体内的圣洁之力。辰南发觉自己再次掌控了身体，立时忍不住冲着拜将台上的神秘人喝道："你这个该死的老怪物，我现在终于知道了，是你控制着这一切！是你布了神魔陵园这盘棋。说，你到底有何打算？我身体里的金黑两色光球到底是什么？现在你是不是想将它们收回去了？你是不是认识我父亲？你们之间是不是有什么交易？"

事情已经至此，辰南感觉现在不能以常理来推断他父亲的实力了，既然他父亲知道他能够自神魔陵园复活而出，极有可能和这个导演了一系列事件的神秘人物有过联系。辰南有一种愤怒的感觉，他不想被人操控他的一切！

"嘿嘿，多么有意思的一盘棋啊！杀进来，冲出去，你中有我，我中有你。"这是神秘人第一次开口说话，声音刺耳，难听无比，简直就像钝刀磨石一般。辰南非常讨厌对方那种"世间一切尽在我掌中的"自信姿态，真有一股想上去将他揍成猪头的冲动。

"你，不过是一枚棋子而已！被选中是你的福气，在芸芸众生中能够脱颖而出，不知道有多少人万分艳羡呢！"神秘人依然冷冷道。辰南如果有实力，现在真想一脚踹死他。不过他知道打不过对方，不能有实际行动，但嘴巴上却爆发了，他怒道："你他妈算个屁啊！"这简简单单的七个字，令拜将台上隐在黄雾中的神秘人呆住了，两点青光愤怒到极点，最后黄雾中竟然显现出一个人形，神秘人气得剧烈晃动几下，险些一头栽落下来。

辰南胸口的玉如意一阵颤动，隐约间辰南听到了一阵略带掩饰的笑声，而后清脆的笑声终于彻底爆发出来。"呵呵……"清脆的笑声响彻天地。接着辰南心中响起玉如意中女子的声音，道："如此蔑视他这样的主宰者，是对他最大的打击，你想不想进一步打击他，比如说痛殴他一顿。"此刻，玉如意中的女子边说边笑，如一个教唆人犯罪的小狐狸一般，难得地露出几分俏皮的语气。

辰南气愤地道："想，当然想，我恨不得将他揍成一只猪头妖！""好，我暂时牵制住他所有的力量，但能否成功，就要看你的战斗技巧了！要让这个老东西明白，天外有天，太古之上还有太古洪荒！"玉如意中的女子突然大喝道："逆乱阴阳，虚归混沌，太古封魔咒！洪荒封魔印！"

在这片奇异的世界，天空中突然涌动出无数的"咒"与"印"字，快速向着拜将台冲去，而后圣洁光芒闪烁的无数"咒"与"印"彻底将拜将台包围了。光芒一闪，辰南发觉他被玉如意中的女子控制着，冲进咒印当中，来到神秘人的近前，第一次看清了他的容貌。"我的力量将与他的力量中和，把他给我打成猪头妖！"玉如意中的女子的声音在辰南心中响起。

蒙蒙黄雾中，神秘人的容貌映现在辰南的眼前，其神秘面纱终于被揭开。只见他一头红发艳如鲜血，红得触目惊心，但其面孔却显得如此的苍老，脸颊上的皱纹皱皱巴巴，堆积叠累，如那橘皮风干了一般。深陷的眼窝中，一双青眼分外森寒，比之黑暗中泛着绿光的野兽的双眼还要可怕几分。干瘦的身躯如竹竿一般细高，没有半分光泽的皮肤包在那宛如骷髅般的躯体之上，当真称得上皮包骨，仅比骷髅多了一层皮的表象，让他看起来当真像一个来自地狱的活鬼。

辰南在玉如意中的女子的帮助之下，冲进"咒"与"印"中，来到距神秘人不足十丈距离处。其冷森森的青光直射辰南双眼，神秘人就这样凝视着辰南，毫无感情、简直如野兽般的目光，差点令辰南精神崩溃。不得不说，从修行上来看，辰南与之相差太远了，对方这随意的冷瞥就已经令辰南直想精神错乱而亡。从中可以看出一二，这位传说中的"布局者"的修为到底强悍到多么变态的境界，简直无从揣度，让人不可理解！

"卑微的人类，真以为有那个女人庇护，我就奈何不了你吗？在我眼里你不过像个臭虫一样弱小，我随时可以踩死你，随时可以找另外一个人来取代你这枚棋子的作用。"神秘的布局人，话语不带丝毫感情，就这样冷冷地俯视着辰南。"该死的，你难道不是人吗？竟然这样诋毁人类，你又到底算是个什么东西呢？"辰南咬牙切齿，忍受着那浩大的精神威压，极力避免自己精神陷入狂乱之境。

"哼哼哼……"神秘的布局人冷哼连连，毫无表情地道，"不要拿那肮脏弱小的种族安在我的头上，我早已跳出人类范畴，我是金字塔最顶尖的存在，是这个天地间高高在上，俯视你这样弱小爬虫的主宰者！在我面前，你连一粒微尘都算不上！"神秘的布局人果真不带人类的任何感情，真如俯视动物一般冷漠地盯着辰南。

辰南直想发狂，这样不带感情的歧视，这种发自骨子里的蔑视，让他感觉眼前这个布局人实在该死，这种羞辱令身为人类一员的他根本无法忍受。"你既然如此蔑视人类，为何还保留着人类的外貌，为何不变成一只猪狗？"辰南直接给予了他一个有力的回击。

不过，神秘的布局者并没立刻发作，而是冷冷回应道："哼，一具臭皮囊对于我来说根本算不得什么，即便我将本体转化为一只猪狗，我依然是这片天地间的掌控者，我依然是高高在上的无上存在，而你在我眼中永远像是臭虫一般的存在。""哼，你果然完全不把自己当成一个人了，当真是一条疯狗。对于疯狗的蔑视，我不再动怒，被狗咬了，难道还要咬回去？"辰南苦苦支撑着，艰难地说完这些话。他并不想放弃对神秘布局人的反讽，但奈何精神实在承受不住了，在对方那磅礴的威压下，他即将崩溃。绝对实力差距之大，是无法改变的现实。

神秘的布局者似乎毫不在意外围的"咒"与"印"，他冷冷地对着辰南道："今天我就试试那个女人的太古封魔咒与洪荒封魔印，不过在这之前我觉得非常有必要处理掉你这个小臭虫，我已经打算毁灭你这枚棋子了。"说完这些话，神秘的布局人，双眼射出两道森然青光，两道冷森森的光芒竟然化成如利剑一般的锋芒，向着辰南激射而去。

辰南虽然快崩溃了，但面临死亡威胁的时候依然做出了本能的反应。内天地快速被打开，将他包裹了进去，两片残破的古盾碎片挡在了入口处，定地神树也快速拔地而起，拦在了辰南身前。"当""当"震耳欲聋的两声巨响，两道青光重重击在古盾残片之上，神秘的古盾残片竟然再也不能像以往那样，吸收掉对手的能量，这一次直接被击飞。

两道青色利芒，朝着定地神树飞射而去，"哧哧——"破空之响分外刺耳，定地神树哗啦啦摇动，翠绿色的神芒涌动而出，向着青芒笼罩而去。不过，青色利芒实在太过凶猛，竟然穿过了绿色神芒，依然向前冲击而去。即便是神秘古盾与定地神树为不可多得的圣物，但在没有绝对强大的人驾驭之下，也难以真正有效发挥出原有的威力来，难以阻挡住实力高深莫测的神秘布局者的一击。

不过，就在这时，玉如意中的女子似乎已经布置好太古封魔咒与洪荒封魔印，玉如意在辰南胸口发出一片璀璨明亮的光芒，而后一道白玉无瑕的手臂突然伸了出来，这个场景实在太过怪异，辰南的胸前似乎长出了第三只手。不过，这只手臂与辰南原有的两条臂膀太不相称了，晶莹如玉的手臂散发着淡淡晶莹的光芒，堪称完美到极点，细腻柔滑，雪白匀称，瑰美到极致。玉臂微抬，纤纤玉手一把就攥住了激射而来的两道青光，如此威势一击，竟然在单只玉手下化为点点光芒消散，实在让人心惊。这是辰南第一次如此近距离见识到玉如意中女子的部分身体，虽然仅仅露出半截玉臂，但这晶莹的玉臂似乎散发着无穷的魅力，当真可以让任何一个男人为之疯狂。

"哼！"辰南的内天地之外，拜将台上的神秘布局人，冷哼一声，而后冷声道，"我看你的封魔咒与封魔印能奈我何！"

辰南胸前伸出了一只玉臂，他当然感觉有些不自在，不过想到对方救了他一命，也不好发作。这时，他心中忽然听到了玉如意中的女子响在他心中的话语："准备痛揍他，在接下来的三分钟时间里，我用绝对领域牢牢禁锢他，我不能有所作为，但他也一动不能动了，就看你的表现了。"辰南不动声色，只在心中道一声"好！"

这时，神秘的布局人突然变色，惊道："你做了什么手脚，这不是封魔印与封魔咒！我……"当他发觉自己动不了时，辰南已经从内天地中冲了出来，口中大喝着："踹狗三百腿！"辰南飞临到神秘的布局者身前，双脚连环向前踢去。"砰砰砰——"就在刹那间，辰南一连踢了三十几脚，每一脚都重重踢在他的前胸之上。

神秘的布局者褶皱的老脸瞬间变成猪肝色，不过这并不是痛的，真正感觉疼痛的人是辰南，布局者的胸腔简直太硬了，就像铁板一般，令辰南感觉双脚欲折，布局人之所以脸色黑灰，那完全是气的，自号主宰者，但却被眼中的小虫子猛踹，实在让他窝火到顶点，一双青眼透发出森森羞恼的光芒。

辰南痛得皱了皱眉，险些龇牙咧嘴地叫出声来，他最后又尝试在对方胸口猛力蹬了几下，不过依然无法撼动分毫，终于知道布局者的修为远超过了他的想象，当真是金刚不坏之身。由于时间紧迫，辰南毫不迟疑地召唤出死亡魔刀，不过这一次不知道是什么原因，他背后的那条魔影并没有显现出身形来，而其他神秘的武器也没有出现。只有那实质化的魔刀透发着浓重的死亡气息，在他身旁上下沉浮，辰南一把握在了手里，他现在已经知道这就是大龙刀的"魂"，深深知道它的强悍威力，劈手就向神秘的布局者颈项处斩去。

"当！"死亡魔刀狠狠劈在对方那皮包骨的脖子上，但结果依然让他目瞪口呆，无坚不摧的锋利刀锋并没有斩下对方的头颅，他感觉像是一把玩具刀砍在了铁柱子上一般，根本没有损伤对方分毫，反而，那巨大的反震之力令他虎口瞬间崩裂了，流出了丝丝血迹。

"我日你个仙人板板！"辰南真的是又羞又怒，以他的修为来说在人间界足以称得上是高手，但对上这个神秘的布局者，却犹如婴儿一般弱小，人家站在那里让他砍，都无法伤到对方分毫，这让他感觉有些羞辱。这一切足以说明布局者实力之强大，让辰南震惊到了极点！

"困神指！"辰南飞临到高空，双手齐动，一道道黑芒像锋利的短剑一般，自他十指透发而出，激射向布局者全身各处。

"叮叮当当……"犹如打铁一般，布局者依然昂然而立，根本不惧这些攻击，他蔑视地笑了起来，一道阴冷的意识流在辰南心中响起："小臭虫，你听说过一只蚂蚁能够咬死一头巨龙的事情吗？在我眼里你卑微如一粒尘埃，我即便站在这里让你随意攻击又如何？你根本难以奈何我分毫！"

"通天动地魔功！"辰南一拳照着神秘布局者的鼻子轰去，可是他再次听到了"当"的一声，本应在他那刚猛的一拳轰击下碎裂的鼻子，发出了钢铁般的颤音，他揉了揉发痛的拳头，泛起一股无力感。不过，紧接着，辰南"啪"的一声扇了布局者一个嘴巴子，声音又脆又响。本来透发着蔑视神态的神秘布局者一下子呆住了，而后愤怒地吼道："小子，你敢抽我嘴巴？！你竟敢打我的脸？！你竟敢侮辱我这个主宰者？！我要杀了你！我要把你挫骨扬灰！"

"啪！"辰南反手又给了他一个嘴巴子。"呵呵……"这时，玉如意中的女子笑了起来，声音清脆悦耳，道，"这就对了，我是说让你羞辱他，并不是杀死他，毕竟这个自以为是的家伙不是那么好弄死的。"

"该死的！你这贱人和这个小狗狼狈为奸，竟然敢如此羞辱我，一会儿我要让你们后悔来到这个世上！"神秘的布局者凶狠地瞪着辰南，一双青眼中都快喷出火来了，这样的羞辱是他从来没有想过的。

"你大爷的！落到我手里还这样发狠，今天我要让你彻底没脾气！看看咱俩谁狠！"辰南也发起狠来，右手连连开工，正反嘴巴子连抽不断，"啪啪"之声不绝于耳。"你大爷的！你还真是变态，脸皮怎么这么厚啊！抽我手都疼了。"辰南的话简直气死人不偿命，神秘的布局者被抽了几十个大嘴巴，再听到这句话简直有吐血的冲动了，一张猪肝色的脸被气得已经变成黑紫色。"喂，老鬼，我敢说如果把你这张脸皮剥下来，做成甲胄，一定比大名鼎鼎的玄武甲还要出名，我敢说没人能攻得破。你的脸皮之厚之硬，真是前不见古人，后不见来者，念天地之悠悠，为你独厚于世！"听完这番话，布局者脑门子上爬上一道道黑线，辰南气得他脑门子都快炸开了，同时嘴角也溢出丝丝血迹。

"哇靠，不是吧，真被我气吐血了？你这厚脸皮的家伙还会被气到？"辰南说完，反手又是一个大嘴巴，"啪！"格外响亮。阴狠的意识流又在辰南心中响起："小狗你在我心中连只臭虫都不如……"听闻此话，辰南一个大嘴巴抽了回去，道："老狗你在我心中就如一只臭虫！"神秘的布局者被气得自嘴角流出的血更多了，他羞怒到极点，道："小子，我告诉你，那个女人根本庇护不了你，你会后悔现在的所作所为的，我不会杀死你，但我要折磨你千百世！"

"你大爷的！敢威胁我，最讨厌这个，我最痛恨别人这样跟我说话！"辰南刚想再次动手，这时玉如意中的女子笑声传了出来，道："呵呵，太有意思了，不过时间已经快到了，辰南你准备离开他百丈远。"

辰南在心中道：啊，时间快到了，我还没真正开始呢，真正对付这死老鬼的方法，我还没来得及施展呢，你能不能再延长三分钟？"但这样太耗费圣力了，这是你无法想象的一种挥霍浪费，不过我很喜欢这个虚伪的、自以为是的家伙被教训，我再延长两分钟，你快快施展手段，让我瞧瞧。"玉如意中的女子今日与往昔大相径庭，竟然如此纵容辰南，一副童心未泯的样子。

"哈哈，好！死老臭虫你听到了没有？"辰南说着转到了他身后，而后抬脚照着他的屁股就是一下，"我说过，要给你来个'踹狗三百腿'，一定要实现，我踹，我踢，我狠狠地踹，使劲地踢！"神秘的布局者都快疯了，被打脸已经是一种天大的羞辱，现在又被踢屁股，踹屁股和抽脸对于一个正常人来说，那可算得上最最羞辱的两种方式了。"小狗你会后悔的！"神秘的布局者再也忍受不住，血水稀里哗啦地自嘴角流了出来，瞬间染红了他的衣衫。今日所承受的一切，对于他这样主宰他人命运的人来说，根本无法想象，他都快崩溃了。玉如意中的女子童心未泯，辰南今天也有些近乎无赖，这两个人如此搭档在一起，令布局者恨极的同时，真想大哭一场。

"我踹！我踹！我踢！我踢！死老鬼你别不高兴，平时我很少拍人马屁，但今日我破格恩赐你了，甚至都上升到'踢踹你的马屁了'，你应该感谢我才对。"说这些话时，辰南一点也不脸红，将布局者所对他的蔑视羞辱之情统统反击回去。"辰南，现在还剩下一分钟了。"玉如意中的女子笑声不断地提醒道。"好，我知道了。"辰南转过身，来到布局者的正面，道："看我踢你屁股，你是不是很不爽啊，是不是也想在我后面也来两下啊？"

看到他这样问道，布局者愤恨羞恼的同时，产生了一种非常不好的感觉。果然，接下来辰南的言行让他更加抓狂了。"那好，我满足你这个愿望，让你也在我的屁股上来几下。"辰南说着，高高跳起，而后在空中一个旋身，变成背对布局者，紧接着收腹撅臀，屁股狠狠地向着布局者的脸印去。布局者一动也不能动，眼睁睁地看着对方的屁股撞在他脸上，他简直快气死了，但是只能干瞪眼不能动。

辰南今天能够这样收拾布局者，自己都有一股不真实的感觉，这简直有些不可想象，从前苦苦探寻的布局者竟然这样被他修理，这令他真是感慨万分。"记住，这叫逍遥屁股，嘿嘿。"辰南不怀好意地笑着，再次高高跃起，又给布局者来了下逍遥屁股。

这时，布局者快疯了，他的鼻孔、耳孔等升腾起阵阵白烟，额前的发丝竟然跟着自燃了。辰南笑道："嘿，看来传说中的'气得七窍生烟'竟然是真的，哈哈，时间快到了，干脆我帮你一把吧，免得你的头发被烧着，我干脆度你成佛吧，帮你理发，变成个秃和尚吧。"

"铿锵！"辰南将死亡魔刀召唤出来，对着布局者的脑袋就是一顿乱砍，"当当"之声不绝于耳，虽然无法斩动他的皮肉，但斩断血红的长发却非常容易。辰南就像用力剁菜馅一般，狂剁！刹那间，一颗光秃秃、闪亮的头颅就出现在他的眼前。

"呵呵！"玉如意中的女子娇笑不已，同时提醒辰南快退。"哈哈！"辰南大笑着快速退出去百丈远。"气死我啦！"一声大喝从神秘的布局者口中发出，他终于能动了。此刻，辰南已经飞出去百丈远的距离，在时间上来说拿捏得正好，恰好在玉如意中的女子提示的时间内到达安全地带。

"小臭虫，我要将你碎尸万段——"神秘的布局者脸色铁青无比，仰天大吼着。滚滚音波震得天际的朵朵白云都炸裂开来，向着四面八方飘散而去，地表上的几座大山更是轰然崩塌，乱石迸射，烟尘滚滚，大片大片的森林则伏倒在地，落叶飘零，远处的几条滔滔大河更是奔腾咆哮出了河岸，改道而行。布局者的一声大吼，可谓风云变幻，天地失色，这方天地仿佛崩碎一般。

如若是往时，以辰南的修为，必然会被魔音穿脑而亡，他根本难以抵挡这盖世魔威。不过，眼下玉如意中的女子寄身于他身上，不可能让宿主发生意外。圣洁的光辉荡漾而出，如水波一般笼罩在辰南身上，又好像一层淡淡的圣甲覆盖在了他的体外，令那盖世魔啸音波随风而过。神秘的布局者如凶残的恶狼一般盯着辰南，隔着百丈距离，一拳向他轰击而来。霸绝天地的一拳，令这片天地动荡不安，所有的山峦都在颤动，地面的山林如海浪一般波动起来。

辰南体内充满了圣洁的力量，感官比之往日强上了十数倍，身体在原地留下一道残影，快速移动到了三百丈开外。"轰——"残影背后是这片天地的最高峰，是一座直插云霄的巨山，不过此刻轰然崩碎了，刚猛的拳劲波及了那里，令整座大山为之塌碎，声势骇人无比。

神秘的布局者冷笑连连，他看出辰南有圣洁的力量庇护，但他毫不在乎，在他的内天地中，他是绝对的主宰者，一草一木，山川大河，这方天地间的万物都可任他挥洒。"起！"布局者一声大喝，地面的两座矮山突然拔地而起，快速冲向高空，而后前后夹攻辰南。高空之上立时暗淡了下来，两座山峰遮挡住了上面的星光，投下大片阴影。他阴森森地道："小狗，我看你往哪里逃？"

单以武力而言，"力拔山兮气盖世"已经不足以形容神秘的布局者，这个家伙果真有毁天灭地之力，两座山峰在他抬手间便冲起。这让辰南有些难以相信，不过此刻已经不容他多想，他快速将死亡魔刀召唤出来，而后人刀合一，运用体内那浩瀚的圣洁力量，驾驭着魔刀化作一道惊天长虹，直冲而起。只是，悬空的两座山峰似乎随着布局者的意念而动，它们仿佛能够穿越虚空一般，在空中只一晃，就拦截住了辰南的去路，而后以泰山压顶之势狠狠砸向他。

"轰隆隆——"天在摇，地在动！辰南一咬牙，大喝了一声："死老鬼，你想杀死我，没那么容易，今天我若不死，改日我一定要再抽你的嘴巴，再踹你的屁股。"他感觉到了莫大的压力，魔刀与身合一，直直地向着一座山峰冲去。层层刀光照亮了半空，辰南的周围是冲天的刀气，刀芒所向，乱石迸溅，阻挡在前的山峰被他生生劈开了，而后他驾驭着魔刀一冲而过，背后那碎裂的山峰轰然崩塌。

现在辰南动用的是玉如意中的女子的力量，透发而出的是圣洁的光辉，此刻他的身上闪耀着炽烈的光芒，劈断山峰冲出来后他犹如烈火中永生的凤凰一般，战意高昂无限。玉如意中的女子似乎有意让辰南参战，并没有插手的意思。

神秘的布局者，皮包骨的身躯显得更加枯瘦，他像一个活骷髅一般，仰天狂啸："啊，小狗，你给我去死吧。"这一声大吼，高空之上那座没有被劈开的山峰瞬时被音波震碎了，乱石漫天激射，但迸溅的无尽的石块与碎土并没有就此坠落在地，反而形成一股狂沙风暴，向着辰南席卷而去。那是一股令天地失色的龙卷风暴，它快速旋转着，形成一个巨大的可怕漩涡，附近的几座高峰瞬间就被它搅碎了，跟着卷了进去，而后冲向辰南。辰南大惊失色，如此可怕的天罡风暴，让心神俱震，他手持魔刀快速在飞旋，不断躲闪。

"小狗你逃不掉的，不要忘记这里是我的天地，我是这里的主宰者！我要你生你就生！我要你死你就死！"神秘的布局者如此狂霸的姿态并不是说笑，他的确有这样的能力，如果不是玉如意的存在，恐怕辰南还真难以活到现在了。"死就死，我辰南从来没有惧怕过死亡，想要我的命你就尽管来吧，不然早晚有一天我剐了你！"辰南冷冷回应道。生死一线间，他并没有感觉到恐惧，反而隐隐有兴奋之情，这个时候他的身躯在微微颤抖，好战的血液渐渐复活了，渐渐沸腾了起来，这是发自骨子里的战意，这是发自灵魂深处的不屈，在这种绝境之下辰南竟然战意高昂！

"啊——"辰南仰天长啸，乱发狂舞，看起来比之神秘的布局者还要疯狂，他一刀向前劈去，那一往无前的气势，足以说明他蔑视生死的超脱心态。一道巨大的刀芒破空而去，劈斩向狂暴的天罡风暴，部分刀芒冲进了风眼中，令这股狂猛的风暴竟然在刹那间停驻了片刻，而另一部分刀芒则狠狠劈斩向下方的大地，一道巨大裂缝出现在地面，宛如一道大峡谷一般。

这时，玉如意突然光芒闪现，传出了里面那个神秘女子的声音，道："很好，很好！我就欣赏你这种发自骨子里的战意，就这样和他激战吧，现在我的力量暂时全部转给你。你要记住狂暴的你是无敌的，即便那个自以为是的主宰者也不行，你要从心理上蔑视他！"玉如意中的神秘女子，源源不断地将自己的力量注入辰南的体内，辰南所浩荡而出的力量越来越强大，看着那席卷而来的天罡风暴，他不再闪避。因为在这一刻，随着玉如意中那个神秘女子的力量全部注入他的体内，他当真有一股寂寞无敌的感觉，瞬间爆发出睥睨天下的强者姿态。

辰南将死亡魔刀横在胸前，而后以非常缓慢速度向前推去，一股似汪洋大海般的力量慢慢浩荡起来，整片天地随之动荡，大河在咆哮，高山在战栗，天仿佛要为之碎，地仿佛要为之裂。横推而出的死亡魔刀，由慢而快，最后突然化作一道电光，破开快速席卷而来的天罡风暴，令风暴仿佛化为两半一般，从辰南的左右冲了过去，独留下中间一片区域风平浪静。紧接着，死亡魔刀割裂了一片虚空，再次旋转而归的风暴，竟然冲进那片区域，消失在虚空当中，魔刀一挥，那片空间又闭合了。

神秘的布局者惊怒无比，他没有想到玉如意中的女子竟然如此信任辰南，将自己的力量借给他用，而辰南居然凭借这股力量破开了他的内天地，这实在让布局者有些惊恐。如果是玉如意中的女子亲自动手会怎样？毫无疑问，将会比辰南施展这股力量所造成的后果更可怕！

"你、你究竟是太古哪个强者？"布局者忍不住喝道。"呵呵……"娇笑声响彻这片天地，清脆悦耳的声音如天籁一般，道："我终于确信了一件事情，你这个所谓的布局者不过是个小卒子，呵呵……""胡说八道，这世间我为尊，我若是小卒，谁能为王？"神秘的布局者冷笑连连。

"辰南给我揍他，你现在拥有我全部的力量，尽管他的这片内天地无比坚固，但我的力量终究是能使之破碎的！"玉如意中的女子的声音在辰南心中响起。有这样的强大力量可以借用，辰南怎么会不动用呢，他非常想制住布局者，问他个究竟，远古至今，到底发生了些什么重大变故。

"哼，是你这个女人逼我的！我倒要看看你是何方神圣，我不信你能够挡得住我的拜将台！"神秘的布局者大喝道。停留在远空中的拜将台缓慢飞来，一股磅礴的气息荡漾而出，顿时给辰南造成一股难以想象的巨大压力。玉如意中的女子冷笑道："哼，我终于明白了，拜将台不是你的东西！就知道你最后要动用它，要不然凭你……哼哼哼，你能奈我何？！"辰南听得清清楚楚，心思百转，隐约间明白了一些事情。就在这时，他的胸口一阵闷热，璀璨的光芒照亮了虚空，一件晶莹剔透的玉器闪现而出，消失已久的玉如意终于再现辰南眼前。

与此同时，这片内天地的尽头，魔气浩荡，血光冲天，一个巨大的碑影，正从天际尽头向着这里飞来，竟然是那邪异的镇魔石！镇魔石来势汹汹，透发着无尽的死亡气息，辰南很难想象到底是什么人在控制着它。他有一种感觉，镇魔石背后的人似乎更可怕，毕竟对方没有亲身露面。外面那永恒的森林严格来说已经算得上一个独立的玄界，而这片天地又是布局者的玄界，如此说来镇魔石岂不是跑到玄界中的玄界来了，而其背后的人竟然能够隔着空间遥遥控制，想想就够骇人。

拜将台与镇魔石似乎是同级别的恐怖法器，二者在空中遥遥相对，似乎都有些忌讳对方。此时自辰南胸口飞出的玉如意光芒璀璨，其形体由拇指大小逐渐变大，最后幻化成一把长约二十丈的巨大玉如意，横在高空中，绽放着无比神圣的光辉。辰南远远地立于虚空中，神秘的布局者也远远地控制拜将台，神情凝重地注视着镇魔石与玉如意。

突然一道淡淡的虚影自玉如意中飘荡而出，一个柔美的女子形体渐渐在空中凝形而成，点点白光所组成的躯体堪称完美，随着白光渐盛，影像越来越清晰，逐渐实质化。一个倾城倾国的绝代佳人显露出了本来面貌，一瞬间她的躯体已经由光质化为有血有肉的美人。长长的凤眉斜入鬓角，充满灵气的双眼隐约间带着淡淡威仪煞气，琼鼻挺直俏美，双唇红润滑嫩，露出的点点雪白牙齿如珍珠一般晶莹、富有光泽。高耸尖挺的胸部，盈盈一握的细腰，挺翘丰满的臀部，修长雪白的美腿，在淡淡的白纱覆盖下，更加显得神秘而瑰美。

恍惚一看是那样的性感，但细看起来，却让人难以生出一丝亵渎之意。这是一个极其富有气质的绝代佳人，她就这样静静立于虚空中，无形中透发出一股威严，她就像那高高在上的天骄女皇一般，一股睥睨天下的强者姿态自然外放而出，让人有一股顶礼膜拜的冲动。辰南神情有些恍惚，当然这并不是色欲，也不是被那股强大的气息所慑服，只因他是第一次真真切切看清玉如意中女子的本来面貌，让他感觉非常意外。

不过，就在刹那间，七彩光华在那神秘女子的身旁绽放而出，七彩云朵出现在了她的周围，她全身都隐进了云里。见玉如意中的女子消失于视线中，辰南有一股怅然若失的感觉，不过他很快就醒转了过来，他摇了摇头感觉有些惭愧。暗叹这位功力高绝的至尊级女子，其透发出的无形气质竟然能够影响人的心神，不愧为睥睨天下的至尊级强者。

"去！"一声轻喝自彩云中响起，停留在七彩云朵旁边的巨大玉如意，化作一道白芒快速向着布局者冲去，炽烈的光芒在空中留下阵阵祥和的气息。神秘的布局者骤然变色，他想控制拜将台迎击，但是拜将台刚刚移动半丈远，虎视眈眈的镇魔石突然狂猛冲击而至，直撞拜将台而去。高大的镇魔石黑森森，上面的那点点鲜红的血迹仿佛刚从鲜活的尸体上洒上去的一般，竟然在汩汩流动，冒着腾腾的血气。拜将台虽然为一法器，但似乎有独立的思想，竟然没有按照布局者的意愿去攻击玉如意，反而迎向了镇魔石。

看到此处，辰南相信了玉如意中那个神秘女子的话语，拜将台不真正属于眼前的布局者！"轰——"邪异的镇魔石和透发着磅礴气息的拜将台猛烈地撞在了一起，响声震天，地面上的一座座高峰都轰然崩塌，无尽的山林顷刻间粉碎，落木纷飞，这完全是不属于人间的力量。

辰南相信，如果这两件邪异无比的法器继续轰击下去，这片内天地早晚会崩碎，也就是说这两件法器能够毁灭这片世界。果然，阴森森的镇魔石和气势磅礴的拜将台冲撞在一起，快速分开后，各自飞旋了一圈，又快速向着对方冲撞而去。而另一边，散发着炽烈神芒的玉如意正在追逐着布局者，巨大的玉如意如一把神刀一般，不断破碎空间，让布局者陷入狼狈状态，到处躲闪。在这一刻，辰南真真切切感受到玉如意中的神秘女子的可怕，她所放出的玉如意竟然如此恐怖，居然能够轻易破碎空间，杀得布局者没有还手之力。

"铿锵"一声，巨大的玉如意激射出一道道虹芒，劈砍在布局者身上，发出阵阵金属交击的声响。不过神秘的布局者也着实了得，其强悍的肉体居然生生顶住了凶猛的攻击，要知道那玉如意可是能够破碎空间的啊，但就是这样的力量也难以切开布局者的身体。

"轰——"拜将台和镇魔石再次轰撞，镇魔石上的点点血迹竟然沾染到了拜将台上一滴，这令拜将台剧烈颤动了起来，最后不断旋转，快速冲向大地，"轰"地冲进了土层中，在地面留下一个巨大的深坑。随后，整片大地都剧烈颤动了起来，如同翻江倒海一般，地表的土层竟然翻起了波浪。"轰——"拜将台冲了出来，那一大滴鲜红的血迹终于被甩了出去。而后它再次冲天而起，向着镇魔石撞去。

此刻，玉如意久战不下，她的主人，隐在七彩云朵中的神秘女子，已经不再冷眼旁观，她驾驭祥云，幻化出一只巨大的玉手，捉住玉如意，开始亲自动手劈杀布局者。"咔嚓！"每一次玉如意劈落而下，空间都会破碎一次，而且会伴随着一道巨大的闪电，将神秘的布局者劈得躲无可躲。"斩！"一声轻喝，如凤鸣一般，响彻天地间，神秘的女子幻化成的大手，持着二十几丈的玉如意横扫而过，布局者尽管破开了空间，瞬移了千百丈远，但玉如意如影随形，尾随而至，他再无处可躲，"噗"的一声被拦腰斩断。

辰南大声喝好，可是声音还未停止，就见布局者断为两截的身体，又快速拼凑在一起，那巨大的伤口处虽然洒下漫天血雨，但最终竟然又黏合在了一起，布局者竟然跟没有受到伤害一般，又开始和玉如意激战。辰南目瞪口呆，早些时候，他曾经将布局者剃成光头，可是布局者刚刚恢复行动，便又生生"逼出"一头血发，当时辰南还未在意。现在看来，这个家伙竟然是不死之身！居然无法损毁他的身体，这实在太可怕了，一个杀不死的敌人，如何与之相战？！

"小伎俩！不要自以为是，信不信我生生炼化你？"七彩祥云中传出了神秘女子的冷哼声。布局者也是冷笑连连，道："你少吹大气，如果不是那该死的镇魔石莫名其妙地蹚混水，我有拜将台在手，何至于狼狈地被你相迫啊。"

"哼，真是大言不惭，拜将台真的属于你吗？凭你根本无法炼化出这样一件威势磅礴的魔器。一个人的潜质决定一个人的成就，你根本没有那么大的潜力。即便十倍于你全盛时的状态，也不足以真正悟透这件宝物的妙处。"神秘的女子声音略带轻蔑，这令布局者肝火大动，他向来以主宰者自居，怎能容忍这样被人轻视呢。

"贱人，你少得意，等镇魔石离去后，我一定要用拜将台将你轰成渣！"说到底布局者依然是有血性的生物，远远没有达到他自己所说的超然状态，其"丰富的感情"甚至远远甚于人类，非常易动怒。神秘女子道："你真以为拜将台伤得了我吗？哼，井底之蛙，我若彻底恢复元气，这天地都融不下我的真身。""少吹大气！"布局者冷喝道。

神秘的女子哼了一声，道："你睁眼看看，那拜将台非常忌讳镇魔石上的鲜血，你敢亲身去试试那血迹染身的结果吗？拜将台都对付不了镇魔石，你还想用它来对付我？"布局者道："这世间万物本就是相生相克的，这也不足为奇。不过，镇魔石上如若不是有那些邪血，根本无法和拜将台相抗衡，不然早就被轰成渣了！"

神秘女子道："邪血？哈哈哈，你居然说那些血迹是邪血，看来你真是孤陋寡闻，现在更加可以确定你是个小卒子，许多事情你根本不知，你也不过是一枚棋子而已！"布局者大怒，道："少故弄玄虚，危言耸听，这个世间，有什么我会不知道呢？"

"那你知道镇魔石是何物吗？你知道上面到底是沾染了何人的血迹吗？"神秘女子冷笑连连。布局者冷笑道："哼，即便你多知道一些典故又有什么了不起的！那镇魔石想也不用想，不过是在巧合下沾染上了某位太古强者的禁忌之血，仅此而已，没有什么特别的。"神秘女子并不动怒，不过声音却很冰冷，道："孤陋寡闻！如此嘴硬，我敢说到最后，你连自己死都不知道是怎么死的！"布局者大怒，道："有什么大不了的，即便那血液的主人亲临至此，我也不将他放在眼里。"

"哈哈哈！"神秘女子大笑，不过即便如此，其声音依然如天籁一般动听。"少自以为是了，我敢说如果那个人还活着，你的这个世界根本容不下他一根小手指，他如果想碾死你，一指就可以破灭你的整个世界。""嘿嘿，原来是个死鬼，一个灰飞烟灭的人有什么可怕的，他如果足够强大的话也不会死去。既然远有比他强大的人，那他就算不得一个人物，我的敌人都是天地间最强者，失败者不配做我的敌手！"布局者连连冷笑，甚至带上了一丝轻蔑不屑的色彩。

"哼，小人得志！"神秘的女子冷哼了一声，道，"有些人即便死了，他们的威名也是不容置疑的，对于真正的强者我们应给予尊敬，万万不可亵渎。现在你可能要为你的言行付出代价了！"说罢，神秘女子所幻化出的那只巨大的玉掌持着二十丈的玉如意舍弃了布局者，向着不远处的拜将台掷去，同时敛去了巨大的玉掌。拜将台似乎有些忌讳镇魔石，不愿再和它缠斗，看到散发着神圣之光的玉如意攻来，立刻转换战场，舍弃镇魔石，迎向玉如意。而镇魔石上那鲜艳的血水红光大盛，透发着可怕的邪异光芒，整个镇魔石似乎在微微战栗，它凶猛地向着布局者扑击而去。

"这怎么回事？"布局者大吃一惊，快速躲避着，在高空中不断飞旋，留下一道道残影。神秘女子冷笑道："圣器有灵，你这样贬斥曾经的强者，它当然恼怒了。哼哼哼，这也好，你不是很狂妄吗，那你就试试沾染上那位强者血液的魔石之威，如果你连它都对付不了，趁早自己抹脖子算了。"

镇魔石颤动着，体积在刹那间突然放大了数十倍，眨眼间已经高达百丈，黑森森的碑身在地面投下一大片阴影，更加显得阴森恐怖。"轰——"空间破碎，镇魔石转瞬即至，涌动的滔天魔气眨眼间便将布局者吞没了，而后"砰"的一声又将他轰飞了出来。布局者衣衫褴褛，浑身上下破碎不堪，皮包骨的身躯都被撞得变形了，不过他毕竟是有着通天彻地之能，默默念动真言，眨眼间便修复身体。

"轰隆隆——"高达百丈的镇魔石如同一座阴森森的大山一般，在空中横冲直撞，不断追赶布局者，空间连连破碎，直逼得布局者吼啸不断。这个世界毕竟是布局者的内天地，所有这一切都是他所炼化的，这个世界的空间不断破碎，给他造成了相当大的负荷，他需要不断快速修复。也就是他这样的强者，如果换作辰南一级的人物，内天地如果破碎一次，恐怕就异常危险了。

百丈高的镇魔石，在高空之上不断劈砸布局者，将他撞击得横飞竖躺，身体不断被损毁，有时候整个身体都已经彻底变形，化成了肉酱，但不得不说他修为通天，果真具备了不死之身。"这到底是什么鬼东西？"布局者感觉有些惊恐了，被不断轰击，有时候身体还会撞为几段，即便他无死亡威胁，但也有些惊恐了，长时间下去，他必定被耗光全身的力量，到那时神秘的女子如果想封印或炼化他简直易如反掌。

"你看它像什么呢？"神秘女子一边注视着玉如意与拜将台缠斗，一边冷冷回应着布局者。布局者细看镇魔石，只觉得它森然恐怖，如果真以实物来看的话，它很像一块墓碑！看到这里他心中一动，道："难道这是一块神魔墓碑，被人炼成了法宝？"

神秘女子道："也对，也不对。对，是因为它的确是一块墓碑。错，是因为从来没有人炼化过它，它是自己通灵而已。那位死去的强者，其坟前的一块墓碑沾染上他的鲜血后，都有这样的可怕威势，你能说那个强者不值一提？现在通灵的墓碑在向你证明，一位强者的尊严，即便死去也不能亵渎！"布局者神色惨变，这未免太过可怕了，这根本不是被人有心祭炼过的法宝，居然只是一块普通的墓碑染血后通灵，便有了如此可怕的威势，这简直不可想象！

"求长生，羡不死，可有谁知，生死相依，转瞬互换，苦求一生，也许刹那逆转。天堂地狱一线间，这世间何为道？何为魔？又有哪人真能知，又有哪人真能晓？"七彩云朵渐渐散开，神秘女子渐渐显露出了真身，展现出绝代姿容，她面对布局者，道，"你以掌控者自居，岂知你不过是活在他人的梦里，自以为掌控着他人的命运，其实己身不过也是一枚棋子，今天让我来帮你解脱吧！"说到这里神秘女子冲着辰南喝道："辰南，借魔刀一用！"

辰南有些愕然，他手中虽有魔刀，但这是玄功异变后召唤出来的，却不知道如何能够借给神秘女子，而且以对方那强绝的修为，还需要这把魔刀相助吗？布局者又是羞恼又是愤怒，道："一把破碎的神刀，有何用处？它在永恒的森林沉寂了也不知道多久的岁月，但我从未放在心上。"

"哼，你这种小卒如何懂得这种至宝的妙处。"

神秘女子瞬间破碎虚空，来到了辰南的背后，皓腕轻抬，搭在辰南的肩头，辰南顿时感觉到了一股如兰似麝的幽香传入口鼻间，同时感觉肩头一热，一股磅礴的生命力注入右臂中。这时，辰南右手中的死亡魔刀不仅透发出无尽的死气，而且在那黝黑森亮的刀体之上渐渐笼罩起一层圣洁的生命气息。

"嘿嘿，你想给它来个生死平衡吗，不就是一把碎刀吗，真是白白浪费力气！"布局者揶揄道。神秘女子不理他，继续催动力量，就在这时，黝黑的死亡魔刀竟然慢慢透发出亮光来，刀体由黑色渐渐向着青色转变。刀柄处的一双龙目竟然睁开了，一声龙吟响彻天地间，一道巨大的青龙之影映上了高天！

辰南手中的长刀变得青碧幽森，神刀仅仅绽放出当年些许威势，下方的大地就开始剧烈波动起来，高山已经崩塌，森林已经消失，黄土已经变成碎沙，浪沙如同波浪一般在翻涌。"斩！"神秘女子一只手搭在辰南的肩头，另一只手握住辰南的手臂，挥动长刀向着布局者劈斩而去，口中喝道："让你见识见识大龙刀的威力！"炽烈的刀芒腾射而出，整片天际青灿灿一片，到处都是青芒，到处都是龙影，震天的龙啸滚滚激荡，天地震颤，远处大河滔滔。一条巨大的青龙快速向着布局者飞腾而去，巨大的龙身绵绵延延，如不绝的山峰一般舞动而下，刹那间就将布局者扑拢在青影当中。

"啊——"一阵惨叫传出，漫天的青芒更加璀璨，龙啸震天，布局者似乎在挣扎哀号，整片天地剧烈动荡起来，似乎随时都会崩溃。待到漫天青影变淡，高空之上可见血雾茫茫，无数的碎肉块散落、飘浮在空中，布局者的头颅更是面目狰狞，在不远处恶狠狠地瞪视着辰南与神秘女子。

神秘女子用手一指，一道白芒自她指尖激射而出，向着布局者疾飞而去。"噗"的一声轻响，血浪迸溅，布局者的头颅被爆开了，被生生切为两半。"啊，就这样被干掉了？就这样杀死他了？"辰南惊异无比，没有想到会是这样一个结果。

"应该没有那么容易。"这时神秘女子皱着凤眉，松开了辰南的右臂，飞退出去几丈远，道："大龙刀近乎彻底毁损，刀魄威力有限，恐怕不能彻底灭杀此人。而且，这里还有另外一股力量……"说到这里，神秘女子仰望着高空中那巨大的太极图，那神秘的巨大图案在不断旋转，显得无比的玄秘。对于高天之上那无比巨大的神秘太极图，辰南心中疑惑太多了，最初是在永恒的森林中那轮回池中看到它的，不知道它为何又跑到了布局者的内天地当中，看样子它似乎不属于布局者。

这时，飘浮在虚空当中的碎肉开始颤动了起来，就连那被劈开的头颅也开始向彼此聚拢而去。这直令神秘女子眉头轻皱，叹道："如果我恢复到巅峰状态，哪用这样费事啊。"不过，紧接着她的眉头又舒展开了，她看到了矗立在不远处的镇魔石，她似乎像是想起了什么，道："对呀，就用镇魔石将他永世镇压吧，实在不行，将他关进十八层地狱！"说到做到，神秘女子话音刚落，便开始浩荡出磅礴的圣洁之力，汹涌澎湃的力量冲进了碎肉当中，不过并没有尝试将它们隔离，反而将它们收拢到了一起。随后，她试着涌动出一道力量向着镇魔石靠近，想要以它为碑，镇压布局者。

不过，镇魔石似乎根本不想受任何人控制，面对那涌动而来的圣洁之力，它直接激射出一道暗黑死光，致使两股力量相遇后爆发出一片巨大的光芒，消散于空中。神秘女子不禁皱了皱眉头。而且就在这时，布局者破碎的肉身传出阵阵精神波动，似乎在呼唤着什么，远处的拜将台"呼"的一声舍弃了缠斗的玉如意，快速向着这里冲来。与此同时，高空之上，那巨大的太极图也射出金黑两色光芒，向着那些碎肉笼罩而去。镇魔石似乎有些敌视拜将台，"唰"的一闪，挡住了它的去路，再次和它对峙起来。随后追逐而来的玉如意，也快速赶到，呈前后夹击之势，将拜将台困在那里，让它不敢轻举妄动。辰南有些吃惊，这些法器似乎都有灵魂，都有自己独立的意识。

看着那自高空激射而来的金黑两色光芒，神秘女子似乎有些恼怒，冷声自语道："还真是霸道啊，辰南将你的后羿弓借我一用。"辰南现在和她处在统一战线上，闻言立刻打开了内天地，神光闪烁的定地神树拔地而起，快速飞腾来到了内天地的出口处，不过停在这里后就再也难以逾越雷池半步了。神秘女子轻笑起来，绝代容颜刹那闪过的笑容，就像那三月春风一般让人迷醉，她双手不断结出法印，快速地变换着，定地神树之上白光闪烁，绿光隐现，在其上封印的力量在飞快地流失着，向外涌动而来，聚集向神秘女子的双掌。

最后定地神树光芒大作，白光消失，绿光冲天，整株神树冲出了辰南的内天地，充满生命气息的灿灿绿光照亮了整片天地，下方那原本化为沙漠的大地竟然渐渐绿了起来，逐渐散发出丝丝生机。这一切都是那样的神奇与不可思议。神秘女子轻轻一扬手，定地神树飞了过来，化成一米高矮，其靠近根部的主干被她握在纤手当中，她挥动神树向着高空扫去。

绿色神芒冲天而起，天际一片碧绿，如水波一般的气息在高空浩荡，冲击下来的金黑两色光芒与之击撞在了一起，高空之上隆隆大响不断。空间不断破碎，高天仿佛要崩塌了，点缀在天空中的那些"星辰"，不断坠落而下，将大地砸得四分五裂，冲天的烟尘直上几百丈高空，这个世界一副末日来临般的景象。

"哈哈，这些'星辰'竟然是几丈方圆的闪亮石头，我还以为你的修为达到了何等境界呢，不过刚刚成长到这种境地罢了……"神秘女子看着那不断坠落而下的"星辰"，对着那些碎肉嘲笑道。无数的"星辰"还在继续坠落，大地已经被击砸得快崩碎了，天空也已经要回归混沌状态。那巨大的太极图依然不紧不慢地旋转着，金黑两色光芒仍旧在不断涌动而下。

神秘女子挥动定地神树，阻挡住第一波涌动而下的浩瀚力量后，停住了被动抵御。她双手间白光与绿光同时涌动，定地神树化成后羿弓。而后神秘女子将神弓丢给辰南，道："辰南，你来开弓放箭试试看，看能否破得了那太极图。"辰南道："我？恐怕远不如你动用后羿弓放出的力量强大吧。"辰南有些愕然。神秘女子道："不一定，这件神弓和我不契合，我不能发挥出它的真正威力。"

辰南将神弓接在手中，不再废话推辞，现在他比较相信眼前的女子，信任她不会害自己，因为她有那通天的实力，不需要耍什么诡计。以前后羿弓在辰南的内天地当中，仿佛没有什么封印一般，可以随意显露本体。但是此刻当辰南再次手握神弓时，他知道即便在他"无法""无规则"的内天地当中，神弓还是会受封印影响的，只不过没有比较，他不知道而已。现在的神弓仿佛与他血脉相连一般，他从来没有想到过自己会这样强大，手握神弓，他感觉自己仿佛能够掌控这片天地！这强势姿态令他信心无限膨胀，心中涌起一股豪情，即便打上天界，面对漫天神魔，他都会毫无惧色！

辰南腾空向上飞去，腰部后沉，仰身望天，高抬左臂，右手间一道剑芒透发而出，已搭在弓弦上，用力拉动。灿灿神光爆发而出，天地间涌动起一股狂猛的风暴，无尽的天地元气向着他这里涌动而来，在这一刻辰南的力量汹涌澎湃，如汪洋大海一般深不可测，他感觉就是刚才嚣张不可一世的布局者站在他眼前，他都能够一箭射爆。信心是与力量成正比的，在此刻他感觉自己仿佛太古魔神附体了一般，升腾起一股无敌的气概！

一道道巨大的闪电，破碎这片天地，自外界冲进这里，在辰南周围不断炸开。远远望去，高空之上，那一道道巨大的光柱贯通天地，辰南和那些巨大的闪电相比，犹若一个小黑点般，但其透发出的气势有如一个俯仰天地的巨人！后羿神弓真正发挥出了它的威力，这一刻在辰南的相持下，神弓不断地将天地元气转化为神弓特有的金色光之能量，即便辰南的黑色魔气注入瞬间，也会转化为金光。璀璨耀眼的金光成了天地间的唯一，辰南与神弓形成了奇特的光暗之体，他们已经连成了一个整体，金光与魔气浩荡间，即便天外击来的道道巨大闪电也无法近身。磅礴如海般的力量不断激荡，下方那原本四分五裂的大地更加不支，在不断崩塌沉陷，高空之上蓝天在消失，星辰在坠落，一切又向混沌回归。

"杀！"弓弦轻轻一颤，光箭在刹那间破空而去，璀璨的金芒初时不过一米长短，但随着天地元气浩荡，不断聚集能量，金芒越来越壮大，最后竟然化成数十丈长，威势惊天！高空之上的巨大太极图似乎有所感应，阴阳眼中喷发出道道金芒与黑光，向下遮拢而来。金色的光箭穿云破雾，破碎空间，眨眼就冲到了太极图的近前，不过那喷发而出的金芒与黑光终究非比寻常，浩荡出无尽的生死气息，居然将金色的神箭"湮灭"在里面，从容化解了这惊天一击。

辰南不为所动，在金光与魔气的笼罩之下，他腾空而起，逆着巨大的闪电，向着太极图逼近，直至遇到一股极大的阻力时，他才停下来。这一次，他咬破了中指，一支血箭出现在弓弦之上，灿灿血光分外耀眼，整片天际似乎都被染成了血色。

血箭！当初楚国皇宫大战之时，为了击杀痞子龙的仇人——那个四翼天使，他曾经让神箭染血，开弓射出，那样做威力的确要强大许多。这一次是完完全全的一支血箭，比之上次的染血神箭更进一步，漫天的血光在飘洒，天地元气浩荡间，一具具神魔尸体的影像出现在辰南的周围。远处的神秘女子轻皱眉头，露出一副思索的神态。

无头的天使，断臂的恶魔，残暴的三头魔龙，威武的金甲战神，心脏破碎的魔王……那一具具可怕的神魔尸体影像，如同真正的实体一般，环绕在辰南的周围，死亡的气息与强大生命气息同时浩荡。在这一刻，辰南仿佛一个神魔共拜的主宰者！他将神弓慢慢拉满，瞬时间血光冲天！

辰南之所以如此相搏，因为上空的太极图和他体内的太极图实在太像了，他想击破那高空中的神秘太极图，一探究竟！弓弦轻颤，血箭在金光的包裹下冲天而起，向着巨大的太极图冲去。而那些无头的天使，断臂的恶魔等影像，也跟随着向高空冲击而去，高空之上狂风大作，血光、金光、神魔影像，再加上周围那一道道贯通天地的巨大闪电，声势骇人无比！这是一场破灭这方天地的动乱，这是一场超级力量的巅峰大对决！

太极图依然不紧不慢地旋转着，不过爆发出金光与暗黑死光更加强盛了，铺天盖地一般狂涌而下！三十丈长的巨大血箭，如血虹贯天，似神矛裂空，它所经过的空间在不断碎裂，神魔影像遍布周围，其威惊天，其势动地！伴随着一道道巨大的惊雷之响，神箭周围电光涌动。"轰隆！"神箭终于冲进了太极图所浩荡而下的金黑两色光芒之中，两者相遇后，这天在摇，这地在动！

整片空间开始模糊起来，无匹的能量风暴在高空之上到处肆虐，整片空间崩裂了，这片世界即将消失，归于混沌！一方小世界的破灭，其冲击而出的强大风暴之强劲是难以想象的，正常情况下以辰南的修为来说，他万难幸免于难，因为这比单纯的破碎空间的力量还要可怕。不过，他此刻手持后羿神弓，周身上下爆发出万丈光芒，黑色的本体魔气、金色的神弓真力，经过后羿弓的加持放大，形成了一个强力的防护屏蔽，炽烈的光芒笼罩在他的外围，将他重重保护在里面。辰南手持神弓立于高空之上，想仰望着高空中那巨大的太极图。只是，血箭炸裂开来后，高空之上到处都是炽烈的光芒，随后形成了混沌地带，太极图竟然已经无影无踪了。

　　"还在这里愣着干什么，还不快与我退走。"神秘女子脚踏七彩祥云，飞临到辰南近前，大声朝他喝道。辰南急忙点头，现在的确是离开的时候了，只见下方的大地已经崩碎了，也开始渐渐归于混沌。沾染着邪异鲜血的镇魔石，狠狠地破碎了一片空间冲了出去，拜将台也自另一个方向破碎虚空而去。神秘女子用手一招，玉如意破空而去，挡开那强劲的能量风暴，为她和辰南开辟出一条空间通道，冲出这片天地。眨眼间他们就来到了外界那片远古的神魔墓群上空，此刻再回头望去，只见高空之上一个巨大的混沌漩涡正在旋转着，眼看就要彻底归于虚无。

　　神秘女子神色一动，道："他没有死，可能还会复活而出，不能这样放过他。"说罢，她双手连连结印，不断变化，最后自体内逼出一道圣洁的光芒，在她的身前快速凝形而成一个女子的样子，竟然和她一般无二。居然在瞬间就分出一个化身，如此神通令空中的辰南看得目瞪口呆。女子的化身快速冲进了那越来越小的混沌漩涡中，在里面不断破碎混沌，寻找着布局者的残碎身体。直到高空之上那混沌漩涡消失的刹那，那道化身才破碎了空间而出，在她的身后是一团白茫茫的光团，里面正是那个布局者的血肉碎块。

　　辰南有些疑惑地道："他祭炼而成的世界都已经破灭了，为什么还要将他的血肉拖出来呢，自己的世界破灭，他也应该跟着粉身碎骨而亡，再没有活着的道理啊！"神秘女子绝代容颜上布满了冷笑，道：

"这个家伙远比想象的难对付，你看他现在的世界已经彻底破灭了，但他的残碎肉身还在，并没有跟随灰飞烟灭，这说明了什么？他还没有彻底死去。他运用大法力，在他那个世界即将破灭的瞬间，已经将自己的世界和本体切断了联系。如果我不将他揪出来，他不久之后必然会自混沌中复活而出，当然，自己的世界毁灭后，他的力量必然大幅度削弱了。"辰南看着那团白光中包裹的碎骨碎肉，有些吃惊，没有想到布局者的世界都已经被毁去了，他现在依然还活着。

"嘿嘿。"一阵阴森森的冷笑声，自那些碎肉间响起，回荡在神魔陵园上空，显得格外的诡异。"老鬼你果然没死？！"辰南看到那些碎肉竟然在蠕动，居然快速黏合在一起。神秘女子冷哼了一声，一挥手，一道炽烈的神圣之光冲击而出，快速将那团碎肉搅了个粉碎。只是变成碎末后，它们依然在空中颤动，似乎生命不散！

神秘女子气道："该死的，果然是好人不长命，祸害遗千年。都粉身碎骨了，居然还活着，真是可恶！"辰南真的有些震惊了，这个布局者比想象的还要可怕，不死之身居然没有限度！布局者的声音阴森森、恶狠狠地响起："嘿嘿，将我自那片破碎的世界中带出来，是你们最大的失误。本来那里已经没有什么天地元气供我吸纳了，已经快归于混沌了。正常情况下我最起码要数百年后才能够恢复过来。现在你们给了我机会，让我来到这个元气充沛的世界，凭借我的不死之身，我很快就会恢复过来的！我是杀不死的，我跟你们没完，有我就没有你们！"

"哼！"神秘的女子冷哼了一声，略显轻蔑地道："我从来都没有将你放在眼里，我之所以将你揪出来，是想彻底解决你，免得以后麻烦。""做梦吧！"布局者大喝了一声，整片空间剧烈震颤起来，下方的神魔陵园的墓碑也跟着一阵颤动，一声声魔吼、神啸传上了高空。

辰南看到布局者似乎将再次重组肉身，想也不想，高抬后羿弓，催发真气成箭，拉开弓弦就射他。璀璨的金光冲天而上，碎肉刚刚重组成一个肉球状，就被这威力绝伦的一箭射了个正着，"噗"的一声，血花飞溅，高空之上传来一声惨叫，肉球再次崩碎，碎肉溅得到处都是。"干得好，就用后羿弓射他。"神秘女子脚踏七彩祥云，在旁边赞道，"你的血脉好像有些特殊，如果再继续如先前那般射出血箭，肯定能够令这个家伙灰飞烟灭。"

辰南苦笑，不管是楚国皇宫那一次，还是这一次，只要放血箭都会被吸走大量鲜血，尤其是这一次，居然涌动出去全身血量的少一半，如果是旁人恐怕已经呜呼哀哉了，现在他不可能再放血箭了。虽然不能放血箭，但发放气芒神箭却没什么关系，他再次开弓瞄准了空中试图重组肉身的布局者。金芒疾射，血花涌现，布局者惨叫之声再次响起："该死的小狗，我早晚要将你碎尸万段。"

"你这个老杂种已经说够快一万次了，但现在我依然还好好地活着，而你却变得连猪狗都不如了，今天我非射爆了你不可！"现在辰南感觉非常解气，从开始被这个布局者一口一个"小臭虫""小狗"地叫，到现在在掌握他生杀大权，前后反差如此之大，让他感觉是如此的痛快。布局者再一次被射爆，愤极怒吼的声音在高空之上不断回响。不过，片刻后布局者突然不见了，从辰南的眼前消失了。

辰南冷笑道："你隐匿身形又如何，只要你在这个世界上，只要我心中想着你的样子，射出去的神箭，不沾染你的鲜血绝不会停下来。"痛极怒极的吼啸再次响起："嗷吼——"同时虚空中显露出了布局者残碎的肉体。"该死的小狗，该死的贱人，我和你们拼了，我要用拜将台召唤出所有的神魔，不计代价将你们撕碎毁灭！"布局者确实急眼了，他又惊又怒，吼啸连连。

"可惜，拜将台不会被你遥控的。"神秘女子冷笑道，"在镇魔石的牵制之下，你这个非正宗的主人，还能够命令动它吗？"远空中，拜将台果然在和镇魔石对峙，这令布局者惊怒不已，连骂该死。神秘女子接着道："哼，就算你能动用拜将台，将所有神魔召唤出又如何？拜将台也许因为其真正主人的缘故，掌握着这些神魔尸体的弱点，可以瞬间击杀。但它并不可能在同一时间号令所有神魔的尸体安分守己。墓群中的神皇魔王等高手岂会甘愿被人驱使，一个不好就会反噬，令你灵识寂灭！我敢说里面绝对有不下于你的高手，即便他们怕拜将台，但绝不怕你，他们不灭的强大神念魔怨，是不可能屈服于你的！"

布局者知道自己已经步入绝境，无比怨恨地吼啸连连，但这并不能改变什么，不断被辰南射爆，痛苦得他直想了结自己，但他并不甘心，因为他是不死的，尽管眼下异常屈辱，但他决定一定要活下去。神秘女子看辰南真的无法彻底灭杀布局者，她叹了一口气，道："我现在没有恢复功力，看来只能将他封死了！"她手中不断结印，一道道圣洁的力量浩荡而出，而后向着空中的碎肉遮拢而去，她口中喝道："洪荒封魔印！"

无比璀璨的光芒，彻底将布局者残碎的肉身笼罩了，而后包裹着他向神魔陵园冲去，最后"轰"的一声巨响，将它封在了神魔陵园中一块空地之下，俨然间成为众多坟墓中的一员。与此同时，神秘女子冲着远方的镇魔石，道："既然你从十八层地狱飞到了这里，必然有所感应，想必将常驻于此。这个所谓的布局者曾经羞辱过令你通灵的血迹的主人，现在我将他封印，如何封死炼杀他就靠你了。"镇魔石果真通灵，听完神秘女子的话语后，不再与拜将台对峙，带着阴森的气息，缓慢而又沉重地向神魔陵园落去，最后"轰"的一声插进封印布局者之处。神秘女子叹道："好了，此人必为镇魔石封死，直至化成脓血！"

布局者就这样被封了，陵园内神魔尸体的吼啸之声已经停息，整片天地都安静下来。辰南有一股不真实的感觉，自己竟然参与了灭杀布局者的行动，亲眼见证了他一步步走向灭亡的经过。看着高空上那在七彩祥云中伫立的神秘女子，他心中有一股不真实感，这个女子一直寄宿他身上的玉如意中？这是一个至尊级的高手啊！

远处，精灵圣女凯瑟琳、老痞子紫金神龙、龙宝宝、小凤凰，皆看得目瞪口呆。不久前辰南莫名其妙消失在虚空中，着实让他们有些担心，随后看到他如此声势浩大的再次出现，直至布局者被灭杀的整个过程，令他们吃惊得张大嘴巴，怎么也没有想到会发生如此骇人的事情，他们心中充满了疑问。

"太让龙疯狂了，那堆烂肉居然总是不死，最后必须要封印才能压制，我的天啊，这到底是什么怪物啊？"紫金神龙惊叫连连。龙宝宝叹道："光明大神棍在上，那个女子好强大啊，她是谁？"听龙宝宝这样一说，痞子龙一双龙眼睁得大大的，看到飘浮于空中的巨大玉如意后，惨叫一声，快速变换成毛毛虫大小，趴到精灵圣女凯瑟琳的发间，有些惊惧地小声嘀咕道："我的龙妈啊，这一定是那个女人，还让不让龙活了，她、她怎么跑出来了?!"凯瑟琳有些奇怪，道："你知道她是谁?"

"我怎么不知道，她是世间第一大妖魔，乃是天下最可怕的女妖。"紫金神龙边小声说，边注视着辰南那个方向，生怕那个神秘女子听到。"她是妖魔?我怎么感觉到了一股圣洁的气息啊，如此祥和神圣的力量，怎么可能是妖魔呢?"凯瑟琳不信痞子龙的话语。"唉，像你这样的小姑娘总是会被那些虚伪的美丽外表所迷惑。你如果知道她的可怕之处，恐怕看都不愿看她一眼。要知道越是邪恶的存在，表现得越是神圣善良。当你发现她的真实与可怕之处时，恐怕被她吞得骨头都剩不下了，我可是有惨痛经历啊。"老痞子一副苦大怨深的神态。"吃人不吐骨头?偶的神啊!"小凤凰摇摇晃晃地飞舞着，一双美丽的大眼一边瞄着紫金神龙，一边瞄向远处的神秘女子。

"我好像听到有人在说我是天下第一大妖魔，是吃人不吐骨头的最坏女妖，是真的吗?"神秘女子如同天籁般的声音，在凯瑟琳、痞子龙他们身旁响起，吓得痞子龙险些跳起来。"我的龙妈啊，真是千里眼顺风耳啊!"痞子龙小声嘀咕着，同时它真想狠狠抽自己的嘴巴，明知道对方的修为强大到让人胆寒，还背后说她坏话，此刻它有些胆战心惊，生怕神秘女子再找它麻烦。如果对方一时兴起，再次将它的龙元吸收个干净，那它可真是欲哭无泪啊!

"那头龙请你再说一遍我是怎样的一个人?"神秘女子的声音如春风一般轻柔。不过听在紫金神龙耳中却如阴惨惨的刮骨刀一般，让它心胆颤动。它毫不迟疑地跳了起来，恢复成龙首人身状，大声称颂道："您当然是这天地间最最美丽与善良的女神。沉鱼落雁之姿不足以形容您的姿容，闭月羞花之貌不足以形容您的美貌，倾城倾国之色不足以形容您的绝色。即便是光芒万丈的太阳的光辉，在您的美貌前也会黯然失色。您的品德之高尚，比之天上雪莲还要圣洁，您的胸襟之宽广，能够容下四大汪洋，您的……"

神秘女子道："够了，你这马屁龙，下次再让我知道你对我不敬，我直接将你打入十八层地狱，让你永世不得翻身。"紫金神龙立马道："绝不会有下次，从此我对您的敬仰与恭敬之情，将如滔滔大河、似滚滚长江、像绵绵群山、若万重汪洋……"

神秘女子不再理会贫嘴的紫金神龙，此刻她与辰南同时飘浮在神魔陵园上空，相距不足百丈远。突然间，辰南感觉手中一轻，后羿弓冲天而起，脱离他的掌握，向着神秘女子飞去。"过于强大，会为你招来杀身之祸。要知道绝对强大，要从己身入手，假借外力终究是下策。不能因为我的出现而改变你的人生轨迹，所以后羿弓依然需要封印，一切要按照原来的路线继续下去。"说罢，神秘女子不断集结法印，涌动出一道道圣洁的力量，将后羿弓封印，一道淡淡的虚影向着辰南笼罩而去，后羿弓化作一株神树覆盖在他脊背之上。

辰南心中一动，打开内天地，神树"呼"的一闪从他脊背后飞出，冲进内天地，在轰隆隆声中扎根进土层。至此，他悬着的一颗心才放下，神树在他的内天地当中，没有处在绝对封印之下。

"你心中是否充满疑问？"神秘女子的声音在辰南耳畔响起。"是的，太多的疑问不解，你、神秘的布局者到底有着怎样的来历？神魔陵园是怎样形成的？拜将台、镇魔石……"辰南心中的疑问实在太多了，当然他迫切想知道的还是体内的金黑两色光球以及他的复活之谜。不过，神秘女子快速打断他的话语，道："我曾经说过，有些事情，无知为福！许多事情你现在还不应该知晓，因为你还未步入相应的领域，我不能硬性干扰你的人生轨迹。你在苦苦追寻某些谜底，我也在追寻一些真相，当你有足够的能力时，自然会知道你想知道的。这个过程是一场游戏，如果不想死，你只有一个选择，一路走下去，直至生命结束而离场，或者顺利闯至游戏结束。"

辰南一阵沉默，不再问那些敏感的问题，开始问一些现在他必须要搞清楚的事情，道："布局者为何那样自信地宣称自己是主宰者呢？如果真是的话，是否因为他被封印，而一切都该水落石出，就此结束了呢？"神秘女子道："结束？水落石出？这怎么可能呢！他不过是某小局的局主而已，他同样活在别人的棋盘中，自己不知道罢了，他也许被人清除了某些记忆，也许被人篡改了部分认知。局中局，局外局，连环局，这天地大局怎么可能是一人所能够掌控的呢？这是多方在角逐博弈的一盘天地大局！"

辰南沉思很久，又问道："你口中一直在说不愿改变我的人生轨迹，这是为何呢？而你为何又要寄宿在我的身边呢？难道这不是改变吗？"神秘女子答道："我之所以寄宿在你身边，最初是因为发觉你体内隐藏着磅礴的神魔生死气息，我需要用它来恢复身体。后来没有离去，因为我发现你是棋盘中的一枚重要棋子，我想将你当作一个切入点。但我不想改变你的人生轨迹，我想看你能发展到何种境地，到最后会发生什么。"

最后辰南又问道："这里的神魔陵园是怎么回事，你肯定不会告诉我。那么我想问，所谓的'永恒的森林'到底是怎样的一个地方呢？"神秘女子回答道："这里并非一座森林那样简单，这里是一个多层重叠的空间，是一片奇异的玄界。是一个传说中强者的沉寂之地，即便天地间最顶级的强者，也不愿轻易涉足这里。"

"多层重叠的空间，一片奇异的玄界，怪不得啊！"辰南终于明白了这个特殊所在的一些秘密，总算知道为何进来时走过的路总会奇迹般消失。

神秘女子道："我即将送你走出这片奇异的玄界，你来到这里可能已经超出了你既定的人生轨迹，你必须要离开。今日我们灭杀封印这个所谓的'布局者'，可能已经'超纲'了。""凭什么我有既定的人生轨迹？凭什么我要被人掌控，我身后的那个人到底是谁？该死的！"辰南无比愤怒，他非常讨厌这种被人遥控的感觉，而且是自己不知道的情况下。

神秘女子道："打破你的命运，需要你自己去抗争，我不能参与，我不能帮你改变什么，因为不到最后破局之时我不能出手！""我也不需要你出手，我的命运我自己主宰！"辰南懊恼地道。"我给你指点一条道路吧。"神秘女子道，"普遍来说，你觉得凡人厉害，还是天界的人厉害？"辰南想也不想，道："当然是天界之人厉害。"神秘女子道："你明白就好，凡界有所谓的主宰者，天界也一定会有，不管他或他们是否真正强于凡界的主宰者，你如果想改变命运，那么必然要上天界。"辰南一愣，神秘女子似乎在向他暗示着什么。

说到这里，神秘女子突然恶作剧似的笑了起来，甚至有些邪恶的味道，道："说到底，在布局的过程中，许多人都互相算计。你说我瞒天过海，让某个掌控者有了你的孩子，她会怎样，哈哈……"辰南听得目瞪口呆。"好了，我送你们离开这片奇异的空间吧。"神秘女子说着，将凯瑟琳、龙宝宝他们召到了近前，准备施展大法力将他们送出永恒的森林。神秘女子抬手间竟然破碎空间，一个混沌通道出现在辰南他们眼前，接着他们被一股柔和的力量送出。

　　一片光华闪烁，当辰南他们再次睁开眼睛时，已经来到了永恒的森林外围。回头再看那片阴森森的奇异空间，他们都有一股不真实的感觉，当真恍若一梦啊！里面有着太多的迷雾，但却不是眼下的他们所能够了解的，不过总的来说他们是幸运的，因为他们活着离开了这里。古往今来，到底有多少人走进去，而后又安然无恙地走出来？已知的，除却他们外，只有大魔一人而已！

　　"南柯一梦啊！"精灵圣女凯瑟琳感慨道。她误入永恒的森林已经快要两年了，现在终于走出，心中当真是感慨万千。"嗷呜，那个天下第一妖没有跟出来吧？"痞子龙左右张望，小心翼翼地寻找着神秘女子的踪迹。"我暂时不和你们在一起，不过很快我们就会相见的。"神秘女子的声音宛若自九天之上浩荡而来，回响在整片森林上空。"嗷呜——"紫金神龙吓得险些叫娘，怎么也没有想到这个女人如此厉害，居然不管何时何地都能够听到它的话语。"我的龙妈唉，吓死龙了，这，嗷呜……""呵呵。"一声清脆的笑声在高空中不断回响，一个如同天籁般的声音传来，道："即便远在天边，我也能够听到，不许说我坏话，除非你想进十八层地狱。"

　　凯瑟琳为精灵一族的圣女，如果以人类的标准来划分的话，她不过二十几岁，但由于精灵和人的体质不同，其真实年龄却已经八十岁了，这也是她为何如此"年轻"便功达六阶境界的原因。辰南面对凯瑟琳时心情有些复杂，这是雨馨的影子，不知道以后她会有着怎样的命运。他想起精灵大长老等人向他的承诺，只要找回精灵圣女，便向他吐露五千年前雨馨的事情。

　　凯瑟琳迫切想回归古精灵部落，毕竟她已经失踪快两年了，在邀请辰南他们前去做客时，辰南毫不犹豫地答应了。精灵圣女对这一带比较熟悉，在她的带领下两人三神兽很快就赶到古精灵部落。一座座如蘑菇包般的小木屋，出现在前方的森林中，那里奇花盛开、瑶草铺地，美若仙境一般。漂亮的精灵男女自由地生活在这片充满自然气息的净土中。

当一个女性精灵看到远空飞来的凯瑟琳几人，她立刻吃惊地张大了嘴巴，口中喃喃着："天啊，那不是失踪的圣女吗？她回来了！哦，还有那几个神兽，天啊，圣女真的被他们找回来了。"精灵一族言谈举止向来都很优雅，但此刻这个精灵女却无比慌张与兴奋，经她这样一叫，许多精灵男女都看到了昔日的精灵圣女，他们欢呼着，有人快速向几位长老送信。

精灵所居住的这片净土，当真称得上人间天堂，花香阵阵，沁人心脾，遇人不惊的小鹿与白兔欢快地跑来跑去，鸟鸣婉转动听，这一切都是那样让人迷醉。龙宝宝一双大眼眨了眨，使劲攥着小拳头，道："真是一个好地方啊，等我老的时候一定要来这里隐居。"辰南被它逗乐了，这个小东西如此活泼，居然想到老了之后隐居的事情来了，实在有些好笑。

"确实不错！"紫金神龙也发着感慨，道："到时候找个龙妹妹，隐居在这里，当真赛过神仙啊！""是找上次我们看到的那几个暗黑神龙妹妹吗？"小凤凰一副天真无邪的样子。"去，大人说话，小屁孩少插嘴！那几个大蜥蜴太丑了，怎么也要找个漂亮一点的龙妹妹啊！"紫金神龙一副为老不尊的样子。小凤凰依然一副天真无邪、不谙世事的样子，无辜地道："我觉得你和它们很相配啊，你们都黑不溜秋的。"闻听此言，痞子龙差点吐血，脸黑黑地斥道："我一身紫金闪烁的光芒，怎么会是黑不溜秋的呢？气死我了，你这个小不点实在太气龙了！"辰南和龙宝宝皆狂笑。

精灵圣女走进森林深处，过了很长时间，她和几位长老一同热情地迎了出来。精灵一族的几位长老万分感谢辰南将凯瑟琳救出，赞美之词说了一大堆，听得辰南与三头神兽都快迷糊了。辰南道："几位长老不要如此客气，现在请你们告诉我关于雨馨的秘密。"大长老道："赞美生命女神，年轻人你果真是上天的宠儿，从来没有人能够安然无羞地进出永恒的森林……"

辰南感觉有些不对劲，道："大长老请您告诉我关于雨馨的事情。"精灵大长老瑞斯雅面露尴尬之色，道："这个、那个……"这时，凯瑟琳排众走了出来，面露羞愧之色，道："辰南，感谢你将我救了出来，但是非常不好意思。长老们欺骗了你，请你原谅，我们精灵一族愿意补偿你。"辰南疑惑道："怎么回事？"几位精灵族的长老皆惭愧地低下了高傲的头颅，精灵圣女非常尴尬地开始向他解释。

五千年前的确有一个女子走入过古精灵部落，但那一切都是生命女神安排的，即便精灵族内的长老们也不知道其中的具体事情。先前，几位长老向辰南透露的信息，已经包括了他们所知道的全部，说到这里凯瑟琳非常不好意思地向辰南道歉道："真的非常惭愧，我想几位长老之所以会撒谎，他们可能推测你出身不凡，想要你救我出来，所以才对你说了谎言，我代表他们向你郑重道歉！我们愿意郑重地报答与补偿你……"如果说辰南不生气那是假的，他万万没有想到精灵一族的长老们会说谎言，精灵一族向来以品德高尚自居，说谎欺诈等行为被他们视为可耻的事情。

辰南怎么也没有想到，几位精灵长老为了让他营救凯瑟琳，居然不惜违背自己的本心，向他说谎。他有心发作，但冷静下来后，他强忍着怒意没有跟他们撕破脸皮。毕竟救出来的凯瑟琳是雨馨"灵魂的种子"成长起来的，算得上一个新的"雨馨"，即便精灵长老们不欺骗他，如果了解了其中的真相，他也会救出这个"雨馨"的。

事情已经是这个结果，辰南终究未能够进一步打探出五千年前关于雨馨的秘密，但他也没有什么办法，他道："好，既然你们要补偿我，就把你们的生命之泉奉献出来吧，带我们去泡澡。"听到辰南如此这般狮子大开口，精灵大长老瑞斯雅吓得差点栽倒在地上。

"你不是在说笑吧？我们精灵一族的生命之泉，虽然名字中带了一个'泉'字，但那是以'滴'来计量的，一年也不过自生命之树上产生几十滴罢了，现在加起来也不过几十斤，你居然要、要洗澡，天啊！"其他几位精灵长老也有一股要昏倒在地的感觉。

"这样吧……"辰南右手指了指他身旁的龙宝宝、痞子龙、小凤凰，道："就让这三个家伙痛饮一番生命之泉就可以了。"痞子龙的眼睛顿时亮了起来，像狼一般绽放着绿光。龙宝宝也是满眼的小星星，简直快陶醉死了。只有小凤凰一副天真无邪的样子，没心没肺地安慰精灵大长老道："放心吧，我们保证全部喝下去，绝不会浪费一点点。"几位精灵长老面面相觑，脸色皆黑黑的，都有一股吐血的冲动。

这几十斤生命之泉，他们可谓积攒了无数悠久的岁月啊，如果让眼前这三头神兽痛饮，那当真小菜一碟，不够开胃啊！生命之泉一滴，就有生死人肉白骨之效，是精灵一族的至宝，为了族人的发展，他们不可能全部奉献出来报恩。辰南没有去饮生命之泉，只让三头神兽跟随几个精灵长老走了。

半刻钟后，三个家伙满面红光地回来了，而几个精灵长老则像霜打的叶子一般无精打采，几张面孔都是黑黑的。"虽然生命之泉对修为的提升没有想象中那么神效，但它的确是固本培元的圣品，对于我们今后的修为将有大益处。"痞子龙满面春光。"光明大神棍在上，还真是好喝哦，我还想喝……"龙宝宝舔了舔嘴，一副沉醉的样子。小凤凰天真地眨动着美丽的凤目，对精灵大长老道："你们真是太好客了，我们会常来的。"大长老瑞斯雅再也支撑不住，"扑通"一声摔倒在了地上。

不久之后，一人三神兽就向古精灵部落的精灵一族告辞。临别之际，龙宝宝飞到高空，冲下方不断挥舞着一双金黄色的小爪子，道："我会想念你们的，也会想念生命之泉的，我还会来看望你们的。"除了精灵圣女依依不舍地向他们挥手外，所有精灵皆吓得差点坐在地上。辰南无言地挥了挥手，默默对着凯瑟琳道了声保重，而后带着三头神兽冲天而起，向着远方飞去。

# 第六章

# 上古暴君

辰南一行已远离古精灵部落，望着绵延不绝的群山和一望无际的原始森林，一人三神兽突然间感觉失去了方向，不知道接下来要去哪里，要干什么。找个地方隐居，苦修本领？不现实，修为到了他们这般境界，一味的苦修的效果还不如在尘世历练、在战斗中体悟来得快。辰南想起了一些事情，无论是在和布局者大战时，还是后来将要离开的时候，那个神秘女子屡次提到十八层地狱，这不禁让辰南有些怀疑，难道她在暗示着什么？

"我们要尽最大可能地提升修为，以期有一天破碎虚空，进入天界。至于现在吗，我觉得应该去十八层地狱看看。"辰南已经向三头神兽简要说了一下布局者的事情，对于这三个家伙他没有什么好隐瞒的。

"进入天界，我喜欢，现在凡界就只剩下我一条正宗的东方神龙了，为了我未来的幸福，我一定要努力进入天界，争取找个仙女龙做老婆，嗷呜……"紫金神龙又开始长嚎起来。看了看紫金神龙，又看了看小龙，辰南笑道："如果不是知道龙宝宝乃是一条天龙重伤之后所化，我还真以为它是你这个老痞子当年荒唐时，和那个上古神龙坤德的女儿生下的孩子呢。""抗议，严重抗议！"小龙挥舞着金黄色的小拳头，似乎非常不满辰南有过如此猜想。老痞子更是差点从空中栽下去，连连呸道："我如果有这样一个后代，非被气死不可！"

辰南道："我非常奇怪龙族实力的划分，先说西土的龙，第一阶为地龙，第二阶为飞龙，第三阶为亚龙，第四阶为巨龙，第五阶为圣龙，第六阶为神龙。而东土的龙，我只知道有你和小龙两个，你们在第六阶为神龙,第七阶难道就是龙宝宝当年全盛时的状态——天龙境界?"

"错,大错特错!"紫金神龙摇着头,道,"神龙意味着通神之境,是对强大的龙族的尊称,它们的实力最少在六阶,至于修为到了七阶,依然还是算在神龙境界内。修为到了八阶境界,是否还处在神龙范畴内,我就不得而知了,因为我全盛时期不过七阶而已,对于后面的阶位实力不了解。至于天龙之境,实在不好猜测究竟达到了多少阶,只知道神龙达到高境界后,本身能够明显感觉到身体发生进化,明明白白地知道自己进入了天龙境界。天龙究竟强大到了何种程度,实在很难推测,毕竟已知的龙族史,达到天龙境界的龙族少之又少啊!"

辰南奇怪地看着龙宝宝,实在难以想象这个贪吃可爱的小家伙当年是一头天龙。小龙神气活现地挺了挺金黄色的小胸脯,道:"我是大德大威宝宝天龙,我……"说着它又泄气了,小声嘟囔道,"我实在没有一点印象,根本不知道自己是一条天龙。"

半天后,辰南与三头神兽终于飞出连绵不绝的群山,在他们的视野中开始出现了人类的城镇,这里属于西方四大帝国曼罗帝国境内。西大陆也如同东大陆一般,主要分为几个大国,此外还有近百个在夹缝中间生存的小国。四大霸主国家为:新兰、曼罗、拉脱维亚、埃克斯。新兰在西大陆的最东方,曼罗位于南方,拉脱维亚占据了北方,而埃克斯则雄霸最西方。十八层地狱所在的位置,乃是光明教会的圣城拜旦城。该城位于西大陆的中心地带,周围多荒漠草原,分布着许多小国,是一个百战之地,处在四大帝国包围中。

辰南他们刚刚寻访过的古精灵部落,位于西大陆的最西方,因此他们一路东行,向着拜旦城飞去。他们并不急着赶路,因此一日后才进入那片百战之地。在距离拜旦城几百里之遥时,小凤凰突然叫道:"天啊,大妖怪!你们快看,有两个大妖怪向我们这里飞来了。"粗看之下,远空两朵乌云快速向这边移动而来,仔细一看,绝对让人心惊!一只巨大的青蛙,与一只巨大的蛤蟆,它们皆高有五十丈,如两座沉重的大山一般,在高空飞行着。

"偶的神啊!"龙宝宝惊叹道,"这是青蛙和蛤蟆吗,这简直是肉山啊!"紫金神龙一阵惊疑,道:"那只巨大的青蛙,好像是昆仑玄界内的大妖怪魔蛙，它怎么会跑到西方来了呢？唔，它似乎受了重伤，看，它的口中在不断溢血……"辰南有些吃惊，道："真的是昆仑的四大妖魔之一？没想到它的本体竟然庞大到这等地步！"越来越近，可以看到那只庞大的青蛙口中不断向外溢血，而那只巨大的蛤蟆则护在它的身边，神情略显紧张。

小凤凰道："似乎真是魔蛙老爷爷，我感觉到了熟悉的气息。""没错，是魔蛙。"辰南肯定地道，随后又有些疑惑，道："但那只体形巨大的蛤蟆又是谁呢？""哈哈，嗷呜……"紫金神龙大笑了起来，道："我可能猜到是谁了，是它的青梅竹马，一起长大的老婆，也是昆仑玄界的著名大妖之一。不过那只蛤蟆由于种种原因，和青蛙闹翻了，一直在外流浪，不肯回归昆仑玄界。哈哈，没想到老青蛙居然跑到西土找老婆来了，不过不对啊，它怎么身受重伤了呢，难道说是被蛤蟆打伤的？强大的悍妇蛤蟆啊！"

显然两个大妖魔也注意到了他们，当双方相遇时速度都放缓了下来。辰南大声问道："前辈你这是怎么了，怎么来到了西土，因何受了重伤？"旁边的紫金神龙嘿嘿笑道："不会是被蛤蟆大嫂，积千年怨气之下给打的吧，嘿嘿，恭喜你们破镜重圆啊！"蛤蟆狠狠地瞪了一眼痞子龙，魔蛙擦了擦嘴角的血迹，道："一言难尽啊，我在十八层地狱那里吃了大亏。"

通过魔蛙简单的介绍，辰南他们知道了它从东土赶到十八层地狱的原因，了解到它和教皇大战了一番。听它说到镇魔石冲天而起时，辰南蓦然变色。在永恒的森林那里，他隐约间听到神秘女子说到，镇魔石来自十八层地狱，现在又通过魔蛙证实，他真是无比惊讶，怎么也没想到镇魔石原本真是压制十八层地狱的魔石。

镇魔石飞走后，光明教会为了压制将要破印而出的邪魔、邪神，将传说中的老光明神秘密传承下来的一小截指骨镇在了光明神殿之下，居然真的平息了动乱。在此过程中，教皇向魔蛙承诺，只要它不趁火打劫，事后会放走半只青蛙，魔蛙依言而行。最后，当十八层地狱重归平静后，教皇遵守诺言，想要打开第十层地狱，只是这个时候问题出现了。

一小截看似不起眼的指骨取代镇魔石，压制住十八层地狱后，不仅威慑得下方的妖魔们老实了许多，而且教皇根本无能为力打开第十层地狱了，即便是他最拿手的空间魔法也失效了。魔蛙大急，它自己也尝试破解封印，但根本难以撼动分毫。不过它并不死心，在拜旦城逗留了一日，趁光明教会不注意时，它想偷偷将那小段指骨起上来，解救出封印的半片本体。只是它无论如何也没有想到，因此差点惹来杀身之祸。

　　那小小的一段指骨，看起来毫不起眼，仿佛要风化了一般，给人的感觉是，轻轻一碰就会碎裂。但魔蛙没有想到，它刚刚潜入神殿之下，那小段指骨突然爆发出滔天的魔气，在一瞬间放大千万倍，如一根贯通天地的白骨柱一般，向它轰砸而去。就在那一瞬间，如汪洋大海般的魔气，笼罩了整座拜旦城，巨大的白骨柱矗立在城中央，整座城市都陷入惶恐之中。教皇想也不想就知道是怎么回事，他猜测到肯定有人潜入了神殿之下才可能导致了这种可怕的结果。他瞬发空间魔法，想要将入侵之人与指骨分开，免得造成更为可怕的后果。

　　魔蛙被空间魔法强行攫走后，笼罩在拜旦城的滔天魔气才慢慢消失，而那高达千百丈的白骨柱也化为了一截指骨。那空间魔法作用在魔蛙身上，快速将它转移到了教皇的住所，就这样才使魔蛙侥幸捡回一条命。不过即便这样，白骨巨柱虽然没有轰砸到魔蛙，但那磅礴的魔气瞬间让魔蛙险些丧命。后来在光明教会众多神职人员一齐动用光系神圣魔法的治疗下，才将它自鬼门关拉了回来。光明教会之所以这样费力保住它的性命，是怕和昆仑玄界发生误会，导致两大势力集团爆发大战。

　　一直在西方流浪的蛤蟆，在魔蛙进入西土时，就已经感应到了它的气息，两人虽然因为种种原因而分手，但在感应到魔蛙重伤后，蛤蟆还是出面了。考虑到回归东土太过遥远，魔蛙有些惭愧地决定和蛤蟆去它的居所养伤，这样才在路上巧遇辰南他们。魔蛙听说他们要去十八层地狱，神情凝重地道："以你们的修为去那里，根本探究不出什么，那截指骨太可怕了，面对它，我有一种感觉，自己犹如一只蝼蚁一般弱小。而且在那个过程中我听到了一句若有若无的声音，令我毛骨悚然。"

"什么声音？"小凤凰好奇地问道。魔蛙沉声道："由魔而死，由魔而生。"辰南听到这句话，心中不禁悸动，这到底是何等的人物啊？居然如此的可怕，一小截手指，居然就能够令大妖怪魔蛙重伤垂危，而其传出的若有若无的声音，更加显得邪异！

与魔蛙告别后，辰南与三头神兽很快就赶到拜旦圣城，在这里他们并没有感应到什么。自从听到魔蛙的话后，他们彻底打消一探十八层地狱的念头。他们有自知之明，除非想死，不然眼下绝不能冲动。

辰南与三头神兽在距离光明神殿不远处观望着。"不敢去探究十八层地狱，看来我们不能够在拜旦圣城发现什么，我们还是赶紧离开这里吧。"紫金神龙建议道。它曾经在西土有过一段荒唐的历史，得罪了不少麻烦人物，现在修为没有恢复到巅峰状态，心中实在不安，生怕昔日的冤家对头找上门来。

"泥鳅害怕了，嘻嘻……"小龙一副精灵古怪的样子。"哎呀，坤德来了……"小凤凰发出一声惊呼。痞子龙"噌"的一声蹿了起来，大呼道："在哪儿？"不过瞬间，它立刻明白了过来，老脸一红，叫道："好你个小不点，居然懂得涮我老人家了，你还真是学坏了。"

"原来你真的怕坤德啊。"小凤凰一副清纯的样子，眨动着美丽的大眼，道，"我听你说好几次了，上古神龙坤德如何如何的混蛋，如何如何的厉害，没想到你真的挺怕它。""胡说八道，我怎么会怕那个老混蛋呢！"痞子龙有些气急败坏地叫道。

"真的吗，你真的不怕它吗？"

"我当然……"说到这里，痞子龙忽然感觉有些不对劲，因为刚才问话的人，既不是小凤凰，也不是辰南和龙宝宝，而是一个略带恼怒的年轻女子的声音。老痞子急忙转头观看，只见一个身材高挑，容貌极其美丽的年轻女子站在不远处，和他们一样，似乎在探查光明神殿。紫金神龙一下子呆住了，张大的嘴巴最起码能塞下三个鸡蛋。

那名女子长得极其有气质，一头银色的长发柔顺亮丽，自然披散在胸前背后，一双美丽的眼睛非常犀利有神，透射着阵阵寒气。她穿着一套银白色的长裙，静静伫立在那里，犹如严冬腊月的冰雕玉花一般。

"好漂亮的女人，好冷的眼神啊！"小凤凰的话语发自内心。"这个女人似乎很强大！"龙宝宝敏锐地觉察到银发女子不一般。"泥鳅你不会认识这个女人吧？"辰南问道。紫金神龙终于醒过神来了，哭丧着脸，道："你说对了，我真的和她认识，老相识啊！你身上的那块古盾残片就是她的，你说我能不认识她吗？"

昏倒！居然是上古神龙坤德的小女儿！在数千年前曾经被痞子龙抢劫过！辰南目瞪口呆时，紫金神龙已经腾空而起，快速向着远空冲去。辰南不敢耽搁，也快速冲天而起，龙宝宝和小凤凰紧随其后，尾随紫金神龙追去。紫金神龙化作一道紫电，拼命在前飞行着，一边慌张地逃跑，一边颤抖地自语着："这个世界真是太小了，居然在这里遇到坤德的小女儿，天啊，过去我为什么抢劫她呢？真是让龙无地自容啊！"

看到身后不远处的辰南，痞子龙喊道："小子，你帮我把那块古盾残片还回去吧……"它的话语有些不顺畅，不知道是吓的，还是做贼心虚，心中有愧。"还什么还，都抢来几千年了，现在去还，你不觉得太晚了吗？"辰南回应道。"天大地大，我怎么会在这里遇到她呢？哦，天啊，她居然真的追来了。"紫金神龙回头一看，只见一道银影由远及近，马上就要追上他们了。

那道银影实在太快了，即将超越紫金神龙时，冷声喝道："站住！""好，我站住，我停下。"紫金神龙像霜打的叶子一般蔫了，无精打采地悬浮在空中。随后赶到的辰南、龙宝宝、小凤凰停在它的身后。前方，一头大约十丈长的银龙停在空中，银色的鳞甲闪烁着淡淡圣洁的光辉，大而美丽的龙眼中充满愤怒之色。这虽然是一头西方神龙，但在愤怒的情况下，依然透发着一股优雅之态，给人一股非常特别的感觉，仿佛一个优雅的美女停在前方。

"佳丝丽，好久不见，你还好吧？"紫金神龙磕磕巴巴地问候道。"哼，不是很好！"银龙冷冷哼道。辰南感觉有些怪异，立刻明白这两头龙之间可能有些特殊的关系，绝非仅仅是抢劫与被抢劫的关系。

"我刚才听到你骂我父亲混蛋，你真的不怕我父亲吗？那好，你现在和我去见它。"银龙盯着紫金神龙，眼睛一眨也不眨。"啊，嘿嘿，开玩笑，我怎么敢骂坤德大人混蛋呢，嘿嘿……"紫金神龙傻笑着。两头龙间绝对有问题！现在辰南完全可以这样肯定了。

"你这个混蛋居然一下子消失数千年，难道我就这么可怕吗？你居然躲了我数千年！"银龙佳丝丽情绪显得无比激动，声音越来越尖锐。"不是你想的那个样子，是因为……"紫金神龙变得结结巴巴。"我知道你忘不了那条白龙，可你这个混蛋犯得着用抢劫我的办法，来跟我最后分手吗？你这该死的混蛋！"银龙佳丝丽一双美丽的大眼中充满了水汽。"佳丝丽你听我解释，不是你想象的那样。"紫金神龙急得满头大汗。辰南彻底明白了，两头龙竟然有过感情纠葛，看样子这头银龙还对痞子龙念念不忘。

"那我问你，这数千年来你为何躲着我，仿佛自人间消失了一般！"紫金神龙道："呜呜，佳丝丽，为什么你总是冤枉我啊。我哪里是为了躲你啊，我是被人给封印了啊，一封就是数千年。要不然凭你父亲的盖世修为，怎么会感应不到我的气息呢，怎么会不将我找出来，收拾我呢？"

银龙佳丝丽非常震惊，道："什么，你被人封印，怎么回事？"紫金神龙咬牙切齿道："我被一个该死的、万恶的、注定下十八层地狱的老混蛋给封印了，这数千年来我一直过着暗无天日的生活。"银龙佳丝丽轻轻拍动着龙翼，小心翼翼地问道："你、你不会是被我父亲封印了吧，不会是它为了阻止我们，而向你下手了吧？"

"你想到哪里去了？"紫金神龙有些呆，急忙解释道："不是那个老混蛋，哦，不是你父亲那个老混蛋，天啊，说错了，不是你父亲。""你这个混账家伙，为什么还是和以前一样，总是骂我父亲混蛋？"佳丝丽恼怒地望着紫金神龙。"咳，这个，一时顺口，下次注意！"紫金神龙显得有些尴尬。旁边的辰南通过这些细节，已经看出了一些问题，看来坤德似乎不怎么喜欢痞子龙，似乎有棒打鸳鸯之嫌疑。

"看来真的不是我父亲封印了你。"银龙佳丝丽道，"当年我父亲曾经运用大法力搜索过你，结果却没有发现你的半点踪迹，它……""这个老混蛋，那时肯定想抓住我，狠狠收拾我一顿！"紫金神龙不自觉间又骂了出来。"你……"佳丝丽狠狠瞪了它一眼，道："我父亲那时没有搜出你的踪迹，曾经推测过，你不是被人封印了，就是怕它找你麻烦而破碎虚空进入天界了，没想到你真的被人封印了。"

紫金神龙道："这个老混蛋还真是了解我，如果我不是被人封印了，我还真想破碎虚空进入天界。"银龙佳丝丽大怒，道："我警告你，如果你再骂我父亲混蛋，我和你没完！"紫金神龙连连告饶道："好好，我注意一下好不好吗，只不过一时顺口，难以改口而已。"辰南在一旁看得直想笑，可以想象，痞子龙和银龙佳丝丽父女的复杂关系，还真是让人哭笑不得。

数千年未见，佳丝丽对着紫金神龙一会儿咬牙切齿，一会儿双眼水汽弥漫，可以看出它的心情复杂无比。"你这死泥鳅还真是大胆，当年得罪那么多人，现在修为下降这么多，还敢大摇大摆跑到西方来，你难道不怕被那些仇家发现吗？"佳丝丽透露出一丝担心的神态。紫金神龙满不在乎地道："我又没有到处晃悠，只是在这里出现了一会儿而已，不久之后我就会返回东土的。"不知道是听到它即将返回东土，还是不满它的语气，佳丝丽冷哼一声，道："你还真会挑时候，这两日十八层地狱动荡不安，引得诸多西土高手都聚集到这里探查情况，你居然在这种情况下出来，真是胆大妄为。"

正在这时，远空传来一声震天的龙啸，一个如同惊雷般的声响在空中激荡着："该死的四脚蛇，真的是你，别人告诉我时我还不相信呢！该死的，数千年前你偷走了我所有的宝藏，连一个铜子都没给我剩下，穷得我连裤头都快穿不上了，被人嘲笑了好久。该死的！我一直在寻找着你的踪迹，数千年来是年年不忘啊，终于让我再次遇到了你个混账四脚蛇，这次我看你往哪里逃！"紫金神龙脸色大变，头痛欲裂，仰天长叹晦气。辰南也是无奈苦笑，看来这次的事情恐怕不好收场啊！远处快速飞来一道五彩光芒，一股磅礴的气息浩荡而来，毫无疑问，一头实力强绝的、罕有的五彩神龙追来了。

在西土十八层地狱惹出一系列风波之际，遥远的东土也不再平静。澹台古圣地，是世人眼中的仙境，是一个极其神秘的所在，修炼界很少有人知道它的确切位置。近段时间，澹台古圣地发生了一些变化。远远望去，那里峰青谷翠，仙雾缭绕，奇葩盛开，瑶草铺地，仙鹤飞舞，白猿欢跳，真个如同仙境一般。在这仙境入口处，一方青石巍然而立，上刻两个古体大字：澹台。这就是澹台古圣地，当年的澹台璇便是在此传道授法，而后破空仙去，这里是一处如梦似幻般的净土。美景一如往昔，但那澹台圣地内，已经涌现出一股压抑的气氛，派内弟子的欢笑声，比之往昔少了许多，因为古圣地内极可能会有大变故发生。

万年前，澹台派祖师天纵奇才，在最短的时间内武破虚空，进入天界。澹台璇是一个谜一样的女子，是那个时代最为耀眼的明星之一。当她有了仙神级的实力后，曾经联合数位绝顶高手，将一个盖世之魔镇压在澹台古圣地内。可以想象被封印之人的修为有多么恐怖！数位仙神级绝顶高手，都不能够将之彻底毁灭，只能勉强将之封印，足以说明他修为之可怕。

万载过去后，那个时代破碎虚空，进入天界的高手，许多人都已经成了一方至尊。这万载期间，当年参加过封魔的人，曾经先后下过界，来加固澹台圣地内的封魔印，但却始终不能够彻底毁灭这个被封之人，从另一方面说明此人的强大！现在已经是第十个千年了，但天界始终未曾有人下来加固封印，封魔印早已松动，被封万载的大魔王的咆哮之声已经隐约间传出地表。

祥和的澹台古圣地因为隐约的魔啸，已经不再像过去那般宁静，所有澹台子弟都心情沉重。每当午夜来临之时，澹台古圣地内的魔啸之声最为清晰，到了这个时刻许多年轻的弟子都会心惊胆战，因为那个时候封印之地，会透射出一个巨大的魔影，给澹台派造成一股莫大的压力。所有年轻弟子内心中都很惊恐，他们生怕有一天那巨大的魔影会化虚为实，将所有人都吞噬。一股惶恐的情绪在悄悄蔓延，有些年轻弟子甚至萌生退出澹台圣地的想法。

夜已深，梦可儿一人独自静立在花园内，闻着那沁人心脾的花香，她焦躁的情绪多少稳定了一些。这是从来没有的事情，澹台古圣地的心法注重修心，然而近期她不知为何心绪不宁，容易产生焦虑感。她心中有些隐忧，有来自被封恶魔的忧虑，也有来自她自己身体的忧虑。近来，她时时有想呕吐的感觉，这令她骇然。

如果是几个月前，她一定会惶恐地认为自己可能怀孕了，可是，现在距离那次荒唐的婚姻，已经过去八九个月了，不可能现在才有反应。那次荒唐的婚姻，从西土归来之时，她一直非常担心，只是当时没有任何反应，直至现在身体也没有一点发胖的迹象。可是，现在她身体的反应似乎真的有些不妙，种种迹象表明，这好像是怀孕的症状。但是，这怎么可能呢？如果是真的，难道这个小生命要孕育几年？这实在有些荒唐！

梦可儿忧心忡忡，万一荒唐成为事实，她将如何去面对？到那时，师门还容得下她吗？她自己能够过了自己那一关吗？想到这里，梦可儿万分气恼，如果不是那场荒唐的婚姻，她何至于这样啊！一想到可能真的有了辰南的血脉，这位澹台古圣地的仙子就有一股抓狂的感觉，这实在让她难以接受。素来以冰清玉洁著称于世的澹台圣地，怎么会发生这种事情呢？而她又是该圣地的仙子传人，她患得患失起来。"我有两个愿望，第一，千万不要让澹台圣地封印的恶魔冲出来，肆虐圣地啊！第二，上天保佑我，千万不要让我怀孕啊！"梦可儿默默地祈祷。

"嗷吼——"巨大的龙啸震荡天地，远处一头庞大的五彩神龙，挥动着巨大的龙翼，荡起一股狂猛的强风，快速向这里飞来。"四脚蛇，该死的！我兰德罗尼找你数千年了，想不到你果真没死啊！"这粗声粗气的咆哮之音震得人耳鼓发麻。"我呸！你这个大蜥蜴怎么还没死啊？越长越肥，都快圆成球了，真该杀来卖肉！"痞子龙针锋相对，话语更加恶毒。

随着五彩神龙兰德罗尼的靠近，高空之上涌动过来的巨大气流直吹得高空之上的辰南衣衫猎猎作响，小凤凰更是摇摇欲坠，躲进他的怀中。这头西方神龙的体积实在太过庞大了，居然长有四十丈，全身上下布满五彩鳞片，光华闪烁，头上的一对水晶角更是银华流动，令它别具一番威势。一双硕大的龙目绽放着愤恨的光芒，似乎有熊熊烈焰在燃烧，怒火仿佛随时会喷发而出。寒光闪闪的龙爪锋利无比，透发着森森幽光，巨大的龙尾粗健有力。

不得不说，痞子龙说它胖还是有几分道理的，这头龙真的给人一种是一座肉山般的感觉。不过这是错觉，其实它一点也不胖，它是因为太强壮了，剽悍的体格令它看起来有些太过健硕丰满。尽管西方神龙的体积大小并不能决定实力强弱，但不得不说五彩神龙兰德罗尼确实给人一种压迫感。

龙跟龙真是不能比啊，十丈长的银龙佳丝丽与四十丈长的兰德罗尼比起来实在太过秀美娇小了。即便旁边的紫金神龙展开真龙身，长达三十丈的龙躯和人家比起来也不够看。瘦长的躯体飘在那里，在五彩神龙眼中还真像一条长虫，当然这只是它的看法。因为在痞子龙的眼中，对方同样被降级为一条肥胖的大蜥蜴了。

"去死！卑鄙无耻、下流无德的四脚蛇！"兰德罗尼满肚子怒火，上来狂吼一声，巨大的血口中喷吐出一大片的"刀雨"，寒光闪闪的一大片魔法风刃遮天蔽日，瞬间将紫金神龙淹没。

"小心！"银龙佳丝丽小声地惊呼一声，它对痞子龙还是有些担心的，兰德罗尼号称龙族的十大高手之一，实力可谓深不可测。而紫金神龙却被封印数千载，按照它现在的龙躯大小来看，显然是一副元气大伤的样子。

"紫金大仙，天下第一，号令西土，莫敢拂逆！俺西方不败又回来了！嗷呜……"紫金神龙仰天长嚎，真如万年老妖出世一般。不过它手底下还真是不含糊，连连拍动紫金龙爪，附近的这片空间剧烈动荡起来，天地元气化成有形水波，如同快速颤动的涟漪一般，以它为中心涌动而去，将狂冲而来的刀雨冲击得灰飞烟灭。

银龙有些着急，在旁叫道："什么龙啊！这个时候还胡言乱语，还不快正经起来对敌！""佳丝丽，你怎么帮起这个混蛋来了？"兰德罗尼巨大的声音响起，明显充满不满，道，"要知道这个混蛋当年也曾洗劫了你啊，它是我们西方众多龙族要声讨的过街四脚蛇！"

"我呸，龙大爷我吐你一脸花露水！"紫金神龙大叫道，"你这个肥头大耳的家伙才是过街大蜥蜴人人喊打呢！俺西方不败，宇内称尊，天下称雄，万龙敬仰，举世瞩目，乃是天下一等一的大帅龙，你少败坏我名声！"

"你这死龙，还和以前一样自恋贫嘴，今天我要扒了你的皮去做龙鼓，抽了你的骨去做棒槌！"兰德罗尼咆哮连连，不断施展龙语魔法。高空之上闪电、火焰、冰刀、风刃疯狂肆虐，狂暴的魔法全方位攻击将紫金神龙笼罩在了里面，使得这片区域要沸腾了一般。这头五彩神龙号称龙族十大高手之一，岂是容易对付之辈，一重重浩大的魔法攻击所造成的剧烈元气波动早已经惊动了远处的拜旦圣城，许多为十八层地狱而来的高手感应到这剧烈波动的强大气息，纷纷向这里赶来。"偶滴神啊，紫金神龙叔叔如大海中的一叶扁舟一般，飘来荡去啊！"小凤凰看到痞子龙被轰击得只能被动防守，如此感叹道。

"力拔山兮气盖世！嗷吼——"紫金神龙挥动着硕大双截棍疯狂地舞动起来，不过显然，此刻的它已经不是昔日大敌的对手，丢失龙元后，它失去了问鼎人间绝顶高手的资格。"他奶奶个龙的，要不是龙大爷被那女妖吸走龙元，我现在早捏死你这个大胖子蜥蜴了！"痞子龙越来越被动，不过口中甚是不服。

"哈哈，你这该死的四脚蛇修为确实大降了，这下我看你光动嘴皮子还能有什么效果！"兰德罗尼一边施展狂暴的魔法，一边冲到了紫金神龙的近前，那庞大的龙躯舞动起来，当真是最好的武器了。高空之上，长达三十丈的紫金神龙与长达四十丈的五彩神龙开始了肉搏，它们的肉体皆强悍到了极点，撞击在一起后爆发出阵阵金属般的交击声音，甚至撞出一道道闪亮的火花。辰南看得暗暗咂舌，这样的体魄太夸张了，不愧为天地间的神兽，若论体质，恐怕没有任何种族比得上龙族。

两头龙明显都已经动了真怒，展开凶猛凌厉的搏杀。不过紫金神龙明显落于下风，兰德罗尼对于它来说如同一座大山一般，每轰击一下它都会被砸出去上百丈远，而它的攻击似乎难以撼动对方。"靠，气死龙了，龙落平川被蜥蜴欺！你这该死的大蜥蜴，现在还真是神气活现啊，我若是有当年的修为，今天我非要吃一顿蜥蜴肉馅饺子不可！"紫金神龙被揍得动了真怒，但却无比郁闷，它现在真的远远打不过对方。辰南对龙宝宝和小凤凰秘密传音道："我们准备上，不然泥鳅真要被人扒皮了！"

小凤凰的力量，现在还是忽略不计的，但龙宝宝的实力是毋庸置疑的。小龙首先晃晃悠悠向前飞去，来到了兰德罗尼的正上方，一副随时会被风暴吹飞的样子，它眨动着一双明亮的大眼，艰难地稳定住小小龙躯，奶声奶气地对着五彩神龙央求道："不要再打了，不然、不然……"

"不然怎么样啊？"兰德罗尼看到乖宝宝般的小龙，非常感到意外，不过紧接着大笑了起来，道："佳丝丽你看到了吗？这个四脚蛇果真不是好东西，背着你和别的龙都有孩子了，枉我们当年对你一往情深啊，你对谁都不屑一顾，偏偏喜欢上那个痞子，真是让人心痛啊！"昏倒！辰南现在明白了，这个五彩神龙如此愤恨紫金神龙，还有这样一层原因啊，居然还是情敌！看起来痞子龙当年还真不是什么好鸟，最后临跑路前洗劫的龙，估计都是与它争过佳丝丽的西方神龙。

"不然、不然我对你不客气了！"龙宝宝真像个腼腆的小娃娃一般，有些不好意思地说出这句话来。"哈哈，你还没有我的一枚指甲长，你对我不客气又如何？"兰德罗尼一边和紫金神龙狂轰，一边饶有兴趣地望着头顶上方的这头迷你小小龙，它感觉有意思极了。"我真的不客气咯！"小龙往前凑了凑。"哈哈，来吧，别客气！"五彩神龙大笑道："四脚蛇你这个私生子还真有意思，刚刚断奶吧？不过，你这个可恶的四脚蛇忒是混蛋，看得出它的妈妈是一条西方黄金神龙，你这该死的家伙太无耻了，总是抢我们西方的美女，今天非先把你变成太监龙不可。"

"我日你个仙人板板！"紫金神龙大怒着回骂道。与此同时，小龙几乎快贴到五彩神龙那巨大的右眼皮上了，似乎有些底气不足，用力挥动着一对小小的龙翼，小心翼翼地问道："我、我真的要不客气咯？""来吧，来吧，小家伙，快给我挠挠痒痒吧，不要害怕了。"兰德罗尼不知死活地叫着。"好吧，我来了，到时候你可不能怪我呀，是你让我打你的！"小龙奶声奶气地说着，伸出了两对金黄色的小拳头，一双大眼使劲眨啊眨，充满了兴奋之色。

"小家伙你还在犹豫什么，嗷呜，该死的，我的眼睛！嗷呜，我的鼻子，痛死了，混蛋，天杀的小混蛋，嗷呜……"就在刹那间，小龙的一双金黄色小拳头，突然放大千百倍，足有房屋大小，一拳狠狠砸在五彩神龙的右眼上，另一拳则狠狠砸在它的鼻子上。

这下五彩神龙的龙脸上真可谓花花绿绿，鼻间龙血长流，右眼更是乌黑发紫，肿胀得仿佛一个巨大的馒头一般。这还是小龙手下留情的后果，它觉得这头龙算不上太坏，不然如此近的距离，即便对方是天龙，恐怕右眼也被捶爆了。"你这个该千刀万剐的小混蛋，嗷呜——"小龙无辜地眨动着一双大眼，小声道："是你自己让我打的……"

数千年来，兰德罗尼还是头一次吃这么大的亏，现在它痛得龙涕长流，抱着鼻子和右眼痛叫连连。身为西方龙族十大高手之一，其地位和实力是超然的，遇到这种情况对它来说简直有些不可想象，它都快晕过去了。

此时，远空中已经围了不少修炼者，这些人皆是自拜旦城飞来的。他们来自各地，皆为十八层地狱之事而来，都是西土有名的玄界高手，看到龙族的高手竟然被一头小龙打了个乌眼青，一个个的嘴巴都快吞下一头牛了。

"我没头发，我没头发！"小凤凰惊呼了起来，眨动一双美丽的凤目，打量着那些围观者，道："天啊，来了这么多怪人啊，那个猴子怎么六个脑袋呀？""那是六头神魔猿，不要乱讲，它可不是一个好惹的家伙。"银龙佳丝丽似乎非常喜欢龙宝宝和小凤凰，见小凤凰口无遮拦，就对它解释道。

小凤凰又问道："哦，那个人怎么长了翅膀啊，她是鸟人吗？""鸟人？天啊，居然是天使！"银龙佳丝丽无力地呻吟了一声。辰南感觉情况有些不妙，本来想围殴兰德罗尼的，但现在居然聚来这么多西土高手，恐怕会有不妙的事情发生，另外天知道该天杀的老瘟子到底有多少大仇人啊！而且就在银龙佳丝丽出声的同时，辰南也发现围观者中居然有降临的天使。他知道这下麻烦了，恐怕这池水越来越浑了。

紫金神龙显然也看清了眼前的形势，心虚地向人群望了望，还好没有发现另外那些昔日大敌。老瘟子刚才被痛揍了一顿，又被这些人围观，感觉倍加郁闷，大叫道："龙大爷不发威，你还真当我是四脚蛇了，血——龙——大——法！"嘹亮的龙吟震耳欲聋。

紫金神龙连续吐七大口龙血，猩红的血水皆化成血雾，缭绕在龙体之外。这时惊人的变化发生了，血雾爆发出耀眼的强光，照亮整片天空。一条百丈长的血色神龙快速在空中凝聚化形而成，将紫金神龙包裹在里面。血龙的样子和紫金神龙异常神似，除却颜色和大小外，等同于紫金神龙的放大版。一股磅礴的压迫感自血色神龙身体散发而出，莫大的威压简直如铺天盖地的骇浪一般，向着四面八方浩浩荡荡而去。

辰南大惊，他没有想到老痞子真要拼命了，他不是第一次看到它的血龙化身，当年他们两个为了逃避梦可儿的追杀，紫金神龙曾经被迫施展过一次，那已经是很久以前的事情了。想到梦可儿，辰南不知道为何，心中突然涌起焦躁之情，在这一刻他突然有了一股奇异的感觉，遥远的东方似乎有什么与他有关的事情正在悄悄发生。

在辰南心生刹那感应间，遥远东方澹台古圣地内，若有若无的魔音，正回荡在每一位澹台弟子的耳中。"千重劫，百世难，亘古匆匆，弹指间！不死躯，不灭魂，震古烁今，无人敌……"这悠悠魔音，仿佛自太古洪荒传来的不灭魔咒一般，不断在澹台古圣地内回荡："……待到逆乱阴阳时，以我魔血染青天！"


"死泥鳅，你这是干什么？"辰南大声喝道，他还真怕老痞子死要面子活受罪，最后落个身残躯死的下场。"嗷吼——"一声巨大的龙吼自血龙口中发出，如今这高亢的龙吟比之往昔不知要响亮了多少倍。一声吼啸，高空之上的天地元气涌动起无尽骇浪，不断震荡。即便远处的观战者都是能够御空飞行的高手，都是人世间各个玄界中的人物，但众人依然感觉到一股莫大的压力。

"今日，我要与它大战一场，要让它知道我紫金神龙是不好惹的！"紫金神龙此刻的话语在高空之上滚滚震荡，传播出去足有百里之遥，透发着无尽的威严。

"四脚蛇，该死的！少要装神弄鬼，你给我下地狱去吧！"兰德罗尼已经调整了过来，鼻血已经止住，肿胀的眼睛也被它自己用疗伤魔法治愈。它没有掉准矛头对准小龙，反而更加集中精神锁定紫金神龙，因为它感觉到一股强劲的气息，全盛时期的痞子龙仿佛回来了，这让它不得不慎重对待。"嗷吼——"兰德罗尼一声咆哮就扑了上去，四爪寒光闪闪，爆发出一道道锋利的彩芒，像利剑一般冲击紫金神龙的各个要害，同时口中喷发出一道道巨大的闪电，直劈紫金神龙的头颅。

此刻的紫金神龙长足有百丈，全身上下血芒闪烁，这并不是虚影，乃是它元气所化，它的三十丈本体就处在血龙内部，本体的每一个动作，外面的血龙都表现得淋漓尽致，等同于它本身在动。血龙一摇头躲过那道巨大的闪电，而后狂啸一声，两只前爪用力一扒虚空，它的身前竟然出现一道巨大的空间裂缝，冲向它的那些锋利爪影都消失在了里面。不仅如此，冲到近前的兰德罗尼，两只前爪也已经按进暗黑的空间大裂缝中，急得它急忙刹住了身形，奋力向后退去。

然而那数十丈的暗黑空间大裂缝，仿佛有着莫大的引力，死死拉扯着兰德罗尼，一点点将它向里拖去。远处的辰南看得目瞪口呆，这紫金神龙真正经起来，实力还真是变态啊！可想而知，它当年有多么的强悍，怪不得老痞子狂傲无比，的确有一定的本钱。

"嗷吼——"血龙一声爆吼，远空的许多观战者皆身形一震。暗黑空间大裂缝更加开阔了，从里面涌动出一股能量狂暴，撕扯着兰德罗尼，一道道黑色的旋风，如锋利的神兵宝刃一般，在它那巨大的身体上留下一道道细小的伤口，不多时五彩神龙的前半部身子就已经鲜血淋淋了。"无耻的四脚蛇，又来这一招，数千年前我就已经领教过了，不就是破碎空间斩吗，这再也奈何不了我了，雷碎九天！给我——破！"五彩神龙狂怒，念动咒语，一道道巨大的雷电，从空而降，狂暴地劈在它和紫金神龙之间。那巨大的空间裂缝在重点打击范围之内。

"轰""轰""轰"……天雷滚滚，闪电道道，刺目的白光照亮整片天空，令天上的太阳都显得暗淡无光。一道道巨大的闪电撕裂虚空，将那道空间大裂缝周围的空间彻底破碎，整片空间出现一片片暗黑无光的区域，紫金神龙撕开的那个空间通道被轰得支离破碎，再也不受它控制。崩溃的空间在短暂的激荡后快速重归混沌。高空之上撕开的一道道空间裂口渐渐消失，两条龙再次在高空对峙起来。"变态啊变态!"辰南感叹着,这两条龙还真是强悍!远处,众多观战者也不禁动容。

五彩神龙口中念动咒语,开始聚集魔法能量。现在它已经不敢小觑紫金神龙,它已经了解到可恶的老对头已经用损耗元气的方法,暂时提升自己的修为到了巅峰状态。"雷火两重天,天降火雷!"随着兰德罗尼话落,漫天的大火铺天盖地而下,熊熊燃烧的烈焰染红半边天,炙烤得远处的众多观战者汗水皆滚落而下。漫天的大火眨眼间将紫金神龙吞没。辰南身旁的小凤凰看得双眼放光,口中喃喃着:"好多的能量啊,好想吃……"

看到它想飞过去,辰南一把抓住它而后揣在怀里,道:"不准过去,这两个家伙在公平决斗呢,现在不是群殴的时候。""哦,好吧,太让人遗憾了。"小凤凰迷迷糊糊地点了点头。辰南是有顾虑的,因为观战的都是西土高手,如果群殴五彩神龙,可能会导致非常严重的后果。

烈火中的紫金神龙舞动着庞大的血龙之躯,吼啸道:"肥胖的大蜥蜴,你以为这些火焰对我能造成伤害吗?真是太小看我了,虽然我们不是凤凰一族,但天生也是能够喷吐神火的,这些真火还伤害不了我们东方神龙一族。让你也尝尝烈火焚烧的滋味吧,紫金神火!"漫天的火光中,紫金神龙昂头摆尾,大嘴一张,一道紫金色光芒激射而出,而后化成一道巨大的火浪向着兰德罗尼涌动而去,紫金色的大火顺风而展,快速在高空中形成一道道火浪。

众多观战者们狂汗,这两头龙还真是有个性,居然又以火对火,狂攻起来。不过就在这时,兰德罗尼大骂道:"愚蠢的四脚蛇,你以为你的是神火,我的是普通火焰吗?雷暴!"

"轰""轰"……就在这时,围绕着紫金神龙的熊熊大火中,突然爆发出阵阵巨大的轰响,宛如一道道天雷在炸裂。紫金神龙上蹿下跳,周身上下冒起缕缕轻烟,龙须都被电直了。老痞子气急败坏,吼啸连连,没想到吃了暗亏。它其实早先已经听到对方施展的魔法是火雷,但戒备很长时间后发现是普通的熊熊大火,没有想到一道道炸雷延后爆开了,直炸得它在高空之上不断飞腾。

"怒了,怒了,龙大爷真的怒了!"紫金神龙大声地吼啸着。痞子龙周围的空间开始剧烈动荡，一股无上龙威透发而出，汹涌澎湃的龙气浩浩荡荡。这绝不是六阶的威压，这是紫金神龙不惜损毁元气，将血龙提升到当年全盛时期所透发出的威势，这已经临近七阶的力量，即将打破人间允许的极限力量范围。

　　"你这条四脚蛇疯了，我们又没有处在特殊的玄界内战斗，这样疯狂提升自己的修为会惹来天罚的！""喊，你懂什么，这才是战斗的艺术！"紫金神龙不屑地撇了撇嘴，道："真正的强者，都是尽可能地引导天罚为己用，具有这样的实力才配称为强者！"五彩神龙大怒，道："我称霸的时候，你却被封印，还好意思跟我大言不惭，今天就让我好好地教训教训你吧，狂妄的蠢蛇！"此刻两头龙都已经摆脱了天际的大火，都在疯狂地聚集着己身的力量，天地间动荡不安。两股强大的能量风暴在快速形成，围绕着它们不断激荡。远方的观战者飞快后退，众人已经看出这两个家伙要发狠了。

　　"嗷呜，龙大爷一回头天崩地裂水倒流，肥胖子蜥蜴吓得屁滚尿流！"紫金神龙一声大吼，用力甩头向着五彩神龙撞去，一道道巨大的虚龙影像向着兰德罗尼冲击而去，这不是身外化身，却是类似于此的功法，眼看着一条条咆哮的神龙之影，真如实质化的真龙一般，不断向着五彩神龙袭击而去。

　　高空之上巨大的能量波动终于引得天地失色。"轰——"一道狂雷突然炸响，无尽的虚空突降天雷，向着两头龙轰击而去。紫金神龙用超越人间的力量，终于引来了天罚的力量。"俺靠，怎么这么快啊？"紫金神龙急忙撤去身上的力量，快速后退，躲避天罚之雷。尽管紫金神龙撤得快，但它毕竟不熟悉这种作战方法，终究还是引得数道天雷不断追着它轰击。沉闷的雷响让所有人胆寒，高空之上原本晴空万里，但在一瞬间已经乌云压顶，沉重得让人透不过气来。

　　"俺靠，玩大了！"忙中出乱，紫金神龙毕竟集结了足够的力量，刚才接近全力飞行时，又不自觉动用了七阶的神力。引得天罚之雷一路追击而去，破碎一片片空间。而且就在此时，紫金神龙感觉元气在飞快流失，被它用秘法强行催逼起来的血龙化身正在慢慢变淡，如果真正消失，元气大伤的它就更加危险了。紫金神龙眼睛一转，一个神龙摆尾，快速向着远空众多的观战者中冲去，而天罚之雷则一道接着一道追了过去。此刻乌云翻滚，天地间一片黑暗，仿佛一座大山压在心头一般，一副末日来临般的景象。冥冥中，辰南感觉在无尽黑暗的虚空之上，有一双眼睛在俯视着众生。

痞子龙这招可谓混蛋之至，它已经难以控制本身的力量，渐渐扩散开的强大龙气惹得天罚之雷频频降下，将整片空间都快轰击得焦灼了，但它却在这个时候跑进众多强大的修炼者当中，实在是可恶到极点！叫骂之声顿时响成一片，有不少修炼者想快速逃离此地，但此刻天雷罩顶，有两个修为稍弱的西土修炼者很不幸，刚刚飞到边缘地带，便被轰击得粉身碎骨，化作两缕轻烟消失在空中。

"嗷呜——"紫金神龙一声长嚎，再也支撑不住，血龙在刹那间崩碎了，但四处激荡的浩瀚龙气，却更加猛烈了，天雷隆隆不断轰击而下。乌云压顶，电光闪闪，一道道惊雷撕裂了虚空，狂暴地在每一个人身边炸裂。尽管这些强大的修炼者恼怒到极点，但他们此刻却也没有任何办法，天罚最是无情，每个人都面临着生命威胁，任谁也挪不开手来对付痞子龙。在这一时刻，所有人都无比心惊胆战，因为天罚代表着毁灭，它不容许世间出现太过强大的存在，现在这么多高手聚集在一起，极有可能会酿成一种惨剧——所有人皆被毁！

"该死的，天罚将这片空间封闭了，现正在实施全方位打击，如果我们竭尽全力相抗，合在一起的力量肯定超越人间允许的极限，到时候恐怕会惹来更为可怕的天罚。可是，如果我们不动用全力，恐怕难以支撑片刻。"叫喊、怒骂之声不绝于耳，许多人都恐慌了。几条人影突围而去，这是人群当中实力最为强大的修炼者，也是西土赫赫有名的人物。当这几位极道强者成功离开危险之地后，其他人再也忍不住了，纷纷冲离而去。只是，这个时候惨剧发生了，天罚之雷岂是一般修炼者所能够抵抗的，在一道道从天而降的白光中，数道人影在刹那间灰飞烟灭，转瞬间化为尘埃。

紫金神龙拼着老命，躲在一个西土大妖魔的后面，终于冲出危险之地，而后头也不回地冲到在安全地带的辰南近前，道："走，再不走，我们非被撕碎不可！"一人三神兽化作四道电光，快速向远方冲去，银龙佳丝丽心系紫金神龙，在后面紧紧相随。

远处，天罚已经接近尾声，又有数道人影被轰击得粉身碎骨而亡，随着天罚之雷消失，乌云渐渐散去，天地间又恢复光明。只见高空之上，稀稀落落地分散着一些修炼者，他们的身上在冒着缕缕轻烟，仿佛被炙烤过一般，这些人恼怒无比，他们正在愤恨地寻找着紫金神龙的踪迹。其中，最为惨烈的是龙族十大高手之一的兰德罗尼，方才它和紫金神龙正面相抗，最开始引来的天罚之雷全部轰击在它的身上。

尽管紫金神龙快速转移阵地，但最开始时的天罚全被兰德罗尼承受，那绝不是儿戏啊！现在五彩神龙身上一片焦黑，光芒闪烁的彩鳞早已失去光彩，一双龙角被劈得歪歪斜斜，龙角连着头颅的部位血肉模糊。虽然龙角和血肉还相连着，但可以看出稍稍用力一拔，就能够扯下来。好在五彩神龙的龙角实在够结实，即便快被劈得与头颅分离，但硬是没有断裂。

"该死的！呼……"兰德罗尼吐出一口黑烟，刚才雷电阵阵，都快将它烤糊了，它愤怒地咆哮着，"无耻的四脚蛇你给我滚出来，我……"神龙向来以万物灵长自居，认为自己是世间最伟大的存在，但现在的五彩神龙兰德罗尼彻底失去往日的高傲姿态，简直像一个仰天长嚎的泼妇，破口大骂痞子龙，把以前所有不敢想象的恶毒字眼都痛痛快快地吐了出来。

高空之上炸锅了，所有修炼者都在寻找紫金神龙，恨不得将它立刻生吞活剥，真是群情激愤啊！"扒了它的皮，抽了它的骨！点天灯，熬龙油！"一个西土的妖怪更是狠，大声喊着："千刀万剐，一刀刀切开，分了龙肉，去炼药！"可是，这些修炼者闹得无比激烈，但却连紫金神龙的影子都没有碰到。老痞子这次算是彻底得罪人了，分散在高空中的修炼者已散开神识，从四面八方追踪紫金神龙。

痞子龙等人现在真是有些慌张，在慌不择路的情况下，竟然飞到拜旦圣城的上空。而这时，一道高大的魔影早已在圣城前的上空，挡住他们的去路。紫金神龙倒吸了一口凉气，万万没有想到在这里会遇到传说中的强者。

一个身高足有三丈的巨猿凝身站立在虚空中，透发出一股如泰山般沉重的威压。浑身上下的黑色皮毛闪亮发光，不过却给人一股阴森的感觉。这头黑色巨猿最为奇特之处在于，它居然有六个头颅，颈项上生长着两个正常的巨大头颅，挤在一起，显得分外狰狞恐怖，而左右肩膀上还各有两个小两号的头颅。不过这四颗小头颅口鼻齐全，眼中同样透射着森森寒光，并不是呆板的死物。很显然，这六头巨猿早早等在这里，是有备而来的。

"这个家伙是什么来头？"辰南从巨猿的气势上感觉到对方绝对是一个大妖魔，定然是赫赫有名的人物。紫金神龙死死盯着巨猿，回答道："神魔猿，是西土最强大的妖魔之一。相传，乃是古猿和神魔的后代，体内流淌有神魔血液，是神魔的直系后裔。"

"有多强？"辰南再次问道，因为他已经感觉到这个六头神魔猿对他们明显没有好意。"我即便恢复到全盛时期也不一定是它的对手，它是西土的最顶级强者。"紫金神龙回答道，"不过我应该没有和这个家伙结过仇啊，刚才也并没有因为天罚而得罪它啊，它并没有处在天罚的范围内。"辰南倒吸了一口凉气，对于喜欢自吹自擂的痞子龙，他还是很了解的，能让它如此忌讳的人物，足以说明对方的可怕。

这时，银龙佳丝丽已经追来，待到看清神魔猿后大吃一惊，小声问痞子龙道："你这个惹祸精，当年也得罪它了？真是不知死活！"痞子龙摇了摇头，谨慎地戒备着，道："我可没惹过这个恐怖的怪物，不知道为何它要发难。"

就在这时，他们的左侧突然又涌来一股铺天盖地的强大气息，在灿灿金光包裹中一头三头黄金神龙出现在距他们不足十丈处。这三头黄金神龙长能有十丈，在龙族中算不得庞大，但其透发的威势却如山似岳，让人有一股仰望的冲动，它如神魔一般，让人内心充满了恐惧，感觉在它面前渺小如蝼蚁。龙宝宝小声嘀咕道："又是一个超级狠的家伙！绝对不好惹啊！"紫金神龙脸色大变，小声惨叫道："完了，完了，这头龙也来了，它可比兰德罗尼厉害多了。""活该！谁叫你偷光了它的宝藏，现在害怕了？"银龙佳丝丽打击道。

辰南已经听紫金神龙说过，它总共打劫偷盗了三头神龙的宝藏，被打劫的佳丝丽已经出现，它乃是上古神龙坤德的女儿，可以说是一个最不好惹的主，但因为和紫金神龙还念旧情，却有可能成为麻烦最少的。被偷盗的五彩神龙兰德罗尼也已经出现，它乃是龙族的十大高手之一，辰南已经见识过它的强横本领。剩下的一位显然就是眼前的三头黄金神龙，当初老痞子曾经洋洋得意地跟辰南讲过，这三头黄金神龙乃是西方龙族的不败天才，除了坤德与未知的龙族隐修前辈高手外，在龙族中已经近乎无敌！

辰南、痞子龙、龙宝宝在深感不妙的同时，他们的右侧又突然出现一股强大的气息，劲气激荡，仿佛有一把绝世神兵出鞘了一般，直指他们，令他们的右半边身子立时起了一层小疙瘩。一个披头散发的老人脚踏虚空，转瞬由远方来到了距离他们不足十丈处，老人身材高大，脊梁挺直，眼神如电，满头白发散乱地披在胸前背后。虽然是一个老人，却锋芒毕露，他给人一股奇异的感觉，整个人仿佛就像一把绝世宝剑一般，直抵众人心间！

紫金神龙有些不解，因为这个修为强大到有些恐怖的老人，也绝不是方才天罚的受害者，不知道他为何也找上了门来。辰南感觉有些不妙，三大极道强者，分三个方向，拦截住了他们的去路，这绝非巧合，他们到底要干什么？到底有什么目的？

三大极道高手拦住他们的去路，非同小可，看样子这绝对是有目的地拦截。三头黄金神龙奇拉昂斯首先开口说话，不过却不是面对痞子龙与辰南，它面色温和，声音轻缓地对银龙佳丝丽道："佳丝丽，好久不见了，你还好吗？"不难看出，三头黄金神龙对佳丝丽有着一丝情意，可以想象当初痞子龙为什么要偷人家的宝藏了。那绝对是报复，是赤裸裸的报复。

银龙佳丝丽在西方龙族中追求者无数，今天先是遇到五彩神龙兰德罗尼，现在又碰到三头黄金神龙奇拉昂斯，从它们的态度明显可以看出它们对佳丝丽的深切关心。可以想象，当年的紫金神龙有多么的风光，居然在这么多龙族强者中脱颖而出，获得银龙佳丝丽的芳心，不怪乎它经常吹嘘自己过去多么的了不得。

"我很好，谢谢关心。你们这是要干什么？"银龙佳丝丽有些狐疑地望着三头黄金神龙，又用眼神向它示意了一下六头神魔猿与那个披头散发的人类极道强者。佳丝丽虽然愤恨紫金神龙当年舍它而去，但现在看到三大极道高手似乎要对它不利，还是忍不住起了维护之心。

三头黄金神龙乃是龙族中的不败天才，这样的人物可以说难以有外物令它心神动荡，当年它追求过龙族中的绝世美女佳丝丽，追求失败也没有令它那颗坚毅的心感觉到沮丧与失败。它将那次感情挫折当成一次心境淬炼，现在听到佳丝丽似乎有维护紫金神龙之意，它的心渐渐冷了起来，无情绪波动地道："这一次我是为击杀辰南与紫金神龙而来，至于他们两个，我想应该和我同一个目的。"龙族中的不败天才，神魔的直系血亲六头神魔猿，这都是在西方可以横扫一方的角色，是这几千年来传说中的无敌强者，还有那实力不逊于他们的老者，三位极道高手竟然想斩杀辰南与紫金神龙，这简直可以说是必杀！

虽然几千年过去了，但银龙佳丝丽似乎依然很关心紫金神龙，它很吃惊地道："啊，为什么？难道是因为那臭龙当年偷了你的宝物？你可以让它还给你呀，何必起杀心呢？兰德罗尼也只是想教训一下它，并没有要杀死它，我想你应该比它有气度才对。"三头黄金神龙真的很神武，浑身上下金光缭绕，刺目的金霞让人都睁不开眼，如果是凡人看到一定会立刻顶礼膜拜，不得不说它确实太有"神"的气息了。"受人之托，忠人之事。如果仅仅是偷了我当年宝藏之事，这次碰到它，看在你的面子上，我追回宝物后狠狠教训一下它就算了。但是有人出了大代价要我们将他们一行人截杀在西土！"

"是什么人想杀死他们？你们可都是西土最强的高手呀，难以想象究竟是什么人，花了多大的代价，才能够请动你们出手？"银龙佳丝丽问出了辰南想知道的问题。紫金神龙一双龙眼也已经瞪了起来，它非常想知道哪个王八蛋想杀它。三头黄金神龙奇拉昂斯回答道："你应该问辰南，因为他的出现所引发的一系列后果，已经把东土某一家族逼上绝路。"

"该死的！难道是号称东土皇族的杜家？"辰南咬牙切齿地问道。"不错！"三头黄金神龙肯定了他的答案。"狗奴才，果真被逼急了！"辰南自言自语道，"上次只是吸收了他们玄界的一些灵气而已，也没有必要这样迫切地想杀死我吧！"

这时，正前方那个高大的六头神魔猿突然开口道："他们迫切要求得到你的躯体和血液，本想要我们活捉你的，但最后由于情况危急，已经不计生死，只要带着你的尸身去就可以了。"辰南现在已经怒火汹涌，杜家实在太可恶了，掌握了辰家绝学后竟然要来杀死他，他冷冷地盯着三大高手。

六头神魔猿高达三丈，浑身上下黑色皮毛透发着森森阴气，给人一股沉重的压迫感，它并不在意辰南的敌意，不紧不慢地沉声道："想不到啊，天魔的头颅竟然藏在那里，实在让人难以想象。这一家族最近似乎触动了某些禁忌阵法，导致天魔将要重组完整的天魔身，据说那时可能会令整个杜家玄界崩碎，会令所有人都灰飞烟灭。而你居然有着莫名的作用，这一家族需要你的尸身，嘿嘿，有趣啊！"六头神魔猿的冷笑声分外刺耳。看来这三位极道强者并不想隐瞒什么，似乎想让辰南他们做一个明白鬼，将所知道的一切都告诉给了他们。

"他们究竟还给了你什么好处？"辰南忍不住问道。不仅他想知道，紫金神龙与银龙佳丝丽也想知道，因为他们深深知道这三位强者在西土的实力与地位，很难想象究竟是什么物品能让他们心动。一直没有说话的那个披头散发的老人，这时冷冷开口了，道："一个玄界！"辰南一愣，而后马上明白，杜家给他们的报酬竟然是一个玄界，这未免太让人难以相信了！

他不是没听说过玄界可以转赠的事情，但那需要有莫大的法力，而且转赠他人后，原有者必定会元气大伤，甚至殒命！谁愿意将自己祭炼的玄界送给他人啊！而能被三位极道强者看上的玄界必定广阔无比，必定是祭炼数千年的玄界。现在答案呼之欲出了，极有可能就是整座杜家玄界！杜家人果然被逼急了，被逼疯了！不然怎么可能会这样不惜代价呢！

那个披头散发的老人，冷冷地瞥了一眼辰南，自顾道："小子，我听说过你，知道你最近在西土经常撒野，早就想灭杀你了。"你个老王八蛋！开口就想灭我，真是没把我当回事啊，我还想毙掉你呢！辰南心中暗暗骂道。现在可谓大难临头，虽然眼下他修为大进，但绝对无法和眼前三个之中的任何一个相比，这三个中已知的两个都是在西方跺一跺脚，大地都颤三颤的传说中的角色！辰南开口道："你们想灭掉我确实不难，但杜家玄界只有一个，谁最终能够得到呢？"

披头散发的老者冷笑了起来，道："已经死到临头了，你挑拨离间也没有用。我们不会自相残杀，一会儿我们会给你一个机会，以拜旦圣城为中心地带，我们三个会远离这里，成三角形各守一方。你选择向哪个方向逃，被那个方向的守卫者杀死，就算那个守卫者走运，另外两个不会相争。"干！辰南真是火往上撞，三个家伙还真是没瞧得起他，居然像围猎动物一般来杀他，实在有些让人感觉屈辱。

紫金神龙气道："你们三个老王八蛋，还真是狂妄啊！他妈的，你家龙爷爷要不是丢失了本命龙元，现在保准一个个打爆你们的头！""哼，你即便不丢失龙元又如何？在我们眼里你弱小如蛇！"六头神魔猿轻蔑地冷笑道，它乃是至强的神魔在人间的血亲，与生俱来蔑视一切弱小的生物。痞子龙讨厌敌人骂它为蛇，但更痛恨的是六头神魔猿那轻蔑的姿态，它的确在强盛时期也不是这个老猿猴的对手，但不能容忍对方如此蔑视它，它愤怒地骂道："该死的，你这畸形儿，连自己的老子都不知道是谁，我敢肯定绝对是你强悍的古猿老母偷跑上天界施暴后，才有了你这个六头怪物！"

"死龙！"佳丝丽急忙阻止紫金神龙。"怕什么？！"紫金神龙怒道，"我知道它那个变态古猿老母在西土举世无敌，但龙大爷也不是孬种，今天我不死，非做掉它这个怪物儿子。"六头神魔猿早已暴怒，全身上下的黑毛根根倒立，显得分外狰狞恐怖。辰南急忙挡在紫金神龙的身前，眼下绝不能让两者接触，不然紫金神龙必然立刻会粉身碎骨，他冷声道："既然你们要'画地为牢'击杀我们，那么你们就请走吧，看一看到底谁死！"

六头神魔猿终究是西土最强的大妖魔之一，很快就冷静下来，将怒火强行压了下去。那名披头散发的老者冷笑道："你们千万不要以为我们三个分三个方向只是守株待兔，我们的神念笼罩区区百里之遥内可谓小菜一碟，如果你们不选择方向，就赖在拜旦圣城不走，我们会逐步缩小包围圈来杀死你们！"

辰南冷笑，而后问道："他们两个，我已经知道身份，你呢？你到

363

底又是何方神圣呢？"老人道："我，扎里斯！"银龙佳丝丽倒吸了一口凉气，惊道："千年前成为斗神的那个扎里斯？！"西土武者的第七阶境界便是斗神，他们本应该破碎虚空，进入天界，但有些人却选择强行留在人间，这样的人在西方被称为斗神！千年前就成为斗神，这样的人实力可想而知，不然也不可能和六头神魔猿这样的变态妖魔平起平坐。

辰南并不畏惧，冷哼道："哼，管你是不是斗神。如果我不死，你们三个必死！"说罢，他领先向着拜旦城内飞去。紫金神龙、小凤凰、龙宝宝紧随辰南之后，向着拜旦圣城飞去。银龙佳丝丽看了看扎里斯等三位极道强者，而后也向着城内飞去。辰南他们飞临到圣城的中心地带上空后停了下来，开始思考对策。

"哦，光明大神棍在上，这一次真的惹上了天大的麻烦。"龙宝宝难得地露出头痛的神色。小凤凰也怯怯地道："刚离开凶险万分的'永恒的森林'，现在又遇到三个大恶人，这可怎么办呀？"三头黄金神龙奇拉昂斯、六头神魔猿，以及斗神扎里斯，他们已经分三个方向飞去，果真如所说那样，静等辰南选择逃跑方向，而后他们采取截杀行动。

这几天拜旦圣城都不平静，十八层地狱的不平常动静，几乎惊动了西土所有玄界高手，众多人士赶到这里探听消息。现在城内不少修炼者都已经看到了高空中的辰南与几头神兽，都吃惊地望着他们，因为即便有玄界高手来此，也都是悄悄地来，哪里会像他们这样大摇大摆地停在圣城正上空的。不过，很快城内的人们便不觉得惊异了，因为远空中又有十几道影子快速飞来。

被紫金神龙引动的天罚波及的人，终于寻到这里，他们远远看到了紫金神龙一行人，咬牙切齿地飞了过来。"嗷呜，他龙大爷的，屋漏偏逢连夜雨，这帮家伙也追上来了，我不就是一不小心惹来了天罚吗，不就是几个家伙被电熟了吗，居然这么记恨我……"紫金神龙心虚地抱怨着。"你还好意思说，你不知道你引来的天罚有多的危险！"银龙佳丝丽斥道。

远处的人大喊着，飞快向这里靠近，"该死的四脚蛇你还真大胆，居然跑到这里来了，杀了它！杀了这个狂妄自大的臭蛇！"紫金神龙的一张紫脸一下子绿了，这些高手如果齐向它动手，它当真是死无葬身之地。施展血龙大法后，它已经元气大伤，不可能再次冒险强行施展了。现在远有三大强者镇守三方，近有众多高手群起而攻来，辰南一行人真的陷入了险境。更让辰南等人上火的是，五彩神龙兰德罗尼也挺着被天雷劈的焦黑身子，疯狂地自远方冲来。它恨透了痞子龙，原本并无杀机的，但吃了大亏后，它感觉颜面受损，再也不留余手，舞动着庞大的龙躯，在地面投下大片的阴影，杀气腾腾而来。

龙宝宝道："哦，光明大神棍在上！是该选择方向的时候了，这么多的强者同时攻来，不比那三个强者逊色啊！""好，我们突围试试看！"辰南应声道，"现在举手表态，究竟从哪个方向突围。我个人倾向三头黄金神龙奇拉昂斯那个方向。"龙宝宝眨了眨大眼，道："我同意！"这个小东西油滑得很，很明白当前的形势，从这个方向走相对容易一些。"哦，那我也选这个方向吧。"小凤凰小声道，到底还是个小不点，一到这种生死攸关的时刻就显得有些怯场。

紫金神龙老脸一红，它当然知道辰南与龙宝宝为何选择这个方向，主要是银龙佳丝丽一直跟在他们身边，而三头黄金神龙奇拉昂斯对佳丝丽多少有着一丝情意，如果动起手来，它可能多少会有些顾忌的。辰南率先朝那个方向飞去，几头神兽紧随在后，银龙佳丝丽叹了一口气，也追了下去。"哪里走，四脚蛇你给我站住！"后面的追兵大喊。"吼——"五彩神龙兰德罗尼更是发出了一声震天咆哮。

刚刚飞离拜旦圣城，辰南他们就感应到一股强大的神念，自遥远的前方延伸到这里。"该死的，这个三头怪物，还真是强悍啊！几千年未见，功力已经到了骇人听闻的地步。"紫金神龙感叹着。前有虎后有狼，辰南他们硬着头皮前进。

"嗷吼——"嘹亮的龙啸如天雷一般，在这片天空炸开，直震得辰南他们的身体一阵剧烈摇晃，后面追来的高手们也大惊失色。前方，金黄色的光芒充斥在整片天际，巨大的咆哮之音正是从那里发出。三头黄金神龙奇拉昂斯悬浮在金光当中，它静静地矗立着，整片天地仿佛都在它的掌控中。

"你们终于来了，竟然想从我这里逃走。"奇拉昂斯的声音如惊雷一般，在高空之上滚滚激荡。其中透发丝丝兴奋之情，但也有一丝怒意。显然，兴奋的是它可以击杀辰南等人，独得杜家玄界。愤怒是因为，辰南等人居然想从它这里突围，显然将它列为三大强者中的弱者，焉能不恼怒！

远处的追兵，虽然各个功力高深，但当他们看到前方拦路者乃是三头黄金神龙时，所有人都立刻停住了。人的名树的影，龙族中的不败天才在西土少有敌手，传说即便是天界的神灵都不敢拿它怎样。兰德罗尼同样是龙族，而且是中青一代的十大高手之一，但面对三头黄金神龙也不得不犹豫起来，最后停在远方，静静观望着事态的发展。后面的这些人彻底截住辰南他们的退路，他和几头神兽深切明白眼前的形势。

辰南身外罡气涌动，整个人化作一道黑芒，向着奇拉昂斯冲去。龙宝宝一声长啸，身躯在刹那间变大，三十丈的神灵龙，展开巨大的金色龙翼，荡起猛烈的罡风，跟在辰南之后。看到小龙突然变大，五彩神龙兰德罗尼，揉了揉还有些发胀的龙目，无比愤懑地咒骂着，鼻子都快被气歪了。小凤凰也发出一声嘹亮的凤鸣，冲天而起，炽烈的神火刹那间烧红了半边天，快速向前冲去。紫金神龙咬牙切齿，最后狠狠地咒骂了一句："龙大爷拼了！"几口龙血喷吐而出，在它身前化成血色光华，血龙大法再现，被逼到这等绝地，老痞子要拼命了！银龙佳丝丽大惊失色，惊道："你疯了！"它紧随血龙，一起向前冲去。

三头黄金神龙，西方龙族中的不败天才，静静悬浮在那片金光中，冷冷地扫视着快速冲来的几个敌手，丝毫不在意，沉静如远古战神一般。"吼""吼""吼"……直到辰南与几头神兽离它不足百丈远时，奇拉昂斯三个巨大的头颅才分别发出三声吼啸，三道强光先后自口中激射而出。一道神圣之光，白茫茫一片。一道淡蓝色之光，快速化成一道光幕。一道炽烈红焰，快速凝成火云。

银龙佳丝丽大叫道："不好，龙语三系禁咒魔法！神圣审判、风碎虚空、烈焰焚天！"不过，这些魔法并没有向它攻击，魔法能量像是有生命一般，自它身旁绕了过去，留下一个真空地带。炽烈的神圣之光刹那间淹没了天地，辰南与三头神兽竭尽全力发出的一击，也难以轰开这神圣之光。这灿灿光芒，对于他们来说，如钝刀割肉一般，光芒所至，即便强如龙宝宝与紫金神龙的体质，鳞甲缝隙中也不断渗出丝丝血迹。小凤凰就更不用说了，羽毛都被血液粘在一起，它已经变成一只血凤凰。辰南全身上下更是鲜血淋淋，通体肌肤都在渗血，空中充满刺鼻的血腥味。

这仅仅是三系禁咒魔法中的神圣审判而已，后面还有两道禁咒魔法紧随而至。风碎虚空，这恐怖的风系魔法更加可怕，巨大的风刃如风轮一般翻滚着，巨大刃芒寒光闪闪，所过之处，虚空破碎。相随而来的烈火焚天禁咒魔法更加变态，直烧得高空之上一片通红，到处都是焦灼的味道，整片虚空仿佛都要被熔化了一般。

禁咒魔法，也要看谁来使用，由三头黄金神龙这般境界的高手施展，当真犹如神罚一般可怕！时间就是生命，面对三重禁咒的第一重，就已经如此吃力，辰南大吼了一声，快速展开内天地，将三头神兽全部笼罩。神圣审判虽然已经接近尾声，但还是不容忽视，快速向着辰南的内天地中涌去，而辰南与三头神兽都已经血染全身，尽全力抵挡之下，都有些难以支撑了。

就在这时，内天地中绿色神光涌动，后羿神树拔地而起，飞临到内天地的入口处，如鲸吸牛饮一般，将所有涌动而来的神圣之光吸了个干干净净。而辰南又将内天地中两座古盾残片所化的神山移到入口处，抵挡铺天盖地而来的巨大风刃。他不敢强行关闭内天地，因为他怕对方直接轰碎这片小世界，还不如这样半敞开，借助几件圣器的威力。

"当当"之音不绝于耳，巨大的风刃不断轰击在两座神山之上，猛力的能量撞击，令辰南的内天地不断剧烈颤动，仿佛随时会崩碎一般。辰南感觉身心皆疲，尤其是内天地与他息息相关，此刻这片小世界面临崩碎的危险，他感觉自己也有崩溃的征兆了。面对如此强敌，一人三神兽真的到了穷途末路之境。龙族中的不败天才奇拉昂斯实在太强大了，这样的强者早已应该进入天界！它强如神！辰南苦苦支撑，已经被逼上了绝境，左手几次抬起，但又放下。

天魔号称天下第一魔，天魔左手融入在辰南的左手中，他还有一次使用机会。但是，眼下他却没有信心寄望于这天魔左手最后一击。对手强大得超出了他的想象，龙族中的不败天才强如神一般，天魔左手一击能彻底毁灭它吗？冷静思考之后，辰南觉得不太可能。在这危难关头，他体内的金黑亮色光球，并没有出现。而那玉如意中的神秘女子也已离他而去，眼下他还能够靠什么来扭转乾坤？在这一刻，辰南真真切切地明白，外力终究靠不住，唯有自己变强，才是最大的保障！

然而就在这一刻，萎靡不振，浑身上下鲜血淋漓的小凤凰，突然发出了一声清脆的凤鸣，双眼射出两道炽烈神光，周身上下神光大盛，七彩羽毛不断抖动，血珠滚落，彩羽霞光缭绕，滔天的烈焰涌动而出，无边神火笼罩在小凤凰的周围，它冲天而起，离开了辰南的内天地。

"哦，光明大神棍在上，小不点爆发了！"龙宝宝惊呼道。"小不点难道觉醒了？它乃是昆仑玄界的创始领袖……"紫金神龙露出了震惊之色。小凤凰悬浮在辰南玄界的入口处，周身上下涌动而出的无边神火，让整片天际都已经变成了火海，将那如巨大风轮般滚滚而来的锋利风刃全部烧尽，无边的魔法能量在虚空中到处肆虐。与此同时，三头黄金神龙奇拉昂斯的第三重禁咒魔法烈火焚天冲击到了。凤凰神火对上了神龙真火！

永恒的森林蕴藏着无尽的秘密，辰南莽撞地闯进去后，对大陆造成了难以估量的影响。当然，现在寻常人很难看出这种影响，但许多古老的玄界都已经觉察到了，大陆将有大事件发生！疯魔的嘶吼、天魔的长啸、澹台古圣地的巨大魔影、还有那最为恐怖的死亡绝地中乱天动地的沉闷魔音……这一切都预示着平静的修炼界即将沸腾！

东土暗流涌动，最近一则震撼性的消息，在整个东土修炼界开始流传蔓延开来。传言，东方天界不久之后将会有仙神下凡，将会从凡界选出几个资质极佳的修炼者，直接带往天界。这则消息像巨石投进了平静的湖泊，激起千重浪。直接带往天界，这是怎样的荣耀与机遇啊！这真是实实在在的一步登天！

千百年来无数修炼者为之苦修，但又有多少人能够武破虚空，进入天界呢？这则震撼性的消息，对于所有修炼者来说，简直是天大的诱惑！乱了！沸腾了！东土修炼界一片喧嚣！无数年轻子弟血液沸腾，天界对于他们来说如同梦一般，这是他们的师门历代高手们为之奋斗一生都无法实现的梦啊！各个玄界也都震动了，他们知道天界将有大行动！

邪道六圣地当中的情欲派传人，绝美的南宫仙儿站立在巍巍高峰之上，雪白的衣衫随着山风的吹动而猎猎作响。在这一刻静静立在峰巅之上的南宫仙儿，没有往昔那颠倒众生的媚态，此刻凝神思考的她看上去是如此的纯真与美丽。很难让人想象，一个足以媚惑天下的妖娆女，静下来时会有这样一副清纯绝丽的面孔，在山风中摆动的片片烂漫花朵，都在她的仙姿下失去了色彩。

脚步声在南宫仙儿背后响起，一位风流倜傥的美男子来到她身后，温和的话语同时响起："仙儿你真的要去那绝地吗？要知道我们派内许多祖师都惨死在了那里，你……""哥哥，我已经考虑好了，我一定要去！"南宫仙儿慢慢转过身来，看着自己的哥哥南宫吟，目光坚定地道："我一定要找到情欲道最高绝学'情道'宝典，光有'欲道'实属下乘，想要武破虚空，非要'情欲'归一，最后无情无欲方可。"

南宫吟叹了一口气，道："你的资质千百年来少有，本应将我情欲道发扬光大，但少了半部宝典，确实难为你了。但是我们的'迷情玄界'中凶险太多了，一不小心就会在那里迷失本性，精神错乱而亡。几百年来，仅有一人活着从那里闯出来，但也疯傻了。你是我的亲妹妹，我实在很担心啊！"

情欲道传承万载，开派祖师法力通天，在人间界祭炼有一个玄界留给后辈子孙。不过也不知道在哪一代，该处玄界发生了毁灭性的剧变，玄界几乎崩碎，那里在一夜间变成了一个如同时空错乱般的可怕玄界，不仅能量流肆虐，而且变成了一个充满幻觉的玄界，走进那里的人会发狂发疯，迷失本性，彻底走向毁灭。在那一次剧变之后，身处玄界中的高手几乎死亡殆尽，情欲道曾经一度面临毁派之厄。好在有些高手当时在外游历，该派才没有失去传承，不过，该派的半部宝典"情道"却遗失在了"迷情玄界"中。情欲道的高手付出了无数的生命代价，也没能成功自由出入遭遇剧变后变得混乱的迷情玄界。近百年来，闯进去的人中，仅有一人逃了出来，但彻底疯傻。如今南宫仙儿想闯入那片迷情玄界，怎不让南宫吟担心呢。

南宫吟道："妹妹，传说我们的开派祖师可能在天界走火入魔，陷入了精神错乱之境，才致使她遗留在人间的玄界近乎破碎……"南宫仙儿摇了摇头，道："我不管传说是不是真的，但我一定要进去。在凡界能否达到武破虚空的境界，和功法有着很大的关联，只有我得到那半部宝典，我才算和同龄人中的翘楚站在同一起跑线上，到时我一定会比任何人都强大。我不指望这次天界下凡的人，我只相信自己的实力，我一定会让情欲道重现辉煌！"说到这里，南宫仙儿笑了，再次显现出足以媚惑天下、颠倒众生的绝世妖娆媚态，而后一步步向着山下走去，向着迷情玄界走去。

澹台古圣地几位长老紧急谋议。澹台古圣地封印有绝世恶魔，然而他们和天界本应有的一丝联系，已经断了上百年了，情况万分危急。百年来澹台圣地虽然不断有六阶高手出现，但却没有一人最终能迈入七阶境界，从而武破虚空进入天界。这一次，传言天界将有仙神下凡，这对于他们来说，是一次绝佳的机会，他们希望派内有一人能够被选入天界，去和传说中的澹台派祖师沟通。

小林寺内钟声悠悠，玄奘和尚盘腿坐在草席上已经整整一个月了，现在他终于睁开了眼睛，他望天长叹道："大佛神通终究未成，难道我真要去修大魔不成？"玄奘和尚表面看来总是那样的超尘脱俗，但实质上他却有着无比疯狂的一面，不然也不会被辰南称为血和尚。现在，玄奘和尚心血翻涌，在这一刻做出了一个疯狂的决定：逆炼大佛，改修大魔！

小林寺一位疯和尚在武破虚空时，曾经留给自己唯一的一位弟子一句话，大佛大魔一念之间，大佛不成，可逆修大魔。当时那位弟子吓坏了，一生未能有所成，仅仅留下一部残破的经书，而后郁郁而终。而这部经书，无意间被玄奘和尚得到，他了解到其中的隐秘，毅然地走进小林寺的修炼圣地须弥玄界中！

遥远的极北寒地，一声长啸响彻冰雪世界，东方长明白发乱舞，仰天大吼道："天界仙神下凡选人算什么，我总有一天要武破虚空，自己打入天界！"

混天道圣地内，跳崖不死、逃回本门的混天小魔王血发根根倒立，满脸不相信的神色，惊道："师父你说什么？！我派一个天大的秘密，隐藏在那杆方天画戟之中？"混天大魔王点了点头，道："八百年前，天界曾经下来过一个人，是我派当年的一位祖师，他将一缕精神烙印打入神戟内。我将方天画戟那么早就交给你，本指望你能够感应到那缕烙印，没想到你也如我们一样，没有丝毫感应，而且竟然还将神戟遗失了。""该死的辰南！他将方天画戟丢在了西方，我现在就去寻找！"混天小魔王转身奔出了混天道圣地。

东海碧波之上，一位绝色女子正在踏波而行，美得如同仙子一般，一位美艳妇人正悬浮于空中，静静地观看着自己弟子的修炼进度。

罪恶之城神风学院内，一声凤鸣响彻天地间，一个绝色女子浑身上下神火缭绕，直欲烧上九重天。

各个玄界也在频频动作，年轻的子弟们摩拳擦掌，准备大展身手，傲视天下。东土大地风起云涌，天界将有仙神下凡，震惊天下，引起滔天大波，无数人为之疯狂，众多修炼者无不想一决高下，进入天界！毫无疑问，这是强者辈出的时代，众多天才高手与转世仙神同生于一世，将在这个时代碰撞出最为璀璨的火花！不管是想借此机会进入天界的，还是想凭借自己真正实力打入天界的，都想在这次风波中技压当代，一场浩大的盛会正在酝酿！


在东土修炼界风起云涌之时，辰南正在遥远的西方为了生存而战！小凤凰失血过多，精神极度委靡之时，竟然重新焕发出神采，放出一股莫大的威压，冲出了辰南的内天地。它搅碎了铺天盖地般的可怕风刃，催动着缭绕在体外的滔天神火，和涌动而来的神龙真火冲撞在一起。

一声凤鸣响彻九霄，三头黄金神龙的真火宛如大补药一般令小凤凰兴奋地欢快鸣叫。烧红了半边天的大火，将小凤凰淹没了，它在火中翩翩起舞，在熊熊烈焰中，它的神羽变得更加璀璨。小凤凰的形体在刹那间放大无数倍，一只巨大的七彩凤凰在无边的火焰中舞动，声声响彻天地的凤鸣表达着它的欢快之情。

三头黄金神龙奇拉昂斯，三头六眼中射出六道璀璨的金光，平静而冷酷地自语道："不死凤凰果真是强大啊！我的禁咒魔法竟然被它当作能量吸收了。不过在我面前你还是太嫩了！"就在它想有所动作的时候，一道银色的影迹快速出现在三头黄金神龙面前，道："奇拉昂斯，我看到了你眼中的寒光，难道你真的要下杀手吗，我以为你只是说说算了，没想到你真的想挥动屠刀，当刽子手！"

三头黄金神龙很平静，道："佳丝丽，现在天地动荡，将有大事件发生。玄界对于我来说实在太重要了，任何人都不能够阻拦我，辰南必须死，紫金神龙也必须死，对不起了！"

"好！好！好！"银龙佳丝丽连说了三个"好"字，而后喝道，"这件事我管定了！"她幻化成人形，而后揪下胸前的一块玉佩，握在掌心催动无上龙力，玉佩刹那间爆发出一片刺目的强光。而后，天地在瞬间暗淡了下来，乌云翻滚，一声震荡天地的咆哮之音自云朵中传出："谁敢动我女儿？！"苍老的声音仿佛从远古传来，无上威压令拜旦圣城附近所有修炼者皆骇然失色！

"老暴君坤德！"在远处观战的五彩神龙兰德罗尼倒吸一口凉气，感觉脊背有些发凉。号称龙族不败天才的三头黄金神龙奇拉昂斯也不禁变色，它怎么也没有想到老暴君突现空中。这头传说中的老龙是灾难与动乱的象征，每次出世都会惹出天大的祸乱，它已经有数千年没有出现了，但没有人会遗忘它！

"这老混蛋怎么来了……"在辰南的内天地中，紫金神龙的一张龙脸彻底绿了，低声自语道，"这该死的老混蛋，法力果真通天啊！"辰南一瞬不瞬地望着乌云翻滚中的那个庞大的龙影，虽然还没有看到真身，但透发出的浩瀚龙气，足以表明那头上古老龙实力深不可测。远空中观战的修炼者，无声无息地向后退去，他们深深知道老暴君的可怕之处，谁也不愿离它过近，免得被这个嗜杀成狂的老龙轰碎。

乌云翻滚，天地间一片阴暗，老龙坤德在云朵中，舞动着庞大的龙躯，偶尔可以看见一鳞半爪，但那闪烁着银灿灿光芒的鳞爪却透发出阵阵杀气与死气，这间接说明了老龙身上煞气之重。"女儿，发生了什么事情？在这西土大地上，谁敢对我女儿不利，到底是谁惹怒了我坤德的女儿？给我站出来！"巨大的咆哮之音，虽然无比苍老，但却震撼人心，话语无比狂妄，不过却没有任何人敢生出不屑之态，因为这老龙的确有说这种话的资格，在西土真的没有几人敢和它叫板。

三头黄金神龙奇拉昂斯仰望高空中的乌云，道："伟大的龙族奇迹，龙族中的无敌前辈坤德大人，我奇拉昂斯并没有冒犯佳丝丽小姐之意，方才因为一点点误会而引起了它的不快，对此而惊动了我们龙族伟大的坤德前辈，我深感抱歉。"三头黄金神龙如此谦卑的态度，并没有让远处的观战者看不起，因为在西土几乎没有几个人敢以高傲的姿态，面对上古老暴君坤德，它是令天界众多强大的神灵都无可奈何的超然存在。

"是这样吗？哼！"坤德重重哼了一声。奇拉昂斯面不改色，平静地道："是的，我们的误会乃是由一位不太友好的朋友而起……"听到这里，辰南内天地中的紫金神龙，无力地用一只巨大的龙爪捂在了龙脸上，咬牙切齿地道："三头杂种龙，太阴险了……"三头黄金神龙的话语不急不缓，道："想必您对它也有些印象，就是数千年前，在我西土搅闹过一段时间的紫金神龙，一条东土的神龙。"

"该死的，这头混账龙又出现了？它居然还敢跑到西土来？！"老暴君坤德的话语充满了愤怒。"老混蛋，龙大爷我比你强多了！"紫金神龙小声地咒骂着。"放肆，你这小小的四脚蛇竟然还敢出现在我的面前，居然还敢咒骂我，死不足惜啊！"坤德无比愤怒。紫金神龙没想到对方的修为如此恐怖，它的嘴皮子只是动了几动，就被对方感应到了它的话语，显然老龙早就发现了它的踪迹，只是借着三头黄金神龙的消息而对它发难而已。

痞子龙飞出辰南的内天地，它知道内天地在坤德面前不能起到丝毫作用，它道："老混蛋好久不见，你还活得不错啊！"听到紫金神龙如此肆无忌惮的话语，远处的观战者们身形皆晃了晃，都有些不敢相信自己的耳朵，这个家伙实在太过胆大包天了！坤德是什么人？那是西土的暴君啊！这条四脚蛇居然敢以这种语气对待老龙，真是活得不耐烦了！

"吼——"高空之上传出一声巨大的龙啸，一道无比粗壮的闪电从天而降，"轰"的一声击在紫金神龙身上。长达三十丈的巨大紫金龙躯，顿时冒起缕缕黑烟，紫金神龙的胡须更是被电得笔直，双目中光芒暗淡，似乎呆傻了一般。观战者战战兢兢，老龙的暴躁是出了名的，多数人都认为这一下，可能已经令紫金神龙送命了，不过片刻间，紫金神龙突然发出了一声长嚎："嗷呜，痛死龙了，坤德老混蛋，龙大爷跟你拼了！"

这时，银龙佳丝丽急忙飞到紫金神龙近前，怒斥道："不许骂我父亲。"而后，它又仰望高空，道："父亲大人息怒，请放过紫金神龙吧。这数千年来它已经吃了足够的苦头，被一个古神封印至今，龙元也尽失，还请父亲大人原谅它对您的不敬之处。"老暴君叹道："嘿！我这是为你好啊，糊涂的女儿！你为什么总是偏向它说话？数千年前它都干了些什么，居然敢打劫你，留下信咒骂我，这样一个混账家伙有什么好同情的。"

"我知道这个家伙很混账，但是……"银龙佳丝丽有些哀怨地看了紫金神龙一眼，而后仰着头对坤德道，"但它曾经有恩于我，当初父亲和一位主神大战之际，有天使找过我的麻烦，紫金神龙救过我。"听到这里，坤德大怒道："它不是救你，它是为了自救，那些天使本来是找它麻烦的，结果碰巧把你卷了进去，这个可恶的混账龙该杀一万遍！我之所以和那个主神恶战一场，也与它在西土闹得鸡飞狗跳有关。它为了给那条母龙报仇，用卑鄙的方法干掉了几个高阶天使，才惹得主神分身下界，不巧，被我误认成自己的大仇家而被干掉，从而引起误会，惹来一场恶战。这次一定要杀它！"辰南暗暗咂舌，过去那段时间，老痞子在西土还真能折腾啊，居然惹出这么多天大的风波。

"不要！毕竟我们曾经并肩作战过。"银龙佳丝丽苦苦哀求道："如果父亲真想把它杀死的话，就请先杀死我吧！""你，好吧，不杀死它，我就将它和它的同伙永世封印！"老龙的话语非常决绝，不容置疑更改。"老混蛋你敢封印我？！"紫金神龙立刻跳脚，已经被封印数千年，如果再去过那暗无天日的生活，它情愿自杀。

这时，小凤凰周围的熊熊大火已经熄灭，现在它已经由巴掌大小，变成一尺多长，在高空之上纵横飞舞，显得无比兴奋，似乎没有注意到眼前的紧张形势。龙宝宝冲天而起，将它带了下来，和关闭内天地后的辰南一起飘浮于空中，密切注视着坤德的举动。

就在这个时候，远处传来破空之声，两股强大到极点的精神波动浩荡而来，六头神魔猿与斗神扎里斯分两个方向冲了过来。他们首先默默和三头黄金神龙用神识交流了一遍，三位强者似乎很快达成共识。六头神魔猿仰天望着那团乌云，道："没想到坤德前辈的分身大驾光临，我等愿意为前辈排忧解难，为避免前辈和佳丝丽小姐伤和气，我们愿意作恶人，杀死紫金神龙与辰南他们。"直到这时，辰南才明白，空中乌云中的老龙，竟然只是坤德的分身而已，怪不得佳丝丽催动玉佩，它就能立刻现身呢，原来分身就藏在玉佩中。从中也可以看出，老龙坤德对女儿的爱护，竟然将自己的一缕化身留在了女儿身旁。

老暴君冷哼了一声，道："哼，我的事情不用你们管，既然我说了要封印他们，就一定要做，我的决定从来不会更改。"六头神魔猿眼中精光闪烁，与斗神扎里斯、三头黄金神龙奇拉昂斯相互对视，它们感觉这头老龙实在不好揣测，直接杀死紫金神龙几人比什么不好，为何要封印呢？

杜家玄界的诱惑是巨大的，六头神魔猿三强不想看着到手的胜利果实就这样白白失去，即便眼前这个人是传说中最为恐怖的暴君的化身，他们也不惜与之一战！他们知道上古神龙坤德从来不买任何人的账，与其多说，不如直接采取行动，免得迟则生变。

"嗷吼——"三头黄金神龙一声大吼，身化一道金光向着辰南冲去。与此同时，六头神魔猿和斗神扎里斯也在空中留下一道道残影，快速向着紫金神龙与小凤凰它们杀去。"大胆！"一声爆喝在空中响起，一股磅礴的大力浩荡而下，无穷无尽的银色光芒瞬间充斥在天地间，一面浩瀚无边的银色屏蔽瞬间遮挡在辰南、紫金神龙、龙宝宝、小凤凰的身前，如银河落九天一般，生生挡住了六头神魔猿三强的去路。

这三强毫不犹豫，早已做好与坤德分身一战的准备。三头黄金神龙三个巨大的血口中各喷吐出一道强光，三道神光在空中合而为一，化成一道三十丈长的金黄色巨剑，向着眼前的银色屏蔽狂劈而去。六头神魔猿仰天咆哮，浑身上下所有黑毛根根倒立，双手用力拍打着胸脯，发出的声音比之最响亮的巨鼓还要宏大，其声势分外恐怖。最后，它弓着身子弹跳而起，双臂展开，抡起巨大的拳头，发出一阵阵巨大的雷电之音，向着前方的银色屏蔽轰去。

斗神扎里斯的变化最让人吃惊，原本锋芒毕露的老人，这个时候居然化成了一道人形剑。他双腿并在一起，双臂夹着头颅高举，也并在一起，整个身体绽放出万千道璀璨夺目的光芒。最后，他的身体竟然幻化成了一把杀机无限的长剑，爆发出森森寒光，向着前方的银色屏蔽冲击而去。

三大高手同时轰击老暴君坤德的能量屏蔽，其声势可谓浩大无比。三头黄金神龙奇拉昂斯，口中喷吐出的黄金神剑，狠狠地劈在银色屏蔽之上，那无边无际、如同天幕般的能量隔离带，顿时一阵剧烈摇晃。不过，老暴君毕竟是上古强者，它布下的防护屏蔽远不是三头黄金神龙所能够撼动的。长达三十丈的巨大黄金神剑，竟然被反弹的力量轰碎了。这时，六头神魔猿的一双巨大的拳头已经轰至，狠狠地砸在银色屏蔽之上，不过伴随着神魔猿一声沉闷的吼啸，它被生生反震出去，全身黑毛根根倒立，样子看起来分外的恐怖。

两位强者无功而返时，斗神扎里斯的最后一击攻至，以身化剑的他杀气逼人，化作一道长虹狠狠劈在老龙的能量防护罩上。两位强者的强攻再加上斗神扎里斯的最后一击，银色的屏蔽终于碎裂了，在空中慢慢扩散开来。不过，斗神扎里斯却已经嘴角溢血，恢复本来面貌，由神剑转化成人体。观战者发出阵阵惊呼，为三大强者能够攻破老龙的防御而呼，也为老龙的绝顶强悍实力而呼。辰南看得暗暗心寒，这传说中的上古老暴君实力太过强大了，仅仅一个化身竟然就顶住了三大高手的连击。

人间罕有七阶强者，不过只要是在人间界，不管他们实际力量有多么强悍，都会受到限制。人间界允许出现的巅峰力量是六阶大成，如果超过这个极限便会惹来天罚。理论上来说，超越七阶的强者在人间界争斗，似乎应为平手。但事实却远非这样，功力越深厚者越能够更好地控制自身的力量。其中的巅峰人物能够引导天罚力量为己用，其中的佼佼者在未触及"雷区底限"的情况下，可以无限接近七阶力量。方才，三头黄金神龙和六头神魔猿三个，在没有触动天罚的情况下，已经动用无限接近七阶的力量，但依然被坤德挡住了，这说明它在不触及雷区的情况下，所掌握力量的精妙程度要远胜于三强。

斗神扎里斯三个的脸色却很难看，因为他们认为老龙动用的力量似乎已经达到了七阶境界。这不是没有可能的，传说一些强者修炼出的玄界，等同于一个新世界，在那里即便动用了超越七阶的力量，如果这个玄界够强大、够奇异，是可以不受外界法则所影响的，是不会降下天罚的。而这样的强者，甚至能够利用自己的"玄界法则"，影响己身附近的"外在天地法则"，在有限的空间范围内，动用超越七阶的力量，能够避免天罚的降临。以己身之力，在小范围内影响大天地法则，这是多么的可怕啊！六头神魔猿三个相互看了一眼，他们觉得老龙似乎达到了那一境界，但他们并没有因此而退缩。三大强者再次向前冲去，不过就在这时高空中银光一闪，一个庞大的身影已经俯冲而下，生生截住了他们的去路。

这是一头异常巨大的银龙，长足有六十丈，周身上下覆盖着巨大鳞片，寒光闪闪，最小的一片也足有一米多长。雄壮的龙躯，似钢铁浇铸而成，显得无比强健有力，如银色山岭般的脊梁上，生有数十根寒光闪闪的骨刺，每根骨刺都长有数丈，像一杆杆锋利的长矛一般冲天而立，保护着它的大后方。巨大的龙翼铺天盖地，轻轻扇动之下，天地间顿时狂风大作，粗大锋利的龙爪幽光森森，摄人心魄。硕大的龙头上，两根银角竟然是旋绕分叉的，派生出无数锋利如剑的小叉角，整个头颅上寒芒四射，简直像顶着数十把利剑一般。这里几乎所有人都从来没有看到过老龙的真身，只是在传闻中模模糊糊知道它的样子，现在亲眼看到无不大吃一惊。

这头上古老龙光看外表，就明显不同寻常，简直可以说是身负异禀，大异于其他神龙，无怪乎它实力超绝。庞大的龙躯如一座银色的大山一般，矗立在高空中，挡在辰南等人的身前，拦住三头黄金神龙与六头神魔猿的去路。"我已经说过要将他们封印，你们难道不惜与我为敌吗？"坤德的话语如闷雷一般在高空中隆隆作响，透发着不容亵渎的威严。

"前辈你太过霸道了！"六头神魔猿眼中寒光闪烁，明显透发着桀骜不逊的神色。三头黄金神龙虽然没说什么，但却已经做好战斗准备，它被人称为龙族中的不败天才，绝不能不战而退。斗神扎里斯更为直接，已经幻化成一道杀气冲霄的神剑，直指老龙的胸口。

"哼，在这西土大地，我坤德从来都是这样！"老龙嚣张的话语深深刺激了三位强者。即便老龙再强也不过是一个化身而已。他们不约而同向前攻去。这一次的攻击，三人可谓竭尽全力，绝学连连轰出，化作三道电光围绕着老龙不断移动，在空中留下一道道残影。三头黄金神龙，每一次的魔法攻击，无不是禁咒。空中闪电、火焰等能量风暴疯狂肆虐。当然，它同样是一位超绝的武技高手，强悍的体魄令它敢于和任何人肉搏。它不断和老龙硬扛，尽管一次次被老龙轰得吐血翻飞而去，但不屈的斗志让它越来越兴奋与疯狂。

"嗷吼——""嗷吼——"三头黄金神龙声声吼啸响彻天地，震得人耳鼓发麻。同奇拉昂斯相比，六头神魔猿更加暴虐，它每一拳轰出，都会打破一片虚空，一道道巨大的闪电伴随着它的拳劲，不断轰向老龙坤德。但是，老暴君似乎根本不惧怕闪电，它脊背上那些根根倒立的骨刺上，电火花不断闪烁，将所有的雷电都吸引了，似乎将雷电当作大补药般生生吞噬。神魔猿暴跳如雷，更加疯狂。

斗神扎里斯身化长虹，围绕着坤德那庞大的龙躯不断劈斩。但老龙实在太强大了，虽然身体巨大如山，但动作异常灵活，每一次旋身转动都带起一股狂猛的风暴，令扎里斯次次无功，甚至受到不少刚猛的力量创击。所有观战者皆动容，这是难得一见的惊世大战，三位极道强者本已在西土少有敌手，如今对上暴君坤德这个超级大鳄，真可谓罕世一战！"轰——"一道天雷狂劈而下，六头神魔猿最先动用七阶的力量，它准备借助天罚之力轰击老龙坤德。巨大的闪电撕裂虚空，自高空中狂轰而下，粗大的电弧长足有百丈，数十道、上百道狂乱劈至。

六头神魔猿似乎无比兴奋，狂啸不断，在一道道粗大的闪电中，快速移动着身体，尽量围绕着坤德转动，令那狂暴的天雷齐往老龙劈去。不过，上古神龙之威并不为虚，坤德一声狂吼，身体爆发出万丈光芒，竟然生生改变了天雷的运转轨迹，使之击向六头神魔猿。

"轰——""轰——"雷声大作，电光闪闪，空中一派末日来临的景象。这是何等的气概！老龙竟然生生逆转天罚的攻击对象，令六头神魔猿在空中狂跳乱躲。三头黄金神龙奇拉昂斯和斗神扎里斯咬了咬牙，最后皆狂暴催动己身的力量，各自引来天罚的力量。三大高手分别引动天罚，这汇聚在一起的天雷如道道白玉柱一般，在天地间狂轰滥炸。到处都是雷光，到处都是巨大的电弧，滚滚惊雷震耳欲聋。

　　现在方圆千百丈内，每一寸空间都是雷电，庞大的老龙坤德面对这天罚之威，也不得不赶紧快速缩小身体，直至化为一丈长短才停下来，而后在空中留下一道道残影，躲避着天罚的轰击。同时，它利用无上大法力，逆转天雷走向，狂轰斗神扎里斯三个。成百上千道巨大的闪电随着坤德的意念而掉转方向，狂劈三大高手。三强狼狈不堪，不断躲闪。

　　不多时，三头黄金神龙那金灿灿的鳞甲便被轰击得焦黑片片。六头神魔猿更是被劈得黑毛笔直倒立，冒起阵阵黑烟，一股焦灼的味道飘散了开来，痛得怒吼不断。斗神扎里斯也被劈得狼狈不堪，已经显现出本体，浑身上下的衣片都被轰碎了，身上皮肤乌七八黑，他被追击得到处躲避。当然，老龙也挨了几道雷击，身体也颤动了几下，它并不好过，毕竟这种大规模的天罚，任谁也不能毫发无损。

　　远处的观战者骇然失色，三大极道高手与老龙坤德的大战竟然引来天罚，变成天罚之战。这让观战众人有些不敢想象，借天之力，顺势而为，逆势而战，不愧为西土最顶级的强者之战！这个时候，辰南、痞子龙、龙宝宝、小凤凰，正在悄悄退走，他们想尽快离开这个是非之地。可是大战中的老暴君神识感应无比敏锐，瞬间觉察到他们的动向，一声爆喝立时在空中炸开："想走？没那么容易，今天你们几个都将被永封十八层地狱！"

**图书在版编目（CIP）数据**

神墓 4：精修典藏版/辰东著．－－北京：作家出版社
2021.6（2025.3 重印）

（网络文学名作典藏丛书）

ISBN 978－7－5212－1434－5

Ⅰ．①神… Ⅱ．①辰… Ⅲ．①长篇小说－中国－当代
Ⅳ．①I247.5

中国版本图书馆 CIP 数据核字（2021）第 090196 号

**神墓 4：精修典藏版**

总 策 划：何　弘　张亚丽
主　　 编：肖惊鸿
作　　 者：辰　东
责任编辑：袁艺方　王　烨
装帧设计：天行云翼·宋晓亮
出版发行：作家出版社有限公司
社　　 址：北京农展馆南里 10 号　　　邮　　编：100125
电话传真：86－10－65067186（发行中心及邮购部）
　　　　　86－10－65004079（总编室）
E－mail: zuojia@zuojia.net.cn
http://www.zuojiachubanshe.com
印　　 刷：唐山嘉德印刷有限公司
成品尺寸：152×230
字　　 数：320 千
印　　 张：24.25
版　　 次：2021 年 7 月第 1 版
印　　 次：2025 年 3 月第 6 次印刷
ISBN 978－7－5212－1434－5
定　　 价：42.00 元